TESS TJAGVAD

In Case We Trust

Gold, Bright & Partners

Die Bücher von Tess Tjagvad bei LYX:

Gold, Bright & Partners:
1. In Case We Trust
2. In Case We Dare *(erscheint im Sommer 2024)*
3. In Case We Forget *(erscheint im Winter 2024)*

TESS TJAGVAD

In Case We Trust

GOLD, BRIGHT & PARTNERS

Roman

LYX

LYX in der Bastei Lübbe AG

Die Bastei Lübbe AG verfolgt eine nachhaltige Buchproduktion. Wir verwenden Papiere aus nachhaltiger Forstwirtschaft und verzichten darauf, Bücher einzeln in Folie zu verpacken. Wir stellen unsere Bücher in Deutschland und Europa (EU) her und arbeiten mit den Druckereien kontinuierlich an einer positiven Ökobilanz.

FSC
www.fsc.org
MIX
Papier | Fördert gute Waldnutzung
FSC® C014496

Dieses Buch wurde vermittelt von der Literaturagentur erzähl:perspektive, München (www.erzaehlperspektive.de).

Textredaktion: Bettina Hengesbach
Umschlaggestaltung: © SO YEAH DESIGN, Gabi Braun
unter Verwendung von Motiven von Shutterstock
(© Ron Dale, © Loric; © Komthong contributor; © i.d99d)
Satz: Greiner & Reichel, Köln
Gesetzt aus der Adobe Caslon
Druck und Verarbeitung: GGP Media GmbH, Pößneck

Printed in Germany
ISBN 978-3-7363-2078-9

1 3 5 7 6 4 2

Weitere Informationen unter:
lyx-verlag.de
luebbe.de | lesejury.de

Für Leif
Danke, dass du mein Chaos ordnest.

Liebe Leser:innen,

dieses Buch enthält potenziell triggernde Inhalte.
Deshalb findet ihr auf Seite 491 eine Triggerwarnung.

Achtung:
Diese enthält Spoiler für das gesamte Buch!

Wir wünschen uns für euch alle
das bestmögliche Leseerlebnis.

Eure Tess und euer LYX-Verlag

Playlist

Layers – Joel Ansett
Fear Of Water – Noah Kahan
Quiet Talkers – Ken Yates
Bird of Prey – Emily James
Waltz Right In – Matt Maeson
Evergreen – Jake Wesley Rogers
River Flows In You – Yiruma
Please Don't Go Home Yet – Stephen Sanchez
Quiet Moon, Wild Sea – Dustin Tebbutt
Grey Room – Damien Rice
Clouds – Tow'rs
Mess Is Mine – Vance Joy
Habit – Riley Pearce, MADDY MAY
How To Be Yours – Chris Renzema
Villain – Searows
No Complaints – Noah Kahan
You'll Find It – Chris Lanzon
Missionary Feelings – Hazlett
Second Chances – Gregory Alan Isakov
prove a thing – lighthearted
Somewhere – Vincent Lima

1
Gracie

Es gab eine Sache, die sich in meinem Leben immer wieder bewiesen hatte: Es verschaffte einem eine Menge Privilegien, eine Cabot zu sein. War es nun, jederzeit bei den Reichen und Beliebten am Tisch sitzen zu dürfen, obwohl man insgeheim wusste, dass einen bis auf Geld nichts mit diesen Menschen verband; dass man sich nie um Freundschaften bemühen musste, weil die Leute einem ohnehin andauernd an den Fersen klebten; oder dass die Lehrkörper gern ein Auge zudrückten, falls man mal einen Fehler machte.

Eine Cabot durfte sich schließlich keine Fehler erlauben.

Das stand mit Sicherheit irgendwo in meiner Geburtsurkunde: dick und rot eingekreist, damit es auch kein Entkommen gab. Anders konnte ich mir nicht erklären, warum ich mein Leben lang so versessen darauf gewesen war, keine zu machen. Und wozu das Ganze? Um erfahren zu müssen, dass alles, was ich geglaubt hatte, mir in den vergangenen Jahren abseits dieser Privilegien hart erarbeitet zu haben, womöglich auf einer Lüge basierte.

Die Frage, die ich mir nun seit einigen Wochen stellte, war: Was war noch von mir übrig, jetzt wo ich dieses schillernde Kostüm abgelegt hatte? Wer war ich darunter?

Bisher hatte ich noch keine Antwort darauf gefunden. Nur eine darauf, wer ich *nicht* mehr sein wollte.

Und das war eine Cabot.

Um das zu erreichen, war ich in einer neuen Wohnung untergetaucht, die meine Stiefmutter sicher naserümpfend als Absteige bezeichnet hätte. Obendrein hatte ich einen Job als Anwältin bei *Gold, Bright & Partners* angenommen. Einer Kanzlei, die nicht nur zu den renommiertesten Bostons gehörte, sondern zugleich auch die größte Konkurrenz meines Vaters darstellte.

Wahrscheinlich machte mich der Gedanke an meinen ersten Arbeitstag deshalb umso nervöser. War ich überhaupt schon so weit, mich in der gestandenen Rechtswelt zurechtzufinden, wenn es mir an manchen Tagen nicht einmal in meiner eigenen gelang? Oder war der Preis, den alle Berufseinsteigenden zahlen mussten, ein Wurf ins kalte Wasser – getreu dem Motto: Nur die Besten überleben? Ich mochte seit Kurzem vielleicht ohne Schwimmflügel schwimmen, was sich befreiend anfühlte, gleichzeitig empfand ich die Vorstellung als unheimlich angsteinflößend, weil plötzlich nichts mehr da war, das mich über Wasser hielt, falls es zu tief und undurchsichtig wurde. Wie sollte ich mich vor all diesen Menschen behaupten? Was, wenn ich nicht gut genug war?

Du tust es schon wieder.

Ich versuchte, die aufkommenden Zweifel mit einem schwachen Kopfschütteln zu verscheuchen und mich auf das *Jetzt* zu fokussieren. Und das sah erst mal nichts anderes vor, als den Umzug von meiner besten Freundin und mir über die Bühne zu bringen.

Es war Anfang Oktober. Ein paar vereinzelte Bäume an den Gehwegen hielten noch eisern an ihrem letzten Grün fest, wohingegen der Rest ein flammendes Farbspiel aus gelben und roten Tupfern bildete. Die Luft, die sich durch die Strickmaschen meines Pullovers zwängte, war mild, nicht kalt. Daher störte es mich auch nicht, dass ich mit Socken auf einem feuchten Blätterteppich an der Straße stand und mich an meinen letzten Umzugskarton klammerte wie an einen Rettungsring. Aber irgendwie war er das ja auch – ein rettender Neubeginn.

»In Ordnung, das war der Letzte. Der Transporter ist leer.« Der Mann vom Umzugsunternehmen schloss die Türen mit einem so lauten Knall, dass ich zusammenzuckte. »Ich schicke eine Kopie der Rechnung an Ms Cassidy …?«

»Lind«, antwortete ich. »Cassidy Lind. Sie hat ihre Kontaktdaten hinterlegt.«

»Gut. Ich bräuchte hier nur noch eine Unterschrift, dann sind Sie uns auch schon los.«

Kaum hatte ich meinen Karton abgestellt, drückte er mir ein schwarzes Clipboard in die Hand und tippte mit dem Zeigefinger, der von Nikotin ganz gelb war, auf die Stelle, an der ich unterschreiben sollte. Normalerweise las ich mir solche Dinge gern in Ruhe durch, bevor ich meine Unterschrift setzte. Immerhin wusste ich dank meines Studiums, wie gern sich verfängliche Klauseln im Kleingedruckten versteckten. Da der Mann jedoch so ungeduldig mit seinen Füßen wippte, als wäre er gedanklich schon woanders, seufzte ich und griff nach dem Stift.

Im ersten Moment wollte ich mechanisch mit *Cabot* unterzeichnen, bis mir einfiel, dass ich offiziell keine mehr war, da ich den Mädchennamen meiner Mutter angenommen hatte. Also schrieb ich *Gracie Hoffman* und betrachtete mein Werk.

Die letzten Buchstaben waren schief. Ich beherrschte den Schwung noch nicht. Dabei hätten sie mir so viel leichter von der Hand gehen müssen, weil nichts an ihnen hing. Kein Gefühl, kein Privileg und erst recht keine Erwartungen.

»Kann ich hiervon auch noch eine Kopie bekommen?«, fragte ich.

Der Typ verkniff sich merklich ein Augenrollen, riss dann aber den Durchdruck ab und reichte ihn mir. »Selbstverständlich, Miss.«

»Danke.« Ich faltete das Papier ordentlich zusammen und legte es auf meinen Karton, ehe ich diesen wieder an mich nahm. »Dann wünsche ich Ihnen eine schöne Restwoche.«

»Ebenso«, sagte er mit einem knappen Nicken. Kurz darauf

war er hinter das Lenkrad gerutscht und mitsamt seinem Transporter und seiner Kollegin, die bereits auf ihn gewartet hatte, um die Ecke gebogen.

Ich ging nicht sofort rein, sondern blieb noch einen Augenblick stehen, um die rostrote Backsteinfassade des Wohnhauses zu betrachten, das ab heute mein neues Zuhause darstellte. Sie schien ein bisschen bröckelig an den Kanten. Einige Stellen hatten Moos angesetzt, an anderen wuchs Efeu, der sich wie rote Äderchen an dem braunen Rahmen der Erkerfenster entlangschlängelte. Das Holzgeländer an der Steintreppe, die zur doppelflügeligen Eingangstür hinaufführte, war morsch. Ich gab ihr noch einen feuchtkalten Winter, bis sich jemand ernsthaft daran verletzen würde. Vielleicht sollte ich das direkt der Hausverwaltung melden? Auch diesen Gedanken schob ich rasch beiseite. *Vielleicht solltest du lieber erst mal ankommen.*

Ich trat in den Hausflur, der mit kleinen schwarz-weißen Kacheln ausgelegt war. Die Sprünge darin bildeten ihre eigene Art von Muster. Es roch nach Staub, irgendwelchen Kräutern und Gewürzen, womöglich Curry. Entweder jemand kochte gerade, oder der Geruch hatte sich mit den Jahren hier verloren und in den Rissen der Wände festgesetzt. Es gab keinen Fahrstuhl, *natürlich nicht*, deshalb musste ich den Karton mühselig in den vierten Stock tragen. Dort angekommen, fiel mir direkt unsere Haustür ins Auge, die offen stand. Cassidys Vertrauen in die Menschheit war beachtlich, besonders bei einem Beruf wie unserem.

»Sie sind weg!«, verkündete ich, kaum dass die Tür hinter mir ins Schloss gefallen war. Ich stellte die Kiste im Flur ab und schlüpfte aus meinen Wollsocken, in denen sich mehr Feuchtigkeit eingenistet hatte, als mir lieb war.

»Na endlich!«, kam es prompt zurück. »Mal ehrlich, das Ächzen von dem Kerl war kaum auszuhalten. Nach der fünften Zigarette war ich kurz davor, ihm die Nummer der Suchtberatung in die Hand zu drücken. Hast du ihnen Trinkgeld gegeben?«

Die Stimme meiner besten Freundin klang, als käme sie aus ihrem Zimmer. Da alle Räume jedoch nahezu leer waren und das Tapsen meiner nackten Füße wie ein Echo von den Wänden widerhallte, konnte sie von überallher stammen.

Ich blieb abrupt stehen. »Hätte ich das denn tun müssen?«

In dem ganzen Umzugsstress hatte ich tatsächlich gar nicht daran gedacht.

»Das fragst *du*, die am liebsten selbst ihrem alten Postboten Trinkgeld gegeben hätte?«

»Er hat auch einen guten Job gemacht und war immer freundlich!«, rechtfertigte ich mich.

Cassidys glockenhelles Lachen schallte durch die Wohnung, was unser neues Zuhause auf merkwürdige Weise wärmer wirken ließ. Als hauchte sie den Zimmern damit Leben ein. »Mach dir nichts draus. Streng genommen zahlen wir denen sowieso mehr als genug dafür, dass sie alle fünf Minuten eine Rauchpause eingelegt haben.«

»Was das Geld angeht … Ich schicke dir meinen Teil später, okay?« Ich warf einen Blick in Cassidys Zimmer und stellte verwundert fest, dass sie nicht dort war. »Wo bist du überhaupt?«

»Na, hier.«

Ich ging ins Wohnzimmer, wo sie rücklings auf dem Dielenfußboden lag, während die tief stehende Abendsonne ihr goldenes Licht in unzähligen Vierecken an die gemusterten Wände warf. Es überraschte mich, dass sie es überhaupt ins Innere unserer Wohnung schaffte, wo doch ein Großteil unseres Fensters von der knochigen Eiche an der Straße versperrt wurde, deren feine Äste bei jedem kleinen Windhauch an der Glasscheibe kratzten.

»Was genau wird das?«, fragte ich und lehnte mich gegen den Türrahmen. Der Anblick überraschte mich eigentlich nicht, dennoch musste ich schmunzeln.

Nichts stand an Ort und Stelle, Erdkrümel und zerstampfte Blätterreste zierten den Boden, überall stapelten sich Kisten.

Cassidy lag unbekümmert im Chaoszentrum. Ich kam nicht umhin, darüber nachzudenken, wie passend dieses Bild für sie war: Die Welt hätte in dieser Sekunde untergehen können, und sie wäre trotzdem auf diesem schmutzigen Fußboden liegen geblieben, als könnte ihr das Ende rein gar nichts anhaben. Manchmal beneidete ich sie darum.

»Ich war mir irgendwie sicher, dass wir glückliche Besitzerinnen einer Fußbodenheizung sind«, murmelte sie und pustete sich ihren Fransenpony aus der Stirn. Ihr schwarzes Haar, das sie normalerweise kinnlang trug, war gewachsen, obgleich es ihr kaum bis zum Schlüsselbein reichte.

»Wir wohnen jetzt in Fenway, Cass. Sei froh, dass wir eine Kette an der Haustür besitzen«, erinnerte ich sie. Das Viertel gehörte zwar nicht zu den kriminellen Stadtteilen von Boston, aber eben auch nicht zu den Gegenden, in denen ich mich üblicherweise bewegt hatte.

Cassidy legte den Kopf in den Nacken, um mir ein amüsiertes Grinsen zu schenken. »Jetzt klingst du wie Eloise. Die Wohnung hier war deine Idee, schon vergessen?«

Selbstverständlich nicht. Allerdings hatte ich Cassidy nicht dazu gezwungen, mit mir einzuziehen. In erster Linie hatte ich mit diesem Umzug eines gewollt: weg von allem, das funkelte. Weg von den protzigen Penthouse-Wohnungen mit Blick aufs Wasser, weg von den Yachten im nahe gelegenen Hafen und weg von den teuren Designer-Lädchen. Hier in Fenway war das Einzige, das funkelte, die Stadtlichter bei Nacht.

»Du hast recht. Tut mir leid.« Ich stieß mich mit einem Seufzen vom Türrahmen ab und legte mich kurzerhand neben sie. Das Holz an meinem Rücken war kühl, die Härchen auf meinen Armen stellten sich sofort auf. »Vielleicht sollten wir uns einen Teppich zulegen.«

»Keine schlechte Idee«, stimmte sie zu.

Schweigen legte sich über uns, ein Zustand, den Cassidy meist nicht lange aushielt – genauso wenig wie ich. »Hast du deinem Dad und Eloise eigentlich erzählt, dass du hierhergezogen bist?«

Eloise war meine Stiefmutter. Ich hätte gern behauptet, dass es keine Rolle für mich spielte, dass sie nicht meine leibliche Mutter war, weil ich mich kaum an eine Zeit ohne sie erinnern konnte. Und doch gab es irgendetwas, das uns auf emotionaler Ebene voneinander trennte; eine Zwischenschicht, die hauchdünn, aber größtenteils undurchlässig war. Mit meinem Vater verhielt es sich ähnlich, wenn es seit meinem Abschluss von der Law School nicht sogar noch schlimmer geworden war.

»Und es ihnen extra noch mal unter die Nase gerieben? Klar.« Ich drehte meinen Kopf in ihre Richtung und wackelte vielsagend mit den Augenbrauen.

Die beiden waren entsetzt gewesen, als ich ihnen eröffnet hatte, dass ich aus meinem Apartment in Seaport ausziehen würde, um ab Oktober einen Job bei *Gold, Bright & Partners* anzutreten. Und nicht, wie sie es geplant hatten, in der Kanzlei meines Vaters.

»Wir werden das nicht unterstützen, Gracie«, hatten sie gesagt.

Genau das war mein Ziel gewesen. Nach allem, was passiert war, wollte ich schließlich weder länger ihre finanzielle Unterstützung in Anspruch nehmen, noch hätte ich ihr Einverständnis gebraucht. Das hier wollte ich allein schaffen, *musste* ich allein schaffen. Um meiner selbst willen. Denn auch wenn ich gern versuchte, es zu verdrängen, hatte ich längst gelernt, dass man vor allem an den Dingen wuchs, die einem am meisten Angst bereiteten.

Cassidy stieß einen anerkennenden Pfiff aus. »Draufgängerisch. Die neue Gracie gefällt mir.«

Die neue Gracie. Irgendetwas an dieser Bezeichnung tat weh. Nur ganz leicht, als würde jemand mit der Spitze einer feinen Nadel über meine Haut streichen. Vielleicht weil sie sich dafür, dass sie neu sein sollte, immer noch verdächtig wie die alte Gracie anfühlte. Ein bisschen zu verkopft, ein bisschen zu angespannt, ein bisschen zu viel von allem – nur nicht draufgängerisch. Diese Eigenschaft hatte ich bisher meinen Freundinnen überlassen. Freundinnen wie Cassidy, die von Mittelpunkten magisch angezogen wurden, die roten Lippenstift zum Einkaufen auflegten, sich nicht um fremde Meinungen scherten und nicht zögerten, für ihre Freundin in eine winzige Wohnung im bodenständigen Fenway zu ziehen, obwohl sie sich weitaus mehr leisten konnten. Freundinnen, die ein Stück weit so waren, wie ich nie sein würde, aber manchmal gern gewesen wäre.

»Apropos Eltern«, warf ich ein. »Du bist dir sicher, dass deine mich jetzt nicht abscheulich finden oder für einen schlechten Einfluss halten?«

Cassidy gab ein höhnisches Schnauben von sich. »Du und schlechter Einfluss? *Bitte.* Für meine Eltern warst du schon immer ein Engel und wirst es wahrscheinlich auch immer bleiben. Egal, was du tust.«

»Ein Engel also?« Ich hob die Augenbrauen. »Hast du ihnen denn auch die ganze Geschichte erzählt?«

»Komm schon, wir wissen beide, dass das nicht auf deinem Mist gewachsen ist. Ich kann immer noch nicht glauben, dass Joseph so ein Ding abgezogen hat. Ich meine, klar, er sponsort die Uni und hat seine Kontakte, bla, bla, bla. Aber dass er sie auf diese Weise nutzt, hätte selbst ich ihm nicht zugetraut.« Sie schüttelte entrüstet den Kopf. »Trotzdem bedeutet das nicht, dass du dir deswegen nicht mehr selbst vertrauen kannst. Ich habe mit dir studiert, ich *kenne* dich.«

Ihre Worte schlossen sich wie eine Faust um mein Herz.

Auch ich hatte ihm das niemals zugetraut. Dabei wusste ich schon lange, wie mein Vater werden konnte, wenn seinem Ziel etwas im Weg stand. Dort, wo andere auf Granit stießen, fand Joseph Mittel und Methoden, um durchzubrechen – eine Eigenschaft, die ihm als Topanwalt Bostons von großem Nutzen war, und die er mir immer hatte mitgeben wollen. Nur waren unsere moralischen Kompassnadeln offenbar nicht gleich gepolt, denn meine zeigte definitiv in die andere Richtung. Trotzdem hatte ich geschwiegen. Und ich war mir nicht sicher, was das über mich als Menschen aussagte.

Bei der Erwähnung meines Vaters schob sich eine Erinnerung an ihn in den Vordergrund meiner Gedanken: *Meine Güte, Gracie, stell dich nicht so an. Es war doch nur ein Ausnahmefall.*

Wer konnte mir das garantieren? Wer konnte mir sagen, dass es nicht mehrere solcher *Ausnahmefälle* gegeben hatte?

Meine Eltern behaupteten viel, doch nur wenig davon entsprach der Wahrheit. Sie hatten diese Zweifel in meinen Kopf gepflanzt, wo sie über Wochen hinweg Wurzeln geschlagen hatten. Und nun waren die Ableger davon überall.

»Alles wegen dieses arroganten Mistkerls«, schimpfte Cassidy weiter. »Ich schwöre dir, wenn ich Marcus in die Finger kriegen sollte, dann –«

»Hey. Keine Kraftausdrücke und keine Ex-Freunde.« Ich verzog das Gesicht und massierte mir angestrengt die Schläfen. »Für heute habe ich schon genug Kopfschmerzen.«

Außerdem wollte ich nicht wieder darüber nachdenken, was Marcus mir angetan hatte. Inzwischen hatte auch ich begriffen, dass er es nicht wert war, länger Hauptdarsteller meiner Gedanken zu sein.

Cassidy verdrehte die Augen. »Ich mein ja nur. Wenn du ihn und Gwen an diesem Abend nicht miteinander erwischt hättest …«

»Was dann?«

Sie hob die Schultern und zupfte an einer Naht ihrer karierten Stoffhose. »Na ja, vielleicht wäre dann jetzt alles anders. Ihr wärt noch zusammen, du würdest brav in Josephs Kanzlei arbeiten, und ich würde planlos in der Weltgeschichte herumdümpeln.«

Ihre Aussage überraschte mich. »Ich dachte, *Gold, Bright & Partners* wäre auch deine erste Wahl gewesen?«

Davon war ich zumindest ausgegangen, weil für mich schnell festgestanden hatte, dass ich einen Job in dieser Kanzlei wollte, nachdem die meines Vaters keine Option mehr dargestellt hatte. *Gold, Bright & Partners* gehörte immerhin zu den erfolgreichsten Kanzleien Bostons, und Cassidy gab sich – außer für mich – nie mit etwas Zweitklassigem zufrieden.

Von der Begeisterung, die wir beide nach unserer Einstellung verspürt hatten, war auf ihrem Gesicht gerade jedoch nicht viel zu sehen.

»Ist sie auch«, versicherte sie nachdrücklich und stieß mit ihrem Knie gegen meines. »Aber vielleicht wäre es gar nicht so schlecht gewesen, vorher noch mal rauszukommen. Wir haben uns in den letzten Jahren den Ar… Hintern abgerackert. Eine längere Auszeit hätte uns bestimmt gutgetan.«

Ich wickelte mir eine rotblonde Haarsträhne um den Finger, während ich kurz über ihre Worte nachdachte. »Wir hatten doch den ganzen Sommer.«

»Sag ich ja.« Cassidy sah mich mit ihren katzenhaften grünen Augen an und grinste. »Eine längere Auszeit hätte uns bestimmt gutgetan.«

Ich widersprach ihr nicht, weil ich wusste, dass ihr Leben ähnlich eng getaktet verlaufen war wie meines. Nach der Highschool waren wir beide für unser Grundstudium nach Harvard gegangen und von dort direkt weiter an die interne Law School. Wir hatten uns auf der Toilette auf einer Erstsemester-Party kennengelernt. Mir war gerade der Träger meines Kleides gerissen, weshalb Cassidy so nett gewesen war, mir mit einer Sicherheitsnadel auszuhelfen.

Bei ihr hatte ich von der ersten Sekunde an das Gefühl gehabt, dass sie mich um meinetwillen mochte. Nicht weil sie beabsichtigte, über mich an einen Job in der Kanzlei meines Vaters heranzukommen. Also hatten wir fortan nahezu jeden Tag zusammen in der Jura-Bibliothek gesessen und Gesetzestexte gewälzt, bloß um am Ende des Tages mit dem Gedanken zu spielen, doch alles hinzuwerfen aus Angst, dem Ganzen nicht gewachsen zu sein. Rückblickend war das Studium ein harter

Weg gepflastert von Unsicherheit und Nervenzusammenbrüchen jeglicher Art gewesen, nichtsdestotrotz wäre ich ihn genau so wieder gegangen.

»Bist du nervös, Cass?«, fragte ich in die aufgekommene Stille hinein. Ich hatte den Blick auf die Decke geheftet, an der die Baumäste ein Schattenspiel veranstalteten. Aus dem Augenwinkel bemerkte ich, dass sie mich prüfend musterte.

»Das kann nur jemand fragen, der selbst nervös ist.«

Ertappt biss ich mir auf die Unterlippe. »Was, wenn irgendetwas passiert? Wenn wir am Montag zu spät kommen oder ich schon an dem ersten Fall scheitere?«

Oder schlimmer noch: Wenn sie herausfinden, was passiert ist?

»Was, wenn es gar nicht so schlimm wird, wie du es dir wieder ausmalst, *Gray*?«, schlug sie versöhnlich vor.

Mir entwich ein schweres Seufzen.

Wenn Zweifel eine Farbe hätten, wären sie grau. Nicht ganz schwarz, aber auch nicht weiß. Cassidy behauptete deshalb gern, ich wäre eine Graumalerin und nannte mich liebevoll *Gray*. Und so ungern ich es zugab: Sie hatte recht.

Ich war nicht schüchtern, und es verletzte mich auf eine merkwürdige Art, wenn andere mir diesen Stempel aufdrückten. Ich war nur nicht besonders gut darin, auf mich selbst zu vertrauen.

Manchmal war ich zu leise, obwohl ich laut sein wollte. Manchmal dachte ich zu lange über Sätze nach, bis ich über ihre Einzelteile stolperte. Manchmal saß ich ewig an einer Aufgabe, weil ich sie so exakt wie möglich lösen wollte. Und manchmal ließ ich mich von anderen verunsichern, weil ich mir zu viele Sorgen darüber machte, was sie wohl von mir denken könnten. In erster Linie war ich jedoch gut darin, mich selbst zu verunsichern.

Ich dachte so oft in Konjunktiven, so oft an dieses leidige Was-wenn, dass sich seine grauen Tentakelarme derart fest um meinen Kopf gewickelt hatten, dass es mir an manchen Tagen schwerfiel, mich davon loszureißen. Die meisten Menschen verstanden das nicht. Sie sagten, ich solle einfach damit aufhören – als hätte ich eine Wahl. Oft hätte ich sie deswegen gern angeschrien.

DU WILLST, DASS ICH AUFHÖRE? ICH WÜRDE JA GERN! Und *wie* gern hätte ich einen Riegel davorgeschoben. Doch für Impulsgedanken wie diese gab es keine Gedankenschlösser. Sie kamen zu schnell und zu plötzlich, als dass Vorsichtsmaßnahmen getroffen werden konnten.

Meine Professorin für Verfassungsrecht hatte mir einst geraten: *»Seien Sie überkritisch, seien Sie übergründlich, aber bitte vertrauen Sie sich selbst, Miss Cabot. Sie haben eine Menge Potenzial. Versuchen Sie, diese Was-wenn-Gedanken zu Ihrem Vorteil zu nutzen.«*

Ich hatte mir ihren Rat zu Herzen genommen. Dass es mir hin und wieder gelang, diese Gedanken auf meine Arbeit zu übertragen und mit ihrer Hilfe Zusammenhänge zu erkennen, die anderen verborgen blieben, bedeutete allerdings nicht, dass ich wusste, wie ich sie in meinem Privatleben abstellte.

»Ich wette, die Leute werden dich lieben, Gray«, murmelte Cassidy jetzt. »Das tun sie immer.«

Ich war mir nicht sicher, ob ihre Stimme eine vorwurfsvolle Färbung angenommen hatte. Bevor ich einhaken konnte, stützte sie sich auf ihre Ellbogen und schaute sich in dem Durcheinander um, in dem wir badeten. »Ganz ehrlich? Ich bin *so* kurz davor, jemanden zu engagieren, der uns die Möbel aufbaut.« Sie hielt Zeigefinger und Daumen in die Luft, beide trennten wenige Millimeter. »Ich habe Hunger, ich bin müde, und ich stinke. Ich hasse Umzüge.«

Mit einem Grinsen auf den Lippen erhob ich mich vom Boden und klopfte mir den Staub von der Jeans. »Stell dich nicht so an. Sonst bist du doch die Letzte, die irgendjemanden um Hilfe bittet.«

»Verzweifelte Zeiten erfordern eben verzweifelte Maßnahmen.«

Ich stöhnte. »Ist gut, du Dramaqueen. Ich bestell uns was, okay? Ich muss in diesem Gerümpel nur mein Handy finden.«

Auf dem Weg in mein Zimmer gab der walnussbraune Dielenboden bei jedem meiner Schritte ein Ächzen von sich, als würde er mir eine uralte Geschichte erzählen wollen. Auch die gemusterte Blumentapete, die noch von der Vormieterin stammte, schien ein Überbleibsel aus vergangener Zeit zu sein. Ich hätte sie abziehen können, da sie sich an einigen Stellen bereits wellte und in den Ecken abgeblättert war, doch ich tat es nicht. Sie spiegelte auf seltsame Weise mein aufgerautes Innerstes wider.

Mein Zimmer besaß zum Glück gleich zwei Fenster, die großzügig Licht spendeten und zu einer schmalen Nebenstraße hinausgingen. Vor eines davon hatte ich meinen Schreibtisch stellen lassen, neben dem mein grüner Samt-Lesesessel stand. Alles andere, darunter das Bett, das derzeit eine Matratze auf dem Fußboden darstellte, würde ich in den kommenden Tagen noch aufbauen müssen.

Ich steuerte den Schreibtischstuhl an, über den ich vorhin meinen Mantel gelegt hatte. Dann ließ ich mich darauf sinken, streckte mit einem Seufzen die Füße von mir und zog das Handy heraus. »Worauf hast du Lust?«, rief ich in Cassidys Richtung. »Pizza? Pasta?«

»Sushi!«, kam es postwendend zurück.

Wieso nur hatte ich mit dieser Antwort gerechnet?

Ich wollte mich gerade der Auswahl im Internet widmen, da bemerkte ich die Bewegung eines Schemens am Rande meines Sichtfelds. Sowie ich den Kopf hob, flackerte mein Blick zu dem roten Backsteinhaus auf der gegenüberliegenden Straßenseite. Genau dort, vielleicht acht oder zehn Meter entfernt, stieg in dieser Sekunde ein hochgewachsener Typ aus seinem Fenster.

Mein erster Impuls war, aufzuspringen und »Vorsicht!« zu rufen, um wenigstens *irgendetwas* zu tun. Allerdings hatte er sich schon im nächsten Moment mit einer fließenden Bewegung an der Metallstange einer Feuerleiter hinaufgezogen. Fasziniert beobachtete ich ihn dabei, wie er sich auf eine der Stufen setzte und ein kleines Buch aus der Gesäßtasche seiner Jeans zog. Ein paar Strähnen seines aschblonden Haares fielen ihm in die Stirn, als er es aufschlug. Er fuhr sich mit gespreizten Fingern hindurch, ohne seinen Blick von den Buchseiten zu lösen.

Wie konnte er in der aufkommenden Dämmerung und bei dieser Geräuschkulisse ungestört lesen? Auch ohne mein Fenster zu öffnen, war ich mir der Lärmdecke bewusst, die über den Straßen Fenways lag. Wenn es nicht der Verkehr war, waren es die Baustellen oder die Lautsprecher aus dem nahe gelegenen Stadion, die am laufenden Band Töne ausspuckten. Dem Typen hingegen schien das alles nichts auszumachen. Es war, als hätte man ihn aus einer Momentaufnahme geschnitten und in diese schnelllebige Kulisse gesetzt. Er war sein eigener Fixpunkt, um den die Welt sich drehte.

»Und, hast du was gefunden?« Beim Klang von Cassidys Stimme fuhr ich erschrocken zusammen. »Was?«

»Na, etwas zu essen. Weißt du noch?«

»Oh.« *Richtig.* »Noch nicht.«

»Was hast du denn die ganze Zeit gemacht?«

Ich hörte, wie sich ihre Schritte näherten. Kurz darauf fühlte ich ihre warmen Hände auf meinen Schultern, weshalb ich meinen Blick eilig von dem Fremden losriss. »Ich suche noch.«

»Und du glaubst, unser Nachbar kann dir dabei helfen?« Ein wissendes Lächeln zupfte an ihren Mundwinkeln. Und es wurde noch breiter, als sie bemerkte, dass mir Blut in die Wangen schoss. »Ich wusste es! Du Stalkerin.«

»Ich stalke niemanden!« Der Griff um mein Handy verstärkte sich, dennoch bemühte ich mich, unbeirrt weiterzuscrollen. »Irgendjemand muss ja ein Auge darauf haben, dass er nicht runterfällt und sich das Genick bricht.«

»Und da opferst du dich natürlich ganz selbstlos auf. Ist klar.« Cassidy lehnte sich mit verschränkten Armen gegen meinen

Schreibtisch. »Wahrscheinlich hängen in den anderen Stockwerken gerade noch mindestens zwei weitere Frauen und Männer an ihren Fenstern. Stürmt ihr dann alle gemeinsam nach draußen, wenn es ernst wird?«

»Du bist gemein.«

Sie gluckste vergnügt. »Eigentlich warte ich nur darauf, dass du endlich diese Bestellung abschickst. Gerade du müsstest doch wissen, wie schmal der Grat zwischen *hungry* und *angry* ist, Miss Ich-brauche-Zucker-sonst-verliere-ich-die-Nerven.«

»Ist gut, ich mach ja schon«, grummelte ich genervt. Ein paar Klicks später erhielt ich eine Bestätigungsmail von einem Restaurant in unserer Nähe und zeigte sie ihr. »Da, bitte schön. Fünfzehn Minuten. Hältst du das noch aus?«

Ihre Augen blitzten. »Ich garantiere für nichts.«

Nachdem Cassidy und ich Sushi gegessen und uns währenddessen auf ihrem Tablet eine Folge *Extraordinary Attorney Woo* angeschaut hatten, sortierten wir noch ein paar Kartons. Dann schoben wir die Couch dorthin, wo wir sie haben wollten, und räumten das Geschirr in die Küchenschränke. Dabei tanzten und sangen wir so laut zu *Pierre* von Ryn Weaver mit, dass die Nachbarn aus dem Stockwerk unter uns mit irgendetwas, vermutlich einem Besenstiel, gegen die Decke klopften.

»Sieh mal, wir haben uns an unserem ersten Tag schon beliebt gemacht!«, rief Cassidy über die Musik hinweg mit einem breiten Grinsen. »Das ging schneller als erwartet!«

Als ich kurz vor Mitternacht in mein Zimmer ging, brannten mir die Augen. Dabei bezweifelte ich in Anbetracht meines näher rückenden ersten Arbeitstages, in den kommenden zwei Nächten überhaupt Schlaf zu finden.

Ich nahm ein paar meiner in Leder gebundenen Gesetzbücher aus einem Karton und stellte sie fein säuberlich nebeneinander auf meine Schreibtischablage. Sie waren alt und die Einbände zerfranst. Ich hatte mich geweigert, mir neue zu kaufen, weil ich den Geruch von alten Büchern liebte. Im Anschluss zog ich einen weiteren Karton hervor, in dem ich meinen Pyjama fand.

Mehr um sicherzugehen, dass mich niemand beim Umziehen beobachtete, als aus Neugier, glitt mein Blick zur gegenüberliegenden Straßenseite. Es war dunkel, aber in der Wohnung des jungen Mannes brannte noch Licht. Ich entdeckte ihn schnell, was bei den großen Rundbogenfenstern auch kein Wunder war. Er stand oberkörperfrei mit dem Rücken zu mir in seinem Schlafzimmer. Zumindest ging ich davon aus, dass es das war, weil ich ein Bett erkennen konnte. Die Bettwäsche war dunkelblau und lag wie ein zusammengeknülltes Taschentuch auf seiner Matratze.

Ich fragte mich, ob er allein wohnte, und gleich darauf, warum mich das interessierte.

Einen Moment lang blieb ich stehen, beobachtete mit einem warmen Prickeln im Nacken, wie er sich probeweise ein paar schlichte Hemden vor die Brust hielt. Manche warf er hinter sich aufs Bett, andere hing er sorgsam zurück in seinen Schrank. In ein weißes Hemd schlüpfte er schließlich hinein. Zunächst mit dem rechten Arm, dann mit dem linken – jeder Handgriff, mit dem er den Kragen richtete, war geschmeidig und ohne Hast. Als hätte die Zeit keinen Einfluss auf ihn, weil er einfach durch sie hindurchschwamm.

Es war seltsam, aber je länger ich hier stand und ihm zusah, desto mehr schien seine Gelassenheit auf mich überzuschwappen. Lauter kleine Wellen, deren Schaumbläschen an meinen Zehen zerplatzten. Bis mir mit einem Mal doch alles eine Spur zu schnell ging: Er drehte sich um und näherte sich dem Fenster, offenbar weil er etwas suchte. Was auch immer es war, mich fand er zuerst. Wahrscheinlich hätte ich irgendetwas tun müssen, allerdings vergaß ich unter seinem Blick prompt, wie man atmete.

Der Typ starrte mich an, und ich starrte zurück. So lange, bis er die Augenbrauen hob, mir damit das internationale Zeichen für »*Ist was?*« gab und ruckartig seine Vorhänge schloss.

Hitze stieg mir in die Wangen, breitete sich von dort wie ein Lauffeuer aus, sodass sich alles in mir auf unangenehmste Weise zusammenzog. Ein Gefühl, wie man es nur bekam, wenn man soeben dabei erwischt wurde, eine unsichtbare Grenze überschritten zu haben. *Warum in aller Welt habe ich das getan?*

Die Frage wummerte wie ein Echo in meinem Kopf, selbst als ich schon lange im Bett lag. Dabei kannte ich die Antwort insgeheim.

Er hatte irgendetwas an sich, das meinen Blick auf die andere Straßenseite gezogen hatte. Etwas Ruhendes, Stetiges. Vielleicht war es die Art und Weise, wie er sich bewegte, die es mir angetan hatte. So fließend und selbstsicher, als wäre er sein eigener Ruhepol. Und dadurch irgendwie auch meiner.

2

Gracie

Nicht alle Worte gingen zum einen Ohr rein und zum anderen wieder raus. Manche setzten sich tief im Gedächtnisgewebe fest, wo sie eine längere Zeit überdauerten. Vielleicht nur ein paar Stunden oder Tage, vielleicht aber auch Wochen oder ganze Jahre.

Eine Sache, die mein Vater mich früh gelehrt hatte, war Pünktlichkeit. Und seine Worte waren aus irgendeinem Grund so fest in meiner Erinnerung verankert, dass sie sich bis heute nicht gelöst hatten: *»Cabots lassen niemanden warten, Gracie. Lässt du eine Person warten, vermittelst du ihr das Gefühl, nicht wichtig genug zu sein und deine Arbeit nicht ernst zu nehmen.«*

Tatsächlich hatte ich in meinem Leben schon oft festgestellt, dass man sich mit Pünktlichkeit eine Menge Unannehmlichkeiten ersparen konnte. War man in Restaurants die Erste, konnte man sich oftmals selbst einen Platz aussuchen. In meinem Fall war das immer ein Tisch an der Wand, weil ich schon als Kind lieber in Ufernähe geschwommen war als im offenen Wasser.

Traf man für ein Meeting zu früh ein, konnte man gedanklich noch einmal in Ruhe das Skript durchgehen, um sich im Gespräch daran entlangzuhangeln und Satzstolperer zu vermeiden.

War man pünktlich, musste man sich außerdem nie Entschuldigungen oder Notlügen für die Verspätung zurechtlegen, die einem das gesamte Treffen über wie unangenehmer Belag auf der Zunge kleben blieben.

Aus all diesen Gründen plante ich meine Termine stets mit

größter Sorgfalt und kontrollierte sie mindestens dreimal auf Richtigkeit, bevor ich sie in meinen Kalender eintrug. Dasselbe galt für meinen Wecker vor dem Schlafengehen.

Wie es mir trotz allem gelungen war, an meinem ersten Arbeitstag zu verschlafen, konnte ich mir auch nach dem fünften Blick auf mein Handy beim besten Willen nicht erklären. Hatte es nicht geklingelt? Oder hatte ich es gekonnt überhört? Im Grunde spielte es keine Rolle, denn in dem Moment, in dem ich es realisiert hatte, war ich bereits hellwach gewesen und aus dem Bett gesprungen.

Ich rannte barfuß in den Flur, wo ich mit geballter Faust gegen Cassidys Zimmertür schlug. Erst noch sanft, dann eine Spur fordernder. Sie hatte sich darauf verlassen, dass ich sie wecken würde, da ich von Natur aus eine Frühaufsteherin war.

Ein Fehler. Ein großer Fehler.

Womöglich hatte ich bei meinem Auszug aus meiner alten Wohnung doch mehr zurückgelassen als nur meinen Nachnamen.

»Cass, steh auf! Wir haben verschlafen!« Ich steckte meinen Kopf durch den Türspalt. Das graue Morgenlicht hing wie ein Schleier in ihrem Zimmer, ließ die nackten Wände noch trostloser aussehen.

»Was ist los?« Sie rieb sich die Augen und blinzelte mich verschlafen an. Ihr Pony stand wirr in alle Richtungen ab.

»Wenn wir uns jetzt nicht beeilen, kommen wir zu spät«, sagte ich und tippte auf eine imaginäre Uhr an meinem Handgelenk.

»Wie, zu spät?« Sie griff nach ihrem Handy und linste flüchtig auf den Bildschirm. In der nächsten Sekunde saß sie kerzengerade auf ihrer Matratze. »Verflucht, ich dachte, du weckst mich?«

Wir stürzten ins Badezimmer, in dem sich dank des offen stehenden Fensters sämtliche kühle Morgenluft gesammelt hatte. Ich stellte mich bibbernd vor den Spiegel und putzte mir die Zähne, während Cassidy unter einem Schwall unterdrückter Flüche in die winzige Duschkabine stieg.

So ging es die nächsten Minuten hin und her, wie eine Art Tanz, bei dem wir uns mit der Schrittfolge abwechselten: Ich duschte, während sie sich die Haare föhnte. Ich föhnte mir die Haare, während sie sich Make-up auftrug. Ich trug mir Make-up auf, während sie sich die Zähne putzte. Dabei musste ich andauernd mit dem Handtuchzipfel über die beschlagene Spiegelscheibe wischen, um mich darin überhaupt sehen zu können.

Mein Vater hatte früher oft gesagt, ich sei das Ebenbild meiner Mutter, und soweit ich das anhand von alten Fotos beurteilen konnte, stimmte es. Wir hatten das dunkle rotblonde Haar gemeinsam, das mir wie glänzende Seide über die Schultern fiel. Ebenso die tiefbraunen Augen, die blasse Rosenhaut und die Abertausend winzigen Sommersprossen auf Nase und Wangen.

Heute schien es, als würden sich die kleinen Flecken besonders stark auf meiner Haut abzeichnen. Es war die Nervosität, die sich nicht nur in meinem Bauch, sondern auch in meinen Gesichtszügen eingenistet hatte.

Wahrscheinlich bekam ich nach dem Anziehen deshalb auch kaum einen Bissen von dem Marmeladentoast hinunter, den Cassidy mir über den Tresen zugeschoben hatte.

»Bist du sicher, dass du das tragen willst?«, fragte sie und blickte zweifelnd an mir hinunter, weshalb ich dasselbe tat.

Im Gegensatz zu Cassidy, die einen schwarzen Designer-Einteiler trug, hatte ich mich für eine senfgelbe Rüschenbluse und einen Blazer entschieden, der genau wie der knielange Bleistiftrock marineblau war, dazu eine graue Wollstrumpfhose mit weißen Punkten, weinrote Lackschuhe und den alten roten Haarreif meiner Mutter, der eines meiner wenigen Erinnerungsstücke an sie war.

Ich mochte vielleicht oft grau denken, aber ich liebte es, Farben zu tragen. Dieses Outfit war eine Kombination aus meinen Lieblingsteilen. Ich hatte gehofft, wenn ich mir selbst schon kein Gefühl von Sicherheit geben konnte, dann zumindest meine Kleidung. Nur machte Cassidys Kommentar sämtliche Hoffnung binnen eines Wimpernschlags zunichte.

»Was ist falsch daran?«

»Gar nichts!«, entgegnete sie schnell und eine Oktave zu hoch. »Es ist *dein* erster Eindruck. Trag das, was du möchtest und worin du dich gut fühlst.«

Obwohl ich Cassidy seit mehreren Jahren kannte, kam es mir manchmal so vor, als sprächen wir unterschiedliche Sprachen. Im Gegensatz zu mir wälzte sie ihre Sätze nicht mehrmals im Kopf herum, sondern sprach sie einfach aus.

Mir war bewusst, dass das meiste davon nicht böse gemeint war, und doch fiel es mir oft schwer, ihre Worte zu filtern und zu entscheiden, welche ich näher an mich heranließ und welche nicht. Auch diese waren wieder so spitz wie feinste Glassplitter. Ich konnte zulassen, dass sie mir unter die Haut gingen. Oder ich konnte sie an mir abprallen lassen.

Meine Hand ballte sich zur Faust. *Es ist egal, was sie sagt. Solang du dich wohlfühlst, ist wirklich alles okay.* Ich lockerte sie wieder.

»Also gut.« Sie wischte sich die Brotkrümel aus ihrem Mundwinkel und kontrollierte in der Spiegelung ihres Handys, ob ihr Lippenstift noch saß. »Wie ich dich kenne, hast du längst einen Plan, wie wir zur Kanzlei kommen?«

Natürlich hatte ich den. Ein detaillierter Fahrplan war eines der ersten Dinge, um die ich mich gestern nach dem Aufstehen gekümmert hatte.

Ich klappte meinen Taschenkalender auf und überflog meine Notizen. »Eigentlich dachte ich, wir würden mit der Bahn fahren.«

Bis zur nächsten Station in der Park Street war es allerdings ein Fußweg von etwa zehn Minuten. Zusammen mit einer zwanzigminütigen Bahnfahrt in Richtung Downtown und weiteren fünf Minuten Fußweg stand außer Frage, dass wir zu spät kommen würden.

»Wenn wir jetzt zur Bahn laufen, werden wir niemals rechtzeitig da sein«, sprach Cassidy meinen Gedanken laut aus. Sie steckte ihr Handy weg und schaute nachdenklich aus dem Küchenfenster. Plötzlich erhellte sich ihre Miene. »Sieh an. Vielleicht müssen wir das auch gar nicht.«

»Wovon sprichst du?« Ich stellte meinen Teller in die Spüle und folgte ihrem Blick nach unten auf die Hauptstraße, wo in diesem Augenblick ein Taxi am Kantstein hielt. Der Fahrer überlegte kurz, in die kleine Seitenstraße einzubiegen, zu der mein Zimmerfenster hinausging, entschied sich in letzter Sekunde jedoch dagegen.

»Meinst du nicht, er wartet auf jemanden?«, fragte ich stirnrunzelnd.

Cassidy drehte ihren Kopf zu mir und grinste. »Ja, auf uns. Na komm, beeil dich!«

Sie nahm ihre Tasche und zog mich am Handgelenk hinter sich aus der Küche. Ich schaffte es gerade noch, im Flur nach meinen eigenen Sachen und einem Mantel zu greifen, bevor sie mich durchs Treppenhaus schleifte. Kaum hatten wir einen Schritt nach draußen gesetzt, legten sich die feuchtkühlen Finger des Oktobermorgens um meinen nackten Hals. Der Himmel war verwaschen und grau. Die dunklen Turmwolken sahen aus, als trügen sie Regen mit sich, der jede Minute zu schwer wurde.

Cassidy zögerte nicht, lief zum Taxi und klopfte mit einem breiten Lächeln an die Scheibe. Nachdem sie ein paar Worte mit dem Fahrer gewechselt hatte, winkte sie mich aufgeregt zu sich. »Na los, er nimmt uns mit!«

Wenn das kein glücklicher Zufall war. Ich hatte gerade die Hintertür geöffnet, um auf die Sitzbank zu rutschen, da tippte mir jemand auf die Schulter.

»Entschuldige, aber ich glaube, das ist meins.«

Es war eine warme Männerstimme. Ruhig und dunkel, ein bisschen wie in schwarzen Samt gehüllt. Ich drehte mich langsam zu ihr um und erstarrte, als ich begriff, zu wem sie gehörte. Am liebsten hätte ich laut aufgelacht, weil es so absurd war. Nur brachte ich in der ersten Schrecksekunde keinen Ton heraus.

Anders als er.

»Du.« Der finstere Ausdruck, der wie ein Schatten über sein markantes Gesicht huschte, verriet mir sofort, dass er mich ebenfalls erkannte. Seine blassgrünen Augen verengten sich leicht. »Erst bespannst du mich, und jetzt nimmst du mir auch noch mein Taxi weg?«

Bespannen? War das sein Ernst? Ich schnappte nach Luft. »Entschuldige mal, ich habe dich nicht bespannt!«

Er wirkte alles andere als überzeugt von meiner Antwort. »Du weißt, dass das streng genommen schon unter Voyeurismus fällt und strafbar ist?«

Mein Blick tastete sich flüchtig an seiner hochgewachsenen Statur entlang. Er trug einen dunkelgrauen Mantel über seinen breiten Schultern, darunter ein weißes Hemd mit gestreifter Krawatte, Anzughose und schwarzen Halbschuhen, die an der Spitze abgenutzt waren.

»Was bist du, Anwalt? Polizeibeamter?«, fragte ich glucksend.

Mein Gegenüber verzog keine Miene. »So etwas dürfte den meisten klar sein, schätze ich. Zumindest bin ich davon ausgegangen.«

»So? Dann weißt du ja vielleicht auch, dass ich für eine erfolgreiche Anklage deinerseits Fotos oder Videos von dir gemacht haben müsste, die das Ganze beweisen. Habe ich aber nicht. Ich habe nur in einem unpassenden Moment rübergeschaut, das ist alles.«

Der Typ verschränkte die Arme vor der Brust und legte den Kopf schief, wobei ihm eine aschblonde Strähne in die Stirn fiel. Er hatte versucht, sein Haar mit Wachs in Form zu bringen, allerdings war der leichte Wind nicht gerade gnädig. Es war schwer zu sagen, ob er neugierig oder überrascht aussah.

»Das behauptest du.«

»Weil es stimmt! Aber du hast recht. Es tut mir leid, dass ich deine Privatsphäre missachtet habe. *Wirklich*«, versicherte ich mit Nachdruck. »Das ist nicht meine Art, und es wird nicht wieder vorkommen. Versprochen.«

Er öffnete den Mund, um zu antworten, da rief Cassidy vom Beifahrersitz aus: »Gray, was dauert denn da so lang? Wir haben es eilig, schon vergessen?«

Ich steckte meinen Kopf ins Taxi. »Gib mir nur eine Sekunde«, bat ich. Dann widmete ich mich wieder unserem Nachbarn, der mich nun von Kopf bis Fuß musterte.

»Sind du und deine Freundin neu in der Gegend? Ich habe euch hier noch nie gesehen.«

»Wir sind vorgestern eingezogen«, murmelte ich und stellte den Kragen meines Mantels auf.

»Vorgestern?« Er gab ein Geräusch von sich, das halb Schnauben, halb Lachen war. »Na, das nenne ich mal einen einprägsamen ersten Eindruck.«

Ein Gefühl von Scham brannte sich in meinen Magen. Einerseits wäre ich gern im Erdboden versunken, andererseits wollte ich mit dem Fuß gegen den Autoreifen treten. All das wäre nie passiert, wenn ich nur rechtzeitig aufgestanden wäre. Stattdessen diskutierte ich mit einem Fremden auf offener Straße und würde an meinem ersten Arbeitstag zu spät kommen. So einen Start in der Kanzlei konnte ich mir nicht erlauben. Ich mochte das schillernde Cabot-Kostüm abgestreift haben, aber das bedeutete nicht, dass es deshalb okay war, Fehler zu machen. Erst recht nicht *solche*. Ich wollte niemanden warten lassen, und ich wollte niemandem das Gefühl vermitteln, nicht wichtig genug zu sein.

Je länger ich darüber nachdachte, desto mehr Wut wallte in mir auf. »Hör zu. Wir brauchen dieses Taxi wirklich, wirklich dringend. Ich kann es mir nicht leisten, ausgerechnet heute zu spät zu kommen, okay? Ich muss …« *Einen guten Job machen.* »Ich darf nicht …« *Scheitern.*

Meine Stimme überschlug sich, genau wie mein Herz.

»Denkst du, *ich* könnte es mir leisten, zu spät zu kommen?«, fragte er und deutete mit einer vagen Handbewegung auf das Auto. »Das ist *mein* Taxi. Steigt aus und bestellt euch ein eigenes, wenn ihr eins braucht.«

Obwohl er eine Diskussion mit mir führte, sprach er ruhig und beherrscht, doch aus irgendeinem Grund trug es nicht dazu bei, mich milde zu stimmen. Im Gegenteil.

»Gar nichts werden wir tun! Wir zahlen ihm nämlich das Doppelte für die Fahrt«, verkündete Cassidy, die ihr Fenster inzwischen runtergefahren hatte. »Also steig jetzt verdammt noch mal ein, Gracie!«

Als ich mit der linken Hand gehorsam nach dem Türgriff hinter meinem Rücken tastete, huschte mein Blick zu unserem Nachbarn zurück. Er schien zu ahnen, was ich vorhatte, noch bevor ich die Finger vollständig um das kühle Metall geschlossen hatte.

»Das würde ich mir an deiner Stelle zweimal überlegen.«

Er hatte ja keine Ahnung, dass ich für gewöhnlich nicht nur zweimal, sondern gleich dreimal darüber nachgedacht hätte, wenn die Umstände andere gewesen wären. Ich hätte Cassidy gebeten auszusteigen und mich auf der Stelle bei ihm entschuldigt. Aber ich konnte nicht. Nicht wenn das hier mein rettender Neubeginn werden sollte.

»Tut mir wirklich leid, es geht nicht anders«, sagte ich also, ehe ich ins Taxi schlüpfte und die Tür hinter mir zuknallte.

Kaum hatte der Fahrer den Motor gestartet, verriegelten sich die Türen, sodass unser Nachbar sie nicht mehr öffnen konnte. Er schlug mit der flachen Hand gegen die Fensterscheibe und verzog das Gesicht. Dann wirbelte er herum und lief mit schnellen Schritten zurück zum Eingang seines Hauses.

Gott sei Dank. Ich sank tiefer in die Polster der Sitzbank und stieß einen Schwall Luft aus. Mein Herz pochte so stark, dass ich es im ganzen Körper spürte.

»Was zum Teufel war das denn?« Auch Cassidys Blick war auf die Haustür unseres Nachbarn gerichtet, die immer kleiner wurde, je weiter wir uns davon entfernten.

»Na ja, wir haben ihm eiskalt sein Taxi geklaut«, murmelte ich und stellte fest, dass es noch schlimmer klang, wenn man es laut aussprach.

Sie zuckte unbekümmert mit den Schultern. »Na und? Selbst wenn. Er wird darüber hinwegkommen.«

»Ich weiß nicht …« Ich schaute zum Himmel hinauf, der sich in den vergangenen Minuten noch weiter zugezogen hatte. »Hätten wir ihm nicht wenigstens anbieten sollen, ihn mitzunehmen? Es sieht nach Regen aus.«

Cassidy schnaubte und zog ihr Handy hervor, um geschäftig darauf herumzutippen. »Es ist superrührend, wie du dich um ihn sorgst, Gray. Aber wir haben gerade echt andere Probleme. Oder hast du vielleicht einen Plan B, mit dem wir es schaffen, in acht Minuten in der Kanzlei zu sein?«

Natürlich hatte ich keinen. Auch wenn ich mir wünschte, es wäre anders gewesen. Mit einem Seufzen lehnte ich meinen Kopf gegen die Fensterscheibe und beobachtete, wie die Eindrücke der Stadt an mir vorbeizogen. Genau wie die Kanzlei meines Vaters lag die von *Gold, Bright & Partners* im Herzen Downtowns. Dadurch dass ich bis vor wenigen Tagen noch in Seaport gewohnt hatte, kannte ich die Gegend gut. Hohe Gebäude mit glänzenden Glasfronten, dichter Verkehr und viele Menschen. Downtown war die Heimat der großen Einkaufs-, Rechts- und Finanzviertel. Die meisten Bürogebäude befanden sich in der Umgebung des Regierungszentrums, darunter sowohl neue als auch ältere Bauwerke.

Ich mochte Downtown, eigentlich ganz Boston. Vor allem wegen der weitläufigen Parks und der Nähe zum Wasser, aber auch wegen der hübschen Vororte, die einen vergessen lassen konnten, dass man in einer Großstadt lebte. Das Einzige, worauf ich hätte verzichten können, waren die verstopften Straßen am frühen Morgen – besonders in einer Situation wie dieser. Der Verkehr lief nur zähflüssig, während die Zahlen auf der Uhr meines Handys umso schneller voranzuschreiten schienen.

»Wir müssen in drei Minuten da sein.« Cassidys Stimme zupfte am Rand meines Bewusstseins, mischte sich unter die Sirene eines Polizeiwagens und das Prasseln des Regens, der mittlerweile eingesetzt hatte. »Das schaffen wir doch niemals.«

Wem sagte sie das? Die Nervosität in meinem Bauch hatte sich zu einem regelrechten Klumpen verformt, der stetig größer wurde. *Was, wenn sie ohne uns anfangen? Wenn wir irgendetwas Wichtiges verpassen und sie uns das in irgendeiner Form anlasten?*

Ich öffnete das Fenster einen winzigen Spalt, um mit geschlossenen Augen mehrmals tief durchzuatmen. Ganz gleich, dass die feinen Tropfen meine Wangen binnen Sekunden mit einem feuchten Schleier benetzten.

Als ich die Lider kurz darauf wieder aufschlug, blieb mir ein entsetzter Laut in der Kehle stecken. Neben mir an der Ampel, direkt in der schmalen Lücke zwischen den Autos, entdeckte ich unseren Nachbarn – auf einem Fahrrad. Der Regen lief ihm in Rinnsalen über das Gesicht, und seine Kleidung war gänzlich durchnässt. Zu allem Überfluss funkelte er wütend in unser Taxi hinein, weshalb ich das Fenster unverzüglich wieder schloss.

Oh Gott, oh Gott, oh Gott. Mir brach der Schweiß aus, als ich tiefer in meinen Sitz sank, der mich zu meiner Enttäuschung allerdings nicht verschluckte. »Cass?«, piepste ich.

Sie hörte mich nicht, weil sie mit dem Taxifahrer sprach. »Gibt es nicht noch irgendeinen anderen Weg, den wir nehmen können?«

Der Fahrer dachte nach, wobei er sich über den ungepflegten Bartschatten an seinem Kinn strich. »Ich könnte hier gleich links abbiegen und versuchen, ob es über die State Street schneller geht.«

Cassidy nickte. »Klingt nach einem Plan.«

Die Ampel sprang auf Grün, und die ersten Autos fuhren an.

Unser Nachbar warf mir durch eine Wolke aus Abgasen einen letzten vernichtenden Blick über die Schulter zu. Dann trat er wieder in die Pedale und fuhr geradeaus über die Kreuzung, wohingegen wir nach links abbogen. Es hätte mich erleichtern sollen, nur lastete mir mein schlechtes Gewissen so schwer auf den Schultern, dass beim Aufatmen kein Gefühl der Befreiung folgte. Hoffentlich stand ihm keine weite Fahrt mehr im Regen bevor. Bei dem Gedanken daran, dass er sich unseretwegen etwas einfangen könnte, wurde mir schlecht.

Immerhin schien es, als wäre der Umweg des Taxifahrers tatsächlich die bessere Wahl gewesen. Knappe sieben Minuten später setzte er uns vor der Kanzlei ab, ohne sich für den doppelten Zuschlag zu bedanken.

Obwohl ich schon einmal vor dem imposanten Gebäude von *Gold, Bright & Partners* gestanden hatte, empfand ich es nicht weniger einschüchternd. Es war ein vierstöckiger föderalistischer Bau, dessen Fassade aus rostrotem Backstein bestand und von kunstvoll verziertem Fries geschmückt wurde. Die rechteckigen Sprossenfenster mit weißen Metallrahmen trugen ziervolle Gesimse als Kronen. Den Eingang bildete ein massives bogenförmiges Portal, durch das man in die imposante Empfangshalle gelangte. Rechts und links von der breiten Flügeltür, die einst zu einem alten Feuerwehrhaus gehört hatte, standen zwei Kübel mit rund geschnittenen Lorbeerbäumen. Der bloße Anblick genügte, damit die Erinnerung an mein Bewerbungsgespräch aufflackerte und sich Feuchtigkeit in meinen Handflächen sammelte.

Einen ganzen Monat lang hatte ich mich auf dieses Interview vorbereitet, mir die größten Kanzleifälle angesehen und auf jede mögliche Frage eine passende Antwort zurechtgelegt. Und trotzdem hatte mich jede dritte davon unvorbereitet erwischt. *Wie hätten Sie im Fall XY als Richterin entschieden? Welche drei Gegenstände würden Sie mit auf eine einsame Insel nehmen? Wie stehen Sie zum Gebrauch der Miranda-Belehrung?*

Die schwerste Frage, die mir gestellt worden war, hatte jedoch gelautet: »*Auf Ihren Zeugnissen steht ein anderer Nachname, warum haben Sie ihn geändert? Und was treibt Sie ausgerechnet zu uns, Ms … Hoffman?*« Denn wie sollte man jemandem erklären, dass man anstelle der Kanzlei des eigenen Vaters lieber in der seiner größten Konkurrenz arbeiten wollte?

Ich hatte der geschäftsführenden Partnerin Natalie Gold nicht den wahren Grund genannt, allerdings auch nicht gelogen. Immerhin stimmte es, dass ich nie die engste Bindung zu meinen Eltern gehabt hatte. Und dass ich etwas erreichen wollte, ohne meine Beziehungen zu nutzen oder mich auf meinen Nachnamen zu berufen.

Der Gedanke schien ihr gefallen zu haben. Möglicherweise war es aber auch nur der, künftig die Tochter des Konkurrenten im Team zu wissen.

Cassidy und ich betraten den großzügigen Vorraum, der mit smaragdgrünen Marmorfliesen ausgelegt war, passierten eine Reihe von Fahrstühlen mit gebogenen Holzrahmen und gelangten schließlich an den Empfangstresen. Er bestand aus dunklem Mahagoniholz, genau wie die dahinterliegende vertäfelte Wand, in die das goldene Logo der Kanzlei eingraviert war: ein rundes Siegel mit einer Justizwaage, über der in edlen Goldlettern *Gold, Bright & Partners* geschrieben stand.

Ich erkannte die ältere Dame, die mit dem Telefon am Ohr einige Klicks auf ihrem Computerbildschirm tätigte, sofort von meinem Bewerbungsgespräch wieder. Heute war sie allerdings nicht allein. Neben ihr saß ein junger Mann im Anzug, den ich auf den ersten Blick auf Anfang dreißig schätzte. Sein glattes schwarzes Haar war ordentlich zurückgekämmt, das Lächeln auf seinen schmalen Lippen warm und freundlich. *Yuki Matayoshi* stand auf seinem Namensschild.

»Willkommen bei *Gold, Bright & Partners*«, grüßte er uns freundlich. »Kann ich Ihnen behilflich sein?«

Cassidy war von unserem schnellen Laufschritt ähnlich außer

Atem wie ich, weshalb sie die nächsten Worte nur gepresst hervorbrachte: »Ja, hi. Mein Name ist Cassidy Lind. Und das hier ist Gracie Ca–«

»Hoffman«, fuhr ich schnell dazwischen und warf ihr einen mahnenden Seitenblick zu. »Gracie Hoffman. Wir haben ein Meeting mit Natalie Gold. Wir gehören zu den neuen Anfängerinnen. Ich meine *Associates*.«

Ich wusste nicht, warum ich mich korrigierte. Wir mochten zwar ein abgeschlossenes Jurastudium vorzuweisen haben, doch waren wir in den Augen der Leute hier wahrscheinlich trotzdem nichts anderes als blutige Anfängerinnen, die kaum Erfahrung hatten. Diese erlangte man typischerweise während der ersten drei bis sechs Jahre in der Kanzlei, bis man – je nach Leistung früher oder später – die Möglichkeit hatte, zu Senior Associates aufzusteigen, denen in der Hierarchie die Junior- und Senior-Partnerinnen und -Partner folgten.

Der junge Mann linste kurz auf die teuer aussehende Uhr an seinem Handgelenk. »Sie sind spät dran.«

Sein Lächeln blieb, aber der Unterton seiner Stimme schwankte, als könnte er sich nicht recht zwischen Freundlichkeit und Strenge entscheiden.

»Es gab leider ein paar Probleme mit unserem Taxi«, entgegnete Cassidy mit zerknirschter Miene. »Tut uns wirklich leid.«

Er nickte verständnisvoll. »Der Verkehr?«

»Oh, *ja*. Eine Katastrophe, also echt.« Sie stützte sich mit einem Ellbogen auf dem hohen Tresen ab und wickelte sich eine Haarsträhne um den Finger. »Da fährt man morgens extra überpünktlich los und kommt trotzdem zu spät. Nicht mal fürs Frühstück hat es gereicht.«

Überpünktlich also?

»Tja, willkommen in meinem Leben.« Der Rezeptionist gab ein Seufzen von sich, das ehrlich frustriert klang. Doch schon in der nächsten Sekunde war er wieder zu seiner anfänglichen Professionalität zurückgekehrt. »In Ordnung. Kommen Sie mit, ich bringe Sie zu Mrs Gold.« Er schob seinen Stuhl zurück und bedeutete uns, ihm zu folgen.

Wir liefen unter einem großen Torbogen hindurch, stiegen zwei kleine Treppenstufen hinunter und standen kurz darauf in der eindrucksvollen Lobby, die – wie ich bei meinem Interview erfahren hatte – als das grüne Herz der Kanzlei galt. Sobald man sie sah, verstand man auch, warum. Es war eine dreistöckige Empore mit Lichtkuppeldach, bestehend aus dicken Holzsäulen und -balustraden, um die sich die Arme grüner Kletterpflanzen gewickelt hatten. Großblättrige Philodendren rankten sich an den Säulen hinauf, während Strelitzien und Palmen in großen Töpfen die Sitzecken mit den dunkelgrünen Kunstledersofas schmückten. Zwei mit weinrotem Teppich ausgelegte Treppen führten rechts und links auf die Laufgänge im ersten Obergeschoss. Dort befand sich laut der Empfangsdame, die mich beim letzten Mal zu Natalie Golds Büro geführt hatte, ein Teil der Büroräume der Zivilrechtsabteilung – der andere Teil im zweiten Obergeschoss. Die dritte Etage beherbergte die etwas kleinere Strafrechtsabteilung.

Unsere Schuhabsätze klackerten auf dem Parkett, und von allen Seiten wurden uns flüchtige Blicke von gehetzt aussehenden Menschen in edlen dunklen Anzügen und Kleidern zugeworfen. Mit jedem von ihnen wurde mir bewusst, dass ich mit meinem Outfit den einzigen bunten Farbklecks in einem Meer aus gedeckten Tönen bildete. *So viel zur Ufernähe.*

Wir durchquerten die Kolonnaden im Erdgeschoss, bogen in einen schmaleren Gang ab, von dem mehrere vertäfelte Türen abgingen, und blieben schließlich vor einer davon stehen. Nach einem kurzen Klopfen öffnete der Rezeptionist sie, weshalb ich automatisch die Luft anhielt. »Natalie? Ich habe hier noch zwei Nachzüglerinnen für Sie.«

Natalie Gold war die Erste von insgesamt acht Personen, auf die mein Blick beim Betreten des lichtdurchfluteten Konferenzraumes fiel. Bereits bei meiner ersten Begegnung mit ihr hatte ich mich gefragt, wie es ihr über die Jahre hinweg gelungen war, trotz ihres nervenaufreibenden Jobs optisch so jung geblieben zu sein. Immerhin dürfte sie inzwischen schätzungsweise Mitte fünfzig sein. Sie hatte ihr schwarzes Haar im Nacken zu einem strengen Knoten zusammengebunden, lediglich zwei lose Strähnen umspielten ihr weiches Gesicht. Dazu trug sie große Creolen und einen cremefarbenen Hosenanzug, der den goldenen Schimmer ihrer gebräunten Haut betonte. Allerdings war es nicht allein das, was sie leuchten ließ. Es war vor allem das, was sie ausstrahlte: Macht, Charisma, Selbstbewusstsein. Sie erinnerte mich an meine Stiefmutter; eine toughe Frau, deren Kritik man fürchtete, weshalb man alles dafür tat, um Fehler zu vermeiden.

Neben ihr erkannte ich zudem ihre Assistentin, mit der ich mehrmals über Mail kommuniziert hatte, und den zweiten namensgebenden Partner der Kanzlei wieder, der meinem Vorstellungsgespräch ebenfalls beigewohnt hatte.

Alistair Bright war ein schmächtiger, adrett gekleideter Mann mit dünnen Silberfäden im Haar und scharfen, leicht vorstechenden Gesichtszügen, die mich an einen Greifvogel erinnerten. In seinem Blick lauerte etwas so Wachsames, dass es mir während des Interviews schwergefallen war, ihm in die eisblauen Augen zu sehen. Vielleicht verdankte er dieser Taktik seinen Erfolg im Gerichtssaal.

»Guten Morgen. Entschuldigen Sie die Verspätung. Es gab leider ein paar Komplikationen auf dem Weg hierher«, brachte Cassidy zögerlich hervor.

Komplikationen. Ich fragte mich, ob die größte Komplikation inzwischen angekommen war, wo auch immer sie erwartet wurde.

»Setzen Sie sich bitte.« Natalie deutete auf den langen Konferenztisch, an dem bereits drei junge Männer und zwei Frauen saßen. »Ich sagte gerade, dass ich es ganz nett fände, wenn wir uns alle in einer kurzen Vorstellungsrunde miteinander vertraut machen würden. Besonders zu Beginn ist es ratsam für Sie, Kontakte zu knüpfen. Auch wenn Sie früher oder später wahrscheinlich beginnen werden, einander die Köpfe einzuschlagen.«

Na, wenn das nicht verlockend klingt.

Ich nickte zustimmend und steuerte den freien Stuhl neben dem jungen Mann mit der Brille und dem kupferroten Haar an. Im Gegensatz zu den anderen trug er nämlich ein warmes Lächeln auf den Lippen und rückte mir sogar den Stuhl zurecht.

Cassidy nahm zu meiner Linken Platz, den Blick neugierig auf den Typen mir gegenüber geheftet, der mit seiner steinernen Miene aussah, als würde er in diesem Moment alles lieber über sich ergehen lassen als eine Vorstellungsrunde. Ich konnte es ihm nicht verdenken. In solchen Runden wurde mir jedes Mal wieder bewusst, wie schlecht ich darin war, über mich selbst zu sprechen. Sie gaben mir das Gefühl, etwas sagen zu müssen, von dem ich wusste, dass die Leute es hören wollten. Nicht weil ich glaubte, dass es sie interessierte. Eher weil ich davon überzeugt war, dass es sie zufriedenstellte, zu hören, dass man mit dem Strom schwamm und nicht dagegen.

Natalie setzte sich auf die Tischkante. »In Ordnung. Ich würde vorschlagen, wir –«

Ein kräftiges Klopfen an der Tür schnitt ihr das Wort ab.

»Das ist dann wohl Nachzügler Nummer drei«, brummte Alistair Bright, der jetzt auf der anderen Seite des Raumes mit verschränkten Armen an einem der Fensterrahmen lehnte.

Die Tür flog auf, und ein junger Mann stolperte herein. Er wirkte abgehetzt, seine Kleidung tropfte, und das Haar klebte ihm platt an der Stirn. Ich wusste, wer er war, noch bevor er den Mund öffnete. Immerhin hatte ich ihm erst vor einigen Minuten das Taxi vor der Nase weggeschnappt …

»Verzeihen Sie meine Verspätung«, stieß er unter beschleunigtem Atem hervor. »Ich war kurzfristig gezwungen, auf mein Fahrrad umzusteigen.«

Mein Herz sackte beim Klang seiner Stimme in eine tiefe Grube, und plötzlich spürte ich sein Wummern überall.

Das kann nicht sein. Das ist unmöglich.

Alistairs buschige Augenbraue schoss in die Höhe. »Ziemlich viele Komplikationen für meinen Geschmack heute.«

Natalie musterte meinen Nachbarn von Kopf bis Fuß, eine besorgte Falte auf der Stirn. »Du liebe Güte, Sie sind ja vollkommen durchnässt. Kann ich Ihnen irgendetwas bringen lassen?«

Er winkte ab, aber ich bemerkte die roten Flecken an seinem Hals trotzdem. »Nur keine Umstände, Ma'am. Das trocknet schon wieder.«

»Gut, wenn Sie meinen … Nehmen Sie Platz.« Natalie wies mit ihrem Kinn auf den Konferenztisch, an dem wir saßen.

Erst jetzt schien er die übrigen Personen im Raum richtig wahrzunehmen. Er blickte bei seinem Gang zum einzigen freien Stuhl flüchtig in die Runde, wobei er zunächst etwas zu lange an Cassidy hängen blieb. Dann landeten seine blassgrünen Augen auf mir, und sein Schritt geriet für den Bruchteil einer Sekunde ins Wanken. Eilig senkte ich den Kopf, um einen Teil meines Gesichts hinter einem rotblonden Schleier zu verstecken.

Erst nachdem er sich gesetzt hatte, schielte ich wieder verstohlen zu ihm hinüber. Er war aus seinem durchnässten Mantel geschlüpft und überprüfte eilig, ob der Stoff seines weißen Hemdes an irgendwelchen Stellen durchsichtig geworden war – was nicht der Fall war. Lediglich an seinen Oberarmen schimmerte ein wenig Haut durch.

»Da wir nun endlich vollzählig sind, beginne ich doch noch einmal damit, meine Kolleginnen und Kollegen vorzustellen, die manche von Ihnen vielleicht auch schon aus Ihren Bewerbungsgesprächen kennen. Zum einen meinen langjährigen Geschäftspartner Alistair Bright. Und zum anderen meine rechte Hand Ms Hodge, die sich Tag für Tag für mich durch einen Berg von Unterlagen wühlt.«

Mit einer ausschweifenden Handbewegung schloss Natalie zunächst Alistair ein, dann ihre Assistentin. Ms Hodge war eine zierliche junge Frau mit Brille, deren hochgebundener Zopf fröhlich auf und ab wippte, als sie uns allen zunickte.

»Des Weiteren möchte ich Ihnen Ms Isabell Fraser vorstellen. Sie arbeitet nun schon seit fast acht Jahren bei uns und wurde erst kürzlich zur Partnerin ernannt. Auch sie wird Ihnen, genau wie Alistair und ich, als Mentorin zur Seite stehen.«

Am anderen Kopfende des Tisches erhob sich eine Frau, die ich bis eben beinahe vollständig ausgeblendet hatte, weil sie sich weder bewegt noch ein Wort von sich gegeben hatte. Sie wirkte noch recht jung für eine Partnerin, vielleicht Anfang oder Mitte dreißig. Ihr feuerrotes Haar, das im Licht der Deckenbeleuchtung glänzte, ergoss sich in sanften Wellen über ihren schwarzen Rollkragenpullover.

»Freut mich, Sie alle kennenzulernen.« Ihr blauer Blick wanderte kurz über unsere Gesichter, ehe sie ihren Bleistiftrock glatt strich und sich wieder setzte.

»Gut, das war es auch schon von unserer Seite.« Natalie rieb sich die Hände und lächelte wieder. »Da Sie mich alle kennen dürften, fangen wir also mit Ihnen an. Erzählen Sie uns etwas über sich.«

Ich schaute mich unauffällig in der Runde um, während ich unter dem Tisch an meinem Ring herumspielte. Offenbar gehörte der Rest ebenfalls zu den Neuen: vier Anfänger und eine Anfängerin. Machte insgesamt fünf Personen, gegen die ich mich hier würde behaupten müssen. Sechs, sofern ich Cassidy dazuzählte.

Das waren sechs zu viel.

»Ich schlage vor, wir beginnen einfach bei Ihnen«, sagte Natalie an die junge Frau neben Cassidy gewandt.

Sie war hübsch; herzförmiges Gesicht mit hohen Wangenknochen, volle rote Lippen und eine spitz zulaufende Nase, auf der sich eine Sternkarte aus Sommersprossen entfaltete. Ihr dunkles Haar, das zur Hälfte unter dem Kragen ihres Blazers verschwand, betonte das leuchtende Azurblau ihrer Augen.

Es stellte sich heraus, dass ihr Name Laurel Bennett war und sie ihren Abschluss in Yale gemacht hatte. Während ihres Studiums hatte sie Sachbearbeitende bei der Vorbereitung und Verteidigung von Gerichtsfällen unterstützt, außerdem ein Praktikum in einer Großkanzlei absolviert und regelmäßig in einer Organisation für bedürftige Menschen ausgeholfen. Je mehr sie erzählte, desto deutlicher wurde, dass es besonders ihre Hilfsbereitschaft und ihr Sinn für Gerechtigkeit zu sein schienen, die sie in ihrem Job antrieben. Vermutlich hatte sie sich aus diesem Grund auch dem Strafrecht zugewandt.

Ich war regelrecht erleichtert, zu hören, dass wir uns auf diesem Gebiet schon einmal nicht in die Quere kommen würden, denn sie wirkte wie eine ernst zu nehmende Konkurrenz. Klug, wortgewandt und selbstsicher.

Aber wem machte ich etwas vor? Hatte ich wirklich etwas anderes erwartet? Selbstverständlich war die Kanzlei interessiert daran, möglichst viele Absolvierende von großen Elite-Universitäten einzustellen. Seit der Gründung hatte *Gold, Bright & Partners* eine durchschnittliche Erfolgsquote von 88 Prozent zu verzeichnen. Neben *Cabot & Cox* gab es im nahen Umkreis nur eine andere, die mit einem vergleichbaren Wert mithalten konnte. Deshalb war mein Vater auch so außer sich gewesen, als ich ihm mitgeteilt hatte, dass ich hier eingestellt worden war.

Nach Laurel war Cassidy an der Reihe, die groß und breit ihre – mir unverständliche – Vorliebe für das Bank- und Finanzrecht ausführte. Schon an der Law School hatte sie sich für diverse Kurse dieses Fachgebiets eingeschrieben, während mich eher das breite Möglichkeitsspektrum des Wirtschaftsrechts interessiert hatte. Vielleicht weil Mr Lind Banker war und seiner Tochter die Leidenschaft für Zahlen in die Wiege gelegt hatte.

Schließlich waren wir bei mir angelangt. Mein Herz klopfte mir bis zum Hals, sodass ich kurzzeitig befürchtete, es würde mir aus dem Mund fallen, als ich ihn öffnete. »Mein Name ist Gracie Hoffman. Ich bin vierundzwanzig und habe im Frühjahr meinen Abschluss an der Harvard Law gemacht. Ich war neben dem Studium unter anderem in einer Studierendenorganisation tätig, deren Ziel es war, das allgemeine Verständnis für Rechtsstaatlichkeit auf dem Campus zu fördern. Außerdem durfte ich ein paar rechtswissenschaftliche Kolumnen für unsere Unizeitschrift *The Harvard Crimson* schreiben.«

So weit, so gut.

Den Blicken der anderen nach zu urteilen, war das allerdings nicht genug. Also begann ich, meine Gedankenschubladen panisch nach weiteren Informationen zu durchwühlen.

Hobbys, Gracie. Menschen haben Hobbys.

»Oh, und ich, ähm … lese gern«, fügte ich kleinlaut hinzu.

Der letzte Satz brachte mir das eine oder andere amüsierte Schmunzeln ein, was nicht gerade dabei half, das unangenehme Gefühl in meiner Brust davon abzuhalten, sich auszubreiten.

Natalie Gold hingegen schien richtiggehend entzückt von meiner Aussage. »Ms Hoffman, Sie haben als Jahrgangsbeste mit *Summa cum laude* abgeschnitten. So eine Information sollten Sie nicht achtlos unter den Tisch fallen lassen.«

Noch mehr Schweiß bildete sich in meinem Nacken.

Jahrgangsbeste. Das Wort hörte sich aus vielerlei Gründen falsch an, weshalb ich mich davor hütete, es in den Mund zu nehmen. Auch sonst sprach ich nicht gern in Superlativen, schon gar nicht von mir selbst. Menschen, die das taten, machten mir Angst, weil sie es waren, die man *am schnellsten* enttäuschte, wenn man ihren Erwartungen am Ende doch nicht gerecht wurde.

Das Beste, das Größte, das Stärkste … Was bedeutete das überhaupt, und an welchem Maßstab machten sie es fest? Immerhin gab es knapp acht Milliarden Menschen auf dieser Welt.

Ich wollte nicht die Beste sein. Eigentlich wollte ich nur *genug* sein. Bloß war ich in einer Familie aufgewachsen, in der genau das nicht ausgereicht hatte – und daraus hatte sich ein Ehrgeiz entwickelt, der an manchen Tagen ungesunde Züge annahm.

Ich riss meinen Blick von Natalies Lächeln los und ließ ihn unwillentlich über den Tisch schweifen, da ich spürte, dass sämtliche Augenpaare wie Scheinwerfer auf mich gerichtet waren. Darunter auch das unseres Nachbarn. Seine Miene gab nichts preis, aber als ich seinem Blick begegnete, biss er die Zähne zusammen und wandte sich hastig ab. Offenbar hatte sich seine Wut auf dem Weg hierher nicht verflüchtigt. Viel eher schien meine Anwesenheit sie neu entfacht zu haben.

Nach mir war mein Sitznachbar – der junge Mann mit dem Kupferhaar und den bernsteinfarbenen Augen – an der Reihe, sich vorzustellen. Er hieß Samuel Andersson, hatte an der Cornell Law School in Ithaca studiert, über die Jahre hinweg mehrere Sprachen gelernt, darunter Latein und Norwegisch, und war ein selbst ernanntes Computer-Ass. Genau wie bei Laurel lagen seine Qualifikationen hauptsächlich im Strafrecht, doch aus irgendeinem Grund, den ich selbst nicht benennen konnte, fand ich, dass es nicht zu ihm passte. Womöglich weil er nicht wirkte, als wäre er gut darin, einen kühlen Kopf zu bewahren, sondern eher, als würde es ihm auf Dauer schwerfallen, die Füße stillzuhalten. Oder besser gesagt seine Hände. Die waren nämlich durchgehend in Bewegung, als wollte er seinen Worten auf diese Weise mehr Bedeutung verleihen.

Als Nächstes war der Anfänger uns gegenüber dran, dessen Ausdruck sich seit dem Beginn unserer Vorstellungsrunde kaum verändert hatte. Er gab ein kleines Seufzen von sich, ehe er seine Arme auf dem Tisch ablegte und uns alle der Reihe nach flüchtig anschaute. »Jude«, sagte er dann. »Jude Darling.«

Jude besaß einen leicht schottischen Akzent, war fünfundzwanzig, hatte genau wie Laurel in Yale studiert und über den Sommer in einer Kanzlei gearbeitet, die sich unter anderem auf Bank- und Kapitalmarktrecht spezialisierte.

Anders als bei Samuel deckten sich seine Erzählungen perfekt mit dem Bild, das er in seinem dreiteiligen schwarzen Anzug in meinem Kopf angenommen hatte. Alles an ihm wirkte glatt und kühl, beinahe wie in Marmor gemeißelt; das rabenschwarze gewellte Haar, von dem ein paar wilde Strähnen seine silbergrauen Augen einrahmten, die dichten Wimpern, die markanten Gesichtszüge … Der Typ sah aus wie das makellose Werk eines Steinhauers, und ich unterstellte ihm, dass er sich dessen bewusst war. Es hätte zu der Blasiertheit gepasst, die viele Zivilrechtler in diesem Gebiet an den Tag legten. Bestimmt war er einer dieser Studierenden gewesen, die Spaß daran gefunden hatten, nach ihrer Recherche Seiten aus Gesetzeskommentaren herauszureißen, damit andere sie nicht mehr nutzen konnten, oder in unbeobachteten Momenten Hausarbeiten von fremden Rechnern zu löschen.

Ich war mir nicht sicher, ob ich es mir nur einbildete, aber Natalies Blick schien ein wenig weicher zu werden, wenn er sich auf Jude richtete. Als läge ein Hauch von Vertrautheit darin, den ich als Außenstehende nicht richtig greifen konnte. Allerdings kam ich ohnehin nicht dazu, mir länger Gedanken darüber zu machen, weil meine Aufmerksamkeit mit klopfendem Herzen zu seinem Sitznachbarn wanderte, der nun an der Reihe war. Ihm perlten noch immer vereinzelte Wassertropfen über die Stirn. Abgesehen davon war er jedoch die Ruhe selbst.

»Mein Name ist Ira Briggs, und ich bin vierundzwanzig. Ich hatte ein Stipendium an der Columbia in New York und wohne jetzt seit ein paar Monaten in Boston. Neben meinem Studium habe ich in der Rechtsberatung eines klinischen Umweltrechtsprogramms gearbeitet, ein paar virtuelle Kurse gemacht, um meine Recherchefähigkeiten zu verbessern, und an vereinzelten Pro-bono-Aktivitäten meiner Uni teilgenommen. Zwei meiner wissenschaftlichen Essays wurden ausgezeichnet, bei meinem Abschluss wurde mir außerdem ein Preis für den besten Notendurchschnitt verliehen.« Sein Blick flackerte kurz zu mir, ein süffisantes Schmunzeln umspielte seine Lippen. »Hin und wieder lese ich auch ganz gern.«

Ich blinzelte mehrmals. Machte er sich über mich lustig?

Natürlich macht er sich über dich lustig.

Jedem an diesem Tisch war bewusst, dass Jura zu den lektürelastigsten Studiengängen gehörte. Ich war mit Sicherheit nicht die Einzige, die ständig über einem Stapel Bücher eingenickt war, weil sie bis spät abends in der Bibliothek gehockt hatte. Aber davon mal abgesehen, wie konnte er all diese Erfolge aufzählen und dabei so gleichgültig klingen? Als wäre ihm nichts davon etwas wert.

Schweigen legte sich wie eine schwere Decke über den Raum, während wir Ira alle einen Moment lang anstarrten und begriffen, dass er die wahrscheinlich größte Konkurrenz darstellte. Und plötzlich war er wieder da, dieser vertraute Druck, der sich wie ein straffes Gummiband um meinen Brustkorb spannte. Ich wusste, wenn ich nicht aufpasste, würde es früher oder später reißen.

»Es ist schön, Sie bei uns zu wissen, Mr Briggs«, sagte Natalie mit einem anerkennenden Nicken und durchbrach die Stille damit als Erste.

Ja, dachte ich, *total schön.*

Sie blickte zu dem letzten Anfänger in unserer Runde. Otis McCoy war ein junger Mann mit kurz geschorenem Haar und einem Tausend-Watt-Lächeln, das so warm und einnehmend war, dass man sich wünschte, er würde es nie wieder ablegen. Er hatte seinen Abschluss ebenfalls in Harvard gemacht, allerdings ein paar Semester früher als ich. Anschließend hatte er etwa anderthalb Jahre lang in der kleinen Rechtskanzlei seines Onkels gearbeitet, auf Dauer jedoch feststellen müssen, dass ihm das nicht genügte und er zu *Größerem* bestimmt war – seine Worte, nicht meine.

Ich musterte unsere bunte Gruppe im Anschluss noch einmal gründlich und versuchte gleichzeitig, mir ihre Namen einzuprägen, indem ich sie mit einer Gedankennotiz verknüpfte: *Laurel ist eigentlich Justitia, Samuel kann nicht still sitzen, Jude erdolcht Menschen gern mit seinen Blicken, Ira ist ein kluges Köpfchen, das sicher schon meine Sabotage plant, und Otis könnte vermutlich keiner Fliege etwas zuleide tun.*

Dabei beschlich mich die leise Vorahnung, zumindest einen dieser Namen nicht mehr so schnell zu vergessen.

»Vielen Dank! Es freut uns sehr, Sie bei *Gold, Bright & Partners* begrüßen zu dürfen. Lassen Sie sich gesagt sein, dass Sie alle hier sind, weil wir eine Menge Potenzial in Ihnen sehen, das wir selbstredend fördern wollen.«

Natalie griff nach einer kleinen Fernbedienung und richtete sie auf den schwarzen Bildschirm hinter sich an der Wand, um ihn einzuschalten. »Da wir in dieser Kanzlei davon überzeugt sind, dass die besten Anwältinnen und Anwälte aus dem Wettkampf heraus geboren werden, haben wir uns vor einigen Jahren dazu entschlossen, ein internes Associates-Ranking einzuführen. Das bedeutet, dass wir Ihre Leistungen überprüfen und anhand von Punkten bewerten. Je mehr Eigeninitiative Sie einbringen und je mehr Sie zu den Fällen beitragen können, desto mehr Punkte sammeln Sie. Am Ende des ersten Jahres erhält der- oder diejenige mit dem höchsten Punktestand die Chance, mit mir gemeinsam an einem Fall von öffentlichem Interesse mitzuwirken. Obendrein bekommen Sie einen einmaligen Bonus in Höhe von zehntausend Dollar zu Ihrem monatlichen Gehaltsscheck ausgestellt. Wo Sie sich in dem Ranking befinden, können Sie jeden Montag in unserem System einsehen.«

Alistair Bright, der sich in der Zwischenzeit neben Natalie auf die Tischplatte gesetzt hatte, räusperte sich. »Sie werden Ihren ersten Fall noch in Teams bearbeiten, aber Ihre Leistungen betrachten wir dabei gesondert voneinander.«

Irrte ich mich oder wurde die Luft im Raum mit jedem Wort dünner? *Ranking? Punkte? Teamarbeit?*

»Wir waren so frei, Sie anhand Ihrer vorhandenen Kenntnisse in Teams einzuteilen«, fuhr Natalie fort. »Ms Bennett? Sie arbeiten zusammen mit Mr Andersson. Ms Lind, Mr Darling und Mr McCoy bilden bitte das andere Team. Und Ms Hoffman tut sich mit Mr Briggs zusammen.«

Ich benötigte einige Sekunden, um mir der Bedeutung ihrer Aussage bewusst zu werden. Hatte sie Hoffman und Briggs gesagt? Das musste ein Scherz sein.

Mein panischer Blick zuckte zu Ira, der aussah, als wäre ihm die Idee ähnlich zuwider wie mir. Er bemühte sich zwar darum, sich vor unseren Vorgesetzten nichts anmerken zu lassen, doch entging mir nicht, wie er seinen Mundwinkel verzog.

»Noch irgendwelche Fragen?«, erkundigte sich Natalie lächelnd. »Andernfalls würden wir Ihnen eine kurze Führung geben und Sie anschließend mit Ihrem ersten Fall betrauen. In Ordnung?«

Nichts war in Ordnung. Ich wollte aufstehen und Einspruch erheben, da stieß Cassidy mich mit ihrem Ellbogen an. »Pst, Gray. Ist dieser Ira nicht der Kerl von vorhin, oder bilde ich mir das ein?«

Ich knirschte mit den Zähnen. »Nein, er ist es.«

Und das, fürchtete ich, könnte früher oder später noch zum Problem werden. Denn wenn ich zuvor noch nicht auf seiner Abschussliste gestanden hatte, dann spätestens jetzt.

3
Ira

Warum haben Sie sich dazu entschieden, Anwalt zu werden?

Diese Frage wurde mir während meines Bewerbungsgespräches gestellt, und die Antwort darauf war simpel: Regeln und Gesetze faszinierten mich – egal welcher Natur. Ob Newtonsche Gesetze, die Artikel der Verfassung oder die banale Regel, an Satzanfängen immer großzuschreiben. Eine Welt ohne Regeln und Gesetze funktioniert nicht. Das ist ein bisschen wie das Gute ohne das Böse, wie die Erde ohne den Mond oder wie Leben ohne Sauerstoff. Es ist biologisch völlig ausgeschlossen, da jede Art auf dieser Welt einer bestimmten Ordnung folgt – selbst im Tier- und Pflanzenreich. So besitzen Wölfe einen Familienverband mit klaren Sozialstrukturen und Pflanzen größere Blätter, wenn sie in feuchtwarmen Gebieten wachsen.

Um es kurz zu machen: Das Recht ist die Grundlage allen Lebens. Aber das war nicht der Grund, warum ich Anwalt geworden bin. Es war nur der, den ich auf Nachfrage nannte, weil er trivial genug war, um niemandem eine Angriffsfläche zu bieten. Der wahre Grund hinter meiner Entscheidung war ein anderer. Einer, der tief in meiner Vergangenheit wurzelte und dessen Auswirkungen ich noch heute spüren konnte.

Mein ganzes Leben hatte ich damit verbracht, ein Außenseiter zu sein. In der Highschool, an der Uni, selbst in meiner Familie war ich stets der Sonderling gewesen. Nie laut genug, nie interessant genug, nie *sichtbar* genug.

Als so jemand ging man in einer Großfamilie schnell unter.

Noch schneller, wenn niemand die eigenen Interessen teilte und sich auch keiner die Mühe gab, wenigstens so zu tun, als ob.

Ich war auf einer Farm in Vermont aufgewachsen. Während meine Geschwister hatten lernen wollen, wie man aus der Natur den größtmöglichen Nutzen zog, ohne ihr auf Dauer zu schaden, hatte ich lieber lernen wollen, wie sie überhaupt entstanden war. Während sie spätabends noch das Haus verlassen hatten, um dabei zu helfen, die Ernte vom Feld einzufahren, hatte ich lieber auf dem Heuboden gesessen und Notizen in meine Bücher gekritzelt – sehr zum Verdruss meines Vaters.

Für ihn war ich nichts anderes gewesen als ein undankbarer Bengel, der Unterkunft und Essen nicht zu schätzen wusste und sich für etwas Besseres hielt, nur weil ich an manchen Aufgaben kein Interesse gehabt hatte.

Vermutlich würde ich das Gespräch zwischen ihm und meiner Mutter, das ich eines Abends mitangehört hatte, nie vergessen.

»Der Junge ist für nichts zu gebrauchen, Margie. Der könnte nicht mal eine Heugabel von einer Mistgabel unterscheiden.«

»Du weißt, dass das nicht stimmt. Du bist zu streng mit ihm.«

»Woher willst du das wissen? Er spricht ja nicht mal. Manchmal glaube ich, er hat bei der Geburt seine Zunge verschluckt.«

Es tat weh, daran zurückzudenken. Aber noch schmerzhafter war es, zuzugeben, dass mein Vater recht gehabt hatte: Irgendwo zwischen vier Geschwistern hatte ich meine Stimme verloren, weil ich festgestellt hatte, dass sie nutzlos war, wenn einem sowieso niemand zuhörte. *Deshalb* hatte ich Anwalt werden wollen.

Ich wollte jemand sein, dessen Worte Macht und Gewicht besaßen.

Jemand, der von anderen gehört und gesehen wurde.

Ich wollte mir meine Stimme nicht nur zurückholen, ich wollte sie nutzen, um etwas zu verändern. Und wenn mein Wort künftig dafür sorgen könnte, dass einem Menschen kein Unrecht widerfuhr, dann würde ich es verdammt noch mal in die Welt hinausbrüllen, wenn es notwendig war.

Mit einem Job bei einer renommierten Kanzlei wie *Gold, Bright & Partners* war ich meinem Ziel bedeutend näher gerückt. Was ich dabei jedoch nicht hatte kommen sehen, war *sie*.

Gracie Hoffman hatte irgendetwas an sich, das mich aus der Ruhe brachte. Und dabei sprach ich nicht von der Tatsache, dass sie mich bespannt oder mir mein Taxi gestohlen und somit meine Verspätung provoziert hatte. Auch nicht davon, dass sie mir als meine künftige Kollegin und Partnerin gegenübersaß. Es war vielmehr dieses abstruse Chaos, das sie ausstrahlte, und das sich jeglichen Regeln zu widersetzen schien. Ich bekam es nicht zu fassen, obwohl es sie umkreiste wie die Ringe den Saturn.

In der Wissenschaft gab es den faszinierenden Bereich der Chaosforschung, in dem die Rede davon war, dass die signifikanteste Eigenschaft von Chaos die Abhängigkeit von der Anfangsbedingung sei. Eine Art Variable, die die Ausgangslage veränderte und eine Vorhersage des weiteren Verlaufs fast unmöglich machte. In meinem Fall war Gracie diese Variable gewesen, denn hätte sie mir heute Morgen nicht mein Taxi vor der Nase weggeschnappt, hätte ich nicht aufs Rad umsteigen müssen und wäre somit auch nicht zu spät gekommen. Sie hatte die Anfangsbedingung also geringfügig verändert, indem sie bloß ein paar Sekunden früher an der Straße gestanden hatte als ich – und dadurch eine Menge Chaos gestiftet. Wie eine Chaosvariable, die unvorhersehbar meine Pläne gesprengt hatte.

Eigentlich sollte ich keinen weiteren Gedanken daran verschwenden. Immerhin war ich ausnahmsweise weder daran interessiert, dieses Chaos zu ordnen, noch wollte ich es in meiner Nähe wissen. Nur dürfte Letzteres zum Problem werden, sofern sich nicht herausstellen sollte, dass das Ganze ein riesiger Irrtum war – was nicht passierte.

Hoffman und Briggs. Hoffman und Briggs.

Ihr Blick kribbelte wie Juckpulver an meiner Schläfe. Trotzdem schaffte ich es kein zweites Mal, sie anzusehen.

»Hey Mann, ich würde dir ja anbieten zu tauschen, aber ich fürchte, mit der kann ich nicht mithalten«, raunte mir mein Sitznachbar Otis mit einem hörbaren Grinsen ins Ohr, nachdem er meinen Gesichtsausdruck offenbar richtig gedeutet hatte.

Zu schade, dachte ich, bevor wir uns zeitgleich erhoben.

Ich legte mir den Riemen meiner Umhängetasche über die Schulter und griff nach meinem Mantel, der von meiner Fahrt hierher ganz nass und klamm war. Dabei schnupperte ich einmal kurz und unauffällig an meiner Achsel, um sicherzugehen, dass ich nicht nach einer unangenehmen Mischung aus Schweiß und Angst roch. Für gewöhnlich war ich niemand, der leicht nervös wurde. Allerdings hatte mich der Umstand, dass ich zu spät gekommen war, mächtig aus dem Konzept gebracht.

Wenn es etwas gab, das ich tunlichst vermeiden wollte, dann war es, an meinem ersten Arbeitstag einen unzuverlässigen Eindruck zu vermitteln. Über *einen* Fehltritt ließ sich vielleicht noch hinwegsehen, aber schon ein zweiter würde eine Fußspur hinterlassen, die ich ungern fortführen würde.

Unser kurzer Kanzleirundgang begann im Erdgeschoss und wurde auf Natalie Golds Bitte hin von ihrer Assistentin Ms Hodge übernommen, die so freundlich war, uns die angrenzenden Konferenz- und Archivräume sowie die überraschend geräumige Bibliothek unter den Kolonnaden der Lobby zu zeigen.

Es war vor allem dunkles Mahagoniholz, das sich durch die Inneneinrichtung zog und einen großen Teil des hereinfallenden Tageslichts schluckte. Es gab kaum verglaste Wände und Türen oder andere moderne Komponenten, wie es in der kleinen Wirtschaftskanzlei, in der ich über den Sommer gearbeitet hatte, der Fall gewesen war. Vieles schien aus einer vergangenen Zeit zu stammen; verzierte Porzellanvasen mit frischen Blumen, die einen süßlichen Duft ausatmeten, schwere Kronleuchter mit

Tentakelarmen, gerahmte Gemälde, vergoldete Spiegel und gusseiserne Wandleuchten in den Laufflurun. Aber nicht nur das Innere der Kanzlei wirkte geschmackvoll und edel, sondern auch die Menschen, die hier ein- und ausgingen, weshalb ich mich in meinem zerknitterten und halb durchsichtigen Hemd ein wenig fehl am Platz fühlte.

Nicht dass dieses Gefühl neu für mich gewesen wäre.

Der einzige Anzug, den ich besaß, war mittlerweile zu kurz an den Armen, nur hatte ich mir bisher keinen neuen leisten können. Zwar hatte ich durch meine Arbeit als Sommeraushilfe etwas ansparen können, doch ging das meiste Geld davon für die Miete drauf. Daher konnte ich das erste Gehalt gut gebrauchen, genau wie den Bonus für den Gewinn des Jahresrankings.

»Das ist übrigens das grüne Herz unserer Kanzlei, aber womöglich wissen Sie das schon«, hörte ich Ms Hodge sagen, als wir nach unserem Rundgang durch die Kolonnaden wieder in der Lobby standen, in der es nach Holz und feuchter Pflanzenerde roch.

»Warum genau heißt sie eigentlich so?«, fragte der junge Mann mit dem kupferroten Haar, den ich unter dem Namen Samuel abgespeichert hatte. Er trug einen dunkelgrauen Anzug, der ihm an den Ärmeln etwas zu weit war, weshalb er die Enden sorgsam umgeschlagen hatte.

»Mrs Gold hat sie so getauft. Das Thema Umwelt liegt der Kanzlei sehr am Herzen, und die Lobby soll das ein Stück weit verkörpern«, erklärte sie mit von Stolz erfüllter Stimme. »Abgesehen davon ist es wissenschaftlich bewiesen, dass Grünpflanzen die Konzentration anregen, und davon benötigen wir in unserem Job ja alle eine Menge, stimmt's?«

Ich ließ meine Augen über die mit Pflanzen bewachsenen Holzbalustraden und Säulen wandern. Wie lange würde es wohl dauern, bis diese die Kuppel des Glasdaches erreichten?

»Du tropfst den ganzen Boden voll«, wisperte plötzlich jemand.

Ich blinzelte mehrmals und schielte auf meine Schuhe hinunter, um die sich eine kleine Pfütze gebildet hatte, die von meinem durchnässten Mantel herrührte. Dann sah ich Gracie an. Sie hatte ihre Aufmerksamkeit eisern auf Ms Hodge gerichtet, doch mir entging nicht, dass ihre Atmung ein wenig ins Stocken geriet.

Mein Blick tastete sich an ihrer auffälligen Garderobe hinauf, die unter anderem aus roten Lackschuhen, Haarreif und Pünktchenstrumpfhose bestand.

»Und du siehst aus, als wärst du auf dem Weg zur Halloween-Party einmal falsch abgebogen«, entgegnete ich trocken.

Gracie schnappte nach Luft und bohrte ihre tiefbraunen vor Wut funkelnden Augen in meine. »Wie bitte?«

»Ich mein ja nur«, murmelte ich und zuckte mit den Schultern. »Für den Fall, dass du gar nicht mitbekommen hast, dass du dich in einer Anwaltskanzlei befindest.«

Ihre Brust schien sich bei ihren nächsten Worten aufzuplustern, und aus irgendeinem Grund amüsierte mich das. »Ist mir bewusst. Vielen Dank auch.«

»Super. Und mir ist bewusst, dass ich tropfe – woran wer noch mal schuld ist?« Ich neigte meinen Kopf zur Seite und setzte ein spöttisches Lächeln auf. »*Richtig.*«

Ich war nicht per se wütend darüber, dass ich ihretwegen klatschnass war. Wenn man mit den Worten »Verfluche niemals den Regen« auf einer Farm aufgewachsen war, wusste man, dass man immer dankbar dafür sein sollte. Aber dass ich ihretwegen zu spät gekommen war – das nahm ich ihr übel. Immerhin hatte ich in meinem Leben noch nie etwas Wichtiges versäumt.

Gracie schnaubte. »Und ich wollte mich gerade tatsächlich dafür entschuldigen. Wenn ich es mir recht überlege, tut es mir doch nicht leid.«

»Was du nicht sagst.« Meine linke Augenbraue schoss in die Höhe. »Hey, wo wir uns schon so nett unterhalten: Sollte ich meine Vorhänge künftig besser geschlossen lassen? Ich frage nur, weil ich gern wüsste, ob du vorhast, mir regelmäßig beim Umziehen zuzusehen.«

Röte nistete sich in ihren Wangen ein. »Wie oft noch? Ich habe nicht –«

»Ms Hoffman, Mr Briggs? Gibt es ein Problem?«, erkundigte sich Ms Hodge, die auf unser Geplänkel aufmerksam geworden war.

»Nein«, antworteten wir wie aus einem Mund und traten zeitgleich einen Schritt zurück, als bräuchten wir den Raum zwischen uns, um wieder durchatmen zu können.

Gracie warf mir noch einen letzten bösen Blick zu, ehe sie mir den Rücken zuwandte und sich neben ihre Freundin stellte.

Ms Hodge fuhr derweil damit fort, von dem Kinderbetreuungsangebot und den Fitnessräumen zu sprechen, die den Mitarbeitenden kostengünstig zur Verfügung gestellt wurden. »Sie finden beides direkt im Gebäude nebenan. Machen wir mit der Kantine weiter.«

Wir folgten ihr in Richtung Rezeption. Dann bogen wir einmal scharf links ab und gelangten durch einen breiten Gang mit bodentiefen Sprossenfenstern, die zur Hauptstraße hinauszeigten, zu einer doppelflügeligen Glastür, hinter der sich die Kantine befand. Die Wände waren in einem dunklen Burgunderrot gestrichen und zum Teil vertäfelt, die Sitzbänke aus smaragdgrünem Kunstleder. Goldene Lampen baumelten von der Decke, und auf den Tischen standen kleine Vasen mit Blumen. Fur mich wirkte es, als hätte ich soeben ein edles Restaurant betreten.

»Die Kantine hat von zwölf bis fünfzehn Uhr geöffnet. Wenn Sie später essen möchten, werden Sie sich in den umliegenden Lokalen etwas besorgen müssen«, erklärte Ms Hodge.

Im Anschluss führte sie uns noch durch die einzelnen Rechtsabteilungen und Großraumbüros und stellte uns dort einige Leute vor; darunter ein paar Rechtsanwaltsfachangestellte, Mitarbeitende aus der IT-Abteilung sowie Partnerinnen und

Partner der Kanzlei. Die meisten von ihnen waren allerdings so in ihre Arbeit vertieft, dass sie nur Zeit für eine flüchtige Begrüßung fanden, bevor sie ihre Nase wieder in die Dokumente steckten.

Ein Ende fand der Rundgang schließlich in Natalie Golds Büro, das schätzungsweise dieselben Maße wie unsere Wohnung besaß. Trotz der dichten grauen Wolkenwand hinter den Fenstern wurde der Raum von Licht geflutet, sodass die zahlreichen Regentropfen an den Scheiben den dunklen Parkettboden marmorierten.

»Wie ich sehe, sind Sie fertig. Sehr schön.« Sie klappte eine Akte zu und legte sie zu einem Stapel auf ihrem Schreibtisch. »Es kann zu Beginn ein wenig herausfordernd sein, sich zurechtzufinden, aber ich bin mir sicher, Sie haben den Dreh schnell raus. Ansonsten bleibt mir nicht mehr viel zu sagen. Daher würde ich Sie Ihrer Mentorin beziehungsweise Ihrem Mentor übergeben, um Sie in Ihrem ersten Fall zu unterweisen.«

Ich wollte sie gerade fragen, wer unsere Mentorin war, da tauchte Isabell Fraser im Türrahmen auf und winkte Gracie und mich zu sich. »Hoffman und Briggs, Sie kommen mit mir.«

Wir wechselten einen flüchtigen Blick miteinander, der kaum länger als einen Wimpernschlag währte. Auch ohne Worte verstand ich, dass Gracie der Gedanke an unsere künftige Zusammenarbeit ebenso missfiel wie mir. Immerhin trug sie den Stempel als meine härteste Konkurrentin. Sie hatte mit *Summa cum laude* abgeschlossen, was bedeutete, dass sie einen GPA-Durchschnitt von mindestens 4,75 erreicht haben musste, wahrscheinlich sogar besser. Und das an einer der angesehensten Eliteuniversitäten des Landes.

Ich musste zugeben, dass die Vorstellung an meinem Ego kratzte. Hatte sie viel dafür tun müssen? Oder war sie die Sorte Mensch, die sich leichter damit tat, Dinge zu lernen, als andere – wie ich? Es war nicht so, als wäre ich in meinem Leben prädestiniert dafür gewesen, immer und überall der Beste zu sein. Es war einfach passiert. Und irgendwann hatte ich Gefallen daran gefunden, weil es mir ein merkwürdiges Gefühl von Sicherheit gab, mich in meinen Kopf oder meine Bücher zurückziehen zu können, wenn mir die Realität zu echt und schmerzhaft wurde.

»Sie beide haben Glück. Im Gegensatz zu den anderen, die sich mit dem Großraumbüro abfinden müssen, bekommen Sie ein eigenes – direkt neben meinem«, sagte Isabell im Gehen über ihre Schulter hinweg. Das Lächeln auf ihren Lippen nahm einen sarkastischen Zug an. »Na ja, sofern man das als Glück bezeichnen möchte.«

Sie öffnete eine Tür und bedeutete uns mit einer ausladenden Geste einzutreten. Das Büro wirkte so klein, dass ich mir im ersten Moment sicher war, mit ausgestreckten Armen beide Wände berühren zu können. Immerhin gab es ein Fenster mit Fensterbank, hinter dem sich das geschäftige Treiben der Stadt abspielte. Dazu zwei Schreibtische ausgestattet mit großen Bildschirmen, Telefonen und Aktenablagen. Auf einem schmalen Aktenschrank stand ein vertrockneter Kaktus. Wie lange mochte er schon nicht mehr gegossen worden sein, um so auszusehen?

Ich legte meine Tasche auf einem der Tische ab und schaute mich um. Nach und nach fing ich an, die losen Fäden in meinen Gedanken zusammenzusammeln und zu begreifen, dass das hier mein Büro war.

Ich war Anwalt. Kein Student, keine Aushilfe, kein Praktikant. Vielleicht noch nichts Ganzes, aber wenigstens auch nichts Halbes mehr. Wenn mein kleiner Bruder Benjamin hier gewesen wäre, hätte er mit Sicherheit gesagt: *Du hast es verdammt noch mal geschafft, Mann.*

Mein Blick schweifte zu Gracie, die unschlüssig herumstand und die Arme um ihren Oberkörper geschlungen hatte, als wollte sie in diesem Raum so wenig Platz einnehmen wie möglich. Schon in der Vorstellungsrunde war mir aufgefallen, dass sie sich darum bemüht hatte, mit der Umgebung zu verschmelzen. Sofern ich nicht im Gerichtssaal stand, passierte das bei mir irgendwie von selbst.

Manchmal fragte ich mich, ob ich mit einer Chamäleonhaut auf die Welt gekommen war, dank der die Menschen geradewegs durch mich hindurchsahen. Das hätte vieles erklärt.

Isabell, die kurzzeitig in ihrem Büro verschwunden war, kehrte wenig später mit einer dicken Akte in ihrem Arm zurück.

»Gratulation, Ihr erster Pro-bono-Fall«, verkündete sie und ließ das Dokument zwischen Gracie und mir auf den Schreibtisch fallen.

Ich griff zuerst danach und blätterte einmal durch den Stapel Schriftsätze. Schon in meinem Studium hatte ich gern bei Fällen ausgeholfen, die dem Wohl der Öffentlichkeit dienten, indem beispielsweise gemeinnützige Organisationen oder Privatpersonen unterstützt wurden, die sich eine rechtliche Vertretung nicht leisten konnten. Gleichzeitig verstand ich, dass Fälle wie diese nicht für alle Anwältinnen und Anwälte lukrativ erschienen. Sie mochten der Kanzlei ein gutes Image verschaffen, doch sprang dabei meistens kein Geld für uns heraus. Zudem war unser Handlungsspielraum eingeschränkt, da uns für die Bearbeitung nur ein begrenzter Zeitrahmen zur Verfügung stand. Nichtsdestotrotz gefiel mir der Gedanke, dass ich neben den üblichen Fällen, mit denen ich mein sicheres Geld verdiente, gelegentlich auch solche bearbeiten konnte, die etwas Gutes bewirkten.

»Irgendein bekannter Pro-bono-Fall unserer Kanzlei, der Ihnen spontan in den Sinn kommt?«, fragte Isabell und blickte mit erhobenen Augenbrauen zwischen uns hin und her.

Gracies Mund klappte auf, als läge ihr die Antwort bereits auf der Zunge, doch war ich wieder einen Tick schneller.

»Keenan Williams, 2011. Nachdem man ihn zehn Jahre zuvor wegen des angeblichen Mordes an einem Supermarktangestellten ohne faires Gerichtsverfahren zu lebenslanger Haft verurteilt hatte, wurde er auf unbefristete Zeit in Einzelhaft gebracht. Der Kanzlei ist es gelungen, seine verfassungsmäßigen Rechte nachwirkend zu verteidigen und einen Sieg vor dem Berufungsgericht zu erzielen, woraufhin der Fall neu verhandelt und Williams letztlich freigesprochen wurde.«

»Korrekt.« Isabell nickte zufrieden, woraufhin Gracie missgünstig mit den Zähnen knirschte. »Gut, kommen wir zu unserem Fall: Sagt Ihnen der Name *Eúnoia* etwas?« Sie setzte sich mit verschränkten Armen auf die Fensterbank.

»Soweit ich weiß, ist das ein amerikanisches Kosmetikunternehmen?«, antwortete Gracie stirnrunzelnd.

Wieder ein Nicken. »*Eúnoia* ist ein Unternehmen aus Boston, das neuerdings nicht nur einen riesigen Shitstorm, sondern auch eine Sammelklage am Hals hat. Falls einer von Ihnen TikTok nutzt, sind Sie vielleicht schon über das eine oder andere Video gestolpert?«

Ich musste die Lippen schürzen, um ein Schmunzeln zu unterdrücken. Soziale Plattformen wie diese hatte ich noch nie genutzt. Dafür waren mir meine Konzentration und meine mentale Gesundheit zu heilig. Zudem hatte meine Schulzeit mich gelehrt, dass es besser war, nicht immer zu wissen, was andere Menschen trieben, geschweige denn, was sie von einem hielten.

Gracie war auf diesem Gebiet deutlich informierter als ich. »Sie meinen die Videos, in denen Verbrauchende zum Boykott aufrufen?«

»Ein Boykott?«, fragte ich irritiert. »Wozu?«

Gracies sanfte braune Augen richteten sich auf mich, und ich wünschte, es würde mir leichter fallen, ihnen standzuhalten. »*Eúnoia* verkauft und bewirbt seine Produkte mit dem Versprechen, sie tierversuchsfrei herzustellen. Angeblich stimmt das aber nicht.«

»Haargenau«, bestätigte Isabell und überkreuzte die Beine. »Nachdem unserer Partnerorganisation *The Animal Aid* anonyme Hinweise zugespielt wurden, die belegen sollen, dass *Eúnoia* seine Produkte sehr wohl an Tieren testet, haben sie öffentlich zum Unterzeichnen einer Sammelklage aufgerufen, die inzwischen mehrere Hundert Stimmen von Verbrauchenden verzeichnet. Die Geschäftsführung von *Eúnoia* weist selbstverständlich jegliche Vorwürfe zurück, aber die ganze Aktion hat in den letzten Wochen so hohe Wellen geschlagen, dass immer mehr Menschen im Internet dazu aufrufen, den Kauf der Produkte zu boykottieren und die Artikel wegzuwerfen. Die Tierschutzorganisation fordert Schadensersatz für die Verbrauchenden, die diese Produkte aufgrund der fälschlichen Werbung zu einem erhöhten Preis erstanden haben. Da ihnen jedoch die nötigen Mittel und Fachleute für den Prozess fehlen, haben sie sich an uns gewandt.«

Ich dachte einen Moment darüber nach. »Und von was für anonymen Hinweisen sprechen wir?«

Isabell seufzte schwer, als hätte ich mit meiner Frage ein Problem angestoßen. »Leider noch keine besonders aussagekräftigen. Hörensagen und eine Vielzahl von Bildern und Videos toter oder verletzter Versuchstiere in Käfigen. An einem davon klebt ein Etikett, das darauf hinweisen könnte, dass es sich dabei um einen Versuch für ein bestimmtes *Eúnoia*-Produkt handelt. Allerdings sind nur ein paar Buchstaben des Produktnamens deutlich zu erkennen, was es erschwert, die Kombination zuzuordnen. Das Produkt, das wir in Verdacht haben, *Serenity-Fresh*, ist zumindest markenrechtlich von *Eúnoia* geschützt.«

»Was bedeutet, dass es schon mal kein anderes Unternehmen geben kann, das denselben Namen verwendet«, schlussfolgerte ich.

»Richtig. Aber das sind bisher nur Vermutungen ohne handfeste Belege. Leider können wir nicht einmal sagen, ob das Material tatsächlich aus dem Labor stammt, mit dem das Unternehmen zusammenarbeitet.«

»Dann hat es sich noch niemand angesehen?«, wollte Gracie wissen und setzte sich zögerlich auf den Schreibtischstuhl. Ich ließ zu, dass sie sich vorlehnte und mir die Akte aus den Händen zog, um selbst einmal grob durchzublättern. Ihre Finger streiften meine, aber ich gab vor, es nicht bemerkt zu haben.

»Noch hat man uns keine Informationen ausgehändigt, der Antrag auf Dokumenteneinsicht wurde erst kürzlich bewilligt. Wir haben morgen ein Gespräch mit den Vertretern der Organisation und erhalten obendrein die erste Lieferung an Unterlagen der Gegenseite zur Prüfung. Bis dahin möchte ich bitte, dass Sie sich mit dem Fall vertraut machen. Verstanden?«

Gracie und ich murmelten zustimmend.

»Sehr schön.« Isabell stieß sich von der Fensterbank ab, strich über ihren Rock und wandte sich zur Tür. »Wenn etwas unklar sein sollte oder Sie Fragen haben: Ich bin noch ungefähr«, sie schaute auf die goldene Armbanduhr an ihrem schmalen Handgelenk, »eine halbe Stunde in der Kanzlei. Danach habe ich einen Außentermin. Die Zugangsdaten für Ihre Accounts stehen auf den Post-its an den Bildschirmen. In den oberen Schubladen der Schreibtische finden Sie außerdem Laptops, die Sie nutzen können. Ich habe alles schon einrichten lassen, Sie müssen sich nur einloggen. Also dann, frohes Schaffen.«

Sie hatte schon einen Fuß über die Türschwelle gesetzt, als sie noch einmal innehielt und einen Blick über ihre Schulter warf. »Oh, Ms Hoffman, wären Sie so freundlich, mir einen Kaffee zu besorgen? Ohne Koffein bin ich furchtbar schlecht im Denken, und mein Assistent hat gerade alle Hände voll zu tun. Die Küche befindet sich auf dem Gang ganz hinten links. *Danke.*« Ohne eine Antwort abzuwarten, schloss sie die Tür hinter sich.

Gracie blinzelte mehrmals perplex, sichtlich überrascht von Isabells Aufforderung. Dann verzog sich ihr Mund zu einer schmalen Linie. »Klar. *Mit Vergnügen.*«

Ich konnte mir ein schadenfrohes Grinsen beim besten Willen nicht verkneifen. »Willkommen am unteren Ende der Nahrungskette.«

Ihre Miene verfinsterte sich, als hätte sich binnen Sekunden ein dunkler Vorhang davorgeschoben. »Bild dir bloß nichts darauf ein. Sie hätte ebenso gut dich schicken können.«

»Hat sie aber nicht, oder?«

Gracie stieß einen halbherzigen Fluch aus und machte sich daran, Isabells Wunsch nachzukommen. Währenddessen setzte ich mich an einen der Schreibtische, schaltete den Bildschirm ein und tippte das Aktivierungspasswort für meinen Account sage und schreibe dreimal falsch ein, bis ich verstand, dass die letzte Ziffer eine Null darstellen sollte. Sobald ich Zugriff auf das Internet hatte, gab ich aus Neugier den Namen des Kosmetikunternehmens in die Suchmaschine ein, um mir einen schnellen Überblick zu verschaffen.

Tatsächlich war das Netz gespickt mit Artikeln, Instagram-Beiträgen und TikTok-Videos, die fett gedruckte Überschriften und Hashtags wie *Skandal*, *Gerüchte* oder *Boykott* enthielten. Dazwischen blitzten vereinzelte Fotos von toten und verletzten Tieren auf, bei denen mir schlecht wurde.

Irgendwann war ich so ins Lesen vertieft, dass ich gar nicht registrierte, dass Gracie zurückgekehrt war, bis ich ihren zartblumigen Geruch wahrnahm. Maiglöckchen. Vielleicht auch Veilchen. Auf jeden Fall Frühling.

»Was machst du da?«, fragte sie über meine Schulter gebeugt und deutete auf das Bild in dem Zeitungsartikel, den ich geöffnet hatte. »Ist das die Geschäftsführerin von *Eúnoia*?«

Ich zuckte zusammen, ohne zu wissen, ob ihre plötzliche Nähe, ihr Geruch oder ihre Stimme der Grund dafür war. Womöglich auch die Mischung aus allem.

»Melinda Mayfair, ja. Die andere Frau scheint ihre Tochter zu sein.« Zumindest sahen die beiden einander sehr ähnlich. Sie hatten das gleiche goldblonde Haar, die gleichen weichen Gesichtszüge und den gleichen Schwung ihrer Nase.

In der Spiegelung des Displays konnte ich beobachten, wie sich Gracies Stirn kräuselte. »Dann ist es ein Familienunternehmen?«

»Gut möglich.«

»Darf ich mal?« Sie griff an mir vorbei nach der Maus und scrollte sich durch ein paar andere Ergebnisse, die die Suchmaschine aufgelistet hatte, bis sie auf ein öffentliches Instagram-Profil stieß und die Seite öffnete.

»Was machst du?«

»Ich schaue mir an, was es sonst noch über das Unternehmen zu finden gibt«, erwiderte sie unbekümmert, während sie das offizielle *Eúnoia*-Profil und dessen Beiträge studierte. Darunter Werbevideos und Produktaufnahmen, die alle das Label mit derselben Botschaft enthielten: *cruelty-free.* Auf manchen Fotos waren die Produkte sogar zusammen mit ein paar Tieren abgebildet.

Ungewollt beeindruckt beobachtete ich, wie Gracie innerhalb weniger Minuten das öffentliche Profil der Tochter ausfindig machte. Lydia Mayfair, wie sich herausstellte.

»Man wird geübt darin, wenn man paranoid ist«, murmelte Gracie, als hätte sie das Fragezeichen auf meinem Gesicht gesehen. Und obwohl ich mich eine Sekunde lang wunderte, wie ihre Bemerkung gemeint gewesen sein mochte, kehrte ich zügig zu einem neutralen Ausdruck zurück.

Gemeinsam überflogen wir das Profil mit Schnappschüssen aus dem Urlaub, Fotos von Geburtstagen oder Geschäftsfeiern. Aber auch Werbeposts der *Eúnoia*-Produkte und Reposts von nationalen oder internationalen Tierheimen oder Tierschutzorganisationen, die um Unterstützung baten.

Gracie schnaubte und sprach genau meinen Gedanken aus: »Wenigstens scheinen sie zu wissen, wie man sich in der Öffentlichkeit verkauft.«

»Tun solche Leute das nicht immer?« Ich schob vorsichtig meinen Stuhl zurück, um ihr nicht versehentlich über die Füße zu rollen, und stand auf. Anschließend griff ich nach dem Laptop aus der Schublade und nach der Akte, die noch aufgeschlagen auf Gracies Tisch lag.

»Was wird das jetzt?«, fragte sie und hob skeptisch eine Braue, als ich mir die Dokumente wie ein Heiligtum an die Brust drückte.

»Ich gehe in die Bibliothek.«

Ihr rutschte ein kleines verächtliches Lachen heraus. »Dir ist schon klar, dass du diesen Fall nicht für dich beanspruchen kannst, oder? Wir wurden *beide* darauf angesetzt.«

An der Tür hielt ich inne und seufzte kaum hörbar. Sie hatte recht. Ich würde diese Akte wohl kaum vor ihr unter Verschluss halten können – so gern ich es auch getan hätte.

»Dann komm halt mit«, brummte ich.

Bibliotheken hatten für mich schon in meiner Kindheit etwas Magisches an sich gehabt, das ich nicht benennen konnte. Vielleicht war es die Tatsache, dass man sich darin zwischen Hunderten von anderen Welten bewegte, die verborgen unter zerfransten Buchdeckeln schlummerten und darauf warteten, erkundet zu werden. Vielleicht war es aber auch der unverkennbare Geruch von staubigem Holz und Papier, der träge in der Luft hing.

Die Atmosphäre war in jeder Bibliothek eine andere und doch überall gleich. So auch hier. Von allen Räumen, die ich heute während unseres Rundganges zu Gesicht bekommen hatte, war dieser der eindrucksvollste gewesen. Er erinnerte mich an die Lesesäle der *Butler Library* auf dem Campus der Columbia; hohe gewölbte Decken, eine umlaufende Galerie mit Holzbrüstung und ein Labyrinth aus Holzregalen, das von silber schimmernden Lichtbalken geflutet wurde, in denen Staubkörner tanzten.

Es war nicht so, als würde ich die Stille, die sich über den Raum ausbreitete, zwingend benötigen. Ab und zu mochte ich es sogar, in der Hektik des Alltags zu lesen und zu arbeiten, weil es mich auf seltsame Weise an zu Hause erinnerte, wo es trotz der ländlichen Gegend nie ruhig gewesen war. Aber erstens besaß ich hier unten die Möglichkeit, alles sofort nachzuschlagen, und zweitens war ich nicht gezwungen, vier weiße Wände anzustarren, die meinen Gedanken kaum Platz zum Entfalten boten.

Obwohl es schon fast Mittag war, schien der graue Tag hinter den Fenstern nicht bedeutend heller werden zu wollen, weshalb ich an der goldenen Schnur zog, um die kleine Lampe an unserem Tisch einzuschalten. Nachdem ich die Akte wie eine Schatzkarte zwischen uns auf die Tischplatte gelegt und den Laptop abgestellt hatte, begannen wir damit, uns nacheinander durch die Unterlagen zu arbeiten. Dazu gehörten neben gestellten Anträgen und Anordnungen im Zusammenhang mit der Sammelklage auch die Schriftsätze, die sämtliche für den Fall relevanten Tatsachenvorwürfe enthielten.

Hatte ich eine Seite gelesen, reichte ich sie Gracie. Hin und wieder machte ich mir ein paar Notizen oder schlug etwas nach, wenn ich einen Paragrafen nicht ganz nachvollziehen konnte.

»Was bedeutet *Eúnoia* eigentlich? Ich habe das Gefühl, es irgendwo schon mal gehört zu haben«, sagte Gracie irgendwann in die beinahe gespenstische Stille hinein.

»Das Wort stammt aus dem Altgriechischen und bedeutet übersetzt so etwas wie *schönes Denken* oder *guter Wille*. Es ist ursprünglich ein Begriff aus der …« Ich geriet ins Stocken, als ich den Kopf hob und ihren überraschten Blick abpasste, in dem ich mich verfing wie ein Insekt in einem Spinnennetz. Sofort begann es unter dem Kragen meines Hemdes zu kribbeln, weshalb ich unruhig daran herumzupfte und ein undeutliches »Sorry« murmelte.

Sie legte den Kopf schief. »Wieso entschuldigst du dich?«

Keine Ahnung.

»Erzähl weiter«, bat sie und klang ehrlich interessiert.

»So viel gibt es nicht zu erzählen«, antwortete ich ausweichend und lenkte meine Aufmerksamkeit wieder auf meine Notizen. »In der Rhetorik ist damit die wohlwollende Haltung einer Person, die eine Rede hält, gegenüber ihrem Publikum gemeint. Es soll den Eindruck erwecken, ihr würde das Interesse der Zuhörenden tatsächlich am Herzen liegen. Ob es nun aufrichtig gemeint ist oder nicht, bleibt dahingestellt.«

Es war nicht zu übersehen, dass Gracie einen Moment lang in sämtlichen Ecken ihres Gedächtnisses nach Informationen kramte. »Ich erinnere mich dunkel an eine Vorlesung. Sehr, sehr dunkel.«

Ich zuckte mit den Schultern. »Bin mir auch nicht mehr sicher, ob es richtig ist.« *Bist du wohl.*

»Wäre schon irgendwie ironisch, findest du nicht? Ich meine, das Unternehmen gibt vor, ihm würde das Interesse seiner Kundschaft am Herzen liegen, indem es tierversuchsfreie Produkte anbietet, die in Wahrheit aber vielleicht gar keine sind.«

Mein Lachen glich einem Schnauben. »Willkommen in der Geschäftswelt, in der es keine Rolle spielt, wie echt du bist, sondern nur, wie echt du wirkst.«

Wir verfielen wieder in konzentriertes Schweigen, das nur von dem leisen Gemurmel anderer Mitarbeiterinnen und Mitarbeiter oder unserem Papierrascheln durchbrochen wurde. Und dann war da noch Gracies Bleistift, mit dessen Radiergummikopf sie unaufhörlich auf der Tischplatte herumtrommelte. Mal schneller, mal langsamer.

Als sie schließlich auch noch knisternd eine Packung Smarties aufriss, wobei einige davon bis zu mir über den Tisch rollten, blickte ich genervt auf. »Echt jetzt?«

»Tut mir leid«, murmelte sie beschämt und sammelte alle zügig wieder ein. »Ich kann mich nicht konzentrieren, wenn ich hungrig und unterzuckert bin.«

»Es ist kurz nach elf.«

Gracie schnitt eine Grimasse. »Ich habe kaum was gefrühstückt.«

»Und das nennst du Frühstück?« Skeptisch deutete ich auf den Traubenzucker, der wohl kaum dafür gemacht war, Hunger zu stillen.

Ein Grinsen erhellte ihre eben noch verzerrte Miene, als sie sich zwei Smarties auf einmal in den Mund schob. »Ich nenne es Notfallnervennahrung.«

»Verstehe.«

In der nächsten Viertelstunde versuchte ich, mich wieder in meine Arbeit zu vertiefen, doch aus irgendeinem Grund gelang es mir nicht, ihre Anwesenheit auszublenden. Andauernd ertappte ich mich dabei, wie ich ihr verstohlene Blicke zuwarf.

Sie hatte – dem Zucker sei Dank – aufgehört, mit ihrem Stift herumzuspielen. Stattdessen kaute sie jetzt konzentriert auf ihrer Unterlippe herum, die Augenbrauen dabei nachdenklich zusammengezogen. Keine Frage, Gracie war das vermutlich hübscheste Paradoxon, das mir je untergekommen war. Ihre Klamottenkonstellation schrie geradezu danach, bemerkt zu werden, wohingegen alles andere an ihr unaufdringlich wirkte. Die Größe, die zierliche Statur, die zartgliedrigen Hände, selbst ihr Duft.

Je länger ich sie ansah, desto mehr Details offenbarte mir ihr Gesicht, als wäre sie ein wandelndes Wimmelbild, dessen Fülle an Feinheiten das menschliche Auge nie als Ganzes begreifen konnte, egal wie oft man es sich anschaute. Ihre blasse, mit Sommersprossen besprenkelte Elfenhaut war so durchscheinend, dass sie die filigranen blauen Äderchen auf ihren Augenlidern durchblitzen ließ – wie ein Stück Seidenpapier oder ein Rosenblütenblatt, das man vors Licht hielt. Das dunkle Braun ihrer Augen wurde schnell zu Treibsand, der einen in die Tiefe zog, und ihr glänzendes Haar schimmerte je nach Lichteinfall in allen Herbstlaubfarben. Und trotzdem hatte sie etwas an sich, das einen Hauch von Unberechenbarkeit ausstrahlte.

Ich wusste, dass ich mich wieder aufs Lesen konzentrieren sollte, weil ich Ablenkung im Hinblick auf den Fall und das Ranking nicht gebrauchen konnte – mochte sie noch so interessant sein. Und doch hatte meine kurze Unterhaltung mit ihr einen Funken Neugier in mir geweckt.

»Frage«, hörte ich mich deshalb plötzlich sagen.

Gracie hob den Kopf und schaute mich verunsichert an. »Antwort?«

Ich spürte, wie mein verräterischer Mundwinkel zuckte, als hätte er sich ursprünglich zu einem Schmunzeln durchringen wollen. »Du hast in Harvard studiert, aber wohnst in Fenway?«

Auch das war etwas an ihr, das für mich nicht zusammenpasste. Immerhin ging ich davon aus, dass ihre Wohnung trotz Mitbewohnerin nicht bedeutend größer sein dürfte als meine, da unsere Gebäude nahezu identisch waren.

Gracie legte ihren Stift beiseite und stutzte. »Du hast an der Columbia studiert und wohnst auch in Fenway.«

»Und trotzdem habe ich kein Geld, Smartie«, erwiderte ich, lehnte mich vor und stibitzte mir ein gelbes Stück Traubenzucker, das noch zwischen uns auf dem Tisch lag. »Ich hatte ein Stipendium, schon vergessen?«

Hin und wieder dachte ich darüber nach, was oder wer wohl aus mir geworden wäre, wenn ich es nicht erhalten hätte. Wo wäre ich jetzt? *Wer* wäre ich jetzt? Säße ich noch immer mit einer Taschenlampe und einem Buch auf dem Heuboden in Vermont?

Gracie räusperte sich. »Oh. Ich, ähm … auch.«

»Tatsächlich? Von Harvard direkt?«, fragte ich überrascht.

»Jepp.« Sie nickte meine Frage schnell ab und lenkte den Blick wieder auf ihre Notizen, um mich nicht länger ansehen zu müssen.

»Okay …«

Meines Wissens nach vergab die Harvard Law School nur bedarfsorientierte Stipendien, keine leistungsbasierten. Dabei war ich mir sicher, ihre Freundin hätte vorhin eine Prada-Tasche bei sich getragen. Welcher Mensch, der sein Geld für so etwas ausgeben konnte, würde sich in Fenway eine Wohnung suchen?

»Cass ist mir zuliebe dort hingezogen«, erklärte Gracie, ohne aufzublicken, als hätte ich meine Gedanken laut ausgesprochen. »Wir haben uns während des Studiums kennengelernt.«

Ich ließ mich mit verschränkten Armen gegen die Lehne meines Stuhls sinken. »Ziemlich nett von ihr.«

Meine Erfahrungen mit wohlhabenden Menschen waren andere, *tiefschürfendere*. Wahrscheinlich neigte ich deshalb oft dazu, sie in einen Topf zu werfen. Manchmal war es leichter, sich von vornherein einzureden, sie wären alle gleich. Es ersparte einem den Frust, falls sich herausstellen sollte, dass man sie fälschlicherweise zu nah an sich herangelassen hatte.

»Ist es«, bestätigte Gracie.

Unsere Unterhaltung verlor sich im Nichts, weil ich zu meinem Verdruss keinen Gesprächsfaden mehr fand, den ich hätte aufrollen können. Daher fuhren wir damit fort, die Akte durchzuarbeiten – und sprachen für den Rest des Vormittags kein Wort mehr miteinander.

4
Gracie

Um kurz nach eins fühlten sich meine Augen an, als hätte mir jemand eine Handvoll Sand hineingepustet. Es pikte und brannte so stark hinter meinen Lidern, dass ich beschlossen hatte, eine Mittagspause einzulegen und mich mit Cassidy in der Kantine zu treffen. Stimmengewirr lag in der Luft, Gläser klirrten, und der Geruch von Kräutern und Kaffee stieg mir in die Nase. Es war deutlich voller, als ich erwartet hatte. An der Kasse hatte sich sogar eine Schlange gebildet.

Ich verschaffte mir einen kurzen Überblick über die angebotenen Gerichte und stellte zum wiederholten Mal an diesem Tag fest, dass die Bezeichnung *Kantine* der ganzen Aufmachung nicht gerecht wurde. Das Essen, das aus regionalen und frischen Produkten bestand, besaß Restaurant-Niveau. Ähnlich verhielt es sich mit der Atmosphäre, die mehr einem Szenelokal als einem Speisesaal glich. Jeder Tisch war besetzt; entweder von kleinen Gruppen oder einzelnen Anwältinnen und Anwälten, die aßen und nebenbei an ihren Laptops weiterarbeiteten oder Telefongespräche führten. Andere schienen beim Mittagessen sogar Meetings mit ihren Mandantinnen und Mandanten abzuhalten.

Ich hatte Cassidy bereits entdeckt. Sie saß zusammen mit Laurel und Samuel an einem Rundtisch vor einem Buntglasfenster und winkte mir zu, weshalb ich ihr ein kurzes Zeichen gab. Dann nahm ich mir ein Tablett und griff neben einer Flasche Eistee nach einem Quinoa-Salat.

»Süße Portion«, bemerkte da plötzlich jemand neben mir. »Hast du vor, davon bis heute Abend satt zu bleiben?«

Ich wandte mich nach rechts und begegnete Otis' dunklen Augen, die schelmisch funkelten. Von dort ließ ich meine Aufmerksamkeit zu seinem Tablett hinunterwandern, auf dem er neben einem Salat, einer Banane und einem Berg Pasta auch noch zwei Becher Schokomousse platziert hatte. Unweigerlich musste ich grinsen.

»Kommt drauf an. Hast du vor, noch etwas übrig zu lassen?«

Otis lachte und angelte sich neben mir eine Flasche Wasser aus dem Kühler. »Keine Panik. Die sind mit ihren Portionen hier so geizig, dass mit Sicherheit genug für alle da ist.« Er zwinkerte mir flüchtig zu, nahm sein Tablett an sich und ging zur Kasse.

Nachdem ich mir ebenfalls eine Portion Steinpilz-Pasta gesichert hatte, widmete ich mich der Kühltheke, in der ich im Vorbeigehen neben Cupcakes, Törtchen und Kuchen auch diverses anderes Gebäck erspäht hatte. Ich wollte gerade nach der letzten Zimtrolle greifen, da schob sich eine fremde Hand in mein Sichtfeld und kam mir zuvor. Mein Blick zuckte nach oben und landete zu meiner Überraschung auf Iras Gesicht. Ich benötigte einen Moment, um die Situation zu greifen. Dann machte sich Verärgerung in mir breit.

»Das war meine«, sagte ich.

Er legte den Kopf schief. »Stand dein Name drauf?«

»Nein, aber faktisch gesehen …« Mein Satz blieb unvollendet in der Luft hängen, als Ira vor meinen Augen in die Zimtrolle biss und sich genüsslich über die mit Zuckerguss verschmierten Lippen leckte.

»Verdammt, die ist gut«, nuschelte er mit vollem Mund. »Dabei mag ich Zimtrollen eigentlich nicht mal.«

Ich knirschte mit den Zähnen. »Ist das dein Ernst?«

Er wischte sich mit dem Daumen die Krümel aus dem Mundwinkel. »Sorry, Smartie, aber wer zuerst kommt, mahlt zuerst. Gerade du solltest das doch wissen.«

Spielte er auf die Sache von heute Morgen an?

Schmunzelnd drehte er sich um und schlenderte zur Kasse, deren Schlange kleiner geworden war. Also griff ich wutschnaubend nach einem Blaubeermuffin und folgte ihm, um mit Entsetzen zu beobachten, wie er nach dem Bezahlen auf den Tisch zusteuerte, an dem neben Cassidy, Laurel und Samuel inzwischen auch Otis Platz genommen hatte. Am liebsten wäre ich dazwischengesprungen und hätte ihn dazu aufgefordert, sich einen anderen zu suchen.

»Hey, da bist du ja«, grüßte Cassidy, kaum dass sie hinter Iras Rücken einen Blick auf mich erhascht hatte. »Und wie ich sehe, bringst du unseren reizenden Nachbarn mit.«

Besagter Nachbar schien sich im Übrigen nicht an ihrer Bemerkung zu stören. »Was dagegen, wenn ich mich zu euch setze?«, fragte er höflich und deutete auf einen der freien Stühle.

Sieh an, dachte ich. *Du kannst also auch anders.*

»Selbstverständlich nicht.« Cassidy zog ihre Sachen näher zu sich heran, damit er sein Tablett auf dem Tisch abstellen konnte. »Sorry übrigens wegen der Sache mit dem Taxi heute Morgen. Wir waren echt verzweifelt.«

Ira winkte ab und setzte sich. »Schon okay.«

Schon okay? Ich musste mich beherrschen, um nicht empört nach Luft zu schnappen. Cassidys Entschuldigung winkte er achtlos ab, und mich bestrafte er? Warum?

Otis, der ihr Gespräch verfolgt hatte, hakte sich neugierig ein. »Wovon sprecht ihr? Ihr seid Nachbarn?«

Cassidy tupfte sich mit einer Serviette den Mund ab, um ihren Lippenstift nicht zu verschmieren, und nickte. »Ira wohnt gegenüber. Wir haben ihm heute Morgen das Taxi weggeschnappt, weshalb er im strömenden Regen mit dem Fahrrad fahren musste.«

»Oh, Shit. *Deshalb* hast du so ausgesehen.« Er gluckste amüsiert in sich hinein und klopfte Ira dabei so kräftig auf die Schulter, dass dieser kurz zusammenzuckte. »Mein Beileid.«

Ira schenkte ihm ein zurückhaltendes Lächeln, bevor er sein Besteck zur Hand nahm und mit dem Essen begann. Seine Kleidung war mittlerweile wieder vollständig getrocknet. Ebenso sein Haar, das sich im Vergleich zu heute Morgen jedoch deutlich stärker wellte, fast lockte.

»Laurel und Samuel haben gerade erzählt, dass sie Bright zugeteilt wurden. Und sie sind schwer begeistert«, berichtete Cassidy hörbar amüsiert.

»*Nicht*«, fügte Samuel mit bösem Blick hinzu. »Mal ehrlich, der Typ ist fies, das war er schon im Bewerbungsgespräch. Der wartet nur darauf, dass einer von uns beiden einen Fehler macht. Ich traue mich in seiner Gegenwart schon gar nicht mehr, überhaupt etwas zu sagen.«

Laurel angelte sich den Pfefferstreuer, um ihren Salat zu würzen. »Lass dich davon nicht einschüchtern, damit machst du dich nur angreifbar. Und genau das ist doch sein Ziel.«

»Leichter gesagt als getan«, murmelte er, während er seine Gabel zur Seite legte und nach seiner Flasche griff. Im Gegensatz zu den anderen war sein Teller noch randvoll. Entweder lag es daran, dass er das Steak nicht mochte, oder daran, dass ihm die Sache mit seinem Mentor zu schwer im Magen lag. »Und ich Esel hab die ganze Zeit gehofft, wir würden Mr Bates assistieren dürfen.«

»Mr Bates?«, fragte Cassidy stirnrunzelnd. »Wer ist das?«

Samuel verschluckte sich an seinem Wasser und hustete mehrmals. »Du hast noch nichts von ihm gehört?«

Sie blinzelte irritiert. »Ich bin mir nicht sicher, sollte ich?«

Da Samuel noch immer mit seinem Husten kämpfte, sprang ich für ihn ein: »Aaron Bates ist mit dreißig der jüngste Juniorpartner der *Gold, Bright & Partners*-Kanzleigeschichte. Hab ich dir doch neulich erzählt.«

Das wusste ich, weil ich mir vor meinem Bewerbungsgespräch einige der größten und bekanntesten Kanzleifälle angeschaut hatte, um auf Nachfrage gewappnet zu sein. Der Name Aaron

Bates war häufiger aufgetaucht, weshalb ich ein paar Nachforschungen über ihn angestellt hatte.

»Dreißig? Ich dachte, neunundzwanzig?«, fragte Otis.

»Vergiss das Alter. Die Frage ist doch: Wie kannst du noch nichts von ihm gehört haben?« Samuel wirkte richtiggehend bestürzt von Cassidys Aussage, was auch Laurel nicht entging. Sie war gerade dabei, sich ihr langes Haar im Nacken zu einem lockeren Knoten zusammenzubinden, als sie die Augen verdrehte.

»Du stellst ihn dar, als wäre er Gott höchstpersönlich. Nach allem, was ich gehört habe, hält der Typ viel zu große Stücke auf sich selbst.«

Samuels linke Kupferbraue schoss in die Höhe. »Und ist damit ziemlich weit gekommen, oder?«

»Ich habe vorhin kurz mit einem Kollegen gequatscht, und der sagte, Bates sei schon seit knapp einem Monat nicht mehr in der Kanzlei gewesen. Gerüchten zufolge wurde er suspendiert«, erzählte Otis zwischen zwei Bissen Pasta.

Er war aus seinem dunkelblauen Jackett geschlüpft und hatte sich das Ende seiner Krawatte lässig über die Schulter geworfen. Jetzt, wo er nur noch Anzugweste und Hemd trug, zeichneten sich die Muskeln seiner Oberarme umso deutlicher unter dem dünnen Stoff ab.

Samuel gab ein höhnisches Lachen von sich. »Das glaubst du doch wohl selbst nicht. Kennst du seinen letzten Pro-bono-Fall? Terrence Jordan hat fünf Jahre lang unschuldig im Gefängnis gesessen, nachdem man ihn wegen Mordes an seiner Ex verurteilt hatte, obwohl nie richtig bewiesen werden konnte, dass er in der Tatnacht überhaupt bei ihr war. Der Typ war erst *vierundzwanzig*. Aaron hat die Wiederaufnahme seines Verfahrens und seinen Freispruch aussehen lassen wie einen Spaziergang. Stell dir vor, du würdest in der Haut von Jordans ehemaligem Pflichtverteidiger stecken. Das muss unheimlich unangenehm sein.«

»Selbst wenn er zurückkommt«, Laurel zeigte mit ihrer Gabel auf Samuel, um seine Aufmerksamkeit auf sich zu ziehen, »glaubst du wirklich, Bates wäre so viel umgänglicher als Bright?«

Er zuckte mit den Schultern. »Keine Ahnung. Mir würde es schon reichen, wenn man mir pro Minute zwei, drei Todesblicke weniger zuwirft.«

Ich musste an Isabell denken, die auch nicht unbedingt wie die Freundlichkeit in Person auf mich gewirkt hatte. Andererseits musste man als Mentorin vermutlich eine gewisse Strenge an den Tag legen, um ernst genommen zu werden.

»Oh, apropos Todesblick«, sagte Otis plötzlich und winkte jemandem zu. »Darling!«

Einige Köpfe drehten sich zu uns herum. Darunter auch der von Jude, der wenige Meter von uns entfernt in der vollen Kantine stand und offenbar nach einem freien Platz suchte. Beim Anblick von Otis' breitem Lächeln verzog er kaum merklich den Mund.

»Komm schon, Kumpel, wir beißen nicht!«

Er seufzte, ließ sich wenige Sekunden später aber tatsächlich mit den reizenden Worten »Nur zur Info, wir sind keine Kumpel« auf den freien Platz neben Otis fallen. Der stupste ihn grinsend mit seinem Ellbogen an. »Und ob wir das sind. Ich habe uns gedanklich schon Freundschaftsarmbänder gebastelt. Stoßen wir nach Feierabend gemeinsam auf unseren ersten Arbeitstag an?«

Jude griff nach seinem Besteck und gab ein Schnauben von sich. »Ich weiß nicht, was *du* tust, aber ich weiß, dass keiner meiner Pläne dich beinhaltet.«

Otis störte sich nicht an seiner schroffen Antwort, als wäre sie einfach an ihm abgeprallt. »Ich dachte, wir wären ein Team?«

»Das ist ja das Problem«, entgegnete er. »Ich bin nicht scharf darauf, mich außerhalb der Arbeit auch noch mit dir herumzuschlagen.«

Ein beherztes Lachen sprengte Otis' Lippen. »Wart's nur ab, Mann. In ein paar Wochen sind wir Besties.«

»Tu uns allen den Gefallen und nimm dieses Wort nie wieder in den Mund.«

»Kein Ding. Ich tätowiere es mir auch gern, wenn du mitmachst.«

Otis zwinkerte ihm vielsagend zu, was Jude so sehr zu irritieren schien, dass er ihn einen Augenblick lang mit einem Ausdruck purer Verständnislosigkeit anstarrte. Dann, als fiele ihm dazu nichts mehr ein, schüttelte er den Kopf und fing an, zu essen.

Keine Ahnung, ob ich jemals einer ungleicheren Konstellation von Menschen gegenübergesessen hatte. Otis und Jude waren wie Tag und Nacht, eine Kombination, die zusammen keinen Sinn ergab und einander dennoch ergänzte.

Samuel ging offenbar etwas Ähnliches durch den Kopf, denn er schob seine Brille zurecht und musterte Jude prüfend. »Dein Nachname ist nicht gerade Programm, oder?«

Otis bemühte sich darum, sein Prusten zu unterdrücken, scheiterte allerdings kläglich. »Everybody's *not*-Darling.«

»Samuel und Otis haben recht. Du versprühst richtige Großer-böser-Wolf-Vibes«, stimmte Cassidy zu, während sie nebenbei auf ihrem Handy herumtippte, um eine Mail zu beantworten.

Jude blickte von seinem Teller auf und richtete seine silbergrauen Augen auf sie. »Hast du damals in der Schule nicht aufgepasst? Wölfe sind Rudeltiere. Ich bleibe lieber für mich.«

Einsame Wölfe auch, dachte ich.

»Und trotzdem bist du hier.« Sie fasste sich in gespielter Theatralik ans Herz. »Was haben wir doch für ein Glück!«

»Noch macht ihr euch lustig. Wartet ab, bis seine Retourkutsche folgt und er euch die Punkte wegnimmt«, bemerkte Laurel, die mit dem Finger über den Rand ihrer Coladose fuhr, während sie das Geplänkel der anderen verfolgte.

Otis wurde bei ihrer Bemerkung hellhörig und lehnte sich neugierig vor. »Wieso, sprichst du etwa aus Erfahrung? Du hast doch mit Darling studiert, oder nicht?«

Laurel wechselte einen kurzen Seitenblick mit Jude, der kaum länger währte als ein Flügelschlag. Dennoch entging mir nicht, dass sich der Griff um seine Gabel verstärkte.

»Ja, aber wir waren nicht in denselben Kursen«, antwortete sie und schürzte die Lippen.

Samuel entwich ein tiefes Seufzen. »Ich finde diese ganze Sache mit dem Ranking unsinnig. Mussten wir an der Uni nicht schon genug um unsere Punkte kämpfen?«

»Mein Reden«, murmelte ich zustimmend und registrierte aus dem Augenwinkel, wie Jude mich ansah.

»So etwas sagen Leute, die Angst haben, ganz hinten zu landen.«

Hast du eine Ahnung.

»Wohl eher Leute, die vorgeben, sich nichts aus solchen Wettkämpfen zu machen, um am Ende trotzdem zu gewinnen«, warf Otis ein. »Schon vergessen, dass sie Jahrgangsbeste war?«

»Schon vergessen, dass wir nicht mehr an der Law School sind?«, hielt Jude dagegen und hob eine Augenbraue. Dann wandte er sich wieder an mich. »Ich bin trotzdem neugierig: Woran arbeitet ihr?«

Ich versteifte mich, weil man mich gegen meinen Willen in den Mittelpunkt drängte, in dem ich nicht stehen wollte. Mein Blick glitt zu Ira, der sich bisher noch kein einziges Mal an unserer Unterhaltung beteiligt hatte und auch nicht interessiert daran schien, diesen Umstand zu ändern, und wieder zu Jude zurück.

»Warum fragst du? Willst du deine Konkurrenz aushorchen?«

Ein spöttisches Grinsen zupfte an seinem Mundwinkel. Nur ganz leicht. »Ich denke, jeder von uns hat vor, dieses Ranking zu gewinnen. Auch du. Also?«

Er hatte recht. Ich legte mein Besteck beiseite, wischte mir mit meiner Serviette den Mund ab und ließ mich gegen die

Lehne der Sitzbank fallen. »Wir arbeiten an einem Pro-bono-Fall. Eine Tierschutzorganisation hat Sammelklage gegen ein großes Kosmetikunternehmen eingereicht.«

Und wie ich vorhin beim Durchsehen der Akte festgestellt hatte, war es die Kanzlei meines Vaters, die unsere Gegenseite vertrat. Womit ich schneller wieder mit dem Namen Cabot konfrontiert worden war, als mir lieb gewesen wäre.

»Du redest von *Eúnoia*, oder?«, fragte Cassidy und legte ihr Handy beiseite. »Ich habe ein paar Videos auf TikTok gesehen, in denen die Leute ihre Produkte wegwerfen. Dann stimmt es wirklich?«

Ich hob ahnungslos die Schultern. »Bisher können wir noch nicht belegen, dass es sich bei den vorliegenden Hinweisen auch wirklich um *Eúnoia* handelt.«

Cassidy rümpfte die Nase. »Sind wir mal ehrlich, es wäre nicht das erste Mal, dass sich ein Unternehmen nicht an seine Werbeversprechen hält. Aber gut, dann weiß ich ja, was ich mit meinen Sachen tun werde, sobald wir zu Hause sind.«

»Die Umwelt bedankt sich«, murmelte Ira. Es waren die ersten Worte, die er äußerte, seitdem wir an diesem Tisch saßen. Und obwohl seine Präsenz schon die ganze Zeit über erbarmungslos an meinem Bewusstsein rüttelte, hätte es mich nicht überrascht, wenn die anderen ihn inzwischen vergessen hätten.

Mein Vater hatte mal gesagt, dass es besonders die stillen Menschen seien, vor denen man sich in unserem Job in Acht nehmen sollte, da man nie genau wusste, was in ihren Köpfen vorging; ob sie gerade einen klugen Schachzug planten oder ob ihnen keine Argumente einfielen.

Ich musste daran denken, weil mir aufgefallen war, dass Ira sehr sparsam mit seinen Worten umging. In dieser Gruppe noch mehr als in meiner Gegenwart. Vorhin hatte ich noch gedacht, es würde daran liegen, dass er zu sehr auf seine Arbeit fixiert war, aber allmählich bekam ich das Gefühl, dass es einfach seine Art war. Und dass er dabei nicht zu der stillen, träumerischen Sorte gehörte, sondern zu der stillen, aufmerksamen. Aus irgendeinem Grund beunruhigte mich das.

Cassidy verschränkte die Arme vor der Brust, als ihr Blick zu ihm flog. »Was soll ich deiner Meinung nach tun? Das Ganze unterstützen?«

Er schüttelte den Kopf. »Natürlich nicht. Wenn an der ganzen Sache wirklich etwas dran ist, ist gegen den Boykott nichts einzuwenden. Aber erstens weißt du es zu diesem Zeitpunkt nicht mit absoluter Sicherheit, zweitens wäre den Tieren damit auch noch nicht geholfen, und drittens wäre es verschwenderisch. Kauf die Produkte in Zukunft einfach nicht mehr. Wenn *Eúnoia* irgendwann wegen mangelnder Nachfrage Insolvenz beantragt, hast du dein Ziel trotzdem erreicht.«

»Perfekt. Die Angestellten freuen sich darüber, wenn ein so großes Unternehmen bankrottgeht«, bemerkte Jude trocken.

Ira wirkte nicht beeindruckt von seinem Einwand. Er zerknüllte seine Serviette und warf sie auf seinen leeren Teller. »Ich habe nicht behauptet, dass es mir für die Angestellten, die wahrscheinlich nicht mal davon wussten, nicht leidtun würde. Aber wer heutzutage noch mit solchen Methoden arbeitet, obwohl es längst eine Vielzahl von Alternativen gibt, hätte es in meinen Augen nicht anders verdient.«

Ohne eine Antwort der anderen abzuwarten, schob Ira seinen Stuhl zurück und stand auf. Dabei verhakte sich sein Blick für einen kurzen Moment mit meinem. »Ich bin oben im Büro«, informierte er mich knapp. Anschließend nahm er sein Tablett und ließ dort, wo er zuvor gesessen hatte, eine seltsame Leere zurück.

Den Rest des Tages verbrachte ich damit, mich weiter in den Fall einzuarbeiten und To-do-Listen anzulegen, um den Überblick über die schnell wachsende Anzahl von zu erledigenden Aufgaben nicht zu verlieren. Zudem beauftragte Isabell mich am frühen Abend noch damit, in einem seitenlangen Vertrag eines

Mandanten ein Schlupfloch zu finden, das ihm eine vorzeitige Kündigung ermöglichte. Irgendwann musste ich meine Lesebrille herauskramen, um das Kleingedruckte im schwachen Licht der Schreibtischlampe entschlüsseln zu können, weil der Himmel hinter dem Fenster mit jeder gelesenen Seite dunkler wurde.

Mir war bewusst, dass man als Anfängerin in unserem Job bis zu sechzig Stunden die Woche arbeitete, allerdings hatte ich nicht erwartet, dass dieser Albtraum direkt an meinem ersten Tag beginnen würde. Beim nächsten Blick auf die Uhr waren die Zeiger bereits auf kurz nach sieben gesprungen – und Ira und ich noch immer hier. Wir hatten dicke Schweigemauern um uns errichtet, aber hin und wieder hörte ich ihn seufzen oder bemerkte, wie er sich die Augen und den Nacken rieb, der sich sicher genauso bretthart anfühlte wie meiner. Er hatte den Knoten seiner Krawatte ein wenig gelockert, hinter seinem Ohr steckte ein Bleistiftstummel, und sein aschblondes Haar war vom häufigen Haareraufen nun gänzlich aus der Form gefallen.

Manchmal hob ich den Kopf, weil ich mir einbildete, seinen Blick auf meiner Haut kribbeln zu spüren, nur um jedes Mal festzustellen, dass seine Augen eisern auf den Bildschirm gerichtet waren. Andere Male war ich drauf und dran, ihm eine Frage zu einer Formulierung im Vertrag zu stellen, nur um mich in letzter Sekunde doch wieder umzuentscheiden. Immerhin wollte ich ihm nicht das Gefühl vermitteln, seine Hilfe zu brauchen – das tat er umgekehrt genauso wenig. Außerdem war ich noch zu wütend wegen der Dinge, die er heute gesagt und getan hatte.

Um kurz nach acht war es schließlich an Isabell, uns nach Hause zu schicken. Länger hätten meine Augen es wohl auch kaum ausgehalten. Sobald wir das Licht gelöscht und das Büro verlassen hatten, sprang ihre Tür jedoch noch einmal auf, und sie steckte ihren Kopf heraus.

»Oh, Ms Hoffman, bevor ich es vergesse«, begann sie und ließ ihren Blick flüchtig an mir hinunterwandern, ohne ihre Gedanken darin offenzulegen, »Natalie schreibt zwar keinen expliziten Farbcode vor, aber ich würde Ihnen trotzdem raten, was das angeht, künftig ein bisschen … *sorgfältiger* auszuwählen, wenn Sie morgens vor dem Kleiderschrank stehen. Sie möchten doch, dass man Sie hier ernst nimmt, oder?«

Mir wurde warm. So warm, dass ich spürte, wie mir der Schweiß im Nacken ausbrach. Ihre Bemerkung war mir nicht nur unangenehm, sie brannte sich regelrecht in mich hinein und erreichte eine tiefere Ebene, die wehtat. Die Tatsache, dass Ira direkt neben mir stand und alles mitangehört hatte, machte es nicht besser.

Sie hält dich für eine Witzfigur. Was hast du dir dabei gedacht?

»S-Selbstverständlich«, stammelte ich. »Tut mir leid.«

Isabell winkte meine Entschuldigung achtlos ab. »Wir einigen uns einfach darauf, dieses Gespräch nie geführt zu haben.«

Ich wollte auflachen. Wie sollte das funktionieren, wenn ich wusste, dass ihre Bemerkung mich die kommenden Tage wie ein Schatten überallhin verfolgen würde? Die von Eloise taten es selbst heute noch.

Kannst du dir nicht zur Abwechslung mal etwas Dezentes anziehen?

Gracie, das ist eine Geschäftsveranstaltung und kein Festival.

Kaum hatte sie die Tür hinter sich geschlossen, klammerte ich meine Finger eisern um den Griff meiner Handtasche und drängte mich an Ira vorbei. »Gibt es einen Grund dafür, warum du immer noch hier rumstehst?«

Die Worte kamen mir ungewohnt barsch über die Lippen, trotzdem machte ich mir nicht die Mühe, sie wieder einzusammeln. Ich wollte einfach nur so schnell wie möglich raus.

»Hast du dich gerade ernsthaft dafür entschuldigt, wie du aussiehst?«, fragte er und folgte mir mit großen Schritten durch den Flur zur Treppe in der Lobby.

»Was interessiert's dich?« Meine Stimme klang brüchig, weil der aufkommende Knoten in meinem Hals die Hälfte davon verschluckte.

Sie hält dich für eine Witzfigur, dachte ich, wieder und wieder und wieder.

»Hör nicht auf das, was sie sagt.«

Ich bremste auf dem Treppenabsatz abrupt ab. »Wie bitte?«

Ira trat noch eine Stufe hinunter, bevor er die Hände in seinen Manteltaschen vergrub und sich zu mir umdrehte. Die Wandleuchte über unseren Köpfen malte einen harten Schatten auf sein Gesicht, das sich nun mit meinem auf einer Höhe befand. Es war merkwürdig, ihm direkt in die blassgrünen Augen sehen zu können, ohne das Kinn heben zu müssen. Ich fragte mich, ob es etwas zu bedeuten hatte, dass er ausgerechnet dort stehen geblieben war.

Ob wir jetzt vielleicht zum ersten Mal an diesem Tag auf Augenhöhe miteinander sprachen.

»Es gibt wirklich keine Vorschrift darüber, wie wir uns anzuziehen haben«, erklärte er, während er mit seinem Blick prüfend mein Gesicht abtastete, als suchte er darauf nach irgendwelchen Anzeichen, die ihm verrieten, was ich in diesem Moment fühlte. »Abgesehen davon sagt Kleidung rein gar nichts über Kompetenz aus.«

Mir entfuhr ein Schnauben. »Hast du mir nicht vorhin noch an den Kopf geworfen, ich würde auf eine Halloweenparty gehören?«

Sein Kiefermuskel zuckte, als er schluckte. »Hier geht es nicht um mich, sondern darum, dass sie dir vorschreibt, wer du zu sein hast.«

Ich schlang die Arme um meinen Oberkörper. »Es ist ihr gutes Recht, so was anzumerken. Ich hätte mir mehr Gedanken über meine Kleidung machen sollen. Außerdem hat sie ja nicht behauptet, ich dürfe nicht mehr ›ich selbst‹ sein.«

Mal abgesehen davon, dass ich ohnehin keine Ahnung hatte, wer ich war.

Sein Blick hielt meinen weiterhin fest. *Zu* fest.

»Es ist ihr gutes Recht, dir eine Kleiderordnung zu empfehlen, aber deshalb steht es weder ihr noch mir zu, dich für deinen Geschmack zu verurteilen. Und ist der nicht auch etwas, das dich in gewisser Weise ausmacht?«

Mein Mund klappte auf und wieder zu, ohne dass eine brauchbare Antwort herauskam. Seine Frage hatte mich unvorbereitet erwischt, und nun wusste ich nicht darauf zu reagieren.

»Vielleicht habe ich auch eine andere Auffassung davon als du«, murmelte er in das aufgekommene Schweigen hinein und hob die Schultern. »So oder so tut es mir leid, dass ich das vorhin gesagt habe. Es war daneben.«

Ich blinzelte einige Male, bis ich begriff, dass seine Worte einen Entschuldigungsversuch darstellen sollten. Wem wollte er nach allem, was heute passiert war, weismachen, dass er sie ernst meinte?

»Ja, *klar*«, prustete ich. »Ich bin sicher, dein schlechtes Gewissen wird dich die ganze Nacht wach halten.«

Ira entgegnete nichts darauf. Keine Rechtfertigung. Kein frecher Spruch, der folgte. »Bis morgen«, war alles, was er noch sagte.

Dann sprang er die letzten Stufen der Treppe hinunter und lief durch die Empfangshalle in Richtung Ausgang. Erst als er aus meinem Sichtfeld verschwunden war, machte ich mich selbst auf den Weg nach Hause. Dabei die ganze Zeit ein und denselben Gedanken im Kopf: *Warum hat er das gesagt?*

Sowie ich die Wohnungstür aufgeschlossen hatte, wehte mir der Geruch von Cassidys berühmt-berüchtigter Kürbissuppe und warmem Brot entgegen. Sie hatte eine gute Stunde vor mir Feierabend gemacht und die Zeit offenbar genutzt, um uns beiden eine Kleinigkeit zu kochen, wofür ich und mein schwarzes Loch im Magen ihr mehr als dankbar waren. Ich legte meine Sachen im Flur ab und folgte der duftenden Spur in die Küche, wo Cassidy mit ihrem Tablet am Tisch saß und Netflix schaute. Ihr Suppenteller war bereits leer.

»Oh, hey. Hätte ich gewusst, dass du bald kommst, hätte ich mit dem Essen noch gewartet.« Sie lächelte zerknirscht, die Augen klein und erschöpft.

»Nicht schlimm.« Ich nahm mir einen tiefen Teller aus dem Schrank, füllte ihn mit Suppe und legte zwei Stücke Baguette daneben. »Wenn es dir nichts ausmacht, würde ich mir für morgen sowieso noch ein paar Sachen durchlesen.«

Immerhin fehlten mir noch zwei Seiten des Vertrages, die ich noch nicht überprüft hatte, und Isabell würde morgen früh auf meine Ergebnisse warten.

Zu meinem Verdruss heftete Cassidy sich auf dem Weg in mein Zimmer an meine Fersen und warf sich, dort angekommen, auf mein ungemachtes Bett. Ich war erleichtert, dass es mir gestern noch gelungen war, es mitsamt den Bücherregalen vollständig aufzubauen. Eine weitere Nacht mit der Matratze auf dem Boden hätte mein Rücken nicht verkraftet. Erst recht nicht nach einem Tag wie diesem.

»Du kommst von der Arbeit nach Hause und setzt dich direkt wieder dran? Das nenne ich Einsatz«, bemerkte sie.

Ich stellte den Teller auf meinem Schreibtisch ab und lief schnell in den Flur, um meinen Arbeitslaptop zu holen. »Ich will nur vermeiden, dass Ira mir mit seinen Aufgaben morgen einen Schritt voraus ist. Das ist alles.«

Und ich hatte nicht vor, ihm meine Punkte zu schenken, nur damit er das Jahresranking am Ende zu seiner endlosen Liste an Errungenschaften hinzufügen und ebenso emotionslos herunterrattern konnte. Auch wenn ich zugeben musste, dass mir seine Bemerkung von vorhin noch immer im Kopf herumschwirrte und ich begonnen hatte, mich zu fragen, ob vielleicht doch ein Hauch von Ehrlichkeit dahintergesteckt hatte.

Es steht weder ihr noch mir zu, dich für deinen Geschmack zu verurteilen. Und ist der nicht auch etwas, das dich in gewisser Weise ausmacht?

»Berechtigte Angst.« Cassidy rollte sich auf den Rücken und

starrte an die Decke. »Wenn ich es mir recht überlege, bin ich vielleicht doch ganz glücklich mit der Zusammenstellung meines Teams.«

»Wen haben sie euch eigentlich als Mentor gegeben?«, erkundigte ich mich, ehe ich mir einen Löffel Suppe in den Mund schob und meinen Laptop aufklappte. In meinem Postfach befanden sich schon wieder drei neue Mails, weshalb ich es augenblicklich bereute, ihn noch mal geöffnet zu haben.

»Mr Lee. Kennst du ihn? Er ist seit zwei Jahren Seniorpartner. Der Mann ist ein Verhandlungsgenie.«

Ich schüttelte den Kopf. Trotz meiner aufmerksamen Website-Recherche erinnerte ich mich bei Weitem nicht an die Namen aller Partnerinnen und Partner. Dafür waren es einfach zu viele.

»Dann ist er in Ordnung?«

»Verglichen mit Bright schon. Und nach allem, was ich bisher gehört habe, auch besser als Fraser.«

»Nicht unwahrscheinlich …«, gab ich mit einem Seufzen zurück.

Seit Isabell sich in der Runde vorgestellt hatte, hatte ich sie kein einziges Mal mehr lächeln sehen. Nicht mal, als ich eine ihrer Aufgaben zu ihrer Zufriedenheit bearbeitet hatte.

»Was ist mit Jude und Otis?«, fragte ich, während ich die neuen Mails nach Dringlichkeit ordnete.

Cassidy wackelte mit ihren lackierten Zehen und atmete scharf aus. »In der Kurzfassung? Jude ist dauergenervt, und Otis hört nicht mehr auf zu reden, wenn er einmal damit angefangen hat. Macht es einem nicht gerade leicht, sich zu konzentrieren.«

Ja, kommt mir irgendwoher bekannt vor …

»Liegt es daran, dass er dir zu viel redet, oder daran, dass du ihn attraktiv findest?« Ich musste ihr Gesicht nicht sehen, um zu wissen, dass sie schmunzelte.

»Ach, komm schon. Du musst selbst zugeben, dass jeder von ihnen auf seine Weise gut aussieht. Aber weißt du, wer sie alle toppt?« Sie legte den Kopf so weit in den Nacken, dass sie mich ansehen konnte. »Laurel. Im Ernst, die Frau ist *heiß*. Mit ihren Kurven könnte sie alles tragen.«

»Du hast auch tolle Kurven, Cass«, murmelte ich, bevor ich nach einem leeren Blatt Papier griff und mit dickem Filzstift ein paar Wörter darauf kritzelte.

»Meinst du, sie ist in einer Beziehung?«

»Wieso fragst du sie nicht?« Ich beugte mich nach vorn und klebte den Zettel mit einem Streifen Tesafilm an mein Fenster.

»Na ja, sind wir mal ehrlich … Die Wahrscheinlichkeit, dass sie heiß und Single ist *und* noch dazu auf Frauen steht, ist verschwindend gering.« Cassidy pustete sich ihre Ponyfransen aus der Stirn und setzte sich auf. »Hörst du mir eigentlich zu? Was machst du da?«

»Mich wappnen.«

Sie schien verwirrt. »Okay, und wofür genau?«

In derselben Sekunde sprang in der Wohnung gegenüber Licht an. Erst nur eins, dann ein zweites. Ich wusste instinktiv, dass er es war, noch bevor er hinter seinem Schlafzimmerfenster auftauchte. Er hantierte an den Knöpfen seines Hemdes herum, hielt jedoch abrupt inne, als fiele ihm etwas siedend heiß wieder ein.

Sein Blick flog über die Straße zu meinem Zimmer. Sobald er mich entdeckt hatte, deutete ich mit meinem Finger auf den Zettel an meiner Scheibe.

NUR ZUR INFO, ICH ARBEITE, stand in Großbuchstaben darauf geschrieben, weil ich den Drang verspürte, mich zu erklären. Und das, obwohl ich eigentlich nichts Verwerfliches tat, außer an meinem Schreibtisch zu sitzen.

Ira verschwand kurz hinter der Wand und kehrte im nächsten Moment selbst mit einem Blatt Papier in der Hand zurück. Mein Herz trommelte wild gegen meine Brust, als ich beobachtete, wie er etwas schrieb, und den Zettel daraufhin mit einem ironischen Grinsen an die Scheibe drückte.

Schon komisch, es war nur seine Handschrift, und doch war die Erinnerung an den Klang seiner Stimme unweigerlich damit verwoben.

WORAN? EINEM GRUNDRISS MEINER WOHNUNG? Er schrieb erneut. *ODER EINEM ZEITPLAN MIT MEINEN AKTIVITÄTEN?*

Ich verdrehte die Augen. Natürlich würde er mich weiterhin damit aufziehen, dass er mich für eine Stalkerin hielt. Wäre auch zu schön gewesen, wenn ein Gespräch auf Augenhöhe etwas daran geändert hätte. Oder wenn er seine Entschuldigung tatsächlich ernst gemeint hätte.

Ich hatte bereits *VIELLEICHT JA AUCH EINEM MORDPLAN* auf die Rückseite geschrieben, da zog er schon seinen Vorhang zu.

»Mistkerl«, murmelte ich und zerknüllte das Blatt.

Cassidy, die unseren kurzen Schlagabtausch amüsiert verfolgt hatte, lachte auf. »Oh, wow. Wie ich sehe, konntet ihr eure Differenzen inzwischen aus der Welt schaffen.«

Ich hatte gehofft, dass es uns nach unserem schlechten Start von heute Morgen gelingen würde. Stattdessen hatten wir uns unsere eigene Schlangengrube geschaufelt. Und nun steckten wir vermutlich schon zu tief drin, um wieder herauszukommen. Dabei hatte ich gesehen, dass Ira durchaus dazu in der Lage war, *anders* zu sein. Es war ein kurzes Aufleuchten hinter den Fenstern seiner Persönlichkeit, das immer nur so lange anhielt, wie er einem Einblick gewährte, bevor er – genau wie jetzt – die Vorhänge wieder zuzog.

5
Ira

Als ich am nächsten Morgen meine Vorhänge aufzog, war die aufgehende Sonne nur ein blasser Fleck hinter einer dichten Wand aus grauem Nebeldunst, der feine Schlieren auf der Scheibe hinterlassen hatte. Ich riss das Fenster auf und atmete einen Moment lang die feuchte Kälte ein, die sich wie ein Eimer kühles Wasser über mein Gesicht ergoss. Obwohl ich mir vorgenommen hatte, es nicht zu tun, konnte ich mir einen verstohlenen Blick auf die gegenüberliegende Straßenseite nicht verkneifen.

Im hinteren Teil von Gracies Zimmer brannte eine kleine Stehlampe, die orangegelbes Licht auf die gemusterten Wände und ihre Bücherregale warf. Der Zettel am Fenster war verschwunden, ihr Schreibtisch leer. Nachdem ich sie gestern Abend noch dort hatte arbeiten sehen, hatte ich mich prompt mit meinem Essen aus der Mikrowelle vor den Laptop gesetzt, weil ich den Gedanken nicht ertragen hatte, sie könnte mir andernfalls einen Schritt voraus sein.

Das war einer der Gründe, warum ich in der vergangenen Nacht nicht viel Schlaf gefunden hatte. Der andere war, dass mir Gracies Gesichtsausdruck nach Isabells Bemerkung einfach nicht aus dem Kopf gehen wollte. Für den Bruchteil einer Sekunde hatte so viel Schmerz darin gelegen, dass ich meine eigenen Worte augenblicklich bereut hatte.

Es war eine Sache, einen Menschen für das zu belächeln, was er tat oder sagte. Aber eine ganz andere, ihn für das zu belächeln, was er *war*. Sein Kostüm konnte man ändern, sein Wesen auch – allerdings nur bis zu einem gewissen Grad. Das wusste ich, weil ich es selbst versucht hatte. Ohne Erfolg.

Ich wirkte meiner morgendlichen Trägheit mit einer kalten Dusche entgegen, ehe ich mich anzog und mit meinem Arbeitslaptop, den ich mit nach Hause genommen hatte, in die Küche ging. Während im Hintergrund die vertrauten Töne von *Suit and Jacket* liefen, löffelte ich in aller Seelenruhe eine Schüssel Müsli und überflog nebenbei die ersten Mails, die in mein Postfach geflattert waren. Der Großteil davon stammte von Isabell, enthielt die Worte *Tun Sie dies* oder *Überarbeiten Sie das* und war beladen mit einem ganzen Haufen von angehängten Dokumenten.

Judah & the Lion sangen, dass sie ihre Jugend nie gegen einen Anzug eintauschen würden, und in diesem Moment wünschte ich, ich hätte dasselbe behaupten können. Nur zahlte sich meine Miete nicht von selbst. Und da ich wusste, dass mein Vater wieder damit angefangen hatte, sein Geld in Alkohol zu investieren, um seine Probleme darin zu ertränken, verspürte ich obendrein den Drang, diese Risse in unserem Familiengeflecht zu flicken. Mit einem Stundenlohn wie dem von *Gold, Bright & Partners* und der zusätzlichen Chance auf den Bonus könnte das tatsächlich funktionieren. Auch wenn ich bereits ahnte, dass er sich weigern würde, meine Hilfe anzunehmen.

Nachdem ich aufgegessen und meine Sachen gepackt hatte, ging ich in den Keller, um mein Fahrrad zu holen, das ich gestern aufgrund des angekündigten Regens vorsorglich nicht hatte nutzen wollen – nur um an meinem ersten Arbeitstag dennoch klatschnass im Büro zu erscheinen.

Es war voll auf den Straßen Fenways, wie jeden Morgen staute sich der Verkehr an den großen Ampelkreuzungen. Weil ich mich jedoch gekonnt durch die Autos hindurchzuschlängeln wusste, erreichte ich knappe zwanzig Minuten später das Kanzleigebäude.

Kaum hatte ich einen Fuß in den Fahrstuhl gesetzt, schob sich mit einem lautstarken »Sekunde!« ein schmaler Arm durch den Spalt und drückte die Türen wieder auf. Ich erkannte ihre Stimme sofort und stand binnen Sekunden unter Strom.

Sobald sie an der Seite ihrer Freundin den Fahrstuhl betrat, schien sich die gesamte Atmosphäre zu verändern; als würden sich mit ihrem Auftauchen sämtliche Teilchen in der Luft neu zusammensetzen, wenn nicht gar in irgendeiner Form statisch aufladen. Vermutlich lag es daran, dass diese vier Wände nicht genügend Platz boten, um ihre Anwesenheit – *oder ihren Geruch* – auszublenden. Gracie musterte mich kurz, bevor sie mir den Rücken zuwandte und so dicht vor mir stehen blieb, dass ich automatisch ein Stück zurückwich und meine Finger um die Stange hinter meinem Rücken krallte.

»Morgen«, grüßte sie mich kühl.

»Morgen«, antwortete ich knapp.

Cassidy warf uns beiden einen Seitenblick zu und verkniff sich ein Grinsen. »Ziemlich frostig hier drin. Wie gut, dass ich«, das *Pling* des Fahrstuhls ertönte, als wir das erste Obergeschoss erreichten, »hier raus muss. Also, bis später.«

Ich blieb mit Gracie zurück. Und mit uns eine Stille, die sich ausdehnte, bis sie den gesamten Raum für sich einnahm und in meinen Ohren rauschte.

Während Gracie mit den Fingern am Riemen ihrer Handtasche herumfummelte, ließ ich meinen Blick flüchtig über ihr Abbild in der Spiegelung der Fahrstuhltüren gleiten. Im grellen Licht wirkten ihre Gesichtszüge hart und kalt, die Sommersprossen auf ihrer Nase waren kaum zu erkennen. Offenbar hatte sie sich Isabells Worte tatsächlich zu Herzen genommen, denn unter ihrem Mantel blitzte ein schwarzes Strickkleid hervor. Dazu trug sie eine transparente Strumpfhose und Stiefel mit Absatz, die erklärten, warum sie mit einem Mal einen Kopf größer war.

Je länger ich sie ansah, desto wütender wurde ich, ohne dass ich mir erklären konnte, warum. Vielleicht erinnerte sie mich ein bisschen an mein jüngeres Ich: jemanden, der händeringend versucht hatte, irgendwo reinzupassen, nur um am Ende des Tages trotzdem allein am Außenseitertisch zu sitzen.

Diesen Tisch mochte es heute nicht mehr geben, aber manchmal glaubte ich, er war eine Metapher für mein ganzes Leben.

»Ist irgendwas?«, fragte sie plötzlich, als ihre Augen meinen in der Spiegelung begegneten.

Ich schaute schnell weg und fragte mich noch in derselben Sekunde, wie es möglich war, dass sich Blicke über Umwege hundertmal intimer anfühlten als direkte, obwohl mehr Distanz zwischen ihnen lag. Es kam mir vor, als hätte sie mich bei etwas Verbotenem erwischt.

»Du siehst anders aus«, murmelte ich.

Gracie drehte sich kurz zu mir um. »Und du siehst müde aus. Dabei war das mit dem schlechten Gewissen gestern doch nur ein Scherz.«

Ich schluckte und kramte in Gedanken zügig nach einer Antwort, die nicht so klang, als hätte sie soeben die Wahrheit angestoßen.

»Vielleicht habe ich auch nur so wenig geschlafen, weil ich Angst hatte, dass du beim nächsten Atemzug in meinem Schlafzimmer stehst?« *Oh ja, klasse.* Die Antwort war um Längen besser.

Ich konnte mir nicht erklären, warum sie das Bedürfnis in mir weckte, mich in Wortgefechte mit ihr zu stürzen. Geschweige denn konnte ich mir einen Reim darauf machen, warum ich mich ihr gegenüber so garstig verhielt. Lag es an ihrem Chaos, von dem ich hoffte, es auf diese Weise von mir fernzuhalten? Oder war es die Tatsache, dass sie so energisch an meiner Konzentration zerrte?

Normalerweise fiel es mir nicht schwer, andere auszublenden, aber aus irgendeinem Grund funktionierte das bei ihr nicht.

Man konnte Gracie nicht ignorieren, sie war wie ein unauffindbarer Tippfehler in einem Code, dessen Existenz Programmierenden den letzten Nerv raubte.

Ihre Augen funkelten angriffslustig. »Findest du nicht, dass dieses Spiel langsam langweilig wird? Ich habe dich nicht bespannt, und das werde ich auch nie tun. Das würde schließlich bedeuten, dass du meine Aufmerksamkeit wert wärst.«

Die Fahrstuhltüren öffneten sich auf der zweiten Etage. Zeitgleich entwischte mir ein Lachen. »Du solltest lieber aufpassen, Smartie.« Ich machte einen Schritt nach vorn und beugte mich zu ihrem Ohr hinunter, was sie kaum merklich erzittern ließ. »Du weißt schon. Bevor man dir am Ende noch etwas wegnimmt, das deiner Meinung nach dir gehört.«

Gracie folgte mir mit großen Schritten aus dem Aufzug und den Flur hinunter, wich hier und dort ein paar Leuten aus. »Was willst du damit sagen? Redest du von dem Ranking?«

»Möglich.«

»Wir werden ja sehen«, schnaubte sie.

»Werden wir.«

Wir bogen um die Ecke, durchquerten einen schmalen Gang mit dunklem Parkett und gelangten zu den Büroräumen. Es war noch früh am Morgen, trotzdem hörte man die Telefone der Assistenz bereits klingeln und Menschen energisch auf ihren Tastaturen herumtippen. Ein paar wünschten uns im Vorbeigehen einen guten Morgen, andere hatten nicht mal ein flüchtiges Nicken für uns übrig.

Die Tür zu Isabells Büro stand offen. Kaum entdeckte sie uns, legte sie ihre Lesebrille zur Seite und winkte uns beide zu sich. »Da sind Sie ja endlich.«

»Guten Morgen«, sagten wir gleichzeitig – beide mit einem leicht sarkastischen Unterton. Ich musste schmunzeln, riss mich jedoch zügig wieder zusammen, als Gracie meinen Blick auffing.

»Ms Hoffman, ich brauche den Vertrag von Mr Mayers mit Ihren Anmerkungen spätestens um zehn zurück, damit ich ihn vor meinem Termin noch durchgehen kann. Außerdem würde ich Sie bitten, für diesen Fall im Archiv nach einem Präzedenzfall zu suchen, damit wir vor Gericht eine Produkthaftungsklage durchsetzen können.« Isabell reichte Gracie eine Akte. Mit einer anderen wandte sie sich an mich. »Ein Großkunde meiner Mandantin hat seine Rechnung nicht gezahlt. Mal wieder. Ich bräuchte so schnell wie möglich einen Entwurf für die Klageschrift.«

Ich nahm die Dokumente an mich und nickte. »Alles klar.«

»Um zwölf haben wir den Termin mit den Vertretern der Tierschutzorganisation bezüglich des *Eúnoia*-Falls. Bis dahin sollte auch die Lieferung mit den Unternehmensunterlagen eingetroffen sein. Also seien Sie später bitte pünktlich im Meeting-Raum. Oh, und noch etwas. Die hier sind für Sie.«

Isabell ging zu ihrem Schreibtisch, der unter einem Berg aus Unterlagen versank, nahm zwei nagelneue Smartphones aus der Schublade und reichte sie uns. »Die bleiben bitte *immer* eingeschaltet, auch am Wochenende, verstanden? Ich habe die wichtigsten Nummern schon einspeichern lassen, auch Ihre, damit Sie einander im Notfall erreichen können.«

Zögerlich nahm ich das Handy an mich und betrachtete es. Es war ein deutlich neueres Modell als meines, das über die Jahre hinweg einige Kratzer gesammelt hatte. Und es wog schwerer, als hinge ein Haufen Pflichten daran.

»Also gut, an die Arbeit«, sagte sie, bevor sie uns mit einer vagen Geste zur Tür hinausscheuchte.

Wir betraten unser eigenes Büro, in dem es deutlich kühler war. Schwer zu sagen, ob es an den nackten weißen Wänden lag oder daran, dass es der Sonne einfach nicht gelang, die dichte Wolkendecke über der Stadt zu durchbrechen. Ich mochte den Herbst in der Großstadt nicht. In Vermont war er bunt. Hier, zwischen all den hohen Bürogebäuden, war er die meiste Zeit über grau.

Während ich noch am Fenster stand, konnte ich in der Spiegelung des Glases beobachten, wie Gracie aus ihrem Mantel schlüpfte und somit das Strickkleid offenbarte, dessen dünner Stoff sich wie eine zweite Haut an ihren Körper schmiegte. Sie war anders schön als gestern, aber nicht weniger schön. Höchstens ein bisschen weniger sie selbst. Keine Ahnung, woran ich das festmachte.

Bevor sie mein verstohlenes Starren bemerkte, schaltete ich meinen Bildschirm ein und widmete mich Isabells Auftrag. Irgendwann war ich so darin vertieft, dass ich gar nicht realisierte, dass mein privates Handy auf dem Tisch zu vibrieren begonnen hatte. Erst als Gracie sich betont räusperte, nahm ich es wahr und griff danach. Beim Namen des Anrufers unterdrückte ich ein Seufzen. *Verdammt, Benji.*

»Sorry. Ich bin gleich zurück«, ließ ich sie wissen, bevor ich mit dem Handy an der Brust in Richtung Toilettenräume hastete. Selbst diese wirkten im gedimmten Licht der Deckenlampen dank der dunklen Holzmöbel, der verzierten Wasserhähne und großen Spiegel edel. Ich war beinahe enttäuscht, dass es kein goldenes Toilettenpapier gab.

Nachdem ich mich vergewissert hatte, dass ich wirklich allein war, lehnte ich mich gegen eines der Waschbecken und nahm den Anruf an. »Benji, was ist los? Ich arbeite.« *Und solltest du nicht eigentlich im Unterricht sitzen?*

»Ich weiß, ich weiß. Du bist ein viel beschäftigter Mann, bla, bla, bla«, meldete sich die Stimme meines kleinen Bruders am anderen Ende der Leitung. »Nur eine schnelle Frage: Hast du die Matheklausuren vom alten Foreman noch irgendwo? Angeblich benutzt er seit Jahren dieselben.«

Ich runzelte die Stirn. »Keine Ahnung. Wie schon gesagt, ich arbeite. Außerdem sollst du lernen und nicht schummeln.«

Ich sah Benjamins Augenrollen förmlich vor mir. »Ich check das doch alles sowieso nicht.«

»Weil du nicht *lernst*«, antwortete ich mit Nachdruck. »Du kannst doch nicht erwarten, dass dir ein guter Schnitt in den Schoß fällt, wenn du nichts dafür tust.«

Im Hintergrund vernahm ich aufgeregtes Stimmengewirr, das klang, als stünde er auf einem Flur. In der nächsten Sekunde schallte das Geräusch seiner Spindtür, die er energisch zuknallte, durch den Hörer. »Dann willst du also, dass ich mein ganzes Leben lang in diesem Kaff hier festsitze?«

Ich wusste, dass Benjamin davon träumte, nach der Highschool von zu Hause fortzugehen und in einer anderen Stadt einen neuen Lebensabschnitt zu beginnen – genau wie ich damals. Ein Vollstipendium war seine einzige Möglichkeit, um einen Platz am College zu bekommen. Allerdings besaß mein Bruder leider nicht den nötigen Ehrgeiz, um darauf hinzuarbeiten, obwohl er mehr im Kopf hatte, als er vorgab. Es machte mich regelrecht wütend, dass er sein Potenzial so achtlos verschwendete.

Ich rieb mir über die Nasenwurzel und seufzte. »Wir können zusammen lernen.«

Er lachte auf. »Und wann? Du hast ja nie Zeit.«

Nur zu gern hätte ich seine Anschuldigung abgestritten, um das flaue Gefühl in meiner Magengegend daran zu hindern, sich auszubreiten. Doch die Wahrheit war, er hatte recht. Ich war in den vergangenen Jahren so damit beschäftigt gewesen, mich selbst aus diesem Loch zu ziehen, dass ich vergessen hatte, dass Benjamin noch immer dort unten saß und darauf wartete, eine Hand gereicht zu bekommen. Ich wollte derjenige sein, der ihm heraushalf, bloß gab meine Zeit das nicht her. Hinzu kam, dass uns knapp hundertfünfzig Meilen voneinander trennten.

Benjamin schien mein Hadern zu bemerken. »Bitte, Ira. Ich schwöre dir, die nächste Klausur mache ich allein.«

»Das hast du bei der letzten auch schon gesagt …«

»Mathe ist halt nicht mein Ding«, rechtfertigte er sich. »Und Sadie hat genauso wenig Plan davon wie ich.«

Das überraschte mich nicht. Meine Schwester Sadie, die gerade achtzehn geworden war und kurz vor dem Abschluss stand, hatte Mathe schon gehasst, bevor sie einen Fuß in die Schule gesetzt hatte. Dafür war sie sowohl künstlerisch als auch sprachlich sehr begabt, was ihren Schnitt rettete.

»In Ordnung, ich schaue später nach, okay? Wann schreibst du?«

Ein Zögern knackte in der Leitung. »Na ja, also das ist so 'ne Sache …«

»Benji.«

»Ich schreib morgen.«

Ich schnappte nach Luft. »*Morgen?* Im Ernst? Weiß Mom davon?«

»Für wen hältst du mich?«, antwortete er und prustete.

Es war noch immer ungewohnt, zu wissen, dass zumindest unsere Mutter inzwischen Wert darauf zu legen schien, dass Benjamin seinen schulischen Verpflichtungen nachkam, auch wenn sie ihm bei vielen Dingen kaum helfen konnte. Bei mir hatte sich nie jemand darum geschert, ob ich meine Hausaufgaben erledigt oder für anstehende Klausuren gelernt hatte. Aber vielleicht war das der Fluch, mit dem jedes mittlere Geschwisterkind belegt war: Niemandem fiel auf, wenn man durch das Raster rutschte.

Man war wie das fehlende Wort, das in der Mitte Satzes schneller übersehen wurde als am Anfang oder Ende. Stimmt's?

»Verdammt, Benji«, murmelte ich kopfschüttelnd. »Mit so einer Einstellung wird das mit dem College nie funktionieren. Das ist dir bewusst, oder?«

»Ich geb mir doch Mühe …«

»Tust du nicht. Du wartest nur darauf, dass jemand kommt und dir den Hintern rettet. Aber ich werde nicht ewig dieser Jemand sein, verstehst du?« Ich ballte meine Hand zur Faust, beobachtete, wie die Adern auf meinem Handrücken hervortraten, und ließ wieder locker. »Denk an das, was Grandpa früher immer gesagt hat: Das Gras auf der anderen Seite mag grüner sein, nützt dir aber nichts, wenn du sowieso nicht über den Zaun klettern kannst.«

Mein Bruder gab ein genervtes Stöhnen von sich, bei dem ich lachen musste. »Scheiße, komm mir jetzt nicht wieder mit Grandpas beknackten Farm-Weisheiten.«

»Glaub mir, ich habe noch mehr auf Lager«, warnte ich ihn. »Also sagst du mir nächstes Mal besser rechtzeitig Bescheid, wenn eine Klausur ansteht, bevor ich die nächste auspacken muss. Alles klar?«

»Jaha. *Jeez.*«

»Gut. Und hör mit diesem Slang-Gerede auf. Das ist nicht cool, sondern peinlich«, sagte ich und stieß mich vom Waschbecken ab. »Ich mache jetzt Schluss und melde mich heute Abend noch mal. Bis dann.«

Kaum hatte ich mich umgedreht, bemerkte ich, dass ich nicht mehr allein auf der Toilette war. Ein junger Anwalt in dunkelblauem Anzug lehnte an der Wand und beobachtete mich mit einem Grinsen auf den Lippen. Er war einen Kopf kleiner als ich, dafür deutlich kräftiger gebaut. Sein Haar formte leichte Wellen, sein Bart besaß eine gepflegte Länge.

»Privatgespräch auf der Toilette?«, fragte er, als er meinen überraschten Blick auffing. »Du kannst nur ein Junior sein. Pass besser auf, dass Isabell keinen Wind davon bekommt. Bei so was wird sie schnell zur Furie.«

Ich zuckte mit den Schultern. »Es war ein Notfall.«

Er stieß ein Schnauben aus und steuerte eines der Pissoirs an. »Ach, wenn du wüsstest, was auf diesen Toiletten schon alles passiert ist. Letzten Monat haben sie den kleinen Danny beim Kiffen erwischt und hochkant rausgeworfen. Der arme Kerl hat dem Druck nicht standgehalten. Auch ein Junior übrigens. Nur mal so nebenbei erwähnt.«

Er zwinkerte mir über die Schulter hinweg zu, und irgendetwas daran verriet mir, dass besagter Danny nicht zufällig dabei erwischt worden war.

»Wie reizend«, entgegnete ich ungerührt. Das war natürlich auch ein Weg, um seine Konkurrenz loszuwerden.

»Mach dir nichts draus. Nicht jeder ist für diesen Job gemacht, das ist ganz normal.« Der Typ schloss den Reißverschluss seiner Anzughose und begab sich zum Waschbecken.

»Was du nicht sagst.« Ich hatte meine Finger bereits auf die Türklinke gelegt, als ich ihm noch einen schnellen Blick zuwarf. »Deine Krawatte ist falsch gebunden. *Nur mal so nebenbei erwähnt.*«

Mit diesen Worten verließ ich die Toilette und kehrte mit einem komischen Gefühl im Bauch an meinen Schreibtisch zurück. Sowie ich mich auf den Stuhl hatte fallen lassen, hob Gracie den Kopf und sah mich an. Ihre Gedanken liefen ihr förmlich wie ein Film über die Augen. Wahrscheinlich hatte sie die Lippen aufeinandergepresst, um sich davon abzuhalten, sie auszusprechen. Vergeblich. »Ist alles okay?«, erkundigte sie sich zögerlich.

Ich wollte fragen: *Wieso interessiert dich das?*

Ich wollte sagen: *Es geht so. Ich mache mir Sorgen um meinen kleinen Bruder, was lächerlich ist, wenn man bedenkt, dass er schon fast sechzehn ist und auf sich selbst aufpassen kann.*

Stattdessen sagte ich »Bestens« und widmete mich wieder meiner Arbeit.

Pünktlich um kurz vor zwölf begaben Gracie und ich uns für das Treffen mit den Vertretern der Tierschutzorganisation in den besagten Meeting-Raum, der noch leer war – fast. Vor den Fenstern türmten sich allerhand braune Pappkartons, in denen sich die Unternehmensunterlagen befanden, die man uns zur Überprüfung hatte zukommen lassen.

Wie ich aus dem Schriftverkehr hatte entnehmen können, war es ein regelrechter Kampf gewesen, *Eúnoia* dazu zu bringen, uns Einsicht in ihre vertraulichen Geschäftsdokumente zu gewähren. Letzten Endes hatte das Gericht unseren Antrag aufgrund unserer Argumentation und der hinreichenden Indizien bewilligt, was uns nun die Möglichkeit gab, nach Unstimmigkeiten und Auffälligkeiten darin zu suchen, die bestenfalls beweisen konnten, dass das Unternehmen tatsächlich Tierversuche durchführen ließ.

»War klar, dass sie die analoge Variante wählen«, murmelte Gracie, die von dem Anblick kurzzeitig genauso erschlagen wirkte wie ich. »Wir suchen also die Nadel im Heuhaufen.«

Wir. Ich fragte mich, wie es möglich war, dass ein kleines Wort wie dieses so viel Nähe ausdrückte, wo wir uns einander doch kaum fremder fühlen konnten.

»Nett ausgedrückt.«

Aber sie hatte recht, es war zu erwarten gewesen, dass die Verteidigung diesen Weg wählen würde, statt uns die Dokumente digital zukommen zu lassen. Es konnte zur Strategie gehören, die Gegenseite mit Dokumenten zu überhäufen. Das erhöhte die Chance darauf, dass die entscheidenden Unterlagen nicht so schnell – wahlweise auch gar nicht – gefunden wurden.

Gracie strich sich eine rotblonde Strähne hinter das Ohr, an dem ein kleiner Goldanhänger baumelte, und seufzte. »Das schaffen wir doch niemals allein. Wie lange soll das dauern?«

Noch in dem Moment, in dem sie es aussprach, betrat Isabell, gefolgt von Mr Wilson, den sie uns gestern als ihren Assistenten vorgestellt hatte, den Raum. Kaum entdeckte sie die Kartons, überflog sie deren Beschriftungen, um sich einen groben Überblick zu verschaffen. »Sind das alle Dokumente? Oder erst ein Teil?«

Ihr Assistent warf einen Blick auf das gelbe Post-it, das auf seinem Handrücken klebte, als wäre er seine eigene Notiztafel. »Soweit mir bekannt, ein Teil. Ein paar Kartons fehlen noch.«

Isabells Mundwinkel zuckte verdrießlich. Ihr war anzumerken, dass der Berg von Kartons sie beunruhigte. »Cabots Leute wissen genau, wie sie uns auf die Nerven gehen.«

Mir entging nicht, dass Gracie bei der Erwähnung der gegnerischen Kanzlei kaum merklich zusammenzuckte.

»Rufen Sie Natalie an und fragen Sie nach, wie viel Zeit uns für den Fall zur Verfügung steht. Ich brauche jede helfende Hand, die sie entbehren kann«, bat sie Mr Wilson, woraufhin er sich mit einem Nicken etwas auf seinem Notizblock notierte.

Kaum war er verschwunden, tauchte unser Rezeptionist Yuki im Türrahmen auf. Hinter ihm zwei Männer in dunklen Anzügen, die Aktentaschen bei sich trugen. »Ms Fraser? Die Vertreter von *The Animal Aid* sind hier«, verkündete er und trat einen Schritt beiseite, um den beiden Platz zu machen.

»Ah, perfekt!« Isabell begrüßte die Männer freundlich, bevor sie sich mit einer ausladenden Geste zu Gracie und mir umdrehte. »Ms Hoffman, Mr Briggs? Das sind Lucas Green und Ivan Volkov, beide arbeiten in der Rechtsabteilung von *The Animal Aid* und sind für die Sammelklage zuständig. Ms Hoffman und Mr Briggs werden uns bei dem Fall unterstützen.«

Wir schüttelten den Anwälten zur Begrüßung höflich die Hand. Dabei fiel mir auf, dass sie beide noch relativ jung wirkten, vielleicht Anfang oder Mitte dreißig. Ich war schon gestern auf ihre Namen gestoßen und hatte sie daraufhin im Internet gesucht. Zu ihren aktuellsten Fällen gehörten unter anderem eine Verfassungsklage, mit der sie die irreführende Vermarktung von Tierprodukten als *human* angefochten hatten, aber auch Klagen gegen Zirkusse oder Zoos, die geschützte Tiere hielten und dabei gegen das Artenschutzgesetz verstießen.

Isabell bat uns alle, am Tisch Platz zu nehmen, der mit Getränken und kleinen Snacks hergerichtet worden war.

»Gut, mein Vorschlag ist folgender: Ich kläre ab, wie viele Leute wir zusammenbekommen können, um die Unterlagen zu sichten. Wir benötigen auf jeden Fall eine Liste aller ehemaligen Angestellten von *Eúnoia*, die gekündigt haben oder entlassen wurden. Das wird Ihre Aufgabe sein.« Sie deutete mit der Spitze ihres Kugelschreibers auf Gracie und mich. »Um das Ganze besser einzugrenzen, würde ich sagen, Sie kümmern sich erst mal um die Kündigungen, die nicht länger als ein halbes Jahr zurückliegen. Vielleicht finden wir darunter Angestellte, die nicht im Guten mit dem Unternehmen auseinandergegangen sind. Bestenfalls die Person, die den Boykott ins Rollen gebracht hat.«

»Wenn wir die Namen haben, sollen wir sie um ein Gespräch

in der Kanzlei bitten?«, fragte Gracie, die sich in unleserlicher Schrift eine Notiz machte.

Isabell griff nach der Kaffeekanne und füllte sich etwas davon in eine Tasse. Der warme Duft des Kaffees stieg mir in die Nase, sein heißer Dampf zog kleine Kringel in der Luft. »Sollten sich ihre Adressen in der näheren Umgebung befinden, können Sie ihnen auch gleich einen Besuch abstatten. Sofern sie Hinweise haben, die für uns nützlich sind, können wir ihre Aussagen dann in der Kanzlei aufnehmen. Vielleicht weiß jemand von ihnen, was hinter dem Vorhang vor sich geht.«

»Was ist mit dem Labor? *Ivis* heißt es, oder? Wir hatten überlegt, jemanden von unseren Leuten einzuschleusen, um sich vor Ort umzusehen«, warf Mr Volkov ein, der ebenfalls an einem Kaffee nippte.

Isabell musterte ihn über den Rand ihrer Lesebrille hinweg, wog seinen Vorschlag ab und schüttelte dann den Kopf. »Zu riskant. Nachher werden sie fündig, und dann heißt es, wir hätten uns die Beweise auf illegale Weise beschafft. Besser wir beantragen einen offiziellen Besichtigungstermin, um uns einen Überblick über die Laborausstattung und die Arbeitsweise zu verschaffen. Falls das Labor sich weigert, was mich wundern würde, sofern sie nichts zu verbergen haben, holen wir uns eine Einwilligung vom Gericht.«

Während die drei die weitere Vorgehensweise diskutierten, bemühte ich mich, alles schriftlich festzuhalten und mir hin und wieder die eine oder andere Frage an den Rand zu schreiben, um das Gespräch im Anschluss protokollieren zu können. Am Ende des Meetings hatte ich zwei Seiten damit gefüllt.

»Gut, die Kisten überlasse ich erst mal Ihnen. Wie gesagt, fangen Sie mit der Liste der Angestellten an. Ich kümmere mich in der Zwischenzeit um den Rest und schicke ein paar Leute zur Unterstützung runter«, versprach Isabell, ehe sie die beiden Männer aus dem Raum begleitete und die Tür hinter sich schloss.

Gracies Blick kreuzte meinen für einen Moment, dann stand sie auf und ging zu den Kartons, fuhr mit dem Finger über deren Beschriftungen. Auf Zehenspitzen versuchte sie, an den obersten davon heranzukommen, wobei ihr Kleid ein wenig nach oben rutschte. Ich wollte wirklich nicht hinsehen, aber ich konnte auch nicht *nicht* hinsehen.

»Ira? Würde es dir etwas ausmachen?«, fragte sie.

Beim Klang meines Namens horchte ich auf. Manche Leute betonten ihn falsch, obwohl das »I« wie ein »Ei« ausgesprochen wurde. *Ei-rah.* Mit den Jahren hatte ich mich daran gewöhnt und gelernt, es zu überhören. Trotzdem machte mein Herz jedes Mal einen winzigen Hüpfer, wenn es jemandem auf Anhieb gelang. Zumindest war es das, was ich mir einredete, als es in dieser Sekunde passierte.

Sofort sprang ich auf und kam ihr zu Hilfe, indem ich mich über ihren Kopf hinweg nach vorn lehnte und den Karton mit der Aufschrift *Personalakten* hervorzog. Dabei achtete ich darauf, sie nicht versehentlich zu berühren oder ihren Geruch einzuatmen. Als hätte ich Angst, andernfalls würde irgendeine Art von Wechselreaktion zwischen uns ablaufen.

»Danke.« Gracie nahm die Kiste an sich und schenkte mir ein Lächeln. Auch wenn es nur ein flüchtiges war, wusste ich instinktiv, dass es echt war. Keine spöttische oder sarkastische Färbung, nur ein einfaches Gracie-Lächeln, als wäre sie kurz aus ihrer Rolle gefallen.

Ich räusperte mich, um es nicht ungeniert anzustarren, und nahm mir den Karton darunter vor. »Gut, dann mal los.«

6
Gracie

Ira und ich – wobei ich eine Stunde länger geblieben war als er – hatten gestern bis in den späten Abend daran gearbeitet, eine Liste mit allen ehemaligen Angestellten von *Eúnoia* zusammenzustellen. Sowohl von denen, die in den vergangenen Monaten gekündigt worden waren, als auch denen, die freiwillig gegangen waren. Da die Anzahl recht hoch gewesen war, hatten wir versucht, unsere Auswahl weiter einzugrenzen, indem wir uns angeschaut hatten, in welcher Position sie tätig gewesen waren, wann sie das Unternehmen verlassen hatten und wie viele Informationen sich im Internet über sie finden ließen.

Mit den vielversprechendsten Kontakten hatten wir angefangen, allerdings recht schnell ernüchtert feststellen müssen, dass uns kaum jemand weiterhelfen konnte. Viele gingen gar nicht erst ans Telefon, andere Nummern waren nicht mehr aktuell. Und dann gab es diejenigen, die sich schlichtweg weigerten, uns Informationen über ihre ehemaligen Arbeitgeberinnen zu geben.

Ein weiterer vielversprechender Kontakt war eine Frau namens Fiona Kingston. Sie war in der Geschäftsführung von *Eúnoia* tätig gewesen, bis sie vor knapp sechs Monaten entlassen worden war. Aus welchem Grund, wurde aus den Unterlagen nicht ersichtlich.

Ira hatte sowohl gestern als auch heute Morgen mehrmals versucht, sie telefonisch zu erreichen. Bisher jedoch ohne Erfolg, weshalb wir nach einer kurzen Rücksprache mit Isabell damit beauftragt worden waren, zu ihrer letzten gemeldeten Adresse zu fahren. Dafür hatte sie uns sogar, ohne mit der Wimper zu zucken, die Schlüssel ihres Firmenwagens überlassen.

Ich musste zugeben, dass ich dem Gedanken nicht besonders viel abgewinnen konnte. Fiona Kingston lebte nach dem letzten Stand ihrer Personalien in Melrose, einer Kleinstadt, die eine etwa zwanzigminütige Fahrt von der Kanzlei entfernt lag. Das Ganze einmal hin und zurück machte schon vierzig Minuten.

Vierzig Minuten, die Ira und ich auf engstem Raum miteinander verbringen sollten. Ich fragte mich, wie lange es wohl dauern würde, bis einer von uns beiden den Wunsch verspürte, aus dem fahrenden Wagen zu springen.

»Hat Isabell dir gesagt, wo ihr Auto steht?«, fragte ich und deutete mit meinem Kinn auf den Schlüssel, der zwischen uns auf dem Tisch lag.

Weil heute Nachmittag zwei Termine auf dem Plan standen, denen wir in der Kanzlei beiwohnen sollten, hatten wir uns dazu entschieden, in der Kantine gemeinsam noch schnell eine Kleinigkeit zu Mittag zu essen, bevor wir uns auf den Weg machten. Allerdings hatte ich festgestellt, dass mir das Essen deutlich schwerer fiel, wenn Ira mir gegenübersaß – *nur er*.

Jeder Bissen unter seinem Blick legte sich wie ein Stein in meinen Magen. Ich fragte mich, ob er es bemerkt und sein Handy deshalb herausgeholt hatte.

»Irgendwo um die Ecke soll ein Parkhaus sein …«, murmelte er konzentriert, ohne die Aufmerksamkeit von seinem Bildschirm zu lösen, auf dem Maps geöffnet war. Zwischen seinen Augenbrauen war eine zarte Falte erschienen.

So sah er die meiste Zeit des Tages aus, wann immer ich verstohlen zu ihm hinüberschielte. Nur der Bleistift hinter seinem Ohr fehlte, wodurch das Bild unvollständig wirkte.

Ich ließ meinen Blick über die Muttermale an seiner linken Schläfe zu seinem schlanken Hals hinuntergleiten, an dem sich sein Kehlkopf abzeichnete. Von dort weiter über den Kragen seines hellblauen Hemdes zu seinen Schultern.

Ira hatte die Statur eines Läufers oder Schwimmers mit Schultern, die breit waren, ohne aufdringlich zu sein. Und trotzdem gelang es ihm mühelos, jeden Raum für sich einzunehmen. Man hätte meinen können, es würde daran liegen, dass er mit seinen geschätzten ein Meter neunzig so groß war. Aber für mich war es eher etwas, das er ausstrahlte. Eine Art Aura, die in meiner Vorstellung in demselben blassen Farbton schimmerte wie seine Augen; einem beruhigenden Aventuringrün.

Ob ihm bewusst war, dass er diese Wirkung auf andere hatte? Oder nahm nur ich ihn auf diese Weise wahr?

»Ich weiß, es scheint dir aus irgendeinem Grund sehr gut zu gefallen, mich anzustarren, aber vielleicht solltest du dich lieber darauf konzentrieren, schneller zu essen. Wenn wir rechtzeitig zurück sein wollen, müssen wir uns beeilen«, sagte er, ohne den Kopf zu heben.

Als hätte ich mich an ihm verbrannt, senkte ich den Blick mit einer genuschelten Entschuldigung und glühenden Wangen zurück auf meinen Teller.

Eine Viertelstunde später brachen wir auf.

Sobald die Eingangstür der Kanzlei hinter mir zugefallen war, blies mir ein kühler Herbstwind ins Gesicht, weshalb ich die Nase in meinen Schal drückte und meine immerzu kalten Hände in den Jackentaschen versenkte.

Das Parkhaus, von dem Isabell gesprochen hatte, fanden wir schnell. Die Suche nach ihrem Firmenwagen gestaltete sich dagegen schwieriger. Offenbar hatte Natalie Gold ein gesamtes Stockwerk mit Stellplätzen für die Mitarbeitenden gemietet.

»Die sehen ja alle gleich aus«, bemerkte ich, während wir eine Reihe schwarz polierter Wagen passierten. »Gehören die alle zur Kanzlei?«

»Würde mich nicht wundern.« Ira blieb stehen und drückte auf den oberen Knopf des Schlüssels. Ein kurzes Hupgeräusch hallte von den Wänden wider. Dann erleuchteten zwei grelle Lichtkegel das schummrige Parkhaus.

»Da ist er. Bescheiden wie eh und je.« Seine Stimme triefte vor Spott, als wir auf Isabells anthrazitfarbenen Jaguar zusteuerten. Dass es das Sportmodell war, wusste ich nur, weil mein Vater den gleichen Wagen fuhr.

Da Ira den Schlüssel hatte, rutschte ich auf den Beifahrersitz und wurde augenblicklich von dem Geruch von Leder und Kiefernadeln eingehüllt. Letzterer stammte von dem grünen Duftbäumchen, das am Rückspiegel baumelte. Ira verschaffte sich im Auto schnell eine Übersicht über die luxuriöse Innenausstattung – es war sogar ein Hybrid – und hielt beim Anblick der Mittelkonsole plötzlich irritiert inne.

»Was ist?«, fragte ich.

»Ich sehe keine Gangschaltung.«

»Weil es ein Automatikgetriebe ist. Wie in ungefähr jedem Auto.« Ich wollte bereits nach dem Sitzgurt greifen, doch regte Ira sich noch immer nicht, was mich zunehmend nervöser stimmte. »Du hast doch einen Führerschein, oder?«

Er gab ein Schnauben von sich. »Natürlich. Aber erstens ist es länger her, dass ich gefahren bin. Und zweitens bin ich nur Autos mit Gangschaltung gewohnt, die kaum mehr als fünfzig Meilen pro Stunde zu bieten haben. Geschweige denn eine funktionierende Klimaanlage.«

Meine Mundwinkel verzogen sich bei seiner hörbaren Verärgerung unweigerlich zu einem Schmunzeln. »Lass mich fahren.«

Er blinzelte. »Was?«

Ohne ihm zu antworten, stieg ich aus und umrundete den Wagen, bis ich mit einem Lächeln gegen seine Scheibe klopfte und er die Tür öffnete. »Lass mich fahren«, wiederholte ich.

Ira musterte mich kurz und undurchsichtig, nickte jedoch.

Sowie er ausgestiegen war, ließ ich mich auf den aufgewärmten Sitz plumpsen und stellte die Spiegel ein. Als er die Beifahrertür geschlossen hatte, startete ich den Motor und wartete darauf, dass der große Knopf in der Konsole ausfuhr, damit ich ihn auf *Drive* drehen konnte. Zu guter Letzt schaltete ich die Rückfahrkamera auf dem Display im Armaturenbrett ein.

»Mal einen reichen Freund oder eine reiche Freundin gehabt?«, erkundigte er sich beim Ausparken bemüht beiläufig.

Wahrscheinlich weil er überrascht davon war, wie routiniert ich uns aus der Parklücke und wenig später aus dem Parkhaus lenkte. Oder weil er nach meiner Lüge mit dem Stipendium davon auszugehen schien, dass ich keine Familie hatte, in der jemand genügend Geld für einen Sportwagen besaß. Wie falsch er doch lag.

Kaum war ihm seine Bemerkung über die Lippen gerutscht, flackerte das Bild von Marcus und Gwen vor meinem inneren Auge auf. Beide halb nackt, sämtliche Akten und Papiere quer über den Schreibtisch und auf dem Boden verteilt … Ich versuchte, es wegzublinzeln, doch gelang es mir nicht. Eher kam es mir vor, als brannte es sich dadurch noch tiefer in meine Netzhaut.

Sie ist nur eine Kollegin, Gracie. Mach dir keine Sorgen.

Ich hatte ihm vertraut. Ich hatte wirklich geglaubt, etwas in ihm zu sehen, das rückblickend vielleicht nie existiert hatte. Und nun war ich noch immer damit beschäftigt, die einzelnen Teile meines Herzens wieder zusammenzuflicken, nachdem es gewaltsam auseinandergerissen worden war.

Ira hatte meinen abrupten Stimmungswandel bemerkt. Er schielte stirnrunzelnd auf meine Finger, die sich so eisern um das Lenkrad krallten, dass die Knöchel weiß hervortraten.

»Habe ich einen wunden Punkt getroffen?«, fragte er vorsichtig.

»Selbst wenn, wäre es dir doch sowieso egal, oder? Also vergessen wir das einfach«, zischte ich unwirsch. »Was hast du sonst noch über diese ehemalige Angestellte herausgefunden?«

Er sah mich noch einen Moment lang an, als überlegte er, etwas zu erwidern oder sich zu entschuldigen. Womöglich versuchte er auch, mich zu entschlüsseln.

Viel Glück dabei, dachte ich. Schließlich hatte ich den Schlüssel dafür ja selbst noch nicht gefunden.

Mit einem Seufzen zog er sein Handy aus der Manteltasche und warf einen Blick darauf. »Eigentlich nur, dass sie sieben Jahre lang in der Geschäftsführung tätig war.«

»Und sie wurde vor etwa sechs Monaten gekündigt. Ist das richtig?«

Er nickte, weshalb ich eine Weile schweigsam der Straße folgte und darüber nachdachte. »Könnte ihr schon ein Motiv geben, findest du nicht? Wer weiß, was hinter verschlossenen Türen vorgefallen ist. Vielleicht haben sie intern beschlossen, ihre Vorgehensweisen zu ändern, und Kingston hat Kritik daran geäußert oder sich quergestellt und wurde deshalb entlassen. Und aus Rache hat sie dann die Fotos als Beweise geleakt.«

»Ich weiß nicht.« Aus dem Augenwinkel sah ich, dass er zweifelnd das Gesicht verzog. »Wieso erst jetzt? Warum hätte sie nicht gleich nach ihrer Kündigung schon auf potenzielle Missstände aufmerksam machen sollen?«

»Vielleicht weil es zu offensichtlich gewesen wäre und man sie dadurch erst recht verdächtigt hätte?«, schlug ich vor.

Ira bündelte seine Konzentration auf einen Punkt hinter der Windschutzscheibe, wo sich das Treiben der Stadt abspielte. Er antwortete nicht, was ich als stumme, wenngleich widerwillige Beipflichtung auffasste.

»Warum wurde eigentlich ausgerechnet Isabell auf den Fall angesetzt? Sie wirkt nicht gerade wie eine große Freundin von pro bono.«

Außerdem besaß die Kanzlei eine eigene Abteilung dafür. Diese konnte größentechnisch zwar kaum mit den anderen mithalten, aber dennoch hatten sie uns für diesen Fall freundlicherweise ein paar helfende Hände zur Seite gestellt.

Hauptsächlich die der anderen Anfängerinnen und Anfänger aus dem zweiten Jahr. Pro-bono-Mandate waren attraktiv für Leute wie uns. Sie boten eine gute Möglichkeit, erste eigene

Fälle zu bearbeiten und Übung in Bezug auf Verhandlungen vor Gericht zu bekommen.

»Natalie Gold hat sie darum gebeten.« Ira warf mir einen flüchtigen Seitenblick zu. »*Animal Aid* ist ein langjähriger Partner der Kanzlei, weil sie zusammen an einigen rechtlichen Tierschutz-Projekten arbeiten, und Ivan Koskov, den du gestern kennengelernt hast, ist obendrein ein guter Freund der Familie Gold. Ursprünglich wollte sie sich selbst darum kümmern, aber sie ist zeitlich wegen eines anderen Falls zu eingespannt. Deshalb wurde Isabell damit beauftragt.«

»Woher weißt du das alles?«, fragte ich verblüfft.

Er hob die Schultern. »Isabell hat es mir erzählt.«

»Sekunde.« Ich trat an der nächsten Ampel versehentlich eine Spur zu stark auf die Bremse und sah ihn an. »Isabell hat dir *das* erzählt? Wann und wieso führt ihr beide Small Talk?«

»Neidisch?« Ein süffisantes Grinsen umspielte seine Mundwinkel. »Keine Sorge, Smartie. Die Gespräche mit ihr sind längst nicht so unterhaltsam wie die mit dir.«

Ich starrte einen Tick zu lange auf den ungewohnten Schwung seines Mundes, weshalb ich es um ein Haar verpasste, rechtzeitig anzufahren. Mit aller Kraft zwang ich mich, das warme Prickeln in meinem Nacken auszublenden.

»Wenn ich nicht wüsste, dass es von dir kommt, könnte man fast denken, dass es ein Kompliment gewesen wäre«, murmelte ich.

Er lachte leise. »Aber auch nur fast.«

Wir erreichten die Emerson Street, eine hübsche Nebenstraße, an der sich ein imposantes Einfamilienhaus an das andere drängte. Durch das herabgefallene Herbstlaub, das die Gehwege und Vorgärten säumte, schien es, als stünde sie in Flammen.

»Das muss es sein«, sagte Ira und deutete auf das kleine Haus, das sich unbemerkt zwischen die anderen reihte, als wollte es von niemandem bemerkt werden. Die Außenfassade war vergilbt, in den Blumenbeeten wucherte Unkraut. Im Gegensatz zu den Nachbarhäusern hingen im Obergeschoss keine Vorhänge in den Fenstern, was sie aussehen ließ wie leere Augenhöhlen, die finster vor sich hin starrten.

Wir parkten den Wagen am Kantstein und näherten uns der Eingangstür, an der wir weder Klingel noch Namensschild fanden. Ira zögerte, bevor er die Hand zur Faust ballte und zaghaft anklopfte. Einige Zeit tat sich nichts, bis sich die Tür mit einem Knarren öffnete und eine ältere Frau durch den Spalt linste. »Ich kaufe nichts«, krächzte sie.

Ira stützte einen Arm am Türrahmen ab und beugte sich ein kleines Stück zu ihr hinunter. »Entschuldigen Sie die Störung, Ma'am, aber wir sind nicht hier, um Ihnen etwas zu verkaufen. Wir sind auf der Suche nach einer Fiona Kingston. Sind Sie das?«

Die Dame kniff die Augen zusammen. »Wer will das wissen?«

Ich setzte ein freundliches Lächeln auf und reichte ihr meine Hand. »Mein Name ist Gracie Hoffman, und das hier ist mein Kollege Mr Briggs. Wir arbeiten für die Anwaltskanzlei *Gold, Bright & Partners* und sind auf der Suche nach einer Fiona Kingston. Können Sie uns weiterhelfen?«

Nun öffnete sie die Tür so weit, dass ich einen Blick ins Innere des Hauses erhaschen konnte. Auf der Couch lag zusammengerollt ein schwarzer Kater, im Hintergrund lief ein alter Röhrenfernseher. Ich konnte das Gesicht unseres Bürgermeisters Mortimer Dupont darauf erkennen, der ein alter Bekannter meines Vaters war. Er gab gerade ein Interview – vermutlich im Zuge der kommenden Senatswahlen nächstes Jahr im November, für die auch er erstmals kandidieren würde. Meine Eltern behaupteten immer, ihn nicht leiden zu können, und trotzdem lud mein Vater ihn zu jedem Charity-Event ein, das *Cabot & Cox* austrug.

»Tut mir leid, da müssen Sie sich im Haus geirrt haben.«

Mir entwich ein Seufzen. Sollte das bedeuten, dass wir nur

hergekommen waren, um zu erfahren, dass Mrs Kingston gar nicht mehr hier wohnte?

Ira machte einen Schritt zurück, um die Hausnummer mit der Information auf seinem Handy abzugleichen. »Ich bin mir sicher, dass wir hier richtig sind.«

Während er der alten Dame noch ein paar Fragen stellte, stieg ich die Verandastufen wieder hinunter und schaute mich unschlüssig auf der Straße um. In vereinzelten Gärten waren Leute dabei, Laub zu harken. In einem anderen hörte ich Kinder lachen, die auf einem Klettergerüst spielten. Ob wir es bei einem der anderen Häuser probieren sollten?

Plötzlich spürte ich etwas Feuchtes an meinem Bein und quiekte erschrocken auf. Mein Blick flog zu meinen Füßen hinunter, wo ein kleiner weißer Hund stand, der aus dem Nichts aufgetaucht war und mich mit seiner Nase anstupste. Sein Schwanz wedelte aufgeregt.

»Shakespeare, *aus*! Komm sofort zurück!«, rief eine tiefe Stimme.

Ich drehte mich zu ihr um und sah einen älteren Mann von schmächtiger Statur auf mich und den Hund zueilen. Er trug eine Hornbrille mit Gläsern so dick wie Flaschenböden. »Entschuldigen Sie. Da blinzelt man einmal, und schon ist er wieder abgehauen.«

»Kein Problem.« Ich begab mich lachend in die Knie und kraulte den Hund hinter den Ohren, die sich leicht borstig anfühlten. Dann hob ich den Kopf und musterte den Mann. »Wohnen Sie in der Nachbarschaft?«

Er deutete mit seinem Daumen auf das Haus schräg hinter ihm. »Direkt gegenüber. Warum fragen Sie?«

Ich beschloss, dass es einen Versuch wert war, und erhob mich. »Sagt Ihnen der Name Fiona Kingston zufällig etwas?«

Der Ausdruck auf seinem Gesicht bekam etwas Wachsames. Er nickte in Richtung der Haustür, vor der Ira noch immer ein Gespräch mit der Dame führte. »Sie hat bis vor ein paar Monaten dort gelebt. Wieso wollen Sie das wissen? Hat sie Ärger am Hals?«

»Sie klingen, als würde es Sie nicht überraschen, wenn es so wäre.«

Er schnaubte, bevor er sich bückte, um seinen Hund auf den Arm zu nehmen. »Die Frau hat doch andauernd nach Problemen gesucht. Wie die Nachbarschaftswache ist sie durch die Straßen patrouilliert und hat sichergestellt, dass wir unsere Abfälle richtig entsorgen oder den Rasensprenger auch ja nicht zu lange laufen lassen. Ab und zu stand sie mit einer Gruppe von Leuten in der Einfahrt und hat Demonstrationsplakate gebastelt. Mich würde gar nichts wundern, wenn ich ehrlich bin.«

Bei seinen Worten wurde ich hellhörig. »Plakate?«

»Ach«, sagte er gehässig und winkte ab. »Wahrscheinlich irgendwelche Umweltaktivisten. Was man heutzutage eben so macht, wenn einem langweilig ist.«

»Langweilig? Ich finde es eher löblich, dass heutzutage immer mehr Menschen darauf bedacht sind, der Umwelt etwas Gutes zu tun, indem sie ihren ökologischen Fußabdruck möglichst klein halten.«

Seine buschigen Augenbrauen schossen in die Höhe. »Sind Sie eine von denen?«

»Definieren Sie *denen*«, antwortete ich und neigte den Kopf zur Seite. »Glaube ich an den Klimawandel? Ja. Bin ich der Meinung, dass unsere Welt zugrunde geht, wenn unser Staat nicht bald von seinem hohen Ross steigt und Einsicht zeigt? Verflucht, ja! Aber hierbei geht es nicht um mich, also … Sie wissen nicht zufällig, wo Fiona Kingston hingezogen ist, oder?«

Der Mann blinzelte mehrmals entgeistert. Schließlich schüttelte er den Kopf. »Nein. Interessiert mich auch nicht. Ich bin froh, dass die Straße seit ihrem Auszug wieder ruhiger geworden ist. Und nun entschuldigen Sie mich, ich habe Auflauf im Ofen.«

Ohne mich noch eines Blickes zu würdigen, kehrte er mir den Rücken zu und überquerte auf wackeligen Beinen die Straße.

»Hat mich auch gefreut!«, rief ich ihm nach und wollte gerade zu Ira und der alten Dame zurückkehren, da fiel mir auf, dass er sich bereits von ihr verabschiedet hatte und mit undurchsichtiger Miene auf mich zukam.

»Und? Hat sie dir etwas sagen können?«, fragte ich, sobald er in Hörweite war.

»Nicht wirklich. Nur dass sie und ihr Mann Fiona und ihrer Familie bei ihrer ersten Besichtigung begegnet sind. Aber keiner weiß, wohin sie gezogen sind.« Wir gingen gemeinsam zum Auto und setzten uns hinein. »Was ist mit dir? Ich habe dich mit dem Nachbarn von gegenüber reden sehen.«

Ich startete den Motor und erzählte ihm auf der Rückfahrt, was der alte Mann mir soeben über Fiona verraten hatte.

Daraufhin rieb sich Ira grüblerisch das Kinn. »Ich gebe zu, dass es ihr wirklich ein Motiv für das Leaken der Bilder geben würde.«

»Schon«, stimmte ich mit einem Nicken zu. »Aber nur weil sie in ihrer Freizeit aktivistisch unterwegs gewesen ist, macht sie das noch lange nicht zu unserer Quelle. Zu schade, dass du im Internet nicht mehr über sie herausgefunden hast. Wenn wir wüssten, wo sie mittlerweile arbeitet, hätten wir sie dort aufsuchen können.«

Er lehnte seinen Kopf gegen die Stütze und seufzte. »Hätte und würde bringen uns nicht weiter. So oder so wird sich Isabell freuen, zu hören, dass unser Ausflug umsonst war. Wir wissen in etwa genauso viel wie vorher.«

»Immerhin haben wir es versucht, oder? Was ist mit dem Dritten auf der Liste? Sollte der nicht auch in der Gegend wohnen?«

Ira zog ein zerknittertes Blatt Papier aus seiner Manteltasche, faltete es auf und überflog die Namen. »Pine Street in Stoneham. Ist nicht weit von hier. Willst du es versuchen? Noch könnten wir es schaffen.«

»Warum nicht. Wenn wir schon hier sind.«

Ich bog an der nächsten Kreuzung links ab. Während wir durch die kleineren Ortschaften fuhren und die Umgebung hinter den Fenstern in flüchtigen Bildern an uns vorbeizog, herrschte Schweigen zwischen uns, das nur vom leisen Dudeln des Radios durchbrochen wurde. Obwohl es beinahe Dauerzustand war, kam es mir hier, auf engstem Raum, ohrenbetäubend laut vor. Ein bisschen so, als säßen wir in einer Echokammer, die sämtliche Außengeräusche schluckte, bis nur noch unser Herzschlag hörbar von den Autowänden widerhallte und sich mit dem einsetzenden Regen vermischte.

»Kann ich dich mal was fragen?«, sagte Ira plötzlich.

Ich wusste nicht, ob er dasselbe Gefühl verspürte wie ich und deshalb glaubte, das Schweigen brechen zu müssen. Aber ich war ihm dankbar dafür. »Sicher.«

»Warum hast du dir Isabells Worte zu Herzen genommen?« Weil er meine Irritation bemerkte, fügte er hinzu: »Wegen deiner Kleidung.«

Ich sah kurz an meiner Kleidung hinunter, die heute aus einem grauen Bleistiftrock, weißer Bluse und schwarzem Blazer bestand, und schluckte. »Hab ich doch schon gesagt. Es war ein berechtigter Einwand.«

Leider. Es hatte ewig gedauert, in meinem Schrank ein paar Teile zu finden, die keine zu kräftigen Farben besaßen und sich gut kombinieren ließen. Wahrscheinlich würde ich mir neue Arbeitskleidung zulegen müssen. Das Problem daran war nur, dass ich in den vergangenen Wochen aufgrund des Umzugs und der neuen Wohnung nicht gerade sparsam mit meinem Geld umgegangen war.

Ich hatte mich noch nicht daran gewöhnt, dass die Zeiten, in denen ich mir keine Gedanken um meine finanzielle Lage machen musste, vorbei waren, seit ich mich von meinen Eltern losgesagt hatte – vorübergehend zumindest. Wenn ich damals neue Kleidung gebraucht hatte, war ich einfach in die kleine Boutique um die Ecke gegangen und hatte mir welche besorgt. Jetzt wo mein Kontostand beträchtlich geschrumpft war, funktionierte das plötzlich nicht mehr. Dafür war ich freier. Und ich fragte mich, ob das nicht viel mehr wert war.

»Ich mochte den Paradiesvogel«, behauptete Ira nach einer Pause.

Ich fing seinen Blick am nächsten Stoppschild auf, das unter dem belaubten Arm eines Baumes kaum zu erkennen war, und stöhnte. »Es ist wirklich erstaunlich, dass es dir gelingt, selbst vermeintlich nette Sachen wie eine Beleidigung klingen zu lassen.«

Eine Falte trat auf seine Stirn und verlieh seinem Ausdruck mit einem Mal etwas Ernstes. »Es war nicht beleidigend gemeint. Tut mir leid, wenn es so geklungen hat. Ich wusste nicht, wie ich es besser ausdrücken sollte.« Er klang überraschend ehrlich.

»Bei dir ist es schwer zu unterscheiden, was Spaß ist und was nicht«, entgegnete ich zähneknirschend. »Abgesehen davon, wieso ist dir das Thema so wichtig?« Schließlich war es nun schon das zweite Mal, dass er es anschnitt.

Ira zuckte mit den Schultern und schaute wieder aus dem Fenster, um die noblen Wohnhäuser zu betrachten, die in regelmäßigen Abständen am Straßenrand aufragten. »Keine Ahnung.«

Ich konnte spüren, dass da etwas war, das uns voneinander trennte, obwohl er direkt neben mir saß. Wie eine Glaswand, durch die wir einander zwar sehen, aber nicht erreichen konnten. Dennoch hielt mich das nicht davon ab, meine Hand ganz vorsichtig nach ihm auszustrecken und an das Glas zu legen. »Kann ich dich auch mal etwas fragen?«

»Weiß nicht. Kannst du?«

Ich verkniff mir bei seinem hörbaren Schmunzeln ein Augenrollen. »Du hast erzählt, du seist erst vor ein paar Monaten nach Boston gezogen. Aber du klingst nicht wie jemand, der aus einer Großstadt wie New York kommt.«

»Nicht?«

»Nein.« Mir war aufgefallen, dass er dazu neigte, hin und wieder Buchstaben aus Wörtern zu streichen oder zu verschlucken, ohne dabei einem mir nachvollziehbaren Schema zu folgen.

»Ich bin in einem kleinen Dorf in Vermont aufgewachsen und fürs College weggezogen«, erzählte er. »Meine Eltern haben dort eine Farm.«

Ira war auf einer Farm aufgewachsen? Sollte das ein Witz sein?

Ich warf ihm einen belustigten Seitenblick zu. »Im Ernst?«

Mein Grinsen schien ihn zu irritieren. »Ja, wieso?«

»Ich weiß nicht. Ich versuche nur gerade, mir dich mit Gummistiefeln vorzustellen«, gestand ich mit einem Lachen und lenkte den Wagen auf die Hauptstraße, an der es sich staute.

Er hob die Augenbrauen. »Und?«

Ich musste zugeben, dass das Bild in meinem Kopf keine Gestalt annehmen wollte, hätte aber nicht benennen können, woran es lag. Womöglich an seinen Händen. Es waren keine Hände, die grobe Arbeiten verrichteten, sondern lange und schlanke Finger, die dafür gemacht waren, Buchseiten umzublättern oder über die Tasten eines Klaviers zu streichen; deren Fingerkuppen ständig mit Kohlestaub und buntem Marker beschmiert waren.

»Schwer vorstellbar«, antwortete ich also.

»Ja.« Ira gab einen Laut von sich, der halb Schnauben, halb Lachen war. »Wem sagst du das?«

Obwohl mir noch eine Handvoll anderer Fragen auf der Zunge lag, sprach ich keine davon aus. Zum einen, weil Ira schon wieder seinen Gedanken nachzuhängen schien und somit das Schweigen zurückgekehrt war. Und zum anderen, weil wir wenig später die Wohnstraße erreichten, in der unsere zweite Kontaktperson ihren letzten Angaben nach lebte. Allerdings hatten wir auch dieses Mal keinen Erfolg. Der Mann wohnte zwar noch immer dort, konnte uns bei unserem Fall jedoch nicht weiterhelfen. Angeblich wusste er nichts von den Vorwürfen und hatte nur gekündigt, weil er ein besseres Jobangebot von einem anderen Unternehmen erhalten hatte. Somit hatte sich unser Kurzausflug tatsächlich als völlig nutzlos erwiesen.

Nachdem wir Isabell von unseren Beobachtungen erzählt hatten, waren wir dazu übergegangen, unsere restlichen Tagesaufgaben abzuarbeiten. Diese bestanden hauptsächlich daraus, Meeting-Protokolle anzufertigen, das Internet noch einmal nach Informationen über Fiona Kingston zu durchstreifen und weitere *Eúnoia*-Akten zu wälzen. Zwischendurch telefonierte ich mit Lucas Green von *The Animal Aid*, um ihm aufzutragen, ihre Spendenlisten nach Fiona Kingstons Namen abzusuchen. Leider ohne Ergebnis.

Nach und nach wurde der Tag von der aufkommenden Dämmerung verschluckt, bis sich ein dunkles Tuch über der Stadt ausbreitete. Gegen halb acht hatte ich meine Aufgabenliste endlich abgearbeitet und gerade die letzte Mail versendet, als eine neue von Isabell in mein Postfach flatterte. Darin ein Anhang mit einem Vertragsentwurf, den sie für das Richards-Mandat benötigte, und der Bitte: *Bis morgen früh anfertigen!*

Ich unterdrückte ein erschöpftes Seufzen und rieb mir die Augen. Keine Ahnung, was das größere Problem darstellte: meine zunehmende Müdigkeit oder die Tatsache, dass ich nicht genau wusste, welches Muster aus dem Ordner für die Preisgleitklausel am besten auf die aktuelle Rechtsprechung passte.

Mein Blick schweifte zum Schreibtisch gegenüber. Ira war gerade dabei, einen Stapel Dokumente durchzublättern. Ab und zu griff er nach dem Bleistiftstummel hinter seinem Ohr und schrieb sich Notizen an den Rand oder markierte wichtige Textstellen. Jede seiner Bewegungen war fließend, als würde er durch Wasser gleiten, jedes Umblättern behutsam.

Ich dagegen hatte wieder damit angefangen, an meinem Stift herumzukauen und mit dem Bein zu wippen. Doch je länger ich ihn beim konzentrierten Arbeiten beobachtete, desto ruhiger wurde ich selbst. Als fände eine Art Wechselwirkung zwischen uns statt.

Um kurz vor neun schien Ira seine Aufgaben erledigt zu haben, weshalb ich mich zunehmend über mich selbst ärgerte. Vermutlich hätte ich auch schon fertig sein können, wenn ich nicht erst noch das richtige Muster hätte suchen müssen oder so versessen darauf gewesen wäre, jede Kleinigkeit viermal auf Korrektheit zu überprüfen.

»Du bleibst noch länger?«, fragte er, während er in die Ärmel seines Mantels schlüpfte und sich einen karierten Schal umlegte.

Es war der spitze Unterton seiner Stimme, der mich vermuten ließ, dass es ihm widerstrebte, erneut früher Feierabend zu machen als ich, und ich konnte es ihm nicht verdenken. An seiner Stelle hätte ich diese Kanzlei keine Minute vor mir verlassen aus Angst, einen schlechten Eindruck zu erwecken.

Aber wahrscheinlich war es das, was mich von ihm unterschied: Ich wurde dort, wo er mühelos durchs Wasser zu gleiten schien, von der Strömung meiner Unsicherheit mitgerissen. Und das wurmte mich, weil meine Zweifel mir zuflüsterten, dass es daran lag, dass er schlichtweg ein besserer Schwimmer war als ich.

»Ja, ich muss diesen Entwurf noch fertig bekommen. Isabell braucht ihn für ihren Termin morgen früh«, murmelte ich und rieb mir mit der Hand über den steifen Nacken.

»Okay …« Ira hatte sich noch immer nicht bewegt. Stattdessen schaute er mich auf so merkwürdig intensive Weise an, dass es mich verunsicherte. Konnte er sehen, dass ich zwischen meinen zweifelgrauen Gedankenwänden saß? Oder wollte er mir hiermit ernsthaft die Möglichkeit bieten, ihn um Hilfe zu bitten? Denn das würde ich nicht tun. Eher würde ich die halbe Nacht an diesem Schreibtisch verbringen.

»Ist noch was?«, erkundigte ich mich deshalb.

Ira senkte kopfschüttelnd den Blick und griff nach seinem Handy. »Anscheinend nicht. Bis morgen.«

Er schloss die Tür hinter sich. Und kaum war er verschwunden, fühlte sich das winzige Büro mit einem Mal eine Spur zu groß und bedrohlich an.

7

Gracie

Die erste Arbeitswoche hatte mich so ausgelaugt, dass ich am Wochenende kaum aus dem Bett gekommen war. Den Samstag hatte ich zum Teil dafür genutzt, von zu Hause aus ein paar Mails abzuarbeiten und eine Aufgabenliste für die kommende Woche zu erstellen. Den restlichen Nachmittag über hatte ich mich bei strömendem Regen mit einem zerfransten Buch, das ich mir irgendwann mal aus einer Bücherzelle mitgenommen hatte, in mein Bettdecken-Nest gelegt.

Ich las vorzugsweise alte und gebrauchte Bücher, weil ich eine Marginalien-Sammlerin war. Ich liebte es, beim Lesen über die Randnotizen oder unterstrichenen Sätze anderer Menschen zu stolpern. Sehen zu können, welche Worte sie dazu bewegt hatten, für einen kurzen Atemzug innezuhalten, besaß eine ganz eigene Magie für mich. Meistens notierte ich mir die Sätze, die ich mir ins Gedächtnis schreiben wollte, direkt auf die leeren Seiten im Buch, damit ich sie beim Aufschlagen zügig wiederfand. Auf diese Weise konnte ich jedes meiner Bücher mit einem Gefühl verknüpfen.

Wehmut. Melancholie. Heimeligkeit.

Bis heute hatte ich nicht begriffen, warum Marginalien im übertragenen Sinne *Nichtigkeit* genannt wurden, wo sie doch eigentlich so viel Gewichtigkeit in sich trugen.

Am Sonntag hatten Cassidy und ich einen kleinen Spaziergang über einen Flohmarkt in der Nachbarschaft unternommen, da die Sonne sich zur Abwechslung mal wieder hatte blicken lassen, und waren anschließend frühstücken gegangen. Abends hatten wir eine Flasche Wein geköpft, miteinander Karten gespielt und währenddessen über unsere Vorgesetzten getratscht. Normalerweise trank ich nicht viel, weil es mich schnell an ein Gefühl von Kontrollverlust erinnerte. Gleichzeitig gefiel es mir, dass der Rotwein meine Zunge und meine Muskeln lockerte und sich wie eine schwere Decke über meine Gedanken legte. Es war jedes Mal ein Balanceakt auf einem schmalen Seil, aber in manchen Situationen immer noch besser, als sich ständig fragen zu müssen, ob man gerade etwas Falsches gesagt oder getan hatte. Ein bisschen mehr Schwerelosigkeit eben.

Meine Eltern hatten sich bisher noch nicht bei mir gemeldet, allerdings wunderte mich das nach unserem Streit auch nicht. Eloise war als Staatsanwältin ohnehin zu sehr mit sich selbst und ihrer Arbeit beschäftigt, und mein Vater wartete vermutlich darauf, dass ich mich bei ihm entschuldigte. Vielleicht auch darauf, dass ich ihn anrief, um ihm zu sagen, dass ich mit meiner Entscheidung, zu *Gold, Bright & Partners* zu gehen, die falsche getroffen hatte. Was ich nicht tun würde.

Sicher, meine Mentorin verlangte viel, meine Konkurrenz war stark, und die langen Arbeitszeiten waren kräftezehrend, aber das wäre bei *Cabot & Cox* nicht anders gewesen. Zudem hätte ich mich dort deutlich mehr beobachtet gefühlt. Die Gewissheit, dass der eigene Vater jeden Schritt überwachte, hätte mich in meinen Entscheidungen gebremst. Da nahm ich es lieber in Kauf, mit jemandem wie Ira zusammenarbeiten zu müssen, dessen ambivalentes Verhalten mir Rätsel aufgab.

Wenn wir nicht gerade unsere Angestelltenliste durchgingen, wechselten wir die meiste Zeit über kein Wort miteinander, als befürchteten wir, uns andernfalls nur wieder anzugiften. Ähnlich verhielt es sich mit den anderen Associates, die uns bei der Sichtung der Unternehmensunterlagen unterstützen sollten. Man tauschte sich ab und zu aus, um eine Beobachtung durchzugehen, wusste jedoch insgeheim, dass wir alle auf irgendeine

Weise gegeneinander um die Anerkennung unserer Vorgesetzten kämpften.

Als ich am Montagmorgen gemeinsam mit Cassidy in den Fahrstuhl der Kanzlei stieg, war ich von der ersten Woche dementsprechend noch immer etwas geschlaucht – vielleicht auch von unserem gestrigen Abend, obwohl der Großteil des Weins in *ihrem* Glas gelandet war. Leichte Schatten untermalten meine Augen, wohingegen Cassidys sonnengeküsste Haut dank ihres königsblauen Einteilers regelrecht leuchtete. Das war doch nicht fair.

»Wir sehen uns heute Abend«, sagte sie, als der Fahrstuhl seinen ersten Halt machte. »Versuch bis dahin, nicht einzuschlafen.«

Ihr verschmitztes Grinsen ließ mich kalt. »Haha.«

Sobald ich in der zweiten Etage angelangt war, lief ich mit meinem warmen Teebecher in der Hand zu unserem Büro, dessen Tür einen Spalt offen stand. Ira saß bereits an seinem Schreibtisch und hob den Kopf, als ich den Raum betrat. Sein Blick glitt flüchtig über meinen Körper und blieb einen Herzschlag zu lange an meinem senfgelben Haarreif hängen, der nicht ganz zu meinem rotblonden Haar oder meinem ockerbraunen Bleistiftrock passte – aber immerhin aus derselben Farbfamilie stammte.

Ich wusste nicht, warum ich diese Kombination heute Morgen gewählt hatte. Erst hatte ich mit dem Gedanken gespielt, ein schwarzes Etuikleid anzuziehen, das ich im hinteren Teil meines Schrankes gefunden hatte, aber dann hatte ich doch hierzu gegriffen. Es hatte sich besser angefühlt. *Richtiger.*

Iras rechter Mundwinkel zuckte, als sein Blick zurück auf die Unterlagen auf seinem Tisch wanderte. Nur ganz leicht, und doch auffällig genug, damit ich es bemerkte.

»Morgen«, grüßte er.

»Morgen. Du arbeitest schon?« Ich streifte mir den Mantel von den Schultern und hängte ihn über die Stuhllehne. »Woran?«

»An Isabells Plädoyer für ihren Gerichtstermin später. Sie braucht ein paar Argumente für die Durchsetzung von Gewährleistungsrechten im Johnson-Fall. Die Gegenseite pocht immer noch darauf, dass die Produkte keine Mängel hatten, aber ihr Mandant möchte, dass sie ersetzt werden.«

Ich wünschte, es wäre mir gelungen, meinen Frust besser zu verbergen, als ich meinen Tee abstellte und mich setzte. »Sie lässt dich den Entwurf für ihr Plädoyer schreiben?«

Wieso hatte sie mich nicht darum gebeten? Meinetwegen auch uns beide, um am Ende zu entscheiden, wessen Argumente die besseren waren? Ich hätte deutlich lieber daran gearbeitet als an den Vertragsentwürfen, die in meinem Postfach auf mich warteten. Stattdessen war er derjenige, dem sie eine Bühne bot, während ich am Rand stehen und zusehen durfte.

Er blätterte durch seine Papiere und hob unbekümmert die Schultern. »Sieht ganz so aus.«

Ja, aber warum? Hatte er bisher bessere Arbeit geleistet als ich? War es das, was Isabell mir damit sagen wollte?

Obwohl ich kein Wort äußerte, schien Ira meine aufkommenden Zweifel zu hören. »Vielleicht solltest du mal einen Blick aufs Ranking werfen, Smartie«, riet er mir amüsiert.

Also fuhr ich meinen Bildschirm hoch und loggte mich mit zitternden Händen ins System ein. Wenige Klicks später starrte ich entsetzt auf die Tabelle mit unseren Namen, bis die Buchstaben vor meinen Augen zu tanzen begannen.

Ira lag vorn. Zwei Punkte waren es, die uns voneinander trennten. Zwei winzige Punkte, von denen ich mir nicht erklären konnte, warum sie mir fehlten. Hatte ich in meinen letzten Entwürfen irgendetwas vergessen? Das falsche Vertragsmuster gewählt? Rechtschreibfehler übersehen? Ich hatte am Ende alles mehrmals auf Korrektheit überprüft, aber was, wenn mir in einem unkonzentrierten Moment doch etwas durchgerutscht war? Oder bewertete Isabell uns nach Sympathie?

Ich biss mir auf die Unterlippe, und je mehr solcher Panikgedanken in meinem Kopf aufblinkten, desto schneller begann mein Herz zu klopfen. *Nur Zweite. Was würde Dad dazu sagen?*

»Gracie.« Iras Stimme zog mich wieder an die Oberfläche meines Bewusstseins. Die kleine Falte zwischen seinen Augenbrauen war zurückgekehrt – er war nachdenklich. Immer nachdenklich. Immer konzentriert. Immer perfekt. Ira machte mit Sicherheit keine Fehler. *Aber du. Du schon. Das tust du ständig.*

»Gracie«, wiederholte er. Dieses Mal eine Spur nachdrücklicher.

Ich blinzelte. »Hm?«

»Deine Lippe blutet.«

Wie aufs Wort fuhr ich mir mit der Zungenspitze über meine kribbelnde Unterlippe und schmeckte den metallischen Geschmack von Blut. Es war nichts Ungewöhnliches, ich besaß die lästige Angewohnheit, während des Nachdenkens andauernd daran herumzuknabbern, weshalb sie schon ganz rissig und spröde war. Dieses Mal hatte ich jedoch eine Spur *zu* hart darauf gebissen. Ein kurzer, spitzer Schmerz durchzuckte mich.

»Halb so wild.« Schnell drehte ich mich ein Stück zur Seite und wischte mir mit dem Daumen das Blut weg. In derselben Sekunde klopfte es an der Tür, und Isabell betrat das Büro – wie immer ohne Begrüßung und mit einem Haufen Arbeit. Sie trug ein graues Businesskostüm, das ihre Rundungen umspielte; ihr rotes Haar hatte sie mit einer silbernen Klammer im Nacken festgesteckt. Zwei lose Strähnen rahmten ihr Gesicht wie ein Gemälde.

Ich zuckte zusammen, als sie eine Akte auf meinen Schreibtisch fallen ließ. »Um halb vier habe ich einen Gerichtstermin. Ich würde Sie beide gern mitnehmen, deshalb lesen Sie sich bis dahin bitte in den *Porlox*-Fall ein und überlegen, wie Sie vorgehen würden. Mr Briggs, was macht der Johnson-Entwurf?«

Ira überflog ein Dokument auf seinem Bildschirm, das sich in seinen Augen spiegelte. »Ist in einer halben Stunde fertig.«

Wann hatte er denn angefangen, zu arbeiten?

Isabell nickte zufrieden. »Sehr gut. Übrigens haben wir für

Donnerstag einen Besichtigungstermin für das *Eúnoia*-Labor ausmachen können. Ich habe Sie beide angemeldet, um sich einen Überblick zu verschaffen. Die Adresse und den Namen des Laborleiters von *Ivis* gebe ich Ihnen später durch.«

Ira und ich sahen uns kurz über den Rand unserer Bildschirme hinweg an, und mir war sofort klar, dass uns dasselbe durch den Kopf ging: *Schon wieder ein gemeinsamer Ausflug?*

Isabells Handy begann zu klingeln, weshalb sie mit einer knappen Verabschiedung, die sich zwischen einem Fluchen verlor, nach draußen rauschte und die Tür hinter sich schloss. Zurück blieb das Geräusch von Papierrascheln und Herzpochen.

Ich dachte noch eine Weile über die Sache mit dem Ranking nach, wechselte dabei konstant zwischen *Du hast dein Bestes gegeben* und *Du hast versagt*. Irgendwann, als das Schweigen den gesamten Raum für sich eingenommen hatte und die Stimme in meinem Kopf zu laut geworden war, hielt ich es nicht länger aus. »Wie war dein Wochenende?«

Iras Blick verflocht sich mit meinem, und unweigerlich fiel mir auf, dass die Krawatte, die er heute zu einem weißen Hemd trug, seine Augen betonte. *Sehr grün*, dachte ich. Seegrün.

»Mein … Wochenende?« Er klang so verwirrt, als hätte ich ihn nach seiner Blutgruppe gefragt. »Gut. Denke ich.« Kurze Pause. Ein Kratzen am Hinterkopf. »Deins?«

»Oh, eigentlich ganz nett! Auch wenn ich morgens kaum aus dem Bett gekommen bin und den Samstag hauptsächlich dafür genutzt habe, Mails zu beantworten. Aber gestern waren Cass und ich auf dem Flohmarkt und etwas frühstücken. Abends haben wir dann zur Feier der ersten überstandenen Arbeitswoche eine Flasche Wein geköpft. Ehrlich gesagt fühle ich mich noch immer ein bisschen dizzy, obwohl ich kaum was getrunken habe.« Ich stieß ein Lachen aus, das mehr einem Grunzen glich. Doch sowie Iras linke Augenbraue in die Höhe schoss und ich merkte, dass ich quasselte, verstummte ich wieder. »Sorry. Es war nett, meine ich.«

Mit meinem Zeigefinger schob ich meine Lesebrille zurecht und widmete mich wieder dem Vertragsentwurf auf dem Bildschirm.

Ich hatte keine Ahnung, warum ich überhaupt noch versuchte, mit ihm zu reden, wo er doch gar nicht interessiert daran schien. Vielleicht lag es daran, dass sich diese anhaltende Stille zwischen uns von Tag zu Tag ein wenig fester um meinen Brustkorb schnürte. Ich kannte dieses Engegefühl. Ich war damit aufgewachsen. Deshalb hatte ich auch schnell gelernt, dass es zwei verschiedene Arten von Stille gab: die Art, in der man sich gern treiben ließ, weil man vertrauten Boden unter sich sehen konnte. Und die Art, die unter der Oberfläche so tief und undurchsichtig war, dass man dazu neigte, panisch mit den Beinen zu strampeln. Das zwischen Ira und mir *war* undurchsichtig, *er* war undurchsichtig, weshalb ich den Drang verspürte, Klarheit in das Ganze zu bringen. Schließlich musste man seinen Feind kennen, um ihn bekämpfen zu können, oder? Das Problem war nur, dass ich nicht wusste, wie es mir gelingen sollte, mehr über ihn zu erfahren, wenn nicht so – mit Worten und … Nähe. Vielleicht musste ich meine Strategie ändern?

Am späten Nachmittag begleiteten wir Isabell und ihren Kollegen James Price zum Gericht, um einer vorläufigen Anhörung beizuwohnen. Obwohl es nicht das erste Mal war, dass ich das imposante, halb verglaste Gebäude des *Moakley Courthouse* betrat, fühlte sich mein Magen in den ersten Minuten trotzdem ein wenig kribbelig an. Ich war mir nicht sicher, ob die von Macht getragene Atmosphäre der Grund dafür war, oder die Erinnerungen an mein Studium, die unweigerlich mit dem Anblick der Gerichtssäle verwoben waren.

Als Studentin hatte ich einer Vielzahl von öffentlichen Anhörungen und Prozessen beigesessen, um einen Ausgleich zur trockenen Rechtslektüre zu schaffen. So hatte einer meiner Dozierenden uns sogar aufgetragen, regelmäßig welche zu besuchen, damit wir im Anschluss gemeinsam in unserem Kurs darüber diskutieren konnten. Es war nicht nur unheimlich spannend, sondern auch hilfreich gewesen, um den Ablauf dahinter besser zu verstehen und einen Einblick darin zu erhalten, wie Anwältinnen und Anwälte vorgingen, welche Wortwahl und Argumentation sie wählten und welche Entscheidungen die Richterinnen und Richter am Ende trafen. Auch jetzt, da ich wieder in dem Saal mit den dunklen Holzbänken und den hohen Decken saß und Isabell und ihren Kollegen bei der Arbeit beobachtete, verspürte ich erneut diese seltsame Mischung aus Ehrfurcht und Faszination.

Ich hatte in den vergangenen Stunden nicht so tief in diesen Fall eintauchen können, wie ich es mir erhofft hatte, aber ich kannte die Ausgangslage: Jemand verklagte das Pharmaunternehmen unseres Mandanten, weil eines ihrer Migräne-Medikamente für einen Schlaganfall mit anschließender halbseitiger Lähmung als Ursache vermutet wurde. Allerdings besaßen wir genügend Belege und Beweise, die diese Anschuldigung entkräften konnten. Daher verfolgte Isabell in dieser Anhörung eigentlich nur das Ziel, die Richterin dazu zu bringen, die Klage aus Mangel an Beweisen fallen zu lassen. Und wie es aussah, standen ihre Chancen gut.

Zu meiner Überraschung gehörte sie zur defensiven Sorte, die jedes Argument und jede Antwort sorgsam abwägte. Mr Price dagegen, der unter anderem den Kläger selbst ins Kreuzverhör nahm, war ein Anwalt offensiver, fast schon bissiger Natur. Genau wie mein Vater, der mir damals dieselbe Herangehensweise hatte einbläuen wollen, weil ich ihm nie direkt genug gewesen war.

Ich beleuchtete mein Vorgehen gern von allen Seiten, bevor ich einen Schritt machte, denn meiner Meinung nach war die Offensive nicht immer die beste Verteidigung, wenn ihr einziges Ziel darin bestand, Macht zu demonstrieren.

Während Isabell mit den Klägern diskutierte, kam ich nicht

umhin, mich zu fragen, was passieren würde, wenn der *Eúnoia*-Fall auch einen gerichtlichen Prozess nach sich ziehen sollte. Würde Isabell einen von uns auswählen, um ihr vor Gericht zu assistieren? Und falls ja, würde sie ihre Wahl von unseren Leistungen abhängig machen? In Anbetracht des derzeitigen Punktestands gefiel mir dieser Gedanke nicht. Und mit *nicht* meinte ich *gar nicht*.

Mein Blick schoss zu Ira, der das Geschehen vor uns ebenfalls aufmerksam verfolgte. Und ich erwischte mich dabei, wie ich kurz darüber nachdachte, welche Sorte Anwalt er wohl vor Gericht sein mochte. Dabei hatte ich noch nicht einmal herausgefunden, welche Sorte *Mensch* er war. Aber das würde ich noch. Bald.

Unter dem Mantel der Dunkelheit wirkten die Äste der Bäume vor den Kanzleifenstern wie knochige Finger, deren spitze Nägel bei jeder Windböe über das Glas schabten. Die Vorhänge blähten sich auf, ließen den Konferenzraum hektisch ein- und ausatmen, während der anhaltende Regen im Licht der Straßenlaternen wie flüssiges Silber an der Scheibe hinabfloss. Neben dem Prasseln und dem gelegentlichen Rascheln von Papier war nichts zu vernehmen, weil Ira und ich die Einzigen waren, die trotz der fortgeschrittenen Zeit noch nicht nach Hause gegangen waren.

Wir waren in den vergangenen zwei Stunden damit beschäftigt gewesen, unsere Angestelltenliste weiter abzuarbeiten, und allmählich machte es sich in meiner Konzentration bemerkbar, dass ich zuletzt vor Stunden etwas gegessen hatte; meine Knie wippten rastlos auf und ab, meine Augen brannten, und ich musste jede Zeile dreimal lesen, weil ich andauernd verrutschte oder den Faden verlor. *Das hat doch alles keinen Sinn.* Ich setzte meine Brille ab und rieb mir erschöpft über die Lider, da hörte ich plötzlich, wie jemand etwas vor mir auf den Tisch warf.

Es war ein Müsliriegel, der halb mit Schokolade überzogen war.

Mein Blick flog zur gegenüberliegenden Seite des Raumes, wo Ira mit einer Akte auf der Fensterbank saß. Es schien ihm nichts auszumachen, dass ihn das Licht der Stehlampe in meinem Rücken nicht ganz erreichte und der Wind ein paar Regentropfen durch die gekippten Fenster ins Innere blies.

»Dein Herumgezappel macht mich nervös«, erklärte er auf meine stumme Frage hin, ohne mich anzusehen. »Sind keine Smarties, aber der Riegel dürfte es auch tun, schätze ich.«

Ich gab ein betont lautes Seufzen von mir. »Und ich dachte, du nennst mich Smartie, weil ich so klug bin.«

Wieder war es sein Mundwinkel, der ihn verriet. »Das ist lustig, weil ich nämlich dachte, es wäre ein Euphemismus für Klugscheißerin.«

»Sehr witzig«, brummte ich und warf ihm auf seinen trockenen Tonfall hin einen finsteren Blick zu. Dann griff ich zögerlich nach dem Riegel. »Bist du sicher, dass du ihn nicht willst? Du hast kaum etwas zu Mittag gegessen.«

Jetzt sah er mich doch an. Nur flüchtig, und auch nur, um schon in der nächsten Sekunde wieder zurückzuschrecken. Das passierte oft. Als könnte er mir nicht länger als ein paar Sekunden in die Augen schauen. »Ich bin okay«, murmelte er.

Während ich den Riegel auspackte und daran herumknabberte, beobachtete ich ihn. Die Regentropfen an der Scheibe zeichneten ein hübsches Muster auf sein Gesicht, das sich bis zu seinem Hals hinunterzog. Ein Tattoo aus feinsten Schattierungen.

Doch dafür, dass ich ihn mit meinem Gezappel angeblich so aus der Ruhe gebracht hatte, wirkte er noch immer ziemlich gelassen.

Ob es überhaupt möglich war, ihn aus der Ruhe zu bringen?

»Du starrst mich an«, sagte er nach einer Weile. »Schon wieder.«

»Tut mir leid.« Ich schürzte die Lippen und versuchte eilig, meine Aufmerksamkeit auf irgendetwas zu lenken, das nicht er war. Was sich als unmögliche Aufgabe erwies, da Ira den gesamten Raum ausfüllte, einfach nur, indem er anwesend war. Wie machte er das?

Es war, als würden meine Gedanken von ihm angezogen werden wie die Motten vom Licht.

Wahrscheinlich hätte es mich daher auch nicht wundern sollen, dass die nächsten Worte mir wie von selbst aus dem Mund purzelten. »Hey, Ira? Kann ich dich noch etwas fragen?«

»Du wirst es so oder so tun, fürchte ich.«

Damit hatte er recht. Zum einen, weil ich in der undurchsichtigen Stille wieder damit angefangen hatte, mit den Beinen zu strampeln. Zum anderen, weil ich eine Taktik verfolgte.

Das war es zumindest, was ich mir in diesem Moment weismachen wollte, um mir nicht eingestehen zu müssen, dass mich sein Leben tatsächlich interessierte. Genau wie ich mir nicht eingestehen wollte, dass ich seiner Samtstimme gern zuhörte. Sie hatte etwas ähnlich Besänftigendes wie sein ganzes Wesen.

»Du hast erzählt, dass du auf einer Farm aufgewachsen bist. Wie war das so?«

Ira stoppte seinen Bleistift, dachte einen kurzen Moment nach, als wäre er überrascht von meiner Frage, und schrieb dann weiter. »Es war sehr hart.«

»Inwiefern?«

Erneut hielt er inne und ließ seinen Blick aus dem Fenster schweifen. »Ich weiß nicht. Es gab immer irgendetwas zu tun. Tiere versorgen, die Ernte einlagern, Ställe ausmisten … Du kamst von der Schule nach Hause und hast gearbeitet. Du bist am Wochenende früh aufgestanden und hast gearbeitet. Egal bei welchem Wetter. Egal um welche Zeit. Das war ganz selbstverständlich.« Ira hob gleichmütig die Schultern. »Ich glaube, nur die wenigsten haben eine Ahnung davon, wie arbeitsintensiv ein Job in der Landwirtschaft ist. Würde ich den Leuten hier davon erzählen, würden sie nur darüber schmunzeln.«

Ob er deshalb so fleißig war? Weil er es schon als Kind nicht anders gelernt hatte? Bei der Vorstellung wurde mein Herz schwer.

»Wie kamst du auf die Idee, Anwalt zu werden?«, fragte ich. Immerhin hätte man doch davon ausgehen können, dass er einfach in den Familienbetrieb mit einsteigen würde.

»Regeln und Gesetze haben mich schon immer interessiert. Deshalb war es wahrscheinlich nur eine Frage der Zeit, bis ich mich für Jura eingeschrieben habe.«

Ich schob mir das letzte Stück Müsliriegel in den Mund und leckte mir über die mit Schokolade verschmierten Finger. »Was hast du vor der Law School studiert?«

»Maschinenbau«, antwortete er zu meiner Überraschung. »Die meisten würden wahrscheinlich Politik oder Wirtschaft wählen, aber ich … Keine Ahnung. Wissenschaft fasziniert mich. Und Maschinenbau war die perfekte Mischung aus Mathe und Physik. Nebenbei habe ich mir viel über das Rechtssystem angelesen und ein paar Jurakurse belegt.«

Meine Augen wurden groß. »Du hast Maschinenbau studiert und dann mit Jura weitergemacht?«

Ein zartes Lächeln umspielte seine Lippen. »So verschieden ist das gar nicht. Juristische Analysen folgen einem ähnlichen Logikmuster. Du beginnst mit A, fügst B mit Ausnahme von C hinzu, durchläufst den Prozess D, wendest E an und erhältst wahrscheinlich Antwort Z. Nur dass du in unserem Job in erster Linie mit Worten arbeitest und nicht mit Zahlen.« Er fing meinen verblüfften Blick auf, den er falsch zu deuten schien. »Tut mir leid. Ich will dich nicht langweilen.«

»Du langweilst mich nicht«, versicherte ich ihm und griff nach meiner Wasserflasche. *Im Gegenteil. Du beeindruckst mich, auch wenn ich das nie offen zugeben würde.* »War *Gold, Bright & Partners* deine erste Wahl?«

Ira steckte seinen Bleistift hinters Ohr und nickte. »Unter anderem. Ich wollte wieder näher an zu Hause sein und habe mich deshalb gleichzeitig noch bei *Cabot & Cox* beworben. Aber dort hat man mich gar nicht erst zum Gespräch eingeladen.«

Ich verschluckte mich an meinem Wasser und hustete mehrmals. »Wieso überrascht mich das nicht?«

Meine Bemerkung irritierte ihn. »Was meinst du?«

»Er nimmt nur Absolvierende von Harvard. Das war schon immer so.« Und verstanden hatte ich es noch nie. Ira war schließlich das beste Beispiel dafür, dass meinem Vater dadurch Jahr für Jahr talentierte Nachwuchskräfte anderer renommierter Law Schools durchs Netz gingen.

Tiefe Furchen gruben sich in seine Stirn. »*Er?* Du meinst Joseph Cabot, den Gründerpartner der Kanzlei?«

Erst da wurde mir bewusst, was ich soeben laut ausgesprochen hatte. Blut schoss mir in die Wangen, während ich gedanklich in einer meiner Schubladen nach Notlügen für eine Erklärung kramte. »Ähm, ja. Genau. Joseph Cabot. Eine alte Kommilitonin hat mir davon erzählt. Sie arbeitet jetzt dort.«

Ira musterte mich einen Augenblick lang mit schief gelegtem Kopf, als hoffte er, das, was ich gesagt hatte, würde dadurch mehr Sinn ergeben. »Dann hast du dich auch dort beworben?«

»Nein.« Mit aller Kraft unterdrückte ich das verbitterte Lachen, das mir im Hals aufstieg. »Nein, ich wollte von Anfang an hierher.« Das war zumindest nur eine halbe Lüge.

»Verstehe.« Ihm schienen noch weitere Worte auf der Zunge zu liegen, da ließ uns plötzlich schallendes Gelächter aufhorchen. Das Geräusch schwappte aus einem der angrenzenden Konferenzräume zu uns herüber und klang so vertraut, dass ich Cassidy sofort darin erkannte. Sie war noch hier?

Ich warf einen Blick auf mein Handy, das mittlerweile halb zehn anzeigte. »Und ich dachte, wir wären die Letzten. Hast du was dagegen, wenn ich kurz rüberschaue?«

»Nein. Ehrlich gesagt habe ich für heute ohnehin genug.«

Innerlich atmete ich auf. *Gott sei Dank.* Länger hätte ich es zwischen diesen vier Wänden vermutlich auch nicht ausgehalten.

Wir sortierten unsere Unterlagen zurück in die Kartons und schoben sie wieder zusammen, ehe wir die Fenster schlossen und den Konferenzraum verließen. Der dunkle Flur unter den Kolonnaden wurde mittlerweile nur noch von dem gedimmten Goldlicht der Wandleuchten erhellt, die in einigen Abständen zwischen den gerahmten Bildern angebracht waren. Es war seltsam, aber zwischen all den Schatten, die einen Teil unserer Umgebung verschluckten, war ich mir Iras Anwesenheit umso bewusster. Er lief direkt neben mir; sein rechter Arm so nah, dass ich die Wärme spüren konnte, die von ihm ausging.

Wir folgten dem Gemurmel, das gedämpft gegen die Tür des gegenüberliegenden Konferenzraumes trommelte. Mit dem Bild, das sich mir bot, als ich sie öffnete, hatte ich allerdings nicht gerechnet: Otis versteckte mit entsetzter Miene ein Bier hinter seinem Rücken, Cassidy sprang erschrocken vom Konferenztisch auf, Samuel und Laurel blickten verwundert von ihren Akten auf, und Jude saß ungerührt im hinteren Teil des Raumes, wo er seine langen Beine auf der Tischkante abgelegt hatte. Neben ihm ebenfalls eine Flasche Bier.

»Verfluchte Scheiße, Gracie. Willst du uns allen einen Herzinfarkt bescheren?«, fragte Otis, der sich in seiner Erleichterung ans Herz fasste und hörbar aufatmete.

»Was genau macht ihr hier?« Ich öffnete die Tür ein Stück weiter, damit auch Ira einen Blick in den Raum werfen konnte.

»Na, arbeiten. Wonach sieht es denn aus?«

»Nach allem außer danach«, entgegnete ich mit einer vagen Handbewegung, die sie alle mit einbezog.

»Wir haben beschlossen, uns die Freude an einem Feierabendbier nicht nehmen zu lassen, nur weil wir keinen Feierabend machen können«, erklärte Cassidy, die sich nun einen Stuhl schnappte und dieselbe Position einnahm wie Jude. »Nebenbei suchen wir mithilfe von Laurel und Sam eine Aktionärsvereinbarung, die sich laut Mr Lee irgendwo in diesen gottverdammten Kisten befinden soll.«

Ich überflog die Menge an Kartons, die quer auf dem Boden verteilt standen. Manche waren noch geschlossen, andere geöffnet. Dazwischen unzählige Akten, die wie Türme emporragten.

»Ihr habt nicht zufällig Lust, uns dabei zu helfen?«, wollte Otis mit einem zerknirschten Grinsen wissen. »Ich meine, schon klar, in gewisser Weise konkurrieren wir alle miteinander. Aber ich würde heute gern noch nach Hause, wenn's geht. Am besten natürlich mit diesem Dokument.«

»Damit du die Punkte für dich einheimsen kannst?«, stichelte Samuel, während Ira die Tür hinter uns schloss, damit unsere Stimmen nicht in den Flur hinausdrangen.

»Natürlich nicht. Ich würde brüderlich mit euch allen teilen«, behauptete Otis mit einem koketten Zwinkern.

»Wie großzügig.« Cassidy gab ein Grunzen von sich, als sie einen Schluck von ihrem Bier nahm. Dann griff sie nach einem schwarzen Ordner und begann, ihn durchzublättern.

»Sind wir doch alle, oder nicht?« Otis warf Jude einen vielsagenden Blick zu, den dieser mit einem Augenrollen quittierte.

Ira zögerte keine Sekunde. Er schob sich die Ärmel seines Hemdes über die Ellbogen und ging zu einer der Kisten, um sie auf den Tisch zu heben. »Habt ihr ein Datum?«

Seine Hilfsbereitschaft verwunderte mich. Zum einen, weil er eben noch behauptet hatte, Feierabend machen zu wollen. Zum anderen, weil ich ihn eher als jemanden eingeschätzt hatte, der lediglich auf seinen eigenen Vorteil bedacht war. Ich fing schon an, mich schlecht zu fühlen, weil ich *tatsächlich* daran dachte, dass ich meiner Konkurrenz – Cassidy mal ausgenommen – nur sehr ungern Punkte überlassen würde. Besonders jetzt, da ich das derzeitige Ranking kannte. Doch wenn ich es mir recht überlegte, war es vielleicht gar nicht Iras Hilfsbereitschaft, die ihn in diesem Moment antrieb, sondern sein Stolz. Immerhin würden die anderen heute deutlich mehr abrechenbare Stunden sammeln als wir, wenn sie noch länger hier sitzen würden. Die Vorstellung, man könnte sie deshalb als besonders ehrgeizig einstufen und ihnen mehr Punkte schenken, schien niemandem von uns zu gefallen.

Das würde zumindest erklären, warum Laurel und Samuel noch nicht gegangen waren. Und warum auch ich mich letztlich mit einer Kiste auf einen freien Stuhl fallen ließ. Ganz gleich, dass meine Müdigkeit an meinen Muskeln zerrte.

Samuel, der mein wiederholtes Gähnen bemerkte, hielt mir daraufhin mit einem Lächeln seine Flasche Cola unter die Nase. »Ein bisschen Koffein gefällig?«

»Nein, danke.« Ich hatte Koffein noch nie gut vertragen. Und da ich ohnehin viel zu schnell nervös wurde, würde ich vermutlich genauso enden wie Samuel, der beim Lesen die ganze Zeit mit seiner Schuhspitze auf den Boden tippte und in regelmäßigen Abständen ein Seufzen oder Stöhnen von sich gab.

Es brachte mich irgendwann so sehr aus der Ruhe, dass ich wie von selbst aufstand und Iras Nähe suchte, indem ich mich mit meinem Ordner gegen die Fensterbank lehnte, auf der er saß.

Bestimmt anderthalb Stunden lang suchten wir alle gemeinsam nach diesem verschollenen Dokument, während wir uns darum bemühten, einander wach zu halten und zu bespaßen.

Ich musste zugeben, dass ich mir schlimmere Arten vorstellen konnte, Stunden zu sammeln. Die Situation erinnerte mich an Gruppenarbeiten in der Highschool, bei der die eigentliche Aufgabe zwischen den Privatgesprächen schnell in den Hintergrund gerückt war.

So lange, bis Jude, der sich aus allem herausgehalten hatte, schließlich nach seinem schwarzen Mantel und seinem Bier griff und aufstand. »Ich hau ab«, verkündete er und wandte sich mit einer Akte unter dem Arm zur Tür. Ich wollte ihn gerade fragen, was er damit vorhatte und warum er sie nicht zu den anderen zurücklegte, da bemerkte Otis sie ebenfalls.

Er kniff die Augen zusammen. »Was hast du da?«

Jude fuhr sich mit gespreizten Fingern durchs Haar und zuckte gleichgültig mit den Schultern. »Ich wollte mir die Akte auf dem Weg nach Hause weiter durchlesen. Hier drin kann ich mich kaum konzentrieren … Also dann.«

Mit einem knappen Nicken verabschiedete er sich von uns und schloss die Tür hinter sich. Kaum hatte er den Raum verlassen, stieß Laurel einen scharfen Atemzug aus. »Okay, er hat das Dokument gefunden.«

»Worauf du wetten kannst«, murmelte Otis.

Cassidy klappte ihre Akte zu und warf sie in hohem Bogen auf den Tisch. »Dieser Mistkerl. Ich wusste, dass er daraus wieder eine One-Man-Show macht.«

»Sehen wir es positiv: Wir können endlich schlafen gehen, nur um in gefühlt zwei Stunden schon wieder genau hier zu sitzen.« Otis klatschte sich erfreut auf die Oberschenkel, bevor er sich von seinem Stuhl hochstemmte. »Ist das Leben nicht schön?«

Laurel, deren Müdigkeit sich in ihrem Gesicht eingenistet hatte, warf ihm einen Seitenblick zu. »Dein Optimismus ist ergreifend.«

Otis grinste breit. »Einer von uns muss ja ein bisschen Schwung in die Gruppe bringen, oder? Na kommt, lasst uns abhauen.«

Wir räumten alle Unterlagen sorgsam in die Kartons, löschten das Licht und begaben uns zum Ausgang. In der Zwischenzeit organisierte Cassidy uns ein Taxi, das uns nach Hause bringen sollte. Und weil es noch immer in Strömen regnete und Ira heute Morgen deshalb mit der Bahn gekommen war, bot ich ihm höflich an, bei uns mitzufahren.

Es war nicht zu übersehen, dass ihm die Idee im ersten Moment missfiel. Aber offenbar waren wir uns beide einig, dass es bei demselben Heimweg schlichtweg unsinnig gewesen wäre, mein Angebot abzulehnen, weshalb er wenig später direkt vor mir auf dem Beifahrersitz saß. Keiner von uns sprach ein Wort, sodass es nur das Geräusch des prasselnden Regens und die gedämpfte Melodie aus dem Radio waren, die das Wageninnere füllten.

Obwohl Ira und ich dieses Mal nicht allein waren, erschien mir die Situation auf merkwürdige Weise noch unangenehmer als unsere letzte gemeinsame Autofahrt. Wahrscheinlich weil es nun das Schweigen *dreier* Personen war, das mich von allen Seiten zu erdrücken drohte. Allerdings hätte ich ahnen müssen, dass dies ein Zustand war, den Cassidy nicht länger als nötig dulden würde. Noch in der Sekunde, in der sie sich mit einem Grinsen nach vorn lehnte, schloss ich die Augen, weil ich wusste, was nun folgen würde. Small Talk. *Wie geht es dir? Was machst du so? Ekliges Wetter, nicht?* Floskeln wie diese waren nichts anderes als leere Worthülsen. Sie waren bedeutungslos, und trotzdem neigten wir dazu, sie zu nutzen, wo uns andere Worte fehlten. Ich verstand das. Ich wünschte nur wirklich, Cassidy würde ihre nicht an Ira verschwenden, denn der wirkte nicht wie jemand, der gern an Gesprächsoberflächen kratzte, sondern eher wie jemand, der jede Gesprächsfaser wie Farbe durchdringen wollte.

»Hey, Briggs«, begann sie, »hat dir eigentlich schon mal jemand gesagt, dass du ein bisschen aussiehst wie ein junger Hayden Christensen?«

Ira drehte sich auf seinem Sitz halb zu ihr um, der Ausdruck auf seinem Gesicht war schwer zu deuten. »Bis eben nicht, nein.«

Sie ließ sich wieder gegen die Rückenlehne fallen und pustete sich ein paar Strähnen ihres Ponys aus der Stirn. »Dann weißt du es jetzt. Erinnert mich glatt daran, dass ich mir schon seit Ewigkeiten mal wieder *Awake* anschauen wollte. Der Film ist so grottenschlecht, dass er schon fast wieder gut ist.«

Da keiner von uns etwas darauf erwiderte, verdrehte Cassidy die Augen und seufzte schwer. »Du liebe Güte, redet ihr beide eigentlich ab und zu miteinander? Oder schweigt ihr euch nur an?«

Ich fing Iras Blick ungewollt im Seitenspiegel des Autos auf und hielt ihn einen Herzschlag zu lange fest. Allerdings kam ohnehin keiner von uns beiden dazu, etwas darauf zu antworten, weil der Fahrer in dieser Sekunde in der Straße zwischen unseren Häusern anhielt. »Da wären wir.«

Wir teilten den Betrag untereinander auf, stiegen aus und knallten die Türen hinter uns zu. Das Echo hallte von den Hauswänden wider, die das Licht der Straßenlaternen in ein weiches Gold gekleidet hatte. Die Straßen waren leer, nur ein paar Autos fuhren an uns vorbei, in deren Scheinwerferkegeln der Regen wie ein Schleier aus Perlen glitzerte.

»Danke fürs Mitnehmen«, sagte Ira höflich und wandte sich mit einem schwachen Lächeln zum Gehen. »Bis morgen.«

Cassidy und ich sahen noch dabei zu, wie er die Stufen zu seiner Haustür hinaufsprang und sie aufschloss. Dann musterte sie mich prüfend von der Seite.

»Was?«, fragte ich.

Sie schüttelte den Kopf. »Keine Ahnung. Irgendwie seid ihr euch ähnlich.«

Während wir in unsere Wohnung gingen, dachte ich über ihre Bemerkung nach. *Wieso fühlt es sich dann so an, als könnten wir nicht unterschiedlicher sein?*

8
Ira

Als ich noch ein Kind gewesen war, hatten wir diesen einen alten Nachbarn gehabt, der in der ganzen Ortschaft den Ruf eines Wetterorakels innehatte. Mr Turner war an den Wochenenden gelegentlich bei uns vorbeigekommen, wenn wir gerade zu Mittag gegessen hatten. Hin und wieder hatten meine Eltern ihn sogar eingeladen, sich uns anzuschließen, weil er nach dem Tod seiner Frau die meiste Zeit über allein gewesen war.

Wann immer er sich zu uns an den großen Eichentisch auf der Veranda gesetzt hatte, hatte er Dinge gesagt wie: »*Der Himmel war heute Morgen rot. Bald zieht ein Sturm auf*« oder »*Die Spinnen fangen an, ihre Netze zu weben – die kommenden Tage werden trocken*«. Ganz so, als besäße er irgendeine Art übernatürliche Intuition, die sich tatsächlich jedes Mal bewahrheiten sollte.

Meine Familie hatte ihn für seine Sprüche und seine rechte Hand auf dem Hof geliebt. Ich hatte ihn nie gemocht und mir eigentlich vorgenommen, nie wieder an ihn zu denken.

Aus gutem Grund.

An diesem Donnerstagvormittag tat ich es dennoch, als ich zusammen mit Gracie in Isabells Firmenwagen saß und die tief hängenden Wolken am Himmel entdeckte.

Der Regen ist nah, hätte der alte Mann vermutlich prophezeit, und trotzdem hätte es mich heute Morgen nicht davon abgehalten, mit dem Fahrrad zur Arbeit zu fahren. Denn wenn ich ehrlich war, wäre mir jeder Regenschauer lieber gewesen als eine weitere Taxifahrt oder eine zufällige Begegnung mit Gracie und ihrer Freundin an der Bahnstation.

Keine Frage, ich sah den Sinn von Fahrgemeinschaften. Auch von Gemeinschaften generell. Nur beinhalteten mir allein die Wörter schon eine Spur zu viel … *Gemeinschaft*.

Ich war nicht gut in so etwas: Je mehr Personen sich mit mir in einem Raum befanden, desto stiller wurde ich. Als wäre da noch immer diese Barriere in meinem Mund, die untrennbar mit dem Gewohnheitsgedanken verbunden war, dass es ohnehin niemanden interessierte, was ich zu sagen hatte. Zumindest nicht, solang es keine Relevanz für die Arbeit besaß.

Eigentlich hatte ich gedacht, dass es mir inzwischen egal wäre. Aber insgeheim wusste ich, dass ich mich damit nur selbst belog. Vermutlich hatte ich deshalb neulich Abend auch keine Sekunde gezögert, als Otis und die anderen Gracie und mich um Hilfe gebeten hatten. Und all das nur, um wieder festzustellen, dass sich meine unausgesprochenen Sätze jedes Mal zu meterhohen Wänden auftürmten, die mich davon abhielten, überhaupt mit irgendjemandem zu reden.

Ich konnte mit ihnen allen in einem Raum sitzen, konnte mit ihnen zu Mittag essen und mich gleichzeitig fühlen, als wäre ich kein Teil des Ganzen, sondern jemand, der außerhalb des Kreises stand. Dort, wo er übersehen wurde.

Mit Gracie war das irgendwie anders.

Ihre Beharrlichkeit, das Schweigen zwischen uns brechen zu wollen, war bewundernswert. Zudem hatte ich das Gefühl, dass sie von Tag zu Tag hartnäckiger wurde, weshalb ich mich allmählich fragte, was sie sich davon erhoffte. Zunächst war es mir auf die Nerven gegangen, dass sie ständig mit aller Kraft an meiner Konzentration zog. Allerdings hatte ich feststellen müssen, dass sie es sogar tat, wenn sie kein Wort mit mir wechselte.

Manchmal – zum Beispiel jetzt – erwischte ich mich dabei, wie ich sie verstohlen beobachtete und mir wünschte, in ihren Kopf schauen zu können. Was passierte darin? Gracie mochte stets darauf bedacht sein, jede Aufgabe strukturiert anzugehen und ihre einzelnen Arbeitsschritte sorgsam einzuteilen. Aber das Chaos, das sie ausstrahlte, sagte mir, dass es in ihren Gedanken anders zuging. Und dass sie die Ordnung genau aus diesem Grund brauchte.

Ob es das war, was mir den winzigen Vorsprung im Ranking verschafft hatte? Dass sie in ihrer Ordnung den Fokus verloren hatte? Anders konnte ich mir nicht erklären, warum ich in der ersten Woche besser abgeschnitten haben sollte als sie.

Nicht dass ich unglücklich darüber gewesen wäre.

Erst gestern hatte ich Benjamin Geld für neue Schulbücher überwiesen, von denen ich ahnte, dass er sie sowieso niemals lesen würde, nur weil er es nicht über sich gebracht hatte, unsere Eltern um Geld zu bitten. Bei dem Gedanken daran zog sich meine Brust noch immer zusammen. Wenn es mir möglich gewesen wäre, hätte ich ihm mehr zukommen lassen, doch konnte ich zum jetzigen Zeitpunkt nicht mehr aufbringen. *Noch* nicht.

Ich tastete mich mit meinem Blick an Gracies Profil entlang, während sie Isabells Wagen geschickt über die Straßen Bostons lenkte. Sie trug ihr Haar heute mit einem zartrosa Band im Nacken zusammengeflochten. Dazu eine langärmelige fliederfarbene Seidenbluse und einen cremefarbenen Rock.

Mir gefiel, dass sie zu Bunt zurückgekehrt war, wenn auch in abgeschwächter Form. Es verlieh meinen eintönigen Arbeitstagen auf seltsame Weise ein bisschen mehr Farbe.

»Du hast ein Auge auf das Navi?«, fragte sie plötzlich, als hätte sie bemerkt, dass ich sie ansah. Der Griff ihrer Finger um das Lenkrad verstärkte sich, sodass die bläulichen Adern unter ihrer feinen Elfenhaut hervortraten.

Ich räusperte mich und richtete meine Aufmerksamkeit wieder auf den kleinen Bildschirm im Armaturenbrett. »An der zweiten Ampel links abbiegen und dann auf der rechten Spur halten.«

Sie presste die Lippen aufeinander und nickte, als sie meiner Anweisung folgte. »Wie lange fahren wir noch?«

»Wieso, hältst du es nicht mehr aus?«

Ein Hauch von Röte legte sich über ihre mit Sommersprossen betupften Wangen. »So offensichtlich?«

»Gar nicht«, antwortete ich ironisch und musste schmunzeln. »Aber keine Sorge, wir sind gleich da.«

Zum Glück, denn nach einer guten Dreiviertelstunde Fahrt konnte ich es selbst kaum erwarten, hier rauszukommen.

Wie das Navigationsgerät vorausgesagt hatte, erreichten wir etwa sieben Minuten später das riesige Gelände des *Ivis*-Versuchslabors, in dem wir heute im Rahmen des *Eúnoia*-Falls einen Besichtigungstermin hatten. Es lag ein wenig abseits der Stadt und wurde, wie auch der Parkplatz, von hohen Zäunen mit spitzen Eisenzähnen und Stacheldraht umsäumt.

Die Fassade des Gebäudes bestand beinahe vollständig aus Glas, in dem sich die graue Wolkendecke spiegelte. Sie war nach innen gewölbt und umschloss einen begrasten Vorhof, dessen Mittelpunkt ein steinerner Brunnen bildete. Auf dem Wasser darin schwammen vertrocknete Blätter. Aus den vereinzelten Schornsteinrohren quoll dichter Rauch, der sich in der feuchtkalten Luft zu hohen Bergen auftürmte.

»Irgendwie habe ich mir das Ganze anders vorgestellt«, sprach Gracie meinen Gedanken laut aus, sobald wir uns dem Eingang näherten. Unsere Schritte knirschten auf dem schmalen Kiesweg, der sich durch das vertrocknete Grün schlängelte.

Auch ich hatte mit etwas anderem gerechnet. Bestenfalls einem Gebäude, dem man von außen schon ansah, dass es im Inneren nicht mit rechten Dingen zugehen konnte. Aber das wäre vermutlich zu einfach gewesen.

Ich kniff die Augen zusammen und ließ meinen Blick an der Glasfassade hinaufwandern. Wie viele Etagen mochten es sein? Zehn? »Wir werden uns in der kurzen Zeit unmöglich über alles einen Überblick verschaffen können.«

Gracie schnaubte. »Das wissen sie wahrscheinlich auch.«

Wir betraten die Eingangshalle und steuerten auf den weiß lackierten Empfangstresen zu, hinter dem drei Mitarbeitende saßen und geschäftig auf ihren Computertastaturen herumtippten oder telefonierten. Eine Frau mit schwarzem Haar und zierlicher Statur begrüßte uns mit einem freundlichen Lächeln. »Kann ich Ihnen helfen?«

Wir zückten zeitgleich unsere Visitenkarten, die wir vor wenigen Tagen von Isabell erhalten hatten, und hielten sie ihr hin.

»Bestimmt. Wir kommen von der Kanzlei *Gold, Bright & Partners* und haben einen Termin mit«, Gracie linste kurz auf das gelbe Post-it in ihrer Hand, »Dr. Sullivan?«

Die Frau nickte wissend und griff nach dem Hörer ihres Telefons. »Ich gebe ihm Bescheid, dass Sie da sind und er nach unten kommen soll. Wenn Sie kurz warten würden …«

Während sie eine Nummer wählte, sahen Gracie und ich uns im Inneren der Halle um. Die Wände waren hoch und reinweiß gestrichen, ein paar dünne rote Linien verliefen zur gewölbten Decke. Es roch nach frisch gebohnertem Boden sowie den Lilien, die auf dem Tresen standen und ihren intensiven Duft verströmten. Alles wirkte genauso modern, wie es von außen den Anschein gemacht hatte.

Ich wollte mich gerade Gracie zuwenden, um ihre Reaktion abzufangen, da öffneten sich wenige Meter von uns entfernt die Türen eines Fahrstuhls, und ein Mann trat daraus hervor. Er hatte lichtes blondes Haar, das im grellen Schein der Deckenleuchten beinahe so weiß wirkte wie der Kittel, den er trug. Sein rundliches Gesicht war blass und vom Alter gezeichnet.

»Sie müssen Ms Hoffman und Mr Briggs sein«, sagte er, sowie er bei uns angekommen war. »Dr. Peter Sullivan, Laborleitung. Man teilte mir mit, Sie wünschen zu Untersuchungszwecken einen Rundgang durch unser Labor?«

Ich ergriff seine Hand, die er mir zur Begrüßung entgegenstreckte, und nickte. »Wir sind im Auftrag unserer Kanzlei hier.

Es geht um das Kosmetikunternehmen *Eúnoia*, das Testversuche bei Ihnen durchführen lässt.«

»Ja, Melinda Mayfair ist schon seit Jahren eine unserer Auftraggeberinnen. Aber warum hetzt man uns jetzt Anwälte auf den Hals? Geht es um die Vorwürfe gegen das Unternehmen?«

»Wir dürfen Ihnen leider keine näheren Hintergrundinformationen geben«, erwiderte Gracie. »In erster Linie sind wir hier, weil wir uns gern einen Überblick über die Versuchsmethoden des Labors verschaffen würden. Außerdem bräuchten wir eine Auflistung davon, welche Versuche *Eúnoia* von Ihnen durchführen lässt, damit wir sie mit unseren Dokumenten abgleichen können. Dazu gehören auch die Sicherheitsberichte der Tests.«

Dr. Sullivan musterte Gracie mit einem Ausdruck, in dem Besorgnis lag. Möglicherweise sogar ein Funken Angst, von dem ich mir nicht sicher war, ob er von unserer Forderung herrührte oder seiner Sorge darüber, einen Fehler gemacht zu haben. »Nun, tut mir leid, aber die kann ich ohne Erlaubnis nicht rausgeben.«

»Kein Problem, wir sind dazu befugt, uns die Unterlagen anzusehen«, versicherte ich. »Wir können Ihnen gern eine Kopie des genehmigten Gerichtsantrags zukommen lassen, falls Ms Fraser das nicht ohnehin schon getan hat.«

Dr. Sullivan presste für einen kurzen Moment die Zähne aufeinander, sodass seine Kiefermuskeln hervorstachen. »Ich kann Ihnen garantieren, dass wir immer darauf bedacht sind, alle Hygiene- und Qualitätsstandards einzuhalten. Aber bitte – machen Sie sich selbst ein Bild davon.« Mit einer ausladenden Geste forderte er uns dazu auf, mit ihm in den Aufzug zu steigen.

Er fuhr mit uns in eines der oberen Stockwerke, in dem sich laut ihm das wissenschaftliche Hauptlabor befand. Bevor wir dieses betreten durften, erhielten wir in einem kleinen Vorraum neben einem weißen Kittel beide ein Haarnetz und einen Mundschutz.

»Schließlich haben sich auch Besuchende an die Hygienevorschriften zu halten«, hatte Dr. Sullivan mit einem bedeutungsvollen Lächeln gesagt.

Kaum hatte ich mich in voller Montur zu Gracie umgedreht, konnte ich mir ein amüsiertes Prusten nicht verkneifen. Der Kittel über ihren Schultern, der ihr viel zu weit war und fast bis zum Boden reichte, schien sie förmlich zu verschlucken. Zusammen mit dem Haarnetz und dem Mundschutz erinnerte sie mich an eines dieser Kinder, die sich zu Halloween ein Bettlaken überwarfen und zwei Löcher für die Augen freischnitten. Es war irgendwie … süß.

»Hör auf zu lachen. Du siehst nicht besser aus«, zischte sie und rammte mir im Vorbeigehen ihren Ellbogen in die Seite, was mir ein ersticktes Lachen entlockte.

Wir folgten Dr. Sullivan durch eine Schwingtür, die in das großzügige Labor führte. Die Wände waren in hellen Cremetönen gehalten, die das gräuliche Tageslicht einfingen, genau wie die weißen Fliesen, die sich wie ein Mosaik über den Boden zogen. Das Mobiliar war funktional und ergonomisch mit höhenverstellbaren Labortischen aus Edelstahl und hochmodernen Gerätschaften, die ein leises Surren von sich gaben. Überall sah ich Angestellte, die konzentriert an Experimenten arbeiteten oder vor Bildschirmen saßen.

»Die Produkte müssen alle eine Vielzahl von Teststationen durchlaufen, bis sie letztlich in die Herstellung gehen«, erzählte Dr. Sullivan uns im Gehen.

So zeigte er uns beispielsweise die Abteilung, in der sogenannte Kompatibilitätstests durchgeführt wurden, um Wechselwirkungen zwischen Behältnis und Inhalt auszuschließen, und den Kühlraum, in dem Zell- und Gewebeproben lagerten, die zuvor eigenhändig in der Zellkulturabteilung gezüchtet worden waren. Dabei erklärte er, dass auf diese Weise menschliche Zellen reproduziert und untersucht werden könnten, um die Verträglichkeit der Kosmetikprodukte zu überprüfen. In einer anderen

Abteilung waren mehrere Angestellte damit beschäftigt, an digitalen 3-D-Modellen von menschlichen Organen zu arbeiten. Diese wurden laut Dr. Sullivan verwendet, um die Auswirkungen von Inhaltsstoffen auf das Gewebe zu simulieren, ohne sie tatsächlich an lebenden Tieren testen zu müssen.

Auf meine Nachfrage, wie genau das Ganze funktionierte, demonstrierte er uns anhand eines 3-D-Modells des Auges, auf welche Weise unterschiedliche Chemikalien die Hornhaut reizen konnten. Ich betrachtete das Computermodell einige Sekunden lang fasziniert und musste zugeben, dass ich diesen Ort von Minute zu Minute spannender fand. Wahrscheinlich hätte ich den Leuten stundenlang bei ihrer Arbeit zusehen und sie mit Fragen löchern können.

Nur mit viel Mühe riss ich meinen Blick von dem Bildschirm los und sah Dr. Sullivan an. »Ich vermute, dass es trotzdem einige Stoffe gibt, die noch Versuche an lebenden Tieren voraussetzen?«

Er rieb sich über die Schläfe und seufzte. »Obwohl die Technik voranschreitet, können unsere Methoden immer noch nicht alle komplexen Wechselwirkungen von Chemikalien im Körper nachbilden. Für einige Inhaltsstoffe sind daher zusätzliche Tests notwendig, insbesondere wenn ihre Langzeitwirkungen noch nicht ausreichend erforscht sind wie bei Parabenen, Phthalaten oder Triclosan, die eine erhöhte Toxizität aufweisen können. Trotzdem nutzen wir hier, wie Sie sehen, größtenteils In-vitro-Verfahren.«

»Also Tests außerhalb des lebenden Organismus, richtig?«, hakte ich nach, woraufhin er bestätigend nickte.

»Und auf die kann man sich auch wirklich verlassen?«, fragte Gracie skeptisch.

Er lächelte leicht. »Die Produkte werden am Ende auch noch einmal an lebenden Objekten auf dermatologische Verträglichkeit geprüft. Das geschieht allerdings unter ärztlicher Aufsicht an freiwilligen Probandinnen und Probanden.«

Als er uns den Rücken zukehrte, um weiterzugehen, wechselten Gracie und ich einen flüchtigen Blick miteinander.

Glaubst du ihm?

Sie hob kaum merklich die Schultern. *Du etwa nicht?*

Ich schaute mich in dem lichtdurchfluteten Labor um und dachte gleichzeitig an die Bilder zurück, die ich in den Akten gesehen hatte. Jedes von ihnen war unter anderen und deutlich schlechteren Lichtverhältnissen als diesen entstanden. Allerdings musste das ja nicht bedeuten, dass die Käfige mit Versuchstieren nicht auch in einem anderen Teil des Gebäudes gelagert sein konnten – abseits der Räume, durch die Dr. Sullivan uns führte.

Ich wusste, dass es Konzerne gab, die alles dafür taten, ihr gutes Image nach außen hin zu wahren, obwohl es hinter verschlossenen Türen anders zuging. Auch in der Landwirtschaft gab es einen Haufen von Hochstaplern; profithungrige Menschen, die in Massen produzierten und dafür die Bedürfnisse der Nutztiere so weit herunterschraubten, dass es gerade noch zum Überleben reichte. Dennoch waren sie es, die jährlich mehrere Millionen Dollar Umsatz zu verzeichnen hatten, während diejenigen, die sich um kostspielige Alternativen bemühten, um dieses Leid zu umgehen, auf dem Trockenen sitzen blieben. Wie meine Familie. Zwar war die Nachfrage nach umweltfreundlicheren und humaneren Produkten in den vergangenen Jahren gestiegen, doch reichte es am Ende des Monats für sie trotzdem kaum aus, um alle Kosten abzudecken.

Ich schüttelte den Kopf, um den Gedanken daran loszuwerden, weil er mich wütender machte, je länger ich daran festhielt. Stattdessen legte ich meine Hand um Gracies Arm, um sie zu mir zu ziehen.

»Wir haben keine Ahnung, was auf den anderen Stockwerken passiert«, raunte ich an ihrem Ohr. »Sie könnten genauso gut noch ein Labor im Keller haben.«

Ihre sanftbraunen Augen, die mir mit einem Mal etwas zu

nah waren, streiften kurz mein Gesicht. Mir fiel auf, dass sie im Lichteinfall der Fenster heller wirkten. Wie Bernstein oder flüssiger Honig.

»Selbst wenn – wie sollen wir das herausfinden?«, wisperte sie. »Oder hattest du vor, ihn nach einer Exklusivtour zu fragen? Nur zu, ich bin sicher, er wird einem Fremden zu gern einen Einblick hinter die Kulissen geben.«

»Wer sagt, dass ich vorhatte, ihn zu fragen?« Ich grinste unter meinem Mundschutz und holte den Abstand zu Dr. Sullivan wieder auf. »Verzeihen Sie, Sir, ich müsste einmal dringend telefonieren. Könnten Sie mir sagen, wo …?«

»Selbstverständlich. Zum Flur geht es dort hinaus«, sagte er und deutete auf eine weiße Tür auf der anderen Seite des Raumes.

»Vielen Dank. Ich bin gleich zurück.« Ich warf Gracie einen kurzen, aber vielsagenden Blick zu, von dem ich hoffte, dass sie ihn verstand, und hielt das Firmenhandy in die Höhe. Kaum war ich aus der Tür, rief ich ihren Kontakt auf und tippte eine Nachricht.

Ich: *Versuch irgendwie, ihn zu beschäftigen. Ich seh mich in der Zwischenzeit ein bisschen um.*

Es dauerte höchstens eine Minute, da erhielt ich ihre Antwort.

Gracie: *Ist das dein Ernst??? Was, wenn dich jemand erwischt?*
Ich: *Sorgst du dich etwa um mich, Smartie?*
Gracie: *Wohl eher um meinen Job.*
Ich: *Den wirst du noch haben, wenn wir hier raus sind.*
Gracie: *Gut, aber du vielleicht nicht mehr. Wenn du in zwanzig Minuten nicht zurück bist, sag ich ihm nämlich die Wahrheit* 😇 *Mich würde sehr interessieren, was Isabell von deinem Einfall hält.*
Ich: *Von meinem Einfall oder der Tatsache, dass du mich nicht davon abgehalten hast?*

Gracie schickte mir ein GIF zurück, das deutlich machte, wie sehr sie mich in dieser Sekunde verachtete, und gegen meinen Willen musste ich lachen. Dann steckte ich das Handy zurück in meine Hosentasche und lief den Flur hinunter zu den Fahrstühlen. Dort angekommen, drückte ich auf *Untergeschoss* und versuchte, nicht bei jedem Zwischenstopp auf einer anderen Etage ein genervtes Seufzen von mir zu geben.

Mal stiegen Menschen dazu, mal stiegen welche aus; ein natürlicher Zyklus wie Ebbe und Flut. Ich musste mich dank Kittel und Mundschutz nicht einmal darum bemühen, zwischen ihnen nicht aufzufallen, weil sie alle so vertieft in ihre Arbeit oder Gespräche wirkten, dass sie ihr Umfeld kaum wahrnahmen. Kameras gab es auch nicht – zumindest keine, die auf Anhieb ersichtlich gewesen wären.

Als der Fahrstuhl schließlich im Untergeschoss hielt und die Türen aufglitten, schlug mir ein kühler Windhauch entgegen, der mir bis unter den Kittel kroch. Vorsichtig trat ich einen Schritt hinaus und blinzelte mehrmals gegen das grelle Deckenlicht an, das mit der Bewegung der Türen angesprungen war.

Ich befand mich in einem langen Korridor mit dicken Betonwänden, in die mehrere Türen eingelassen waren. Keine Fenster. Keine Menschen. Nur das Surren der Neonröhren, das von den Wänden widerhallte, und ein leicht modriger Geruch, der in der Luft lag. Mit einem schnellen Blick nach rechts und links stellte ich erleichtert fest, dass sich offenbar auch keine Kameras in den dunklen Winkeln des Flures befanden.

Also gut … Wo versteckt ihr eure schmutzigen Geheimnisse?

Ich öffnete die erste Tür, die mit der Aufschrift *Lagerraum* versehen war. Tatsächlich stand er voller meterhoher Stahlregale, in denen einige blaue Kanister mit chemischen Flüssigkeiten lagerten. Direkt daneben befand sich ein weiterer Abstellraum, dessen Regale mit allen möglichen Laborutensilien vollgestopft waren. Hinter der nächsten Tür fand ich einen Heizungskeller, in dem es deutlich wärmer war, aber ebenso modrig roch, gegenüber einen Kühlraum, in dem sämtliche Proben aufbewahrt wurden. Tür Nummer fünf und sechs hingegen waren weder beschildert, noch ließen sie sich ohne Dienstausweis öffnen. Ich legte mein Ohr an die kühle Oberfläche und lauschte einen Moment, allerdings war außer meinem beschleunigten Atem unter der Maske nichts zu hören. Was befand sich dahinter? Und warum waren die Räume nicht beschriftet?

Plötzlich ertönte das Geräusch der sich öffnenden Fahrstuhltüren, und jemand trat auf den Flur. Es wäre mir nicht einmal gelungen, mich rechtzeitig zu verstecken, wenn ich es versucht hätte. Mein Herz begann, eine Spur schneller zu klopfen. *Verdammt.*

Die Person näherte sich mir. Erst auf wenige Meter Entfernung erkannte ich, dass es eine junge Frau war, die einen ganzen Stapel Akten trug. Bei jedem ihrer Schritte geriet er ein Stück mehr in Schieflage, bis er in der Sekunde, in der sie in die Tasche ihres Kittels griff, zur Seite wegrutschte und mit einem dumpfen Knall auf dem Boden landete.

»Ach, Mist«, fluchte sie lautstark und begab sich in die Hocke, um die Dokumente wieder einzusammeln.

Ohne zu zögern, kam ich ihr zu Hilfe. Doch anstatt ihr die Akten sofort zurückzugeben, nahm ich einen Teil davon an mich. »Du siehst aus, als könntest du noch zwei Hände gebrauchen.«

Sie pustete eine Haarsträhne, die sich aus dem Netz gelöst hatte, aus ihrem Gesicht und blickte zu mir auf. »Findest du, ja?«

Ich lachte leise. »Stressiger Tag?«

»Wann nicht?« Wir erhoben uns gleichzeitig. Für einen kurzen Moment schoben sich ihre Augenbrauen zusammen, als würde sie sich fragen, ob sie mir schon einmal begegnet war. Dann deutete sie auf eine der verschlossenen Türen und reichte mir ihren Dienstausweis. »Würde es dir etwas ausmachen …?«

»Natürlich nicht.« Ich hielt den Ausweis an den Sensor, drückte mit meinem Rücken die Tür auf, und ehe ich mich versah, stand ich in einem schwach beleuchteten Archivraum, womit eines der zwei Geheimnisse gelüftet war.

»Leg sie einfach auf dem Tisch dort ab«, bat sie mich. »Danke. Das ist nett.«

»Kein Problem.« Ich wollte ihr den Ausweis schon zurückgeben, als mir plötzlich eine Idee kam. »Sag mal ... Kann ich mir den kurz für gegenüber ausborgen? Ich habe meinen oben vergessen. Geht auch ganz schnell.«

Sie winkte ab. »Nur zu, ich bin sowieso noch eine Weile hier.«

Innerlich triumphierend schlüpfte ich zurück auf den Flur und wiederholte denselben Vorgang wie wenige Sekunden zuvor bei der Tür gegenüber. Sie sprang auf und offenbarte ... noch einen Archivraum. *Klasse.*

Ich seufzte, ehe ich mich einem der Regale näherte und die Buchstaben darauf überflog, bis ich bei E angelangt war. Schublade für Schublade durchwühlte ich die Unterlagen auf der Suche nach *Eúnoia*. Als ich fündig geworden war, zog ich eine Akte heraus und schlug sie auf. Im schwachen Licht der Neonröhren über meinem Kopf las ich eine Reihe protokollierter Tests quer, hoffte, irgendwo auf etwas zu stoßen, das einen Versuch an Tieren dokumentierte. Da vibrierte mit einem Mal mein Handy, und eine Nachricht von Gracie leuchtete auf, in der sie mich daran erinnerte, dass meine Zeit langsam ablief.

Beim Blick auf die Uhrzeit realisierte ich, dass ich tatsächlich schon seit guten zwanzig Minuten hier unten war. Hin- und hergerissen, ob ich die unterste Schublade noch prüfen sollte, gab ich mit einem Fluchen nach und tippte: *Bin gleich zurück. Schaffst du es noch fünf Minuten, den Mund zu halten?*

Nachdem ich der jungen Angestellten ihren Dienstausweis zurückgebracht und mich bedankt hatte, lief ich mit großen Schritten zum Fahrstuhl. Ich hatte mir das Stockwerk zwar gemerkt, benötigte aber dennoch mehrere Anläufe, um den richtigen Weg zurück ins Hauptlabor zu finden und Gracies Treibsandaugen unter den Angestellten auszumachen, die wie geschäftige Ameisen zwischen den Tischen herumwuselten.

»Entschuldigung«, presste ich kurzatmig hervor. »Das hat etwas länger gedauert als gedacht. Einer meiner Mandanten hatte ein Problem, das zügig geklärt werden musste.«

Die beiden musterten mich kritisch, weshalb ich mich unter meiner Maske um ein Lächeln bemühte, das hoffentlich meine Augen erreichte.

»Kein Problem«, sagte Dr. Sullivan schließlich, bevor er mit seiner Führung fortfuhr, als wäre nichts gewesen.

Der Regen fiel in milchigen Fäden vom Himmel, als Gracie und ich eine knappe Stunde später das Gebäude verließen. Wir hatten kaum einen Schritt aus der Tür gesetzt, da fragte sie: »Und? Konntest du irgendwas finden?«

Ich schüttelte den Kopf. »Dafür hat die Zeit kaum ausgereicht. Ich war gerade dabei, nach Laborberichten zu suchen, als du mir geschrieben hast.«

Sie seufzte schwer. »Langsam bekomme ich das Gefühl, dass es sich bei der ganzen Sache wirklich nur um Gerüchte handelt.«

Wem sagst du das?

Wir liefen schweigend zum Parkplatz, auf dem wir Isabells Firmenwagen abgestellt hatten. Je näher wir ihm kamen, desto sicherer war ich mir, dass irgendetwas Bräunliches unter dem Scheibenwischer der Windschutzscheibe klemmte. Es war ein Briefumschlag. Er war unbeschriftet und vom Nieselregen leicht durchweicht.

»Was ist das?« An Gracies zitternder Stimme haftete hörbare Beunruhigung.

»Keine Ahnung.« Ich blickte mich einmal verstohlen auf dem Parkplatz um, bevor ich den Umschlag öffnete und den Inhalt herauszog.

Es waren Aufnahmen von Versuchstieren, darunter verletzte Ratten und ein Haufen toter Mäuse, deren leblose Körper in Behältern gesammelt wurden, um sie später fachgerecht zu entsorgen.

Bei jedem weiteren Bild spürte ich, wie mir ein bisschen mehr Galle den Hals hinaufstieg. Und obwohl ich mit aller Kraft versuchte, die aufkommende Erinnerung beiseitezuschieben, drängte sie sich bei dem Anblick unausweichlich in mein Bewusstsein.

Ich kniff die Augen zusammen, sah die weißen mit Blut verschmierten Kacheln, die tiefroten Pfützen auf dem Boden, die Spritzer an den Wänden. Und dann hörte ich sie – Mr Turners Stimme: *»Sei nicht so ein Weichei, Junge. Das Schlachten gehört nun mal dazu. Na los, jetzt mach schon die Augen auf.«*

»Ira, mach die Augen auf!«

»Ira.« Ich zuckte zusammen, als sich plötzlich eine Hand um meine legte und mich zurück an die Oberfläche meines Bewusstseins zog. Die Berührung traf mich so unvermittelt, dass ich die Lider aufschlug und in Gracies besorgtes Gesicht starrte.

»Hey. Ist alles okay?«, fragte sie leise.

»Ja. Mir geht's gut.« Meine Stimme klang rau, als wäre sie von dem beißenden Geschmack meiner Galle befallen worden.

Ihr Blick folgte meinem zu unseren Händen hinunter, weshalb sie mich blitzartig losließ. »Tut mir leid.«

»Muss es nicht.« Ich ließ die Schultern mehrmals kreisen, um meinen verkrampften Nacken wieder zu entspannen. Dann reichte ich ihr die Bilder und sah mir stattdessen das Dokument an, das sich mit ihnen im Umschlag befunden hatte.

Gracie verzog angewidert das Gesicht. »Gott. Das ist grausam.«

»Ist es«, bestätigte ich abwesend.

»Was hast du da noch?« Sie legte den Umschlag auf die Motorhaube und versuchte, einen Blick auf das Papier in meiner Hand zu erhaschen. Es war die Kopie einer Tabelle, in der diverse Produkte von *Eúnoia* aufgelistet waren. Darunter ein paar vereinzelte, die mit einem gelben Punkt markiert worden waren, auch *SerenityFresh,* das hinter den erkennbaren Buchstaben auf einem der Etiketten vermutet wurde. Ich überflog sie und blieb an einer kleinen mit Kugelschreiber verfassten Notiz hängen.

Lassen Sie sich nicht blenden.

»Was hat das zu bedeuten?« Genau wie ich sah Gracie sich erneut auf dem Parkplatz um, allerdings war außer uns beiden niemand zu sehen.

Ich zuckte mit den Schultern. »Vermutlich stammt der Umschlag von derselben Person, die das Ganze ins Rollen gebracht hat.«

»Und was will sie uns damit sagen? Dass *Ivis* nicht das richtige Labor ist? Oder dass es ein zweites gibt? Was, wenn es nur ein Trick ist, um uns auf eine falsche Fährte zu locken?«

Ich knickte das Papier in der Mitte und steckte es in die Innentasche meines Mantels. »Ich verstehe das alles nicht. Wenn diese Person doch angeblich weiß, woher die Aufnahmen stammen, sie vielleicht sogar selbst gemacht hat – wieso gibt sie uns diese Information dann nicht einfach?«

Gracie wirkte genauso ratlos, wie ich mich fühlte. »Ich weiß es nicht … Aber es muss jemand sein, der Zutritt zu diesem Gelände hat. Was wieder für unsere Angestellten-These sprechen würde. Vielleicht hat die Person Angst.«

Mir entfuhr ein verächtliches Schnauben. »Der Kerl an der Schranke hat uns vorhin einfach durchgewunken. Das muss nichts bedeuten.«

»Stimmt auch wieder …«

Ich überlegte einen Moment. »Hast du einen Stift dabei?«

»Bestimmt.« Gracie kramte in ihrer Handtasche und reichte mir kurz darauf einen Kugelschreiber. »Wieso? Was hast du vor?«

»Na ja, wer sagt, dass diese Person uns nicht gerade in genau dieser Sekunde beobachtet?« Ich griff nach dem leeren Umschlag, legte ihn auf die Motorhaube und schrieb: *Wir können Ihnen helfen, wenn Sie uns helfen.*

Gracie schien nicht besonders überzeugt von meiner Idee. »Du glaubst wirklich, das funktioniert?«

»Einen Versuch ist es wert, oder?«, antwortete ich und steckte den Umschlag zusammen mit einer meiner Visitenkarten gut sichtbar zwischen die Äste eines ausgedorrten Busches.

»Was ist mit dem Pförtner?« Gracie deutete mit ihrem Kinn auf das kleine weiße Häuschen neben der Schranke, an dem sich Efeu rankte. »Vielleicht gibt es Überwachungskameras?«

Ich blinzelte mehrmals. Ihr Vorschlag war so simpel, dass ich mich um ein Haar dafür schämte, nicht selbst auf die Idee gekommen zu sein. Also klopften wir schon wenige Minuten später an die Glasscheibe des kleinen Häuschens, was den Mann darin so erschreckte, dass sein Kopf herumfuhr. Er stand auf und öffnete ein kleines Fenster. »Kann ich Ihnen helfen?«

»Wir kommen von der Anwaltskanzlei *Gold, Bright & Partners* und würden zu Untersuchungszwecken gern wissen, ob dieser Parkplatz videoüberwacht wird«, sagte Gracie.

Er schob seine Brille zurecht und runzelte die Stirn. »Nein, warum? Die Leute, die hier arbeiten, besitzen alle eine Schlüsselkarte. Und Besuchende werden von mir überprüft.«

»Sie meinen, so wie wir?«, fragte ich mit hochgezogener Braue.

Der Mann musterte mich abschätzig. »Wollen Sie mir jetzt einen Vortrag darüber halten, wie ich meine Arbeit zu erledigen habe?«

Ich wollte schon etwas Scharfzüngiges darauf erwidern, als Gracie mich ein Stück zurückschob und in deutlich freundlicherer Tonlage dazwischengrätschte. »Eigentlich wollen wir nur wissen, ob Ihnen in den vergangenen anderthalb Stunden irgendetwas Merkwürdiges aufgefallen ist. Ein fremdes Auto oder eine unbekannte Person vielleicht?«

Er schüttelte den Kopf und versuchte nebenbei unauffällig, seinen Laptop zur Seite zu drehen, auf dem er eine Serie pausiert hatte. »Nein, mir ist nichts aufgefallen.«

Natürlich nicht. Wer den ganzen Tag vor diesem Bildschirm hängt, kann ja auch nichts mitbekommen.

»Zu schade. Entschuldigen Sie vielmals die Störung.« Gracie schenkte ihm noch ein letztes höfliches Lächeln, das er in meinen Augen nicht verdient hatte, und bedeutete mir, zurück zum Auto zu gehen. Beim Einsteigen gab sie ein kleines Ächzen von sich. »Wäre ja auch zu schön gewesen.«

Während wir wieder zur Kanzlei fuhren, dachte ich die ganze Zeit darüber nach, wer diesen Umschlag unter den Scheibenwischer geklemmt haben könnte und was dieses Dokument gepaart mit der Notiz uns wohl mitteilen sollte. Das ergab alles keinen Sinn.

Was hatte es mit diesen Produkten auf sich? Und warum sollte das Labor *Eúnoias* dunkle Machenschaften decken, wenn das Unternehmen nur ein Auftraggeber von vielen war? Immerhin würde die Geschäftsführung sich strafbar machen, sollte sie unter der Hand Tierversuche durchführen und diese in den Testberichten vorsätzlich verschwinden lassen. Waren womöglich irgendwelche Schmiergelder seitens *Eùnoia* geflossen? Und müssten diese dann nicht irgendwo in den Unterlagen auftauchen?

Egal wie lange ich die Gedanken in meinem Kopf umherwälzte, ich gelangte zu keiner schlüssigen Antwort. Aber ich nahm mir vor, nicht aufzugeben, bis ich sie gefunden hatte.

9
Gracie

Auch am Freitag arbeiteten Ira und ich wieder weit bis über die geforderten Stunden an unseren Aufgaben. Gestern hatten wir Isabell noch von unseren Beobachtungen aus dem Labor erzählt und ihr anschließend den Inhalt des Umschlages gezeigt. Daraufhin hatte sie uns und den Rest des Teams angewiesen, beim Durchsuchen der Dokumente ein besonderes Augenmerk auf Rechnungen, Mietverträge und verdächtige Zahlungen zu legen – kurz gesagt alles, was darauf hindeuten könnte, dass das Unternehmen die Geschäftsführung des Labors vielleicht schmierte oder sogar ein zweites für ihre Versuche nutzte, von dem bisher niemand von uns wusste.

Seitdem gingen wir noch verbissener beim Durchsehen der Unterlagen vor als ohnehin schon. Wahrscheinlich wären wir auch noch länger in der Kanzlei geblieben, wenn Cassidy und die anderen nicht vorgeschlagen hätten, gemeinsam in eine nahe gelegene Bar zu gehen, um das beginnende Wochenende einzuleiten.

Ich bereute meine Entscheidung, zugesagt zu haben, noch in dem Moment, in dem die Tür der Kanzlei hinter uns zufiel und sich die Kälte des Herbstabends in meinen Wangen festbiss.

Eigentlich war ich keine große Freundin von Ausgehabenden dieser Art. In den meisten Fällen waren sie mir zu viel – zu viel Lärm, zu viel Trubel, *zu viel Denken.* Das mochte für manche Menschen widersprüchlich klingen, wo andere sie doch so gern nutzten, um eine Weile eben *nicht* denken zu müssen.

Für mich war das noch nie so gewesen. Für mich war jeder

fremde Blick eine stumme Anklage, die mich an mir selbst zweifeln ließ; jede Unterhaltung ein Test, bei dem ich unbedingt gut abschneiden musste; jede Menschenmenge ein Grund, sich nicht von der Wand zu entfernen; jeder Drink die Hoffnung darauf, lockerer zu werden; und jedes »Bist du eigentlich immer so still?« die Erinnerung daran, warum ich lieber zu Hause blieb.

Aber nun war es zu spät, um einen Rückzieher zu machen. Außerdem hatte ich trotz aller Bedenken Angst, irgendetwas zu verpassen, wenn ich als Einzige nicht mitkommen würde – schließlich war selbst Ira dabei. Nicht dass das von Belang gewesen wäre.

»Wie schnell will Sam eigentlich noch laufen? Der Kerl ist halb so groß wie ich, und ich schaff's trotzdem kaum, bei seinem Tempo mitzuhalten«, hörte ich Otis neben mir murmeln. Er hatte seinen Blick auf Samuel gerichtet, der mit einigen Metern Abstand vor uns herlief; jeder Schritt energisch, als würde er von Wut angetrieben.

Laurel hatte erzählt, dass seine miese Laune vermutlich daher rührte, dass Alistair Bright ihn heute vor allen anderen wegen eines Fehlers zusammengestaucht hatte. Dabei hatte ich eigentlich gedacht, Wut würde gar nicht zu Samuels Repertoire an Emotionen gehören, weil er immer so gutmütig und entgegenkommend wirkte.

»Er sagt, er will sich heute Abend ›die Kante geben‹«, zitierte Cassidy ihn und machte Gänsefüßchen mit den Fingern. »Ich weiß ja nicht, wie es euch geht, aber für mich klingt das nicht nach der gesündesten Bewältigungsstrategie.«

Laurel, die rechts neben mir lief und die Nase in ihren Schal gedrückt hatte, nickte zustimmend. »Ich mache mir auch ein bisschen Sorgen um ihn. Vielleicht wäre es besser, wenn jemand von uns ein Auge auf ihn hat? Bevor er nachher den halben Abend kotzend über der Kloschüssel hängt.«

»Ich regele das«, versprach Otis. Im Dämmerlicht der Straßenlaternen über unseren Köpfen erzeugten seine Worte kleine Wölkchen in der Luft.

Meine Aufmerksamkeit glitt zu Ira, der schräg hinter mir ging und die Hände in den Taschen seines Mantels vergraben hatte. Beim Verlassen unseres Büros hatte er sich unverfänglich erkundigt, ob ich mit den anderen mitgehen würde. Seither hatte er allerdings keinen Ton mehr von sich gegeben, weshalb ich mich fragte, ob er seine Entscheidung insgeheim auch schon bereute.

Hin und wieder hatte ich das Gefühl, seinen Blick auf meinem Rücken zu spüren, was mich so nervös machte, dass ich zu verlernen schien, wie man einen Fuß vor den anderen setzte.

»Was ist eigentlich mit Jude?«, erkundigte ich mich, weil mir auffiel, dass er nicht unter uns war.

Laurel lachte. »Überrascht es dich wirklich, dass er nicht dabei ist?«

Wenn ich es mir recht überlegte, nicht, nein. Jude hatte sich in den vergangenen zwei Wochen alle Mühe gegeben, uns aus dem Weg zu gehen. Begegnete man ihm auf dem Flur, senkte er den Blick. Sprach man ihn an, wimmelte er einen ab. War an unserem Mittagstisch noch ein Platz frei, aß er lieber allein. Es schien ihm egal zu sein, wie kühl und unnahbar er dadurch wirkte. Als *wollte* er das Bild des großen, bösen Wolfes verkörpern, mit dem Cassidy ihn gern verglich.

»Sieh einer an, wenn man vom Teufel spricht.« Meine beste Freundin deutete auf einen jungen Mann in schwarzem Mantel, der mit einer Zigarette einige Meter entfernt vom Eingang der Bar, die Otis für den heutigen Abend auserkoren hatte, an einer Laterne lehnte. »Ist das nicht Everybody's Darling?«

Otis' Blick folgte der Richtung ihrer Hand. Sowie er Jude entdeckt hatte, stieß er ein verärgertes Schnauben aus. »Ich fass es nicht.« Mit zu Fäusten geballten Händen beschleunigte er sein Tempo und steuerte geradewegs auf ihn zu. »Keinen Bock auf Drinks also?«

Jude zuckte nicht einmal mit der Wimper, als er uns alle der Reihe nach ansah. »Was macht ihr denn hier?«

»Die Frage ist wohl eher, was machst *du* hier?«

Er blies den Rauch seiner Zigarette aus und hob die Schultern. »Keine Ahnung.«

Ich wusste nicht, *was* es war, ob nur die feine Färbung seiner Stimme oder das getrübte Silber seiner Augen, aber irgendetwas daran ließ seine Antwort ehrlich klingen. Zumindest für mich. Otis sah das offenbar anders.

»Schon klar. Weißt du was, Mann? Sag mir nächstes Mal einfach ins Gesicht, dass du keinen Bock auf mich oder die anderen hast. Damit komme ich besser klar als mit so was hier.« Er schloss Jude von Kopf bis Fuß mit einer Geste ein. Dann wandte er sich in Richtung Eingang, zu dem wir ihm folgten – auch Jude, der seinen Zigarettenstummel entsorgte und ihn mit großen Schritten einholte.

»Bist du jetzt ernsthaft beleidigt?«, fragte er.

»Eher enttäuscht. Ist das nicht deutlich geworden?«

»Willst du mich verarschen? Warum?«

Otis blieb so abrupt stehen, dass Jude gegen seinen breiten Rücken prallte. »Weil wir dir deine Aktion mit dem Dokument verziehen haben und du trotzdem so einen undankbaren Mist abziehst. Wir sind ein Team, wie oft noch?«

Jude rieb sich über sein Brustbein und lachte verächtlich auf. »Oh bitte, McCoy, wir sind Arbeitskollegen, und das seit gerade mal zwei Wochen. Genau genommen sind wir sogar Konkurrenten, also mach dich nicht lächerlich. Ihr hättet an meiner Stelle dasselbe getan, um Punkte zu sammeln.«

»Nicht für jeden ist das hier nur ein Wettbewerb, weißt du?« Otis musterte ihn undurchsichtig. »Wenn schon alle anderen aus der Kanzlei uns das Leben zur Hölle machen wollen, warum sollten wir das untereinander auch noch tun? Wir stecken alle in derselben Scheiße, Ranking hin oder her.«

»Otis hat recht«, pflichtete Samuel ihm bei, der zum ersten Mal seit unserem Weg hierher den Mund aufmachte. Sein rotes Haar war zerzaust, tiefe Ringe untermalten seine Augen. »Die wollen doch nur, dass wir uns gegenseitig die Köpfe einschlagen.«

Jude hielt ihren Blicken eine gefühlte Ewigkeit lang finster stand. Bis er schließlich die Augen verdrehte und mit den Worten »Fuck, ihr geht mir so auf die Nerven« die Tür der Bar aufstieß.

Otis folgte ihm und zwinkerte uns über die Schulter verstohlen zu. Binnen Sekunden hatte er sein Lächeln wiedergefunden, als könnte er es wie einen Lichtschalter einfach an- und ausknipsen. »Und schon hat er seine Meinung geändert.«

Wir betraten gemeinsam das *off trial*, das an diesem Abend so gut besucht war, dass ich den Tresen, der den Mittelpunkt des Raumes bildete, nur zwischen Körpern hindurchblitzen sah.

Mir war sofort klar, um was für eine Sorte Bar es sich handelte. Ich erkannte es nicht nur an den teuren Anzügen, den engen Kleidern und dem Geruch von Dollarnoten in der Luft, sondern auch an der Inneneinrichtung. Die Sitzbänke waren mit weinrotem Velours überzogen und die Wände von einem dunklen Terrakottaton, der den Raum in Kombination mit den funkelnden Kronleuchtern in ein warmes Gold tauchte.

»Was ist das für ein Laden?«, fragte Samuel, als er sich den Mantel auszog und sich umblickte. »Sieht aus wie eine Sammelstelle für Juristinnen und Juristen.«

Otis zuckte ahnungslos mit den Schultern. »David hat mir die Bar empfohlen. Er sagte, hier gäbe es die besten Drinks nach Feierabend – oder nach einem gescheiterten Prozess.«

Das erklärte den Namen.

Cassidy deutete mit ihrem Kinn auf den kleinen vernebelten Nebenraum, in dem ein paar Leute saßen und wie in alten Schwarz-Weiß-Filmen Zigarre rauchten. »Ist er das da hinten nicht sogar?«

»Tatsache.« Otis winkte einem blonden jungen Mann – vermutlich ein Senior-Associate – gut gelaunt zu, woraufhin dieser sein Whiskyglas hob und uns zuprostete.

»Ich weiß nicht, ob es mich besorgt oder beeindruckt, dass du dir in der kurzen Zeit schon so viele Freunde gemacht hast«, bemerkte Jude daraufhin.

Otis klopfte ihm eine Spur zu fest auf die Schulter. »Das passiert, wenn man ab und zu ein bisschen freundlich ist. Wo wir gerade dabei sind: Kannst du so was wie lächeln überhaupt?«

»Glaub mir, ich lächele jedes Mal, sobald du den Raum verlässt.«

Laurel stöhnte. »Ihr beide seid wirklich ein perfektes Beispiel dafür, warum ich derzeit noch bezweifele, jemals Kinder haben zu wollen.« Sie schaute sich suchend im Inneren um. »Seht ihr irgendwo einen freien Tisch?«

»Da drüben wird gerade einer frei«, antwortete Ira, der sich offensichtlich schneller einen Überblick verschafft hatte.

Wir folgten ihm zu einem Tisch in einer dunklen Nische der Bar und rutschten nacheinander auf die gepolsterte Rundbank, die unter mir nachgab. Dass ich dabei zwischen Cassidy und Ira landete, fühlte sich falsch an. Mindestens genauso falsch wie die Tatsache, dass sich unsere Arme bei jeder Berührung streiften und trotzdem keiner von uns beiden zurückwich.

»Nehmt, was ihr wollt. Ich spendiere zur Feier des Tages eine Runde«, verkündete Otis, der eine Karte durchblätterte.

Auch ich überflog die lange Liste der Getränke, überlegte hin und her, ob ich einen Cocktail mit oder ohne Alkohol wählen sollte, und entschied mich für Ersteres.

Sobald wir unsere Bestellung erhalten hatten, verlief sich unser Gespräch überall- und nirgendwohin. Ich erfuhr, dass Laurel mit ihrer jüngeren Schwester zusammenwohnte, dass Samuels Mutter Richterin im Bezirksgericht war und er deshalb lange Zeit überlegt hatte, auch Richter zu werden, und dass Otis dank seiner zwei kleinen Schwestern ein Meister im Haareflechten war – was er kurzerhand an Laurel unter Beweis stellte.

Eine gute Stunde und den einen oder anderen Drink später verliefen auch wir uns überall- und nirgendwohin. Cassidy und Laurel zog es auf die Tanzfläche, Jude in den verrauchten Nebenraum und Samuel und Otis zur Bar – Samuel, damit sein Weg zum Alkohol kürzer war, und Otis, weil er versprochen hatte, auf ihn achtzugeben. Allerdings klebte sein Blick seit geraumer Zeit an einer hübschen jungen Frau, die zuvor mit einer Gruppe von Polizeibeamtinnen und -beamten das Lokal betreten hatte. Es war für niemanden zu übersehen, dass er mit ihr flirtete.

Ira und ich waren übrig geblieben, und so recht behagte es uns beiden nicht, weil ein Ort wie dieser kein passender für ein Gespräch über die Arbeit war. Wahrscheinlich blätterte er deshalb gedankenverloren in der Getränkekarte herum, um seine Hände und Gedanken zu beschäftigen.

»Warum bist du eigentlich hier, wenn du offensichtlich lieber woanders wärst?«, traute ich mich irgendwann zu fragen.

Er sah mich an und hob die Augenbrauen. »Du bist doch auch hier, oder?«

»Mehr oder minder freiwillig.«

Weil ich mich zu stark beeinflussen lasse und hin und wieder dazu neige, meinen Mittelpunkt in andere Menschen zu verlegen, auch wenn ich insgeheim weiß, dass ich dadurch nur das Gleichgewicht verliere und auf den Mund falle.

»Ja, ich auch«, antwortete er mit einem Seufzen.

Ich deutete auf sein Glas, das schon seit einer halben Ewigkeit leer war, ohne dass er etwas Neues geordert hatte. »Soll ich uns noch was zu trinken holen?«

Er legte den Kopf schief, sodass das Licht einen Schatten auf sein Gesicht malte. »Die Drinks hier kosten ein halbes Vermögen.«

»Tatsächlich?« Ich zog ihm die Karte aus der Hand und überflog sie. Beim Anblick der hohen Preise, an die ich aus Gewohnheit keinen Gedanken verschwendet hatte, krampfte sich mein Magen zu einer Kugel zusammen. *Du liebe Güte*, er hatte recht. Ich konnte mich glücklich schätzen, dass Otis und Cassidy eine Runde spendiert hatten. Nichtsdestotrotz gefiel mir die Vorstellung nicht, dass er allein auf dem Trockenen sitzen blieb, nur um niemandem von uns auf der Tasche zu liegen.

»Dann lass mich dich einladen. Die paar Dollar werden schon nicht dafür sorgen, dass ich bis zu unserem ersten Gehaltsscheck auf der Straße sitze.« Ich würde mir dafür nächste Woche einfach ein Mittagessen weniger in der Kantine kaufen und stattdessen etwas von zu Hause mitnehmen.

Seine Augen funkelten schelmisch. »Woher weiß ich, dass du mir nicht heimlich was untermischst, um deine Konkurrenz auszuschalten?«

Ich leckte mir über die Unterlippe und grinste. »Kannst du nicht wissen. Du wirst mir wohl oder übel vertrauen müssen.«

Ira sank schmunzelnd in das Polster zurück und legte seine Arme auf der Rückenlehne der Sitzbank ab. Wie eine Blüte, die sich erst dann zu entfalten wagte, wenn man ihr mehr Raum bot. »Na schön, wenn du meinst. Ich nehme das Gleiche wie du.«

»Kommt sofort«, verkündete ich, ehe ich aus der Nische rutschte und mich an ein paar verschwitzten Körpern vorbeidrängte.

Nachdem ich meine Bestellung beim Barkeeper aufgegeben hatte, ließ ich meinen Blick über das Treiben in der Bar schweifen. Auf der gegenüberliegenden Seite des Tresens flirtete Otis nach wie vor mit der jungen Frau, während Samuel lustlos in seinem Drink herumstocherte und so niedergeschlagen aussah, dass mein Herz schwer wurde. Ich überlegte gerade, zu ihm zu gehen und ihm anzubieten, sich zu Ira und mir zu setzen, da schob sich mir jemand in den Weg. »Gracie? Was machst du denn hier?«

Der vertraute Klang seiner Stimme sickerte zähflüssig in mein Bewusstsein, sein aufdringlicher Geruch in meine Nase. *Dior Sauvage.* Ich erinnerte mich an den Flakon, der dieselbe Farbe besaß wie seine Augen – ein dunkles, einnehmendes Blau. Ich erinnerte mich sogar an die Art, wie er es aufgetragen hatte. Erst am Hals, dann auf der Brust. Er hatte förmlich in diesem Duft gebadet, und offenbar hatte sich daran nichts geändert.

»Marcus«, sagte ich, sein Name schwer wie Blei auf meiner Zunge.

Es überraschte mich nicht einmal, ihn hier anzutreffen. Das *off trial* war eine Bar genau nach seinem Geschmack: reiche Kundschaft, teure Drinks und vor allem schöne Frauen.

»Seit wann bewegst du dich unter Menschen?«, stichelte er mit einem provokanten Grinsen. Sein Gesicht wirkte eingefallener, als ich es kannte, die Wangenknochen traten stärker unter seiner gebräunten Haut hervor. Marcus hatte schon früher gern Sport getrieben. Leichtathletik. Er hatte mir gegenüber behauptet, es nur seiner Mutter zuliebe zu tun, aber ich wusste, dass das nicht stimmte. Ihm gefiel der Wettbewerb. Den hatte er auch auf anderen Ebenen gesucht.

»Sehr witzig.« Ich wich ein Stück von ihm ab, bloß holte er den Abstand mühelos wieder auf – wie ein Raubtier, das seine Beute in die Enge zu treiben wusste.

»Mal im Ernst, wie geht es dir? Wo arbeitest du inzwischen?«, erkundigte er sich und nippte an seinem Glas, in dem eine bernsteinfarbene Flüssigkeit schimmerte. Whisky auf Eis, *Herz aus Eis*.

Kurz zog ich in Erwägung, ihm eine Lüge aufzutischen, allerdings wollte ich ihm die Genugtuung nicht geben, weil er mir schon immer weniger zugetraut hatte als sich selbst. Ich hatte nur eine Weile gebraucht, um zu erkennen, dass in jedem *»Hältst du das wirklich für eine gute Idee?«* irgendwo auch ein *»Ich glaube nicht an dich«* steckte.

»Bei *Gold, Bright & Partners*«, antwortete ich also.

Er spuckte die Hälfte seines Drinks beinahe wieder aus. »Machst du Witze? Verdammt, eure Leute machen einem schon wieder unnötig das Leben schwer.«

Seine Worte ließen mich aufhorchen. »Wovon sprichst du? Dem *Eúnoia*-Fall?«

»Du weißt davon?«

»Ich arbeite daran.«

Marcus legte den Kopf in den Nacken und lachte laut auf. »Das wird ja immer besser. Glaubst du echt, eure kleine, popelige Tierschutzorganisation kann es mit einem milliardenschweren Unternehmen aufnehmen, das unsere Kanzlei im Rücken hat?«

»Soweit ich weiß, hat der Skandal sie schon einiges gekostet, nicht?« Ich verzog meine Mundwinkel zu einem selbstgerechten Lächeln. »Abgesehen davon spielt Geld keine Rolle, wenn es um die Wahrheit geht.«

»Na, das lass besser nicht deinen Vater hören«, entgegnete er hörbar amüsiert. »Oder weiß er, dass du an diesem Fall arbeitest?«

Mein Lächeln begann zu bröckeln, was ihm nicht entging. Sein Grinsen wurde breiter. »Joseph hat also noch keine Ahnung von seinem Glück. Sieh an.«

»Du solltest jetzt besser gehen, Marcus.« Ich wollte nach den Getränken greifen, die der Barkeeper neben mir abgestellt hatte, doch packte Marcus mich am Handgelenk und hielt mich fest. *Zu* fest.

»Wenn du mir ein nettes Angebot machst, erzähle ich ihm vielleicht nichts davon«, raunte er dicht an meinem Ohr.

Mich überkam eine unangenehme Gänsehaut. »Nur zu, sag es ihm. Dann erzähle ich ihm im Gegenzug, was der wahre Grund für unsere Trennung gewesen ist.«

Das hätte ich damals schon tun sollen, nur hatte ich mir vor meinen Eltern nicht die Blöße geben wollen, schon wieder einen Fehler begangen zu haben. Und wenn es auch nur der gewesen war, mich in den falschen Menschen verliebt zu haben.

»Es war ein Ausrutscher, Gracie, das habe ich dir schon mehrmals erklärt. Wieso gibst du uns nicht noch eine Chance?«

Kurz überlegte ich, ihn aus Neugier zu fragen, welchen Vorteil er sich dieses Mal davon erhoffte. Stattdessen versuchte ich, seinen Griff von mir zu lösen. »Du bist betrunken und nicht bei klarem Verstand. Und jetzt lass mich los, oder ich bitte jemanden darum, dich wegen Belästigung rauswerfen.«

Er öffnete den Mund, um zu antworten, als ich spürte, wie sich jemand hinter mich stellte. Obwohl ich mich nicht umdrehte, wusste ich instinktiv, dass es Ira war, weil sich meine Muskeln augenblicklich lockerten.

»Gibt es ein Problem?«, fragte er, seine Stimme klar und ruhig.

Marcus, der einen ganzen Kopf kleiner war, ließ seinen Blick irritiert an ihm hinaufwandern. »Und du bist?«

»Ebenso wenig interessiert daran, ein Gespräch mit dir zu führen, wie sie. Was du wüsstest, wenn du ihre Aufforderungen nicht ignorieren würdest.«

Mein Ex-Freund prustete vergnügt. »Was bist du denn für einer? Komm, verpiss dich.«

Zu meiner Erleichterung rührte Ira sich nicht von der Stelle. Und irgendetwas sagte mir, dass er es vielleicht nicht einmal dann getan hätte, wenn ich ihn darum gebeten hätte.

»Ist das dein Neuer?«, fragte Marcus mich. Er schien zu merken, dass zwischen Ira und mir eine seltsame Übereinkunft herrschte, zu der er keinen Zugang fand. Und es war nicht zu übersehen, dass ihm diese Tatsache nicht gefiel.

»Geht dich nichts an.«

Er leckte sich über die Unterlippe, ließ mich jedoch los. »Na, dann hoffe ich für dich, dass er mehr Freude daran hat, ein steifes Brett zu vögeln.«

Die spitzen Kanten seiner Worte bohrten sich tief unter meine Haut. Und ich hatte beim besten Willen keine Ahnung, wo meine Hand gelandet wäre, wenn Ira nicht in der Sekunde nach meinem Handgelenk gegriffen hätte, in der mein Arm in die Höhe schoss.

»Sag so etwas nie wieder«, zischte ich mit heißen Wangen. »Hast du mich verstanden?«

»Komm schon, du weißt, dass es wahr ist«, gluckste er belustigt.

»Gut, das reicht.« Ira schob sich zwischen uns und blickte

finster auf Marcus hinunter. »Du solltest jetzt wirklich gehen, bevor irgendeiner von uns dreien etwas tut, das er bereuen wird.«

Ich konnte sehen, dass Marcus Widerworte auf der Zunge lagen, wenn er nicht sogar kurz mit dem Gedanken spielte, Ira grob vor die Brust zu stoßen. Doch zu meiner Überraschung schluckte er sein *Aber* zerknirscht hinunter und taumelte mit erhobenen Händen einen Schritt zurück. »Schon okay, ich hau ab. Das Publikum hier drin ist mir sowieso zu schäbig.«

Marcus warf erst Ira, dann mir einen letzten missbilligenden Blick zu, bevor er uns den Rücken zudrehte und mit der Menge verschmolz.

Hinter meinen Augen begann es verdächtig zu prickeln. Ich wollte das Gefühl mit meinem Handrücken wegreiben und gegen den aufkommenden Knoten in meinem Hals anschlucken, nur scheiterte ich an beidem kläglich. Als Ira die erste Träne bemerkte, die mir über die Wange lief, wurde sein harter Gesichtsausdruck weicher, als würde man ein zerknittertes Stück Papier glatt streichen.

»Gracie …«

Ich hob die Hand, weil ich es nicht hören wollte.

Mit gesenktem Blick drehte ich mich um und lief zur Toilette, während mir immer mehr heiße Tränen über die Wangen rannen. Kaum hatte ich mich in einer der freien Kabinen eingeschlossen, sprengte ein Schluchzen meine Lippen, mit dem der Damm aufbrach. Es war mir egal, ob mich irgendjemand trotz der Musik hörte, die wummernd durch die Wände drang. Es war mir egal, dass die schwarzen Kacheln an meinem Rücken merkwürdig klebten. Aber es war mir nicht egal, dass Marcus solche Dinge sagte, weil ich wusste, dass es stimmte: Mein Zweifelkopf ließ sich nicht so einfach zum Schweigen bringen, nicht mal beim Sex. Und irgendwann hatte dieser Umstand angefangen, ihn zu nerven.

»Jetzt entspann dich mal, Gracie.«

»Letztes Mal hat dir das doch auch gefallen, Gracie.«

»Hör auf, ständig darüber nachzudenken, Gracie.«

Ich hatte ihm nie gesagt, dass er es mit solchen Worten nicht besser machte. Aber inzwischen wünschte ich, ich hätte es getan, wäre mehr für mich und meine Wünsche eingestanden. Vielleicht hätte das etwas geändert. Vielleicht wäre ich nicht von Mal zu Mal verkopfter geworden, bis er es so leid geworden war, dass er sich eine andere gesucht hatte. Vielleicht waren es nicht immer nur die ausgesprochenen Worte, die eine Beziehung vergifteten, sondern auch die, die man herunterschluckte.

Vielleicht, vielleicht, vielleicht.

Ich hatte kein Gespür dafür, wie viel Zeit verging, in der ich weinte und versuchte, meine Atmung zu kontrollieren. Bis mich ein Klopfen an der Kabinentür erschrocken zusammenzucken ließ.

»Gracie? Ich bin's, Laurel. Ira sagt, du wärst schon seit einer gefühlten Ewigkeit hier drin. Ist alles okay bei dir?«

»Bestens.« Ich wischte mit dem Ärmel meiner Bluse unter meinen Augen entlang und holte mehrmals tief Luft. Dann stieß ich die Tür auf und trat aus der Kabine. Zu meiner Erleichterung waren Laurel und ich allein.

»Verdammt«, entwischte es ihr bei meinem Anblick mit entsetzter Miene. »Wer ist dafür verantwortlich? Etwa Ira?«

Ich schüttelte müde den Kopf. »Nein. Ich bin eben meinem Ex begegnet.«

»Oh. Das erklärt natürlich einiges.« Sie folgte mir zum Waschbecken, an dem ich mir die Hände wusch und ein paar Tropfen Eiswasser ins Gesicht spritzte. Meine Wangen waren gerötet und fleckig, die Augen verquollen und von den Resten meiner Wimperntusche untermalt.

»Willst du darüber reden?«, fragte Laurel vorsichtig und musterte mich besorgt aus ihren tiefblauen Augen. Sie hatte ihr dunkles Haar in der vergangenen Stunde zu einem nachlässigen Knoten auf dem Kopf zusammengebunden. Einige Strähnen klebten ihr an der Stirn und im Nacken. Ihre nackte Haut, die durch das Dekolleté ihrer Seidenbluse blitzte, war von einem sanften Schimmer überzogen. Cassidy hatte recht. Laurel war heiß, ob sie es nun darauf anlegte oder nicht.

»Nicht wirklich«, gab ich ein wenig verspätet zurück. Am liebsten wollte ich diese Begegnung so schnell wie möglich aus meiner Erinnerung löschen, bevor sie sich in meinem Gedächtnis festsetzen konnte.

Laurel trat näher, als sie bemerkte, dass ich wieder zu weinen begann. »Ich hab zwar keine Ahnung, was dieser Kerl getan hat, aber ich bin mir sicher, dass er deine Tränen nicht verdient, Gracie. Darf ich?«

Ich wusste nicht, wovon sie sprach, nickte aber trotzdem.

Sie wischte mir mit ihren Daumen über die nassen Wangen. Dann zog sie ein paar Tücher aus dem Spender hinter meinem Rücken und fing an, meine Mascarareste zu entfernen. Ihre Bewegungen waren entschlossen und gleichzeitig sanft. Ich kam nicht umhin, darüber nachzudenken, wie gut das zu dem Eindruck passte, den ich mir in den vergangenen Tagen von ihr gemacht hatte. *Harte Schale, weicher Kern.*

Ich mochte Menschen dieser Art. Menschen mit Seelenschichten, die man nach und nach entfernen musste, um ihren Kern vollständig begreifen zu können; die nicht gleich alles von sich preisgaben, sondern bewusst auswählten, wen sie mehr von sich sehen ließen. Ich glaubte, dass Ira auch so jemand war. Ein See mit leuchtend grüner Oberfläche, von der man nicht wusste, was unter ihr noch verborgen lag.

»So, fast wie neu«, verkündete sie wenig später und lächelte, weshalb ich es automatisch ebenfalls tat. Wenn auch nur ganz leicht.

»Danke, Laurel.«

Sie winkte ab. »Wenn ich irgendwas tun kann, musst du nur Bescheid sagen. Ich hab kein Problem damit, dem Typen meine Meinung zu geigen, falls nötig. Und ich wette, Cass auch nicht. Aber das weißt du bestimmt.«

Ich lachte leise. »Ganz sicher sogar.«

Wir verließen den Toilettenraum in demselben Moment, in dem Ira sich von der gegenüberliegenden Wand im Flur abstieß und auf uns zukam. »Bist du okay?« Sein besorgter Blick tastete prüfend über mein Gesicht. Wie zwei Samthände, die über meine Haut strichen, obwohl er mich nicht mal berührte.

Ich nickte knapp und drehte den Kopf weg, weil ich nicht wollte, dass er mein Gesicht sah, und darauf alles, was ich fühlte.

»Hast du die ganze Zeit hier gewartet?«, fragte Laurel ihn.

»Ja.«

»Okay …« Sie runzelte kurz die Stirn, als würde seine Antwort sie verwundern, und wandte sich wieder an mich. »Willst du zurück zu unserem Platz gehen?«

»Nein, ich denke, ich fahre besser nach Hause.« Denn wenn ich vorhin schon wenig Lust auf diesen Abend verspürt hatte, so war jetzt gar nichts mehr davon übrig.

»Soll ich Cass suchen?«

»Ich kann sie nach Hause bringen«, bot Ira an, dessen Blick noch immer auf mir ruhte. »Sofern du das möchtest, versteht sich.«

Ich sah ihn an und dachte über sein Angebot nach. Wenn ich mit ihm gehen würde, müsste ich Cassidy nicht den Abend ruinieren. Außerdem war er mein Nachbar, was in diesem Fall nicht einmal bedeute, dass er meinetwegen einen Umweg auf sich nehmen musste.

»Okay«, sagte ich. Mehr aus dem Bauch als aus dem Kopf heraus.

»Gut, wenn du meinst.« Laurel musterte Ira einen Moment lang eindringlich von Kopf bis Fuß. »Ich kann sie dir auch wirklich anvertrauen?«

An ihrer Frage haftete hörbarer Argwohn. Es war schwer zu beurteilen, ob er dafür verantwortlich war, oder ob es in ihrer Natur lag, vorsichtig zu sein. So oder so war ich gerührt von ihrer Fürsorge.

Ira nickte, weshalb sie sich wieder zu mir drehte und auffordernd ihre Hand ausstreckte. »Wenn du mir dein Handy gibst, speichere ich meine Nummer ein. Dann kannst du mich anrufen, falls was ist. Okay?«

»Klar.« Ich zog mein Handy aus der Jackentasche meines Blazers und reichte es ihr, woraufhin sie ihren Kontakt einspeicherte und es mir mit einem Lächeln zurückgab.

»Wir sehen uns am Montag. Schreib mir, wenn du zu Hause angekommen bist, ja?«

Nachdem ich mich noch hundertmal bei ihr bedankt hatte und Ira und ich unsere Mäntel geholt hatten, traten wir Seite an Seite in die kühle Abendluft hinaus. Sie war noch regenfeucht, ein paar Nebelschwaden zogen sich geisterhaft durch die schmalen Seitenstraßen, in denen die Lichtkegel der Autos aufblitzten. Über unseren Köpfen strahlte ein voller Mond, der aussah, als hätte man ein Loch in den Himmel gestanzt. Wie eine Nachtsonne goss er sein Silberlicht über die Gebäudefassaden und spiegelte sich in den Pfützenresten am Straßenrand.

Ira fragte, ob er uns ein Taxi bestellen sollte oder ob ich ein Stück zu Fuß gehen und die Bahn nehmen wollte. Ich entschied mich für Letzteres, weil der kühle Wind auf meiner Haut guttat und obendrein die verbliebenen Tränen trocknete – vielleicht auch, um diesen Abend nicht noch teurer werden zu lassen. Also liefen wir schweigend nebeneinanderher.

Es war kein Schweigen der Sorte, wie es sonst zwischen uns herrschte. Eher ein gemeinsames lautes Denken. Mir war bewusst, dass ich etwas sagen sollte. Die Sache mit Marcus verfolgte uns wie unsere Schatten im Schein der Straßenlaternen. Ira war nur zu höflich, um mich darauf anzusprechen.

»Danke wegen vorhin übrigens … Ich hätte das auch allein hinbekommen.«

Er warf mir einen Seitenblick zu. Bunte Neonlichter tanzten über sein Gesicht, als wir ein Lokal passierten, aus dem Gelächter drang. »Das habe ich gesehen. Ich dachte nur, du würdest lieber kein Aufsehen erregen wollen. Du weißt schon. Als *Anwältin.*«

Ein Gefühl von Scham prickelte in meinem Nacken. Er hatte recht. Meine impulsive Reaktion war nachvollziehbar, gleichzeitig jedoch völlig unprofessionell gewesen. Ich sollte froh sein, dass er meinen Wutfunken erstickt hatte, bevor dieser zu einem Lauffeuer mutiert war. Allein bei der Vorstellung daran wurde mir schlecht.

Was, wenn ich Marcus geohrfeigt und er mir aus Rache eine Anzeige reingewürgt hätte? Wenn ich eigentlich doch völlig ungeeignet für diesen Job, *diese Welt*, war?

Mit aller Kraft schüttelte ich die Tentakelarme ab, die sich begierig nach meinen Gedanken ausstreckten. Stattdessen bemühte ich mich darum, mich auf Ira zu konzentrieren; auf seinen fließenden Gang, seine ruhige Stimme und diesen leichten Duft von Lavendel, den ich beim Verlassen der Bar flüchtig an ihm wahrgenommen hatte, als er in seinen Mantel geschlüpft war.

»Bedeutet nicht, dass er es nicht trotzdem verdient hätte«, murmelte ich.

»Das habe ich auch nicht behauptet.« Er schnaubte und vergrub die Hände in seinen Manteltaschen. »Wer war das? Dein Ex? Das mit dem reichen Freund neulich war eigentlich nur ein Scherz.«

Mir entwich ein Seufzen. »Ich wünschte, es wäre einer.«

Wir bogen auf die große Hauptstraße und passierten das Old State House, das sich mit seiner rissigen roten Backsteinfassade nicht so recht zwischen die umliegenden modernen Hochhäuser schmiegen wollte. Trotz der fortgeschrittenen Uhrzeit herrschte hier reges Treiben, weshalb Ira automatisch eine Spur lauter sprach.

»Magst du erzählen, was passiert ist?«

»Da gibt es nicht viel zu erzählen. Er arbeitet in der Kanzlei meines Va… *Onkels,* und ich habe ihn dabei erwischt, wie er mich mit einer seiner Kolleginnen betrogen hat.« Es gelang mir in letzter Sekunde, einen Schlenker zu machen, als mir einfiel, dass ich nicht mehr dieses Mädchen war. Zumindest nicht auf dem Papier.

»Das tut mir leid«, sagte Ira.

Ich wischte sein ehrlich klingendes Mitgefühl eilig beiseite, um nicht schon wieder in Tränen auszubrechen. »Inzwischen bin ich mir ziemlich sicher, dass es ihm bei uns hauptsächlich darum ging, mit meiner Hilfe in der Kanzlei meines Onkels Fuß zu fassen. Zu blöd, dass er es geschafft hat.«

Mein Lachen klang hohl, genau wie ich mich fühlte. Dabei war nicht *alles* an meiner Beziehung mit ihm schlecht gewesen, sonst wäre ich wohl kaum mit ihm zusammen geblieben. Marcus verstand sich gut darauf, jemandem das Gefühl zu geben, *gesehen* zu werden. Es war ihm nie schwergefallen, mich mit Geschenken und Komplimenten zu überhäufen. Es war ihm nur schwergefallen, mir zuzuhören und mich zu lesen. Nicht nur oberflächlich, sondern auch zwischen den Zeilen. Besonders dort.

Und dir treu zu bleiben.

»Wie lange wart ihr zusammen?«, fragte Ira, als er mir mit seiner Hand die Richtung wies.

»Knapp ein Jahr.«

»Und wieso arbeitest du bei *Gold, Bright & Partners* und nicht in der Kanzlei deines Onkels? Etwa seinetwegen?«

»Unter anderem«, gestand ich. »Abgesehen davon ist unsere Beziehung auch nicht die beste. Ich will mir und meiner Familie einfach beweisen, dass ich es auch ohne Vitamin B zu etwas bringen kann, verstehst du?«

Ira antwortete nichts darauf, allerdings konnte ich erkennen, dass die kleine Falte zwischen seinen Augenbrauen zurückgekehrt war. Er dachte nach, verriet mir nur nicht, worüber. Aber das war okay. Manchmal hörte ich ihm selbst beim Denken gern zu.

Wir erreichten die Subway-Station und schafften es gerade noch, in die wartende Bahn zu springen, bevor sich die Türen mit einem Zischen hinter uns schlossen. Als wir schon in der nächsten Sekunde ruckelnd losfuhren, krallte ich mich vor Schreck an Iras Hemd fest und konnte spüren, wie sich seine Bauchmuskeln unter meiner Berührung anspannten.

»Oh Gott, tut mir leid.« Ich ließ ihn sofort wieder los, taumelte dabei jedoch einige Schritte nach hinten. Er bekam mich gerade noch am Taillengürtel meines Mantels zu fassen, um zu verhindern, dass ich mit dem Kopf gegen eine Haltestange knallte.

»Vielleicht sollten wir uns lieber setzen«, schlug er vor.

Ich lächelte zerknirscht. »Klingt gut.«

Es war nicht besonders voll im Abteil. Die meisten Menschen hatten den Blick auf ihre Handys gerichtet, während hinter den Fenstern das Leben an ihnen vorbeizog, ohne dass sie Kenntnis davon nahmen.

Iras Knie berührte meines. Die Stelle wurde warm.

»Was ist eigentlich mit dir?«, hörte ich mich fragen, um unseren Gesprächsfaden von eben wieder aufzurollen. »Irgendwelche verflossenen Liebschaften auf deiner Seite? Nur damit ich weiß, worauf ich vorbereitet sein muss, falls *ich* nächstes Mal jemanden für dich in die Flucht schlagen soll.«

Der Klang von Iras heiserem Lachen rieselte wie Sandkörner über mich hinweg. »Nicht wirklich. Meine erste und einzige richtige Beziehung hatte ich auf dem College. Wahrscheinlich erinnert sie sich nicht mal mehr an meinen Namen. Mein kleiner Bruder behauptet, ich wäre beziehungsinkompatibel, und manchmal habe ich Angst, dass er recht hat.«

Ich musterte ihn von der Seite. Zum ersten Mal war ich ihm so nah, dass ich zwischen den Muttermalen an seiner linken Schläfe eine winzige Windpocken-Narbe auf seinem Jochbein entdeckte. »Du hast einen Bruder?«

Er erwiderte meinen Blick, und obwohl ich mich ertappt fühlte, schaute ich nicht weg. »Drei, um genau zu sein. Und eine kleine Schwester.«

»Sekunde. Du hast *vier* Geschwister? Mein Gott. Wie war das so?«

»Laut?« Ira lachte erneut, wurde aber schon in der nächsten Sekunde wieder ernst. *Zu* ernst. »Laut trifft es ganz gut, denke ich … Was ist mit dir?«

Ich überlegte kurz, nachzuhaken, weil unter seiner schimmernden Oberfläche etwas lag, dessen Umrisse ich schwach erkennen konnte. Da ich allerdings nicht zu neugierig erscheinen wollte, verkniff ich es mir, danach zu angeln, und antwortete: »Verwöhntes Einzelkind.«

Obwohl ich mir immer jemanden gewünscht hatte, der verstand, wie es war, in einer Familie wie meiner aufzuwachsen, die mich an diese lächerlich perfekten Bilder aus Immobilienzeitschriften erinnerte. Fassadenfamilien; außen schön, innen leer. Zu glatt für Fehler und Makel.

Ira schmunzelte. »So verwöhnt kommst du mir gar nicht vor.«

Du kennst mich ja auch nicht, schoss es mir durch den Kopf. *Denn wenn du es tätest, würdest du das vielleicht anders sehen.*

Um seiner Antwort keinen größeren Raum zu bieten, suchte ich mir eine neue Frage und deutete dafür erst auf ihn und dann auf mich. »Was ist das hier eigentlich? Eine Art Waffenruhe?«

Schließlich hatten wir bisher noch nie so lange am Stück über etwas Privates miteinander geredet. Wahrscheinlich weil man so etwas eigentlich nicht tat, wenn man einander als Konkurrenz betrachtete. Nicht auf der Ebene, auf der wir uns gerade bewegten, zumindest. Aber vielleicht machte die Dunkelheit hinter den Fenstern es uns leichter, über diesen Umstand hinwegzusehen.

»So könnte man es nennen«, bestätigte er hörbar amüsiert.

Ich sollte keinen Gefallen daran finden, und doch tat ich es. Was auch immer das hier darstellen sollte, war schöner als Schweigen. Und schöner als Wortgefechte allemal.

Zwanzig Minuten später stiegen wir aus der Bahn und liefen den restlichen Weg zum Wohnblock am Park entlang, während wir unseren Schritten auf dem knirschenden Asphalt lauschten. Am Bordstein der schmalen Seitenstraße, die unsere Wohnhäuser wie eine klare Grenze voneinander trennte, kamen wir schließlich zum Stehen.

»Danke fürs Heimbringen«, murmelte ich und meinte damit vielmehr: *Danke, dass du da warst.*

Er nickte mir zu, den Hauch eines Lächelns auf den Lippen. »Nicht dafür.«

Damit war alles gesagt. Warum fühlte es sich dann an, als wäre nichts gesagt? Ich zog meinen Schlüssel aus meiner Tasche und hatte mich bereits zum Gehen abgewandt, da rief er mich nach kurzem Zögern noch mal zurück. »Hey, Smartie?«

»Ja?« Ich drehte mich halb zu ihm um, sah, wie er unschlüssig auf seinen Fußballen wippte, als würden seine Gedanken ihn ein wenig aus dem Gleichgewicht bringen.

»Du hast was Besseres verdient. Ich hoffe, das weißt du.«

Er wartete meine Antwort nicht ab, sondern ging in Richtung seines Hauseingangs davon, während ich an Ort und Stelle verharrte. »Danke«, flüsterte ich und hoffte, dass der laue Wind es noch zu ihm trug.

10

Gracie

Als ich am kommenden Morgen die Augen aufschlug, hatte ich das Gefühl, kaum mehr als eine Stunde geschlafen zu haben. Die halbe Nacht hatte ich wach und mit Bauchschmerzen im Bett gelegen, weil sich meine Gedanken an dunkle Orte verirrt hatten und dank Marcus mit alten Erinnerungen und Ängsten zurückgekehrt waren. Erinnerungen, von denen ich geglaubt hatte, sie weit genug in das Hintertürchen meines Gedächtnisses gesperrt zu haben. Und Ängste, von denen ich bereits befürchtet hatte, dass sie mich früher oder später einholen würden.

Immerhin hatte ich damit rechnen müssen, dass die Kanzlei meines Vaters eines Tages auf der Gegenseite stehen würde. Ich hatte nur gehofft, dass mir bis zu diesem Moment etwas mehr Zeit bliebe. Vorzugsweise so viel, um genügend Selbstvertrauen und Erfahrung gewonnen zu haben, damit wir beide eine ernst zu nehmende Anwältin in mir sahen. Und nicht nur seine Tochter, die ohne seine Unterstützung vielleicht nicht dort wäre, wo sie jetzt war.

Ich stieg mit steifen Muskeln aus dem Bett und riss die Vorhänge und Fenster auf. Die Morgensonne hing tief am blassroten Himmel und hatte es noch nicht geschafft, über das Dach von Iras Wohnhaus hinauszuklettern. Eine hauchzarte Frostschicht glitzerte auf den Fensterscheiben, als hätte der herannahende Winter in der Nacht einen ersten kleinen Atemzug getan. Und obwohl ich es mir eigentlich verboten hatte, wanderte mein Blick auf die andere Straßenseite. Ira schien noch zu schlafen. Zumindest waren seine Vorhänge noch geschlossen.

Als ich in die Küche schlurfte, war Cassidy gerade dabei, mit einem unüberhörbaren Gähnen die Kaffeemaschine einzuschalten. Ihre Füße steckten in plüschigen Hausschuhen, über ihren Schultern trug sie einen schwarzen Morgenmantel aus weichem Satinstoff, der ihr knapp bis zu den Knien reichte. Sobald sie sich zu mir umdrehte, konnte ich mir ein Schmunzeln nicht verkneifen. Ihr schwarzes Haar war zerzaust, die Mascara um ihre Augen verschmiert, als hätte sie in der Nacht keine Energie mehr gehabt, sich abzuschminken. »Morgen«, brummte sie verschlafen.

»So, wie du aussiehst, könnte man fast meinen, du wärst erst vor einer Stunde heimgekehrt.« Ich griff an ihr vorbei nach meiner Lieblingstasse, um mir einen Kamillentee zu machen. Meistens half das, damit sich die kleinen Sorgenknoten in meinem Bauch wieder lösten.

»Ganz so schlimm war es nicht. Ich glaube, wir sind gegen kurz nach zwei abgehauen? Ich weiß nicht mehr genau.« Sie kratzte sich nachdenklich am Hinterkopf, während sie beobachtete, wie ich mir meinen Tee zubereitete. »Was ist mit dir? Laurel hat mir erzählt, was passiert ist. Marcus war da?«

Mir glitt ein Seufzen über die Lippen, weil ich bereits geahnt hatte, dass sie früher oder später davon erfahren würde. Aber ich nahm es Laurel nicht übel. Sie hatte sich bestimmt nur Sorgen gemacht und Cassidy darum gebeten, sicherzustellen, dass mit mir alles in Ordnung war.

Ich erzählte ihr von meiner gestrigen Unterhaltung mit Marcus, seinem fiesen Spruch, der noch immer an mir nagte, und meinem anschließenden Heimweg mit Ira. Unterdessen schlug ich uns ein paar Eier in die Pfanne.

»Im Ernst, *das* hat er gesagt?«, fragte sie am Ende meiner Erzählung. »Verdammt, ich wünschte, ich wäre dabei gewesen. Ich hätte nur zu gern den Inhalt meines Achtzehn-Dollar-Cocktails dazu verwendet, ihn diesem aufgeblasenen Schnösel ins Gesicht zu schleudern. Was glaubt er, wer er ist?«

»Schon okay. Wahrscheinlich ist es besser, dass ich nichts getan habe, bevor es noch in irgendeiner Form negativ auf mich zurückfällt.« Ich zuckte mit den Schultern und ignorierte Cassidys ungläubigen Blick, den sie mir über den Rand ihres Kaffeebechers zuwarf.

»Ich bitte dich, Gray. Du wolltest ihn ja nicht umbringen. Aber falls doch, hättest du meine volle Unterstützung gehabt.«

Das überraschte mich nicht. Wenn es nach ihr gegangen wäre, hätten wir nach der Trennung in einer Nacht- und Nebelaktion Marcus' Wagen demoliert. Der Porsche war sein ganzer Stolz. Cassidy hatte gesagt, dass es deshalb nur fair wäre, wenigstens diesen zu zertrümmern, nachdem er das Gleiche mit meinem Herzen getan hatte.

»Er hat das bloß gesagt, um mir vor Ira eins reinzuwürgen«, murmelte ich, als würde es dabei helfen, es eine Spur gleichgültiger an mir abperlen zu lassen. Was nicht der Fall war. Mein Herz hatte jedes Wort wie ein Schwamm aufgesaugt.

»Apropos Ira. Er ist wirklich dazwischengegangen?«

Ich nickte.

»Und er hat dich anschließend noch nach Hause gebracht?«

Wieder nickte ich.

»Okaaay.«

Ich füllte zwei Teller mit Rührei und Gemüse und reichte sie ihr, damit sie das Essen auf dem Tresen abstellen konnte. »Du klingst überrascht.«

Cassidy steckte zwei Toasts in den Toaster und wandte sich anschließend zum Kühlschrank. »Bin ich auch. Ich meine, der Typ ist irgendwie …« Sie hielt inne und suchte nach den richtigen Worten. »Intensiv? Ich weiß nicht, wie ich es besser beschreiben soll.«

Sie hätte es nicht treffender ausdrücken können, denn Ira war genau das. Seine Blicke, seine Stimme, selbst diese aufmerksame Art, mit der er die Welt um sich herum zu betrachten schien. Alles an ihm war intensiv auf sanfteste Weise.

»Und das, obwohl er kaum redet«, fügte sie kopfschüttelnd hinzu.

»Mit mir redet er.« *Na ja. Manchmal.*

Cassidy bedachte mich mit einem vielsagenden Blick und hob die linke Augenbraue. »Dich bringt er ja auch nach Hause.«

Ich dachte daran zurück, wie ungezwungen wir gestern auf dem Heimweg miteinander gesprochen hatten, und wie still er im Beisein der anderen gewesen war – ein und derselbe Mensch, und doch hatte ich das Gefühl, dass die anderen nicht mehr als seinen Schatten zu sehen bekamen.

»Vielleicht ist er unter Leuten einfach ein bisschen zurückhaltender?«, überlegte ich laut, während ich einen Löffel Honig in meinen Tee rührte und dabei zusah, wie er sich nach und nach auflöste.

»Reden wir von schüchtern oder *einschüchternd*?«

Ich verdrehte die Augen. »So schlimm ist er nicht.«

Ihre Lippen verzogen sich zu einem Grinsen. »Das klang bei unserem Einzug aber noch anders. Oder besser gesagt an unserem ersten Arbeitstag. Vorher hast du ihn ja noch gestalkt.«

Wärme breitete sich auf meinem Gesicht aus, als ich mich wieder an den Abend unseres Einzugs erinnerte, an dem ich ihn oberkörperfrei am Fenster hatte stehen sehen.

Keine Frage, Ira war schön. Nicht makellos in seinen Feinheiten, aber trotzdem – vielleicht auch gerade deshalb – schön. Wie Poesie in ihrer rohsten Form. Gleichzeitig war er noch immer mein stärkster Konkurrent. Und konnte ich ihm als solcher überhaupt über den Weg trauen? Was, wenn er insgeheim einen ähnlichen Plan verfolgte wie ich? War doch möglich, dass er nur mehr über mich erfahren wollte, weil er plante, es eines Tages gegen mich zu verwenden.

»Du könntest ihm vorschlagen, mit dir auf diese Charity-Gala zu gehen, die die Kanzlei vor Thanksgiving schmeißen will«, schlug Cassidy belustigt vor. »Du weißt schon. Als *Date*.«

Auch ich hatte vor wenigen Tagen die Info-Mail von Natalie

Gold erhalten, in der von besagter Gala die Rede gewesen war. Die Kanzlei veranstaltete sie jedes Jahr zu Thanksgiving, um für ihre Partnerorganisationen und -initiativen Spenden zu sammeln. Da das Ganze jedoch noch in weiter Ferne lag, hatte ich mir bisher keine weiteren Gedanken darüber gemacht.

Ich stieß ein Schnauben aus. »Nein, danke. Ich habe nicht vor, mich von irgendjemandem ablenken zu lassen.«

Schon gar nicht von Ira. Außerdem war es nie klug, etwas mit jemandem von der Arbeit anzufangen. Es würde nur umso schmerzhafter werden, einander Tag für Tag unter die Augen zu treten, falls es am Ende in die Brüche ging.

»Na dann.« Sie hob ihren Kaffeebecher und prostete mir glucksend zu. »Auf deine guten Vorsätze.«

Ira war noch nicht da, als ich am Montag unser Büro betrat. Aber das wunderte mich auch nicht, immerhin war ich absichtlich eine Stunde früher aufgebrochen, um schon etwas von meiner Aufgabenliste abzuarbeiten. Bereits in der vergangenen Woche war ich an drei Tagen früher erschienen, um Ira einen Schritt voraus zu sein, weshalb mein Herz beim Öffnen des Rankings erwartungsvoll klopfte. Ich klickte auf die Punkteliste und hielt gebannt den Atem an, als ich sah, dass es mein Name war, der ganz oben stand. Allerdings währte die Freude nur so lange, wie ich benötigte, um zu realisieren, dass Ira gerade einmal einen Punkt hinter mir lag. Darauf folgten Laurel und Cassidy, die sich auf einer Stufe mit Otis befand, und Jude und Samuel, die das Schlusslicht bildeten.

Mit einem Seufzen rieb ich mir über die Wangen. *Halb so wild, du kannst den Abstand zu ihm weiter ausbauen. Alles wird gut.*

Ich wollte gerade mein Postfach öffnen, um die ersten Mails zu beantworten, da hörte ich, wie nebenan die Tür aufflog und Isabell ins Büro rauschte. Obwohl der Tag erst vor wenigen Stunden begonnen hatte, wirkte sie schon jetzt eine Spur zu gehetzt. Es war das erste Mal, dass sie ihr rotes Haar zu einem nachlässigen Knoten auf dem Kopf zusammengebunden hatte und weder Lippenstift noch Rouge trug. Als wäre sie soeben erst aus dem Bett gefallen und hätte sich nur schnell etwas übergezogen.

»Ms Hoffman, gut, dass Sie schon da sind.«

»Gibt es ein Problem?«, fragte ich angesichts ihrer angespannten Miene.

Ihr entwich ein Seufzen. »Natalie hat mich eben angerufen. Gestern Abend hat jemand vertrauliche Geschäftsinformationen über das Textilunternehmen eines Mandanten im Netz veröffentlicht. Sie ist schon auf dem Weg zu ihm, aber wir müssen versuchen, schnellstmöglich Schadensbegrenzung zu betreiben.«

Ich schob mir eine Haarsträhne hinters Ohr und nickte. »Was kann ich tun?«

Isabell blätterte in einer Akte und legte sie mir anschließend auf den Tisch. »Wir brauchen sofort die Klageschrift für eine Unterlassungsklage. Bekommen Sie das in der nächsten Stunde hin?«

»Natürlich.« In diesem Moment hätte ich alles getan, solang es mir im Ranking einen größeren Abstand zu Ira einbrachte.

»Sehr gut. Und beantragen Sie gleich noch eine einstweilige Verfügung!«, rief sie beim Verlassen des Raumes.

In Anbetracht meines Zeitdrucks machte ich mich sofort daran, mir einen Überblick zu verschaffen, sowohl über das Unternehmen selbst als auch über die im Netz veröffentlichten Anschuldigungen. Darunter diverse brisante Details über die schlechte Bezahlung ausländischer Fabrikarbeitender.

Als ich die ersten Sätze für die Klageschrift getippt hatte, betrat Ira das Büro. Ich ging davon aus, dass er mit der Bahn gekommen war, weil er das Fahrrad über das Wochenende vor der Kanzlei hatte stehen lassen. Nichtsdestotrotz hatte sich der Herbstwind auf seinem Weg hierher durch sein aschblondes Haar gewühlt und einen zarten Röteschleier auf seinen Wangen hinterlassen. Ansonsten sah er aus wie immer: grauer Mantel, dunkle Anzughose, Hemd und Krawatte.

Mir war aufgefallen, dass die Farben seiner Hemden zwischen weiß, hell- und dunkelblau wechselten. Die Krawatten zwischen blassgrün, weinrot oder anthrazit. Die grüne mochte ich am liebsten, aber heute hatte er sich für Rot entschieden.

»Morgen«, nuschelte er, als er an mir vorbeiging und aus seinem Mantel schlüpfte. Unweigerlich atmete ich wieder diesen leichten Duft von Lavendel ein, dazu eine delikate Note, vielleicht Kardamom oder Ingwer. Er roch wie eine bunte Kräuterteemischung.

Ich murmelte eine schnelle Begrüßung als Erwiderung und beobachtete ihn dabei, wie er auf seinen Stuhl sank und den Bildschirm einschaltete. Sein Blick war überall, nur nicht bei mir, als spürte er auch diese merkwürdige Bedeutungsschwere, die mit ihm zur Tür hereingeweht war und nun wie ein Windspiel zwischen uns baumelte.

»Hast du schon mit Isabell gesprochen, ob heute irgendwas Besonderes auf dem Plan steht?« Seine Stimme war vom frühen Morgen angeraut.

»Soweit ich weiß, nur das Übliche«, entgegnete ich und deutete auf den Stapel Kartons mit den *Eúnoia*-Unterlagen, der sich in der Ecke stapelte und nicht kleiner zu werden schien. Von der Unterlassungsklage erwähnte ich nichts. Auch nicht von dem Ranking. Ich wollte mich noch ein paar Minuten länger in diesem merkwürdigen Moment der Verbundenheit treiben lassen, in dem wir seit dem Wochenende badeten.

»Okay.« Er nickte zögerlich, tippte etwas auf seiner Tastatur ein. »Und wie, ähm … geht es dir?«

Es war das erste Mal, dass er sich nach meinem Befinden erkundigte. Und obwohl er es nicht aussprach, hörte ich das stumme *»nach der Sache am Freitag«* trotzdem in seinen Worten mitschwingen.

»Geht schon. Trotzdem danke noch mal«, antwortete ich und rang mir ein Lächeln ab, bevor ich meine Augen wieder auf mein Dokument richtete und vorgab, konzentriert zu arbeiten.

Ira entgegnete nichts darauf. Ich spürte, dass er mich noch einige Sekunden lang ansah, bis er sich ebenfalls seinem Bildschirm widmete. Ob er in dieser Sekunde das Ranking aufrief und es überprüfte? Falls ja, wusste er zumindest einen neutralen Gesichtsausdruck zu wahren. Es war fast ein bisschen enttäuschend, dass er auch dazu nichts sagte.

Am frühen Nachmittag saßen wir zusammen mit den anderen an einem Tisch in der Kantine und ließen das Wochenende Revue passieren. So erzählte Otis, dass er bei der jungen Frau – einer hübschen Polizistin namens Farha – abgeblitzt war, und Laurel, dass Samuel sich kurz nach unserem Verschwinden tatsächlich noch hatte übergeben müssen, weshalb sie ihn gemeinsam nach Hause gebracht hatten.

»Was lernen wir daraus? Teile Otis niemals eine wichtige Aufgabe zu, solang hübsche Frauen anwesend sind«, schlussfolgerte Cassidy und warf ihm einen vorwurfsvollen Blick zu, den Otis empört auffing.

»Ich gebe zu, mein Ziel kurz aus den Augen verloren zu haben. Aber ohne meine Hilfe hätte er wahrscheinlich direkt auf den Tresen gekübelt.«

»Er ist übrigens anwesend«, erinnerte Samuel angesäuert. »Und so schlimm war es gar nicht.«

Im Anschluss an das Mittagessen nahmen Ira und ich an einem spontanen Krisen-Meeting teil, das Natalie wegen der Vorwürfe gegen *Cover Me*, dem Textilunternehmen ihres Mandanten, einberufen hatte, um das weitere Vorgehen zu besprechen. Den Rest des Nachmittags bis in die späten Abendstunden verbrachten Ira und ich wieder damit, die Unternehmensunterlagen für den *Eúnoia*-Fall durchzugehen und auf Unstimmigkeiten zu überprüfen. Ira hatte sich dafür neben der Produktliste aus dem ominösen Umschlag die Labor- und Sicherheitsberichte vorgenommen, während ich in der Zwischenzeit sämtliche Rechnungskopien durchging. Dabei andauernd dieselben Fragen im Kopf: *Und wenn man doch nur versucht, unser Augenmerk von etwas anderem wegzulenken? Etwas, das womöglich viel offensichtlicher ist, als wir ahnen?*

Mit einem frustrierten Seufzen ließ ich meinen Kopf auf die Tischplatte sinken und schloss für einen Moment die Augen, um sie zu entspannen. Ira kommentierte es nicht, als wäre er diesen Anblick mittlerweile längst gewohnt. Keine Ahnung, wo er Tag für Tag diese unermüdliche Energie hernahm. Bisher hatte ich kein einziges Mal erlebt, dass er sich über irgendetwas beschwert hätte. Ira nahm die Dinge einfach, wie sie kamen, während ich dazu neigte, sie zu zerdenken. Wahrscheinlich war es das, woran ich Tag für Tag einen Großteil meiner Kraft verlor.

Ich stützte das Kinn auf meiner Hand ab und beobachtete ihn gedankenversunken beim Lesen. Im Hintergrund trommelte der Regen gegen das Fenster, sein Rhythmus verlässlich wie ein Herzschlag. Ich wünschte, Ira würde irgendetwas sagen, ganz egal, was. Einfach nur, um eine Weile nicht in Paragrafen oder Zahlen denken zu müssen.

Ob er wegen des Rankings sauer war? Oder waren wir nach unserem kurzen Abstecher am Freitag einfach nur wieder in unser altes Muster verfallen? Aus irgendeinem Grund gefiel mir die Vorstellung nicht. Ich wollte nicht dorthin zurück.

Plötzlich kam mir eine Idee. Ich kramte eine Packung Smarties aus meiner Handtasche und schüttete ein paar davon auf den Schreibtisch. Dann schob ich sie in die schmale Ritze zwischen meinem und Iras Tisch und arrangierte sie in einer geraden Linie.

Als Ira es bemerkte, hob er eine Braue. »Was genau wird das?«

»*Das*«, betonte ich, »ist unsere Schweigemauer, die wir jetzt nach und nach endgültig zum Einsturz bringen werden.«

Er blinzelte mich verständnislos an. »Unsere … was?«

»Unsere Schweigemauer«, wiederholte ich, bevor ich mir einen Smartie in den Mund schob und grinste. »Siehst du. Das war der erste metaphorische Stein. Mit jedem Wort werden es weniger.«

Ira lehnte sich vor und wollte nach einem gelben Stück Traubenzucker greifen, da schlug ich ihm tadelnd auf die Finger. »Du kannst nicht nehmen, ohne zu geben! *Quid pro quo.* Nur wenn du im Gegenzug etwas sagst. Egal was. Sonst werden wir die Schweigemauer nie durchbrechen.«

Mit einem Seufzen zog er das Stück zu sich, steckte es sich zwischen die Lippen und fragte: »Was ist, wenn ich sie gar nicht zum Einsturz bringen *will*?«

Ich hatte damit gerechnet, dass er so argumentierten würde, und war dementsprechend vorbereitet. »Du hast keine Wahl. Das ist die oberste Regel.«

Er prustete amüsiert und zögerte einen Moment, in dem er skeptisch die winzige Mauer aus Smarties betrachtete. Schließlich griff er wieder nach einem davon. »Das Spiel ergibt keinen Sinn«, bemerkte er, aber spielte es trotzdem.

Irgendetwas daran löste ein warmes Gefühl in meiner Magengegend aus. Es klang, als ob er das Schweigen insgeheim auch leid war.

»Alles hat einen Sinn, wenn du ihm einen gibst. So ist es mit dem Leben doch auch.« Schmunzelnd beugte ich mich vor und nahm mir ebenfalls einen. Und dann gleich noch einen, weil ich ihm unbedingt diese eine Frage stellen wollte, die mir seit Samstagmorgen unter den Nägeln brannte. »Warum redest du eigentlich mit mir, aber nicht mit den anderen?«

Eine steile Falte grub sich in seine Stirn. »Erstens arbeiten wir im selben Team. Und zweitens: Beweist nicht allein dieses Spiel, dass du mich quasi dazu nötigst, mich mit dir zu unterhalten?«

Als er mit einer Handbewegung auf die Smarties deutete, verdrehte ich die Augen. »Jetzt sei nicht so pathetisch. Du weißt genau, was ich meine.«

Ira gab ein Seufzen von sich, bevor er den Bleistiftstummel, der hinter seinem Ohr klemmte, vor sich auf den Tisch legte und sich die Augen rieb. »Ich bin einfach nicht besonders gut darin.«

»Im Reden? Auf mich macht dein Sprachvermögen einen

sehr intakten Eindruck.« Meine neckische Bemerkung erzielte nicht die gewünschte Wirkung, denn sein Gesicht blieb reglos.

»Die anderen haben über mich gesprochen, stimmt's?«

Mein Herz machte einen Satz. »Was? Nein!«

»Sag's ruhig. Es wäre nicht das erste Mal«, entgegnete er. »Du sprichst mit jemandem, der seine gesamte Schullaufbahn ein Außenseiter gewesen ist. Es liegt mir im Blut, fürchte ich.«

Wieder griff ich nach einem Smartie, womit unsere Schweigemauer schneller schrumpfte, als ich gedacht hatte. Vielleicht war sie aber auch nie besonders hoch gewesen. Wir hatten uns beide nur nie getraut, vollständig hinüberzusteigen.

»Du warst ein Außenseiter? Warum?« *Und warum vertraust du mir das an?*

»Keine Ahnung … Manche Menschen neigen dazu, dich als eigenartig abzustempeln, wenn sie dich nicht lesen können. Sie fangen an, dein Verhalten zu analysieren und sich irgendwelche Geschichten zusammenzuspinnen, die nicht wahr sind. Einfach um der Unterhaltung willen. Du sprichst nicht, also bist du schüchtern. Vielleicht hast du auch Probleme zu Hause oder hältst dich insgeheim für etwas Besseres.« Ira zuckte gleichgültig mit den Schultern. »Sie machen dich zu jemandem, der du nicht bist, aber irgendwann wirst, weil du anfängst, das zu glauben, was sie sagen. Bis du eines Tages lernst, dass nicht du das Problem bist, sondern dass sie es sind.«

Ich blinzelte mehrmals, versuchte, meine Fassungslosigkeit zu fassen – und griff ins Leere. All diesen Worten, die ihm aus dem Mund sprudelten, haftete eine Schwermütigkeit an, als würden sie aus den dunkelsten Nischen seines Herzens hervorgespült werden, an dem er sie einst mit einem Anker befestigt hatte. Und trotzdem saß er einfach da und wirkte vollkommen … unbewegt. Wo ließ er all das, was er fühlte?

»Ira, keiner von uns hat –«

»Schon okay«, unterbrach er mich. »Ich weiß, dass ich ab und zu ein bisschen eigenartig bin.«

Genau wie ich griff er nicht nach neuen Smarties, aber ich bat ihn auch nicht darum. Weil die Mauer mit seiner Offenbarung irgendwie schon gefallen war.

»Und eigenartig zu sein ist etwas Schlechtes? Es bedeutet doch nur, dass es dich so, wie du bist, kein zweites Mal gibt.«

Ira fuhr mit seinem Finger über die Tischplatte und lachte leise in sich hinein. »Ich glaube, du verwechselst das mit einzigartig.«

»Nein. Ich verwende es sinngleich, weil es für mich keinen Unterschied macht«, widersprach ich kopfschüttelnd. »Jemand, der eigen in seiner Art ist, ist einzigartig und dadurch einmalig. Das sind wir doch alle, oder nicht? Einzigartig-eigenartig.«

Endlich hob er den Blick und verflocht ihn dabei auf so merkwürdig intensive Weise mit meinem, dass es sich anfühlte, als hätte er über den Tisch hinweg nach meiner Hand gegriffen. Sekunden verstrichen, in denen wir einander ansahen. Dabei musste ich an eines unserer ersten Gespräche denken, nachdem Isabell mich gebeten hatte, mich künftig einheitlicher zu kleiden.

»Hier geht es nicht um mich, sondern darum, dass sie dir vorgibt, wer du zu sein hast«, hatte Ira gesagt. Ob er deshalb so empfindlich darauf reagiert hatte? Weil er wusste, wie es sich anfühlte, für das verurteilt zu werden, was man war?

Mit einem Mal hatte ich das Gefühl, eine Handvoll Pennys geschluckt zu haben, die mir wie Steine im Magen lagen.

Es war ein bisschen ironisch, dass ich mein halbes Leben lang dabei zugesehen hatte, wie Menschen sich wegen meines Vaters um meine Aufmerksamkeit bemühten, während Ira möglicherweise die ganze Zeit darauf gewartet hatte, dass ihn überhaupt jemand bemerkte.

Sicher, in erster Linie waren es oberflächliche Freundschaften gewesen, die nie tiefere Wurzeln geschlagen hatten und somit auch nie zur Blüte gekommen waren. Aber es waren immerhin Freundschaften gewesen. Und vielleicht hatte ich das bisher nie richtig zu schätzen gewusst.

»Woran denkst du gerade?«, wisperte er hörbar neugierig. Seine grünen Augen schimmerten in diesem Licht wie zwei Juwelenkäfer.

Ich schluckte. »Meinst du, man kann sich unter Menschen trotzdem einsam fühlen?«

Ich wusste nicht, warum ich ihn das fragte. Vermutlich versuchte ich, eine Erklärung dafür zu finden, warum ich es so oft getan hatte – immer noch tat. Egal ob unter Menschen oder nicht. Vielleicht versuchte ich aber auch nur, einen Grund zu finden, um mir nicht eingestehen zu müssen, wie undankbar ich damals gewesen war, weil ich so vieles für selbstverständlich gehalten hatte.

Ira neigte den Kopf zur Seite. »Besonders dort.«

»Warum?«

»Weil sie dich immer wieder daran erinnern, dass du es bist.«

Ich gab seinen Worten einen Moment Zeit, um in mir nachzuhallen. Dann sagte ich: »Es tut mir leid, dass du dich so gefühlt hast.« *Oder immer noch fühlst.*

Wieder zuckte er mit den Schultern, als wollte er mein Bedauern geradezu abschütteln. »Muss es nicht. Ich bin daran gewöhnt.«

Natürlich, dachte ich. Weil Ira die Dinge eben so nahm, wie sie kamen. Wenn das Leben ihm Zitronen gab, machte er sicher keine Limonade daraus. Wahrscheinlich biss er hinein und ertrug den brennenden Schmerz, der sich in seinen Magen fraß, ohne auch nur einmal das Gesicht zu verziehen.

Er kappte den Faden, durch den unsere Blicke miteinander verbunden waren, und begann damit, die Unterlagen auf seinem Schreibtisch zusammenzuraffen. »Ich sollte langsam los. Ich habe meinem Bruder versprochen, noch kurz mit ihm zu skypen, wenn ich nach Hause komme«, murmelte er, steckte seine Akte zurück in einen der Kartons auf dem Tisch und stand auf.

Erst da realisierte ich, dass es schon Viertel vor acht war. Sein

Bruder schien die einzige Ausnahme zu bilden, für die Ira freiwillig vor mir Feierabend machte.

»Okay. Ich bleibe auch nicht mehr so lange«, ließ ich ihn wissen.

Er griff nach seinem Mantel. »Ich bringe meine Sachen zurück nach unten. Soll ich noch irgendwas von dir mitnehmen?«

»Nein, danke.«

»Gut, dann bis morgen.« Ira klemmte sich zwei Kartons unter den Arm und schloss die Tür hinter sich, sodass ein kühler Windhauch ins Büro schlüpfte. Eine Gänsehaut überfiel mich und mit ihr ein unbehaglicher Gedanke. Irrte ich mich, oder hatte er es plötzlich ganz schön eilig gehabt, hier rauszukommen?

11
Ira

Kaum hatte ich das Büro hinter mir gelassen, löste ich den festen Knoten meiner Krawatte, weil sich die Finger meiner kleinen Notlüge überraschend fest um meinen Hals schlangen. Ich versuchte, das Gefühl auszublenden, während ich die große Treppe in der Lobby hinuntersprang und wenige Minuten später die Tür zum Archivraum aufstieß.

Das mit meinem Bruder hatte gestimmt; ich war später noch mit ihm zum Skypen verabredet. Allerdings war das nicht der einzige Grund gewesen, warum ich gegangen war. Vorhin war ich in den Unterlagen auf etwas gestoßen, das mich seither nicht losgelassen hatte, und dem ich heute unbedingt noch nachgehen wollte. Das Problem war nur, dass ich mich in Gracies Nähe kaum konzentrieren konnte. Das ging schon seit Tagen so.

Eigentlich hatte ich bei ihrem seltsamen Spiel gar nicht mitmachen wollen, nur hatte sie mich so erwartungsvoll angesehen, dass ich es schlichtweg nicht übers Herz gebracht hatte, es abzulehnen. Zum einen, weil mir ihr verweintes Gesicht von Freitagabend nicht aus dem Kopf ging. Zum anderen, weil ich ihr inzwischen sogar ganz gern beim Reden zuhörte. Besonders wenn sie solche Dinge sagte wie eben. Dinge, die mir auf sonderbare Weise das Gefühl gaben, unter meiner Chamäleonhaut ein Stück weit mehr gesehen zu werden.

Wahrscheinlich fühlte es sich deshalb so an, als würde ich ihr gerade in den Rücken fallen, nur weil ich ihr nichts von meiner Entdeckung erzählt hatte. Was *absurd* war.

Wir mochten uns in den vergangenen Tagen auf emotionaler Ebene nähergekommen sein. Doch änderte das nichts an der Tatsache, dass das hier noch immer ein Wettbewerb war, in dem sie zu allem Überfluss vorn lag. Das sollte nicht bedeuten, dass ich es Gracie nicht gönnen würde, zu gewinnen. Immerhin hatte es am Wochenende geklungen, als könnte auch sie ein Erfolgserlebnis gebrauchen, was nach einer Trennung wie ihrer wohl kaum verwunderlich war.

Aber ich musste mir selbst nichts beweisen. Ich kämpfte nicht für mich, sondern für meine Familie. Ich kämpfte darum, diese feinen Risse in meinem, vielleicht auch ihren, Leben zu stopfen, und Geld erwies sich als dankbares Dichtungsmittel.

Ohne große Umwege lief ich durch einen der Gänge zwischen den deckenhohen Regalen, die über und über mit Kisten vollgestellt waren, bis ich die Schreibtische am anderen Ende des Raumes erreichte. Dort stellte ich die Kartons unsanft ab und zog aus dem oberen wieder genau die Akte heraus, die ich vor wenigen Minuten erst zurückgelegt hatte.

Dabei war ich so in Gedanken vertieft, dass ich zunächst nicht merkte, dass ich gar nicht allein im Archiv war. Bis ich den schwarzen Fleck in meinem Augenwinkel registrierte, der sich jetzt unter einem hörbaren Seufzen bewegte. Es war Jude, der seine Arme neben einem Haufen Papier auf der Tischplatte abgelegt hatte und nun träge seinen Kopf hob, um mich anzublinzeln. Im Schein der kleinen Schreibtischlampe bemerkte ich den roten Handabdruck auf seiner rechten Wange und das leicht zerzauste Haar. Es sah aus, als hätte er geschlafen und ich ihn soeben geweckt.

»Wieso wundert es mich nicht mal, dir um diese Uhrzeit noch hier zu begegnen?«, fragte er und zog sich einen weißen Kopfhörer aus dem Ohr. Er hatte das Jackett seines schwarzen Anzugs über den Stuhl gehängt und trug nur eine Weste, die Ärmel seines weißen Hemdes bis zu den Ellbogen hinaufgeschoben.

»Dasselbe kann ich von dir nicht behaupten«, entgegnete ich schulterzuckend.

Jude hob eine Augenbraue. »So?«

Ich war mir sicher, dass er spüren konnte, dass seine Antipathie mir gegenüber auf Gegenseitigkeit beruhte. Schließlich hatte ich ihn schon an unserem ersten Tag nicht besonders leiden können. Es war eine Sache, kaum zu reden. Eine vollkommen andere, wenn der Großteil, der einem über die Lippen kam, so unhöflich klang wie bei ihm.

Er ließ seinen Blick über meinen Körper wandern. »Kannst du dir eigentlich keine vernünftigen Anzüge leisten, oder warum kommst du jeden Tag mit demselben abgewetzten Hemd zur Arbeit, Briggs?«

Ich wusste nicht, ob es daran lag, dass mein Innerstes nach dem Gespräch mit Gracie noch ein wenig angeraut war, aber dort, wo seine Worte an mir abprallen sollten, berührten sie etwas in mir. Nur ganz kurz, wie ein Nadelstich. Bis meine Schutzschicht zurückkehrte.

»Anders als du mache ich meine Kompetenz ungern an einem Zweitausend-Dollar-Anzug fest«, antwortete ich ungerührt.

»Zweitausend?« Jude legte den Kopf in den Nacken und lachte auf. »Du beleidigst mich.«

»Schön, dass es dir aufgefallen ist.«

Amüsiert vor sich hin grinsend, steckte er sich seinen Kopfhörer wieder ins Ohr und widmete sich dem Papierchaos vor ihm. Also tat ich das Gleiche, indem ich die Akte aufschlug und die Seite suchte, auf die ich vorhin gestoßen war. Rechts daneben legte ich das Dokument aus dem Umschlag, der an der Windschutzscheibe von Isabells Wagen geklemmt hatte. Links daneben eine zweite Akte, die sämtliche Sicherheitsberichte zu den *Eúnoia*-Produkten aus dem Labor enthielt. Und tatsächlich schien sich mein Verdacht zu bestätigen, als ich die Dokumente genauer miteinander verglich.

Mit einem unterdrückten Fluch zog ich das Handy aus meiner Hosentasche und verschwand damit in dem Labyrinth aus Regalen. Es dauerte keine Minute, bis mein Bruder den Anruf annahm.

»Lass mich raten …«

Bei seinem anklagenden Tonfall schwoll prompt das schlechte Gewissen in meiner Brust an. »Es tut mir wirklich leid, Benji, aber ich schaff's nicht, später noch zu skypen. Ich bin hier gerade an etwas Wichtigem dran und –«

»Schon kapiert«, unterbrach er mich mit einem Seufzen. »Hab sowieso nichts zu erzählen, also wen interessiert's?«

Ich klemmte mir das Handy zwischen Ohr und Schulter und suchte nebenbei die Regale nach der Kiste ab, in der ich einen Präzedenzfall zu finden hoffte, der mir vorhin in den Sinn gekommen war. »Raus damit, was ist es? Geht es um Dad?«

»Wann geht es nicht um Dad?« Im Hintergrund hörte ich das Geräusch von Geschirr, als hätte er gerade seinen Teller in die Spüle gestellt.

»Was hat er gemacht?«

»Nichts, wie immer. Gestern haben wir schon wieder eine Mahnung bekommen, weil er irgendeine Rechnung noch nicht bezahlt hat. Ich warte nur darauf, dass irgendwann der Zwangsvollstrecker vor der Tür steht, um ihm die verdammte Farm wegzunehmen.«

Bei der Vorstellung wurde mir flau im Magen. »Wenn es wirklich dazu kommen sollte, sagen Paul und Adam mir hoffentlich *rechtzeitig* Bescheid, damit ich versuchen kann, dagegen vorzugehen. Ich dachte, sie hätten ein Auge darauf?«

Benjamin steckte sich irgendetwas in den Mund und kaute knuspernd darauf herum. »Haben sie auch, bloß hat die Rechnung trotzdem keiner von uns mehr auf dem Plan gehabt.«

»Hat er sie inzwischen gezahlt? Braucht ihr Geld?« Ich bemühte mich, möglichst leise zu sprechen, damit Jude nicht Zeuge unserer Unterhaltung wurde.

»Alles cool, er hat bezahlt.«

»Wenigstens eine gute Nachricht …«

»Oh, ich hab sogar noch eine andere«, behauptete er und schluckte seinen Bissen hinunter. »Du erinnerst dich an meine Matheklausur, für die du mir die Lösungen gegeben hast?«

Ich lehnte meine Stirn gegen das kühle Holz eines Regals und seufzte. »Erwähn es doch noch einmal, damit ich mir wieder wie der mieseste Mensch vorkomme.«

Benjamins Lachen dröhnte durch den Hörer. »Der mieseste? Wohl eher der beste! Du hättest das Gesicht des Alten sehen sollen, als er mir die Klausur auf den Tisch gelegt hat. Unbezahlbar.«

»Er hat nichts dazu gesagt?«, fragte ich skeptisch.

»Er meinte, dass es schön wäre, wenn ich im Unterricht zur Abwechslung mal was von meinem Können unter Beweis stellen würde, bevor noch jemand auf die Idee käme, ich hätte in der Prüfung geschummelt. Aber sonst nichts.«

»Also weiß er es.«

»Wen juckt's?«, gluckste er. »Solang er keine Beweise hat, kann er mir gar nichts.«

»Wenn du meinst … Hör zu, ich muss jetzt weitermachen«, sagte ich und zog eine Kiste mit dem Datum, nach dem ich gesucht hatte, zu mir. »Wir reden wann anders noch mal, okay? Wenn irgendwas ist, ruf mich an.«

»Schon klar. Bis dann.«

Ich legte auf und ging mitsamt dem Karton zu meinen Sachen zurück. Meine Augen brannten, und mein Kopf fühlte sich an wie mit lauter Federn gefüllt. Gleichzeitig wusste ich, dass ich heute Nacht keinen Schlaf finden würde, solang sich meine Beobachtung nicht als brauchbar herausstellte. Und vorher würde ich auch nicht nach Hause fahren.

Am nächsten Morgen war ich in der Hoffnung, Isabell zu erwischen, ohne dass Gracie etwas davon mitbekam, etwas früher als gewöhnlich zur Kanzlei aufgebrochen.

Ich wusste nicht, was ich mit dieser Geheimniskrämerei bezwecken wollte, denn sie würde es ohnehin erfahren. Vielleicht wollte ich vermeiden, dass sie mich darum bat, diese Entdeckung als unsere gemeinsame auszugeben. Vielleicht hatte ich auch nur Angst davor, Ja zu sagen, wenn ich mich eine Sekunde zu lange in ihren großen braunen Augen verlor.

Trotz der frühen Uhrzeit herrschte vertraute Hektik, als ich die Lobby betrat und die Treppen in den zweiten Stock hinaufstieg. Dort angekommen, war es nicht anders; Telefone klingelten, obwohl ein Teil der Assistenz noch nicht einmal eingetroffen war, Leute hetzten von einem Büro ins andere, Stimmengewirr waberte durch die Flure.

Wie üblich saß Isabell an ihrem Schreibtisch und tippte auf ihrem Laptop herum, tief auf ihrer Nase die schwarze Brille, über deren Rand hinweg sie mich beim Betreten des Büros verwundert ansah. Sie warf einen schnellen Blick auf ihre Uhr. »Mr Briggs. Sie sind früh dran.«

»Ja, ich würde gern etwas mit Ihnen besprechen.« Wie um es ihr zu verdeutlichen, hob ich einen Stapel Unterlagen in die Höhe. »Es geht um den *Eúnoia*-Fall. Ich habe vielleicht etwas Nützliches gefunden.«

Ihre Miene erhellte sich. »Na also! Ich hatte schon angefangen, an der Kompetenz unserer Leute zu zweifeln. Setzen Sie sich.«

Isabell schob ihren Stuhl zurück und deutete auf das grüne Kunstledersofa neben dem Fenster, auf das ich mich gehorsam sinken ließ. Sie wollte gerade aufstehen, um sich zu mir zu gesellen, als ihr Handy klingelte und sie mich bat, zu warten.

»Phil, ich kann jetzt nicht. Kann ich dich später zurückrufen?« Eine kurze Pause. »Wie oft noch? Ich *weiß* nicht, wo der feine Herr ist und wann er zurückkommt ... Wieso fragst du nicht Alistair, ob er dir jemanden von seinen Leuten ausborgt, wenn er dir Aarons Fälle schon aufs Auge drückt?«

Während sie telefonierte, blickte ich mich in ihrem Büro um

und bemerkte zum ersten Mal das kleine Hundekörbchen neben dem Aktenschrank, in dem zu meiner Überraschung wirklich ein Hund lag. Er blinzelte mich träge an und stellte eines seiner Ohren auf, als Isabells Stimme eine Spur lauter wurde.

»Ich habe hier selbst alle Hände voll zu tun. Sprich mit Natalie und frag sie, wie du vorgehen sollst. Mehr kann ich dir auch nicht sagen.« Ohne die Antwort ihres Gesprächspartners abzuwarten, beendete sie den Anruf und legte ihr Handy beiseite. Dann kam sie zu mir. »Also, was gibt es? Enttäuschen Sie mich nicht, Mr Briggs.«

Ich schlug die Laborakte auf und reichte sie ihr zusammen mit dem Dokument aus dem Umschlag. »Ich bin gestern die Sicherheitsberichte aus dem Labor durchgegangen, und dabei ist mir aufgefallen, dass es ein paar Produkte gibt, deren Testergebnisse nicht aussagekräftig genug gewesen sind. Zwei davon wurden sogar als bedenklich eingestuft und sind deshalb durchgefallen.«

Isabell blickte auf und hob die Augenbrauen. »Und?«

»Na ja, das Interessante daran ist, dass *Eúnoia* genau diese Produkte trotzdem auf den Markt gebracht hat. Es sind die von der Liste aus dem Umschlag, darunter auch *SerenityFresh*. Sehen Sie?« Ich legte die Liste daneben und tippte auf die vereinzelten Produktnamen, die unsere anonyme Quelle gelb markiert hatte.

»Sie meinen, trotz gesundheitlicher Bedenken?«

Ich nickte. »Daraufhin habe ich im Internet recherchiert, ob es Verbrauchende gibt, die vermehrt Nebenwirkungen gemeldet haben, bin aber auf nichts Auffälliges gestoßen. Dr. Sullivan sagte bei unserem Rundgang, dass es eine Reihe von Inhaltsstoffen gibt, die zusätzliche Versuchstests erfordern können. Darunter auch mögliche Tierversuche. Wenn *Eúnoia* nun also Produkte mit Inhaltsstoffen verkauft, die das Labor von Dr. Sullivan ursprünglich als bedenklich eingestuft hat, würde das nicht darauf hindeuten, dass sie anderweitige Tests an den Produkten haben vornehmen lassen? Immerhin würde die Gesundheitsbehörde ein Produkt mit einem solchen Ergebnis wohl kaum durchwinken. Und Melinda Mayfair wäre leichtsinnig, wenn sie es überhaupt versuchen würde.«

Isabell rieb sich das Kinn und dachte einen langen Moment über meine Worte nach. »Dann glauben Sie, *Eúnoia* hat für diese Produkte Zweittests an Tieren durchführen lassen, um sie bei der Behörde durchzubringen? Wo? In einem anderen Labor?«

Ich hob die Schultern. »Wäre doch möglich, oder nicht? Das würde den Produktnamen auf dem Etikett von den Fotos erklären.«

»Mal angenommen, an Ihrer These ist etwas dran: Die Gesundheitsbehörde würde nie zulassen, dass *Eúnoia* die Produkte unter diesem Label verkauft, wenn sie an Tieren getestet worden sind. Und erst recht würden sie keine Zulassung in den elf Bundesstaaten erhalten, in denen Tierversuche gesetzlich verboten sind.«

»Es sei denn, die Behörde hat nie die richtigen Sicherheitsberichte erhalten«, gab ich zu bedenken. Schließlich ließ sich heutzutage nahezu alles fälschen. »Wir bräuchten Zugang zu den Dokumenten, um das zu prüfen.«

»Wem sagen Sie das?« Isabell seufzte, bevor sie die Akte schwungvoll zuklappte und sich erhob. »Der Antrag auf Einsicht war einer der ersten, den ich gestellt habe, allerdings hat das Gericht ihn abgelehnt, weil die zuständige Richterin zu dem Zeitpunkt noch keine Notwendigkeit darin gesehen hat, neben dem Labor auch noch eine zweite Instanz hinzuzuziehen. Wir könnten es mit dieser Argumentation noch einmal versuchen. Wenn *Eúnoia* tatsächlich anderweitig durch die Kontrolle gekommen sein sollte, müssen die Nachweise dafür ja irgendwo zu finden sein. Sobald ich etwas weiß, gebe ich Bescheid. Gute Beobachtung, Mr Briggs.«

»Danke.« Ich schenkte ihr ein knappes Lächeln, das sich eine Spur zu gequält anfühlte, weil Lob nichts war, an das ich gewöhnt war. Dann verließ ich ihr Büro, lief fünf Schritte über den

Flur und öffnete die Tür zu Gracies und meinem. Zu meiner Überraschung saß sie bereits an ihrem Platz und warf mir über die Schulter einen schnellen Blick zu. Das warme Lächeln auf ihren Lippen erwischte mich unvorbereitet.

»Morgen. Alles okay? Du siehst müde aus.«

»Ich habe letzte Nacht nicht so gut geschlafen«, antwortete ich ausweichend, während ich meinen Mantel ablegte und meinen Bildschirm einschaltete. *Oder eher nicht genug*. Es hätte mich nicht gewundert, wenn sich die arbeitsintensive Nacht in Form von dunklen Ringen unter meinen Augen abgezeichnet hätte.

Sie setzte schon zu einer Erwiderung an, als Isabell ihren Kopf durch den Türspalt steckte. »Mr Briggs, ich habe gleich noch eine Telefonkonferenz, unter anderem auch mit den Vertretern der Tierschutzorganisation. Ich hätte Sie gern dabei. Dann können wir gemeinsam über Ihre Beobachtung sprechen.« Ihr Blick wanderte zu Gracie. »Und Ms Hoffman: Wären Sie so nett, in der Zwischenzeit eine schnelle Runde mit dem Hund meiner Mutter rauszugehen? Sie ist für ein paar Tage verreist. Ich habe es heute Morgen leider nicht mehr geschafft, und ich fürchte, bis Mr Wilson hier ist, hält er es nicht mehr aus.«

Gracie wirkte völlig überrumpelt von ihrer Frage. »Sie wollen, dass ich mit dem Hund Ihrer Mutter Gassi gehe?«

Isabell hob eine ihrer schmal gezupften Brauen. »Ist das ein Problem?«

»Nein.« Gracie war deutlich anzuhören, dass sie damit zu kämpfen hatte, ihr *Ja* herunterzuschlucken. »Ganz und gar nicht.«

»Perfekt. Die Leine liegt auf meinem Schreibtisch. Und Mr Briggs: in zehn Minuten in meinem Büro.«

Ich nickte steif, spürte, wie sich Gracies scharfer Blick in meine Schläfe bohrte, und wünschte, ich könnte das Druckgefühl mit dem Handrücken von meiner Haut reiben. »Alles klar.«

Sobald die Tür zugefallen war, lehnte Gracie sich erwartungsvoll vor. »Von was für einer Beobachtung hat sie gesprochen?«

Meine Muskeln verkrampften sich. Ich hatte geahnt, dass dieser Moment folgen würde, dennoch hatte ich mir keine passende Antwort dafür zurechtgelegt. Es blieb nur die Wahrheit.

»Mir ist gestern noch etwas in den Laborberichten aufgefallen, das uns in unserem Fall weiterhelfen könnte«, gestand ich.

Sie stieß ein missbilligendes Schnauben aus. »Ich *wusste* es. Wieso erzählst du mir nichts davon?«

»Habe ich doch gerade.«

»Ich meine, *bevor* du hinter meinem Rücken zu Isabell rennst, um dir die Punkte und den Status als ihr Liebling zu sichern.«

Ich rieb mir über die Nasenwurzel und seufzte. »Komm schon. Bist du jetzt echt sauer deswegen? Du hättest dasselbe getan, wenn es andersrum gewesen wäre.« *Oder nicht?*

Sie erwiderte nichts darauf, aber ich konnte sehen, wie ihr Kiefer mahlte, als sie nach ihrem Mantel griff und aufstand. Ohne mich noch eines Blickes zu würdigen, schlüpfte sie aus der Tür, und ich blieb allein zurück.

12
Gracie

Wenn meine Stiefmutter damals wütend auf mich gewesen war, hatte sie mich mit Schweigen gestraft. Sie hatte nie die Stimme erhoben, mich nie getadelt, mir keine Strafen auferlegt. Sie hatte mich einfach wie ein Stück Schwemmholz in dieser Stille treiben lassen. Manchmal für ein paar Stunden, manchmal den ganzen Tag. So lange, bis ich es nicht mehr ausgehalten hatte und widerstrebend ans Ufer geschwommen war, um mich bei ihr zu entschuldigen. Es hatte jedes Mal funktioniert. Wahrscheinlich weil sie zu selten zu Hause gewesen war, als dass ich mich länger als nötig mit ihr hatte streiten wollen.

Seit einer Woche war ich es, die Ira mit sturem Schweigen strafte, das ich nur brach, wenn mir keine andere Wahl blieb. Ich hatte die Mauer zwischen uns Stein für Stein wieder hochgezogen. Und das, obwohl ich mir zuvor solche Mühe gegeben hatte, sie zum Einsturz zu bringen.

Der einzige Haken an der ganzen Sache war, dass es ihn nicht zu interessieren schien. Warum auch? Ira *lebte* das Schweigen. Vermutlich war es ihm nur recht, dass wir zu unserer Ausgangssituation zurückgekehrt waren.

Dabei war ich eigentlich gar nicht wütend auf *ihn*, sondern auf mich selbst.

Warum war mir das mit den Produkten nicht aufgefallen?

Warum war ich neidisch?

Und warum hatte ich ernsthaft geglaubt, dass der Abend im *off trial* irgendetwas zwischen uns verändert haben könnte?

Ja, er hatte mir bei der Sache mit Marcus beigestanden. Und ja, er hatte mich im Anschluss nach Hause gebracht, mir persönliche Dinge anvertraut und behauptet, dass eine Art Waffenruhe zwischen uns herrschte. Aber offenbar hatte nichts davon etwas bedeutet. Und schon gar nicht hatte es bedeutet, dass diese *Waffenruhe* länger als einen Abend anhalten würde.

Mein Fehler.

Mein Fehler.

Mein Fehler.

Aber Cabots machten keine Fehler. Nicht mehr.

Seither war ich nicht nur an drei Tagen pro Woche, sondern *jeden* Morgen eine Stunde früher aufgestanden, um Ira vorauszuarbeiten. Manchmal von zu Hause aus, manchmal an meinem Schreibtisch im Büro. Dadurch hatte ich zwar mehr Stunden gesammelt und mein Arbeitspensum erhöht, meinen Abstand im Ranking allerdings nicht weiter ausbauen können. Dank Iras Beobachtung herrschte in dieser Woche nämlich Gleichstand zwischen uns.

Tatsächlich war es Isabell dank Iras Hinweis gelungen, Einsicht in die Sicherheitsberichte zu erwirken, die bei der Gesundheitsbehörde eingereicht worden waren. Dabei hatte sich herausgestellt, dass kein Fehlverhalten seitens der Behörde vorlag; in den Berichten fanden sich weder bedenkliche Inhaltsstoffe, noch waren darin Tests an Tieren aufgeführt. Dafür war der Name eines zweiten Labors darin aufgetaucht.

Das musste zunächst nichts bedeuten, weil es nicht ungewöhnlich war, dass Unternehmen ihre Produkte aufgrund verschiedener Testverfahren und Preise in unterschiedlichen Laboren testen ließen. Die Tatsache, dass *Eúnoia* uns dies jedoch wohlweislich verschwiegen hatte, machte es für uns doppelt so interessant. Zumal es sich um ein Labor handelte, das neben den Tests mit alternativen Methoden auch Tierversuche durchführte.

Isabell und die Vertreter von *The Animal Aid* arbeiteten bereits daran, sich eine Besichtigungsgenehmigung zu verschaffen, um zu prüfen, ob die Bilder, die uns zugespielt worden waren, von dort stammen könnten. Parallel saßen Ira und ich gemeinsam mit ein paar anderen Associates aus unserem Recherche-Team im Konferenzzimmer und überlegten, wie wir bis dahin mit den uns vorliegenden Informationen weiterverfahren sollten.

Hinter den Sprossenfenstern segelten vereinzelte Blätter vom Himmel, die der Wind an sich gerissen hatte. Die orangegelben Strahlen der untergehenden Sonne brachen sich in unseren Wassergläsern und streuten ihre Reflexionen wie buntes Konfetti über den langen Konferenztisch. Ein paar davon verfingen sich in Iras aschblondem Haar.

»Also, wenn in den Tests weder bedenkliche Inhaltsstoffe noch Tierversuche erwähnt werden, haben sie die Bestandteile vielleicht einfach weggelassen?«, schlug Holden, ein Anfänger aus dem zweiten Jahr, vor, während er mit seinem Kugelschreiber herumspielte.

Ira, der auf einem Stuhl mir gegenüber saß und unermüdlich an meiner Konzentration kratzte, verzog den Mund. »Vielleicht haben sie es aber auch nur so aussehen lassen? Wir wissen alle, wie leicht es ist, Unterlagen zu fälschen.«

Holden schnaubte. »Du sagst das so leichtfertig, Briggs, aber mit der Gesundheitsbehörde ist nicht zu spaßen. Wenn sich herausstellen sollte, dass die Tests gefälscht sind, dann ist nicht nur *Eúnoia* dran, sondern auch das Labor.«

Ira knirschte mit den Zähnen, widersprach ihm aber nicht.

»Was ist, wenn wir die Produkte auf ihren Inhalt prüfen lassen?«, schlug ich vor und malte ein paar Kreise neben meine Notizen. »Wenn sich herausstellen sollte, dass die bedenklichen Stoffe immer noch darin enthalten sind, würde das bedeuten, dass jemand die Berichte für das Unternehmen vorsätzlich gefälscht haben muss.«

»Und dass Melinda sie vor dem Verkauf vermutlich an Tieren testen lassen hat. Andernfalls hätte sie die potenziellen Nebenwirkungen achtlos in Kauf genommen und sich zusätzlich strafbar gemacht«, fügte Lillian, eine junge Frau mit weizenblondem Haar und strahlend blauen Augen, hinzu.

»Jemand aus ihren eigenen Reihen oder eine Kontaktperson aus dem anderen Labor?«, fragte Ira. Sein Blick glühte auf meiner Haut, aber ich hielt meinen stur auf meine Unterlagen gesenkt.

»Das ist die Frage«, antwortete Holden für mich.

Ein jähes Klopfen an der Tür weckte unsere Aufmerksamkeit. Es war Isabell, die im Türrahmen stand, weshalb Holden sofort seine Füße vom Tisch zog und sich auf seinem Stuhl aufrichtete.

»Mr Lennox, es gibt mir zu denken, dass ich Sie daran erinnern muss, aber Sie befinden sich auf der Arbeit und nicht auf Ihrer Wohnzimmercouch vor dem Fernseher«, schalt sie ihn mit hochgezogener Braue.

Röte kroch ihm ins Gesicht. »Verzeihung.«

Ihr Blick landete zunächst auf mir, dann auf Ira. »Nur zu Ihrer Information: Wir haben am Donnerstag einen Termin mit *Cabot & Cox*, um über ein mögliches Angebot zu sprechen. Falls Sie bis dahin irgendetwas Nützliches für mich haben, immer her damit.«

Weil ich meine Chance witterte, erzählte ich ihr von meinem eben genannten Vorschlag, die Produkte auf ihren Inhalt testen zu lassen, um eine mögliche Fälschung der Berichte auszuschließen. Nach kurzer Rücksprache bat sie mich darum, mich der Sache anzunehmen und die Produkte in einem Testlabor einzureichen, mit dem die Kanzlei regelmäßig zusammenarbeitete.

Ich konnte es mir nicht verkneifen, Ira daraufhin ein selbstgerechtes Lächeln zuzuwerfen. Sein Gesicht blieb unbewegt, aber sein Kehlkopf hüpfte unruhig auf und ab, als er schluckte.

Wir fuhren mit unserer Arbeit fort, jeder für sich, alle im Stillen, und doch galt ein Teil meiner Aufmerksamkeit ganz allein ihm. Bis gegen kurz vor vier mein Handy vibrierte, das neben mir auf dem Tisch lag. Ich hatte kaum den ersten Buchstaben seines Namens auf dem Display gesehen, da begann mein Herz zu klopfen.

Seit einigen Tagen versuchte mein Vater nun schon, mich telefonisch zu erreichen. Ich vermutete, dass meine Begegnung mit Marcus der Grund dafür war, warum er das plötzliche Bedürfnis verspürte, mit mir reden zu müssen. Und ehrlich gesagt bereitete mir allein der bloße Gedanke daran Bauchschmerzen.

In der ersten Sekunde wollte ich ihn deshalb reflexartig wegdrücken. Doch in der nächsten fragte ich mich, wie lange ich dieses Versteckspiel wohl noch durchziehen konnte. Hatte ich nicht stark und unabhängig sein wollen? Mich beweisen wollen? Gehörte dazu dann nicht auch, zu meiner Entscheidung zu stehen?

Mit einem Seufzen drückte ich mir das Handy an die Brust und lief schnellen Schrittes nach draußen, bis ich unter den von Pflanzen überwucherten Kolonnaden stand und mit zitternden Fingern auf den grünen Hörer tippte.

»Gracie.« Seine tiefe Stimme durchdrang mich wie die scharfe Spitze einer Glaskante, die irgendetwas in mir aufriss.

»Ich habe dir nichts zu sagen, also kannst du aufhören, mich andauernd anzurufen«, zischte ich gerade so laut, dass er mich zwischen dem Treiben auf dem Flur verstehen konnte.

»Ach nein? Dass du in die Kanzlei meiner größten Konkurrentin eingestiegen bist, ist eine Sache. Aber an einem Fall mitzuwirken, der eine unserer Mandantinnen betrifft, eine ganz andere. Was glaubst du, wie das für meine Leute aussehen muss?«

Es amüsierte mich, dass er es im ersten Moment klingen ließ, als würde es ihm hierbei um seine Mandantin gehen, nur um in letzter Sekunde doch wieder das Steuer herumzureißen und auf sich zu lenken. Denn darum war es doch schon immer gegangen, oder? Um ihn. Seine Kanzlei. Sein gutes Ansehen.

»Was kann ich dafür, wenn du auf der falschen Seite stehst?«, fragte ich, während ich finster auf das riesige abstrakte Goldgemälde starrte, das an der Wand über der großen Treppe hing.

Ein Quietschen ertönte in der Leitung, als hätte er sich gerade auf seinem Schreibtischstuhl zurückgelehnt. »Worum geht es dir bei der ganzen Sache? Darum, es mir heimzuzahlen? Deiner Mutter und mir etwas zu beweisen?«

Sie ist nicht meine Mutter, schoss es mir für den Bruchteil einer Sekunde durch den Kopf, obwohl ich eigentlich gar nicht wusste, was eine Mutter überhaupt ausmachte. Ich kannte nur dieses Konstrukt aus fremden Erzählungen und alten Bildern; ein Fragment aus meiner Kindheit, an das ich mich nicht richtig erinnern konnte.

»Vielleicht möchte ich einfach nicht mit Leuten zusammenarbeiten, die nicht dieselben Werte vertreten wie ich«, antwortete ich etwas verspätet. Leuten, die in der Welt nichts anderes sahen als ein Schachbrett, auf dem sie ihre Figuren nach Belieben verschieben konnten. Auch ich war eine dieser Figuren gewesen, ohne es zu merken. Bis mit seinem letzten Zug auch die Wahrheit gefallen war.

Mein Vater lachte beherzt auf. »Meine süße Gracie. Dafür, dass du mich um Hilfe gebeten hast, spuckst du hier ziemlich große Töne. Und ich bemühe mich auch noch darum, dir unter die Arme zu greifen, um am Ende dabei zusehen zu dürfen, wie du mir zum Dank die Geschäfte ruinierst.«

Ich spürte, wie sich mein Hals zuschnürte, als mir erste Tränen in die Augen stiegen. »Ich habe dich nie darum gebeten!«

»Oh, bitte, Gracie. Du hast an diesem Tag weinend in meinem Büro gestanden!« Sein Ton wurde fester, aber nicht lauter.

Ich sah flüchtig über meine Schulter, um sicherzustellen, dass mir keiner der vorbeihetzenden Mitarbeitenden zuhörte. Dann lief ich ein Stück weiter in den schmalen Gang hinein, der zur Bibliothek führte, um mich vor fremden Blicken zu schützen. »Weil ich Angst hatte, dir von der vermasselten Prüfung zu erzählen. Nicht weil ich von dir gerettet werden wollte! Das wollte ich nie, weder jetzt noch damals. Ich brauche deine Hilfe nicht.«

»Du meinst nicht, dass ich überhaupt erst der Grund dafür war, dass man dich zu einem Vorstellungsgespräch eingeladen hat?« Wieder ein leises Lachen. Und wieder ein Stich in den Magen. »Ich bitte dich, komm endlich zur Vernunft. Hier bei mir wärst du viel besser aufgehoben. Es wäre … sicherer.«

Sicherer. Machte er sich jetzt Sorgen um mich oder nur um sich selbst? Ich wischte mir energisch mit dem Handrücken über die Wange, als sich eine Träne aus meinem Augenwinkel stahl. »Du hast versprochen, dass nichts passieren wird.«

Und ich hatte ihm geglaubt. Wenn mein Vater eines zu wahren wusste, dann das Bild, das er nach außen verkörperte.

»Wird es auch nicht«, bestätigte er. »Ich meine nur, dass du es dir überlegen sollst. Du kannst deine Meinung immer noch ändern.«

Muss ich nicht. »Hör bitte auf, mich anzurufen. Okay?«

Ich brach den Anruf ab, ohne seine Antwort abzuwarten, und lauschte der Stille einen Moment nach. Hier auf dem schmalen Gang schien das Pochen meines Herzens von den Wänden widerzuhallen. Es war ein unbarmherziger, beinahe verhöhnender Laut, der sich mit dem Rauschen meines Blutes vermischte, das in meinen Ohren pulsierte. Dann wurde mir mit einem Mal so flau im Magen, dass mir kalter Schweiß im Nacken ausbrach.

Mit gesenktem Kopf lief ich durch die Kolonnaden, ohne irgendjemanden anzusehen, ohne zu wissen, wohin. Erst eine Treppe hinauf, dann noch eine und noch eine, bis ich eine schwere Eisentür aufschob und mich plötzlich auf dem Dach des Gebäudes wiederfand, wo mir eine kühle Windböe ins Haar griff.

Ich passierte die Glaskuppel, durch die man direkt auf das grüne Herz der Kanzlei hinunterschauen konnte, und ließ mich auf einen steinernen Vorsprung sinken. Vor mir lag die pulsierende Stadt, die durch meinen milchigen Tränenschleier allerdings nur noch in blassen Linien zu erkennen war.

Ich weinte. Das tat ich ständig, wenn ich überfordert war, weil mir diese Art von Emotionsfilter fehlte, die allen Schmerz aussortierte, bevor er an die Oberfläche dringen konnte. Und ich hasste es.

Wie sollte das werden, wenn ich meinen ersten Fall allein verhandeln musste – womöglich sogar vor Gericht? Würde ich in Tränen ausbrechen, wenn ich mich gegen die Argumente der Gegenseite nicht mehr zu verteidigen wusste? Oder würde ich sie dann auch mit Schweigen strafen? Gott, ich war erbärmlich.

Mit einem Schluchzen vergrub ich das Gesicht in meinen Händen. *Was, wenn Dad recht hat? Was, wenn diese Welt nicht meine ist? Wenn ich zu schwach bin, nur weil ich nicht weiß, wie man* besser *ist? Wie man aufhört, so viel zu fühlen oder zu denken oder zu zweifeln? Wie man aufhört, so viel Angst zu haben?*

Das Geräusch der zufallenden Stahltür riss mich aus meinen Gedanken und ließ mich erschrocken herumfahren. Meine Sicht klärte sich schwerfällig und gab den Blick auf Jude frei, der offenbar aufs Dach gekommen war, um sich eine Zigarette anzuzünden. Als er mich entdeckte und obendrein bemerkte, dass ich weinte, erstarrte er in seiner Bewegung. Ein Ausdruck von Entsetzen huschte über sein Gesicht, gefolgt von Überforderung. Ich nahm es ihm nicht übel, dass er sich schon im nächsten Moment wortlos wieder umdrehte und zur Tür zurückging. Mich sollte ohnehin niemand auf diese Weise zu Gesicht bekommen.

Ohne ihm weiter Beachtung zu schenken, zog ich die Knie an meine Brust, legte das Kinn darauf ab und tauchte in das zweifelgraue Gedankenmeer ab, das sich in meinem Kopf gebildet hatte. Vielleicht war ich ja auf ewig dazu verdammt, darin zu schwimmen. Ob nun mit oder ohne Rettungsring.

Während ich weiter darüber nachdachte, schien sich das Band meiner Sorgen zunehmend fester um meinen Brustkorb zu schnüren, bis meine Atemzüge immer schneller und flacher wurden. Ein erneutes Schluchzen schüttelte meinen Körper, und irgendwo dazwischen begann ich, panisch keuchend nach Luft zu schnappen.

Oh Gott, bitte nicht jetzt, dachte ich. *Nicht hier.*

»Du musst deine Atmung unter Kontrolle bringen, sonst wirst du dich Hals über Kopf in eine Panikattacke stürzen«, sagte da plötzlich jemand hinter mir.

Ich wusste, dass es Jude war. Seine Stimme hatte etwas Unverkennbares an sich, und dabei meinte ich nicht seinen schottisch angehauchten Akzent. Sie war tief und wohlklingend, viel weicher als die meisten Worte aus seinem Mund.

»Ich v-versuch's ja«, presste ich erstickt hervor. »Aber ich k-kann nicht.« Mein Herz raste inzwischen so schnell, dass ich sein Pochen im ganzen Körper spüren konnte.

Jude seufzte kaum hörbar, bevor er sich neben mich setzte. »Wir machen es zusammen, okay? Lass die Augen geschlossen, atme einmal tief durch die Nase ein und zähl dabei bis vier.«

Ich tat, was er sagte, und atmete tief ein, roch die kühle Spätherbstluft und einen Hauch seines herben Aftershave. Dann fing ich an, zu zählen. *Eins. Zwei. Drei. Vier.*

»Gut«, murmelte er. »Jetzt atme nicht sofort aus. Halt die Luft an und zähl bis sieben. Danach atmest du scharf durch den Mund aus und versuchst, gleichzeitig bis acht zu zählen. Alles klar? Erst sieben. Dann acht.«

Wieder gehorchte ich und hatte plötzlich nicht mehr nur seine Stimme im Kopf, sondern auch die meiner ehemaligen Therapeutin vom College, die seine überlagerte. *»Sehr gut. Das Ganze machen Sie jetzt so lange, bis Sie das Gefühl haben, die Kontrolle zurückzuerlangen.«*

Ich wiederholte den Vorgang ein zweites und drittes Mal, sogar ein viertes Mal. Irgendwann spürte ich, wie sich mein Herzschlag verlangsamte und der unangenehme Druck von meiner Brust wich. Meine Atemzüge wurden tiefer, erreichten endlich wieder jeden Winkel meiner Lunge. Als ich das Gefühl hatte, nicht länger neben mir zu stehen, schlug ich die Lider auf und begegnete Judes silbergrauen Augen, in denen flüssige Besorgnis schimmerte. Diese währte allerdings kaum einen Wimpernschlag, weshalb ich mir nicht sicher war, ob ich sie mir nur eingebildet hatte.

»Besser?«, erkundigte er sich.

Ich nickte und sah, wie sich mit meiner stummen Antwort seine verkrampfte Schulterpartie lockerte. Eigentlich rechnete ich damit, dass er sofort aufstehen und reingehen würde. Stattdessen steckte er sich eine Zigarette an und blies den Rauch in den Himmel, der an den Rändern meines Sichtfelds bereits dunkler wurde. Ich mochte den beißenden Geruch nicht. Aber ich mochte, dass er blieb, während die Angst nach und nach in mir versickerte. Irgendwann, als seine Zigarette nur noch ein glühender Stummel und Worte eigentlich längst überfällig waren, schien er es nicht länger auszuhalten und startete einen zweiten Versuch. »Willst du reden oder so?«

Mir entwischte ein Lachen, das von einem Hicksen verschluckt wurde. »Du siehst nicht aus, als würdest du wollen, dass jemand mit dir redet.«

Er wiegte den Kopf hin und her und gab einen schnalzenden Ton von sich, der wie ein *»Gut beobachtet«* klang. »Ich wollte es trotzdem angeboten haben.«

»Sehr aufmerksam«, antwortete ich und lenkte meine Sicht zurück auf die Dächer der Stadt. Trotz der letzten Sonnenstrahlen des Tages, die durch die Wolkendecke brachen, wurde ich mir allmählich der Kälte bewusst, die unter meinen Pullover kroch und sich um meine nackten Beine schlang. Wie lange saß ich schon hier?

»Im Ernst, was ist los?«, fragte er eine Spur nachdrücklicher. »Ich würde mich wie ein Arsch fühlen, jetzt wieder reinzugehen.«

An meinen Lippen zupfte ein Lächeln. »Damit hast du für gewöhnlich doch auch kein Problem, oder?«

Es war scherzhaft gemeint, doch fasste Jude es offenbar als Angriff auf. »Tu nicht so, als hättest du neulich nicht auch gezögert, als Otis und die anderen dich um Hilfe gebeten haben.«

Ich schreckte vor seiner Bemerkung zurück, weil ich mich ertappt fühlte. Er hatte recht, ich hatte gezögert. Allerdings nur für einen Moment, der so kurz gewesen war, dass er keinen schlechten Menschen aus mir machte. *Oder?*

Gab es so etwas wie gut und schlecht überhaupt? Oder waren wir im Grunde alle gute Menschen, nur dass die einen stärker vom Leben gezeichnet waren als die anderen? In meinem Studium hatte ich gelernt, dass es vor allem Verzweiflung war, die Menschen dazu brachte, die Grenzen des Rechts zu überschreiten. Unsere Moralvorstellungen halfen uns vielleicht dabei, Regeln und Gesetze für ein harmonisches Zusammenleben zu entwerfen, aber sie vermochten es nicht, uns vor den Einschlägen des Lebens und unseren daraus resultierenden Entscheidungen zu schützen.

Was, wenn das Geld nicht reichte, um die Miete zu zahlen? Wenn man ein todkrankes Kind zu Hause hatte, aber sich dessen Versorgung nicht leisten konnte?

Wenn jemand alles in seiner Macht Stehende tun würde, um sich und seine Liebsten zu schützen, dann war vielleicht nicht derjenige das Problem, sondern das System. Und unseres war nicht für die sozial Schwachen ausgelegt. Unser System war krank.

Ich merkte gar nicht, dass ich in Gedanken meilenweit abgetrieben war, bis Jude unbeirrt fortfuhr, als wollte er die hohlen Luftlöcher füllen, die mein Schweigen hinterlassen hatte: »Ich verurteile dich nicht dafür. Warum auch? Für uns beide steht immerhin etwas auf dem Spiel.«

Bei seinen letzten Worten wurde ich hellhörig. Ich löste meinen Blick vom Himmel und schaute ihn verwundert an.

»Hat es sich noch nicht herumgesprochen, dass Natalie meine Tante ist?«, fragte er.

»Im Ernst?«

Er nickte. »Und du trägst auch ein kleines Geheimnis, stimmt's?«

Mein Herz begann wieder, eine Spur schneller zu klopfen, als ich instinktiv ein Stück von ihm abwich. Wusste er es? Er konnte es unmöglich wissen. »Wovon sprichst du?«

Jude schnippte seinen Zigarettenstummel über das Dach und streckte seine langen Beine aus. »Ich habe über euch alle Nachforschungen angestellt. Und dabei ist mir aufgefallen, dass du deinen Abschluss unter einem anderen Nachnamen gemacht hast. Es war nicht schwer, eins und eins zusammenzuzählen.«

Mein Mund klappte auf und wieder zu, ohne dass etwas herauskam.

»Keine Panik«, sagte er eilig. »Ich hab dich nur gefunden, weil McCoy mir seinen Alumni-Account zur Verfügung gestellt hat. Ich hab behauptet, einen alten Kollegen suchen zu wollen. Es hat ewig gedauert, dich unter den ganzen Gesichtern zu finden.«

»Jude, wehe du erzählst es jemandem. Ich will nicht, dass alle denken …«

»Du wärst nur mithilfe von Vitamin B hier reingekommen?«, mutmaßte er. »Ja, ist ziemlich ätzend. Aber du kannst nicht vor deinem Schatten davonlaufen. Nicht auf Dauer jedenfalls. Das ist ja der Scheiß. Du kannst nur lernen, zu akzeptieren, wer du bist. In meinem Fall ein privilegierter Schnösel und in deinem … was auch immer.« Jude vergrub die Hände in den Taschen seiner Anzughose und hob die Schultern. Ich konnte spüren, dass etwas an ihm haftete. Eine Schwere, die ihn wie Nebel umwaberte.

»Ich glaube, dass du mehr bist als das«, murmelte ich und berührte ihn flüchtig am Arm. Jude zuckte unter meinen Fingerspitzen kaum merklich zusammen, wich jedoch nicht sofort zurück. Eher schleichend.

»Ich werd's niemandem sagen«, versprach er.

»Ich auch nicht. Aber wenn es dir eigentlich so widerstrebt, darüber zu reden, wieso erzählst du es mir dann?«

Er drehte seinen Kopf zu mir und fing meinen Blick auf. Zum ersten Mal hatte ich das Gefühl, dass er mich wirklich ansah und nicht nur durch mich hindurch. »Keine Ahnung. Manchmal erinnerst du mich an jemanden, den ich mal kannte.«

Ich runzelte die Stirn. »Ist das was Gutes oder Schlechtes?«

»Ich wünschte, es wäre etwas Schlechtes.« Sein linker Mundwinkel zuckte müde, und ich fragte mich, ob das seine Art von Lächeln war. Ein bisschen unvollständig. Ein bisschen … *halbherzig*.

Jude erhob sich und klopfte sich mit einer schnellen Bewegung den Schmutz von seiner schwarzen Hose. »Ich geh wieder rein, es ist scheißkalt hier draußen. Du solltest das Gleiche tun.«

»Ja, ich komme gleich.« Ich beobachtete, wie er zurück zur Tür lief, die ins Treppenhaus führte. Er hatte schon eine Hand auf die Türklinke gelegt, da rief ich: »Hey, Jude?«

Er drehte sich um. »Ja?«

»Nett sein steht dir.«

Wieder ein halbes Mundwinkelzucken. »Wie gut, dass es nicht mein Ziel ist, hier irgendwem zu gefallen.« Und dann war er durch die Tür verschwunden.

13
Ira

Am frühen Donnerstagabend sollte das von Isabell angekündigte Meeting mit den Anwälten von *Cabot & Cox* sowie der Geschäftsführung von *Eúnoia* stattfinden. Nach unseren jüngsten Beobachtungen wollte sie die Gegenseite mit einem ersten Verhandlungsgespräch aus der Reserve locken, um ihnen ein Angebot zu unterbreiten.

Ich war etwas spät dran, weil ich bis vor wenigen Minuten noch mit einem ihrer Mandanten telefoniert hatte. Daher lief ich mit großen Schritten und einem gehetzten Blick auf meine Armbanduhr durch die Kolonnaden im Untergeschoss. Gracie hatte behauptet, das Treffen würde in Konferenzzimmer drei stattfinden, doch als ich dort ankam und die Tür öffnete, fand ich lediglich einen leeren Raum vor. Verwundert versuchte ich es an der Tür nebenan, nur um mit hochrotem Kopf in ein Meeting zu platzen, das nicht unseres war. Hatte ich irgendetwas falsch verstanden?

»Mr Briggs.« Ich erkannte Natalie Golds Stimme, noch bevor ich sie unter den fremden Gesichtern am langen Konferenztisch ausgemacht hatte. »Suchen Sie etwas?«

»Um ehrlich zu sein, ja«, gestand ich und lächelte zerknirscht. »Wissen Sie, wo das Meeting bezüglich des *Eúnoia*-Falls stattfindet?«

Sie deutete mit ihrem Finger den Gang hinunter. »Soweit mir bekannt ist, die letzte Tür auf der rechten Seite.«

Ich bedankte mich bei ihr und eilte zu besagtem Raum, bevor

ich einmal klopfte und eintrat. Mehr als eine Handvoll brennender Blicke folgte mir, als ich mit einer genuschelten Entschuldigung auf dem Stuhl neben Gracie Platz nahm.

»Du hast gesagt, es findet im großen Konferenzraum statt«, zischte ich verärgert und zupfte an meinem Krawattenknoten, um wieder Luft zu bekommen.

»Ups«, gab sie ungerührt zurück, ohne die Augen von ihrem Notizblock zu lösen. Irgendetwas daran wirkte, als hoffte sie darauf, von ihm verschluckt zu werden, wenn sie ihn nur lange genug anstarrte. Das war neuerdings Dauerzustand. Genau wie die Tatsache, dass sie sich seit meiner Beobachtung mit den Produkten in einen Mantel aus abweisendem Schweigen hüllte, der ihr meiner Meinung nach einfach nicht passen wollte. Und es *nagte* an mir.

Ich verstand, dass sie sauer war. Ich verstand sogar, dass sie versuchte, es mir auf irgendeine Weise heimzuzahlen, indem sie Sachen wie diese tat. An ihrer Stelle hätte ich ähnlich verbissen reagiert, wenn Isabell sie mir vorgezogen hätte. Aber mich deshalb eine ganze Woche lang zu ignorieren?

Mit aller Kraft zwang ich meine Aufmerksamkeit auf die anderen Menschen, die sich mit uns im Raum befanden. Darunter neben Isabell auch zwei Männer in teuren Anzügen. Ihre Gesichter waren scharfkantig, die kleinen Falten um Mund und Augen vom Alter gezeichnet, das dunkle Haar sorgsam gekämmt. Sie wirkten makellos. Genau wie die zwei Frauen, die mir gegenübersaßen.

Ich erkannte Melinda Mayfair, die Geschäftsführerin von *Eúnoia*, sofort wieder. Sie hatte etwas Elegantes, beinahe Damenhaftes an sich; dünne und grazile Gliedmaßen, ein schmaler Hals mit Perlenkette. Das blonde Haar, das von vereinzelten Silberfäden durchzogen war, reichte ihr bis zum Kinn und umspielte ihr weiches Gesicht in sanften Wellen. Ihre Tochter Lydia, die derzeit auf ihre Arbeit in der Geschäftsführung vorbereitet wurde und ihr jüngeres Ebenbild darstellte, mochte schätzungsweise kaum älter als fünfunddreißig sein. Sie goss sich und ihrer Mutter gerade Hafermilch in ihre Kaffeetassen und rührte darin herum.

Ich hängte mich an diesem Detail auf, weil ich an die umweltbewussten Pseudo-Posts auf ihrem Profil denken musste, auf die Gracie und ich bei unserer Recherche am ersten Arbeitstag gestoßen waren. Die Mayfairs gaben sich wirklich alle Mühe, ihre Fassade aufrechtzuerhalten. Umso mehr juckte es mich in den Fingern, sie zum Einsturz zu bringen, um allen die Wahrheit zu offenbaren, die dahinter verborgen lag, denn ich für meinen Teil kaufte ihnen nichts davon ab.

»Das soll Ihr Angebot sein? Das ist doch lachhaft«, sagte einer der Anwälte von *Cabot & Cox* jetzt. »Anhand welcher Beweise wollen Sie die Schuld unserer Mandantin belegen? An den Fotos, die aus jedem beliebigen Labor stammen könnten?«

Isabells Lippen formten ein eiskaltes Lächeln. »Jedem beliebigen oder vielleicht dem, das Sie und Ihre Mandantin uns verschwiegen haben, Mr Ford?« Sie schob ihm die Mappe mit den Unterlagen der Gesundheitsbehörde über den Tisch hinweg zu.

Daraufhin schnappte Melinda, deren Hals vor Erregung ganz fleckig geworden war, empört nach Luft. »Also bitte, wir haben gar nichts verschwiegen!«

»Mom.« Lydia legte ihrer Mutter beschwichtigend eine Hand auf den Arm. Und tatsächlich wurde diese dadurch so weit besänftigt, dass sie sich, wenn auch widerwillig, auf ihrem Stuhl zurücksinken ließ.

Zeitgleich reichte Mr Ford seinem Partner die Mappe weiter und beugte sich vor, als wollte er sich zum Angriff bereit machen. »Ms Fraser, Sie fragten uns explizit nach den Kontaktdaten des *Ivis*-Labors, *nur* dieses Labors wohlgemerkt, und die haben wir Ihnen gegeben. Genau wie wir Ihnen Einsicht in sämtliche ihrer Unterlagen gewährt haben. Der Fehler liegt nicht auf unserer Seite.«

Isabell lehnte sich auf dem Tisch ebenfalls ein kleines Stück weiter nach vorn und hob herausfordernd die Augenbrauen. »Wenn dieses zweite Labor nirgendwo in Ihren Unterlagen auftaucht und wir auf andere Weise davon erfahren, dass es überhaupt existiert, liegt der Fehler sehr wohl auf Ihrer Seite. Zudem ist es ein Verstoß gegen die Offenlegungspflicht, nicht? Da fragt man sich natürlich, *warum* Sie es verschwiegen haben. Wegen der Tierversuche, die man dort durchführt?«

Mr Ford schmunzelte amüsiert, was weitere Fältchen um seine Augen aufblitzen ließ. »Es mag dort im Gegensatz zum *Ivis*-Labor auch mit Tierversuchen gearbeitet werden, aber diese wurden nicht für die *Eúnoia*-Produkte in Auftrag gegeben. Das Unternehmen hat alle Tests mithilfe alternativer Methoden durchführen lassen. Wenn Sie imstande sind, aufmerksam zu lesen, dürfte Ihnen und Ihren Schützlingen bei der Durchsicht der Berichte sicher aufgefallen sein, dass es auch genau so dokumentiert wird.«

Sein Blick glitt von Isabell zu Gracie, die noch immer vorgab, schwer mit ihren Notizen beschäftigt zu sein, obwohl ich ganz genau gesehen hatte, dass sie ab und zu gedankenverloren Kästchen zeichnete. Ich wusste nicht, was es war, nur dass in Fords Ausdruck etwas lag, das mir Rätsel aufgab. Er sah sie an, als … kannten sie einander?

Verwundert musterte ich Gracie von der Seite. Ihr Bein wippte auf und ab, wie immer, wenn es in ihr zu unruhig wurde. Also berührte ich es ganz sacht mit meinem Knie, was ausreichte, damit sie das Zappeln einstellte. Eigentlich hätte ich mein Bein daraufhin wieder zurückziehen können, genau wie sie ihres, aber keiner von uns tat es, als hätten wir mit unserer Berührung Wurzeln in den Boden geschlagen.

»Wieso ausgerechnet dort?«, fragte Isabell weiter und richtete ihre Frage dieses Mal direkt an Melinda. »Wieso hat man die Tests nicht noch einmal von dem Labor durchführen lassen, in dem der Großteil der anderen Produkte auch getestet wird?«

Mir fiel auf, wie sie beiläufig die Worte »noch einmal« benutzte, womit sie durchsickern ließ, dass wir von den bedenklichen Testberichten aus dem ersten Labor wussten.

Melinda blinzelte mehrmals, weil es ihr in der ersten Sekunde nicht gelang, ihre Überraschung zu überspielen. Doch schon in der nächsten war sie zu ihrem neutralen Gesichtsausdruck zurückgekehrt. Ihre schmalen Lippen öffneten sich, um zu einer Antwort anzusetzen, da hob Mr Ford schon die Hand und kam ihr zuvor. »Aus dem einfachen Grund, dass nicht jedes Labor die benötigten Verfahren benutzt. Wissen Sie was, Ms Fraser? Auf mich wirken all Ihre Fragen viel eher, als hätten sie *keinerlei* Beweise, die gegen unsere Mandantin sprechen.«

Isabell lehnte sich zurück und faltete die manikürten Hände im Schoß. »Was ist mit der Aufschrift des Etiketts auf den Fotos? *SerenityFresh* ist doch eines Ihrer Produkte, nicht?«

Wieder eine Frage, die direkt an Melinda Mayfair gerichtet war, und wieder wurde sie von Mr Ford abgeschmettert.

»Ach ja, Ihr lächerliches Argument mit dem Etikett.« Ein Schnauben. »Wissen Sie eigentlich, auf wie viele Produktnamen die erkennbaren Buchstaben zutreffen? Keine Ihrer Anschuldigungen ist haltbar, das merken Sie selbst, oder?«

Isabell verzog keine Miene, obwohl ihr sicher ebenso gut wie Gracie und mir bewusst war, dass er recht hatte. Bis auf ein paar Indizien hatten wir noch keine handfesten Beweise vorzubringen.

»Denken Sie, was Sie mögen. Ich erinnere Sie hiermit nur daran, dass wir uns früher oder später in diesem Zweitlabor umsehen werden. Also überlegen Sie es sich besser gut, ob Sie mein Angebot annehmen wollen oder nicht. Ich lasse vor Gericht auch gern eine Jury über die Höhe des Schadensersatzes entscheiden. Am besten holen wir dann auch gleich die Presse dazu.«

Mr Fords Partner, der die Arme vor der Brust verschränkt hatte, lachte auf. »Bei aller Liebe. Selbst wenn unsere Mandantin schuldig wäre, würden keine Jury und kein Gericht Ihren Klägerinnen und Klägern die Summe zusprechen, die Sie fordern.«

Isabells blaue Augen verengten sich leicht. »Unterschätzen Sie mich und meine Leute nicht, Mr Martin. Das wäre ein fataler Fehler. Ich gebe Ihnen bis Anfang nächster Woche Bedenkzeit. Danach ist das Angebot vom Tisch.«

»Ich brauche keine fünf Minuten, um Ihnen zu sagen, dass es Mist ist«, entgegnete Mr Ford bissig, während er und sein Partner in ihre Mäntel schlüpften und nach ihren Aktentaschen griffen. Die beiden mochten sich selbstsicher geben, doch spiegelten die verhärteten Gesichtszüge von Melinda und ihrer Tochter ein anderes Bild wider. Melinda wirkte deutlich zurückhaltender als zu Beginn des Gesprächs, vermutlich weil sie nicht mit derartigem Gegenwind gerechnet hatte. Sie bemühte sich zwar darum, die leichte Besorgnis zu verbergen, doch ihre steife Haltung verriet sie. Genau wie die Tatsache, dass weder sie noch ihre Tochter es schafften, uns bei ihrer Verabschiedung in die Augen zu sehen, wodurch eine frostige Stimmung zurückblieb.

Kaum war die Tür hinter ihnen zugefallen, gab Isabell ein schweres Seufzen von sich und wandte sich an Gracie. »Sie sind an der Sache mit den Produkten dran?«

Gracie, die ihre Augen zum ersten Mal von ihren Notizen löste, nickte. »Ich war in meiner Mittagspause bei *Sephora* und habe sie gekauft. Morgen schicke ich sie ein. Ich denke, dann sollten wir das Ergebnis nächste Woche haben.«

»Sehr gut.« Isabells Blick wanderte zu mir. »Was ist mit Ihnen, Mr Briggs? Haben Sie inzwischen etwas von unserer anonymen Quelle gehört, nachdem Sie die Notiz dagelassen haben?«

»Leider nicht«, antwortete ich kopfschüttelnd. Nicht dass ich etwas anderes erwartet hätte.

Wieder ein Seufzen, als würde sie sich das Gewicht, das auf ihren Schultern lastete, erst jetzt eingestehen wollen, wo die

Männer fort waren. »Dann versuchen Sie weiter, jemanden ausfindig zu machen, der für uns von Nutzen sein könnte. Im Zweifel auch vor Gericht. Vielleicht hat in den vergangenen Wochen noch jemand gekündigt, den wir gar nicht auf dem Plan haben?«

Sie erhob sich und strich wie üblich die Falten in ihrem schwarzen Rock glatt. Dann nahm sie ihre Unterlagen an sich und rauschte mit energischen Schritten aus dem Konferenzzimmer.

Auch Gracie machte sich zügig daran, ihre Sachen zusammenzuklauben. Sie hatte es eilig, aus diesem Raum zu kommen – weit weg von mir. Das war offensichtlich. Und doch konnte ich es mir nicht verkneifen, ihr noch eine Frage zu stellen.

»Sag mal, kanntest du diesen Typen eigentlich? Mr Ford?«

Ein paar Blätter rutschten ihr aus den Händen und segelten vor ihr zu Boden. »Wie kommst du darauf?«

»Er hat dich so seltsam angesehen.«

Sie schürzte die Lippen und begab sich zeitgleich mit mir in die Hocke, um die Blätter wieder aufzusammeln. Als ich ihr eines davon reichte und dabei versehentlich ihre eiskalten Finger streifte, schenkte sie mir einen kurzen – viel zu kurzen – Blick und schüttelte den Kopf. »Nein. Tue ich nicht.«

Das war alles, was sie zu dem Thema sagte, bevor sie sich die Unterlagen an die Brust drückte und den Raum verließ.

Es hätte mir weiß Gott egal sein sollen, dass sie nicht mehr mit mir sprach. Viel eher hätte ich *froh* darüber sein sollen, nicht länger in ihr Chaos hineingezogen zu werden. Allerdings hatte ich mir eingestehen müssen, dass dieses womöglich eine viel höhere Faszination auf mich ausübte, als mir lieb war.

Um mir nicht den Kopf darüber zu zerbrechen, hatte ich meine Nase in den vergangenen Tagen in ein paar wissenschaftliche Texte gesteckt und war dabei auf etwas Interessantes gestoßen. Etwas, das mich zu meinem Verdruss letztlich doch wieder zurück zu Gracie gebracht hatte.

So gab es in der Physik eine Sache, die für Forschende selbst heute noch ein Mysterium darstellte: Man nannte die Zahl 137 eine *Feinstrukturkonstante*. Eine scheinbar belanglose Zahl, die jedoch keine im mathematischen Sinne war, sondern vielmehr einen physikalischen Wert beschrieb, der die grundlegenden Wechselwirkungen der Natur festhielt. Eine Zahl, die Hinweise auf tiefere Geheimnisse des Universums in sich tragen sollte.

Forschende waren so besessen davon gewesen, eine Erklärung für sie zu finden, dass sie sich auf der Suche danach selbst verloren hatten. So sollte Wolfgang Pauli vor seinem Tod sogar gesagt haben, dass seine erste Frage an den Teufel lauten würde, welcher Sinn denn nun hinter der Feinstrukturkonstante steckte.

Vielleicht war Gracie also nicht nur eine Chaosvariable. Vielleicht war sie meine ganz persönliche 137. Und ich war mir nicht sicher, ob mir das Sorgen bereiten sollte.

Als ich nach einem kurzen Aufenthalt im Archiv in unser Büro zurückkehrte, in dem noch immer ein Teil der Unternehmensunterlagen von *Eúnoia* zwischenlagerte, hatte es draußen längst angefangen, zu dämmern. Es war über das Wochenende deutlich kälter geworden. Halloween stand vor der Tür, und ich hatte mitbekommen, wie die anderen sich neulich beim Mittagessen darüber unterhalten hatten, nach der Arbeit etwas trinken zu gehen. Gracie hatte nichts dazu gesagt, weshalb ich nicht wusste, ob sie plante, sich anzuschließen oder nicht.

Nicht dass es eine Rolle gespielt hätte.

Ich blieb einen Moment reglos neben meinem Schreibtisch stehen und beobachtete Gracie dabei, wie sie energisch auf ihrer Tastatur herumtippte.

»Ist irgendwas?«, fragte sie mich mit gerunzelter Stirn, als ich mich auch eine Minute später nicht bewegt hatte.

Ja, dachte ich. *Ja, es ist irgendwas. Nur weiß ich nicht*, was.

Alles, was ich wusste, war, dass ich mich nicht länger mit dieser Situation zwischen uns zufriedengeben wollte. Bisher hatte mir Schweigen nichts ausgemacht, aber das hier war eine andere Form; eine, die jeden Atemzug in ihrer Nähe schwer machte.

Schweigen war vielfältig. In der amerikanischen Rechtswelt besaß es Gewicht, in der Rhetorik wurde es noch heute genutzt, um dem Publikum während der berühmten Kunstpause Zeit zum Nachdenken zu geben. Ich fand, eine Woche war genug Zeit zum Nachdenken gewesen. Und um obendrein zu dem Entschluss zu kommen, dass es so, wie es war, nicht weitergehen konnte.

Zum Teufel mit diesem Konkurrenzding.

»Ich habe gerade überlegt, mir schnell eine Kleinigkeit zu essen zu holen, bevor ich weitermache ... Möchtest du mitkommen?« Als ich in die Ärmel meines Mantels glitt und mir einen Schal umlegte, sah ich sie fragend, beinahe flehend an, doch Gracie schüttelte nur müde den Kopf.

»Keinen Hunger.«

Natürlich. Hatte ich tatsächlich eine andere Antwort erwartet?

Seufzend griff ich nach meinem Handy und verließ das Büro, um einen kurzen Abstecher zu dem Restaurant auf der anderen Straßenseite der Kanzlei zu machen, in dem um diese Uhrzeit reges Treiben herrschte. Normalerweise aß ich abends zu Hause – um Geld zu sparen –, allerdings hatte ich heute Morgen kaum etwas gefrühstückt und auf ein richtiges Mittagessen verzichten müssen, weil wir den halben Tag mit Terminen eingespannt gewesen waren. Daher zögerte ich bei meiner Bestellung auch keine Sekunde, dasselbe Gericht zweimal zu bestellen.

Inzwischen war ich gut darin geworden, Gracies Launen einzuschätzen. War sie nervös, fing sie an, herumzuzappeln. War sie konzentriert oder nachdenklich, kaute sie auf ihrer Unterlippe. Hatte sie gute Laune, plapperte sie. War sie wütend, bekam sie rote Flecken am Hals. Und war sie hungrig, verloren ihre bissigen Antworten gern einen Großteil ihrer Silben.

Ich wusste, dass sie hungrig war, also stellte ich bei meiner Rückkehr in die Kanzlei eine braune Papiertüte auf ihrem Schreibtisch ab.

»Was ist das?« Gracie legte ihren Stift beiseite, zog die Tüte an sich und spähte hinein. Sowie sie begriff, dass sich zwei Boxen darin befanden, hob sie den Kopf und sah mich an – zum ersten Mal an diesem Tag länger als nur ein paar Sekunden. »Du hast mir Essen mitgebracht?«

Mit einem Nicken warf ich meinen Mantel über den Stuhl und setzte mich. Dann öffnete ich die Knöpfe an den Ärmeln meines Hemdes und rollte sie bis zu meinen Ellbogen hinauf. »Ich hoffe, du magst Pad Thai. Sieh es als Entschuldigung. Und eine Art … Friedensangebot.«

Gracies linke Augenbraue schoss in die Höhe. »Oh, du meinst so, wie ich unser Gespräch neulich als eine Art Waffenruhe betrachten sollte?«

Na also, da hatten wir es. Das Problem, das seit einer Woche mit uns in diesem Büro saß; nicht zu übersehen und doch nicht störend genug, als dass es irgendjemand von uns hätte ansprechen wollen.

Mir entwich ein Seufzen. »Ich habe dir etwas verschwiegen, und das tut mir leid. Es wird nicht wieder vorkommen.«

Gracie musterte mich, fuhr mit ihren sanftbraunen Augen über mein Gesicht, als suchte sie darin nach irgendwelchen Anzeichen, die ihr verrieten, dass ich log. Aber sie würde nichts finden.

Weil es nichts zu finden gab.

»Ich meine es ernst«, sagte ich nachdrücklich. »Ich will, dass wir von jetzt an zusammenarbeiten. Du und ich. Keine Lügen. Keine Schweigemauern. Kein Übertrumpfen.«

Sie fiel prustend gegen die Lehne ihres Stuhls. »Du willst ein *Team* bilden?«

Ich wiegte meinen Kopf, würfelte das Wort *Team* darin umher und schmunzelte leicht. »Nennen wir es eine strategische

Allianz. Ich glaube, dass wir zusammen ziemlich gute Arbeit leisten könnten.«

Gracie blinzelte mich an, als wäre ich von allen guten Geistern verlassen. »Wieso solltest du das wollen?«

Weil du die Einzige bist, die mich sieht. Weil ich deine Stimme lieber höre, als ich zugeben möchte. Weil du lange Arbeitstage irgendwie erträglicher machst.

»Kannst du mir nicht einfach glauben, dass ich es will?«, fragte ich, ohne meinen Blick von ihr zu lösen.

Sie schwieg einen langen Moment, in dem die Zeit zwischen meinen Fingern zerbröselte. Trotzdem schaute ich nicht weg. Ich wollte ihr die Möglichkeit geben, in meinen Augen das zu finden, was sie suchte, um mir glauben zu können. Schließlich seufzte sie.

»Woher weiß ich, dass du mir in der nächsten Sekunde nicht doch wieder das Messer in den Rücken rammst? Glaub mir, ich habe mich in meinem Grundstudium zur Genüge mit *Othello* auseinandergesetzt.«

»Oh, komm schon. Es war dumm von Othello, seiner Frau nicht zu vertrauen. Wenn du mich fragst, hat er es verdient, am Ende an seinem schlechten Gewissen zu sterben.« Ich griff nach der Papiertüte und zog eine Box mitsamt Essstäbchen heraus. Der Dampf malte Kringel in die Luft, als ich sie öffnete und einen ersten Bissen nahm.

»Mag sein. Aber was hätte er tun sollen? Dank Jagos scheinheiliger Intrigen hat nun mal alles gegen Desdemonas Unschuld gesprochen.«

»Und deshalb glaubt er eher seinem Fähnrich als seiner eigenen Ehefrau? Sollte man nicht meinen, dass seine Gefühle für sie stark genug gewesen sein müssen, um jeder Schwierigkeit zu trotzen?« Ich mochte meinen Verstand oftmals über mein Herz stellen, das hingegen widersprach für mich jeglicher Logik.

Gracie lehnte sich vor, um die zweite Verpackung aus der Papiertüte zu angeln. Kaum hatte sie diese geöffnet, roch sie einmal daran und verzog die Lippen zu einem leichten Lächeln, das mir bestätigte, dass ich alles richtig gemacht hatte.

»Was ist mit dem *Davor* der Geschichte? Wer weiß, vielleicht hat man ihn schon einmal betrogen? Oder seine Selbstzweifel waren zu groß, und er dachte, nicht gut genug für Desdemona zu sein?« Sie zuckte mit den Schultern. »Du siehst nur so viel, wie der Autor dich sehen lässt. Den Rest muss deine eigene Vorstellungskraft übernehmen. Manchen fällt das leichter, anderen schwerer. Aber ich mag es, wenn nicht alles schwarz auf weiß geschrieben steht. Zwischen den Zeilen hat meine Fantasie mehr Platz.«

Ich starrte sie verblüfft an, tastete nach der Bedeutung hinter ihren Worten. Dann schüttelte ich den Kopf. »Gut, weißt du was? Vergessen wir Shakespeare«, sagte ich eilig, bevor unser Gespräch in eine Diskussion ausartete und vom eigentlichen Thema abwich. »Ich werde dir jedenfalls kein Messer in den Rücken rammen. In Ordnung?«

Da war ein kurzes Zögern in ihrem Blick und ein bisschen zu viel Herzklopfen in meiner Brust.

»Versprochen?«, fragte sie leise.

»Versprochen.« Ich lächelte sanft. »Pass auf, heute spielen wir zur Abwechslung einfach mal *mein* Spiel. Ich nenne dir eine Wahrheit, die ich noch niemandem sonst anvertraut habe, und im Gegenzug erhalte ich eine von dir.«

Gracie schob sich ein Stück Tofu in den Mund und kaute argwöhnisch darauf herum. Es war ihr anzumerken, dass sie mir noch immer ein wenig misstraute. Gleichzeitig schien sie der Gedanke, mehr über mich zu erfahren, zu reizen. »Okay …?«

Ich stellte die Nudelbox auf meinem Schreibtisch ab und lehnte mich so weit wie möglich nach vorn, um ihr direkt in die Augen sehen zu können. »Dann schwören Sie, die Wahrheit zu sagen und nichts als die Wahrheit?«

Sie schluckte ihren Bissen hinunter, sichtlich verunsichert. Doch sowie sie das halb unterdrückte Grinsen auf meinem Gesicht bemerkte, verdrehte sie die Augen. »Schön. Aber du fängst an.«

Warum hatte ich damit gerechnet?

»Hmm«, machte ich nachdenklich und überlegte einen Moment, in dem nur das leise Gemurmel anderer, das aus dem Flur durch die Tür drang, den Raum füllte. »Ich kann kein Blut mehr sehen, seitdem ich als Kind von einem Freund meines Vaters dazu gezwungen wurde, bei der Schlachtung eines unserer Rinder dabei zu sein.«

Die Worte schmeckten bitter auf meiner Zunge. Ich wünschte, es wäre möglich, diese Erinnerung aus meinem Gedächtnis zu schaben, aber dafür hatte sie sich zu stark eingebrannt.

»Er hat dich *gezwungen*? Warum?«, fragte Gracie fassungslos.

Ich hob die Schultern. »Er war der Meinung, ich müsse das aushalten, weil es nun einmal dazugehört, wenn man auf einer Farm aufwächst.«

Sie stellte ihr Essen beiseite, als wäre ihr mit einem Mal der Appetit vergangen. »Deshalb hast du so … *intensiv* auf die Bilder in dem Umschlag reagiert.«

Es war keine Frage, ich nickte trotzdem. Und obwohl mir bewusst war, dass ich mich nicht dafür schämen musste, spürte ich verräterische Wärme unter dem Kragen meines Hemdes kribbeln, weshalb ich den Knoten meiner Krawatte lockerte.

»Mein Gott, das klingt grauenvoll.«

Tat es. Allerdings wollte ich das Thema aus offensichtlichen Gründen nicht vertiefen, deshalb forderte ich sie dazu auf, mir im Gegenzug eine ihrer Wahrheiten zu nennen.

Gracie schwieg deutlich länger als ich. Man konnte förmlich beobachten, wie ihr lauter unausgesprochene Gedanken wie ein Kurzfilm über die Augen liefen, als sie sich im Kopf eine Antwort zurechtlegte. »Ich habe ziemlich große Angst vor dem Älterwerden. Besonders vor dem Tod«, gestand sie dann.

»Warum?«

»Weil er früher oder später unausweichlich ist.« Sie schien

meine leichte Besorgnis zu bemerken und schob schnell hinterher: »Ich bin nicht krank oder so. Ich meine damit vielmehr, dass die Zeit so schnell vergeht. Das Wissen, dass keine Pausentaste existiert, die man drücken kann, ist Furcht einflößend, oder nicht? Manchmal habe ich das Gefühl, gar kein Teil mehr davon zu sein. Mein Leben rast wie ein Zug an mir vorbei, obwohl ich mit gepackten Koffern am Gleis stehe. Das ganze Studium, die langen Tage in der Kanzlei, dieses ewige *Streben* nach irgendwas. Ich habe einfach Angst, die Tage, an denen ich jung war, nicht gut genug genutzt zu haben. Oder eher, sie nicht ausreichend wertgeschätzt zu haben.«

Ich wischte mir mit einer Serviette über den Mund und nickte zustimmend. »Das kann ich gut verstehen. Deshalb schreibe ich Tagebuch, um sie festzuhalten. Oder, na ja, so etwas in der Art. Zählt das auch als Geheimnis?«

»Was, du führst ein Tagebuch? Wirklich?« Sie legte das Kinn auf ihrer Hand ab und betrachtete mich neugierig. »Was schreibst du da rein? Wie oft am Tag ich dir auf die Nerven gegangen bin?«

»Nicht ganz«, antwortete ich schmunzelnd. »Ich notiere mir jeden Abend vor dem Schlafengehen drei Dinge, für die ich an diesem Tag dankbar gewesen bin. Egal wie klein und unbedeutend. Manchmal schreibe ich mir zusätzlich noch auf, was ich an diesem Tag gelesen oder gelernt habe.«

Ich hatte als Kind damit angefangen und seitdem nicht mehr aufgehört. Die Notizbücher lagerten alle in einem alten Schuhkarton unter meinem Bett. Ab und zu holte ich sie hervor und blätterte sie durch, um mich daran zu erinnern, dass sich Ashbys Gesetz der erforderlichen Varietät ziemlich gut auf die eigene Arbeit anwenden ließ, weil es eigentlich nichts anderes ausdrückte, als dass man besser mit Herausforderungen zurechtkam, je flexibler und anpassungsfähiger man war. Oder dass es den Türschwelleneffekt gab, bei dem das Gedächtnis beim Durchlaufen einer Tür dazu neigte, Erinnerungen zu löschen, und von dem ich mir wünschte, dass er auch bei manchen Gefühlen funktionieren würde. Oder ganz simpel, dass es mir nie an etwas gemangelt hatte.

Warum ich damit angefangen hatte, wusste ich bis heute nicht. Möglicherweise um mir und meinem Vater zu beweisen, dass ich sehr wohl *dankbar* war. Es war nur nicht leicht, immer dankbar für das Leben zu sein, wenn es einen an manchen Tagen wie ein Gewicht in die Tiefe zog.

»Das ist interessant, weil du an deinem ersten Tag so gleichgültig gewirkt hast. Als würde dir all das, was du erreicht hast, rein gar nichts bedeuten«, sagte Gracie und zupfte an ihrem rosafarbenen Haarband, das nicht ganz zu ihrer weinroten Seidenbluse passte.

Ein leises Lachen rutschte mir über die Lippen. »Ich habe einfach nur festgestellt, dass es auf Dauer ermüdend ist, der Einzige zu sein, der für sich selbst Beifall klatscht.«

Ihre Augenbrauen schoben sich zusammen. »Was hast du gestern in dein Tagebuch geschrieben?«

Ich kratzte mich an der Schläfe und versuchte, an meinen gestrigen Eintrag zurückzudenken. »Keine Ahnung. Meine Wohnung, mein Abendessen und gutes Feedback auf der Arbeit vielleicht?«

»Und was hast du heute gelernt?«

Mir entging nicht, dass sie sich auf ihrem Tisch ebenfalls ein Stück weiter nach vorn gebeugt hatte. Der untere Teil ihres Gesichts wurde vom Licht der kleinen Schreibtischlampe neben ihrem Bildschirm angeleuchtet. Selbst auf die Entfernung erkannte ich die winzigen Sommersprossen auf dem geschwungenen Amorbogen ihrer Oberlippe. Es waren genau vier. Drei auf der unteren. Wenn man sie mit dem Finger nachgemalt hätte, hätten sie eine fast perfekte Sinuskurve ergeben.

»Ich glaube, ich lerne noch …«, murmelte ich gedankenversunken.

Erst als sie sich kaum hörbar räusperte, riss ich meinen Blick von ihrem Mund los und ließ mich wieder auf meinem Stuhl zurückfallen. »Gut, du bist dran. Aber ich würde dir gern eine Frage stellen, wenn das in Ordnung ist.«

Sie nickte langsam. Abwartend. Vielleicht ein wenig verunsichert.

»Du hast mich mal gefragt, warum ich Anwalt werden wollte, mir allerdings nie erzählt, warum *du* dich dafür entschieden hast.«

»Oh. Ja …« Sie griff nach ihrer Wasserflasche und fing an, das Etikett abzupulen. »Es ist lächerlich.«

»Ist es bestimmt nicht«, widersprach ich und schob mir ein paar Nudeln in den Mund.

»Meine … Tante ist Staatsanwältin. Als ich noch klein war, habe ich ihr gern dabei zugesehen, wie sie sich für die Arbeit oder irgendwelche öffentlichen Veranstaltungen zurechtgemacht hat. Du weißt schon: Haare, Make-up, Schmuck. Sie sah jedes Mal so souverän und schön aus. Als hätte sie sich ihr Selbstvertrauen mit ihren Kleidern und Businesskostümen angezogen.«

Ich nutzte die kurze Pause, um einzuhaken, weil ich mich daran erinnerte, was sie an dem Abend im *off trial* erzählt hatte. »Sekunde. Dein Onkel besitzt eine eigene Kanzlei, und deine Tante arbeitet bei der Staatsanwaltschaft?«

Das klang, als wäre sie in Rechtskreisen aufgewachsen. Aber sollte sie in dem Fall nicht finanziell recht gut aufgestellt sein? Was war mit ihren Eltern?

Verwirrung legte sich über ihre Züge, als sie meinem Blick begegnete. Diese währte jedoch keine zwei Wimpernschläge.

»Äh, ja. Genau.« Gracie wischte meine Nachfrage mit einer schnellen Handbewegung beiseite. »Jedenfalls wollte ich damals unbedingt so sein wie sie. Ich hatte die Hoffnung, dass mir das Studium und der Job ein bisschen mehr Selbstvertrauen geben würden. Am Anfang hat das auch ganz gut funktioniert. Bis ich angefangen habe, alles zu hinterfragen.«

»Warum?«

Sie seufzte. »Cass bezeichnet mich gern als *Graumalerin*, was wahrscheinlich nur eine nettere Umschreibung für Schwarzmalerin ist. Ich denke einfach zu oft über das Was-wenn nach.«

»Tun wir das nicht alle ab und zu?«, fragte ich und stellte mein Essen beiseite. »Die Worte machen uns doch nur Angst, weil sie nebeneinanderstehen. Allein sind sie völlig harmlos.«

»Ja, aber ich meine eher *oft* wie *krankhaft oft.*« Gracie lächelte so gequält, dass mein Herz zwickte. »Manchmal habe ich das Gefühl, so tief in dieses dunkle Loch in meinem Kopf abzurutschen, dass ich allein nicht mehr herausfinde.«

Das ist das Chaos, dachte ich. *Ihr zieht einander an.*

Ich musterte sie eine Weile, offenbar eine Spur zu intensiv, denn ihr Blick begann so unruhig zu flattern wie die Flügel eines Vogels. »Hast du schon mal von Eigengrau gehört?«

»Nein. Was ist das?«

»Das ist die Farbe, die dein Auge im Dunkeln sieht. Man nennt es auch Eigenlicht«, erklärte ich. »Es entsteht durch molekulare Vorgänge in deiner Netzhaut. Das klingt erst mal ziemlich langweilig, aber vielleicht hilft es dir, dich in solchen Momenten daran zu erinnern, dass dieses Licht immer dafür sorgen wird, dass du selbst in der dunkelsten Dunkelheit nie schwarz, sondern grau siehst. Stell es dir einfach vor wie eine Art Leuchten, das direkt aus dir kommt.«

Sie dachte nach. »Und du meinst, dieses Leuchten verhindert, dass ich mich selbst verliere?«

Ich verschränkte die Arme vor der Brust und zuckte mit den Schultern. »Warum nicht?«

Gracies Mundwinkel verzogen sich zu einem Lächeln, das den Schatten von ihrem Gesicht schob. Es war ein schönes Lächeln. Ein bedeutungsschweres.

»Was?«, fragte ich.

Sie schüttelte den Kopf. »Du denkst schön. Klingt das komisch?«

Ich hatte keine Ahnung, ob es ein allgemeingültiges Kompliment war, aber ich hatte nie ein besseres erhalten. Mir gefiel der Gedanke dahinter; jemanden für die Art und Weise zu komplimentieren, wie er die Welt sah und versuchte, sie zu begreifen. Und nicht für das, was er auf ihr verkörperte.

Mit Gracie war das ähnlich. Sie hatte etwas an sich, von dem ich noch nicht wusste, *was* es war, geschweige denn, ob ich es verstand. Aber ich verstand auch nicht, warum sich Protonen in einem Atomkern nicht voneinander abstießen, und doch wurden sie von der Kernkraft zusammengehalten. Was auch immer das für eine Kraft zwischen uns war – ich konnte fühlen, dass sie von Tag zu Tag stärker wurde. Selbst jetzt, in dieser Sekunde.

»Das ist Wissenschaft«, entgegnete ich grinsend. Und ich würde ihr auf ewig dankbar dafür sein, dass sie damals für mich da gewesen war, als es niemand anderes war.

Gracie sah mich noch zwei Herzschläge lang an, in denen ich wieder drohte, in ihren Treibsandaugen zu versinken. »Ist der Grund, den du mir genannt hast, wirklich der wahre Grund, aus dem du Anwalt werden wolltest?«

»Nicht ganz. Dadurch dass ich in einer Großfamilie aufgewachsen bin, hatte ich immer das Gefühl unterzugehen. Ich war nicht laut genug – weder in der Schule noch zu Hause. Dadurch habe ich irgendwie das Sprechen verlernt. Ich wollte an die Uni gehen, um meine Stimme wiederzufinden. Und in erster Linie wollte ich Jura studieren, um gehört zu werden.«

Gracie schluckte schwer, als sie wieder nach ihrer Nudelbox griff, um die Reste zu essen, bevor sie kalt wurden. »Das ist ein ziemlich guter Grund.«

»Der andere hat der Kanzlei auch gereicht«, antwortete ich belustigt. »Gut, nächste Wahrheit: Warum möchtest du das Ranking gewinnen? Abgesehen davon, dass jeder von uns gewinnen will.«

»Weil ich mir selbst beweisen muss, dass ich es schaffen kann. Meine Eltern waren nie besonders gut darin, mir zu zeigen, dass sie an mich glauben. Wahrscheinlich haben sie das insgeheim auch nie.« Sie bemühte sich, gleichgültig zu klingen, aber der schwermütige Ausdruck ihrer Augen passte nicht dazu. »Warum willst *du* gewinnen?«

Ich legte die Beine auf der Kante meines Schreibtischs ab, wohlwissend, dass Isabell jeden Moment hereinplatzen könnte. »Ziemlich simpel: Ich könnte das Geld gut gebrauchen. Mein Dad ist Alkoholiker, und es wird jeden Tag schlimmer. Ich habe Angst, dass er nicht nur sich selbst, sondern auch unsere Familie und die Farm damit gefährdet. Mit dem Geld könnte er einen vernünftigen Entzug machen.«

Gracies Lippen teilten sich. »Mein Gott, Ira, das …«

Ich hob die Hand, um ihr Mitgefühl abzupassen, bevor es in meine Brust sickern und sich darin ausbreiten konnte. »Dein Grund ist nicht weniger nachvollziehbar. Ich weiß, wie es sich anfühlt, wenn niemand an einen glaubt und man deshalb anfängt, dasselbe zu tun. Aber so darfst du nicht denken. Du bist wirklich gut, Gracie. Du solltest lernen, dir mehr zu vertrauen.«

»Ich weiß nicht, wie.« Sie hüllte ihre Frustration in ein kleines Lachen.

Schweigen machte sich zwischen uns breit, während ich meine Gedankenschubladen fieberhaft nach Antworten durchsuchte, weil ich spürte, dass sie eine brauchte. Dann kam mir plötzlich eine Idee. »Hey, hast du später noch was vor?«

14
Gracie

Ich höre dich.

Die Worte lagen mir seit einer halben Stunde auf der Zungenspitze, aber ich traute mich nicht, sie auszusprechen. Eigentlich traute ich mich nicht mal, sie zu denken, weil ich die Bedeutung dahinter noch nicht verstand. Stattdessen knabberten sie jetzt an meinem Herzen – genau wie all die kleinen Notlügen, die ich Ira in den vergangenen Wochen aufgetischt hatte. Und ich fragte mich, wie lange es wohl dauern würde, bis sie dessen Kern erreichten.

Einerseits hatte ich eben vollkommen ehrlich zu ihm sein wollen, schließlich war es genau darum gegangen. Andererseits kannte ich Ira noch nicht gut genug. Woher sollte ich wissen, was mit meinen Wahrheiten passierte, wenn sie erst einmal ausgesprochen waren? Konnte ich ihm wirklich vertrauen? Konnte man in dieser Kanzlei überhaupt irgendjemandem vertrauen?

Bei Jude konnte ich mir wenigstens sicher sein, dass er den Mund hielt, solang ich das Gleiche tat. Ira hingegen könnte mit seinem Vorschlag, künftig zusammenzuarbeiten, ein falsches Spiel spielen, um sich mein Vertrauen zu erschleichen. Schob ich die Tentakelarme meiner Zweifel allerdings beiseite, spürte ich, dass er nicht diese Sorte Mensch war. Dafür wirkten seine Worte zu echt, zu … *ungefiltert.* Als würde er mir sein Herz in die Hände legen, wann immer er mit mir sprach, weil er aus irgendeinem Grund davon ausging, dass ich es nicht fallen ließ.

Und das würde ich auch nicht. Nicht solang meines mir zuflüsterte, dass er nicht derjenige war, zu dem mein Zweifelkopf ihn machen wollte.

Wir hatten die Kanzlei hinter uns gelassen und liefen gemeinsam die hell erleuchtete Hauptstraße in Richtung Zentrum entlang. Dabei sprachen wir kein Wort miteinander, weil die Stadt lauter war als wir. Die Menschenmassen auf den schneefeuchten Gehwegen waren dünner geworden, allerdings herrschte auf dem Quincy Market trotz des kühlen Wetters noch immer reges Treiben. Gelächter drang aus den hell beleuchteten Lokalen, die wir passierten, und verwob sich mit dem entfernten Echo von Feuerwehrsirenen zu einem bunten Geräuschgeflecht.

Ich blickte in den Himmel hinauf, von dem vereinzelte Schneeflocken rieselten. Für Ende Oktober war das noch viel zu früh, aber dadurch dass der Boden feucht war, lösten sich die Flocken sowieso zügig wieder auf. Wie Zuckerwatte auf der Zunge.

Als wir in eine schmalere Seitenstraße einbogen, in der weniger Trubel herrschte, fragte ich: »Wohin bringst du mich eigentlich?«

Ira war mir mit seinen deutlich längeren Beinen immer einen Schritt voraus, deshalb warf er mir nur einen schnellen Blick über die Schulter zu und schmunzelte. »Abwarten, Smartie. Wir sind gleich da.«

Wir bogen noch zweimal ab, bis wir in eine Fußgängerzone gelangten, die im warmen Goldlicht der Straßenlaternen schwamm. Wie eine Perlenkette reihten sich ihre orangeroten Farbtupfer aneinander, bis sie am Horizont immer kleiner und schließlich von der Dunkelheit verschluckt wurden. Die Ladenfenster waren noch hell beleuchtet, in einigen davon blinkten grelle Neonschilder, die auf Halloween aufmerksam machten. Vor einem zweistöckigen Gebäude aus blassrotem Backstein blieb Ira stehen.

»Da wären wir.«

Ich blickte an der dunklen Holzfassade des Schaufensters hinauf, das sich über beide Stockwerke erstreckte. Es schien sich um einen alten Musikladen zu handeln, denn es baumelten vereinzelte Schallplatten an Stromkabeln hinter der Scheibe. Im oberen Stockwerk konnte ich ein paar Gitarren und Cellos ausmachen, die an der Wand hingen, im unteren altes Musikzubehör wie Retro-Plattenspieler oder Grammofone, aber auch Schallplatten und CDs. *Epiphany* stand in goldener Schrift an der Scheibe der Eingangstür, darunter ein Holzschild mit der Aufschrift: *Geöffnet.*

»Du zeigst mir … einen Musikladen?«, fragte ich verblüfft.

Ira trat dicht neben mich. »Auch. Aber in erster Linie zeige ich dir hoffentlich, wie du dein Eigenlicht finden kannst.«

Das verstehe ich nicht, wollte ich antworten, da hatte er bereits die Tür geöffnet und mich an meiner Hand mit sich ins Innere gezogen. Augenblicklich empfing mich eine angenehme Wärme, die ihre Finger um mein Gesicht legte und sanft über meine kalten Wangen strich. Es war schummrig hier drin – das einzige Licht stammte von den Lichterketten, die sich wie Spinnennetze an der Decke entlangzogen. Dazu einige wenige Tiffany-Lampen, deren bunt verzierte Glasschirme hübsche Schattenmuster an die waldgrünen Wände malten. Der Holzfußboden war mit purpurroten Orientteppichen ausgelegt, welche die Geräusche unserer Schritte schluckten. Es roch nach Staub und Vergangenem, nach Nostalgie und Geborgenheit, aber auch ein wenig nach Lavendeltee. Ich kannte den Geruch – weil er für gewöhnlich an Ira haftete. Irgendwo im Hintergrund spielten die zarten Töne von Jake Wesley Rogers' *Evergreen*, die vermutlich aus der alten Jukebox kamen.

Es dauerte höchstens zehn Sekunden, bis dieser Ort es schaffte, mich vollends für sich einzunehmen.

Weil unser Eintreffen vom Bimmeln einer Türglocke angekündigt wurde, trat wenig später ein älterer Mann mit grauem Haar und Rauschebart durch den samtenen Purpurvorhang hinter dem Verkaufstresen. Er trug eine dunkelbraune Cordhose und ein olivgrünes Hemd, in dessen Tasche eine schmale Brille steckte, die er sich jetzt auf die Nase setzte. Kaum erkannte er Ira, erhellte sich seine Miene. »Wen haben wir denn da? Ist schon wieder Sonntag?«

Seine Bemerkung ließ mich für eine Sekunde stutzen. Ira war öfter hier?

»Hey Harold.« Ira erwiderte sein Lächeln, bevor er mit einer ausladenden Geste auf mich deutete. »Darf ich vorstellen? Das ist Gracie, eine … Arbeitskollegin von mir. Smartie, das ist Harold, Herz und Seele des *Epiphany*.«

Ich reichte dem Mann über den Tresen hinweg höflich meine Hand. »Freut mich, Sie kennenzulernen.«

»Die Freude ist ganz meinerseits«, erwiderte er und schüttelte sie kräftig. Dann wanderte sein Blick zu Ira zurück. »Wie komme ich zu der Ehre, dass du so hübsche junge Frauen mit in meinen Laden bringst?«

Ich war mir in dem Licht nicht sicher, ob sich bei seinen Worten ein paar rötliche Flecken auf Iras Hals ausbreiteten. Aber dass er nervös am Kragen seines Hemdes zupfte, sprach dafür. »Ich wollte sie ein bisschen im Laden herumführen und ihr das Hinterzimmer zeigen. Wäre das okay?«

Das … Hinterzimmer? Warum klang das so unheilvoll?

»*Ah.* Selbstverständlich.« Harold, der offenbar mehr verstand als ich, nickte wissend. »Fühlt euch wie zu Hause. Ich habe übrigens erst gestern eine neue Lieferung an CDs und Schallplatten bekommen. Vielleicht ist ja was für dich dabei.«

»Danke, ich schau mal.« Ira legte mir zögerlich eine Hand auf den unteren Rücken und schob mich sanft vorwärts.

»Sollte mir dieses ominöse ›Hinterzimmer‹ Sorgen machen?«, fragte ich.

Er lachte auf, und obwohl er mich nur leicht berührte, hatte ich das Gefühl, die Vibration bis in meine Zehenspitzen spüren zu können. Schade, dass er das so selten tat. Lachen, meinte ich.

»Nein, keine Sorge. Es ist vollkommen harmlos.«

Ira ließ mich los und widmete sich einem der unzähligen Kartons, in denen sich alte Schallplatten befanden. Ab und zu zog er eine davon heraus, um sie sich genauer anzusehen. In den meisten Fällen waren die Ecken der Coverhüllen abgenutzt, andere sogar vollständig eingerissen.

»Du hörst Platten?«, erkundigte ich mich, während ich mich selbst durch einen Karton wühlte.

Ira nickte und schob sich ein paar windzerzauste Strähnen aus der Stirn. »Manchmal. Mein Vater hat mir seinen alten Plattenspieler überlassen.«

»Und was hörst du so?«

»Eigentlich alles in Richtung klassischer Pop, Folk oder Indie. *Tors*, *Noah Kahan*, *Judah & the Lion* und so ein Zeug. Es erinnert mich irgendwie an zu Hause.« Er hob die Schultern, als wollte er diesem schweren letzten Satz mehr Leichtigkeit verleihen, was ihm in meinen Augen nicht gelang.

Ich wünschte, ich wäre nicht so neugierig. Nur wollte ich zu gern herausfinden, was noch unter Iras vielen Schichten verborgen lag.

»Vermisst du deine Familie?«

»Hm«, machte er und blickte einen Moment gedankenversunken ins Nichts, als wollte er dort nach einer Antwort zu suchen. »Es ist eher ein Gefühl, das ich vermisse. Wenn ich an zu Hause denke, denke ich an Wälder, den Geruch von Rapsfeldern, warmen Apfelkuchen in der Küche oder feuchtes Gras unter meinen Füßen. Ich habe nichts gegen Großstädte, und ich mag Boston, weil es hier noch vergleichsweise grün ist. Aber manchmal wäre ich trotzdem gern wieder in Vermont.«

Mir fiel auf, dass er bei der Erwähnung seiner Familie von einem Ort sprach. Als hätte dieser ihm mehr Gefühl von Heimat vermittelt als seine Familie selbst. Dachte ich dagegen an einen Ort, den ich mit meiner Familie verband, war da nur dieses große leere Haus. Und meine Eltern waren es nie leid geworden, mich daran zu erinnern, dass es eigentlich ihres war, während ich nur die Erlaubnis besaß, mich darin aufzuhalten.

Unser Haus, unsere Regeln.

Bis ich sechzehn gewesen war, hatte ich ohne eigene Zimmertür aufwachsen müssen, damit unsere Haushälterin Ella ein besseres Auge auf mich haben konnte. Ich hatte keine Partys bei uns feiern und Haustiere nicht einmal erwähnen dürfen.

An manchen Tagen hatte ich mich gefühlt, als säße ich in einem goldenen Käfig, in dem ich zwar sicher gewesen war, meine Flügel aber nie hatte ausbreiten dürfen. Vermutlich hatte ich deshalb so viel Zeit mit Lesen und Lernen verbracht. Zu schade, dass eine Sache, die ich dabei nie gelernt hatte, war, wie man gut zu sich selbst war.

»Was ist mit dir?«, fragte Ira, weil ich mich auch eine halbe Minute später noch nicht zu seiner Antwort geäußert hatte. »Bist du hier aufgewachsen?«

Ich ging zu dem Karton links neben ihm und streifte ihn dabei versehentlich am Arm. »Früher haben wir in Providence gewohnt, bis mein Vater meine Stiefmutter kennengelernt hat und wir nach Boston gezogen sind. Aber ich erinnere mich kaum daran.«

Er musterte mich von der Seite. »Verstehst du dich gut mit ihnen?«

»Es geht so. Wir haben nicht mehr die beste Verbindung zueinander.« Ich sagte *nicht mehr* und meinte eigentlich *nie gehabt*, weil wir immer nur an der Oberfläche einer gut funktionierenden Beziehung gekratzt hatten, ohne sie je zu vertiefen.

»Wer hat das schon?«, entgegnete Ira mit einem Schnauben. »Irgendwann wachsen wir alle in unterschiedliche Richtungen. Die einen mehr, die anderen weniger.«

Und wo schlagen wir neue Wurzeln?

»Leben deine Geschwister noch auf der Farm?«, fragte ich.

Dieses Mal war Ira derjenige, der mich im Vorbeigehen flüchtig streifte. Fast als vollführten wir einen unterbewussten

Tanz, bei dem wir jedoch bewusst die Nähe des anderen suchten.

»Alle bis auf Paul. Er hat letztes Jahr geheiratet, wohnt aber noch in der Nachbarschaft. Ich habe nicht viel Kontakt zu ihm oder den anderen. Der Einzige, mit dem ich regelmäßig telefoniere, ist Benji.«

»Warum gerade er?«

Er blies die Backen auf und ließ zischend einen Atemzug entweichen. »Ich weiß nicht. Er ist der Jüngste von uns, deshalb habe ich irgendwie das Gefühl, auf ihn aufpassen zu müssen. Er will unbedingt von zu Hause weg, um ans College zu gehen, weigert sich allerdings strikt, etwas dafür zu tun. Ich versuche, ihm zu helfen, aber durch die Arbeit bin ich ziemlich eingespannt. Also läuft es meistens darauf hinaus, dass ich ihm meine alten Klausuren zukommen lasse.«

»Du lässt ihn schummeln?«

Ira fing meinen Seitenblick auf und seufzte. »Sieh mich nicht so an, ich fühle mich schon mies genug. Aber was soll ich machen? Was das Lernen angeht, sind meine Eltern ihm keine große Hilfe, weil sie die meiste Zeit über mit sich selbst oder der Farm beschäftigt sind.«

Er schien meinen Blick als Vorwurf aufgefasst zu haben. Tatsächlich hatte ich ihn nicht so gemeint. Ich war lediglich überrascht, davon zu hören, da Ira bisher immer einen recht gewissenhaften Eindruck auf mich gemacht hatte, was so etwas anging. Auf der anderen Seite überraschte es mich aber auch nicht, wenn ich an unser Gespräch von vorhin in der Kanzlei zurückdachte, als er mir von seinem suchtkranken Vater erzählt hatte, dessen Entzug er finanzieren wollte.

Er mochte recht damit haben, dass meine Motivation, im Jahresranking gut abzuschneiden, die gleiche Daseinsberechtigung besaß wie seine. Dennoch schien er weitaus mehr Gutes mit dem Gewinn zu planen als ich. Und je länger ich darüber nachdachte, desto attraktiver machte das Ira für mich. Schließlich war ein gutes Herz das schönste Accessoire, das jemand tragen konnte.

Ich drehte mich um und ging dazu über, das Interieur des Ladens näher ins Auge zu fassen. Auch wenn es mir kurzzeitig so vorgekommen war, waren Ira und ich nicht die einzige Kundschaft. Aus der oberen Etage hörte ich das leise Gemurmel anderer Menschen, das sich unter den sanften Klang von Gitarrengezupfe mischte.

Ira folgte mir wortlos, während ich mit meinen Handflächen über die leicht eingestaubten Regale strich. Es gab sogar eines mit Büchern über Musik – alte Ausgaben mit dicken Ledereinbänden, die aussahen, als würden sie aus einer anderen Zeit stammen. Wie eigentlich alles andere in diesem Raum auch.

»Ich liebe diesen Ort«, ließ ich ihn wissen, ohne meinen Blick von den abgegriffenen Buchrücken zu lösen. »Es klang, als kämst du oft her?«

Er nickte. »Jedes Wochenende, wenn es die Zeit zulässt.«

»Und was machst du dann hier?«

Aus dem Augenwinkel sah ich ihn lächeln. »Komm mit, dann zeige ich es dir.«

Wir durchquerten den Laden und steuerten geradewegs auf einen der purpurroten Samtvorhänge zu. Ira schlüpfte unbeirrt hindurch, als hätte er das schon Dutzende Male getan, und zog mich sanft hinter sich her. Seine Hand war kalt. Seine Berührung warm.

Kalte Hände, warmes Herz, dachte ich.

Ich wusste nicht, was ich erwartet hatte, aber sicher nicht das, was sich letzten Endes hinter dem Vorhang verbarg: Es war eine kleine Bühne, vielleicht so hoch wie zwei aufeinandergestapelte Bücher. Sie war vollständig mit Teppichen ausgelegt, unter denen sich dünne schwarze Kabel entlangschlängelten. Rechts daneben standen einige Verstärkerboxen mitsamt Mikrofonzubehör. Den größten Blickfang bildete jedoch ein alter Flügel.

»Jeden Samstagabend gibt es hier Liveauftritte von Kunstschaffenden aller Art. Meistens Musik, manchmal auch Poetry Slams oder Comedyshows. Aber eigentlich komme ich nur her, um Klavier zu spielen.«

»Du spielst Klavier?«, fragte ich und beantwortete es mir schon in der nächsten Sekunde selbst. *Natürlich tust du das.* Die Rede war von Ira und seinen grazilen Künstlerhänden.

»Ich habe auf dem Keyboard meines Bruders angefangen, als ich noch kleiner war. Dann bin in der Highschool einer Musik-AG beigetreten, weil meine Eltern sich keinen professionellen Unterricht leisten konnten. Als ich kurz nach meinem Umzug nach Boston durch Zufall auf das *Epiphany* gestoßen bin, habe ich mich eine Weile mit Harold unterhalten. Er sagt, Talent sollte nie an Geld scheitern, und hat mir angeboten, nach Lust und Laune vorbeizukommen, um zu spielen.«

Ira strich mit seiner Hand über das Mahagoniholz, bevor er aus seinem Mantel schlüpfte und den Oberdeckel des Flügels aufklappte. Ich beobachtete ihn dabei, wie er auf die gepolsterte Sitzbank sank und im Takt meines beschleunigten Herzschlags auf die freie Stelle neben sich klopfte. »Komm her.«

Also warf ich meine Jacke ebenfalls auf die Bühne und setzte mich zögerlich neben ihn. Unsere Beine rieben aneinander, und die Stelle kribbelte. Alles andere an mir auch.

»Spielst du mir jetzt was vor?«, fragte ich grinsend.

Er schaute mich an, sein Gesicht plötzlich so nah wie nie zuvor. Ich erwischte mich dabei, wie ich in Gedanken die Karte seiner Muttermale nachmalte. Genau wie die Linien seines Kiefers und seiner Lippen, die sich auf meine Frage hin zu einem schiefen Lächeln verzogen. »Möchtest du das denn?«

»Muss ich dir das wirklich beantworten?«

Ira lachte und rollte sich die Ärmel seines Hemdes über die Ellbogen. Die Härchen auf seinen Unterarmen schimmerten golden.

»Na gut«, sagte er und begann nach einem kurzen Moment des Innehaltens über den Tasten, auf ihnen zu spielen. Zunächst war es noch ein zaghaftes Annähern, doch mit dem Voranschreiten der Melodie wurden seine Handgriffe schneller und sicherer. Und ich konnte beim besten Willen nicht aufhören, ihn anzustarren.

Ich hatte Ira immer gern beim Denken und Arbeiten zugesehen, aber ihm beim Klavierspielen zuzusehen und zuzuhören, war etwas vollkommen anderes. Es war ein Geben und Nehmen, ein Sich-Verlieren und Sich-Finden. Es war Spielen in Bildern und Fühlen auf Tasten. Menschen dabei zu beobachten, wie sie für etwas brannten, war, als ginge man selbst in Flammen auf. Und trotzdem hätte ich den ganzen Tag hier sitzen können.

Sowie er das Lied langsam ausklingen ließ und die Hände in seinen Schoß legte, lächelte er, friedlicher diesmal. »Und? Bestanden?«

»Im Ernst? Ira, das war wunderschön.« Ich stupste ihn mit meiner Schulter an. »Welches Stück war das?«

»*River Flows In You* von Yiruma. Kennst du es?«

»Ich bin mir nicht sicher.« Ich legte meine Finger auf die Tasten und versuchte, mir ihre Abfolge in Erinnerung zu rufen, bevor ich ein paar Töne spielte, die sich nicht nur falsch anfühlten, sondern auch so anhörten. »Könntest du es noch mal spielen?«, bat ich ihn daraufhin.

Iras Brauen schoben sich verwundert zusammen. »Klar.«

Auf meinen Wunsch hin spielte er das Stück noch ein zweites und drittes Mal, beim vierten Mal nur noch die Tonleiter und die Akkorde. »Möchtest du es auch noch ein zehntes Mal hören oder …?« Bei seiner gequälten Miene entwischte mir ein Lachen.

»Nein, ich glaube, jetzt habe ich's.«

Ich schloss die Augen, strich erneut mit den Fingern meiner linken Hand über die Tasten und rief mir die Akkordabfolge in Erinnerung. *D, A und … F vielleicht?* Als ich versehentlich eine falsche Taste drückte, verzog ich das Gesicht. *Okay, nein.* Ich probierte es mit einem E und lächelte. *Schon besser.*

Das Ganze tat ich so lange, bis die Abfolge gut genug saß, damit ich zur rechten Hand übergehen konnte. Es dauerte eine gefühlte Ewigkeit, den Dreh rauszubekommen, aber Ira war geduldig und sagte die ganze Zeit über kein Wort, es sei denn, ich bat ihn explizit um Hilfe. Irgendwann gelang es mir tatsächlich, alle Songteile zusammenzusetzen – und ich spielte. Vermutlich nicht besonders gut. Vermutlich viel zu langsam und mit hoher Fehlerquote. Doch ich spielte. Und noch während ich es tat, spürte ich, wie meine Muskeln weicher wurden, weil sämtliche Anspannung meiner Schultern in den Tasten zu versickern schien. Gott, ich hatte dieses Gefühl vermisst.

Als ich die Augen wieder öffnete, begegnete ich Iras Blick, der so ruhig auf mir lag, dass ich ihn kaum bemerkt hatte. »Hast du das gerade … intuitiv gespielt?«

»Wohl eher versucht«, gab ich lachend zurück. »Ich habe lange Zeit Klavier gespielt. Meine Stiefmutter hat das sehr ernst genommen. Du weißt schon, mit Unterricht, Schulaufführungen und allem Drum und Dran. Meine Lehrerin hat mir gezeigt, wie man lernt, intuitiv zu spielen. Ich hatte nicht gedacht, dass ich es noch kann.«

Wie lange mochte es zurückliegen, dass ich an einem Klavier gesessen hatte? Seit ich nicht mehr bei meinen Eltern wohnte, hatte ich ihres nur noch sporadisch angerührt. Höchstens wenn ich mal über die Feiertage zu Besuch gewesen war.

»Was ist?«, fragte ich, weil er mich verblüfft anblinzelte.

Ira klappte den Mund auf und wieder zu, schüttelte den Kopf. »Du sagtest, du wärst schlecht darin, dir selbst zu vertrauen.«

Ich runzelte die Stirn. »Ja. Und?«

»Na ja, spricht das hier nicht dagegen?« Er schloss mit einer Handbewegung das Klavier ein. »Du hast das halbe Stück gerade nach *Intuition* gespielt, Smartie. Du hast in dich hineingehört und darauf vertraut, dass du die richtigen Tasten triffst. Wie wäre es, wenn du versuchst, diese Gabe mal auf dein Leben zu übertragen? Statt dich in deinen Zweifeln zu verlieren und alles zu hinterfragen, solltest du lieber genau das tun, was du eben beim Spielen getan hast: deinem Bauchgefühl vertrauen, dass es die richtigen Töne für dich trifft. Und selbst wenn du dich mal verspielst, probierst du es einfach noch mal. So lange, bis du den richtigen Ton getroffen hast.«

Ich horchte dem Klang seiner Worte einen Augenblick nach. Mein Leben als Klavierstück zu betrachten war mir tatsächlich noch nie in den Sinn gekommen. Aber Ira hatte recht. Im Grunde war das Leben nichts anderes als eine bloße Aneinanderreihung von Entscheidungen. Mal traf man auf Anhieb die richtige Taste, und mal verspielte man sich. Man musste nur darauf vertrauen, am Ende wieder zu seiner Ausgangsmelodie zurückzufinden.

Er schüttelte wieder den Kopf und lachte. »Verdammt, und ich habe dich hergebracht, weil ich dir das Spielen beibringen wollte.«

»Warum wolltest du das?«

»Habe ich doch schon gesagt.« *Um dir zu zeigen, wie man sein Eigenlicht findet.*

Ich konnte nicht anders, als ihn schon wieder anzustarren, während die Wände, die uns umgaben, im flüssigen Dämmerschein zu Pfützen verschwammen. Sie waren dunkelgrün, seine Augen in diesem Licht auch. Genau wie alles andere an ihm.

Ira war *immergrün*, selbst im hereinbrechenden Winter. Weil sich jeder seiner Blicke wie andauernder Sommer anfühlte, der warm auf meiner Haut prickelte. Weil er Ruhe und Herzklopfen in einem war. Und weil ich vielleicht angefangen hatte, ihn etwas mehr gernzuhaben, als gut für mich war.

Sicher, bisher hatten wir irgendwie nur die schlechtesten Seiten des jeweils anderen hervorgebracht. Aber was, wenn wir genauso gut darin waren, die besten hervorzubringen?

»Wovon handelt das Stück?«, fragte ich.

Ira zuckte mit den Schultern. »Manche sagen, es handelt davon, sich zu verlieben. Andere, seine innere Ruhe zu finden.«

»Und was glaubst *du*?«

Er kniff die Augen ein wenig zusammen und überlegte. »Es beginnt sehr zurückhaltend und nimmt im Verlauf zu, als würde der Komponist Vertrauen zu der Melodie entwickeln. Sie wird schneller und stärker, bis sie irgendwann wieder weicher wird und langsam ausklingt. Auf mich wirkt das wie eine klassische Liebesgeschichte. Du kommst einem anderen Menschen näher und fängst an, ihm nach und nach ein Stück mehr von dir zu zeigen. Im Laufe der Zeit werden deine Gefühle für ihn tiefer und leidenschaftlicher. Am Ende folgt die Erkenntnis, dass du verliebt bist. Ich bin mir nur nicht sicher, ob ich ein glückliches Ende darin sehe oder nicht.«

Ira schaute mich noch immer an; sein Blick, der flüchtig zu meinen Lippen hinunterglitt, wie ein offenes Buch, das für eine Sekunde sämtlichen Inhalt preisgab. Vielleicht sogar *unser* Ende, wenn ich nur lange genug danach suchte. Doch wenn dem so war, wollte ich es nicht sehen. Zumindest nicht jetzt.

»Ja, ich auch nicht«, murmelte ich deshalb und war mir seinem Körper an meinem mit einem Mal eine Spur zu bewusst.

Da war so viel Wärme, die sanft zwischen uns pulsierte. So vieles, was nicht ersichtlich, aber *fühlbar* war. Ich wusste, er spürte es auch, und doch taten wir nichts. Wir saßen einfach da und sahen einander an, wie wir es schon oft getan hatten, während im Hintergrund die leisen Töne von Stephen Sanchez' *Hey Girl* spielten. Und aus irgendeinem Grund war das genug.

»Danke, dass du mir das hier gezeigt hast.« Meine Stimme war kaum mehr als ein Flüstern, weil ich Angst hatte, diesen sonderbaren Moment zu verschrecken, wenn ich zu laut sprach.

Sein Mund formte ein Lächeln. »Kein Problem. Harold hätte sicher nichts dagegen, dich ab und zu hier zu sehen. Und ich auch nicht.«

Mein Herz machte einen Satz, als wäre es kurz aus der Spur geraten. »Dabei siehst du mich doch schon fast jeden Tag. Ich will dir nicht zu viel zumuten.«

»Ich bin hart im Nehmen«, behauptete er amüsiert.

Ich grinste. »Na dann überlege ich es mir vielleicht.«

Mir fiel auf, dass wir uns beide kaum merklich vorgelehnt hatten. Sein Gesicht schwebte so nah vor meinem, dass sein heißer Atem über meine Wange tanzte. Ich schloss die Augen, sog Iras Geruch ein und glaubte, seine Nasenspitze bereits an meiner zu spüren, da ließ uns plötzlich ein tiefes, unerwartetes Räuspern auseinanderfahren.

»Harold«, entfuhr es Ira erschrocken.

»Tut mir wirklich leid, dass ich euch störe, Junge. Aber ich muss den Laden langsam schließen«, sagte er und klang dabei ehrlich bedauernd.

Ira warf einen schnellen Blick auf seine Uhr. »Verdammt, *mir* tut's leid. Ich hab die Zeit vergessen.«

Harold lächelte vielsagend. »Ja, das habe ich bemerkt.«

Ira erhob sich als Erster von der Sitzbank. Ich sollte nicht bemerken, dass mit ihm die Wärme zwischen uns verschwand, trotzdem tat ich es.

Wir verabschiedeten uns von Harold und versprachen, bald wieder vorbeizukommen. Dann verließen wir das *Epiphany*, in dem schon wenige Sekunden später das Licht gelöscht wurde, als hätte es mit unserem Abschied den letzten Atemzug getan.

In der Einkaufsstraße war es leerer geworden, sodass unsere Schritte von den Hauswänden widerhallten. Vereinzelte Flocken fielen wie Asche vom Himmel und verfingen sich in unseren Haaren. Unsere Arme baumelten nebeneinander, unsere Finger berührten sich. Und obwohl wir einander nicht an den Händen hielten, fühlte es sich doch auf merkwürdige Weise genau so an.

Wir entschieden uns dafür, gemeinsam mit der Bahn nach Hause zu fahren. Und als wir eine knappe halbe Stunde später vor unseren Häusern zum Stehen kamen und sich der Abend dem Ende neigte, hatte Zeit mit einem Mal wieder eine Bedeutung. Genau wie unser Alltag.

»Was ich dich vorhin noch fragen wollte, weil ich neugierig bin«, murmelte Ira, als versuchte er, den Abschied irgendwie hinauszuzögern, »wie heißt die Kanzlei deines Onkels eigentlich?«

Ich hasste es, ihm diese Lüge aufgetischt zu haben, weil sie nur weitere nach sich zog. Schicht um Schicht schaufelte ich mich selbst zu, und allmählich drohte ich, daran zu ersticken.

»Wie sie heißt?« *Oh. Gute Frage.* »Ähm, *Hoffman & Partners*?«

Irgendetwas an Iras Miene verriet mir, dass meine Antwort ihn verunsicherte. Wahrscheinlich war es die Tatsache, dass sie mehr nach einer Frage geklungen hatte.

»Die Kanzlei ist ziemlich klein. Würde mich wundern, wenn sie überhaupt jemand kennt«, schob ich mit warmen Wangen hinterher.

»Habe ich wirklich noch nie gehört.«

»Sag ich ja.« Mein gequältes Grinsen begann, an den Mundwinkeln zu schmerzen, weshalb ich das Gespräch eilig umzulenken versuchte. »Danke jedenfalls, dass du mich mitgenommen hast. Und auch für das Abendessen. Was wirst du heute in dein Tagebuch schreiben?«

Ira betrachtete mich noch einen Moment prüfend, bis ich mich schon fast unter seinem Blick zu winden begann. Dann legte er den Kopf schief. »Was würdest du schreiben?«

Erleichtert darüber, dass er meinen Themenwechsel kommentarlos annahm, atmete ich auf. Darüber musste ich tatsächlich keine Sekunde nachdenken. »*Epiphany*, Eigengrau und … Immergrün.«

Er hob die Augenbrauen. »Immergrün?«

»Ja, ich glaube, das würde ich schreiben.«

»Okay. Gut zu wissen.« Ira steckte die Hände in seine Manteltaschen und trat ein paar Schritte zurück. Ich wünschte mir, ich hätte keine Enttäuschung darüber verspürt. »Gute Nacht, Gracie.«

Er sagte *Gracie*, und mein Herz flatterte.

»Gute Nacht, Ira.«

Das Lächeln, zu dem sich seine Lippen bei meiner Antwort verzogen, war das schönste und echteste, das ich bisher an ihm gesehen hatte. Und es brannte sich so tief in meine Netzhaut, dass ich es noch vor mir sah, als ich die Haustür schon längst hinter mir geschlossen hatte.

15
Ira

Intimität, die nicht allein auf Körperlichkeit beruhte, war etwas Faszinierendes. Ein gegenseitiges Blankziehen der Seele, das nur mithilfe von Worten und Gedanken stattfand.

Es musste an der Dunkelheit gelegen haben, die meine Unsicherheit aufgesogen hatte wie Löschpapier Tinte, denn ich konnte mich nicht daran erinnern, wann ich mich das letzte Mal so nackt gezeigt hatte, ohne auch nur eines meiner Kleidungsstücke ausgezogen zu haben. Oder ob ich es überhaupt je getan hatte. Aber ich mochte das Gefühl. Es wog leichter als das, was ich sonst mit mir herumschleppte.

Ich hängte meinen Mantel an der Garderobe auf und erhaschte einen flüchtigen Blick auf mein Spiegelbild, das noch immer lächelte. Dann ging ich ins Schlafzimmer, um meine Arbeitskleidung gegen etwas Bequemeres zu tauschen. Dabei wanderte meine Aufmerksamkeit für einen winzigen Moment zum gegenüberliegenden Zimmer, das Gracie in dieser Sekunde betrat. Sie legte ihre Tasche auf dem Schreibtisch ab, während sie sich nebenbei mit Cassidy unterhielt, die mit verschränkten Armen im Türrahmen stand. Ein Teil von mir fragte sich, ob sie sich gerade über mich unterhielten. Und falls ja, was Gracie ihr wohl erzählte.

Als ich eine knappe Stunde später in meinem Bett lag, hatte es aufgehört, zu schneien. Es gab auch keinerlei Beweise dafür, dass je weiße Flocken vom Himmel gerieselt waren. Nur meine Heizung, die leise gluckerte, nachdem ich sie leicht aufgedreht hatte.

Ich zog mein Notizbuch aus der Schublade des Nachtschranks, notierte das heutige Datum und schrieb *Epiphany* und *Eigengrau* hinein. Nach einem kurzen Zögern fügte ich *Gracie* hinzu.

Es war nicht das erste Mal, dass sie in irgendeiner Form in diesem Buch Erwähnung fand. Aber es war das erste Mal, dass ich ihren Namen nicht nur mit einem *G* abkürzte, weil ein Buchstabe wohl kaum alles enthalten konnte, was ich heute empfunden hatte.

Anschließend legte ich das Tagebuch zurück und klappte meinen Laptop auf, um den Namen der Kanzlei ihres Onkels zu suchen. Ich wusste nicht, warum ich es tat. Vermutlich hatte ich die Hoffnung, auf diese Weise noch ein bisschen mehr über sie und ihre Familie zu erfahren. Allerdings stellte ich schon nach kurzer Zeit fest, dass unter dem Namen keine Kanzlei zu finden war. Auch nicht, wenn man es mit anderen Schreibweisen probierte.

Ich gab *Gracie Hoffman* in die Suchmaschine ein – und fand wieder nichts. Sollte man nicht meinen, dass ihr Name im Zusammenhang mit Harvard irgendwo auftauchen sollte? Gab man meinen Namen ein, ließen sich sogar alte Essays und Hausarbeiten von mir finden.

Verwundert ging ich in Gedanken noch einmal diverse Gespräche zwischen uns durch. Und je länger ich das tat, desto mehr Ungereimtheiten fielen mir auf: das Stipendium, ihre extravagante Freundin, ihr reicher Ex-Freund, die Sache mit Isabells Wagen, Mr Fords rätselhaftes Verhalten und dass beide von ihr erwähnten Verwandten Juristen waren.

Stirnrunzelnd tippte ich *Staatsanwältin Hoffman, Boston MA* ein: *keine Ergebnisse.* Ich rief die Harvard-Seite auf und gab Gracies Namen in die Suchleiste ein: *keine Ergebnisse.*

Also fing ich an, akribisch nach Artikeln aus der Uni-Zeitschrift zu suchen, weil ich mich daran erinnerte, dass sie in der Vorstellungsrunde erwähnt hatte, welche veröffentlicht zu haben. Aber auch hier fand ich nichts. Ich fand lediglich Artikel einer Gracie Cabot. Cabot wie in *Cabot & Cox*.

Und dann dämmerte es mir.

Mein Herz klopfte, als ich ihren Namen in die Suchleiste eingab und mehrere Ergebnisse auftauchten, darunter auch ein Eintrag von der Harvard Law School. Ich klickte ihn an und landete schon in der nächsten Sekunde auf einem Bild, das ein mir vertrautes Gesicht zeigte. Ich vergrößerte es und fuhr mit meinem Zeigefinger die Sommersprossen auf ihren Lippen nach.

Drei auf der unteren.

Vier auf der oberen.

Eine verflucht perfekte Sinuskurve.

16
Gracie

Seit meinem gestrigen Treffen mit Ira konnte ich nicht aufhören, jedes seiner Worte in Gedanken noch einmal abzuspielen. Er war wie ein Ohrwurm, nur dass er sich nicht in meinem Ohr, sondern gleich in meinem Herzen eingenistet hatte. Dabei half es nicht gerade, Ira am Schreibtisch gegenüberzusitzen, denn wenn ich ihn zuvor schon gern angesehen hatte, hatte sich das Gefühl seit gestern sogar noch verstärkt. Die Erinnerung daran, wie sanft und bedächtig seine schlanken Finger über die Klaviertasten gestrichen hatten, ließ mich eine Spur zu häufig darüber nachdenken, wie sie sich wohl auf meiner Haut anfühlen würden.

Doch obwohl wir diesen besonderen Moment miteinander geteilt hatten, war irgendetwas zwischen uns nicht so, wie es sein sollte. Ich hatte erwartet, dass wir uns mit unserem Besuch im *Epiphany* bedeutend nähergekommen waren, allerdings wirkte Ira dafür ziemlich distanziert, weshalb ich nicht aufhören konnte, darüber nachzudenken, ob ich etwas Falsches gesagt oder getan hatte, ob er es bereute, mir so viel von sich anvertraut zu haben, *oder, oder, oder*.

Ich hätte ihn fragen sollen, nur war da irgendeine Blockade in mir. Als hätten sich die unausgesprochenen Sätze zu einem Klumpen geformt, der mir im Hals stecken geblieben war.

Vielleicht wollte ich ihn nicht darauf ansprechen, weil ich Angst vor seiner Antwort hatte. Angst davor, *zu viel* gewesen zu sein; zu laut, zu leise, zu neugierig, zu uninteressant, zu verkrampft, zu offen. Womöglich auch zu viel auf einmal.

Dazu kam, dass Isabell seit heute Morgen damit beschäftigt war, uns mit Aufträgen bei Laune zu halten und kaum Zeit für etwas anderes blieb. Parallel dazu arbeiteten wir an unserer Suche nach nützlichen Personen, die uns im *Eúnoia*-Fall weiterbringen könnten, nur verliefen sich all unsere Bemühungen dahingehend bisher im Sand.

Wir waren gerade dabei, uns durch *LinkedIn* zu klicken in der Hoffnung, über irgendetwas oder jemand Nützlichen zu stolpern, und ich stellte zum wiederholten Male fest, dass es faszinierend und beängstigend zugleich war, wie viel soziale Netzwerke einem über fremden Menschen verrieten, wenn man gezielt danach suchte.

Ich fühlte mich beinahe schlecht.

Es war eine Sache, in der Privatsphäre einer vertrauten Person herumzuschnüffeln, aber eine andere, es bei einer völlig fremden zu tun. Im ersten Fall denkst du, du würdest jemanden kennen, im zweiten Fall lernst du jemanden kennen, ohne dem Menschen je begegnet zu sein.

So wusste ich über den ehemaligen Vertriebsleiter von *Eúnoia* jetzt zum Beispiel, dass er mittlerweile in der Automobilbranche tätig war, Frau und Hund hatte und jeden Morgen vor der Arbeit ins Fitnessstudio ging.

Ich hatte versucht, per E-Mail Kontakt zu ihm aufzunehmen, versprach mir jedoch nicht viel davon – zumal er umgezogen war und nicht mehr in Boston wohnte.

»Hier.« Ira, der aus der kleinen Büroküche zurückkehrte, stellte mir eine Tasse heißen Kakao vor die Nase, ohne dass ich ihn darum gebeten hatte. Ich atmete den Geruch und den aufsteigenden Dampf ein und spürte, wie die Kälte, die am Fenster kratzte und sich durch undichte Stellen in den Raum zwängte, von mir wich.

Er selbst hatte sich einen Tee besorgt, dessen Kräuterduft sich mit dem meiner Schokolade vermischte.

»Danke.« Ich nahm einen vorsichtigen Schluck und bereute

es sogleich, als ich mir die Zungenspitze daran verbrannte und ein Fluchen unterdrückte.

»Nicht so übermutig.« Es war das erste Mal an diesem Tag, dass ich ihn leicht schmunzeln sah. Ich mochte das kleine Grübchen, das sich dabei in seine Wange grub und eines seiner Muttermale verschluckte.

»Du meinst übermütig«, korrigierte ich.

Er zuckte mit den Schultern. »Ist doch dasselbe.«

Mein Blick wanderte zum Fenster hinaus, während ich in meine Tasse pustete. Die Sonne versteckte sich wieder unter ihrer grauen Wolkendecke, als hätte sie es heute Morgen nicht aus dem Bett geschafft. In den Straßenrinnen hatten sich herabgefallene Blätter angehäuft, die bei jedem Windzug durch die Luft wirbelten und auf den Gehwegen landeten.

Obwohl der gestrige Flockenschauer längst vorüber war, blieb es überraschend kalt. So kalt, dass meine blassen Fingerknöchel ganz trocken und rissig waren.

»Was meinst du, wird *Cabot & Cox* Isabells Angebot annehmen?«, fragte ich, weil ich kurz an mein letztes Telefonat mit meinem Vater zurückdenken musste, in dem er mich indirekt darum gebeten hatte, mich aus seinen Angelegenheiten rauszuhalten.

Aus dem Augenwinkel beobachtete ich, wie Ira sich auf seinen Stuhl setzte. »Schwer zu sagen«, murmelte er. »Jetzt, wo sie wissen, dass wir von dem zweiten Labor erfahren haben, werden sie zigmal überprüfen, ob da irgendetwas ist, das potenziell gefährlich für sie werden könnte.«

»Gut möglich …« Ich riss meinen Blick vom Fenster los und konzentrierte mich wieder auf den Bildschirm meines Laptops, wo ich mich weiter durch ein paar Profile klickte. Dabei stieß ich zufällig auf das von Melindas Tochter Lydia, das erst kürzlich angelegt worden sein musste, da Ira und ich bei unseren letzten Nachforschungen lediglich auf ihr Instagram-Profil gestoßen waren.

Es war noch recht leer, bot dafür jedoch einen Einblick in ihren Lebenslauf, den ich aus Neugier angeklickt hatte. So erfuhr ich, dass sie neben der Highschool in mehreren Restaurants als Kellnerin gejobbt hatte. Am Boston College war sie zudem einigen außerschulischen Aktivitäten nachgegangen, indem sie einer Tierschutzgruppe beigetreten und Mitglied der Studierendenregierung gewesen war. Nach dem Betriebswirtschaftsstudium war sie direkt in das Unternehmen ihrer Mutter eingestiegen.

Ob es ihr Wunsch gewesen war, oder der ihrer Mutter? Und wie war es möglich, dass sowohl ihr Lebenslauf als auch ihr Instagram-Profil im Widerspruch zu ihren Handlungen standen? Sagten sie und ihre Mutter vielleicht doch die Wahrheit, und sie hatten gar nichts zu verbergen? Aber wer sollte davon profitieren, dass das Unternehmen einen solchen Imageschaden erlitt? Hatten sie Feinde? Konkurrenz? Oder hatte sich jemand nur einen Spaß auf ihre Kosten erlaubt?

»Hast du noch etwas gefunden?«, erkundigte Ira sich.

Ich nahm einen vorsichtigen Schluck vom Kakao und schüttelte den Kopf. »Nicht wirklich. Du?«

»Nein.« Ira seufzte und rieb sich über die Nasenwurzel. Mir war vorhin schon aufgefallen, dass sich ungewohnte Schatten unter seine Augen geschlichen hatten. Als hätten seine Gedanken ihn in der vergangenen Nacht fest im Griff gehalten.

Ich *wollte* nicht nachfragen, *sollte* nicht nachfragen und fragte trotzdem: »Hast du schlecht geschlafen?«

Ira sah mich an, und zum ersten Mal zuckte er nicht gleich wieder zurück. »Hatte schon bessere Nächte.« Der Satz kam ihm nur schwer über die Lippen, und das, obwohl er alles, was danach folgen sollte, weiter für sich behielt.

Ich setzte an, nachzuhaken, ob es etwas mit gestern Abend zu tun hatte, da kappte er den Faden, durch den unsere Blicke miteinander verflochten waren, und stand auf. Ich beobachtete, wie er zu den Kartons mit den Unterlagen ging, überlegte und überlegte und kam einfach nicht darauf, was anders zwischen uns war. Doch je länger ich so dasaß, desto wütender ließ es mich werden. Dann hatten wir gestern eben nur einen kurzen Moment miteinander geteilt. Na und? Solang er sich an sein Versprechen hielt, mich künftig nicht mehr als Konkurrentin, sondern Verbündete zu betrachten, konnte es mir gleich sein, ob wir solche Abende wie den gestrigen wiederholten. Wir mussten nicht einmal Freunde werden. *Mir egal, egal, egal.*

Doch je öfter ich das Wort im Kopf wiederholte, desto größer schien seine Bedeutung zu werden. Bis es sich irgendwann so stark in mein Gedankengewebe gepresst hatte, dass ein schmerzhafter Abdruck zurückblieb.

Spät am Abend, als es in der Kanzlei längst leerer geworden war, arbeiteten Ira und ich gemeinsam im Archiv, weil Isabell uns wegen eines Gerichttermins am Montag noch damit beauftragt hatte, für den *Cover-me*-Fall von Natalie Gold nach Präzedenzfällen zu suchen. Dabei waren wir auf Samuel und Laurel gestoßen, die ebenfalls im Archiv saßen und einen Haufen Akten wälzten, um einen passenden Vergleichsfall für ihren näher rückenden Strafprozess zu finden. Und ich musste zugeben: Mit ihnen zusammen im schwachen Goldschimmer der Schreibtischlampen zu sitzen hatte etwas Behagliches – selbst zwischen trockenen Paragrafen und Schriftsätzen.

»Sam, meine Augen *brennen*. Wollen wir nicht langsam nach Hause gehen?«, fragte Laurel irgendwann und rieb sich das Gesicht. »Wir können doch auch nächste Woche weitersuchen. Wir sind gut in der Zeit.«

Samuel blickte nur kurz auf, um die Augen zu verdrehen. »Keiner zwingt dich, hierzubleiben. Abgesehen davon muss ich Bright beweisen, dass ich kein Versager bin, schon vergessen?«

»Du bist kein Versager, sondern ein Mensch mit Fehlern – *wie wir alle*. Wenn dem nicht so wäre, wärst du arbeitslos. Schon mal darüber nachgedacht?«

»Versuchst du gerade, mich aufzubauen? Wie lieb von dir.«

Samuels Miene wurde weich, als er sich vorbeugte, um ihr den Arm zu tätscheln, wurde jedoch schon in der nächsten Sekunde wieder ernst. »Hilft mir jetzt nur leider auch nicht weiter. Außerdem machst *du* immer alles richtig.«

Laurel ließ sich gegen die Lehne ihres Stuhls fallen und lachte trocken auf. »Ganz sicher nicht.«

»Worum ging es in eurem Fall noch mal?«, fragte ich neugierig.

»Unsere Mandantin steht unter Verdacht, ihre Tochter getötet zu haben, die sie zuvor selbst noch als vermisst gemeldet hat. Sie behauptet, das Kind wäre von dem Kindermädchen entführt worden, aber es gibt keinen Beweis dafür, dass es überhaupt jemals ein Kindermädchen gegeben hat«, erzählte Laurel, während sie sich ihr langes Haar zu einem lockeren Knoten auf dem Kopf zusammenband.

Ich runzelte die Stirn. »Was ist mit dem Vater?«

»Ist noch während der Schwangerschaft an einer Überdosis gestorben.«

Mein Magen zog sich zusammen. »Oh Gott. Die Arme.«

»Das sagst du, obwohl du nicht weißt, ob sie eine Mörderin ist?«, fragte Samuel leicht belustigt.

»Schon mal darüber nachgedacht, dass sie das womöglich erst zur Mörderin hat werden lassen?«, schlug Ira vor, der die Unterhaltung bis jetzt wie üblich stillschweigend verfolgt hatte. Er saß auf der Schreibtischplatte und blätterte in einer Akte. »Nach allem, was ich von euch gehört habe, hat sie selbst eine Drogenvergangenheit und ist psychisch vorbelastet.«

Laurel seufzte. »Ja, aber ich glaube trotzdem nicht, dass sie es war. Es passt alles einfach nicht zusammen.«

Er hob den Kopf und warf ihr einen Blick zu. »Was ist mit dem Casey-Anthony-Fall? Habt ihr euch den mal näher angesehen?«

»Du meinst den von 2008?«

Ira nickte.

»Stimmt, den hab ich gar nicht mehr auf dem Schirm gehabt. Danke.« Laurel schenkte ihm ein ehrliches Lächeln, bevor sie nach ihrem Block griff und sich seinen Vorschlag notierte.

»Kein Problem.« Er erwiderte es zurückhaltend, obwohl sie es nicht sah, und ich wünschte, ich würde bei dem Anblick keinen Stich der Eifersucht in meiner Brust verspüren. Mich hatte er heute noch kein einziges Mal angelächelt – nicht so.

Ich beobachtete Ira dabei, wie er seine Akte zurück in einen Karton schob, den Deckel zuklappte und von der Tischkante rutschte. Kurz darauf war er von den Archivregalen verschlungen worden. Einen Moment lang trommelte ich unschlüssig mit den Fingern auf meinem Knie herum, bis ich es nicht mehr aushielt und ihm hinterherging. Er hatte die Kiste gerade in eines der oberen Regale geschoben, als ich mit verschränkten Armen neben ihm stehen blieb.

»Okay, Ira, was ist los? Du gehst mir aus dem Weg, seit ich heute Morgen einen Fuß ins Büro gesetzt habe.«

Er ließ den Arm sinken, blickte auf mich hinunter und runzelte leicht die Stirn. »Ich gehe dir nicht aus dem Weg. Könnte ich nicht mal, wenn ich wollte. Das ist ja das Problem.«

»Was soll das heißen? Was ist los?« Ich folgte ihm, als er ein Regal weiter wanderte und mit seinem Finger über die Beschriftungen der Kartons fuhr. Offensichtlich war er auf der Suche nach etwas Bestimmtem.

»Du hast mich angelogen, das ist los.«

Mein Herz begann, schneller zu schlagen. »Wovon sprichst du?«

Ira sah sich kurz um, um sicherzustellen, dass niemand in der Nähe war. Dann beugte er sich ein kleines Stück zu mir hinunter, gerade so weit, dass sein Atem mein Ohr kitzelte. »Ich spreche davon, dass du nicht die bist, die du vorgibst zu sein, Gracie *Cabot*.«

Eine Gänsehaut rieselte mir den Rücken hinunter, als mir abwechselnd heiß und kalt wurde. »Du weißt es?«

Er nickte, weshalb ich mich mit einer Hand am Regal abstützen musste. Meine Beine waren mit einem Mal so weich, dass ich Angst hatte, sie könnten wie zwei dünne Äste im Wind wegknicken, wenn ich keinen Halt fand.

Kein Wunder, dass er mir den halben Tag über aus dem Weg gegangen war. Wahrscheinlich dachte er, ich würde mir einen albernen Spaß daraus machen. *Hallo, seht mich an, ich gebe mich für das nette arme Mädchen von nebenan aus, obwohl mein Vater zu den einflussreichsten Anwälten Bostons gehört, nur um vor dem Scheinwerferlicht davonzulaufen.*

Sah er mich jetzt anders? Trug ich in seinen Augen wieder das schillernde Kostüm, das ich so verzweifelt abzustreifen versucht hatte? Und falls ja, was bedeutete das? Dass er das, was gestern um ein Haar zwischen uns passiert wäre, bereute?

Wie war es überhaupt möglich, dass er davon wusste? Neben Cassidy wusste nur Jude Bescheid, weil ich es nie jemandem erzählt hatte. Hatte er mich verraten? Sprach es sich vielleicht längst herum, oder würde Ira jetzt dafür sorgen, dass es das tat?

Meine Panikgedanken überschlugen sich, kalter Schweiß sammelte sich in meinem Nacken und in meinen Handflächen. »Also schön, von wem hast du es? Jude?«

Bei der Erwähnung von Jude wurde sein Blick wachsam. »Darling weiß es? Woher? Von dir?«

»Natürlich nicht. Er hat es selbst rausgefunden, so wie du anscheinend auch.« Ich ließ mich mit dem Rücken gegen das Regal sinken und meinen Kopf auf einer der Ablagen ruhen, um mehrmals tief durchzuatmen. »Was hat mich verraten?«

»Du meinst, abgesehen von deinem nervösen Augenzucken, wann immer wir über deinen vermeintlichen Onkel gesprochen haben?« Ein Hauch von Spott klang in seiner Stimme mit. »Vielleicht solltest du nächstes Mal eine Kanzlei nennen, die auch wirklich existiert, Smartie.«

Ich verzog das Gesicht. Wer hätte denn damit rechnen können, dass Ira zu Hause sofort seinen Laptop aufklappen würde, um nach der Kanzlei zu suchen? Wenn ich das geahnt hätte, wäre ich bei meiner Auswahl deutlich klüger vorgegangen.

»Okay, und was jetzt?«, fragte ich und stierte ihn trotzig an. »Willst du den anderen davon erzählen?« Bei dem Gedanken daran flatterte mein Puls wie die Flügel eines Kolibris.

Wenn sie davon erfahren sollten, würden sie mich nicht nur aus einem anderen Blickwinkel betrachten oder mir womöglich unterstellen, ich wäre nur aufgrund meines Namens eingestellt worden. Nein, sie würden vielleicht auch damit anfangen, tiefer zu bohren, um herauszufinden, warum ich nicht bei *Cabot & Cox* arbeitete. Und das konnte ich nicht riskieren. Nicht wenn neben meinem Ruf auch der meines Vaters, sogar der meiner Stiefmutter auf dem Spiel standen.

Ich mochte mir zwar immer einreden, dass es keine Rolle spielte, aber insgeheim tat es das. Hatte es immer. Denn dafür dachte ich doch eine Spur zu oft an andere.

»Nein, will ich nicht«, entgegnete Ira seelenruhig. »Ich würde nur gern wissen, warum du mir gestern nicht einfach erzählt hast, dass du deinen Namen geändert hast. Weshalb überhaupt?«

»Ich habe es dir nicht erzählt, weil es niemanden etwas angeht. Weder *dass* ich es getan habe, noch, *warum* ich es getan habe.«

Dass Jude davon wusste, war schon gefährlich genug. Nun waren es zwei Menschen, denen ich gezwungenermaßen vertrauen musste; zwei Menschen, die ich im Grunde kaum kannte. Der einzige Unterschied zwischen ihnen bestand darin, dass ich mich zu einem von ihnen auf merkwürdige Weise hingezogen fühlte. So sehr, dass mein verräterisches Herz selbst in diesem Moment spürbar gegen meinen Brustkorb klopfte, weil er mir so nah war.

»Okay, ich dachte nur, genau darum ging es bei der ganzen Sache? Dass wir offen und ehrlich miteinander sind und uns Dinge anvertrauen können, die niemand anderes von uns weiß.«

Er lehnte sich neben mich. »Denkst du etwa, all das, was ich dir erzählt habe, war gelogen?«

Ich musterte ihn aufmerksam. Dadurch dass die hohen Regale einen großen Teil des Lichts absorbierten, wirkten seine Gesichtszüge härter. Irgendwie rauer. Nur der Ausdruck seiner Augen war derselbe; ein wenig nachdenklich, ein wenig zu intensiv. *Ein wenig zu grün.*

»Was ist zwischen euch passiert? Wieso arbeitest du nicht bei ihm?«, fragte er vorsichtig, weil ich mich auch eine halbe Minute später nicht zu einer Antwort hatte durchringen können.

Dabei glaubte ich ihm. Zumindest so weit, um mir sicher zu sein, dass er mir in Bezug auf sein Leben nichts vorgemacht hatte. Aber was war mit dem Rest?

»Nichts ist passiert«, murmelte ich ausweichend. Ira hob eine Augenbraue, ich seufzte tief. »Ich habe dir schon gesagt, dass ich mir etwas Eigenes aufbauen wollte, der Part war nicht gelogen. Außerdem … habe ich herausgefunden, dass meine Eltern Dinge getan haben, die ich nicht gutheißen kann.«

Ein Schleier der Besorgnis legte sich über sein Gesicht. »Du musst es mir nicht erzählen, wenn du nicht möchtest. Aber falls doch, kannst du mir vertrauen.«

Ein kurzes verbittertes Lachen sprengte meine Lippen. *Ja, das habe ich schon einmal gehört.* Und es hatte mich einiges gelehrt.

Ich verschränkte die Arme vor der Brust, baute mir zumindest eine kleine Schutzmauer, hinter der ich mich verstecken konnte. »Woher soll ich wissen, dass ich dir wirklich vertrauen kann, Ira? Weil du mir etwas auf dem Klavier vorgespielt hast?«

Er schnaubte. »Du fängst schon wieder mit diesen Zweifeln an.«

»Dann sag mir, wie ich sie stoppen soll.«

Bitte, ich weiß es nämlich nicht.

Ira stieß sich mit seiner Schulter von dem Regal ab und stellte sich vor mich. So dicht, dass unsere Schuhspitzen einander berührten und mein Körper automatisch unter Spannung geriet. Ich hätte zur Seite weichen können, aber ich tat es nicht.

»Indem du mir glaubst, wenn ich dir sage, dass ich dich gernhabe«, antwortete er eine Spur fester. »Wie soll ich dir das zeigen, wenn du mir nicht mal eine Chance gibst, dich richtig kennenzulernen?«

Seine Worte sickerten nur zähflüssig zu mir hindurch. »Du hast mich gern?«

Er nickte entschieden. »So gern, dass ich mich seit unserem Abschied frage, warum ich dich verdammt noch mal nicht geküsst habe.«

Ja, ich mich auch. Mein Herz pochte und pochte, und ich wartete darauf, dass es mir jeden Moment aus der Brust sprang.

»Selbst jetzt noch?«

»Selbst jetzt noch«, bestätigte er. »Gracie, mir ist so was von egal, wo du herkommst oder wer deine Eltern sind. Du bist doch immer noch du.«

Lächelnd schloss ich die Augen. »Ich mag das.«

Die Art, wie seine Samtstimme jeden einzelnen Buchstaben meines Namens umfasste. Er sprach ihn aus, als bildete er die zarteste Liebkosung der Welt.

»Was?«, fragte er irritiert.

»Wie du meinen Namen sagst. Eigentlich kann ich ihn nicht leiden.«

»Warum nicht?«

Weil Gracie von Segen *kommt und ich nicht das Gefühl habe, eine Bereicherung für die Menschen zu sein.* »Keine Ahnung …«

Iras Blick prickelte wie Brausepulver auf meinen Lippen, dabei sah ich ihn nicht mal. Ich fühlte ihn nur, fühlte alles von ihm, obwohl er mich nicht berührte. Seine Wärme. Seinen Geruch. Seinen Atem auf meiner Haut. Wieso berührte er mich nicht?

»*Gracie*«, wisperte er wieder. »Sieh mich an.«

Meine Lider flatterten. Dann öffnete ich die Augen und begegnete seinen, die wie ein See bei Nacht glänzten. Er lehnte sich vor, bis seine Unterlippe hauchzart über meinen Mundwinkel strich und meine Atmung ins Stocken brachte.

»Ich weiß nicht, ob das eine gute Idee ist.«

»Was spricht dagegen?«

Ja, was eigentlich, abgesehen davon, dass er mein Kollege war? Die Tatsache, dass wir im Archiv standen und jederzeit von irgendjemandem erwischt werden könnten? Ich wusste, dass das nicht der wahre Grund für mein Zögern war. Und Ira wusste es auch. Er seufzte kaum hörbar und wich ein Stück zurück. »Gut, was ist das Schlimmste, das passieren könnte?«

Ich blinzelte. »Wie bitte?«

»Denk deine Was-wenn-Gedanken mal zu Ende. Was ist das Schlimmste, das passieren könnte, wenn ich dich jetzt küssen würde?«

Am liebsten hätte ich laut aufgelacht. Wo sollte ich anfangen? Ich hätte mich genau hier auf den Boden setzen und in den nächsten zwei Stunden eine ganze Liste mit Dingen zusammenstellen können, die schiefgehen könnten. Trotzdem ließ ich mich auf sein Spiel ein. »Du könntest mir nur etwas vormachen.«

Ira legte den Kopf schief. »Geht das auch genauer?«

»Du könntest dir hiermit mein Vertrauen erschleichen und hinter meinem Rücken irgendetwas planen, um mir zu schaden.«

»Zum Beispiel?«

»Du könntest das mit meiner Familie rumerzählen und dir obendrein noch irgendwelche anderen Geschichten einfallen lassen, um mich schlecht dastehen zu lassen. Damit würdest du mich nicht nur verletzen, sondern hättest auch dafür gesorgt, dass die Leute in der Kanzlei anfangen, über mich zu reden. Also würde ich noch mehr an mir selbst zweifeln, und das wiederum würde sich auf meine Arbeit auswirken. Wer weiß, vielleicht geht Isabell zu Natalie, um sich über mich zu beschweren. Dann wirft die mich raus, und ich müsste meinen Vater anbetteln, doch in seiner Kanzlei arbeiten zu dürfen, weil ich nicht gut genug bin, um es allein zu schaffen.«

Ira stieß einen scharfen Atemzug aus. »Ganz schön viel, was passieren müsste, damit dein Worst-Case-Szenario eintritt, oder? Was denkst du, wie wahrscheinlich ist es, dass es dazu kommt?«

Ich überlegte einen Moment, spielte kurz sogar mit dem Gedanken, es mir auszurechnen. »Nicht sehr wahrscheinlich«, gab ich stattdessen zähneknirschend zu.

Ein Lächeln zupfte an seinen Lippen. »Und für den Fall, dass wir einander vertrauen? Was passiert dann?«

Mir wurde warm. »Wir … könnten uns öfter küssen.«

»Und dann?«

»Könnten wir uns ineinander verlieben.«

»Gut möglich«, murmelte er, den Blick auf meine Lippen gerichtet. »Und weiter?«

»Na ja, dann würden wir entweder glücklich miteinander werden, oder wir gelangen früher oder später zurück zu Herzbruch-Option A und sind bis an unser Lebensende dazu verdammt, einander jeden Tag auf der Arbeit über den Weg zu laufen.«

Ira schüttelte entschieden den Kopf. »Vergiss Option A. Wir wissen dank unseres Jobs beide, dass immer mehrere Faktoren eine Rolle spielen und es in den seltensten Fällen genauso kommt, wie man es erwartet hat.«

Er hatte recht. Es war unser Job, jeden möglichen Fallausgang in Betracht zu ziehen, um böse Überraschungen zu vermeiden. Aber nur selten verlief alles genau nach Plan. Egal wie sehr man sich um eine ausgefeilte Strategie bemühte.

»Und welche Option schlägst du vor?«, fragte ich.

Sein Gesicht wurde wieder eine Spur weicher, als sich ein kleines Schmunzeln darauf abzeichnete. »Ich schlage vor, dich zu küssen und auf jede davon zu pfeifen.«

»Damit machst du es dir ziemlich leicht, oder nicht?«

»Das ist wohl der Unterschied zwischen uns beiden.«

Ich lachte leise. »Stimmt.«

»Gracie.« Er lehnte seine Stirn gegen meine und gab ein Seufzen von sich, in dem sämtliche Frustration mitschwang. »*Bitte.*«

Er klang, als würde es ihn allmählich umbringen, keine Antwort von mir zu erhalten, und ich verstand wirklich nicht, wo er all diese Geduld hernahm, weil ich an seiner Stelle vermutlich schon längst die Nerven verloren hätte. Also stellte ich mich kurzerhand auf die Zehenspitzen und küsste ihn, weil ich meinen Namen auf seinen Lippen schmecken wollte. Und in erster Linie einfach, weil ich wollte. Ich wollte so, so sehr. Und es war … beängstigend. Ira zu küssen fühlte sich in der ersten Sekunde an wie ein endloser freier Fall.

Ich fiel.

Und ich küsste.

Und ich fiel.

Und ich küsste.

Dabei wartete ich die ganze Zeit auf den harten Aufprall, der einfach nicht kam – weil dieser Kuss unsere ganz eigene Art von *trust fall* war. Ein Sicherheitsnetz, das mich nicht nur auffing, sondern schwungvoll zurück in die Höhe katapultierte.

Iras Lippen waren warm und weich, sein Atem heiß, und das Seufzen, das von seinem Mund in meinen kletterte, ein Beweis dafür, dass er in dieser Sekunde genau dieselbe Erlösung verspürte wie ich, weil plötzlich alles Sinn ergab. Jeder verstohlene Blick, jede flüchtige Berührung, jedes unausgesprochene Wort, bei dem ich mir genau das hier heimlich ausgemalt hatte.

Und *verflucht*. Dieser Moment war Ineinander-Vergehen und Miteinander-Vergehen, ein Ich-will-nie-wieder-gehen, wenn das bedeuten würde, hiermit aufhören zu müssen.

Ira wich ein kleines Stück zurück, die Lippen leicht geöffnet, die Augen verhangen. Er sah mich an, als wollte er mir Zeit zum Überdenken geben – die ich nicht brauchte. Dann legte er seine Hand in meinen Nacken und küsste mich wieder, tiefer und drängender dieses Mal. In diesem Kuss lag keine Ruhe, wie sie für ihn typisch war, sondern seine schlaflose Nacht, weil der Gedanke hieran ihn tatsächlich wach gehalten hatte. Und ich mochte die Vorstellung. *Sehr.*

Er schob sein Becken nach vorn, sodass es unweigerlich an meines stieß, und *mein Gott*. Alles in mir pochte und brannte. Ich kam nicht mal dazu, irgendetwas zu zerdenken oder mich zu fragen, ob dieser Ort vielleicht nicht der geeignetste dafür war, oder ich meine Finger lieber nicht in seinem Haar vergraben sollte. Ich tat es einfach. Ich *fühlte*. Und am liebsten hätte ich genau dieses Gefühl in einen Karton gepackt und zu den tausend anderen in diesem Archiv gestellt, weil die Erinnerung daran eine war, die ich aufbewahren wollte.

»Gracie«, seufzte er wieder. »Verdammt …«

Eigentlich waren wir beide nicht die Sorte Mensch, die viel fluchte, aber besser hätte ich es nicht ausdrücken können.

Wann war ich zuletzt auf diese Weise geküsst worden? So bedächtig und gleichzeitig … brennend? War ich überhaupt schon einmal so geküsst worden?

Ich spürte allmählich die Kante des Regals in meinem Rücken und wollte mich von ihm lösen, da vernahm ich am Rand meines Bewusstseins plötzlich eine mir bekannte Stimme.

»Ich glaub's ja nicht.«

Unsere Köpfe fuhren gleichzeitig herum. Es dauerte einige Sekunden, bis sich meine Sicht scharf gestellt hatte und ich Otis ausmachen konnte, der mit einem fetten Grinsen auf den Lippen wenige Meter von uns entfernt im Gang stand. Prompt wichen Ira und ich auseinander.

»Hey, lasst euch von mir nicht stören. Ich bin gar nicht da«, flötete er gut gelaunt, bevor er auf das Regal zu meiner Linken zusteuerte und Ira im Vorbeigehen kurz auf die Schulter klopfte. »Respekt, hätte nicht gedacht, dass es dir noch gelingt, mich zu überraschen.«

Ich spürte, wie mir Hitze in die Wangen stieg. Auch Ira schien Otis' Auftauchen sichtlich unangenehm zu sein, sofern ich die Flecken an seinem Hals richtig deutete. »Was machst du hier?«

Otis lachte, während er die Beschriftungen der Kartons überflog und daraufhin einen davon herauszog. »Mal überlegen, was macht man denn so in einer Anwaltskanzlei? Oh, richtig: Ich *arbeite* hier – im Gegensatz zu euch, wie es aussieht. Aber keine Panik, ich werde dieses Geheimnis hüten, als wäre es mein eigenes.«

Sein Zwinkern machte die ganze Situation noch unangenehmer, als sie ohnehin schon war, weshalb ich den Impuls verspürte, ihr zu entfliehen.

Ohne ein Wort zu sagen, strich ich meine Bluse glatt und griff nach einem beliebigen Karton, mit dem ich zu den anderen zurückkehrte. Otis und Ira folgten mir, und ich hoffte inständig, dass sie nicht sehen konnten, wie meine Beine zitterten.

»Ihr wart aber lange weg. Ich dachte schon, ich hätte endlich zwei Konkurrenten weniger«, murmelte Samuel, der nur flüchtig den Blick von seinen Unterlagen hob.

Laurel, die deutlich aufmerksamer war, musterte erst mich, dann Ira etwas genauer. Als er es bemerkte, fuhr er sich mehrmals durchs Haar, das dank mir völlig zerzaust war.

Ein winziges Lächeln umspielte ihre Mundwinkel, bevor sie sich wieder ihrer Akte widmete und zu meiner Erleichterung keine Nachfragen stellte.

Ich warf noch einen letzten Blick auf Ira, der ihn auffing und festhielt. Er selbst sprach kein Wort, seine leuchtenden Augen taten es für ihn. Und ich war mir ziemlich sicher, dass mir gefiel, was sie sagten.

17
Gracie

Halloween fiel dieses Jahr auf einen Samstag – ganz zur Freude von Cassidy, die mir jedes Jahr aufs Neue damit in den Ohren lag. Eine alte Kommilitonin hatte sie zu einer Kostümparty eingeladen, zu der sie uns alle hatte mitschleppen wollen. Allerdings hatte für mich schnell festgestanden, dass ich nicht mitgehen würde, weil mir nach unserer anstrengenden Arbeitswoche einfach nicht danach war. Dementsprechend hatte ich dankend abgelehnt, weshalb sie letztlich allein mit den anderen aus der Kanzlei losgezogen war – allen außer Jude, der sich aus Prinzip aus allem raushielt, und Ira.

Als dieser erfahren hatte, dass ich mich ausgeklinkt hatte, war seine Reaktion prompt in Form einer Textnachricht erfolgt.

Dann gehe ich auch nicht mit.

Warum nicht?

Brauchst du darauf wirklich noch eine Antwort, Smartie?

Ich hätte gern *Ja* zurückgeschrieben, weil ich gehofft hatte, dass diese Antwort mir verraten würde, was dieser Kuss gestern zu bedeuten gehabt hatte, da ich nicht aufhören konnte, darüber nachzudenken.

War er der Beginn von etwas? Ein Ausrutscher? Ein Fehler?

Wir schienen uns beide schnell einig darüber gewesen zu sein, dass eine Kanzlei nicht der passende Ort war, um ein solches Gespräch zu führen. Wahrscheinlich hatte er mich deshalb heute Mittag gefragt, ob ich später zu ihm rüberkommen wollte, um mir einen Film mit ihm anzusehen. Da wir allerdings erst halb neun vereinbart hatten, lag ich seit einer geschlagenen Stunde auf dem Sofa herum, beobachtete das Schattenspiel der Baumkronen im flackernden Kerzenlicht und wartete darauf, dass der Zeiger meiner Uhr Aufbruch anzeigte. Währenddessen schlugen meine Gedanken große Wellen und brachen sich immer und immer wieder an denselben Fragen.

Was würde passieren, wenn ich gleich rüberginge? Würden wir uns noch mal küssen? *Ich will ihn noch mal küssen.* Würde er mich darum bitten, es einfach zu vergessen? *Ich kann das nicht vergessen.* Wie auch? Ira hatte sich mit seinen Siegel-Lippen unwiderruflich in mein Herz gestempelt, und nun war der Abdruck zu tief, um ihn spurlos wieder entfernen zu können.

Als meine Uhr endlich kurz vor halb zeigte, glitt ich mit einem nervösen Flattern im Magen vom Sofa und ging ins Bad, wo ich dreimal den Sitz meiner Haare überprüfte und mir einen Hauch von Parfüm auf den Hals sprühte. Anschließend schlüpfte ich in Jacke und Schuhe und hielt kurz vor dem Öffnen der Tür noch einmal inne, um unter den Stoff meines Kleides zu spähen und die Farbe meiner Unterwäsche zu überprüfen.

Noch in derselben Sekunde schüttelte ich den Kopf über mich selbst. *Ist das wirklich deine einzige Sorge?*

Kaum war ich die Treppe hinuntergesprungen und unter feinstem Nieselregen zum Haus gegenüber gelaufen, drückte ich mit trommelndem Herzen neben dem Namen *Briggs* auf die Klingel.

»Ja, bitte?«, kam es mit einem hörbaren Grinsen aus der Gegensprechanlage.

Ich verdrehte die Augen. »Nun mach schon auf, bevor ich mir hier draußen den Hintern abfriere.«

Sobald das Geräusch des Öffners ertönte, stieß ich die Tür auf. Als ich Iras Etage erreicht hatte und ihn im Türrahmen stehen sah, war ich außer Atem. Allerdings nicht, weil ich so schnell hinaufgerannt war, sondern weil sein Anblick mich völlig unvorbereitet traf. Bisher hatte ich Ira nur in Hemden und

Anzughosen gesehen. Jetzt, wo er ein dunkles Shirt und eine gewöhnliche Sweathose trug, erschien er mir wie ein Pixelfehler im Bild – einer, der nett anzusehen war. Sehr nett.

»Hey«, sagte ich, als ich mich wieder gefangen hatte.

Er lächelte und trat einen Schritt zur Seite. »Komm rein.«

In Iras Wohnung war es angenehm warm und roch seltsam vertraut, obwohl ich nie zuvor hier gewesen war. Ich zog Schuhe und Mantel aus und blickte mich in dem schmalen Flur um.

Die gemusterten petrolfarbenen Wände waren unter den diversen Bilderrahmen, die daran hingen, kaum zu erkennen.

Es waren nicht nur Fotos oder Gemälde, auf denen hauptsächlich Natur abgebildet war, sondern auch Bleistiftskizzen von der Milchstraße und Planeten oder alte Schallplattencover, die er eingerahmt hatte. Ich hätte Stunden hier stehen und sie mir anschauen können, nur um mich zu fragen, ob und welche Bedeutung sie für ihn hatten.

In seinem Wohnzimmer sahen die Wände nicht bedeutend anders aus. Zwar besaß ich von meinen Fenstern aus einen kleinen Einblick in sein Wohn- und Schlafzimmer, doch hatten diese paar Ausschnitte kaum genügt, um seine Wohnung als Ganzes zu begreifen. Er schien sämtliches Inventar auf einem Flohmarkt oder in einem Antiquariat erstanden zu haben. Da waren die Möbel aus dunklem Eichenholz mit grünen Samtüberzügen, die brokatenen Vorhänge und Teppiche, drei Lampen mit floralen Lampenschirmen, ein paar Pflanzen auf der Fensterbank, deckenhohe Regale, gefüllt mit Büchern, CDs und Schallplatten, dazwischen ein Plattenspieler, aus dem leise *Baker's Dozen* von Tow'rs erklang.

Iras Wohnung erinnerte mich an das *Epiphany*, und je länger ich mich umschaute, desto mehr dachte ich: *Ja, das ergibt alles Sinn.*

»Wahrscheinlich bist du anderes gewohnt, aber es lässt sich gut aushalten«, bemerkte er, während ich meinen Blick weiter schweifen ließ.

An seinen Worten haftete ein unangenehmer Beigeschmack, und dennoch hatte er recht; vor meinem Umzug nach Fenway war ich tatsächlich anderes gewohnt gewesen. Aber anders war nicht immer besser. Nicht in diesem Fall.

»Machst du Witze? Es ist perfekt.«

Und so viel besser als alles, was ich kannte. Weil es ein Herz und eine Seele besaß. Weil es aussah, als würde hier wirklich jemand *wohnen*. Und weil dieser Jemand Ira war.

»Möchtest du was trinken oder essen?«, fragte er.

Ich drehte mich langsam zu ihm um und fuhr mit meinem Blick sein Gesicht hinauf. »Hast du Tee da?«

Wieder ein Lächeln, das wie ein Windhauch über seine Lippen huschte. »Klar.«

Während Ira uns in der Küche Tee machte, ging ich dazu über, mir seine Habseligkeiten etwas genauer anzuschauen.

Ich fand so vieles: Bücherstapel, die er kurzerhand als Abstelltische genutzt hatte, getrocknete Blumen in den Regalen, eine Taschenuhr, die von einem Nagel an seiner Wand hing, oder alte Briefbeschwerer aus Messing, von denen ich mich fragte, wozu er sie besaß.

Als er zurückkam, stellte er zwei Tassen auf dem zerschlissenen Lederkoffer ab, der seinen Wohnzimmertisch darstellte, und musterte mich einen Moment lang mit undurchsichtiger Miene.

»Was ist?«, fragte ich und blickte automatisch an mir hinunter.

Ich trug eine weinrote Strumpfhose, ein senfgelbes mit Blumen besticktes Kleid, das mir bis zu den Knien reichte, und einen dunkelgrünen Haarreif.

Ira unterdrückte ein Schmunzeln, das sein Grübchen zum Vorschein brachte, und schüttelte den Kopf. »Nichts. Ich habe nur gerade gedacht, dass du hier ganz gut reinpasst.«

Meine Wangen wurden warm. »Du meinst, weil ich *nicht* reinpasse?«

»Haargenau.« Er lachte. »Schon eine Idee, welchen Film du sehen willst?«

Ich ging zu seinem Plattenspieler, um die Nadel neu aufzusetzen, weil der Song ausgelaufen war. »Wenn du mich nicht gefragt hättest, ob ich rüberkommen möchte, hätte ich mir wahrscheinlich *Abbitte* angeschaut. Aber wir können uns auch was anderes aussuchen. Eigentlich kenne ich ihn sowieso schon fast in- und auswendig.«

Was mich nicht davon abhielt, Briony trotzdem jedes Mal für das zu verfluchen, was sie Cecilia und Robbie angetan hatte. Wahlweise auch, darüber in Tränen auszubrechen.

Ira ließ sich aufs Sofa fallen und hob eine Augenbraue. »Wenn du ihn in- und auswendig kennst, hat das sicher seinen Grund. Lass ihn uns ansehen.«

Er klopfte auf den freien Platz auf der Couch, also setzte ich mich zögerlich neben ihn und wünschte, es würde mir gelingen, nicht so verkrampft zu sein. Die erste Viertelstunde des Films wusste ich nicht, wie ich mich verhalten sollte oder wohin mit meinen Gliedmaßen. Wollte er meine Nähe? Wollte er sie nicht? Was war zu viel, was zu wenig? Doch je ungezwungener unsere Unterhaltung wurde und je stärker ich von der wohltuenden Wärme angezogen wurde, die von ihm zu mir hinüberkroch, desto gelöster sank ich gegen ihn.

»Bin ich eigentlich der Einzige«, wisperte er, als Cecilia und Robbie sich gerade zum ersten Mal näherkamen, »dem immer wieder auffällt, dass in den meisten Liebesfilmen schon das kürzeste und unbedeutendste Gespräch ausreicht, damit sich die Hauptfiguren unsterblich ineinander verlieben?«

Ich musste lächeln. »Sich zu verlieben ist ja auch ziemlich leicht. Schwerer wird es, wenn es darum geht, *wirklich* und wahrhaftig zu lieben. Wenn das Anfangsgefühl abebbt und man plötzlich Seiten an dem anderen erkennt, die man vorher nicht gesehen hat. Oder vielleicht nicht sehen wollte.«

Als ich nach meiner Tasse griff, um einen Schluck von meinem – inzwischen kalten – Lavendeltee zu nehmen, spürte ich Iras Blick auf mir. »In meinem Studium bin ich mal über ein Zitat von William Faulkner gestolpert, das ich nie wieder vergessen habe. Mit anderen Worten hat er gesagt, dass man einen Menschen nicht nur lieben sollte, *weil* er so ist, wie er ist, sondern eher *obwohl* er so ist, wie er ist. Mit seinen guten Eigenschaften wie auch seinen Unvollkommenheiten. Damit ist natürlich nicht gemeint, dass man sämtliche Warnzeichen ignorieren sollte, aber die kleinen Fehler und Macken eben, die wir alle haben. Und das ist doch irgendwie der Kern des Ganzen, oder? Den Menschen zu finden, der uns das Gefühl gibt, dass unser Chaos trotz allem … Sinn ergibt.«

Ira lächelte und sah auf unsere Hände hinunter, die dicht beieinanderlagen. Er hob seinen Finger und malte die Linien auf meiner Handfläche nach, seine Berührung wolkenweich.

»Lustig, dass du von Chaos sprichst.«

Meine Stirn kräuselte sich. »Wieso?«

»Weil es das Erste war, das mir in den Sinn kam, als ich dich gesehen habe«, antwortete er. »Du hast irgendeine Art von Chaos mit dir herumgetragen. Ich habe das lange Zeit nicht verstanden, weil du dir auf der Arbeit immer so viel Mühe gibst, ordentlich und strukturiert zu sein. Aber es sind deine Gedanken, stimmt's? Du versuchst einfach nur, sie zu ordnen.«

Mein Lächeln verblasste wie die Farbe auf einem Aquarellgemälde, als ich mehrmals schlucken musste. »Richtig, ich *versuche* es. Und trotzdem ziehe ich andauernd andere Menschen mit hinein.«

Ira war das beste Beispiel.

Das schien auch er gerade zu denken, denn er lachte. »Ich gebe zu, dass ich es die ersten Tage vermieden habe, dir öfter als nötig in die Quere zu kommen. Aber ich habe festgestellt, dass nichts Schlimmes passiert, wenn wir uns näherkommen. Wir sind so was wie zwei gegensätzlich geladene Teilchen, die einander anziehen und sich dann einfach in ihrer Ladung aufheben.«

Oder sich ausgleichen, dachte ich.

»Du konntest mich nicht leiden, oder?«

Ira lachte wieder, als er meine Fingerkuppen mit seinen antippte. Eine nach der anderen – jedes Mal ein kleiner Stromschlag. »Du mich auch nicht.«

»Das stimmt nicht. Na ja, nicht direkt«, widersprach ich. »Aber wo wir gerade dabei sind, vielleicht habe ich dich wirklich ganz gern beobachtet.«

Seine Augen funkelten amüsiert. »Was du nicht sagst.«

Natürlich war es für ihn keine Überraschung. Ich hatte mir auch nicht besonders viel Mühe gegeben, es vor ihm zu verbergen.

»Ich beobachte dich generell sehr gern. Beim Arbeiten, beim Lesen oder beim Nachdenken. Es besänftigt mich. Eigentlich alles an dir, weil in deiner Nähe alles immer … *besser* ist.« *Immer grün. Immergrün.* »Du hast eine Aventurin-Aura.«

»Eine … was?«, fragte er und blinzelte verwundert.

Ich hob überrascht die Brauen. »Aventurin? Der Edelstein? Man sagt, er würde Ruhe und Gelassenheit ausstrahlen. Im antiken Griechenland hat man ihn in die Kleidung von Soldaten eingenäht, um ihnen Mut und Tapferkeit zu verleihen.« Als ich Iras Gesichtsausdruck bemerkte, winkte ich ab. »Ich weiß, wen interessiert das schon? Ich meine –«

Weiter kam ich nicht, weil Ira sich zu mir hinunterbeugte und mir einen warmen Kuss auf die Lippen drückte. Als ich mich in der ersten Sekunde perplex versteifte, wich er sofort zurück.

»Verdammt, tut mir leid«, murmelte er. »Das war unhöflich. Und … unangebracht und –« *Absolut richtig.*

Dieses Mal war ich diejenige, die ihn unterbrach, indem ich ihn küsste. Ich fuhr mit meiner Hand über seine Brust, von dort hinauf zu seinem Nacken und grub meine Finger in sein Haar.

Dieser Kuss war anders als der letzte. Mehr wie ein bewusstes Fallenlassen ohne beängstigende Ungewissheit. Und ich genoss es; den Geschmack von Lavendeltee auf seiner Zunge genauso wie das Gefühl seiner Zähne, die sanft in meine Unterlippe bissen.

Der Film war vergessen. Meine Unsicherheit auch.

Ich stieg kurzerhand auf seinen Schoß, strich über seine Schultern und seine Brust. Beides war fest und warm, ähnlich wie sein Griff um meine Taille, von wo aus seine Hände stetig tiefer und tiefer wanderten. Er ließ sie unter mein Kleid gleiten, fuhr damit meine Schenkel hinauf und grub seine Finger in den Stoff meiner Strumpfhose. Unser Atem wurde flacher, unser Kuss tiefer und drängender. Als ich kaum merklich mein Becken vorschob, entwich ihm ein heiseres Stöhnen, das wie Sandkörner meine Wirbelsäule hinabrieselte und eine Gänsehaut nach sich zog.

»Ira?«, hauchte ich an seinem Mund.

»Hm-mh?«

»Wir sollten hierüber sprechen.«

»Was gibt es da zu besprechen?« Er lehnte sich vor und vergrub die Nase in meiner Halsbeuge, atmete mein Parfüm ein. »Ich mag dich, du magst mich. Und wir versuchen beide, herauszufinden, was das bedeutet. Ende der Geschichte.«

Ich legte den Kopf in den Nacken und schloss mit einem Seufzen die Augen, als er sanft an meinem Hals saugte. »Ich weiß nicht, ob das eine gute Idee ist.«

»Das hast du gestern auch schon gesagt. Müssen wir das Ganze noch einmal durchkauen?«

Er hatte recht. Immerhin hatte er deutlich gemacht, wie er zu der Sache stand. Und ich wollte ihm glauben, wirklich. Nur war da noch immer diese Stimme in meinem Kopf, die in stillen Momenten flüsterte: *Und wenn er es doch nicht ernst meint?*

Ira schien meine Bedenken zu hören. »Gracie. Ich verstehe, dass du über alles die Kontrolle haben musst. Aber wenn du immer nur vor allem Angst hast, wann willst du dann mutig sein? Lass uns einfach sehen, wo es hinführt, okay? Ganz ungezwungen.«

Ich sah ihm in die Augen, suchte nach irgendeinem Anzeichen, das mir verriet, dass er log, doch fand nichts. Nur tiefstes, aufrichtigstes Grün. Also nickte ich, sagte »Okay«, und dachte gleichzeitig: *Bitte enttäusch mich nicht.*

18
Gracie

Die nächste Woche verging nicht in Tagen, sondern in Stunden. Stunden, die ich beinahe ausnahmslos mit Ira verbrachte; in denen wir zusammen aßen, einander vor dem Einschlafen Nachrichten hin- und herschickten oder uns in flüchtigen Küssen zwischen den Archivregalen verloren.

Die Zeit außerhalb der Arbeit wurde in seiner Gegenwart zu einer Sanduhr, deren Minutenkörnchen zu schnell ausliefen, bis die Nacht schon wieder einen neuen Tag mit sich brachte.

Natürlich hatten die anderen aus unserer Gruppe schnell bemerkt, dass sich seit dem Wochenende etwas Grundlegendes zwischen uns verändert hatte. So hatte Otis beim Mittagessen am Montag gesagt, dass er es sowieso nicht lange ertragen hätte, unser Geheimnis für sich zu behalten. Und Samuel, dass es für jede außenstehende Person offensichtlich gewesen sein dürfte.

Es war die Art und Weise, wie wir inzwischen miteinander sprachen, einander ansahen oder berührten; als wären unsere Gesichter zu Spiegeln unserer Gefühle geworden.

Wenn ich Cassidy nicht schon nach unserem Treffen im *Epiphany* davon erzählt hätte, wäre es ihr spätestens an meinem Lächeln aufgefallen, das ich seit unserem ersten Kuss nicht mehr abgelegt hatte. Es gehörte neuerdings unweigerlich zu mir, und ich hoffte so sehr, dass es nicht verblassen würde.

Was unseren *Eúnoia*-Fall anging, hatte sich im Laufe der vergangenen Tage ebenfalls etwas getan. So waren die von mir eingesendeten Kosmetikprodukte mittlerweile auf ihre Inhaltsstoffe überprüft worden. Zurückgekommen war ein Ergebnis, das sich auf der einen Seite wie ein Erfolg, auf der anderen Seite wie ein Schlag in die Magengrube angefühlt hatte.

Tatsächlich hatte sich herausgestellt, dass die Produkte noch immer dieselben Inhaltsstoffe aufwiesen wie bei ihrem ersten Testdurchlauf. Stoffe, deren gesundheitliche Auswirkungen nur schwer abzuschätzen waren, weshalb sie eigentlich Versuche an Tieren erfordern würden, um ihre Unbedenklichkeit zu garantieren. Da diese jedoch nirgendwo in den Versuchsberichten des Labors auftauchten, vermuteten wir, dass die Unterlagen gefälscht worden waren, um zum einen die Tierversuche zu vertuschen, und zum anderen, um die Produkttestergebnisse für die Gesundheitsbehörde markttauglich aussehen zu lassen. Nur wussten wir nicht, von wem.

Isabell vermutete hinter dem Ganzen eine Kontaktperson im Labor, die womöglich Schmiergeld von dem Unternehmen erhielt. Schließlich war es unwahrscheinlich, dass sich ein so großes Labor wie dieses, das zudem eng mit der Behörde zusammenarbeitete, strafbar machen würde, indem es seine Angestellten vorsätzlich Sicherheitsberichte fälschen ließ. Dennoch fehlte uns dahingehend der entscheidende Beweis – und zudem Leute, die uns hilfreiche Hinweise geben konnten.

Heute war Samstag, und ich hatte mir zum ersten Mal seit meinem Beginn in der Kanzlei vorgenommen, mich nicht gleich nach dem Aufstehen an den Laptop zu setzen, um ein paar Mails abzuarbeiten. Stattdessen schlurfte ich nach dem Duschen und Zähneputzen gähnend in die Küche, um einen Tee aufzusetzen und mir etwas zu essen zu machen. Draußen regnete es, und der Wind peitschte die Äste des Baumes im angrenzenden Wohnzimmer gegen das Fenster. Während ich darauf wartete, dass das Wasser zu kochen begann, schloss ich die Knöpfe meines Cardigans und band mein Haar zurück. Im selben Moment vibrierte mein Handy, das ich auf dem Küchentresen abgelegt hatte, auf dem Display ein eingehender Anruf von Ira.

»Hey«, sagte er, kaum dass ich ihn angenommen hatte.

»Hey.«

Ein kurzes Zögern knackte in der Leitung. »Hey«, sagte er dann wieder – dieses Mal mit einem hörbaren Lächeln, bei dem ich schmunzeln musste.

»Willst du jetzt ewig so weitermachen oder mir lieber verraten, wieso du anrufst?« Ich klemmte mir das Handy zwischen Ohr und Schulter und begab mich in die Hocke, um die Schränke nach einer Backform abzusuchen.

»Ich liege noch im Bett und wollte deine Stimme hören.«

»Wie romantisch«, neckte ich.

Ira lachte heiser. Der Klang sickerte direkt in meine Brust, wo er ein wohliges Gefühl hinterließ. »Was machst du, Smartie?«

Ich unterdrückte ein Fluchen, als ich mir beim Aufrichten den Kopf stieß. »Cass ist nach langer Zeit mal wieder beim Yoga, und ich dachte mir, ich nutze den Moment der Ruhe, um Bananenbrot zu backen.«

»Bananenbrot? Zum Frühstück?«

Bei seinem Tonfall gluckste ich amüsiert. »Wenn Frühstück nicht die richtige Zeit ist, wann dann?«, fragte ich. »Willst du rüberkommen und mir helfen?«

»Gib mir eine halbe Stunde.«

Sein aschblondes Haar, das unter der Kapuze seines grauen Pullovers hervorlugte, war feucht, als ich ihm die Haustür öffnete. Sein Kuss, mit dem er mich begrüßte, heiß und minzig. Ich fragte mich, ob ich mich je daran gewöhnen würde, ihn in etwas anderem als seinen Hemden zu sehen.

Er folgte mir durch den Flur in die offene Küche, in der ich bereits alle Utensilien zum Backen zusammengesucht hatte.

Es war das erste Mal, dass er in unserer Wohnung war, weil wir bisher die meiste Zeit bei ihm verbracht hatten. Daher nahm er sich einen Moment, um sich neugierig in der Küche und dem angrenzenden Wohnzimmer umzusehen.

Der Großteil war noch immer recht dürftig eingerichtet, aber Cassidy und ich hatten auf dem Flohmarkt zumindest einen gemusterten Fransenteppich ergattern können, der dem kahlen Dielenboden ein bisschen mehr Behaglichkeit verlieh. Auch meine Pflanzen und Bücher hatten mittlerweile Einzug in die Regale gefunden. Vor dem Erkerfenster hatten wir eine kleine Sitzecke errichtet, in der ich abends vor dem Schlafengehen oft noch ein paar Seiten las.

Ira ließ seinen Blick über die kleinen Polaroid-Fotos von Cassidy und mir wandern, die an der Wand über dem ockergelben Stoffsofa hingen. Dann ging er zu einem Holzregal und zog eines meiner Bücher heraus. Er stieß sofort auf meine Marginalien-Sammlung und lächelte leicht, weil er sich daran erinnerte, dass ich ihm neulich von meiner Vorliebe erzählt hatte. Dann stellte er es wieder zurück, vergrub die Hände in den Hosentaschen und sah mich an. »Ich warne dich vor, dass ich ein miserabler Bäcker bin.«

»Deshalb bekommst du auch nur die Aufgaben, bei denen du nichts falsch machen und niemanden verletzen kannst«, sagte ich und winkte ihn grinsend mit dem Schneidebrett zu mir.

»Ich versuche, mich an dieser Stelle nicht gekränkt zu fühlen.«

Mir entwischte ein Lachen, als ich ihm eine Gabel und zwei Bananen auf das Brett legte. »Besser so.«

Ein paar Haarsträhnen fielen ihm in die Stirn, während er damit begann, das Obst zu schälen und anschließend zu zerdrücken. »Wieso ausgerechnet Bananenbrot? Wieso kein *richtiges* Brot?«

Ich gab Sonnenblumenöl zu dem Zucker, den ich bereits in eine Schüssel gefüllt hatte, und konnte nicht verhindern, dass sich bei seiner Frage eine kleine Kiste in meinem Kopf öffnete. Darin befand sich ein Sammelsurium aus blassen Erinnerungen an die Gardinen der offenen Küchenfenster, die sich im lauen Sommerwind wogten, an die Schokoladenflecken auf meiner Schürze, Mehlstaub auf meiner Haut oder den Geruch von frisch gebackenem Bananenbrot, der sich mit dem von selbst gemachter Zitronenlimonade vermischte.

»Ich habe früher oft mit unserer Haushälterin Ella gebacken. Es ist das einzige Rezept von ihr, das ich auch heute noch in- und auswendig kenne«, erzählte ich. »Abgesehen davon mag ich, dass es Brot heißt, obwohl es eigentlich Kuchen ist. Man könnte sich fast einreden, es wäre gesund.«

Ira warf mir einen Seitenblick zu, den ich nicht richtig deuten konnte. »Du hast mit eurer Haushälterin gebacken?«

Ich nickte und griff nach dem Karton mit den Eiern. »Manchmal an den Wochenenden. Meine Eltern waren wegen ihrer Arbeit oft unterwegs. Ich glaube, Ella hat sich deswegen schlecht gefühlt.«

Vielleicht freute ich mich bei meinen Feiertagsbesuchen aus diesem Grund auch immer ein wenig mehr darüber, sie zu sehen als meine Eltern. Oder eher *hatte* mich gefreut. Mein letzter Wochenendbesuch bei ihnen war an meinem Geburtstag im März gewesen und lag somit über ein halbes Jahr zurück. Alle anderen Begegnungen waren flüchtiger Natur gewesen – und hatten zumindest mit meinen Eltern kein gutes Ende genommen.

Ira reichte mir die Schüssel mit den pürierten Bananen, eine tiefe Furche trat ihm auf die Stirn. »Hast du deswegen so wenig Kontakt zu ihnen?«

»Vermutlich«, seufzte ich und hielt ihm im Gegenzug eine Packung Butter hin. »Magst du die Form einfetten?«

Er ergriff das Päckchen, ehe er Ausschau nach Küchenpapier hielt. »Was ist eigentlich mit Natalie Gold? Weiß sie, dass du die Tochter von Joseph Cabot bist?«

Ich nickte und spürte bei seiner Erwähnung einen Stich im Magen. »Mein alter Name steht auf sämtlichen Unidokumenten, weil ich ihn erst später geändert habe. Manchmal glaube ich, sie hat mich nur genommen, um meinem Dad eins reinzuwürgen.«

Ich sagte es im Spaß, aber ich wusste, wie schmal der Grat

war, auf dem ich balancierte. Alles, was Scherz und Schmerz voneinander trennte, war ein Buchstabe. Und an manchen Tagen war das einfach nicht genug.

»Sie hat dich genommen, weil du *gut* bist, Smartie«, entgegnete Ira nachdrücklich. »Trotzdem würde mich interessieren, wie dein Vater darauf reagiert hat. War er sehr wütend darüber, dass du zur Konkurrenz gegangen bist?«

Bei dem Gedanken an unseren Streit musste ich prusten. »Wütend ist gar kein Ausdruck. Als ich erzählt habe, dass ich aus der Wohnung, die er mir finanziert hat, ausziehen würde, um bei *Gold, Bright & Partners* anzufangen, ist er ausgeflippt. Aber das war mir egal. Ich wollte neu anfangen. Ohne diesen Namen und all das, was daran hängt.« *Ohne fremde Hilfe.*

Ira stützte sich mit seinen Unterarmen auf dem Küchentresen ab und musterte mich aufmerksam. »Lass mich raten: Den Grund dafür willst du mir noch immer nicht nennen?«

Mein Griff um die Schüssel verkrampfte sich. Ich konnte mir vorstellen, dass das Thema mit meinem Vater ein Rätsel für ihn darstellte. Allerdings brachte ich es nicht über mich, es ihm zu sagen. Nicht *jetzt*. Ich ertrug den Gedanken nicht, dass ich etwas kaputtmachen könnte, bevor es überhaupt richtig angefangen hatte.

»Schon okay«, sagte er auf mein Zögern hin und hob entwaffnend die Hände. »Jeder von uns hat so eine Schublade. Ich würde nie von dir verlangen, sie für mich zu öffnen, wenn du nicht willst.«

Meine Schultern sackten ab, als ein unsichtbares Gewicht von mir fiel. Dabei ahnte ich, dass diese Erleichterung nur von kurzer Dauer sein würde. Bis mein Gewissen wieder an die Hintertür meines Bewusstseins klopfen und meine Aufmerksamkeit beanspruchen würde.

Ich umrundete den Küchentresen, stellte mich auf die Zehenspitzen und drückte ihm einen Kuss auf die Wange, die sich leicht stoppelig anfühlte. »Danke.«

Er zog mich an sich und legte seine Arme um meine Taille. »Erzählst du mir dafür etwas anderes?«

»Was willst du denn wissen?«, fragte ich und blickte zu ihm auf.

Seine leuchtenden Augen strichen über jeden Millimeter meines Gesichts, setzten meine Haut in Flammen. »Keine Ahnung. Alles. Zum Beispiel, ob wirklich jemand aus deiner Familie Staatsanwältin ist?«

Meine Lippen verzogen sich zu einem Grinsen. »Ja, meine Stiefmutter Eloise. Dass sie meine Entscheidung beeinflusst hat, Anwältin zu werden, war nicht gelogen.«

Er neigte den Kopf, schien mit einem Mal etwas zögerlicher. »Was ist mit deiner leiblichen Mutter?«

Ich hatte bereits geahnt, dass dieses Thema früher oder später aufkommen würde. Dennoch fiel mein Lächeln im ersten Moment wie ein Kartenhaus in sich zusammen, als ich mich von ihm löste und mich wieder der Schüssel mit den gemischten Zutaten widmete.

»Meine Mom ist bei einem Autounfall gestorben, als ich acht war.«

Ira bereute seine Frage sofort. »Verdammt. Tut mir leid.«

Mir war bewusst, dass es aufrichtig gemeint war, wenn Menschen auf diese Weise ihr Mitgefühl ausdrückten. Aber für mich waren Worte wie diese nichts anderes als leere Floskeln. Sie gaben mir nichts. Und am wenigsten gaben sie mir meine Mutter zurück.

»Es ist nicht schlimm. Dadurch dass es so früh passiert ist, erinnere ich mich kaum an eine Zeit mit ihr«, murmelte ich und nahm das Mehl zur Hand. »Jedes Mal, wenn ich an sie zurückdenke, sehe ich hauptsächlich … schwarz. Im wahrsten Sinne.«

»Wie meinst du das?«

Ich stieß ein Seufzen aus. »Da sind blasse Bilder von ihrer Beerdigung in meinem Kopf. Die vielen Menschen in Schwarz, die verweinten Gesichter, die Umarmungen. Ich glaube, ich habe an diesem Tag gar nicht so richtig begriffen, was überhaupt passiert ist. Bis sie einfach nicht mehr wiederkam. Ein paar Jahre später hat mein Vater dann Eloise kennengelernt.«

Es war, als hätte sich eine Staubschicht über die restlichen Erinnerungen gelegt. An den meisten Tagen war ich dankbar dafür. An anderen wünschte ich mir, ich könnte sie fortpusten, um mich zu erinnern. An sie. Uns. Daran, wie mein Vater mit ihrem Verlust umgegangen war. Er hatte mir nie viel davon erzählt, weil er seine Emotionen schon damals mit einer harten Schale unter Verschluss gehalten hatte. Aber je länger ich darüber nachdachte, desto mehr nagte ein komisches Schuldgefühl an mir. War ich zu hart zu ihm gewesen? Hatte ich überreagiert?

Hör auf. Es war seine Idee, seine Idee, seine Idee.

Ira schluckte, sodass sein prägnanter Kehlkopf auf und ab hüpfte. »Ist das der Grund, wieso du gern Farben trägst?«

Ich sah ihn an und blinzelte mehrmals, als seine Worte an mir abprallten und wie Kristall vor meinen Füßen zersprangen.

Es war nicht möglich, dass das eigene Unterbewusstsein auf diese Weise funktionierte, oder? Dass ich lieber zu bunten Farben griff, weil ich hoffte, so den schwarzen Fleck in meinem Gedächtnis übermalen zu können?

Ich hatte noch nie darüber nachgedacht, weil ich immer davon ausgegangen war, es würde einfach nur daran liegen, dass ich das Leben ohnehin zu oft in Grautönen betrachtete. Aber vielleicht hatte Ira recht, und es wurzelte tiefer, als ich geahnt hatte. Vielleicht hatte alles mit diesem einen roten Haarreif angefangen, der neben ein paar Fotos eine meiner wenigen Erinnerungen daran war, dass es meine Mutter überhaupt jemals gegeben hatte.

»Keine Ahnung …«, gab ich stockend zurück. Dann schüttelte ich den Kopf, weil es mir lächerlich erschien. Mir *fehlte* nichts. »Können wir über irgendwas anderes reden, bitte?«

Er schürzte die Lippen und schwieg einen Moment, während er beobachtete, wie ich das Mehl in die Schüssel füllte. Schließlich stieß er sich von der Theke ab und blieb direkt neben mir stehen. »Du hast ein bisschen Mehl im Gesicht.«

»Wo?« Ich rieb mir mit dem Ärmel meines Cardigans über die Wangen. »Ist es weg?«

»Hm. Nicht ganz. Es ist genau …«, Ira tunkte seinen Zeigefinger in den kleinen Mehlhaufen, den ich neben der Schüssel verschüttet hatte, und tippte mir damit auf die Nasenspitze, »hier.«

Seine Lippen formten eine schiefe Kurve, als ich die Augenbrauen hob. »Ah ja?« Ich drückte meine Handfläche in das Mehl und wischte sie anschließend an seinem Pullover ab. »Ich glaube, du hast da auch ein bisschen was.«

Seine Augen funkelten schelmisch, bevor er mein Handgelenk packte und mit seiner anderen Hand genau das Gleiche tat wie ich Sekunden zuvor. Allerdings drückte er sie mir nicht auf die Brust, sondern legte sie an meine Wange und küsste mich.

Es war ein sanfter, langsamer Kuss, der warm in meinem Nacken prickelte. Bis er von Minute zu Minute tiefer wurde und ich mit einem Seufzen gegen ihn sank. Er schlang mir einen Arm um die Taille und hob mich an, um mich auf dem Tresen abzusetzen.

Seine mit Mehl bestäubten Fingerspitzen glitten an meinen nackten Oberschenkeln hinauf zu meinen Shorts und zogen eine Gänsehaut nach sich, die mich nach Luft schnappen ließ. Alles in mir pochte, nicht nur mein Herz.

Ich wollte, dass er mich näher zog. Ich wollte seine Hände überall auf mir spüren. Aber Ira hielt bei meinen Beinen inne, als bildeten meine Shorts eine Grenze, die er nicht überschreiten würde. Zumindest nicht heute.

Ich wünschte, ich hätte den Mut gefunden, ihm zu sagen, dass meine eigene Grenze neuerdings verschwommen war.

»Sag mal, würdest du mir einen Gefallen tun, Gracie Cabot-Hoffman?«, fragte er dicht an meinem Ohr.

»Alles«, hauchte ich. In dieser Sekunde hätte ich tatsächlich alles getan. Und vielleicht machte mir das sogar ein bisschen Angst.

Ich sah ihn nicht, und doch hörte ich ihn lächeln. »Begleitest du mich nächste Woche auf die Spendengala der Kanzlei?«

Meine Antwort kam ohne Zögern, weil es nicht mein Verstand war, der für mich sprach. Es war mein Bauchgefühl. Und das musste nicht überlegen.

»Ja.«

19
Ira

Ich hatte noch nie sonderlich großes Interesse an Mode gehabt. Mein halbes Leben lang war ich daran gewöhnt gewesen, meine Kleidung zu tragen, bis sie entweder auseinandergefallen oder zu klein geworden war. Dass es oftmals nur die alten Klamotten meiner Geschwister gewesen waren, hatte mich nie gestört. Ich mochte Sachen aus zweiter Hand, das war auch heute noch so. Mir gefiel der Gedanke, etwas zu besitzen, das einst jemand anderem gehört hatte. Es war, als würde man den Dingen auf eine andere Art eine zweite Chance geben.

Außerdem war mir bewusst gewesen, dass das Geld meiner Eltern kaum ausgereicht hätte, um neben mir auch noch vier weiteren Kindern jeden Wunsch zu erfüllen. Deshalb hatte ich es ihnen nie übel genommen.

Bis zu dem Tag meines Abschlussballs.

Ich hatte sie angefleht, mir einen vernünftigen Anzug zu kaufen, weil der meines großen Bruders mir an Armen und Beinen viel zu kurz gewesen war. Allerdings hatten sie behauptet, es würde sich nicht lohnen, mir nur für diesen Abend einen zu besorgen, da ich ihn ohnehin nie wieder tragen würde.

Also hatte ich letztlich in dem alten, zu kurz geratenen Anzug an der Tür dieses einen Mädchens geklingelt, das tatsächlich mit mir zum Ball hatte gehen wollen – Debbie. Sie hatte die Tür geöffnet und den Blick auf ihr wunderschönes Kleid preisgegeben, das farblich nicht ansatzweise zu meinem Outfit gepasst hatte. Und plötzlich hatte ich meine Eltern gehasst. Mehr noch, ich hatte mich gehasst, diesen Abend gehasst, all diese verflucht reichen Kids aus meinem Jahrgang. Einfach alles. Nur weil ich das Gefühl gehabt hatte, diesem Mädchen nicht gerecht werden zu können.

Selten hatte ich mich in meiner Haut so unwohl gefühlt wie an diesem Abend, an dem ich kein Chamäleon gewesen war; jeder spöttische Kommentar ein schmerzhafter Biss, jeder Seitenblick ein prickelndes Brennen im Nacken.

Die Spendengala von *Gold, Bright & Partners*, die an diesem Wochenende stattfinden sollte, war kein Abschlussball. Aber es war meine zweite Chance, es besser zu machen und jemand zu sein, den Gracie verdiente. Jemand … *Gutes.* Denn das, was ich ihr vor knapp zwei Wochen im Archiv gesagt hatte, war keine Lüge gewesen: Es war mir egal, dass sie eine Cabot war. Es spielte keine Rolle, wer ihre Eltern waren oder was sie dazu bewegt hatte, ihren Nachnamen zu ändern. Dieses Mädchen war keiner der Menschen, denen ich während meiner Schulzeit zuhauf begegnet war. Menschen, die vorgaben, dir ihre Hand zu reichen, nur damit du letztlich feststellen durftest, dass nichts davon aufrichtig gewesen war. Menschen, die hinter deinem Rücken über dich lachten, Witze auf deine Kosten oder die deiner Familie machten, die Gerüchte über dich verbreiteten, die so meilenweit von der Realität entfernt waren, dass selbst du darüber lachen musstest, bis du anfingst, zu heulen.

Nein, Gracie war so viel besser als jeder Mensch, der mir seit Langem begegnet war. Weil sie mich hörte, wenn ich nichts sagte, und weil sie inspirierend war. Nicht nur in dem, was sie tat, sondern auch in dem, wer sie war. Sie hatte ihren Nachnamen geändert, war aus ihrem sicheren Umfeld ausgebrochen und hatte die Entscheidung getroffen, sich abseits ihrer Familie etwas Eigenes aufzubauen. Verdammt, ich war auf dem besten Weg, mich in sie zu verlieben. Genau aus diesem Grund hatte ich sie auch überraschen wollen und meinen ersten Gehaltsscheck zum Anlass genommen, mir einen anständigen Anzug für das Event zuzulegen. Das Problem an der Sache war nur, dass ich eine Auswahl von Anzügen über das Internet nach Hause geordert und sich keiner davon als brauchbar erwiesen hatte – sofern ich der Meinung meines kleinen Bruders Glauben schenken konnte.

Ich hatte während des Anprobierens mit Benjamin geskypt, ihm widerstrebend von Gracie erzählt und es schon in der Sekunde bereut, in der ich ihm ein Bild von ihr gezeigt hatte.

Was, die *macht mit dir rum? So ganz freiwillig?*

Mir fiel es selbst noch schwer, zu begreifen, was passiert war. Aber das zwischen Gracie und mir lief seit nunmehr zwei Wochen, und selten hatte sich etwas so richtig und echt angefühlt. *Richtig echt*, weil das zwischen uns kein haltloses Vorpreschen war, eher ein bedächtiges Anlaufnehmen und Herantasten.

Am Donnerstag machte ich wegen dieser Anzugsache daher früher Feierabend als Gracie. Und das, obwohl ich es mir eigentlich gar nicht leisten konnte, da auf meinem Schreibtisch ein Haufen Papierkram lag, den ich in den kommenden Tagen abzuarbeiten hatte – auch in Bezug auf den *Eúnoia*-Fall.

Den Vertretern von *The Animal Aid* war es gelungen, einen Antrag durchzusetzen, um sich das zweite Labor genauer ansehen zu dürfen. Schon morgen würden wir erfahren, ob die Fotos, die man uns zugespielt hatte, tatsächlich von dort stammen konnten. Dieser Nachweis in Kombination mit unseren neuesten Erkenntnissen bezüglich der Produktinhalte würde unsere These mit der Kontaktperson immens untermauern.

Isabell war das nur allzu bewusst, weshalb sie uns zu Höchstleistungen antrieb. Sollte es uns gelingen, *Eúnoia* den Skandal nachzuweisen, könnten wir eine zusätzliche strafrechtliche Klage gegen Melinda einreichen, weil sie ihre Produkte somit auch in den Bundestaaten verkaufte, in denen Tierversuche gesetzlich verboten waren.

Vermutlich war Gracie deswegen auch so überrascht darüber gewesen, dass ich ausgerechnet diesen Abend gewählt hatte, um gemeinsam mit Benjamin zu lernen – was ich natürlich nicht wirklich tat. In Wahrheit traf ich mich mit Otis, der bereits vor dem Kanzleigebäude auf mich wartete.

Ich hatte ihn bezüglich meiner Suche nach einem passenden Anzug um Hilfe gebeten, weil er einer der wenigen Leute aus der Kanzlei war, die mir nicht das Gefühl gaben, vollkommen fehl am Platz zu sein. Im Gegensatz zu mir kannte er sicher ein paar gute Läden in der Stadt. Immerhin schien er – seinem Äußeren nach zu urteilen – großen Wert auf seine Kleidung zu legen.

Noch sah ich nur seinen Schatten, der an der Fassade des Gebäudes lehnte. Doch kaum stieß er sich davon ab und trat ins Licht der Straßenlaterne, konnte ich sein Grinsen erkennen, das er nie vollständig ablegte.

Ich hatte ihn dazu aufgefordert, Gracie gegenüber nichts von unserem Vorhaben zu erwähnen, deshalb grüßte er mich mit den charmanten Worten: »Hat was, dieses Herumgeschleiche. Kein Wunder, dass so viele auf den Reiz des Verbotenen stehen.«

Es war faszinierend, dass er lediglich dreißig Sekunden benötigte, um diese unangenehmen ersten Minuten eines Aufeinandertreffens zwischen zwei Kollegen, die außerhalb der Arbeit bisher keinerlei Berührungspunkte hatten, zu überspringen und einem das Gefühl zu vermitteln, ihn schon ewig zu kennen.

Ich lachte. »Ehrlich gesagt wundert es mich, dass es dir gelungen ist, beim Mittagessen den Mund zu halten.«

Otis wirkte nicht gerade wie jemand, der sonderlich gut darin war, Geheimnisse zu wahren. Dafür redete er zu gern.

»Mich auch. Aber ich hab mich wirklich darüber gefreut, dass du mich gefragt hast.« Mit einem Kopfnicken signalisierte er mir, die Kreuzung zu überqueren, deren Ampel gerade grün zeigte. »Nimm's mir nicht übel, eigentlich bin ich davon ausgegangen, dass du keinen von uns leiden kannst. Außer Gracie natürlich.«

Seine Bemerkung trieb mir glatt die Röte ins Gesicht. Es lag nicht an Gracie, sondern daran, dass ich mich dafür schämte,

Menschen das Gefühl zu vermitteln, sie nicht leiden zu können, nur weil ich aus irgendeinem Grund meinen Mund in ihrer Gegenwart nicht aufbekam.

»Es hat nichts mit euch zu tun«, versicherte ich ihm deshalb. »Menschengruppen sind irgendwie nicht mein Ding.«

Otis zupfte an seiner schwarzen Wollmütze herum und lachte. »Alter, du bist mir keine Begründung schuldig. Jeder von uns hat doch irgendein Päckchen zu tragen, oder nicht? Wen interessiert's.«

Ich musterte ihn flüchtig von der Seite und verkniff es mir, ihn zu fragen, ob er auch eins trug. Denn falls er es tat, gelang es ihm wenigstens, sich dessen Gewicht nicht anmerken zu lassen.

»Schon eine Idee, was du suchst? Zweiteiler, Dreiteiler? Smoking oder Anzug?«

Mir fiel auf, wie geschmeidig er trotz seines breiten Kreuzes durch die Menschengruppen vor den Lokalen glitt. Als würden die Leute sich nach seinem Tempo richten und nicht andersrum.

»Ich denke, einen Anzug, damit ich ihn auch für die Arbeit nutzen kann. Aber das ist schon alles, was ich weiß«, antwortete ich mit einem entschuldigenden Schulterzucken.

Otis winkte meine Unsicherheit achtlos ab. »Macht nichts. Bei uns findet jeder, was er sucht.«

Meine Augenbrauen schossen überrascht in die Höhe. »Bei *uns*?«

Er blieb so abrupt stehen, dass ihm ein Fußgänger im Vorbeigehen einen gezischten Fluch an den Kopf warf. »Jetzt sag nicht, du hast noch nie von uns gehört. Ich dachte, deshalb hast du mich überhaupt erst angesprochen.«

Er klang fast, als hätte ich ihn soeben persönlich beleidigt. Und wahrscheinlich hatte ich das auch, denn nur Sekunden später begriff ich, wovon er sprach.

Ich mochte keine Läden in der Stadt kennen, die Anzüge verkauften. Dafür kannte ich allerdings ein paar große Namen, die welche herstellten. Und *McCoy* gehörte dazu.

Als er sah, dass sich meine verwirrte Miene lichtete, grinste er wieder. »Oh ja, ungefähr so hat Darling auch reagiert, als er's kapiert hat. Ich will gar nicht wissen, seit wie vielen Jahren seine Familie schon bei uns einkauft.«

Wir bogen zweimal um die Ecke und gelangten nach gut zehn Minuten Fußweg in eine warm beleuchtete Einkaufsstraße nahe Downtown Crossing, in der aufgrund der fortgeschrittenen Uhrzeit nur noch wenig los war. Ein paar Leute in Mänteln waren mit ihren Hunden unterwegs, andere verließen die umliegenden Geschäftsgebäude, in denen nach und nach die Lichter gelöscht wurden. Ein Windstoß wirbelte die vertrockneten Blätter auf, die sich am Boden gesammelt hatten, und kroch mir unter die Kleidung.

Vor einem Geschäft mit schwarzer Holzfassade kamen wir schließlich zum Stehen. *McCoy Finery* stand groß im Schaufenster, hinter dem es jedoch nahezu dunkel aussah. Genau genommen so dunkel, dass man hätte meinen können, der Laden wäre gerade dabei zu schließen – wie der Großteil der anderen Geschäfte auch. Bis der Vorhang hinter der Eingangstür plötzlich ein Stück zur Seite geschoben wurde und das Gesicht einer Frau in dem Schlitz aufblitzte. Ihr Blick wanderte von mir zu Otis, der ihr grinsend winkte. Prompt verdrehte sie die Augen und schloss die Tür auf.

»Was machst du hier, Tis? Sag mir nicht, du hast schon wieder deinen Schlüssel verloren.«

»Ein Mal«, antwortete Otis und reckte zur Verdeutlichung seinen Zeigefinger in die Luft. »Es ist *ein Mal* vorgekommen, Ma.«

Seine Mutter schlug sich den Blazer vor der Brust zu und zog die Stirn kraus. »Was machst du dann noch hier?«

»Mein Kollege Ira braucht für unser Kanzlei-Event am Wochenende dringend einen Anzug. Und ich meine *wirklich* dringend. Hier, sieh's dir an.« Otis klappte meine rechte Mantelseite auf, um ihr mein zerknittertes Hemd zu präsentieren. Dann legte er mir einen Arm um die Schultern. »Kannst du ihm helfen?«

Sie schielte kurz auf die Uhr an ihrem Handgelenk und seufzte schwer. »Ihr seid spät dran.«

Otis verzog das Gesicht. »Ich weiß. Aber früher Feierabend machen war heute einfach nicht drin.« Er sagte *heute*, obwohl wir die Kanzlei an keinem Tag vor acht verließen.

»Na schön, kommt rein.« Otis' Mutter trat einen Schritt beiseite, damit wir durch die Tür schlüpfen konnten. Er gab ihr im Vorbeigehen einen schnellen Begrüßungskuss auf die Wange, ich zog mit einem freundlichen Händeschütteln nach.

»Das ist wirklich nett von Ihnen, Ma'am. Ich bin Ira.«

Sie ergriff meine Hand und schüttelte sie kräftig. »Oh, ich weiß, wer du bist. Mein Sohn beschwert sich in einer Tour über seine Kolleginnen und Kollegen, wenn er zu Besuch ist. Nenn mich Bessie.«

Bessie war eine zierliche Frau, die trotz ihrer kleinen Statur eine unbestreitbare Energie ausstrahlte. Ihre Gliedmaßen waren schlank, beinahe drahtig, ihr bronzen schimmerndes Gesicht kantig mit hohen Wangenknochen und einer ausgeprägten Kieferlinie. Es wurde von schwarzem Haar umrahmt, das ihr in unzähligen kleinen Locken auf die Schulter fiel und ihre graublauen Augen zum Leuchten brachte.

»Okay, Ma, machen wir das Ganze an dieser Stelle nicht unangenehmer, als es ohnehin schon ist, ja?«, rief Otis irgendwo aus dem hinteren Teil des Ladens.

Er musste das Deckenlicht eingeschaltet haben, das im nächsten Moment die mit dunklem Parkett ausgelegten Räume flutete. Erst da konnte ich die Regale und Schränke erkennen, in denen unzählige Jacketts hingen, die alle nach Farben sortiert waren. Dazwischen einige Ablagen mit Krawatten und Hemden oder auch mit einer Reihe von edlen Lederschuhen. In den beleuchteten Glasvitrinen, die in die Wände eingelassen waren, entdeckte ich eine bunte Auswahl an Manschettenknöpfen, die allein ein halbes Vermögen kosten mussten. Das hier war definitiv einer dieser Läden, in die ich von selbst nie einen Fuß gesetzt hätte – aus Angst, man würde mich gleich wieder rauswerfen.

Nach einem kurzen Gespräch darüber, was ich mir vorstellen könnte und was nicht, unterzog Bessie mich einem langen prüfenden Blick, bevor sie zielsicher auf eines der Regale zusteuerte und einige Kleiderbügel darin umherschob. Stück für Stück legte sie mir drei Jacketts mitsamt Hosen auf den Arm, und schon jetzt merkte ich, dass sie dabei völlig anders vorging als ich.

Die meisten Anzüge, die ich mir im Internet bestellt hatte, waren deutlich dunkler gewesen. Bessie hingegen sagte, dass zu dunkle und kühle Farben bei einem Teint wie meinem unvorteilhaft seien, weshalb ich immer darauf achten solle, möglichst warme Töne zu wählen und die hellste Farbe nah am Gesicht zu tragen.

»Gut, probieren wir es erst mal mit denen hier, um ein Gefühl für die Größe zu bekommen.« Sie schob mich in eine Umkleidekabine und zog mit einem energischen Ruck den Vorhang zu.

Während ich in die erste Hose stieg, hörte ich sie entfernt mit Otis sprechen, verstand allerdings kein Wort. Dann klingelte plötzlich ein Telefon, weshalb sich die Schritte einer Person entfernten. Eine andere schien dagegen näher zu kommen und direkt vor der Umkleidekabine stehen zu bleiben.

»Alles klar da drin?«, fragte Otis.

Ich murmelte eine schnelle Bestätigung, schlüpfte in Hemd, Weste und Jackett und trat aus der Kabine.

Otis musterte mich von Kopf bis Fuß und gab einen Pfiff durch seine Zähne ab. »Verdammt. Ich wusste doch, dass meine Ma ein Händchen dafür hat.«

Unschlüssig betrachtete ich mich in dem Spiegel an der Wand mir gegenüber. Ich trug einen mittelgrauen dreiteiligen Tweed-Anzug mit enger Passform und taillierter Hose. Otis hatte recht, er saß perfekt. Allerdings hatte ich den Haken daran zügig gefunden, als ich auf das Preisschild im Inneren des Jacketts spähte.

»Vielleicht hätte ich deiner Mom gegenüber erwähnen sollen, dass ich kein Darling bin«, murmelte ich beim Anblick der vierstelligen Zahl zerknirscht.

Otis warf ebenfalls einen Blick aufs Preisschild und sog scharf die Luft ein. »*Okaaay*, fangen wir lieber erst mal klein an.«

Er ging in meine Kabine, um die anderen Anzüge, die darin hingen, einer schnellen Prüfung zu unterziehen. Dann hielt er einen für rund sechshundert Dollar in die Höhe. »Versuch mal den. Ich fürchte, günstiger wird's nicht.«

Otis lehnte sich gegen die Außenwand der Kabine und zog sein Handy hervor, wahrscheinlich um ein paar Mails zu beantworten. Unterdessen probierte ich den graubraunen Anzug an. Er hatte ein leichtes Fischgrätenmuster und war etwas weicher als der letzte, dabei jedoch ähnlich schmal geschnitten.

»Oh, apropos Darling«, sagte Otis, dem bei Judes Erwähnung offenbar etwas eingefallen war. »Wusstest du, dass er der Neffe von Natalie Gold ist?«

Ich schloss die Knöpfe des Hemdes und steckte es mir sorgsam in die Hose. »Wirklich?«

»Ja. Wieso klingst du nicht überrascht?«

»Weil ich es nicht bin.«

Es passte zu meinem bisherigen Eindruck von Jude. Er wirkte wie die Sorte Mensch, der schon als Kind alles hinterhergeworfen wurde: Geld, gutes Aussehen, ein Studium an einem Elite-College, der Job in einer renommierten Kanzlei … Seit ich ihn vor ein paar Wochen dabei erwischt hatte, wie er bei der Arbeit eingeschlafen war, hätte es mich nicht einmal mehr gewundert, zu hören, dass sein Notendurchschnitt in Wahrheit miserabel ausgefallen war und er seinen Job nur der Hilfe seiner Familie zu verdanken hatte.

Eigentlich wollte ich ihn nicht so scharf verurteilen, immerhin stammte Gracie aus ähnlichen Verhältnissen. Doch machte er es mir alles andere als leicht, ihn sympathisch zu finden. Besonders wenn er solche Dinge sagte wie bei unserer letzten Begegnung, die mich glauben ließen, dass er keinen Deut besser war als die Leute aus meiner Highschool.

»Woher weißt du das?«, fragte ich Otis.

»Ich sollte neulich was in ihrem Büro abgeben und habe die beiden miteinander reden hören. Irgendwas wegen seines Vaters und Thanksgiving, was auch immer. Es war jedenfalls kein Gespräch, das man mit einem von uns Anfängern führen würde. Also habe ich ein bisschen nachgeforscht und herausgefunden, dass Mrs Gold vor ihrer Ehe Darling hieß«, erzählte er. »Ist das nicht krass? Natalie Gold ist die Schwester von Judes Vater, der nebenbei erwähnt übrigens leitender Polizeichef von Boston ist.«

Ich zog mir stirnrunzelnd die Weste an. »Du hast ja einen halben Backgroundcheck durchgeführt.«

»Man tut, was man kann.« Obwohl ich ihn nicht sah, wusste ich, dass er mit den Schultern zuckte.

»Hast du ihn darauf angesprochen?«

Otis lachte gellend auf. »Mir ist mein Leben wichtig, danke. Abgesehen davon geht es mich im Grunde nichts an, ich war nur neugierig. Dieses ganze Konkurrenz-Ding ist mir egal. Klar, ein bisschen mehr Kohle wäre nett, aber mal im Ernst – es ist nicht alles, worauf es im Leben ankommt. Die anderen sind viel zu versteift darauf, vor allem Sam.«

Es gelang mir in letzter Sekunde, ein Schnauben zu unterdrücken. Das waren Worte, wie sie nur jemand benutzen konnte, der bereits über genügend Geld verfügte, um sich keine Sorgen mehr darum machen zu müssen.

Ich zog den Vorhang beiseite und verließ die Umkleidekabine, um einen Blick in den Spiegel zu werfen. Der Anzug saß gut, war vielleicht nur an den Beinen und Ärmeln ein bisschen zu lang. »Und du meinst nicht, dass du das Ganze eine Spur *zu* locker nimmst?«

Seine Zähne blitzten auf, als er grinste. »Hast du dir das Ranking diese Woche angesehen? Ich klebe dir quasi am Hintern, Kumpel.«

Er hatte recht. Ich hatte die Tabelle zu Beginn der neuen Woche gewohnheitsgemäß überprüft. Gracie und ich lagen noch immer gleichauf vorn, aber Otis rangierte nicht allzu weit hinter uns, dicht gefolgt von Laurel, Cassidy und Jude. Samuel bildete den letzten Platz, doch war das in Anbetracht seiner andauernden Fehde mit Alistair Bright wohl kaum verwunderlich.

Ich begegnete Otis' dunklen Augen im Spiegel und hob eine Braue. »Soll das eine Warnung sein?«

Otis stieß sich mit verschränkten Armen vor der Brust von der Wand ab und prustete vergnügt. »Ich denke, du bist clever genug, um dir ausrechnen zu können, wie hoch meine Chancen in einem Kampf gegen dich und deine Süße stehen, Briggs. Was nicht heißen soll, dass die anderen es nicht trotzdem versuchen werden.«

Ich setzte zu einer Antwort an, da kehrte Otis' Mutter zurück. »Entschuldigt, der Anruf war wichtig.«

Ihr Blick fiel auf mich, und ihre strenge Miene erhellte sich wie der Himmel nach einem Wolkenbruch. »Sieh an, er sitzt *gut*. Sehr gut sogar. Nur an den Armen und Beinen etwas zu weit. Aber das ist kein Problem, das können wir ändern.«

Es war faszinierend, welche Wirkung ein hochwertiger Anzug besaß. Es kam mir vor, als würde ich im Spiegel eine andere Version von mir betrachten, obwohl ich unter dieser Stoffschicht noch immer derselbe war. Vielleicht sogar noch immer der Junge vom Abschlussball.

»Bis wann brauchst du den Anzug?«, fragte sie und ging in die Knie, um meine Hosenbeine mit ein paar Nadeln abzustecken.

Meine Wangen wurden warm. »Bis Samstag.«

Sie hob den Kopf und sah durch ihren dichten Wimpernkranz zu mir auf. »Normalerweise brauchen wir mindestens drei Tage für die Änderungen. Aber für dich mache ich eine Ausnahme. Es wäre eine Schande, wenn du ihn nicht tragen könntest.«

Meine Lippen verzogen sich zu einem Lächeln. »Das ist wirklich nett, Ma'am. Vielen Dank.«

Ich wiederholte mich, wusste beim besten Willen allerdings auch nicht anders mit ihrer Freundlichkeit umzugehen. Otis trug sie definitiv in seinen Wurzeln.

Als wir eine halbe Stunde später mit Krawatte und neuen Schuhen das Geschäft verließen, war die Ladenstraße nahezu leer, die Schaufenster entweder dunkel oder nur von einem schwachen Licht beleuchtet. Die halb nackten Bäume warfen ihre gruseligen Schatten auf die Hauswände, und ein kühler Wind wühlte sich durch mein Haar, weshalb ich die Nase in meinem Schal vergrub.

Wir gingen gemeinsam zur Bahnstation, obwohl ich mir sicher war, dass Otis sich – wahlweise auch uns beiden – einfach ein Taxi hätte bestellen können, um nach Hause zu kommen. Vielleicht hatte er es aus Höflichkeit nicht getan, vielleicht hatte er aber auch geahnt, dass ich ohnehin abgelehnt hätte.

»Danke für deine Hilfe«, nuschelte ich unter dem Stoff meines Schals. »Ohne dich und deine Mom wäre ich aufgeschmissen gewesen.«

Wieder winkte er ab, und irgendetwas daran ließ mich denken, dass es schon fast ein Automatismus war. »Ach, kein Ding. Auch wenn ich zugeben muss, dass es doch ein bisschen an meinem Ego kratzt, dass du ein Date für Samstag hast, und ich nicht.«

Ich schmunzelte. »Niemanden, den du fragen kannst? Was ist mit der Polizistin aus dem *off trial*?«

Er seufzte theatralisch und strich sich über die Brust, als hätte er auf einmal Schmerzen. »Sie hat mir eine falsche Handynummer gegeben. Aber hey, sollte ich ihr je wieder begegnen, werde ich es als Zeichen des Universums deuten.«

Wir erreichten die Bahnstation, an der sich unsere Wege

trennten, da Otis, der in Charlestown wohnte, in eine andere Bahn steigen musste als ich.

»Du könntest Cassidy oder Laurel fragen«, schlug ich schulterzuckend vor. »Du weißt schon. Als *Kollegen*.«

Otis dachte einen Moment über meinen Vorschlag nach, bewegte den Kopf hin und her, als wollte er ihn abwägen. Dann verzog er den Mund und wandte sich zum Gehen. »Ich werd 'ne Nacht drüber schlafen. Also dann, wir sehen uns morgen.«

»Bis morgen.« Ich sah ihm nach, bis er um die Ecke gebogen und aus meinem Sichtfeld verschwunden war. Dann fuhr ich mit einem Lächeln auf den Lippen nach Hause.

20
Gracie

An diesem Samstag hatte ich noch ein paar Stunden von zu Hause aus meine Mails abgearbeitet, bevor Cassidy und ich uns im Badezimmer gemeinsam für die Spendengala fertig gemacht hatten, die gegen halb sieben beginnen sollte.

Wir hatten uns darauf geeinigt, mit Ira, Laurel und den anderen ein Taxi auf Kosten der Kanzlei zu teilen und gemeinsam hinzufahren. Pünktlich um achtzehn Uhr klingelte es deshalb an der Tür.

»Meine Güte, die stressen mich! Können sie nicht mal fünf Minuten warten?« Cassidy war gerade dabei, im Flur in ihre Stilettos zu schlüpfen und gleichzeitig ihren roten Lippenstift im Spiegel zu überprüfen. Sie trug ein eng anliegendes schwarzes Etuikleid mit Puffärmeln und rundem Ausschnitt. Dazu hatte sie ihr kinnlanges Haar glatt zurückgestylt, was aussah, als wäre sie eben erst einem Schwimmbecken entstiegen und direkt in ihre Kleidung geschlüpft.

»Ich mach schon auf«, sagte ich und trat in den Hausflur, während ich hörte, wie jemand mit großen Schritten die Holzstufen hinaufsprang. Es war Ira.

Kaum hatte er den Kopf gehoben und mich an der Tür stehen sehen, lächelte er.

»Hey.«

Mein Herz machte einen Satz. »Hey.«

Er stieg die vorletzte Stufe hinauf und blieb auf der letzten stehen; eine Hand auf dem Geländer, den Blick auf mir. Er tastete sich an den Rundungen meines Körpers entlang, der in ein blassgrünes Satinkleid gehüllt war, und blieb nach kurzem Verharren auf meinem Gesicht liegen.

Ira schluckte. »Verdammt, Gracie, du … siehst umwerfend aus.«

Die Wärme, die in seinem Blick lag, sickerte bei seinen Worten direkt in meine Wangen, weil er mich in ein Scheinwerferlicht rückte, in dem ich nicht stehen wollte. Nicht mal, wenn er neben mir der Einzige im Raum war. Außerdem war er derjenige von uns beiden, dem man weitaus mehr Aufmerksamkeit entgegenbringen sollte, da es das erste Mal war, dass er einen richtigen Anzug trug. Noch dazu einen edlen Dreiteiler, der sich perfekt an seine breiten Schultern und langen Beine schmiegte. Der dunkle graubraune Farbton des Stoffes schmeichelte seinen Augen und dem aschblonden Haar, dessen Strähnen sich sanft wellten.

Bei seinem Anblick zog sich alles in mir für einen Moment zusammen. Nicht auf schmerzhafte Weise, eher von einer Sehnsucht durchtränkt, die sich bis in meine Knochen brannte.

Er ist deinetwegen hier. Er ist deine *Verabredung.*

Ich räusperte mich und deutete an ihm hinunter. »Wenn ich umwerfend bin, was bist dann du?«

Er lächelte schief. Dann machte er einen Schritt nach vorn, ließ seine Finger in meinen Nacken gleiten und küsste mich. Erst nur flüchtig, schließlich eine Spur fester, als hätte er es sich anders überlegt. Seine Hand wanderte quälend langsam meine Wirbelsäule hinunter und stoppte knapp über meinem unteren Rücken, an dem er mich enger an sich drückte. Der Stoff unserer Kleidung rieb bei jeder Bewegung über meine Haut, weshalb ich spürte, wie sich meine Brustwarzen unter dem Kleid verhärteten.

»Du riechst gut«, murmelte ich an seinen Lippen.

»Du auch.«

Ich hörte, wie sich Schritte der Tür näherten. »Soll ich euch beide noch mal ein halbes Stündchen allein lassen?«

Ira löste sich von mir, um einen Blick über meine Schulter auf Cassidy zu werfen, den Hauch eines Schmunzelns auf den Lippen. »Die anderen warten schon. Ich wollte euch eigentlich nur Bescheid geben.«

»Na dann. Worauf warten *wir*?« Bevor sie nach ihrer Handtasche griff, schlüpfte sie in ihren Mantel. Anschließend reichte sie mir meinen eigenen und schob mich in den Hausflur, um die Tür abzuschließen.

Draußen hatte sich eine zarte Schneeschicht über die Umgebung gelegt, die im goldenen Licht der Straßenlaternen und Häuser alles ein bisschen weicher aussehen ließ. Am Straßenrand parkte ein schwarzer Van, dessen Tür sich aufschob, kaum dass wir die letzte Treppenstufe hinuntergesprungen waren.

»Hereinspaziert, hereinspaziert«, grüßte Otis uns grinsend.

Ich stieg hinter Cassidy in den Wagen und ließ mich auf den freien Sitz gegenüber von Laurel plumpsen. Es war das erste Mal, dass ich sie nicht in einem ihrer üblichen Hosenanzüge zu sehen bekam, sondern in einem weinroten Seidenkleid, das farblich zu ihrem Lippenstift passte und einen Kontrast zu ihren azurblauen Augen bildete. Ihr dunkles Haar hatte sie sich aufwendig im Nacken zurückgeflochten, sodass nur ein paar vereinzelte Strähnen ihr Gesicht einrahmten.

Neben ihr saßen Samuel und Otis – Samuel in einem dunkelblauen Anzug, der sein Kupferhaar betonte, seine sommersprossige Haut dagegen eine Spur blasser wirken ließ; Otis in einem schwarzen Smoking, der so perfekt saß, als wäre er nur für ihn entworfen worden. Von Jude wie üblich keine Spur, allerdings hatte ich aufgehört, mich darüber zu wundern. Er schien einfach kein Interesse daran zu haben, ein Teil dieser Gruppe zu sein.

»Shit, sieh sich den mal einer an.« Otis lehnte sich auf seinem Sitz vor, um an Iras Jackettärmel zu zupfen. »Man könnte fast meinen, du hättest bei der Auswahl dieses Schmuckstücks professionelle Hilfe gehabt.«

Ira verdrehte die Augen, bevor er sich anschnallte. Dabei entging mir nicht, dass sich ein paar rote Flecken auf seinem Hals ausbreiteten. »Ja, du bist großartig.«

Otis zog die Autotür zu, fiel zurück gegen seine Rückenlehne und schloss genießerisch die Augen. »Hmmm. Sag's noch mal.«

»Vergiss es.«

Ich schnallte mich ebenfalls an, als das Taxi losfuhr, und blickte verwundert zwischen den beiden hin und her. Es war ein ungewohntes Bild, sie so ungezwungen, beinahe vertraut, miteinander reden zu sehen. Besonders Ira, weil er in Gegenwart der anderen nach wie vor sparsam mit seinen Worten umging.

»Wovon sprecht ihr? Hat er dir geholfen?«, fragte ich ihn.

Ira setzte zu einer Antwort an, doch Otis kam ihm mit einem verstohlenen Zwinkern zuvor: »Streng betrachtet, meine Ma. Aber ich nehme das nicht so genau.«

»Langsam fange ich an, zu verstehen, warum Jude dich für ein Muttersöhnchen hält«, bemerkte Cassidy und gluckste.

Otis zuckte ungerührt mit den Schultern. »Ich steh dazu, dass meine Ma das oberste Treppchen meines Herzens belegt. Aber das heißt ja nicht, dass da kein Platz mehr für dich ist.«

Nun war Cassidy diejenige, die mit den Augen rollte. »Warum habe ich noch mal eingewilligt, dich zu dieser Gala zu begleiten?«

»Weil ich so unverschämt charmant bin und du ganz genau weißt, dass wir beide an diesem Abend das heißeste Pärchen abgeben werden?«, schlug er vor. Als er meinen Seitenblick auffing, hob er entschuldigend die Hand. »Nach dir und Briggs natürlich.«

Laurel seufzte. »Kann ihm bitte irgendjemand den Mund zukleben?«

»Ich fürchte, das wird nicht viel helfen«, murmelte Samuel, der seine Aufmerksamkeit auf einen Punkt hinter dem Fenster gebündelt hatte, wo die Stadtlichter an uns vorbeirasten.

Otis beugte sich ein kleines Stück zu Laurels Ohr hinunter und schmunzelte vielsagend. »Glaub mir, du kannst mit mir tun und lassen, was du möchtest.«

Sie drückte ihn von sich und hob eine Augenbraue. »Gehört dazu auch, dich für diesen Spruch aus dem fahrenden Auto zu werfen?«

Ihre Stimme klang mit einem Mal eine Spur gepresster, als ob ihren Worten ein Gewicht anhaftete. Otis entging das nicht, weshalb er umgehend von ihr abwich und ernst wurde. »Komm schon, das war ein Witz. Das weißt du, oder?«

Laurel verschränkte die Arme vor der Brust, sank tiefer in ihren Sitz. »Das sagt ihr doch alle.«

»Aber ich meine es so.« Er drückte ihr einen Finger in die Wange, als erhoffte er sich dadurch, ihr Lächeln wieder anzuknipsen. »Tut mir leid, das war daneben. Kannst du bitte nicht wütend auf mich sein? Ich kann damit nicht umgehen.«

Laurel schob seinen Arm kopfschüttelnd beiseite. »Manchmal frage ich mich wirklich, wie du Anwalt geworden bist.«

Ihr Ton klang noch immer angespannt, aber ihre Mundwinkel hoben sich leicht, als wollte sie sich eigentlich zu einem Lächeln durchringen.

»Die meisten Menschen schätzen mein Talent, Konflikte zu lösen. Außerdem bin ich verdammt gut darin, mir Dinge zu merken, was sehr nützlich sein kann«, entgegnete er kokett.

»Ach ja?«, fragte Cassidy. »Zum Beispiel?«

»Zum Beispiel den Sperrcode deines Handys, dass du vergangenen Donnerstag Dunkelblau getragen hast oder dass Mr Hawthorne, der Kerl aus dem Meeting am Montag, falls du dich erinnerst, seinen Kaffee mit vier Stück Zucker trinkt. Wahlweise könnte ich dir auch einfach Passagen sämtlicher Gesetzestexte zitieren.«

Sie überschlug die Beine und prustete. »Okay, Klugscheißer, lass hören. Sechster Zusatzartikel, Abschnitt eins.«

Otis zögerte keine Sekunde. »In allen Strafverfahren hat der

Angeklagte das Recht auf ein zügiges und öffentliches Verfahren vor unparteiischen Geschworenen und –«

»Nein, warte, das war zu einfach«, grätschte Samuel dazwischen. »Was ist mit Abschnitt 1031 aus dem Verbraucherschutzgesetz?«

Iras Stirn legte sich in Falten. »Der Dodd-Frank Act?«

»Easy«, sagte Otis und winkte ab. »Eine Praxis gilt dann als unlauter, wenn sie …«

Während die anderen Spaß daran fanden, Otis' Merkfähigkeit weiter auf die Probe zu stellen, näherten wir uns Brookline, wo die Gala stattfinden sollte. Die Kanzlei hatte ein ganzes Anwesen gebucht, um all die Menschen unterzubringen, die heute Abend eingeladen waren.

Ich hatte mir die Location im Internet bereits angesehen, daher war ich von dem Anblick, als wir eine knappe halbe Stunde später die schmale Auffahrt entlangfuhren, auch nicht so überrascht wie die anderen. Das hell erleuchtete Gebäude, das sich wie ein Bergrücken aus den orangerot belaubten Baumkronen erhob, war ein imposantes Herrenhaus mit steinerner Fassade und weitläufigem Parkgelände, das einen großen See umschloss.

»Sieht aus, als hätte die Kanzlei für diesen Abend keine Kosten und Mühen gescheut«, bemerkte Samuel, dessen Nase förmlich an der Scheibe klebte.

Die Sprossenfenster warfen goldene Lichtstreifen auf den Vorhof, mehrere Menschen in teurer Abendgarderobe tummelten sich vor der Eingangstür, an der Natalie Gold jedem eintreffenden Gast persönlich die Hand schüttelte und ein Glas Champagner anbot.

»Na dann. Auf ins Getümmel, würde ich sagen.« Otis lehnte sich vor und schob in einer geschmeidigen Bewegung die Tür auf, bevor er Laurel, Cassidy und mir beim Aussteigen half.

Als ich sicher auf zwei Beinen stand, legte Ira mir seine Hand auf den unteren Rücken und schob uns sanft in Richtung Eingang, wo wir alle der Reihe nach ein Glas Champagner entgegennahmen und Natalie begrüßten, die ein langes schwarzes Kleid trug.

Obwohl ich wegen des *Cover-Me*-Falls in den vergangenen Wochen öfter mit ihr in Kontakt gestanden hatte, verspürte ich jedes Mal wieder einen Hauch von Nervosität, wenn ich ihr gegenüberstand. Es war dieses gewisse Etwas, das sie ausstrahlte. Die Tatsache, dass jeder Blick, jede Bewegung und jedes Wort von unerschütterlicher Entschlossenheit zeugten.

»Ich wünsche Ihnen allen einen schönen Abend«, sagte sie mit einem strahlenden Lächeln und bedeutete uns, einzutreten.

Wir gelangten auf eine Art roten Teppich mit einer aufgestellten Fotowand, auf der die Namen der Organisationen und Stiftungen aufgelistet waren, für die mit dieser Aktion Spenden gesammelt werden sollten. Darunter welche, die Rechtsberatungszentren und Bürgerberatungsstellen unterstützten, um bedürftigen Menschen zu helfen, die sich keinen Rechtsbeistand leisten konnten.

Nachdem wir auf Wunsch des Fotografen für ein paar Aufnahmen posiert hatten, betraten wir den großen Festsaal, in dem geschäftiges Treiben herrschte. Es war, als tauchte man in ein Meer aus goldenem Licht ein, welches von den fünfarmigen Kronleuchtern an der gewölbten Decke auf die langen Tafeln gegossen wurde. Sie waren mit Blumenarrangements und Kerzen geschmückt, edles Silberbesteck lag fein säuberlich aufgereiht neben den Tellern. Von überall schwappten die Geräusche von klirrendem Glas oder Gelächter über mich hinweg.

»Irgendeine Ahnung, wo wir sitzen?«, fragte ich Ira über den Lärm hinweg. Ich hatte gar nicht gemerkt, dass ich nach seiner Hand gegriffen hatte. Als hätte ich Angst, ohne ihn von der Flut an Sinnesreizen mitgerissen zu werden, die mich normalerweise sofort an den Rand des Raumes gespült hätte.

Er schüttelte den Kopf und lehnte sich so weit zu mir hinunter, dass sein Atem mein Ohr kitzelte. »Ich glaube nicht, dass es eine feste Ordnung gibt.«

»Seht, da drüben ist Darling.« Otis deutete mit seinem Kinn auf einen Tisch am anderen Ende des Raumes, wo Jude mit einem älteren Mann saß. Selbst auf die Entfernung konnte ich erkennen, dass es sich dabei um seinen Vater handeln musste. Sie hatten die gleiche scharfe Kieferlinie und das gleiche rabenschwarze Haar, nur dass seines am Ansatz schon ergraut war.

Er unterhielt sich über den Tisch hinweg mit Alistair Bright und einigen anderen Männern. Judes ausdrucksloser Blick klebte dabei durchweg auf einem der Fenster, als würde er gedanklich die Minuten zählen, bis dieser Abend sein Ende fand.

»Ist das sein Dad?«, sprach Cassidy meinen Gedanken laut aus.

Otis nickte. »Ist das nicht offensichtlich?«

Samuel schob seine Brille zurecht und verengte leicht die Augen. »Irgendwie kommt mir sein Gesicht bekannt vor. Hat er mal beim Fernsehen gearbeitet oder so?«

»Kent Darling ist Bostons Polizeichef«, antwortete Otis, ehe er den Rest seines Champagners in einem Zug hinunterstürzte.

Cassidy nippte ebenfalls an ihrem Glas, die Stirn skeptisch in Falten gelegt. »Und was will der hier? Gutes Karma sammeln?«

Mir entging nicht, dass Otis und Ira einen stummen Blick miteinander tauschten, in dem ein Hauch von Ungesagtem schwelte. Dann hob Otis gleichgültig die Schultern. »Keinen Schimmer. Los, setzen wir uns, bevor er noch merkt, dass wir ihn anstarren.«

Wir nahmen an derselben Tafel Platz wie Jude, wenngleich am entgegengesetzten Ende, weil alle anderen Stühle bereits belegt waren. Pünktlich um sieben Uhr, als alle Gäste eingetroffen waren, stieg Alistair Bright mit einem Mikrofon auf die Bühne und bat die Anwesenden, sich zu setzen und die Gespräche einzustellen. Bestimmt anderthalb Stunden lang lauschten wir diversen Reden, in denen die Schicksale einzelner Menschen genauer beleuchtet wurden, und sahen uns Statistiken an, die den Erfolg der durch die von der Kanzlei gesammelten Spenden verdeutlichten. Zu guter Letzt appellierte Natalie Gold an die Großzügigkeit der Anwesenden und dankte ihnen für ihre Unterstützung, was einen Applaus nach sich zog, der von den hohen Decken widerhallte und in meiner Brust vibrierte.

Zeitgleich wurde uns von einer Schar adrett gekleideter Kellnerinnen und Kellner das Essen gebracht.

Ich war bereits bei meinem zweiten Glas Rotwein angekommen, als ich das leicht dumpfe Gefühl in meinem Kopf wahrnahm, das mir signalisierte, dass meine Grenze erreicht war. Mit jedem weiteren Glas würde sie nur ein gefährliches Stück mehr verschwimmen und ich ins Wanken geraten. Und das wollte ich nicht riskieren, weil ich wusste, dass mich kein Sicherheitsnetz auffangen würde, sondern der gierige Schlund meiner Angst.

Ira hingegen hatte schon seit dem Empfang nichts mehr getrunken, obwohl wir hier – anders als im *off trial* – nicht für unsere Getränke zahlen mussten.

»Du trinkst nichts?«, fragte ich deshalb und deutete auf sein leeres Champagnerglas, das er in dieser Sekunde mit Wasser auffüllte.

Ira stellte die Flasche beiseite und schüttelte den Kopf. »Eigentlich so gut wie nie. Fühlt sich nicht richtig an.«

Er musste nicht mehr hinzufügen, damit ich verstand, worauf er anspielte. Ich blickte kurz nach rechts und links, um mich zu vergewissern, dass die anderen in ihre eigenen Gespräche vertieft waren. Dann flüsterte ich: »Wie lange ist dein Vater schon, na ja …?«

»Alkoholiker?«, bot er mit einem müden Lächeln an. »Du kannst es ruhig sagen. Wir geben Wörtern zu viel Macht, wenn wir sie nicht aussprechen.« Er griff nach seinem Glas und nahm einen großen Schluck, als hinterließen sie dennoch einen bitteren Nachgeschmack. »Seit ungefähr acht Jahren, und mit jedem weiteren wird es schlimmer. Schwer zu sagen, ob die Farm ohne die Hilfe meiner Geschwister überhaupt noch laufen würde. Er vergisst immer mehr Dinge, bezahlt Rechnungen nicht und blafft meine Mutter an. Manchmal frage ich mich, wieso sie überhaupt noch bei ihm ist.«

Mein Herz schrumpfte zusammen. »Ira, das tut mir so leid.«

Er nahm unter dem Tisch meine Hand und drückte sie. »Muss es nicht. Lass uns einfach über irgendetwas anderes reden. Dieser Ort ist nicht der richtige dafür.«

Auf der Suche nach einem anderen Thema glitt mein Blick über die übrigen Personen an unserem Tisch. Darunter welche, die ich flüchtig aus den Fluren der Kanzlei kannte. Andere, die ich nie zuvor gesehen hatte, weil sie vielleicht nicht einmal bei uns arbeiteten.

Alle aßen, unterhielten sich miteinander oder lachten.

Alle außer Jude.

Ich wusste nicht, warum meine Aufmerksamkeit auf ihm liegen blieb. Vielleicht weil ich für einen Moment an unser Gespräch auf dem Dach zurückdenken musste; an seine beruhigenden Worte und sein halbes Mundwinkellächeln.

Jetzt war davon nichts zu sehen. Wenn ich es mir recht überlegte, wirkte er neben seinem Vater sogar noch steifer als sonst.

Plötzlich, als würde er meinen Blick auf sich spüren, drehte er den Kopf zu mir. Für den Bruchteil einer Sekunde schauten wir einander in die Augen. Doch schon in der nächsten, in der ich ihm ein zurückhaltendes Lächeln hatte zuwerfen wollen, straffte er die Schultern und wandte sich wieder ab. Zurück blieb ein flaues Gefühl in meinem Magen.

Ira schien unseren stummen Austausch mitbekommen zu haben und lehnte sich zu mir. »Wusstest du, dass er Natalies Neffe ist?«

Ich blinzelte überrascht und sah ihn an. »Du weißt es?«

»Ja.« Er runzelte irritiert die Stirn. »Du auch?«

»Er hat es mir erzählt. Eher unfreiwillig, schätze ich«, gestand ich mit warmen Wangen und nahm mein Besteck wieder zur Hand, um die Reste auf meinem Teller zu essen.

»Wann?«

»Ich habe neulich mit meinem Vater telefoniert und bin danach ein klein wenig ausgeflippt. Ich war oben auf dem Dach, weil ich frische Luft brauchte. Jude auch, also sind wir ins Gespräch gekommen. Er hat es mir erzählt, weil er von meiner Familie wusste. Deshalb habe ich dich gefragt, ob du von ihm gehört hast, wer mein Vater ist. Er hat versprochen, niemandem etwas zu sagen.« Und ich hoffte, dass er sich daran halten würde.

»Darling hat dir einfach so erzählt, dass Natalie seine Tante ist?« Ira klang misstrauisch, und ich konnte es ihm nicht verdenken. Nicht einmal ich verstand, warum Jude es mir offenbart hatte. Immerhin war er mir nichts schuldig gewesen.

Ich nickte und konnte beobachten, wie sich sein Kiefer anspannte. »Was ist? Du siehst aus, als wäre dir die Vorstellung völlig zuwider.«

»Mir gefällt nur der Gedanke nicht, dass er rein gar nichts tun musste, um diesen Job zu bekommen. Das ist alles.«

Mit einem Mal wurde mein Hals eng. »Woher willst du das wissen?«

Er gab ein verächtliches Schnauben von sich. »Sieh ihn dir doch an. Neulich habe ich ihn im Archiv beim Schlafen erwischt. Der Typ musste in seinem Leben wahrscheinlich nicht einen Finger krümmen, weil seine Familie alles für ihn geregelt hat. Wer weiß, ob er ohne Natalie überhaupt hier wäre.«

Ich wollte Ira ermahnen, nicht so voreilige Schlüsse zu ziehen, weil er gerade genau das tat, worüber er sich bei anderen geärgert hatte. Doch ich konnte nicht, da seine Bemerkung einer schmerzhaften Ohrfeige glich.

Wer weiß, ob er ohne Natalie überhaupt hier wäre.

Die Worte begannen in meiner Brust zu wummern, als besäßen sie einen eigenen Herzschlag, der mir in den Ohren dröhnte.

Du kannst ihm nie sagen, was Dad getan hat. Was du *getan hast.*

Er würde es nicht verstehen.

Nein, er würde mir denselben Stempel aufdrücken wie Jude. Und das Schlimmste daran war: Nach allem, was passiert war, hätte er jedes Recht dazu gehabt. Ganz egal, dass ich mich in meinem Studium nie auf meinem Namen ausgeruht, sondern jahrelang hart dafür gearbeitet hatte, in den Augen meiner Eltern gut genug zu sein.

Ich schluckte mehrmals, wich seinem Blick aus und schaute wieder zu Jude, der mittlerweile immerhin so tat, als würde er sich an der Unterhaltung beteiligen.

Vielleicht hatten wir wirklich mehr gemeinsam, als ich dachte. Nicht nur erfolgreiche Eltern, die uns eine Zukunft in die Wiege gelegt hatten, zusammen mit all ihren Erwartungen, die daran geknüpft waren. Sondern auch den Druck, uns ihnen gegenüber beweisen zu müssen, den stillen Wunsch, *nicht* in ihre Fußstapfen zu treten, *nicht* dieselben Fehler zu begehen und es stattdessen *besser* zu machen.

Ich war mir sicher, dass dieses Bedürfnis in den Köpfen vieler Kinder erfolgreicher Eltern schlummerte. Außer in dem von Lydia Mayfair vielleicht. Schließlich hätte sie etwas gegen die Machenschaften ihrer Mutter unternehmen können und hatte sich dagegen entschieden.

Genau wie du, dachte ich. Und dann schoss mir mit einem Mal noch ein anderer Gedanke durch den Kopf. Einer, der mir so irrsinnig erschien, dass ich ihm im ersten Moment gar keinen Raum bieten wollte. Doch als ich ihn mehrmals umhergewälzt hatte, um ihn von allen Seiten zu betrachten, fühlte er sich zu gewichtig an, um ihn zu ignorieren. Zu … passend. Wie ein Puzzleteil, das man an die richtige Stelle setzte.

»Oh mein Gott«, murmelte ich. »Was, wenn es die ganze Zeit ihre Tochter war?«

Ira, der ursprünglich noch auf eine Reaktion wegen der Sache mit Jude gewartet hatte, wirkte irritiert, als ihm unser roter Gesprächsfaden aus den Fingern glitt. »Wovon sprichst du?«

»Von unserem Fall«, zischte ich leise, um möglichst wenige auf unsere Unterhaltung aufmerksam zu machen. »Was, wenn die ganzen Posts auf Lydias Profil doch nicht nur Fassade sind? Wenn sie diejenige ist, die hinter der Nachricht an Isabells Wagen steckt? Vielleicht sogar diejenige, die das Ganze im Internet verbreitet hat? Bestimmt hat sie deshalb nie auf unseren Kontaktversuch reagiert. Aus Angst, unseren Verdacht sofort auf sich zu lenken.«

Iras Augenbrauen schoben sich zusammen, verrieten, dass er über meine Theorie nachdachte. »Melindas Tochter? Wieso sollte sie das tun?«

Ich spürte, wie mein Herz eine Spur kräftiger schlug, je mehr ich mich in meine These hineinsteigerte. »Weil sie den Posten ihrer Mutter übernehmen und den Tierversuchen ein Ende setzen will. Sie ist ihr einziges Kind und voraussichtlich auch die einzige Erbin des Unternehmens. Es läge in ihrem Interesse.«

»Aber mit so einer Aktion hätte sie nicht nur dem Unternehmen und somit sich selbst geschadet, sondern auch ihrer Mutter. Fändest du das nicht ein bisschen undurchdacht und … hart? Ganz zu schweigen davon, was für Wellen es schlagen könnte, wenn der Fall demnächst vor Gericht geht.«

Die Entscheidung, vor Gericht zu ziehen, war die jüngste Entwicklung, seit die Vertreter der Tierschutzorganisation ihre gestrigen Eindrücke aus dem Labor mit uns geteilt hatten.

Sie hatten zwar keine Käfige speziell mit den *Eúnoia*-Produktetiketten gefunden, doch bestand trotzdem kein Zweifel daran, dass die Bilder, die uns zugespielt worden waren, aus diesem Labor stammten. Daher hatte Isabell das Angebot, das *Cabot & Cox* ihr als Antwort auf ihres gemacht hatte, auch ohne mit der Wimper zu zucken abgelehnt.

Mr Ford behauptete, Melinda sei inzwischen zu einem Vergleich bereit, damit die haltlosen Anschuldigungen gegen sie endlich ein Ende fänden und das Unternehmen keine weiteren

Verluste erleiden müsste, aber wir ahnten, dass die Gegenseite in Wahrheit kalte Füße bekommen hatte. Deswegen hatte Isabell entschieden, den Prozess in den Gerichtssaal zu verlegen, um zusätzlich öffentlichen Druck auf *Eúnoia* auszuüben.

»Natürlich ist es hart«, antwortete ich. Seine Familie auf diese Weise zu hintergehen war keine Entscheidung, die man leichtfertig traf. Genauso wenig wie die, einen Job in der Konkurrenz-Kanzlei des eigenen Vaters zu beginnen und den Kontakt zu ihm abzubrechen. Allerdings blieb einem manchmal nichts anderes übrig, als für sich und seine Überzeugungen einzustehen und den Menschen die Augen zu öffnen, damit sie das Ausmaß ihrer Fehler begriffen.

»Vielleicht war ein öffentliches Gerichtsverfahren ja nie ihr Ziel?«, überlegte ich weiter und zuckte mit den Schultern. »Aber selbst wenn doch, ist ihr sicher bewusst, dass man Melinda dazu drängen wird, zurückzutreten. Und mit ihr als Nachfolgerin wäre der durch den Skandal entstandene Imageschaden möglicherweise schneller wieder behoben.«

Auch wenn es trotzdem Jahre dauern dürfte, den Namen des Unternehmens nach solchen Vorwürfen wieder reinzuwaschen.

Ira neigte den Kopf. »Wie willst du das beweisen? Sie in den Zeugenstand rufen?«

»Wir könnten auch erst mal selbst mit ihr sprechen und ihr auf den Zahn fühlen«, schlug ich vor. »Vielleicht redet sie freiwillig.«

Er schien noch immer skeptisch, weshalb ich seine Hand drückte und ihm tief in die Augen sah. »Du hast gesagt, ich sollte lernen, auf mein Bauchgefühl zu vertrauen. Mein Bauchgefühl sagt genau das. Glaubst du mir oder nicht?«

Seine Mundwinkel hoben sich. »Gut, wie sieht dein Plan aus?«

Ich spürte ein warmes Kribbeln in meinem Magen, das das flaue Gefühl von vorhin verdrängte. »Wir sollten mit Isabell sprechen. Am besten noch heute.«

Nach dem Essen zerstreute sich die Gesellschaft. Manche blieben sitzen, um sich bei einem Glas Wein oder einem Whisky auf Eis zu unterhalten, andere steuerten die Tanzfläche vor der Bühne an, auf der ein DJ sein Equipment aufgebaut hatte. Ein paar gingen kurz nach draußen, um frische Luft zu schnappen, hielten es trotz der Heizpilze jedoch ohne Jacke nicht lange aus.

Auch Ira und mich hatte es von unserem Tisch fortgezogen, weil wir beschlossen hatten, Isabell zu suchen, um ihr von meiner Vermutung zu erzählen. Sie stand mit einem Cocktail in der Hand umringt von einer Gruppe anderer Partnerinnen und Partner der Kanzlei in der Nähe der Tanzfläche und war mit ihren feuerroten Haaren und dem smaragdgrünen Kleid kaum zu übersehen.

Zunächst zögerte ich noch, einfach auf sie zuzugehen. Doch der sanfte Hauch von Alkohol, der warm und träge durch meine Adern floss, ließ mich meine Unsicherheit leichter überwinden, weshalb ich Ira kurzerhand hinter mir herzog.

»Ms Fraser? Könnten wir Sie einen Moment sprechen?«

Isabell drehte sich um und bedachte uns beide mit einem überraschten Blick. »Ms Hoffman, Mr Briggs. Schön, dass Sie hier sind. Selbstverständlich, worum geht es?«

Ich sparte mir lange Vorreden. »Um den *Eúnoia*-Fall.«

Sie lachte auf, sodass der Inhalt ihres Cocktails gegen das Glas schwappte. »Bei aller Liebe, Ms Hoffman. Wir sind heute Abend nicht hier, um zu arbeiten. *Ausnahmsweise* mal nicht.«

Ohne mich von ihrem Tonfall beirren zu lassen, lehnte ich mich ein Stück vor und sprach etwas gedämpft weiter: »Ich habe eine Idee, wer unsere Informantin sein könnte.«

Das überhebliche Lächeln rutschte ihr vom Gesicht und wurde durch sichtbare Neugier ersetzt. »Tatsächlich?«, fragte sie und bedeutete uns mit einer Handbewegung, uns ein paar Schritte von den anderen zu entfernen. »Lassen Sie hören.«

Also berichtete ich ihr in der Kurzfassung von meiner Vermutung, dass Lydia etwas mit den Vorwürfen zu tun haben könnte, und wie ich darauf gekommen war. Am Ende meiner Erzählung wanderte ihr Blick zu Ira, der neben mir stand.

»Was halten Sie davon?«

Ich sah ebenfalls zu ihm auf, beobachtete, wie er nickte.

»Ich traue ihrem Gefühl.«

Ich traue ihrem Gefühl. Seine Worte fühlten sich an wie eine Umarmung, in die ich mich schmiegen wollte.

»Dafür, dass Sie keinerlei Beweise oder Indizien haben, sind das schwere Anschuldigungen«, überlegte Isabell laut. »Aber ich gebe zu, dass ich es in Anbetracht all der Familienfehden, die in unseren Büros ausgetragen wurden, nicht ausschließen würde. Mr Ford war sehr darum bemüht, unsere Fragen an sie und ihre Mutter abzublocken. Es wäre sicher keine schlechte Idee, Lydia unter vier Augen zu befragen. Vielleicht gibt es eine Möglichkeit, sie allein zu erwischen. Ich denke noch mal darüber nach und gebe Ihnen am Montag Bescheid. Und nun gehen Sie ein paar Kontakte knüpfen und sich amüsieren. Der Abend ist jung.«

Ira und ich hatten ihr schon halb den Rücken zugewandt, da fügte sie noch hinzu: »Gute Überlegung, Ms Hoffman.«

Ich konnte nicht verhindern, dass sich meine Lippen automatisch zu einem Grinsen verzogen. Sobald wir außer Hörweite waren, bohrte ich Ira meinen Ellbogen in die Rippen. »Hast du das gesehen? Sie hat fast *gelächelt*.«

Er schmunzelte. »Aber auch nur fast.«

Wir bewegten uns durch die Menge und hielten nach den anderen Ausschau, allerdings konnte ich niemanden von ihnen ausmachen. Nicht einmal Laurels weinrotes Kleid blitzte zwischen den Gästen hindurch, nur ein paar Kellnerinnen und Kellner, deren mit Champagner beladene Tabletts über einem Meer aus Köpfen schwammen.

Ich überlegte gerade, Cassidy zu schreiben, da berührte mich jemand an der Schulter. »Ms Cabot?«

Mir gefror das Blut in den Adern, als ich mich zu der tiefen Stimme umdrehte und in das leicht zerknitterte Gesicht meines alten Professors für Gesellschaftsrecht blickte. Sein Haar war ein wenig grauer geworden und besaß fast denselben Farbton wie der dreiteilige Anzug, den er trug.

»Professor Ashford«, brachte ich gepresst heraus, bevor ich mich flüchtig umsah und sicherstellte, dass ihn niemand gehört hatte. Die Musik übertönte einen Großteil der Geräuschkulisse, nicht aber das Klopfen meines Herzens, das bei seinem Anblick nervös gegen meinen Brustkorb trommelte. Dabei hätte es mich nicht überraschen sollen, ihn hier anzutreffen. Die Kanzlei arbeitete, ähnlich wie *Cabot & Cox*, eng mit der Harvard Law School zusammen, nicht nur für Forschungsprojekte, sondern auch in Sachen Rekrutierung absolvierender Studierenden.

Was schön und gut war, mich von Sekunde zu Sekunde jedoch mehr beunruhigte. Was würde passieren, wenn er sich mit Natalie Gold unterhielt und die beiden zufällig auf mich zu sprechen kamen? Würde er ihr erzählen, was passiert war?

Noch als dieser Gedanke aufkam, ertränkte ich ihn wieder. *Er kann ihr nicht davon erzählen. Er wäre selbst dran.*

Mit einem Lächeln reichte er mir seine Hand, die ich zögerlich ergriff und schüttelte. »Wie schön, Sie hier zu sehen. Wenngleich auch ein wenig unerwartet. Ihr Vater hat damals gar nicht erwähnt, dass Sie planen, für *Gold, Bright & Partners* zu arbeiten. Ich habe angenommen, Sie würden bei ihm einsteigen.«

Ich spürte, wie sich Iras Augen auf mich richteten und mir Röte in die Wangen kroch. »Ja, ich habe meine Meinung geändert.«

Meinen Namen übrigens auch.

Seine buschigen silbernen Brauen zogen sich zusammen. »Darf ich fragen, warum?«

Noch mehr Herzklopfen. Noch mehr aufkeimende Panik. »Wir hatten kürzlich ein paar … Differenzen.« Ich hatte die Hoffnung, dass er meinen Wink verstand. Dass er begriff, dass ich mit ihren Machenschaften nichts zu tun haben wollte, bloß war dem nicht so.

»Nun, Sie können Ihrem Vater wirklich dankbar dafür sein, dass er Ihnen in der Rechtswelt so viele Türen geöffnet hat.«

Meinem Vater oder Ihnen? Ich schluckte meine Worte hinunter und spürte, wie sie mir wie ein spitzer Scherbenhaufen im Magen liegen blieben.

»Ich denke, dass Gracie ihren Erfolg in erster Linie sich selbst verdankt«, warf Ira ein. Sein Ton war ruhig, und doch erkannte ich die Färbung, die er annahm, wenn ihm etwas bitter aufstieß.

Mir war bewusst, dass er es gut meinte. Trotzdem wollte ich im Erdboden versinken, als ich den leicht spöttischen Zug um Professor Ashfords Mundwinkel bemerkte.

Iras Ahnungslosigkeit amüsierte ihn. Mir tat sie weh.

»Sie sind Ms Cabots Begleitung an diesem Abend?«, fragte er.

Ira reichte ihm die Hand. »Ira Briggs.«

»Sehr erfreut. Tja, dann will ich Sie nicht weiter stören. Ich wünsche Ihnen noch viel Spaß.« Sein Blick wanderte zu mir zurück. »Grüßen Sie Ihren Vater von mir, Ms Cabot. Und sagen Sie ihm, er soll sich mal wieder im Golfclub blicken lassen. Alles Gute für Sie.«

Kaum hatte er sich umgedreht, verließ mich sämtliche Spannung. Ich umfasste den Saum meines Kleides und näherte mich mit großen Schritten der Terrasse, weil ich Luft brauchte. Der Raum fing an, sich zu drehen, und meine Gedanken mit ihm.

Zu viel. Zu laut.

»Gracie!«, rief Ira hinter mir. »Warte. Wo willst du hin?«

Ich konnte nicht warten, *wollte* nicht warten. Ich hatte Angst vor dem, was passieren würde, wenn ich es tat. Also lief ich weiter, griff im Vorbeigehen nach einem Glas Champagner und stürzte es beinahe in einem Zug hinunter, hoffte, dass der Alkohol den Schmerz betäuben würde, der sich in meiner Brust ausbreitete. Ich stieß die Tür nach draußen auf und erzitterte, als mir der kühle Wind ins Gesicht schlug, jedoch blieb ich erst an der steinernen Brüstung stehen, von der zwei lange Treppen in den weitläufigen Garten hinunterführten.

Das weiche Licht des Vollmondes fiel durch die Bäume, wurde vom Schnee reflektiert und ließ die Umgebung in einem silbrigen Schimmer leuchten.

Ich atmete mehrmals tief ein, roch die kalte Luft, roch das entfernte Wasser und einen leicht süßlichen Duft, als hätte hier wenige Minuten zuvor noch jemand gesessen und einen Joint geraucht. Außer mir war jedoch niemand draußen. Nur Ira, dessen Schuhsohlen ich hinter mir knirschen hörte.

»Hey.« Er drehte mich zu sich um und strich mir ein paar Haarsträhnen aus dem Gesicht. »Ist alles okay? Was war das eben?« In seinen blassgrünen Augen schimmerte stille Besorgnis.

Ich wusste, dass es eigentlich keinen Sinn hatte, mich ahnungslos zu stellen. Ira war klug. Natürlich hatte ihn das Gespräch mit meinem Professor misstrauisch werden lassen. Und dennoch brachte ich es nicht über mich, ihm die Wahrheit zu offenbaren. »Wovon sprichst du?«

Er schnaubte und überging meine Frage, als wäre sie vollkommen überflüssig. »Was hat dein Professor damit gemeint, als er sagte, dass dein Vater dir Türen geöffnet hätte? Ich dachte, du hättest dir das alles ohne seine Hilfe erarbeitet?«

Was, wenn nicht? Wenn ich nicht gut genug bin? Nie war?

Erste Tränen rollten mir über die Wangen, als ich gegen den Knoten in meinem Hals anzuschlucken versuchte. »Ira, ich …«

Plötzlich sprang die Terassentür auf, und unter dem Lärm, der aus dem Inneren des Veranstaltungsraumes drang, schlüpfte Jude nach draußen. Er steckte sich eine Zigarette zwischen die Lippen und wollte sie gerade anzünden, da bemerkte er uns und hielt inne. »Stör ich?«

»Ja«, gab Ira gepresst zurück.

Jude hob die Augenbrauen, sichtlich überrascht von seinem Ton. Dann warf er einen Blick auf sein Handy und ging stirnrunzelnd an uns vorbei. »Krieg dich ein, bin schon weg.«

Wir sahen dabei zu, wie er eine der Treppen hinuntersprang, die in den Garten führte. Wenige Sekunden später war seine schwarze Silhouette mit der Dunkelheit verschmolzen, und wir waren wieder allein.

»Rede mit mir, Gracie«, bat Ira und wischte mit seinen Daumen über meine Wangen.

Ich schloss die Augen, weil ich es nicht ertrug, ihn anzusehen, spürte, wie sich mein Griff um das Champagnerglas verstärkte.

Da war dieser Teil in mir, der ihm alles gestehen und ihm mein verfluchtes Herz ausschütten wollte, weil dieses Geheimnis von Tag zu Tag mehr an mir nagte und ich befürchtete, dass bald nichts mehr von mir übrig sein würde. Und der andere, der eisern an meinen Zweifeln festhielt, weil er sich nicht sicher war, ob ich Ira wirklich vertrauen konnte.

»Ich bitte dich«, flehte er leise. »Sperr mich nicht aus.«

Das Einzige, was ich aussperren wollte, war meine Angst.

Nicht ihn.

»Ich will nicht, dass es alles kaputtmacht«, flüsterte ich mit zittriger Stimme und lehnte meine Stirn gegen seine Brust, die sich in beruhigenden Zügen hob und senkte. Die so schmerzlich vertraut nach Lavendel und Sicherheit roch, dass es mir die Kehle zuschnürte. »Ich will nicht, dass es *uns* kaputtmacht.«

Er schob mich an meinen Schultern von sich und legte mir einen Finger unter das Kinn. »Hab ich da vielleicht auch noch ein Wort mitzureden?«

Und wenn ich nicht hören will, was du dazu zu sagen hast? Wenn ich weiß, wie du reagieren würdest? Wenn ich Angst davor habe, dass du da reinspazieren und jedem davon erzählen könntest?

Stille machte sich zwischen uns breit, in der ich nichts anderes tun konnte, als ihn anzustarren. In seinen Augen lag so viel Wärme und Sanftmut, aber es half mir nicht dabei, mich besser zu fühlen. Ich wusste, dass er die Wahrheit verdient hatte, und dass ich sie nicht auf ewig mit mir würde herumtragen können. Wenn jetzt nicht der richtige Moment war, wann dann?

Mein Herz klopfte und klopfte, und als ich es endlich schaffte, den Mund zu öffnen, lag es mir pochend auf der Zunge. »Okay, du möchtest es wissen?«

Ira nickte langsam, also holte ich einmal tief Luft. »Mein Dad hat Professor Ashford, der damals Mitglied im Prüfungsausschuss der Harvard Law war, einen Haufen Geld gezahlt, um mich durch die schriftliche Abschlussprüfung zu bringen. Ohne ihn hätte ich sie vielleicht nicht bestanden.«

Die Worte purzelten wie Kieselsteine vor uns zu Boden. Und Ira hatte recht: Wir gaben Wörtern zu viel Macht, wenn wir sie nicht aussprachen. Aber noch mehr gaben wir ihnen, wenn wir es taten. Denn einmal ausgesprochen, besaßen sie die Macht, alles zu verändern; Blickwinkel zu verschieben, Menschen zu verletzen oder sich verwundbar zu machen. Und Iras Blickwinkel hatte sich verschoben. Ich konnte sehen, wie das Bild, das er von mir gehabt hatte, in dieser Sekunde wie Kristall zersprang.

Er machte einen Schritt zurück, der sich anfühlte, als würde sich mit ihm eine Kluft zwischen uns auftun.

Die Sicht vor meinen Augen verschwamm, weshalb ich versuchte, mit meiner freien Hand nach seinem Jackett zu greifen, um an ihm festzuhalten. Um an *uns* festzuhalten. »Ira, bitte, lass mich das erklären.«

»Was genau? Dass du ihn darum gebeten hast oder dass du dich mit diesem Ergebnis gebrüstet hast, um Natalie Gold von dir zu überzeugen?«, fragte er bissig.

»So war das nicht! Ich habe ihm nie gesagt, dass er das für mich tun soll! Ich war an dem Tag komplett aufgewühlt, weil ich mir sicher war, die Prüfung verhauen zu haben. Einen Abend zuvor habe ich von der Sache mit Marcus erfahren und Schluss gemacht, ich war einfach nicht bei der Sache. Als ich meinem Vater von der Prüfung erzählt habe, ist er direkt am nächsten

Tag zur Uni gefahren, um das zu klären, ohne mir etwas davon zu sagen. Ich kenne nicht mal mein ursprüngliches Ergebnis. Ich habe erst davon erfahren, als ich meine Endnote gesehen und ihn zu Hause darauf angesprochen habe.«

Ira fuhr sich mit den Händen über das Gesicht. »Dir ist klar, dass ihr euch damit strafbar gemacht habt, oder?«

»Natürlich ist mir das klar. Aber was hätte ich tun sollen?«

Wäre ich damals zum Dekan gegangen, hätte ich nicht nur mir selbst, sondern auch meinen Eltern riesige Probleme eingehandelt. Und das hatte ich nicht über mich gebracht. Weil ein naiver Teil von mir immer daran hatte glauben wollen, dass mein Vater nur so gehandelt hatte, um mir zu helfen. Und nicht sich selbst.

Meine Atmung geriet ins Stocken, da ich mich an meinen aufkommenden Worten verschluckte, mit denen ich mich zu erklären versuchte. Und mit einem Mal spürte ich meinen Herzschlag im ganzen Körper, als wäre er in den hohlen Zwischenraum geschlüpft, der zwischen Ira und mir entstanden war.

Klopf, klopf, klopf.

»Ich weiß nicht, was ich dazu sagen soll, Gracie«, murmelte Ira und vergrub die Hände ratlos in den Hosentaschen.

Gut, das war's. Er hasst dich. Herzlichen Glückwunsch.

Die Umrisse der Terrasse zerflossen in meinen Augenwinkeln zu blassen Linien und blinden Flecken. Ich versuchte, gegen die schwarzen Punkte anzublinzeln, allerdings wurde es dadurch nur schlimmer. Mein Herz begann, noch schneller zu schlagen.

WARUM GINGEN DIESE VERDAMMTEN PUNKTE NICHT WEG? *ICH SEHE NICHTS.*

In meiner aufkommenden Panik rieb ich mir über die tränennassen Augenlider und ließ dabei das leere Champagnerglas fallen. Das Geräusch, als es auf dem mit einer zarten Schneeschicht bedeckten Boden zerschellte, pochte in meinen Ohren.

Das ist nur deine Schuld. Dein Fehler. Kein Wunder, dass du es ohne Hilfe zu nichts bringst. Hochstaplerin. Lügnerin.

Mit einem Schluchzen ging ich in die Knie. Zum einen, weil meine wackeligen Beine mich nicht mehr halten konnten. Zum anderen, weil ich die Scherben aufsammeln und wieder zusammensetzen wollte. Aber ich hatte keinen Kleber. Alles fiel auseinander.

Ich.

Wir.

Alles.

Und ich konnte es nicht kitten. Nichts davon.

»Was machst du denn da?« Ira begab sich mit einem Seufzen zu mir in die Hocke und schob meine Arme sanft beiseite. »Lass das, du tust dir nur weh.«

Zu spät.

»Es tut mir so leid«, presste ich unter meiner stockenden Atmung hervor. »Es tut mir so, so leid.«

Alles an mir zitterte. Hände. Stimme. Gesicht. Taubheit sickerte wie Gift in meine Muskeln, zeitgleich brach mir kalter Schweiß im Nacken aus. Meine Sicht verschleierte sich zunehmend, und meine Panikgedanken bildeten Schleifen, die sich miteinander verknoteten, bis mir der Kopf wehtat.

Mein Herz schlägt zu schnell. Ich bekomme keine Luft. Ich kann nicht atmen. Ich werde sterben. Hier und jetzt. Auf einer verdammten Kanzleiveranstaltung.

»Gracie. Mach die Hand auf.« Iras Samtstimme war wie ein Strohhalm, an den ich mich zu klammern versuchte.

»Ich k-kann nicht.« Die Antwort kam stockend.

»Doch, du kannst«, sagte er, weil er nicht verstand. Weil ich manchmal das Gefühl hatte, dass *niemand* verstand.

Das hier war nicht *ich*. Es war dieses Ding in meinem Kopf, das ich mit jedem noch so kleinen Panikgedanken fütterte, bis es so stark anschwoll, dass es mich gänzlich einnahm.

Was denkst du, wie schnell kann ein Herz schlagen, bevor es aufgibt? Was, wenn du jetzt einen Herzinfarkt erleidest? Einen Krampfanfall? Wenn dein Körper für immer taub bleibt und du nie wieder etwas fühlen wirst? Vielleicht hättest du doch keinen Alkohol trinken sollen. Wieso hast du das überhaupt getan? Wieso kannst du nie etwas richtig machen?

Ich kniff die Augen zusammen, atmete und atmete, rang förmlich nach Luft. Doch meine Lungenflügel hatten die Türen verschlossen, und nun trommelte jeder meiner Atemzüge hemmungslos dagegen. Ich saß wieder in meinem zweifelgrauen Gedankengefängnis, und Ira konnte nichts anderes tun, als mir von draußen dabei zuzusehen.

»Gracie, *bitte*. Lass los.«

Ich fühlte seine kühlen Finger an meiner Hand, fühlte den dumpfen Schmerz der Scherbe, die sich in meine Haut schnitt, wusste insgeheim, dass es bedeutete, dass mein Körper nicht taub war und ich mir alles nur einbildete. Trotzdem schaffte ich es nicht, lockerzulassen. Denn lockerzulassen bedeutete, auch das letzte bisschen Kontrolle zu verlieren.

»Es tut m-mir leid«, murmelte ich wieder und wieder.

Ich hörte ein Fluchen. Dann lag plötzlich etwas Kaltes, Brennendes auf meinen Wangen: Iras Hände. Sie waren feucht. Schneefeucht und eiskalt.

»Gracie, sieh mich an.«

Träge öffnete ich die Augen und begegnete seinem grünen Blick, der trotz der Umstände solch eine Ruhe ausstrahlte, dass ich nicht anders konnte, als ihn anzustarren.

»Dir passiert nichts, okay? Ich bin hier. Es ist alles gut.«

Alles gut. »Nichts ist gut. Du verstehst das nicht.«

Er nickte langsam. »Richtig, tue ich nicht. Deshalb musst du mir helfen, dich zu verstehen.«

Wie denn, wenn ich mich selbst nicht verstand?

»Es ist so laut und dunkel«, wimmerte ich und verzog das Gesicht. In meinem Kopf. *In mir.* Ich hasste es. Das alles.

Ira strich mit seinen Daumen über meine nassen Wangen. »Es ist nicht dunkel, Gracie. Eigengrau ist *nie* dunkel. Weißt du noch?«

Dünne Erinnerungsfäden zogen sich durch mein Gedankenchaos.

Vielleicht hilft es dir, dich in solchen Momenten daran zu erinnern, dass dieses Licht immer dafür sorgen wird, dass du selbst in der dunkelsten Dunkelheit nie schwarz, sondern grau siehst. Stell es dir einfach vor wie eine Art Leuchten, das direkt aus dir kommt.

»Glaub mir, alles ist okay«, flüsterte er. »Du musst atmen.«

Atmen. Noch ein Erinnerungsfaden, nach dem ich griff.

Lass die Augen geschlossen, atme einmal tief durch die Nase ein, und zähl dabei bis vier.

Während ich gedanklich nach dieser Methode zählte und atmete, spürte ich, wie Ira meine Faust ganz sacht öffnete. »Sehr gut. Immer weiteratmen.«

Die Scherbe klirrte, als sie zu Boden fiel. Dann schloss er mich in seine Arme, und ich stieß ein Schluchzen aus. *Es geht vorbei*, dachte ich. *Es geht vorbei, vorbei. Alles gut, es geht vorbei.*

Irgendwann wurden meine Atemzüge tiefer und ruhiger. Das Gedankenknäuel löste sich, genau wie der Druck auf meiner Brust. Nach und nach fing ich an, meine Umgebung wieder wahrzunehmen. Die Kälte, die sich in meine nackten Beine biss. Den kräftigen Schlag des Basses, der aus dem Inneren zu uns durchdrang. Iras Hand auf meinem Rücken. Und als ich mich von ihm löste, auch die Blutspuren im Schnee, die offenbar von einem Schnitt in meiner Handfläche stammten. Bei dem Anblick schmeckte ich Galle auf meiner Zunge. Blut. *Ira.*

»Mist, tut mir *so* leid«, sagte ich wieder. »Ich mach das sofort weg. Ich –«

»Gottverdammt, du machst mich wahnsinnig.«

Bevor ich erneut nach den Scherben greifen konnte, hatte Ira mich kurzerhand hochgehoben und – weit entfernt von dem Chaos, das ich hinterlassen hatte – auf einem Stuhl unter einem der Heizstrahler abgesetzt. Er schlüpfte aus seinem Jackett und legte es mir über die Schultern. »Ich bin sofort wieder da, okay? Bleib genau hier.«

Ich presste mir sein Jackett an die Brust, um die Kälte daran zu hindern, mir ins Dekolleté zu kriechen, und nickte schwach. Mit einem Mal war ich unsagbar müde, bemerkte kaum, wie die Zeit zwischen meinen Fingern zerfloss. Ab und zu stieß jemand die Tür auf und trat nach draußen, um eine zu rauchen oder frische Luft zu schnappen. Aber niemand von ihnen schenkte mir auch nur einen zweiten Blick, geschweige denn, dass sie die Glasscherben entdeckten, an denen mein Blut klebte. Von Weitem hätte man denken können, dass es Rotwein wäre.

Ich wusste nicht, wie viele Minuten vergangen waren, bis Ira schließlich zurückkehrte – in einer Hand ein Glas Wasser, in der anderen Verbandszeug. Das Wasser reichte er mir, ehe er sein Handy aus der Hosentasche zog und mit der Taschenlampe den Schnitt an meiner Hand inspizierte. Seine Atmung wurde hörbar flacher.

»Ist es tief?«, fragte ich.

Er schüttelte den Kopf. »Nicht so tief, wie ich befürchtet habe. Ich schätze, der Alkohol hat Einfluss auf deine Blutgefäße, deshalb sah es im ersten Moment schlimmer aus, als es ist.«

»Lass mich das machen.«

Erneutes Kopfschütteln. »Trink.«

Gehorsam trank ich ein paar Schlucke und reichte ihm das Glas zurück. Im Austausch nahm ich sein Handy in die Hand, damit er beim Verbinden meiner Wunde zusätzliches Licht hatte, da sämtliche Beleuchtung nur von vereinzelten Lampen im Boden und von den Fenstern stammte, hinter denen noch immer getanzt wurde.

Als die Tür ein zweites Mal aufschwang, zuckte ich zusammen.

Otis trat nach draußen an die frische Luft. »Hey, da seid ihr ja. Kurze Frage: Habt ihr Cass und Laurel gesehen? Oder Sam? Irgendwie sind alle verschwunden.« Sobald er mein tränenverschmiertes Gesicht bemerkte, wurden seine Augen groß. »Shit, was ist los? Ist sie verletzt?«

Ira warf ihm über die Schulter einen kurzen Blick zu. »Geh wieder rein, ich hab hier alles im Griff.«

»Bist du sicher?«

Iras Kiefermuskel zuckte. »Ja.«

Im selben Moment vernahm ich das knirschende Geräusch von weiteren Schritten, die sich uns näherten. Sie gehörten Jude, der erst jetzt aus dem Garten zurückkehrte. *Zum Glück.* Nicht auszumalen, er wäre ein zweites Mal Zeuge meiner Panikattacken geworden.

Ich war mir nicht sicher, woran ich es festmachte, aber er wirkte angespannt, weshalb er uns zunächst auch nicht wahrnahm. Erst als er an uns vorbei zur Tür gehen wollte, hielt er kurz inne und sah mich an. So lange, bis Otis ihm eine Hand auf die Schulter legte und ihn in Richtung Tür schob.

»Hier gibt's nichts zu sehen, Kumpel. Lass uns reingehen und mein Date suchen, bevor ich befürchten muss, dass sie mich sitzen gelassen hat.«

»Würde es dich echt wundern, wenn's so wäre?«, hörte ich Jude noch sagen. Dann waren beide im Inneren verschwunden und Ira und ich endlich wieder allein. Als er mir vorsichtig eine Kompresse auf den Schnitt drückte, verzog ich mit einem gequälten Stöhnen das Gesicht.

»Tut mir leid.« Er hob meine Finger an seine kalten Lippen. Es war nur eine winzige Geste, und doch ließ sie mich leichter atmen.

»Ich habe deinen Anzug ruiniert«, murmelte ich beim Blick auf die dunklen Flecken an seinem Jackett.

»Ist nicht so schlimm.«

Mir stiegen erneut Tränen in die Augen. »Du hast ihn einmal getragen, und ich –«

»Gracie, hör auf, dich andauernd zu entschuldigen«, unterbrach er mich schroff. »Ich lass ihn reinigen. Alles halb so wild.«

Er ging dazu über, den Verband um meine Hand zu wickeln. Ähnlich wickelten sich meine Zweifelgedanken um die Erinnerung an mein Geheimnis, das nun keines mehr war, weil er Bescheid wusste.

»Hasst du mich jetzt?«, fragte ich, meine Stimme kaum lauter als ein Flüstern.

Ira hob den Kopf und musterte mich. »Wieso um alles in der Welt sollte ich dich *hassen*?«

»Wegen dem, was ich getan habe.«

Er schnaubte und schnitt ein paar Klebestreifen zurecht. »Ich hasse niemanden. Und dich schon gar nicht. Eigentlich hatte ich gehofft, das wäre allmählich klar.«

»Versprochen?«

»Versprochen.«

Kaum hatte er das Verbandszeug zusammengepackt, stand er auf und klopfte sich die Schneereste von der Hose. »Ich nehme an, dir ist heute Abend nicht mehr nach Feiern zumute?«

Mein Lachen glich einem Grunzen. »Nein.«

»Gut. Mir auch nicht. Nicht dass es vor zwei Stunden anders gewesen wäre«, brummte er zerknirscht. »Na komm, wir bringen dich besser nach Hause, bevor noch jemand denkt, wir hätten hier einen Mord begangen.«

Die Ironie der ganzen Situation entlockte mir ein müdes Lächeln. »Wie gut, dass wir beide Jura studiert haben.«

21
Ira

Die Stadt war merkwürdig still für diese Uhrzeit. Als hätte sie für eine Weile die Luft angehalten, während lauter weiße Flocken vom hellen Nachthimmel rieselten und sich beim Aussteigen aus dem Taxi in unseren Haaren verfingen.

Aufgrund der zarten Schneeschicht, die das goldene Licht vereinzelter Häuser und Straßenlaternen reflektierte, wirkte die Umgebung wie einem alten Sepiafilm entsprungen. Alles war weicher und wärmer, irgendwie … friedlicher.

Gracie und ich hatten während der Autofahrt kaum ein Wort miteinander gewechselt, weil sie nach wenigen Minuten mit ihrem Kopf auf meinem Schoß eingeschlafen war. Jetzt, wo sie mir im Schein einer Laterne gegenüberstand, war ihr rotblondes Haar zerzaust, die Schminke unter ihren Augen verwischt. Sie sah ein bisschen angeknackst aus, aber nicht weniger schön.

Da mir unwohl dabei gewesen wäre, sie nach einem Abend wie diesem allein zu lassen, schlug ich ihr vor, heute Nacht bei mir zu schlafen. Gracie zögerte keine Sekunde, mein Angebot anzunehmen, und nickte müde.

Nachdem ich die Haustür hinter mir abgeschlossen hatte und mich aus meinem Mantel und meinen Schuhen geschält hatte, bat ich sie, mir ins Schlafzimmer zu folgen, um ihr ein paar meiner Klamotten zu geben. Gracie setzte sich aufs Bett und strich mit ihren Händen, die von der Kälte rot angelaufen waren, über meine Bettwäsche. Sie fror. Das hatte sie eben im Auto auch schon getan, obwohl der Fahrer die Sitzheizung eingeschaltet hatte.

»Hier.« Ich warf einen dicken Pullover, eine alte Jogginghose und ein Paar Wollsocken auf die Matratze. »Du solltest dich umziehen. Ich mache dir in der Zwischenzeit einen Tee, okay?«

Ohne ihre Antwort abzuwarten, schloss ich die Schlafzimmertür hinter mir und ging in die Küche zur Spüle. Meine Hände zitterten, als ich den Wasserhahn aufdrehte und mir unter einem Würgen die getrockneten Blutreste von den Fingern wusch, die ich den gesamten Heimweg über auf meiner Haut gespürt hatte. Beim Anblick des roten Wassers schlug mein Herz eine Spur schneller, weshalb ich den Kopf wegdrehen musste, um einen erneuten Anflug von Übelkeit zu unterdrücken.

Kaum hatte ich meine Arme auf dem Tresen abgestützt, erlaubte ich mir zum ersten Mal seit Stunden, einen tiefen Atemzug zu nehmen, der sich zu meiner Erleichterung nicht anfühlte, als würde ich durch die winzige Öffnung eines Strohhalms Luft holen.

Ich war Gracie zuliebe so bemüht darum gewesen, mir meine Anspannung nicht anmerken zu lassen, dass nun, wo ich allein war, alles aus mir herauszubrechen schien.

Tatsächlich hatte ich selten so viel Beklemmung verspürt wie in den paar Minuten, in denen sie tränenüberströmt auf dem Boden gehockt hatte. Es war, als wäre sie binnen Sekunden in irgendeinen Winkel ihres Kopfes abgerutscht, zu dem ich zunächst keinen Zugang gefunden hatte. Umso erleichterter war ich darüber, dass es mir irgendwann doch noch gelungen war und sie sich zudem nicht so schwer verletzt hatte wie angenommen.

Für einen kurzen Moment hatte ich uns bereits in der Notaufnahme eines Krankenhauses sitzen sehen, womit der Abend ein noch beängstigenderes Ende genommen hätte als ohnehin schon.

Ich setzte eine Kanne Lavendeltee auf und schloss die Augen, um den angenehmen Dampf einzuatmen, der mir in die Nase stieg. Dann goss ich Gracie eine Tasse davon ein in der Hoffnung, dass er sie etwas beruhigen würde, und kehrte zu ihr ins Schlafzimmer zurück. Zu meiner Verwunderung hatte sie sich in den vergangenen Minuten keinen Millimeter vom Fleck gerührt. Sie saß lediglich dort und starrte durch das Fenster in die Nacht hinaus.

»Stimmt irgendwas nicht?«, fragte ich deshalb, als ich die Tasse auf dem Nachtschrank abstellte.

Sie hob den Kopf, um mich anzusehen, wobei ihr Gesicht einen Hauch von roter Farbe annahm. »Ich komme nicht an den Reißverschluss an meinem Rücken. Könntest du vielleicht …?«

Ich blinzelte perplex. »Oh. Klar.«

Mit einer schnellen Bewegung schloss ich den Vorhang. Zeitgleich stand Gracie auf, drehte mir den Rücken zu und strich ihr schulterlanges Haar beiseite. Ein paar dünne Strähnen klebten ihr im Nacken fest, wo sie sich zu kleinen Kringeln geformt hatten. Vorsichtig öffnete ich den Reißverschluss, der knapp über ihrem unteren Rücken endete. Dann beugte ich mich vor und drückte meine Lippen auf ihre nackte Schulter, die mit Sommersprossen übersät war. Ihre Haut war weich. Noch ein wenig zu kühl, aber wärmer.

Gracie erzitterte spürbar unter der Berührung meiner Finger, als ich mich bückte und den Saum ihres Kleides umfasste, um ihn langsam nach oben zu schieben und ihr herauszuhelfen.

Der Stoff raschelte. Mein Herz klopfte.

Sie trug keinen BH unter dem Kleid, und ich hasste mich dafür, dass es mir auffiel. Hasste mich dafür, meine Augen eine Sekunde zu lange über ihre Rundungen gleiten zu lassen, hasste mich dafür, dass der Anblick ihres nackten Körpers selbst in dieser Situation etwas in mir auslöste.

Es war dieses pochende Gefühl von *Ich-möchte-dich-ansehen*, dicht gefolgt von einem leisen *Ich-möchte-dich-berühren*, das in

Anbetracht ihres derzeitigen Zustandes leider völlig unangebracht war, mich aber schon seit Tagen verfolgte.

Sie blickte zu mir auf, das tiefe Braun ihrer Augen in diesem Licht wieder wie schimmernder Treibsand, in dem ich versank. »Danke.«

Ich spürte Wärme in meine Wangen sickern, je länger ich dastand und mich nicht rührte. Es wäre so einfach gewesen, mich vorzulehnen und sie zu küssen. Sie in die Matratze zu drücken und die Karte ihres Körpers mit der bloßen Hilfe meiner Lippen zu erkunden. Stattdessen räusperte ich mich und griff nach dem Pullover auf dem Bett, um ihn ihr zu reichen – vielleicht auch, um ihrem Blick auszuweichen, der mir tief unter die Haut kroch.

Sobald sie in meine Kleidung geschlüpft war und sich in mein Bett gelegt hatte, griff sie nach der dampfenden Tasse auf dem Nachtschrank und nippte mehrmals daran. »Eins muss man dir lassen, du bist ein exzellenter Teekocher.«

Ihre Worte entlockten mir ein Schmunzeln, während ich mein Hemd aufknöpfte und es mir von den Schultern streifte. »Ich hoffe doch sehr, dass das nicht meine einzige Qualität ist.«

Gracies Augen folgten meinen Bewegungen, sahen jedoch schnell weg, weil ich sie dabei erwischte. »Definitiv nicht«, murmelte sie und nahm noch einen Schluck. Anschließend stellte sie die Tasse beiseite, wickelte sich in meine Decke und drückte ihre Nase in den Stoff meiner Bettwäsche. Einmal, zweimal.

»Alles okay?«, fragte ich halb irritiert, halb belustigt, als sie ein frustriertes Seufzen ausstieß.

»Es riecht einfach so gut.«

»Nach was?«

Sie zuckte mit den Schultern. »Dir.«

Das ist nicht besonders aussagekräftig, wollte ich eigentlich antworten. Aber wenn ich an Gracies Geruch dachte, dachte ich neuerdings an ein Gefühl, und vielleicht war das dasselbe.

Nachdem ich meine Anzughose über die Lehne meines

Schreibtischstuhls gehängt hatte und in Sweatshorts gestiegen war, klettere ich zu ihr aufs Bett und küsste sie sanft.

»Wie geht es dir jetzt?«, fragte ich, die Stirn an ihre gelehnt.

Sie ließ die Augen geschlossen und verzog ihre Lippen zu einem winzigen Lächeln. »Küss mich noch mal, vielleicht weiß ich es dann.«

Ich kam ihrem Wunsch nach, schmeckte den Tee auf ihrer Zunge, spürte ihren beschleunigten Herzschlag an meiner Brust und fragte mich, wie so oft in den vergangenen Tagen, was das zwischen uns eigentlich war. Was *wir* waren.

Ich hatte Gracie gegenüber behauptet, dass ich kein Problem damit hätte, die Sache zwischen uns langsam anzugehen, um nichts zu überstürzen. Insgeheim fürchtete ich jedoch, schon längst losgerannt zu sein, ohne zu wissen, wo die Zielgerade lag, und ob sie dort auf mich warten würde.

Ich würde warten. Egal wie lange.

»Sag mal, kann ich dich was fragen?« Ich lehnte mich in mein Kissen zurück und streckte den Arm aus, damit sie sich an mich schmiegen konnte. »Hast du so etwas wie vorhin öfter?«

Sie schob sich eine Haarsträhne aus dem Gesicht und seufzte. »Früher ab und zu mal, dann eine lange Zeit nicht mehr. Es hat auf dem College angefangen. Zuerst war es nur Prüfungsangst, bis ich irgendwann aus heiterem Himmel eine Panikattacke in der Bibliothek bekommen habe … Ich dachte, ich würde sterben. Es war so schlimm, dass ich sie danach wochenlang gemieden habe, weil ich mir sicher war, dass es wieder passieren würde.«

Ich griff nach ihrem Handgelenk und betrachtete den Verband. Er war noch weiß, was zumindest bedeutete, dass ihre Wunde nicht mehr allzu stark geblutet hatte. »Hast du mal mit jemandem darüber geredet?«

Sie entzog mir ihre Hand und griff stattdessen nach meiner, um die Linien darin nachzumalen. »Ich hatte einige Gespräche mit der psychologischen Beratung auf unserem Campus, die mir sehr geholfen haben. Schätze, ich brauchte damals einfach jemanden, der mir sagt, dass ich nicht dabei bin, durchzudrehen. Und dass es vielen Menschen ähnlich geht. Nur gibt es für Ängste leider keine wundersamen Heilmittel. Man lernt viel eher, damit umzugehen, dass sie Teil von einem sind.« Ihr rutschte ein heiserer Laut über die Lippen. »Als ich vor ein paar Wochen nach langer Zeit mal wieder einen kurzen Panikmoment hatte, habe ich mich trotzdem genauso hilflos gefühlt wie früher. Heute sogar noch schlimmer. Keine Ahnung, was ich gemacht hätte, wenn du nicht da gewesen wärst. Also … danke.«

Ich schnaubte. Sie bedankte sich für etwas, das in meinen Augen selbstverständlich war, und entschuldigte sich für Dinge, die sie nicht beeinflussen konnte. Gracie war wirklich einmalig.

»Du musst dich nicht bei mir bedanken.«

Sie hob das Kinn, um mich anzusehen. Ihre Augen waren winzig, und sie hatte Mühe, gegen die Trägheit ihrer Lider anzublinzeln. »Doch. Schon allein, weil ich hier bin, obwohl ich Mist gebaut habe.«

Erst jetzt, wo der Schock von mir gewichen war und sie es erneut erwähnte, fiel mir wieder ein, was Gracie mir vorhin offenbart hatte: *Mein Dad hat Professor Ashford, der damals Mitglied im Prüfungsausschuss der Harvard Law war, einen Haufen Geld gezahlt, um mich durch die schriftliche Abschlussprüfung zu bringen. Ohne ihn hätte ich sie vielleicht nicht bestanden.*

Bei der Erinnerung spannte sich mein Kiefer an. Gracie schien das nicht zu entgehen. »Du hattest es vergessen, stimmt's?«

Wohl eher verdrängt. Und nun wusste ich nicht, wie ich damit umgehen sollte, denn wenn ich ehrlich war, machte dieser Gedanke mich wütend. Weil diese Aktion nur wieder bewies, dass man die Welt in den Händen hielt, wenn einem mehr Geld und Macht zur Verfügung standen als dem Rest der Bevölkerung, zu dem auch ich gehörte. Wie mein Leben wohl ausgesehen hätte, wenn ich die gleichen Privilegien gehabt hätte?

Wahrscheinlich hätte ich meine Schulzeit nicht am Außenseitertisch verbracht, hätte professionellen Klavierunterricht genossen, mich nicht einmal zwingend um ein Stipendium bemühen müssen. Wir hätten uns nie verschuldet, mehr in die Farm investiert und Benjamin trotz seiner mittelmäßigen Noten auf ein erstklassiges College schicken können, weil wir sicher irgendeine Person gekannt hätten, die ein gutes Wort für ihn eingelegt hätte. Und genau das war es, was mein Gedankengerüst letztlich mit nur einem Antippen in sich zusammenstürzen ließ.

Vielleicht hörte Moral dort auf, wo Geld anfing.

Vielleicht aber auch nicht.

Gracies Vater hatte alles in seiner Macht Stehende getan, um seine Tochter zu schützen; er hatte einfach nur mehr davon besessen als andere. Wurde er dadurch zu einem schlechten Menschen? Hätte ich in seiner Situation nicht ähnlich gehandelt, um meine Familie zu unterstützen?

Nein, hättest du nicht. Du weißt, dass es falsch gewesen wäre und man sich Regeln und Gesetze nicht so zurechtbiegen kann, wie es einem gerade passt. Geld hin oder her. Und trotzdem half ich Benjamin andauernd dabei, in der Schule zu schummeln, indem ich ihm meine alten Klausuren gab. Was sagte das über mich aus? Dass ich eigentlich keinen Deut besser war?

Ich fuhr mir mit einer Hand über das Gesicht, weil meine verknoteten Gedanken anfingen, wehzutun, je mehr Schleifen sie bildeten. Mein Bild von Moral hatte sich verschoben, und nun hing es schief.

»Ira.« Gracie setzte sich auf und zog sanft meinen Arm beiseite. »Bist du sauer?«

Ja. Nein. Ich weiß nicht.

»Ich bin nicht *sauer.*« Die Worte schmeckten bitter auf meiner Zunge, weshalb ich den Mund verzog. Wenn, dann war ich höchstens ein wenig enttäuscht. Immerhin hatte ich die ganze Zeit geglaubt, Gracie hätte sich ihren Platz in der Kanzlei hart erarbeitet, und nun erfuhr ich, dass dem gar nicht so war, weil man ihr das Sternchen für den besten Abschluss nur aufgeklebt hatte.

»Wie oft noch? Ich *wusste* nichts davon!«, beteuerte sie plötzlich, als hätte ich laut gedacht. »Ich habe ihn nie darum gebeten. Er hat es hinter meinem Rücken getan, und ich war mindestens genauso entsetzt und wütend wie du, als ich es herausgefunden habe. Deshalb bin ich doch hier.«

Ich musterte sie einen Augenblick lang und musste zugeben, dass es mich in gewisser Weise beruhigte, zu hören, dass ihr Vater der Strippenzieher hinter dem Ganzen gewesen war und nicht sie.

»Trotzdem hast du nichts gesagt, nachdem du es herausgefunden hast«, gab ich zu bedenken, woraufhin sie verbittert auflachte.

»Was hätte ich auch sagen sollen? Ich habe mir Jahr für Jahr den Hintern abgerackert, um dieses Studium mit Bestnoten abzuschließen. Ich *allein*. Und wofür? Dafür dass ich keine Ahnung habe, ob es wirklich *mein* Verdienst gewesen ist. Weißt du, was das für ein ekliges Gefühl ist? Nicht zu wissen, ob man gut genug war?« Sie schluckte mehrmals gegen aufkommende Tränen an. »Ich bin es schon für Marcus nicht gewesen. Und wie es aussieht, für dich auch nicht. Vielleicht sollte ich also einfach gehen, und wir lassen das Ganze. Erspart uns einen Haufen Ärger.«

Gracie warf die Decke zurück und stieg mit wackeligen Beinen aus meinem Bett, um ihr Kleid vom Boden aufzuheben.

»Was …?« Ich blinzelte mehrmals, erschrocken von ihrem plötzlichen Sinneswandel, und sprang auf. »Gracie. Was wird das?«

»Ich gehe nach Hause.«

Mit zwei großen Schritten war ich bei ihr und umfasste ihr Handgelenk, bevor sie meinen Pullover ausziehen konnte. »Ich will aber nicht, dass du gehst.«

Glitzernde Tränen liefen ihr über die Wangen, als sie zu mir aufblickte. »Warum nicht? Ich bin nicht dein verdammtes Problem.«

»Dann sei mein Problem.«

Gracie schnaubte. »Was willst du mit mir? Ich bin viel zu kompliziert und chaotisch für jemanden wie dich. Ich meine, sieh mich doch mal an.« Sie hielt ihren Arm mit der verletzten Hand in die Höhe. »Jeder hasst mich. Mein Ex-Freund hasst mich. Mein Vater hasst mich. *Du* hasst …«

»Darf ich dich küssen?«, unterbrach ich sie, ohne nachzudenken.

Sie bremste in ihrem Satz ab und starrte mich ungläubig aus ihren glänzenden tiefbraunen Augen an. »Du willst … was?«

»Dich küssen.«

»Jetzt?«

Immer.

Ich nickte, bevor ich ihr Gesicht in beide Hände nahm und mich langsam zu ihr hinunterbeugte. Kurz vor ihren Lippen hielt ich schwebend inne, um ihr die Möglichkeit zu geben, Einwand zu erheben, falls sie sich zu überrumpelt fühlte. Aber sie sagte nichts, also küsste ich sie. Sanft, fest, entschlossen. Und ich hatte die Hoffnung, wenn ich nur alles an Gefühl hineinlegen würde, könnte sie spüren, wie ernst es mir war. Meinungsverschiedenheit hin oder her – *es war mir egal.*

Das, was ich für sie empfand, ging tiefer als all das. Ich hatte über Wochen genügend ihrer Seelenschichten entfernt, um zu wissen, wer Gracie war. Und das war kein schlechter Mensch. Ein sehr unsicherer, ja. Vielleicht einer, der ein bisschen angeknackst war, nachdem man ihn unachtsam behandelt hatte. Fehleranfällig. *Chaosanfällig.* Aber – und das war der springende Punkt – sie war mein Chaos. Und ich würde nie leid werden, es zu ordnen.

»Nimm noch einmal das Wort *hassen* in den Mund, und ich schwöre dir, dass ich dich sprachlos küssen werde, wenn es sein muss. Okay?«, wisperte ich.

Sie schürzte ihre Lippen, als würden sie genauso stark pochen wie meine, und nickte langsam, ihr Blick unergründlich.

»Gut. Würdest du dich also bitte wieder ins Bett legen und schlafen?« Ich drückte sie sanft hinunter auf die Matratze. Ihrem trägen Blinzeln nach zu urteilen, hatte sie das nämlich bitter nötig.

Nur widerwillig ließ sie sich zurück in mein Kissen sinken. »Aber ich bin gar nicht müde.«

Keine zwei Minuten später, nachdem auch ich mich wieder zu ihr ins Bett gelegt hatte, war sie eingeschlafen. Und trotz allem, was in den vergangenen Stunden passiert war, konnte ich nicht anders als zu lächeln.

22
Gracie

Als ich am nächsten Morgen die Augen aufschlug, war Iras Seite leer. Ein paar vereinzelte Lichtstreifen, in denen Staubkörner wirbelten, fielen durch die Schlitze der Vorhänge in sein Schlafzimmer. Ich blieb noch einige Minuten liegen, lauschte meinem Atem und wartete darauf, dass er zurückkam – was nicht passierte. Er schien in der Küche herumzuwerkeln, denn ab und zu hörte ich Geschirr klirren.

Neben mir auf dem Nachttisch stand ein Glas Wasser, das ich in einem Zug hinunterstürzte, um den pelzigen Belag auf meiner Zunge loszuwerden. Beim Anblick der Kopfschmerztablette, die danebenlag, musste ich schlucken, da mit einem Mal sämtliche Erinnerungen an den vergangenen Abend auf mich einprasselten. Und mit ihnen ein Schamgefühl, das sich tief in meine Brust brannte.

Was um alles in der Welt war gestern passiert?

Ich hob den Arm und drehte meine verbundene Hand im Licht, während sich vereinzelte Gesprächsfäden durch mein Gedankengeflecht schlängelten, die ich am liebsten sofort wieder herausgezogen hätte. Entweder weil sie sich miteinander verknoteten und mir Kopfschmerzen bereiteten, oder aber weil sie mir eine unangenehme Gänsehaut bescherten.

Ich vergrub mein Gesicht in Iras Kissen und stöhnte. Dann setzte ich mich auf und ließ meinen Blick durch das Zimmer schweifen.

Mein Kleid lag auf dem Boden, einer meiner Schuhe neben

dem Schreibtischstuhl. Ich erinnerte mich daran, dass ich sie mir unter einem Anflug von Schwindel ausgezogen hatte. Genauso wie ich mich daran erinnerte, dass Ira mir aus meinem Kleid geholfen und ich mir für einen verdächtig langen Moment gewünscht hatte, er würde seine Hände über meinen nackten Körper gleiten lassen.

Meine Wangen kribbelten bei der Erinnerung, weshalb ich aufstand und eines der Fenster aufriss. Der kühle Wind, der hereinblies, blähte die Vorhänge auf und strich mir mit eisigem Atem über das Gesicht. Der Schnee war über Nacht liegen geblieben, eine dünne weiße Decke zog sich über die Hausdächer. Vereinzelte Flocken rieselten noch immer vom Himmel.

Ich war nie ein Wintermensch gewesen. Eigentlich wartete ich ab November nur darauf, dass der Frühling die Sonne zurückbrachte. Nichtsdestotrotz hatte es etwas Behagliches an sich, in der Wärme und dem Eigengeruch von Iras Wohnung zu baden, während die Welt draußen in einer Schneeschicht versank.

Ich verließ das Schlafzimmer und tappte in Iras Baumwollsocken zur Küche, in der er gerade das Geschirr abwusch und leise zur Musik mitsummte, die aus dem Wohnzimmer drang. Er trug Sweatshorts, dazu kein Shirt. Das war das Erste, das mir auffiel, als ich im Türrahmen verharrte. Und es genügte, damit jedes Wort der Begrüßung auf meiner Zunge zu bedeutungslosen Buchstaben zerbröselte. Was blieb, war ein weiches Pochen, das direkt in meine Magengrube sackte, als ich schluckte.

Und tiefer. *Deutlich* tiefer.

Es war nicht das erste Mal, dass ich Ira oberkörperfrei sah. Das hier war ein Déjà-vu; eine Erinnerung an unsere erste Begegnung, ohne einander wirklich begegnet zu sein. Trotzdem hielt mich das nicht davon ab, meine Augen über seine definierte Brust wandern zu lassen.

Es hatte etwas seltsam Reizvolles an sich. Genau wie die Tatsache, dass sein Blick in diesem Moment auf meinen traf. Er registrierte mein Starren, mehr aber auch nicht – kein spöttisches Lächeln, kein fragendes Augenbrauenhochziehen, kein frecher Spruch. Nur seine blassgrünen Augen, die seelenruhig meine fixierten, ohne dass er in seinen Bewegungen innehielt.

»Hey, du bist wach. War ich zu laut?«

Ich schüttelte den Kopf, hoffte, auf diese Weise meine abstrusen Gedanken zu verscheuchen. »Nein, alles gut.«

Ira legte das Geschirrtuch beiseite und unterzog mich einer schnellen Prüfung. »Wie geht es dir?«

Mir fiel auf, dass sein Haar feucht schimmerte, wodurch es etwas dunkler wirkte als üblich. Offenbar war er schon länger wach und hatte bereits geduscht.

»Besser«, antwortete ich ehrlich. Auch wenn ich das Gefühl hatte, der gestrige Abend würde noch wie eine Schweißschicht an mir kleben.

Er schien meine Gedanken zu lesen. »Du kannst gern duschen gehen, wenn du magst. Ich habe dir ein Handtuch hingelegt.«

Weil ich seinen Vorschlag dankbar angenommen hatte, stand ich wenig später in seinem grün gefliesten Badezimmer, das neben einer Toilette und einer Duschbadewanne kaum noch Platz für etwas anderes bot, und betrachtete mich im Spiegel. Die Strähnen meines Deckhaars standen wirr zu Berge, vereinzelte Reste meiner Schminke klebten mir unter den Augen, die von dunklen Schatten untermalt wurden. Ob ich so schon ausgesehen hatte, bevor ich eingeschlafen war?

Ich wusch mir das Gesicht, putzte mir provisorisch mit einem Klecks Zahnpasta auf den Fingern die Zähne und stieg schließlich in die Dusche. Während das heiße Wasser meine verspannten Nackenmuskeln lockerte, fing ich unweigerlich doch wieder an, daran zu denken, worüber Ira und ich gestern Abend gesprochen hatten.

Da war die Sache mit den Therapiesitzungen wegen meiner Panikattacken, von denen bisher nur Cassidy etwas gewusst hatte. Und die Sache mit meinem Vater, von der ich geahnt hatte, dass Ira auf diese Weise darauf reagieren würde. Genau aus dem Grund hatte ich ihm auch nichts davon erzählen wollen; weil ich befürchtet hatte, dass er enttäuscht von mir sein würde. Und weil ich mich – vor allem *uns* – davor zu schützen versucht hatte.

Denn so war es doch mit dem Lügen, oder? Die Wahrheit, die dahintersteckte, war Angst. Angst davor, man selbst zu sein. Angst davor, andere zu verletzen. Angst davor, sein Herz vollständig zu öffnen, weil es immer Menschen geben würde, die man hineinließ, bloß damit sie früher oder später alles darin nach Lust und Laune zertrümmerten.

Die Sache war nur die, dass Ira keiner dieser Menschen war. Das hatte er gestern bewiesen, als ich ihm mein lädiertes Herz in die Hände gelegt und er es sorgsam mit Pflastern wieder zusammengeklebt hatte. Eigentlich bewies er das jeden Tag.

Und allmählich fragte ich mich, wie ich am Anfang daran hatte zweifeln können.

Nach dem Duschen blieb ich zum wiederholten Mal unschlüssig im Türrahmen der Küche stehen. Der Plattenspieler im Wohnzimmer schien *Space Song* von Beach House in Dauerschleife zu spielen, und das gefiel mir. Es war so typisch Ira, dass ich schmunzeln musste.

Er warf mir über die Schulter einen Blick zu, als hätte er meine Anwesenheit, vielleicht sogar mein Lächeln, gespürt. Dabei verweilte seine Aufmerksamkeit eine Sekunde länger auf meinen nackten Oberschenkeln und dem Handtuch, das ich mir um die Brust geschlungen hatte. Mit einem kurzen Räuspern fuhr er damit fort, den Küchenschrank einzuräumen.

»Übrigens hat Cassidy dich gestern noch angerufen. Ich war so frei, ranzugehen, weil du schon geschlafen hast. Ich hoffe, das war okay? Sie hat sich Sorgen gemacht.« Er reichte mir mein Handy, das auf dem Tresen gelegen hatte. Als ich es antippte, leuchteten mir neben einer fast leeren Batterie diverse unbeantwortete Nachrichten und Anrufe von Cassidy entgegen.

»Oh. Danke. Ich werde später mit ihr reden«, murmelte ich und legte es wieder beiseite. »Vorher … sollten wir beide wohl auch noch mal über das sprechen, was gestern passiert ist.«

»Haben wir das nicht quasi schon?« Wieder ein kurzer Schulterblick, als fiele es ihm plötzlich schwer, mich anzusehen. »Dass es falsch war, wissen wir beide. Aber keiner von uns kann die Zeit zurückdrehen. Es ist passiert. Ich kann sogar verstehen, warum du so gehandelt hast. Oder warum dein Vater so gehandelt hat. Es ist schwer, einen Menschen für seine Entscheidungen zu verurteilen, wenn man nie in seiner Haut gesteckt hat.«

Ira hatte recht. Vermutlich hatte mich das Richterinnen-Dasein deshalb auch nie gereizt: Die Gefahr, vorschnelle oder ungerechte Urteile zu fällen, war für meinen Geschmack etwas zu hoch.

Ich zupfte an einem Zipfel des Handtuchs herum und schluckte. »Heißt das, du bist immer noch nicht wütend auf mich?«

»Ich war nie *wütend* auf dich. Ich gebe zu, dass ich im ersten Moment enttäuscht gewesen bin. Aber dann ist mir aufgefallen, dass ich in einem verdammten Glashaus sitze.«

Er musste nichts hinzufügen, damit ich verstand. »Meinst du die Sache mit deinem Bruder? Das ist doch nicht vergleichbar.«

»Warum nicht? Weil es keine Harvard-Abschlussprüfung war? Sind wir ehrlich, wahrscheinlich würde ich ihm selbst *dabei* helfen. Ich bin keinen Deut besser als dein Vater.« Sein verächtliches Schnauben brachte mich unweigerlich zum Lächeln.

»Doch. Das bist du.« Weil Ira einzig aus Nächstenliebe gehandelt hätte, und nicht aus Eigenliebe. Das änderte zwar nichts an dem Fehler, aber vielleicht an seinem Kern.

Er stellte einen Teller beiseite und schüttelte den Kopf. »Lass uns das Thema einfach abhaken, okay? Wir halten fest: Nein, ich bin nicht wütend. Die Sache mit uns ist mir zu wichtig, Gracie.«

Mein Herz flatterte bei seinen Worten, und ein wohlig warmes Gefühl nistete sich in meiner Magengrube ein. Er hatte wirklich keine Ahnung, wie leicht er es einem machte, sich in ihn zu verlieben. Fast schon *zu* leicht. Denn ich tat es, genau hier auf der Türschwelle zu seiner Küche. Ich verliebte mich in Ira Briggs. Und zum ersten Mal machte es mir keine Angst – weil er alles von mir gesehen hatte und trotzdem bleiben wollte.

Ich stieß einen tiefen Atemzug aus. »Gut, aber da ist noch mehr … nicht?«

Obwohl ich sein Gesicht nicht sah, weil er mir aus irgendeinem Grund noch immer den Rücken zugewandt hatte, wusste ich, dass er die Stirn runzelte. »Was meinst du?«

»Du hast mich nackt gesehen.« Die Worte purzelten mir ungehalten aus dem Mund.

Iras Rückenmuskulatur verspannte sich, als er die Schultern zurückzog. »Ich habe nicht hingesehen.«

Zwei Herzschläge blieb es ruhig zwischen uns. Dann fragte ich: »Wolltest du nicht?«

Erst jetzt drehte er sich langsam zu mir um. Sein Blick verankerte sich mit meinem, und ich spürte, wie mir Röte in die Wangen schoss. »Oh Gott, tut mir leid. Keine Ahnung, warum ich das gesagt habe.«

Vielleicht war es seine nackte Brust oder die Tatsache, dass ich neuerdings ständig daran denken musste: an ihn; an seine Haut auf meiner Haut; an seinen Mund auf meinem Körper. Genau wie gestern, als er mir aus meinem Kleid geholfen hatte.

Ich hätte es auf den Alkohol schieben können, aber jetzt war ich nüchtern und das Gefühl immer noch da. Es brannte sich in meine Brust wie ein Lauffeuer, das von Tag zu Tag größer wurde.

»Du fragst mich, ob ich nicht *wollte*?« Ira gab ein kurzes tonloses Lachen von sich. »Das ist ein Witz, oder?«

Ich biss mir auf die Unterlippe. »Es ist so, dass ich, na ja …«

Er lehnte sich gegen den Tresen und hob erwartungsvoll die Augenbrauen. »Was?«

Ja, was, Gracie? Kannst du einmal Klartext sprechen, ohne dich an deinen eigenen Sätzen aufzuhängen?

Ich hasste es, dass das andauernd passierte, bloß war Iras Blick mit einem Mal so wachsam, dass ich das Gefühl hatte, er würde *alles* von mir sehen. Jede kleinste Regung, jeden unausgesprochenen Gedanken in meinem Kopf, als bestünde ich aus Glas. Blieb mir da nicht sowieso nur die Wahrheit übrig?

Ich atmete einmal tief ein. »Was, wenn ich das mit uns gar nicht mehr langsam angehen will? Wenn ich *will*, dass du mich ansiehst? Dass du mich berührst? *Richtig* berührst.« *Überall.*

Ira regte sich nicht, blinzelte nicht einmal. Er ließ mich einfach in der Luft hängen. Und je mehr Sekunden verstrichen, desto unwohler fühlte ich mich damit, so weit über dem Boden zu baumeln, ohne zu wissen, ob die Seile mich halten würden oder nicht, ob er mich auffangen würde oder nicht.

»Ich meine, das würde natürlich voraussetzen, dass *du* auch willst«, sagte ich zügig, um die unangenehme Stille zu füllen. »Aber falls nicht, dann …«

Der Rest meines Satzes zerfiel mir auf der Zunge, als er zwei große Schritte auf mich zumachte, mein Gesicht in seine Hände nahm und mich so intensiv küsste, dass mir die Luft wegblieb.

Ja, dachte ich, *genau* so.

Er drehte uns um, und wir taumelten zurück, bis ich gegen die Kante des Küchentisches stieß. »Glaub mir. Ich will«, raunte er an meinen Lippen. Dann hob er mich kurzerhand hoch und setzte mich auf der Tischplatte ab.

Ich ließ zu, dass er den Knoten meines Handtuchs löste, woraufhin es mit einem Rascheln von meiner Haut glitt. Ich ließ zu, dass er mit seinen Händen über meine nackten Brüste strich, meine Taille und meinen Rücken erkundete. Dabei spürte ich den Stoff seiner Hose über meine Haut kratzen, was das Pochen zwischen meinen Beinen nur weiter verstärkte.

»Wird das jetzt dein Ding?«, fragte ich atemlos. »Mich mit Küssen zum Schweigen zu bringen?«

Er lachte kehlig an meiner Halsbeuge. »Was dagegen?«

»Absolut nicht.« Ich fuhr über die zarten Muskelansätze an seinem Bauch und fühlte, wie sie sich unter meiner Berührung anspannten.

Als ich mir gerade am Bund seiner Hose zu schaffen machen wollte, grub er seine Finger in meine Schenkel und trug mich auf seinen Armen ins Schlafzimmer. Dort legte er mich behutsam auf seinem Bett ab, bevor er die Vorhänge schloss und sich einen kurzen Augenblick Zeit nahm, um mich zu betrachten. Er sprach nicht aus, was er sah oder was er dachte. Doch das musste er auch nicht, weil sein Gesicht es für ihn tat.

Sobald er sich wieder über mich beugte, um mich zu küssen, rieb seine spürbare Härte unweigerlich über meine Mitte. Und alles in mir begann zu pochen, als würde mein Körper plötzlich nur noch aus meinem Herzschlag bestehen.

Da war so viel Hitze zwischen uns, so vieles, das Bedeutung hatte, aber keiner Worte bedurfte. Weil es sich nicht fremd anfühlte, sondern richtig. Und weil sich Gefühle wie diese nicht in Buchstabenform pressen ließen.

Ich drückte meine Nase in seine Halsbeuge, atmete den vertrauten Duft seiner weichen Lavendelhaut ein. Dann glitt ich mit meiner Zungenspitze an seinem Puls entlang und saugte leicht daran.

Ira seufzte. »Du fühlst dich viel zu gut an, Gracie.«

Ein Lächeln legte sich auf meine Lippen. *Und du erst.*

Wir versanken in einem weiteren Kuss, der von Minute zu Minute fahriger wurde, bis er nur noch aus fieberhaftem Keuchen bestand, bei dem unsere Zähne aneinanderstießen. Die Hitze zwischen meinen Beinen wurde brennender, je mehr er seine Hüften bewegte.

»Ira«, hauchte ich deshalb. *»Bitte.«*

Mehr brauchte es nicht, damit er verstand. Während er

eine Hand in meinem Haar vergrub, wanderte er mit der anderen zwischen meine Beine. Kaum hatte er seine Finger auf den Punkt gelegt, an dem sich sämtliche Anspannung gebündelt hatte, japste ich nach Luft. *Mein. Gott.* Das hier fühlte sich wirklich zu gut an.

Meine Finger krallten sich in das Bettlaken, während er sich von meinem Hals an meinem Schlüsselbein entlangküsste und seine Lippen um eine meiner Brustwarzen schloss. Er saugte und leckte, verstärkte gleichzeitig den Druck seiner Finger, und wanderte mit seinem Mund noch ein Stück weiter hinunter.

Mein Atem geriet ins Stocken, als er seine Hand zurückzog und ich begriff, was er vorhatte. Sofort richtete ich mich auf, um ihn mit klopfendem Herzen anzusehen. »Du musst das nicht tun.«

»Wer hat denn etwas von *müssen* gesagt?« Er küsste die Innenseiten meiner Oberschenkel und knabberte sanft an meiner Haut.

»Ira …«

Das leichte Zittern in meiner Stimme ließ ihn aufhorchen. Er hielt inne und hob den Kopf. »Magst du es nicht, dort geküsst zu werden?«

Ich schluckte. »Doch … schon.«

Eine zarte Kerbe grub sich zwischen seine Augenbrauen. »Aber?«

Ich wand mich innerlich bei dem Gedanken daran, die nächsten Worte auszusprechen. Gleichzeitig wusste ich, dass ich ehrlich zu ihm sein konnte. Ehrlich sein *musste.* Weil ich gesehen hatte, wohin es führte, wenn ich es nicht war.

»Na ja, Marcus mochte es nicht so gern. Ich glaube, deshalb war er jedes Mal froh, wenn ich gesagt habe, dass er das nicht machen muss.«

Er hatte nie explizit etwas darüber geäußert, aber seine Körpersprache hatte es für ihn getan. Und wenn ich heute daran dachte, fand ich das sogar schlimmer, als hätte er mir offen ins

Gesicht gesagt, dass ihm nicht danach war. Denn so war schnell das Gefühl bei mir aufgekommen, dass er etwas tat, das er insgeheim gar nicht wollte. Und unter solchen Umständen war es kaum möglich gewesen, mich fallen zu lassen, weshalb ich ihn oft schon nach wenigen Minuten unterbrochen hatte.

Ira und ich tauschten einen kurzen Blick, bei dem sein Kiefermuskel zuckte und Hitze in mir aufwallte. Sekunden vergingen, in denen nur unsere beschleunigte Atmung zu hören war.

»Ich bin aber nicht Marcus«, antwortete er dann. »Okay?«

Mit großen Augen sah ich dabei zu, wie er erneut an meinem Körper hinunterging. Und es war nicht so, als würde ich es nicht wollen. Ich *wollte*, so sehr. Allerdings konnte ich nicht glauben, dass er es wirklich nicht nur aus reinem Pflichtgefühl tat. Wahrscheinlich versuchte ich deshalb, jede Regung von seinem Gesicht abzulesen, damit ich es abbrechen konnte, sobald er den Eindruck erweckte, es würde ihm nicht gefallen.

»Gracie.« Ira schien bemerkt zu haben, dass ich mich wieder versteift hatte, denn er hatte den Kopf schief gelegt, und seine Miene war weich. »Ich habe eine Frage: Vertraust du mir?«

Ich nickte langsam. Und es war die Wahrheit. Vertrauen war ein großes Wort, aber obwohl ich zu Beginn noch Zweifel gehabt hatte, war es mir gelungen, diese so weit in das Hinterzimmer meiner Gedanken zu sperren, dass ich nicht mehr daran dachte. Welchen Grund hätte er mir auch gegeben? Ira war einfach … *Ira*. Er war Sicherheit und Geborgenheit, er war Gesehen- und Verstanden-Werden. Er war vieles, was ich nicht war, vor allem aber alles, was ich wollte.

»Gut«, sagte er und erhob sich vom Bett. Ehe ich fragen konnte, was er vorhatte, zog er eine Krawatte aus seinem Kleiderschrank und setzte sich damit zurück zu mir auf die Matratze. »Es ist nichts falsch daran, die Kontrolle behalten zu wollen. Wenn du dich damit sicherer fühlst, ist es okay.«

Mein Blick wanderte von der Krawatte zu seinem Gesicht hinauf. »Klingt, als käme da noch ein *Aber*.«

Ein zartes Schmunzeln umspielte seine Lippen. »Manchmal kann es auch ganz guttun, die Kontrolle eine Zeit lang abzugeben. Das geht allerdings nur, wenn du dich voll und ganz darauf einlässt. Daher schlage ich vor, wir machen das hier einfach auf unsere ganz eigene Weise.«

»Wovon sprichst du?«, fragte ich, obwohl ein Teil von mir es bereits ahnte.

»Du sagtest, du vertraust mir. Richtig?« Er beugte sich vor, und ich ließ zu, dass er mir den weichen Stoff der Krawatte über die Augen legte und sie an meinem Hinterkopf verknotete.

Mein Herz schlug so kräftig gegen meinen Brustkorb, dass ich fürchtete, er könnte es hören. »Was, ähm, wird das?«

»Du musst nicht sehen, um zu fühlen. Und du musst erst recht nicht denken.« Ira drückte mich sanft in die Matratze zurück. »Du musst dich nur auf meine Berührungen konzentrieren und mir vertrauen, wenn ich dir sage, dass alles, was dir Spaß bereitet, auch mir Spaß bereitet. In Ordnung?«

»Okay …«

Ira küsste mich tief und hingebungsvoll, dann wanderte er mit seinem Mund langsam wieder an mir hinunter – und ich spürte ihn. An meinem Hals, meiner Brust, meinem Becken. Seine Lippen wurden zu einem Brenneisen, wann immer sie meine Haut streiften. Und die Tatsache, dass ich nicht mehr wusste, wann, wo oder wie er mich als Nächstes berühren würde, machte das Ganze irgendwie … reizvoller.

Ich schmeckte seinen Mund, obwohl er nicht mehr auf meinem lag. Ich roch seine Haut, den Duft seiner Bettwäsche. Und ich begann, *anders* zu fühlen. *Mehr* zu fühlen. Als würden meine anderen Sinne plötzlich geschärft und alles Unwichtige in den Hintergrund rücken. Jeder meiner Muskeln war zum Zerreißen gespannt. Allerdings nicht, weil mir unwohl zumute war, sondern weil ich ungeduldig auf das Ungewisse wartete.

Ich hörte ein Rascheln. Schließlich nur noch Iras Atem, der sich mit meinem vermischte, und meinen rasenden Puls.

»Bist du okay?«, fragte er.

Ich biss mir auf die Lippe und nickte. »Du auch?«

Er lachte heiser. »Scheiße, ja.«

Bei seiner Wortwahl musste ich lächeln. *Dann hör nicht auf.*

Ich spürte seine Hände, die nach meinem Becken griffen. In der nächsten Sekunde sog ich scharf die Luft ein, als er seine heiße Zunge zum ersten Mal über meine Mitte gleiten ließ. »*Verflucht.*«

Sein Atem kitzelte wie eine Feder über meine nackte Haut. »Denk dran, Smartie. Das hier endet sofort, wenn du es sagst.«

»Nicht. Aufhören«, stieß ich zwischen zusammengepressten Zähnen hindurch. *Bitte.*

Obwohl ich ihn nicht sah, wusste ich aus irgendeinem Grund, dass Ira grinste, bevor er damit fortfuhr, mich zu küssen. Anders konnte man das, was er tat, nicht nennen.

Ira *küsste* mich mit einer Hingabe, die keinen Zweifel daran ließ, dass er es wirklich genoss. Vielleicht war es sein Stöhnen, das so kratzig und ungefiltert klang, dass es mir eine Gänsehaut bescherte. Vielleicht aber auch seine großen Hände, die nicht genug davon bekamen, über meinen Hintern und meine Brüste zu streichen oder sich tief in meine Haut zu graben.

Ira lauschte auf meine Atemzüge und las die Reaktionen meines Körpers, die ihm verrieten, wo ich ihn spüren wollte, und mit welcher Intensität. Mal etwas weicher, mal mit etwas mehr Druck. Irgendwann konnte ich nicht mehr anders, als meine Finger in sein Haar zu krallen und die Hüften im Rhythmus seiner Zunge zu bewegen. Das hier war gut. *Zu* gut. Und es wurde sogar noch besser, kaum dass er mit zwei Fingern in mich eindrang und dabei einen Punkt traf, der ein weiteres Hinauszögern unmöglich machte.

»*Gott*, Ira.« Ich bäumte mich auf und keuchte, als ich dem inneren Druck nicht länger standhalten konnte und kam. So intensiv, dass ich den Griff meiner Hand in seinem Haar noch verstärken musste, um nicht zu tief zu fallen.

Ich spürte, wie wohltuende Wärme in meine Muskeln sickerte und sich wie eine schwere Decke über mein Innerstes legte. Eine Weile ließ ich mich in diesem Gefühl treiben, bis ich mir die Krawatte schließlich von den Augen schob und mich aufrichtete.

Iras Wangen waren gerötet, die Haare zerzaust und die blassgrünen Augen ungewohnt verhangen. Er hatte nie schöner ausgesehen. »Verdammt«, murmelte er. »Das war so heiß.«

Seine Stimme war ungewohnt rau, sein Blick gewohnt weich. Ähnlich wie seine Lippen, die er kurz auf meine nackte Haut drückte. Nein, eigentlich wie alles an ihm.

Samtblicke. Samtküsse. *Samtherz.*

Ira rutschte wieder zu mir nach oben, stützte sich rechts und links neben meinem Kopf auf die Arme. Ich spürte seine Härte, die sich gegen mich presste. Jetzt deutlicher als zuvor.

»Ira?«, hauchte ich.

Er lehnte seine Stirn an meine. »Hm-mh?«

»Schlaf mit mir.«

Er musterte mich, strich mit seinen Augen über mein Gesicht, als wollte er es auf jegliche Zweifel überprüfen. Ich wusste, dass er keine finden würde. Dieses Mal nicht.

»Bist du dir sicher? Wir müssen nichts überstürzen.«

»Sehr sicher.« Ich legte meine Lippen auf seine.

Mit dir ist es immer ein Ja.

Also half ich ihm aus seiner restlichen Kleidung, ehe er die Schublade seines Nachtschrankes aufzog und darin herumwühlte. Sobald er ein Kondom gefunden hatte, lauschte ich mit pochendem Herzen dem Knistern der Verpackung. Kurz darauf schwebte sein Gesicht wieder über meinem. »Wenn ich dir irgendwie wehtue oder du etwas nicht magst …«

»Dann gebe ich dir Bescheid«, vollendete ich seinen Satz lächelnd. »Verstanden.«

Ich liebte es, dass er Wert auf offene Kommunikation legte, aber ich wollte wirklich, wirklich, *wirklich* nicht länger warten.

»Du bist ziemlich ungeduldig«, bemerkte er schmunzelnd.

»Und du nicht schnell genug.«

Ich zog ihn an seinem Nacken zu mir herunter, um ihn zu küssen. Zeitgleich führte ich seine Härte zwischen unseren warmen Körpern mit der anderen Hand auf mich zu. Als er langsam in mich eindrang, konnte ich ein Stöhnen nicht unterdrücken. Ira bewegte sich nicht sofort, sondern gab mir einen Moment, um mich an dieses überwältigende Gefühl zu gewöhnen. Möglicherweise auch sich selbst.

Erst nachdem das leichte Ziehen nachgelassen hatte und ich begann, meine Hüften zu wiegen, fanden wir einen Rhythmus, der schnell zu unserem eigenen wurde. Und ich war mir nicht sicher, jemals zuvor so viel gefühlt zu haben. Da war Hitze, da war Schweiß, zudem ein brennendes Verlangen in meiner Brust, das mit jedem Kuss anschwoll.

Ich wollte alles von ihm spüren, wollte alles für ihn sein. In erster Linie wollte ich diesen Moment jedoch nicht zerspringen lassen, weil ich Angst hatte, die Einzelteile meiner Erinnerung an ihn nie wieder so korrekt zusammensetzen zu können, wie ich ihn in dieser Sekunde als Ganzes empfand.

Iras Hand glitt erneut zwischen meine Beine, um es für mich genauso intensiv werden zu lassen wie für ihn, und ich genoss, dass seine Finger über meinen Körper strichen wie über die Klaviertasten im *Epiphany*. Zart und entschlossen zugleich, als wollte er lernen, ihn zu spielen. Trotzdem war es nicht genug, deshalb schob ich seine Hand wenige Minuten später beiseite und zog ihn weiter zu mir herunter.

»Mehr«, hauchte ich an seinen Lippen. *Gib mir mehr.*

Iras Stöße wurden auf mein Drängen hin fester, als er meine Handgelenke packte und sie über meinem Kopf in die Matratze drückte. Es war merkwürdig, aber seine Arme waren die einzigen Wände, zwischen denen ich mich nicht erdrückt fühlte. Und das, obwohl er sich so eng an mich presste, dass ich kaum noch Luft bekam. Aber das war okay. Ich wollte sowieso viel lieber küssen als atmen. Ich wollte *seine* Küsse atmen.

Ira stieß einige halb unterdrückte Flüche aus, und ich konnte ihm keinen Vorwurf machen. Auch meine Gedanken bildeten nur noch eine endlose Aneinanderkettung von Kraftausdrücken, denn *verdammtverdammtverdammt.*

Er presste seine Lippen auf meine und küsste mich, bis er sich schließlich unter einem Stöhnen verkrampfte und kam. Sein Herz raste an meiner Brust, genau wie meines an seiner.

Sobald sich unser Atem wieder beruhigt hatte, hob er den Kopf und sah mir in die Augen. Wir hätten so vieles sagen können, allerdings schienen uns keine Worte genug zu sein, um das, was soeben zwischen uns passiert war, darin zu verpacken.

Daher küsste er mich erneut, sanfter dieses Mal. Und er hörte erst auf, als ich mir sicher war, meine Lippen wären längst wund und geschwollen.

»Darf ich mich noch um dich kümmern oder …?« Seine Stimme kitzelte an meinem Ohr.

»Nein, alles gut«, murmelte ich kopfschüttelnd. Ich mochte kein zweites Mal gekommen sein, trotzdem hatte ich mich noch nie erfüllter gefühlt. Und … friedlicher.

Er lächelte ein schiefes, beinahe süffisantes Lächeln. »Andernfalls müsstest du nur etwas sagen. Von mir aus auch nur blinzeln.«

Ich lachte. »Gut zu wissen.«

Ira gab mir noch einen letzten Kuss auf die Nasenspitze, bevor er sich aus mir zurückzog, das Kondom entsorgte und mir ein paar Kosmetiktücher reichte. Nachdem ich zur Toilette geflitzt war, schlüpften wir beide unter seine Decke, hingen einen Augenblick unseren Gedanken nach und ließen uns in der Stille treiben, während ich seinem stetigen Herzschlag unter mir lauschte.

»Ist das da eigentlich das geheimnisvolle Tagebuch, von dem du gesprochen hast?«, erkundigte ich mich irgendwann mit Blick auf das braune Notizbuch, das auf seinem Nachttisch lag.

Er schien zu ahnen, was gleich folgen würde. »Ja …«

Meine Mundwinkel verzogen sich zu einem Lächeln. »Darf ich es mal sehen? Ich lese mir auch nichts durch, wenn du nicht willst.«

»Schon okay. Ich habe nichts zu verbergen.« Mit einem Seufzen griff er nach dem Buch und reichte es mir. Nahezu jede Seite war mit seiner schönen geschwungenen Schrift gefüllt. Mal mit Bleistift, mal mit Füller oder Kugelschreiber. Hin und wieder hatte er sich ellenlange Formeln und Paragrafen notiert. Andere Seiten waren mit Skizzen von Atomen oder spiralförmigen Mustern versehen, die aussahen wie die Flügel eines Schmetterlings. Dabei stand auf jeder davon ein Datum mitsamt den drei Dingen, für die Ira an dem jeweiligen Tag dankbar gewesen war.

»Meine Güte, *das* ist alles in deinem Kopf?«

Er lachte, wobei seine Brust unter mir vibrierte. »Wenn ich nicht gerade an dich denke, schon.«

Es war vermutlich scherzhaft gemeint, dennoch wurde mir warm.

Ira war klug, daran hatte ich nie gezweifelt. Seine Gedanken nun aber schwarz auf weiß in meinen Händen halten zu dürfen war wahrscheinlich der intimste und zugleich faszinierendste Vertrauensbeweis, den ich je erhalten hatte. Als hätte er mir Einblick in seine Seele gewährt.

Ich blätterte zum Datum unseres ersten Arbeitstages in der Kanzlei zurück, weil ich davon ausging, dass er an diesem Tag gar nichts eingetragen hatte. Doch belehrte er mich eines Besseren:

- *Mein Fahrrad*
- *Ein eigenes Büro*
- *Gemeinsames Mittagessen (wenn auch kaum geredet)*

Ich hob den Kopf, um ihn kurz anzusehen. Dann blätterte ich weiter und stolperte über die Skizze eines Mundes, der mich verdächtig an meinen erinnerte, weil ich die sieben Sommersprossen erkannte, die er mit einer feinen welligen Bleistiftlinie verbunden hatte. Außerdem einige andere Einträge, die sich häuften, je näher ich dem heutigen Datum kam.

- *Gespräch mit G*
- *Essen mit G*
- *Epiphany, Eigengrau, Gracie*

Gracie. Mein Herz machte beim Anblick meines Namens in seiner schönen Schrift einen Satz. Vielleicht musste ich ja gar nicht für jeden ein Segen sein. Vielleicht genügte es, wenn *er* einen in mir sah.

Als ich dieses Mal den Kopf hob, um ihn anzusehen, hatte sich Röte auf seinem Gesicht ausgebreitet. Ich legte das Buch beiseite und eine Hand an seine Wange, um ihn zu küssen. Und auch wenn meine Lippen längst wehtaten, hörte ich für eine ganze Weile nicht mehr damit auf.

23
Gracie

Ich verbrachte den Großteil meines Sonntages mit Ira im Bett, bis ich mich am späten Abend dazu entschloss, nach Hause zu gehen, damit Cassidy sich nicht noch mehr Sorgen machte.

Ihr Kopf lugte just in der Sekunde aus ihrem Zimmer, in der die Haustür mit einem Krachen hinter mir ins Schloss fiel. Offenbar hatte sie erst vor wenigen Minuten etwas gegessen, denn ein leichter Geruch von Zwiebeln und gebratenen Champignons hing in der Luft. Erst als ich ihn in mich aufsog, merkte ich, wie hungrig ich war.

»Da bist du ja endlich. Ich hatte schon überlegt, nebenan zu klingeln, um sicherzugehen, dass Ira nicht gerade dabei ist, deine Einzelteile im Wald zu verscharren.«

Ich streifte mir die Schuhe von den Füßen und warf ihr über die Schulter einen bösen Blick zu. »Sag so was nicht.«

Cassidy, die bereits ihren Pyjama trug, hob abwehrend die Hände und gluckste. »War doch nur ein Witz.«

»Mir geht's gut, wie du siehst«, sagte ich auf dem Weg in mein Zimmer. *Mehr als gut.* Es kam mir vor, als würde ich nicht auf Parkettboden laufen, sondern auf Wolken, die jeden meiner Schritte abfederten. Alles an mir war leicht und weich. Bis Cassidy sich mit verschränkten Armen in den Türrahmen lehnte und auf meine verbundene Hand deutete.

»Und was ist das dann?«

»Blödes Missgeschick, mehr nicht«, murmelte ich und stopfte mit meiner anderen Hand das schmutzige Kleid in den Wäschekorb, zusammen mit den Erinnerungen an die Charity-Gala, die sich beim Anblick des weißen Verbands wieder in mein Bewusstsein drängten.

Cassidy hob die Brauen. »Willst du mir nicht erzählen, was passiert ist?«

»Ich dachte, Ira hätte das schon getan. Es war nur ein Schnitt.«

Sie verdrehte die Augen und folgte mir in die Küche, in der ich mir einen Teller mit den Resten des Abendessens aus dem Kühlschrank befüllte. »Komm schon, Gray. Du weißt, dass ich nicht davon spreche. Als du weg warst, habe ich Professor Ashford gesehen, und mein Gefühl sagt mir, dass seine Anwesenheit irgendwas mit der ganzen Sache zu tun hatte.«

Natürlich sagte ihr Bauchgefühl das. Dort, wo es Cassidy manchmal in Sachen Feingefühl fehlte, machte sie es mit ihrem Einfühlungsvermögen wieder wett. Das mochte widersprüchlich klingen, war es aber nicht.

Mit einem Seufzen ließ ich mich auf den Küchenstuhl plumpsen. Während ich aß, erzählte ich ihr also, dass wir einander tatsächlich begegnet waren, was Professor Ashford in Iras Gegenwart erwähnt hatte und was im Anschluss passiert war.

Am Ende bemühte sie sich sichtlich darum, nicht mitleidig das Gesicht zu verziehen. »Oh Mann ... Dann weiß Ira jetzt also von der Sache mit Joseph? Und er war nicht wütend?«

Ich steckte mir eine Kartoffel in den Mund und schüttelte den Kopf. Den Part mit seinem Bruder verschwieg ich, weil ich nicht fand, dass es sie etwas anging. Zudem hätte er es sicher nicht gewollt.

»Hm«, machte sie und fuhr mit ihrem Zeigefinger nachdenklich über den Rand ihres Wasserglases. »Und du vertraust ihm?«

Ich war mir nicht sicher, ob ihre Nachfrage daher stammte, dass sie es nicht tat, oder daher, dass ich bisher keine Zweifel daran geäußert hatte und dieser Umstand sie überraschte.

Meine Wangen wurden heiß, weil ich unweigerlich an heute Morgen denken musste. *Vertraust du mir?*

»Ja. Aber das ändert nichts daran, dass er recht hat und es falsch war. Vielleicht hätte ich damals einfach etwas sagen müssen.«

Cassidy prustete vergnügt. »Und was? Hallo, mein Dad hat meinen Professor und womöglich auch den Rest des Ausschusses bestochen, damit man mein Prüfungsergebnis aufhübscht? Dir war klar, was du Joseph damit für einen Mist eingehandelt hättest. Die hätten ihn wegen unzähliger Delikte verklagen können, und Betrug ist nur eines davon.«

Das war das Ironische an der ganzen Sache: Mein Vater hatte behauptet, mir helfen zu wollen, ohne zu ahnen, was er mir damit für eine Last aufgebürdet hatte. Denn nun war ich dazu gezwungen, seinen vermeintlich selbstlosen Gefallen zu erwidern, indem ich Stillschweigen bewahrte. Und allmählich fraß es mich auf.

Ich rieb mir mit den Händen über die Augen und unterdrückte ein Stöhnen. »Ich weiß … Warum fühlt es sich dann mit jedem Tag falscher an?«

Sie lehnte sich vor, um sich eine Kartoffel zu stibitzen. Ihr schwarzes Haar glänzte im Lichtkreis der Lampe über unseren Köpfen. »Weil du immer noch darüber nachdenkst. Hör einfach auf damit. Es hat keinen Sinn, *weil es schon passiert ist.*«

Hör einfach auf damit. Meine Hände ballten sich zu Fäusten. Sicher, weil sich Gedanken einfach ein- und ausschalten ließen.

Sie würde nie verstehen, wie schwer es war, dieses Gedankenrad zu stoppen, wenn es sich erst einmal in Bewegung gesetzt hatte. Ich brauchte niemanden, der tatenlos neben mir stand und mir vorwarf, dass es mir nicht gelang, es anzuhalten.

Ich brauchte jemanden, der mir dabei half, es zu bremsen, bevor es überhaupt an Tempo aufnehmen konnte. Ich brauchte jemanden wie Ira.

Ich stand auf und stellte meinen leeren Teller in die Spüle. »Ist nicht so einfach, wie du denkst. Aber egal, ich gehe jetzt ins Bett. Ich bin hundemüde.«

Cassidy musterte mich kurz von Kopf bis Fuß und blieb an Iras Pullover hängen. Noch bevor ihr Lächeln breiter wurde und sie es aussprach, wusste ich, was folgen würde.

»Habt ihr's endlich getan?«

Noch mehr Kribbeln, das sich in mir ausbreitete, weshalb ich ihren Blick mied und mich direkt auf den Weg zum Badezimmer machte. »Ich werde nicht mit dir darüber reden!«

Cassidys Lachen folgte mir bis in den Flur. »Ich werte das einfach mal als Ja!«

Nachdem ich mir die Zähne geputzt hatte und in mein Zimmer zurückgekehrt war, schlüpfte ich aus Iras Pullover und legte ihn ordentlich zusammengefaltet auf meinen Schreibtischstuhl. Noch in derselben Sekunde vibrierte mein Handy, das auf meinem Schreibtisch lag.

Ira: *Du weißt, dass andere Menschen dir beim Umziehen zusehen können?*

Ich musste schmunzeln.

Ich: *Ich weiß, dass* du *mir zusehen kannst.*
Ira: *Also ist es Kalkül?*
Ich: *Vielleicht?*
Ira: *Durchtrieben.*
Ira: *Gefällt mir.*

Grinsend drehte ich mich zu meinem Fenster und entdeckte ihn mit dem Handy in der Hand in seinem Schlafzimmer. Sein verstohlenes Zwinkern quittierte ich mit einem Kopfschütteln und zog den Vorhang zu.

Es war seltsam, am Montag wieder zu arbeiten, nachdem am Wochenende so viel passiert war, dass man glatt eine ganze Woche damit hätte füllen können.

Die Schnittwunde in meiner Handfläche hatte ich heute Morgen mit einem dicken Pflaster überkleben können, das deutlich subtiler war als der weiße Verband. Zu meiner Erleichterung sprach mich allerdings ohnehin keiner von den anderen darauf an. Lediglich Otis fragte in einem unbeobachteten Moment in der Kantine, ob es mir wieder besser ginge, bevor er am Tisch dazu überging, uns zu erzählen, wen er am Abend der Charity-Gala alles kennengelernt hatte, was ihm ein paar neidische Seitenblicke einbrachte.

Er rangierte in dieser Woche wieder auf dem dritten Platz im Ranking. Auch Cassidy und Jude war es gelungen, ein Stück weiter aufzusteigen, nachdem ihr Team einen Erfolg in einem großen Börsenfall zu verzeichnen gehabt hatte. Bei Ira und mir hatte sich nicht viel verändert – nicht im Ranking jedenfalls, in dem wir gleichauf lagen.

In Sachen *Eúnoia* hatten wir genau dort angesetzt, wo wir nach meiner Überlegung von Samstag stehen geblieben waren: Wir hatten den Fokus bei unseren Nachforschungen auf Lydia Mayfair verlagert. Dazu hatte Isabell uns nach einem Meeting mit Natalie Gold aufgetragen, sie noch heute für ein Gespräch aufzusuchen – möglichst ohne dass jemand von der Gegenseite darauf aufmerksam wurde. Aus diesem Grund hatten Ira und ich uns Isabells Firmenwagen geschnappt und waren gegen kurz vor fünf in Richtung Stadtmitte aufgebrochen in der Hoffnung, sie pünktlich zum Feierabend abzufangen.

Es war fast schon zu leicht gewesen, sich Zutritt zu der Tiefgarage des Gebäudes zu verschaffen, in der die Geschäftsführung von *Eúnoia* saß. So hatten wir dem Pförtner nur mitteilen müssen, dass wir wegen eines Termins mit Mrs Mayfair gekommen waren, damit er uns die Schranke öffnete.

Nun saßen wir bereits seit einer guten halben Stunde hier unten im Wagen und warteten darauf, dass irgendetwas passierte.

»Das Ganze ist so lächerlich«, murmelte ich und warf einen

Blick auf meine Armbanduhr, deren Zeiger sich seit dem letzten Mal kaum bewegt zu haben schienen. Es war inzwischen halb sechs, und bisher hatte sich nichts getan. Allmählich wurde ich ungeduldig. »Hätten wir sie nicht einfach in die Kanzlei bestellen können?«

Ira, der sich mit verschränkten Armen in seinem Sitz zurückgelehnt hatte, kämpfte gegen ein Gähnen an. »Damit sie ihren Anstandswauwau Ford mitbringt?«

Er hatte recht, Melindas Tochter hätte sich freiwillig wohl kaum auf ein Gespräch ohne ihren Anwalt eingelassen.

Ich seufzte. »Mir ist kalt.«

»Sie kommt sicher gleich, Smartie.«

Ira griff über die Mittelkonsole nach meinen Händen, die in grauen Halbfingerhandschuhen steckten. Meine Fingerkuppen waren längst eingefroren. Er versuchte, sie aufzuwärmen, indem er sie mit seinem Atem behauchte und zwischen seinen Handflächen rieb.

»Aber alternativ könntest du ein bisschen näher rutschen. Oder wir springen schnell auf die Rückbank. Ich bin sicher, uns fällt was ein, um uns aufzuwärmen.« Sein Mund bog sich zu einem charmanten Grinsen, das mich unter anderen Umständen vielleicht sogar hätte einknicken lassen.

Ich beugte mich zu ihm und drückte meine Lippen flüchtig auf seine. »Netter Versuch.«

Ira ließ seine Hand mit einer geschmeidigen Bewegung in meinen Nacken gleiten, damit ich nicht sofort wieder zurückweichen konnte. »War nur ein Vorschlag«, murmelte er und küsste mich noch ein zweites und drittes Mal.

Seine Lippen waren kalt, unsere Küsse warm und meine Wangen mit einem Mal ganz heiß. Seine Hand fuhr meinen Hals hinunter, strich flüchtig über meine Brust, in der mein Herz laut pochte. Er öffnete einen Knopf meiner Bluse. Dann einen zweiten. Als seine Finger die nackte Haut meines Dekolletés streiften, wurde mein Atem flacher. »Ira …«

Er zog meine Unterlippe zwischen seine Zähne und biss sanft hinein. »Hm-mh?«

Wir können das hier nicht tun, wollte ich sagen. *Sollte* ich sagen. Aber mein Verstand hatte vergessen, wie man Buchstaben aneinanderreihte, kaum dass seine Hand zu meinen Beinen hinuntergewandert war. Er grub seine Finger in meinen Schenkel, intensivierte unseren Kuss. Und ich wünschte wirklich, ich hätte das Pochen meines Herzens davon abhalten können, sich zwischen meinen Beinen zu sammeln.

»Ein Wort«, raunte er, während er seine Hand tief, *zu tief*, unter meinen Rock gleiten ließ. Als er mit sanftem Druck seiner Finger über den Stoff meiner Strumpfhose strich, umklammerte ich den Griff der Autotür und keuchte.

Ich wusste, dass er mir damit zu verstehen geben wollte, dass ich nur ein Wort äußern müsste, damit er aufhörte. Das Problem war nur, dass das einzige Wort, das in dieser Sekunde in grellen Leuchtbuchstaben in meinem Kopf aufblitzte, das absolute Gegenteil von *Stopp* war.

»Weiter«, murmelte ich an seinen Lippen.

Weiter, weiter, weiter.

Er hatte gerade angefangen, seinen Daumen kreisen zu lassen, als plötzlich direkt neben mir ein kurzes Hupen durch die Tiefgarage hallte und ein Auto entriegelt wurde.

Wir fuhren erschrocken zusammen und wichen beim Anblick des Mannes, der sich besagtem Wagen näherte, sofort auseinander.

»Oh Gott.« Hastig schloss ich die Knöpfe meiner Bluse und fuhr mir mehrmals durchs Haar. Glücklicherweise warf der Mann nur einen flüchtigen Blick ins Innere unseres Autos, bevor er sich hinters Steuer setzte, aus der Parklücke rollte und wegfuhr.

»Tut mir leid.« Ira strich sich ebenfalls durchs Haar und gab ein kehliges Lachen von sich. »Ist dir jetzt warm genug?«

Ich schürzte meine kribbelnden Lippen. »Mehr als genug.«

Er veränderte seine Sitzposition und zupfte am Schritt seiner Anzughose herum. »Ja … mir auch.«

Alles an mir glühte, als ich mich in der Tiefgarage umsah. Lange Neonröhren warfen ihr gedimmtes Licht in breiten Streifen auf den Boden. Ab und zu blitzten die Scheinwerferkegel eines Autos auf.

»Was machen wir eigentlich, wenn sie nicht allein runterkommt? Ihr nach Hause folgen?«, fragte ich.

Ira warf mir einen vielsagenden Seitenblick zu, bei dem ich entsetzt nach Luft schnappte. »Du würdest ihr *wirklich* bis nach Hause folgen?«

Er zuckte mit den Schultern. »Wenn uns keine andere Wahl bleibt?«

»Und was dann? Möchtest du dich vor ihr Fenster stellen und ihr beim Schlafen zusehen? Oder doch lieber beim Umziehen?«

Ein Schmunzeln umspielte seine Mundwinkel. »Das ist ja eher dein Spezialgebiet.«

Ich schlug ihm gegen den Arm und entlockte ihm auf diese Weise ein Lachen. »Sehr witzig. Und davon mal abgesehen, wer von uns beiden hat denn gestern Abend am Fenster gestanden?«

»Das war etwas anderes. Du hast mich quasi dazu aufgefordert.«

Mir entfuhr ein Schnauben. »Ist klar.«

Als wir eine Bewegung in der Nähe der Fahrstühle bemerkten, hielten wir mit stockendem Atem inne. Zunächst war es nur eine Handvoll fremder Menschen, sodass wir mit einem Stöhnen in unsere Sitze zurückfielen. Doch als sich die Türen wenige Minuten später ein zweites Mal öffneten, war es tatsächlich Lydia Mayfair, die den Aufzug verließ.

Ihr glänzendes blondes Haar, das ihr in Wellen über die Schultern fiel, reflektierte das Licht der Deckenleuchten und wiegte sich bei jedem Schritt, genau wie ihr karierter Wollmantel. Sie trug kniehohe Stiefel, dazu eine Stofftasche, aus der sie einen Schlüssel hervorzog.

»Okay, schnell.« Ira öffnete die Autotür und stieg aus, weshalb ich seinem Beispiel folgte und ihm mit großen Schritten hinterherlief. »Ms Mayfair?«

Lydia drehte sich zu uns um und hob überrascht die Augenbrauen. »Was machen Sie denn hier?« Ihr Blick flatterte unruhig durch die Tiefgarage, als befürchtete sie, jemand könnte uns beobachten.

»Dürften wir kurz mit Ihnen sprechen?«, fragte Ira.

Sie legte eine Hand fluchtbereit auf die Türklinke ihres Wagens – ein schwarzer auf Hochglanz polierter Tesla. »Ich habe unserem Anwalt versprochen, ohne seine Erlaubnis mit niemandem zu sprechen, also …«

»Sie haben uns den Brief mit der Notiz hinterlassen, stimmt's? Vor dem Versuchslabor.« Die Worte verließen meinen Mund mit der Geschwindigkeit eines Pfeils, der sie irgendwo zu treffen schien. Zumindest konnte ich beobachten, wie sich ihre Schultern versteiften.

»Ich weiß nicht, wovon Sie sprechen.«

Eilig zog ich die Liste, die man Ira und mir nach unserer Besichtigung des Labors zusammen mit ein paar Fotos hinterlassen hatte, aus meiner Handtasche. Dann legte ich sie auf ihre Motorhaube, direkt daneben ein zweites Blatt Papier.

»Das hier ist ein Vertrag, den wir in den Unterlagen Ihres Unternehmens gefunden haben. Er wurde von Ihnen ausgestellt und unterzeichnet. Erkennen Sie das Dokument?«

Ein Zögern lag in ihrem Blick. »Ja. Und?«

Ich lächelte. »Na ja, das Schriftbild ist der Notiz sehr ähnlich, finden Sie nicht? Ich bin mir sicher, dass ein forensisches Schriftgutachten dasselbe Ergebnis aufzeigen würde.«

In diesem Moment begriff sie, was ich ihr mit dieser Bemerkung unterstellen wollte. »Sie glauben, *ich* wäre für all das verantwortlich?«

»Wir wissen es«, entgegnete Ira in ruhigem Ton und legte noch ein drittes Dokument auf die Motorhaube. Es war eine

Liste von Geldbeträgen, die in Form von Spendengeldern an unterschiedliche Tierschutzorganisationen geflossen waren.

Ira und ich hatten heute Vormittag Stunden damit verbracht, uns erneut durch Lydias Profile zu wühlen, um Beweise zu sammeln, die für unsere Vermutung sprechen könnten. Dabei waren wir alle Tierschutzorganisationen durchgegangen, mit denen sie in der Vergangenheit in irgendeiner Form auf Instagram interagiert hatte. Auch die Organisation, in der sie während ihrer Collegezeit gearbeitet hatte. Ein paar Stunden später hatten wir dank Samuels beeindruckender Computer-Fähigkeiten herausgefunden, dass einige Spendenzahlungen, die in ihrem Namen getätigt worden waren, in einer Spendendatenbank auftauchten.

Lydia überflog die Zahlungen, wobei sich der Griff um den Henkel ihrer Handtasche verstärkte. »Was wollen Sie mir damit sagen? Dass es in Ihren Augen ein Vergehen ist, an wohltätige Organisationen zu spenden?«

»Oh, gar nicht. Aber es ist nicht das Einzige, worauf wir gestoßen sind.« Ich zog noch ein Foto aus meiner Tasche, das ich vorhin aus dem Internet ausgedruckt hatte. Die Qualität war schlecht, jedoch gut genug, um unter einer Handvoll Aktivistinnen und Aktivisten das Gesicht von Lydia zu erkennen.

»Wir haben herausgefunden, dass sie eine Zeit lang auch privat mit Fiona Kingston, einer ehemaligen Angestellten Ihres Unternehmens, in Kontakt standen. Sie hat einige Umweltproteste organisiert, an denen auch Sie teilgenommen haben, nicht wahr?«

»Das ist Jahre her«, stritt sie ab.

»Und doch deutet es darauf hin, dass Ihnen Themen wie diese am Herzen liegen. Und als so jemand können Sie doch wohl kaum das Vorgehen Ihrer Mutter unterstützen, oder?«, fragte Ira.

Weil ich sah, dass Lydia die Lippen zusammenpresste, als wollte sie ihre Antwort davon abhalten, ihnen zu entschlüpfen, trat ich noch näher. »Kommen Sie, Ms Mayfair, wir wissen inzwischen von den Versuchen – dank *Ihrer* Hilfe. Wenn Sie uns ein zweites Mal helfen, helfen wir Ihnen.«

Sie sah sich erneut in der Tiefgarage um. Dann machte sie ein paar Schritte zurück und bedeutete uns, ihr hinter einen Betonpfeiler zu folgen, der uns zumindest zum Teil vor fremden Blicken schützte. »Und wie sollte ich das tun?«

Ich drückte mir die zusammengesammelten Dokumente an die Brust. »Sagen Sie für uns vor Gericht aus. Wir kümmern uns im Gegenzug darum, dass Sie keine rechtlichen Konsequenzen fürchten müssen, sollten Sie sich dem Unternehmen gegenüber zur Verschwiegenheit verpflichtet haben.«

Lydia starrte mich an, als wäre ich von allen guten Geistern verlassen. »Sie wollen, dass ich gegen meine eigene Mutter aussage? Ausgeschlossen.«

Ira lehnte sich mit der Schulter an den Pfeiler und verschränkte die Arme vor der Brust. »Wenn Sie für uns aussagen und die Öffentlichkeit daran teilhaben lassen, könnte es Ihnen helfen, das Image des Unternehmens nach dem Prozess und dem voraussichtlichen Rücktritt Ihrer Mutter schneller wieder reinzuwaschen.«

Sie legte verwundert die Stirn in Falten. »Inwiefern?«

»Sie wirken glaubhafter.«

Lydia dachte einen Augenblick über seine Worte nach. »Selbst wenn. Sobald meine Mutter erfährt, dass ich diejenige bin, die den Skandal ins Rollen gebracht hat, wird sie mir den Anspruch auf die Geschäftsführung entziehen.«

»Und dann was?« Ira hob skeptisch eine Augenbraue. »Ein Rücktritt nach einem solchen Imageschaden, wie *Eúnoia* ihn nach dem gerichtlichen Prozess erleiden wird, ist unvermeidbar. Das wissen Sie genauso gut wie wir. Und wenn Ihre Mutter klug ist, weiß sie das auch. Glauben Sie wirklich, Sie würde das Unternehmen lieber in die Hände einer fremden Person geben?«

Lydias höhnisches Lachen schallte durch die Tiefgarage und bereitete mir Gänsehaut. »Sie kennen meine Mutter nicht. Sie weigert sich schon seit Jahren, meine Ratschläge anzunehmen. Die Tierversuche sind ihrer Meinung nach notwendig, um unser Produktsortiment zu erweitern und uns ein profitables, vielfältiges Markt-Standing aufzubauen. Das Problem ist nur, dass dieses ach so tolle *Standing*«, sie setzte das Wort nachdrücklich in Anführungszeichen, »auf einer einzigen Lüge basiert. Und wissen Sie was? Es ist ihr *egal.*«

»Hören Sie, Ms Mayfair«, sagte Ira mit einem Seufzen, »jetzt, wo Sie uns gestanden haben, dass Sie von den Arbeitsweisen ihrer Mutter wussten und obendrein für die Vorwürfe verantwortlich sind, sehen wir uns ohnehin gezwungen zu handeln und Sie vor Gericht in den Zeugenstand zu rufen. Das hier ist also nur mein gut gemeinter Rat an Sie, für unsere Seite auszusagen. Noch ist Ihr Ruf intakt. Und er wird intakt bleiben, wenn Sie Ihre Mutter als Lügnerin enttarnen und den Verbrauchenden unter Ihrer Geschäftsführung eine Reform versprechen.«

Lydia rieb sich mit den Handflächen über die Wangen, die im grellen Licht plötzlich eine Spur blasser wirkten. »Ich kann doch nicht meiner eigenen Mutter in den Rücken fallen, indem ich für die Gegenseite aussage. Was wird dann aus ihr?«

Mit einem Mal klang sie so verzweifelt, dass sich mein Herz zusammenzog. *Ich verstehe das*, wollte ich antworten. Schließlich konnte ich nachvollziehen, wie schwer es war, sich gegen die eigene Familie zu stellen. Es fühlte sich an wie Verrat.

Ira, der etwas schneller reagierte als ich, tat plötzlich etwas, mit dem ich nicht gerechnet hätte: Er stieß sich von dem Pfeiler ab und berührte sie mitfühlend am Oberarm, wohlwissend, dass er dabei eine unsichtbare Grenze überschritt.

»Manchmal tun die Menschen, die uns nahestehen, die falschen Dinge. Aber das bedeutet nicht, dass wir nicht trotzdem für das Richtige einstehen können. Am Ende des Tages müssen Sie mit sich selbst leben können. Und nur Sie können entscheiden, welcher Mensch Sie sein wollen. Bedenken Sie bloß, dass eine falsche Entscheidung größere Kreise nach sich zieht, als man denkt.«

Ich streifte ihn mit einem Seitenblick und fragte mich für eine Sekunde, ob es nur an meiner dünnen Haut lag, dass ich mich auf merkwürdige Weise von seinen Worten angegriffen fühlte, oder ob er sie tatsächlich bewusst gewählt hatte, weil er längst nicht mehr nur zu Lydia sprach.

Auch die musterte ihn einen Moment lang prüfend, als gäbe ihr sein Rat zu denken, bis sie eisern den Kopf schüttelte. »Ich muss darüber nachdenken. Ich kann das nicht in einer Tiefgarage entscheiden.«

»Kein Problem.« Ira zog eine Visitenkarte aus seiner Brieftasche und reichte sie ihr mit einem schiefen Lächeln. »Das ist meine Nummer. Sie können mich jederzeit erreichen.«

»Danke.« Lydia verstaute die Karte im Seitenfach ihrer Handtasche und steuerte ihr Auto an, weshalb Ira und ich zeitgleich einen Schritt zurück machten. Ohne uns noch eines Blickes zu würdigen, stieg sie ein und fuhr mit angespannter Miene davon.

Wenig später hatten auch wir uns auf den Weg zurück zur Kanzlei gemacht. Mein Magen knurrte verdächtig, allerdings verspürte ich seit dem Gespräch mit Lydia kaum Appetit. Iras Angebot, eine kurze Essenspause einzulegen, lehnte ich deshalb dankend ab – ganz zu seiner Verwunderung.

»Ist alles in Ordnung? Du bist auf einmal so still«, bemerkte er, als wir an der nächsten Ampel zum Stehen kamen und ich meinen Blick aus dem Fenster gleiten ließ. Die Lichter der Stadt blinkten vor einem Tuch aus Schwärze, der feuchtkalte Atem des Abends hatte sich wie Nebel auf dem unteren Rand der Windschutzscheibe angelagert. Und auch auf meinen Gedanken.

»Das, was du eben zu Lydia gesagt hast, das war auch an mich gerichtet, oder?«, fragte ich.

Er sah mich nicht an, als er antwortete. »Wie kommst du darauf?«

»Ich habe das Gefühl, dass du mich für die Sache mit der Prüfung insgeheim doch verurteilst.«

Mir entging nicht, dass sein Kiefermuskel zuckte, weil er die Zähne zusammenbiss. »Das ist nicht wahr. Ich kann verstehen, dass du deinen Vater nicht in Schwierigkeiten bringen willst. Es ist eine verzwickte Situation.«

»*Eben*«, zischte ich beim Anfahren eine Spur schärfer als beabsichtigt. »Wie du gesagt hast: Du steckst nicht drin, also hast du auch nicht das Recht, mich zu verurteilen. Genauso wenig wie ich das Recht habe, dich wegen Benji zu verurteilen.«

Aus dem Augenwinkel sah ich, dass er mir einen Seitenblick zuwarf. »Wenn, dann verurteile ich deinen Vater. Nicht dich, Gracie. Du versuchst nur, mit dem Chaos fertigzuwerden, das er hinterlassen hat. Mich stört viel eher, dass Menschen mit einem Haufen Geld die Macht gegeben wird, so etwas überhaupt zu tun.«

»Nicht jeder Mensch mit Geld ist schlecht.«

»Das habe ich auch nicht behauptet.«

»Aber aus deinem Mund klingt es immer so!«, erwiderte ich und spürte, wie sich mein Griff um das Lenkrad verstärkte. »Erinnere dich an die Sache mit Jude. Deiner Meinung nach hat er seinen Job in der Kanzlei nur, weil seine Familie Geld hat. Tatsache ist, dass keiner von uns ihn kennt. Du projizierst die Wut aus deiner Kindheit auf Menschen wie ihn, weil sie es waren, die dir Unrecht getan haben. Stimmt's?«

Iras Hand, die schon seit einiger Zeit warm und beruhigend auf meinem Oberschenkel lag, ballte sich zur Faust, und ich wusste sofort, dass ich einen wunden Punkt getroffen hatte. Kaum hatte er es bemerkt, zog er seinen Arm zurück und entspannte seine Finger zügig wieder, als wollte er sich nicht erlauben, wütend zu sein. »Es geht hierbei nicht um mich und auch nicht um Darling. Es geht um deinen Vater.«

Ich bremste an der nächsten Kreuzung eine Spur zu hart ab. »Was soll ich deiner Meinung nach tun, Ira? Soll ich zu Natalie gehen und ihr alles erzählen? Ist es das, was du willst? Dass ich meinen Job und meine Zulassung verliere?«

Er seufzte leise. »Natürlich nicht.«

»Dann weiß ich nicht, wieso du solche Dinge sagst.«

»Ich habe versucht, Lydia davon zu überzeugen, uns zu helfen. Es war nie meine Absicht, dir damit wehzutun. Wirklich nicht.«

Genau das hast du aber.

Ich schluckte mehrmals gegen den aufkommenden Knoten in meinem Hals an. »Und wieso nicht? Wieso bist du nicht *wütend* auf mich?«

Wieso bist du allgemein nie wütend? Ich verstand es einfach nicht. Schon oft hatte ich mich gefragt, wo er all seine Gefühle ließ, denn er äußerte sie in den meisten Fällen genauso zurückhaltend und bedächtig wie seine Worte.

Ich wollte nicht, dass er etwas zurückhielt, weil er glaubte, nicht mit mir darüber reden zu können. Es wäre mir lieber gewesen, er hätte mir all seine Wut an den Kopf geknallt, damit sie ihn nicht von innen auffraß.

Seine Wände mochten vielschichtig sein, aber ich wusste aus eigener Erfahrung, dass es ihr irgendwann gelingen würde, den Herzkern zu erreichen.

Iras Hand zog mich aus den Fängen meines grauen Gedankennetzes, als er plötzlich meinen Oberschenkel drückte. »Fahr rechts ran.«

Ich blinzelte. »Was?«

»Fahr rechts ran«, wiederholte er.

Ohne Widerworte kam ich seiner Aufforderung nach und hielt in der Parkbucht einer breiten Einbahnstraße, die sich wie eine Hauptschlagader durch den riesigen Stadtpark zog. Als ich den Motor ausschaltete und meine Finger vom Lenkrad nahm, bemerkte ich, dass sie zitterten.

Ira stieg aus und schlug die Tür zu. Im nächsten Moment öffnete er meine und reichte mir seine Hand, um mir herauszuhelfen. Schneeregen nieselte auf uns herab, verfing sich in seinem Haar, das wie sein Gesicht vom schwachen Licht der Straßenlaternen zwischen den knochigen Bäumen angeleuchtet wurde.

»Erstens habe ich keinen Grund, wütend auf dich zu sein. Und zweitens bist du allein schon wütend genug für uns beide. Ich denke, das reicht.« Er zog mich an seine warme Brust, in der sein Herz in beruhigendem Tempo schlug. »Warum gehst du so hart mit dir ins Gericht? Ich bin sicher, du hättest die Prüfung auch ohne die Hilfe deines Vaters bestanden. Vielleicht nicht mit Bestnote, aber immer noch besser als der Großteil der anderen Absolvierenden.«

»Und was, wenn nicht?«, flüsterte ich.

»Was, wenn doch?« Er hob mein Kinn an, lehnte sich vor und küsste mich sanft. »Ich kenne dich noch nicht besonders lange, Gracie Cabot-Hoffman. Aber ich kenne dich lange genug, um zu wissen, dass du dich ständig kleinredest. In allem, was du tust.«

Mein Magen zog sich zusammen. »Weil es immer besser geht. Und weil es genügend Menschen gibt, die das beweisen, indem sie erfolgreicher sind.« *Indem sie* genug *sind.*

»Und deshalb sind deine eigenen Erfolge weniger wert?« Er legte den Kopf schief, ein zartes Schmunzeln auf den Lippen. »Du schaust zu sehr nach links und rechts. Je kleiner dein Sichtfeld, desto besser dein Fokus. Glaub mir. Es wird alles gut.«

Ira küsste mich noch einige Male – auf den Mund, auf die Wangen, auf die kalte Nasenspitze. Erst als ich lachen musste und ihn von mir schob, hörte er damit auf. »Ist ja gut, ich hab's verstanden!«

Er überzeugte mich davon, ihn den restlichen Weg zur Kanzlei fahren zu lassen. Also ließ ich mich tief in den Beifahrersitz sinken und beobachtete, wie er sich nach und nach an die automatische Schaltung des Wagens gewöhnte. Seine Worte dabei in Endlosschleife in meinem Kopf.

Glaub mir. Es wird alles gut.

Aber was, wenn nicht?

24

Gracie

Den Rest der Woche verbrachte ich in einem Schwebezustand, aus dem mich nicht einmal der Stress auf der Arbeit zu ziehen vermochte, weil ich mit meinen Füßen bereits zu hoch über dem Boden baumelte, als dass mich irgendjemand daran zu fassen bekam.

Ira und ich kochten miteinander, sahen uns vor dem Schlafengehen in seiner Badewanne alte Filme an, bis das Wasser kalt und unsere Haut schrumpelig war, oder fuhren nach dem Feierabend noch ins *Epiphany*, um ein bisschen Klavier zu spielen.

Die Tage wurden kürzer, die Bäume warfen ihre letzten Blätter ab, und irgendwie fühlte sich das, was zwischen Ira und mir passierte, ähnlich an. Blatt für Blatt, Schicht für Schicht streiften wir unser Selbst ab. Und ich mochte das, was darunter zum Vorschein kam. Es war noch zart, es war fragil, aber ich wollte daran glauben, dass es echt war – und von Dauer. Denn das, was ich für Ira fühlte, schien von Tag zu Tag mehr Platz in meiner Brust einzunehmen. Ich konnte es an meinem Herzschlag spüren; er war nicht mehr so flattrig, nicht mehr so unsicher, eher stetig und verlässlich.

Vielleicht lernte ich langsam, dass es beim Verlieben gar nicht so sehr darauf ankam, jemanden zu finden, der das Herz zum Rasen brachte, sondern jemanden, dem es gelang, es zu entschleunigen. Jemanden, der als Zufluchtsort diente, wenn die Welt draußen zu laut und schmerzhaft wurde.

Ira war dieser Mensch für mich, und wahrscheinlich sollte ich ihm das sagen. Ich hatte nur keine Ahnung, wie. Es war nicht leicht, ein Gefühl in Worte zu verpacken, wenn man noch gar nicht richtig wusste, woraus dessen Material bestand. Aber das war okay, irgendwann würde ich es herausfinden. Und bis dahin würde ich versuchen, an diesem Gefühl festzuhalten.

»Wie sieht es aus? Können wir bald los?«, fragte Ira und warf mir über den Rand seines Computerbildschirms einen Blick zu. Es war Freitagabend und hinter dem Fenster bereits dunkel. Das Licht meiner Schreibtischlampe, das sich in der Scheibe spiegelte, schwebte über seinem Kopf wie ein Heiligenschein.

Ein Lächeln umspielte meine Lippen, als ich nickte. »Nur noch zwei Mails und eine Kopie.«

Seine Aventurin-Augen leuchteten. »Perfekt.«

Wir hatten heute gut und effizient gearbeitet, eigentlich taten wir das schon seit Tagen. Egal ob es um den *Eúnoia*-Fall ging oder einen anderen.

Lydia hatte sich seit Montag nicht gemeldet, und ehrlicherweise überraschte es mich nicht, auch wenn wir uns nach unserem Gespräch mit ihr anderes erhofft hatten. Wir hatten die Dokumente einem Forensiker zukommen lassen und warteten seither auf ein Ergebnis. Sollte es – wie zu erwarten – positiv ausfallen, würden wir ihn im Gerichtsverfahren als Sachverständigen heranziehen können. Damit könnten wir Lydias Mitwirken belegen, falls sie sich dazu entscheiden sollte, die Vorwürfe abzustreiten oder von ihrem Zeugnisverweigerungsrecht Gebrauch zu machen.

Ich musste zugeben, dass mir diese neue Art von Zusammenarbeit gefiel. Zum einen, weil Ira und ich einander bei Problemen inzwischen unter die Arme griffen. Zum anderen, weil wir unser Soll dadurch deutlich zügiger erfüllen konnten, um abends noch ein paar Stunden für uns zu haben.

Wenn wir uns mal doch nicht aus den Klauen der Kanzlei befreien konnten, versuchten wir, unsere Nachtschichten so angenehm wie möglich zu gestalten. Wobei *angenehm* vielleicht nicht ganz das richtige Wort war, wenn ich darüber nachdachte, welches Gefühl es in mir auslöste, wenn er mich in die dunklen Flure zog und seine drängenden Lippen auf meine presste, wohlwissend, dass wir womöglich nicht allein waren und jederzeit jemand um die Ecke biegen konnte.

Nachdem ich die letzte Mail abgeschickt hatte, stand ich auf und steuerte den Kopierraum an, der sich am anderen Ende der Etage befand. Der Weg war jedes Mal eine kleine Herausforderung für mich, weil man automatisch dazu gezwungen war, das Großraumbüro zu durchqueren, in dem ein Teil der anderen Associates aus den höheren Jahren saß.

Ich war ohnehin gut darin, mir einzureden, dass Menschen über mich tuschelten, sobald ich einen Raum betrat. Heute war jedoch irgendetwas anders.

Heute war ich mir *sicher*, dass sie es taten.

Ich passierte eine kleine Gruppe von jungen Anwältinnen und Anwälten, die sich mit Kaffee an einem Schreibtisch versammelt hatte, um sich zu unterhalten. Sobald eine der drei Frauen mich bemerkte, musterte sie mich flüchtig von Kopf bis Fuß und flüsterte ihrer Kollegin etwas ins Ohr.

Mein Herz begann, panisch in meiner Brust herumzuspringen.

Alles ist gut. Du bildest dir das nur ein. Warum sollten sie dich meinen? Du hast mit niemandem von ihnen bisher mehr als ein Wort gewechselt. Die wissen nicht mal, wer du bist.

Mit gesenktem Kopf bog ich in den Kopierraum ab und stieß dabei um ein Haar mit Otis zusammen. In der ersten Sekunde unterdrückte er einen Fluch, in der nächsten trug er schon wieder sein übliches sonniges Grinsen auf den Lippen, das mir in Anbetracht unseres Arbeitsstresses an manchen Tagen ein Rätsel war.

»Mach mal halblang, Gracie«, sagte er und schob mich an den Schultern ein kleines Stück auf Abstand. Seine dunklen Augen fuhren über mein Gesicht, und obwohl sie so schwarz waren, dass sie in diesem Licht beinahe leer aussahen, glaubte ich, einen Funken Besorgnis darin aufblitzen zu sehen. »Alles okay?«

Ich biss mir auf die Lippe und zögerte kurz. Dann zog ich ihn ohne Umschweife am Ärmel mit mir zum Kopierer. »Sag mir bitte, dass ich mir nur einbilde, dass mich da draußen alle anstarren.«

Sein Lächeln verblasste und wirkte mit einem Mal zerknirscht. »Willst du, dass ich dir die Wahrheit sage oder dich anlüge?«

Das klang alles andere als beruhigend, weshalb sich mein Magen augenblicklich zusammenzog. »Was ist los, Otis? Bitte sei ehrlich.«

Er blickte sich im Raum um, in dem außer uns noch eine Assistentin geschäftig herumhantierte, ehe er sich zu mir lehnte: »Stimmt es? Dass Joseph Cabot dein Vater ist? Und dass er sich deine guten Prüfungsergebnisse erkauft hat?«

Trotz des festen Bodens unter meinen Füßen fühlte es sich einen beunruhigend langen Moment so an, als würde ich fallen. Tief und ohne Sicherung, immer und immer schneller dem Aufprall entgegen.

»W-Wie bitte?«, stammelte ich. »Woher hast du das?«

Er hob die Schultern. »Ich hab's von Laurel, und die hat es wohl bei ein paar Leuten aus dem zweiten Jahr aufgeschnappt, als sie sich über die Gala unterhalten haben. Verdammt, wenn ich damals gewusst hätte, dass ich mit einer Cabot zusammen studiere …«

Da waren lauter schwarze Punkte in meinen Augenwinkeln, die nicht aufhören wollten, zu tanzen. Sie erinnerten mich an das Ohnmachtsgefühl vom Abend der Gala, weshalb sich augenblicklich unsichtbare Finger um meine Kehle legten.

Sie wissen, wer du bist. Sie alle wissen, dass du eine Cabot bist. Eine Lügnerin mit falschem Namen, eine Hochstaplerin, die eigentlich gar nicht hier sein dürfte.

Aber das war unmöglich. Wie hätten diese Leute davon erfahren sollen? Außer Ira und mir war zum Zeitpunkt unserer Auseinandersetzung niemand auf der Terrasse gewesen. Und wie konnte es überhaupt sein, dass der Tratsch bereits oben bei Samuel und Laurel in der Strafrechtsabteilung gelandet war, wenn ich erst jetzt davon erfuhr?

Sollte Natalie Gold davon hören, wäre ich geliefert.

Otis bemerkte, dass seine Worte mich aus der Bahn geworfen hatten. Seine Augenbrauen schoben sich besorgt zusammen. »Sorry, ich wollte dich nicht beunruhigen oder so. Du hast mich nur darum gebeten, ehrlich zu sein.«

Das hatte ich. Und am liebsten hätte ich es rückgängig gemacht und wäre zu dem Punkt zurückgekehrt, an dem ich noch Gracie Hoffman gewesen war, weil ich den Geschmack von Galle auf der Zunge schmecken konnte und mir sicher war, mich gleich in die nächste Panikattacke zu stürzen, wenn ich kein Ventil fand.

»Hey, *mir* ist völlig egal, ob an der Sache was dran ist oder nicht«, sprach er unbeirrt weiter, da ich nicht antwortete. »Ich will gar nicht wissen, wer hier noch alles Dreck am Stecken hat.«

Ich nickte mechanisch, wusste nicht, was ich anderes tun sollte. Mein Kopf war leer und gleichzeitig so voll, dass ich fürchtete, er könnte gleich platzen.

»Wenn du willst, schick ich jeden, der mir davon erzählt, zum Teufel. Dann hat Darling auch mal ein bisschen was zu tun.« Otis gluckste bei seinem schlechten Witz vergnügt und stupste mich an.

Mir war klar, dass er versuchte, gute Miene zum bösen Spiel zu machen. Nur war mir leider kein bisschen nach Lachen zumute. Dennoch ließ mich etwas bei der Erwähnung von Judes Namen hellhörig werden.

Er war dort gewesen. Ich erinnerte mich daran, dass er unser Gespräch kurz unterbrochen hatte und mit seinem Handy im

Garten verschwunden war. Was, wenn er die ganze Zeit über nur wenige Meter von uns entfernt gestanden und alles mitangehört hatte?

Wut sammelte sich in mir und verdrängte meine aufkommende Panik. »Wo ist er?«, fragte ich.

Mein plötzlicher Stimmungswandel überraschte ihn. »Darling? Keinen Schimmer. Meistens hängt er irgendwo im Archiv rum. Wahrscheinlich weil er allergisch auf Menschen reagiert. Wieso, was hat er damit zu tun?«

Ich antwortete nicht auf seine Frage. Stattdessen drückte ich mir die Mappe mit den Unterlagen, die ursprünglich kopiert werden sollten, an die Brust und lief mit schnellen Schritten durch das Großraumbüro, vorbei am Tresen von Mr Wilson und durch die Kolonnaden ins Erdgeschoss hinunter.

Im Archiv war es deutlich kühler als in den Büroräumen, was den hohen Decken und fehlenden Fenstern geschuldet war, da kein Sonnenlicht hereinsickern konnte. Jedoch war das nicht der einzige Grund dafür, warum ich die Zähne so fest zusammenbiss, dass es wehtat. *Bitte lass das alles nicht wahr sein. Bitte lass das alles nicht wahr sein.*

Ich hatte Jude schnell gefunden – er saß entfernt von ein paar Kolleginnen und Kollegen an einem Schreibtisch und blätterte im goldenen Lichtkegel der alten Bankerleuchte durch einen Stapel Akten. In seinen Ohren steckten weiße Kopfhörer, von denen ich kurzerhand einen herausriss und auf die Tischplatte warf.

»Ist das dein Ernst, Jude? Ich dachte, wir hätten so was wie eine Abmachung gehabt«, zischte ich.

Er schaute erschrocken zu mir auf. Blinzelte mehrmals. Dann zuckte sein Blick zu den anderen, die sich außer uns noch im Archiv befanden. Manche von ihnen hatten ihre Köpfe in unsere Richtung gedreht, teils genervt, teils neugierig.

Judes Kiefer mahlte, als er aufstand, nach meinem Handgelenk griff und mich mit sich zwischen die Regale außerhalb ihres Sichtfeldes zog. Ich war mir nicht sicher, ob es an der Situation, seiner Größe oder dem stechenden Silbergrau seiner Augen lag, aber er hatte etwas Einschüchterndes an sich, das mich kurz den Atem anhalten ließ.

»Wovon zur Hölle sprichst du?«, fragte er. Sein Gesicht dabei so nah, dass ich selbst in dem schwachen Licht der Neonröhren die winzigen Bartstoppeln an seinem Kinn erkennen konnte.

Ich besann mich auf meine Wut zurück, um mir meine Unsicherheit nicht anmerken zu lassen. »Davon dass dank dir offenbar alle hier im Bilde darüber sind, wer mein Vater ist und welchen Mist er gebaut hat! Wenn Natalie Gold Wind davon bekommt, bin ich geliefert.«

»Reden wir hier von den Gerüchten? Dann stimmt es wirklich, dein Vater hat deinen Harvard-Abschluss erkauft?« Ein amüsiertes Lachen rutschte ihm über die Lippen. »Verdammt, du überraschst mich immer wieder, Cabot.«

Ich funkelte ihn angriffslustig an. »Tu nicht so ahnungslos. Ich habe dich am Abend der Gala gesehen, als du in den Garten runtergegangen bist.«

Jude verschränkte die Arme vor der Brust und lehnte sich mit der Schulter gegen eines der Regale, die Stirn in Falten gelegt. »Und? Ich hab mit einem Mandanten telefoniert.«

»Na, ganz offensichtlich nicht. Du hast mein Gespräch mit Ira belauscht, andernfalls wüsste nämlich niemand etwas von der Sache.«

Nun schien er zu begreifen, wovon ich sprach.

»Du denkst, *ich* hätte es herumerzählt?« Ein Ausdruck von Verärgerung huschte wie ein Schatten über sein Gesicht. »Ich wusste bis vorhin nicht mal was davon. Ich dachte, es wären einfach nur Gerüchte.«

Mir entfuhr ein verächtlicher Laut. »Schon klar. War das deine Retourkutsche dafür, dass die anderen von der Sache mit deiner Tante wissen? Falls ja, nur zur Info: Sie haben es nicht von mir.«

Judes Augenbrauen schossen in die Höhe. »Warte, sie wissen es?« Es war schwer zu sagen, ob er verblüfft oder beunruhigt klang.

»Ja, tun sie«, bestätigte ich mit einem Nicken. »Und ganz ehrlich? Vielleicht haben sie sogar recht, wenn sie sagen, dass du deinen Platz hier nicht verdient hast. Ich weiß wirklich nicht, warum ich überhaupt versucht habe, dich zu verteidigen.«

Geschweige denn, wer dieser Jude war, mit dem ich auf dem Dach gesprochen hatte. Der Typ vor mir war es jedenfalls nicht.

Er zuckte kaum merklich zurück, als hätte er sich an den spitzen Kanten meiner Worte geschnitten. Und mit einem Mal war jegliche Emotion aus seinem Gesicht gewichen. »Sagen sie das also, ja?«

Erneut nickte ich, fest entschlossen, mich nicht von ihm einschüchtern zu lassen. Daraufhin stieß er sich vom Regal ab und blieb dicht vor mir stehen, sodass ich zu ihm aufblicken musste.

»Gracie. *Liebes.*« Jude umfasste mit zwei Fingern mein Kinn, das ich ihm trotzig entgegenstreckte. »Ich sage es dir gern noch einmal: Ich hatte absolut keine Ahnung. Aber weißt du, was? Eigentlich ist es mir auch scheißegal.«

Sein linker Mundwinkel verzog sich zu einem gehässigen Lächeln, das mich gleich noch eine Spur wütender werden ließ. Mit einer vehementen Bewegung schlug ich seinen Arm beiseite. »Du bist ein Mistkerl, Jude.«

Er lachte auf, kurz und tonlos. »Wundert mich, dass es dir erst jetzt auffällt.«

Ja, mich auch. Kopfschüttelnd wandte ich mich zum Gehen, doch hielt er mich noch einmal an der Schulter zurück. »Schon klar, ich bin der Böse in deiner Geschichte. Aber hast du mal daran gedacht, dass es auch noch andere Menschen gibt, die von deinem Rauswurf profitieren würden?«

Ich blieb stehen und musterte ihn mit zusammengekniffenen

Augen. »Wieso habe ich das Gefühl, dass du jemand Bestimmten meinst?«

Er vergrub die Hände in seinen Hosentaschen und hob gleichgültig die Schultern. »Na ja, du bist Briggs' stärkste Konkurrentin. Wäre ein ziemlich cleverer Schachzug von ihm, sich dein Vertrauen zu erschleichen und dir bei passender Gelegenheit das Messer in den Rücken zu rammen. Ob du's glaubst oder nicht, auf die Idee wäre nicht einmal ich gekommen.«

Ich trat einen Schritt zurück, um Abstand von seinen Worten zu gewinnen, bevor sie die Chance hatten, sich wie hartnäckiges Unkraut in meinem Kopf auszubreiten. *Das ist Irrsinn. Er will nur von sich ablenken, weil er ganz genau weiß, wie er Menschen verunsichern kann.* Dich *verunsichern kann.*

Judes wölfisches Lächeln wurde noch eine Spur breiter, als er mir im Vorbeigehen ins Ohr raunte: »Vertrau niemandem. Das ist die goldene Regel. Früher oder später werden sie dich sowieso nur enttäuschen.«

Aber du hast mir vertraut, schoss es mir für den Bruchteil einer Sekunde durch den Kopf. *Genau wie ich dir vertraut habe.*

Ich folgte ihm zurück zu seinem Schreibtisch, beobachtete, wie er seine Sachen zusammenklaubte, sie sich unter den Arm klemmte und kurz darauf die Tür zum Archiv hinter sich zuschlug.

Kaum war er fort, stützte ich mich mit dem Arm an einem Regal ab und atmete mehrmals tief ein und aus, um meinen hämmernden Herzschlag wieder unter Kontrolle zu bringen.

Und wenn er doch die Wahrheit sagt?

Angestrengt versuchte ich, mir jedes noch so kleine Detail und jedes Wort von Jude in Erinnerung zu rufen. Und je länger ich das tat, je mehr Licht ich darauf warf, desto weniger konnte ich sehen – was keinen Sinn ergab. Immerhin konnte nur er es gewesen sein. Cassidy kannte die Wahrheit, aber sie hätte den anderen gegenüber niemals etwas davon erwähnt. Und Ira …

Wäre ein ziemlich cleverer Schachzug von ihm, sich dein Vertrauen zu erschleichen und dir bei passender Gelegenheit das Messer in den Rücken zu rammen.

Ich wollte diesen Gedanken wegschieben, allerdings war er wie eine unnachgiebige Wand, gegen die ich mich mit aller Kraft zu stemmen versuchte. *Was, wenn an Judes Bemerkung mit Ira etwas dran ist? Ist es nicht genau das, wovor du immer Angst hattest? Dass er eine andere Absicht verfolgt, so wie du am Anfang auch eine andere verfolgt hast? Was, wenn er im Gegensatz zu dir nie damit aufgehört hat? Wenn er dir die ganze Zeit nur etwas vorgemacht hat?*

Jude hatte recht, es wäre ein cleverer Schachzug gewesen. Und ein verdammt schmerzhafter noch dazu.

Als ich ins Büro zurückkehrte, legte ich die Mappe mit den Dokumenten, die ich noch kopieren musste, auf meinen Tisch. Dann setzte ich mich und verharrte eine Weile reglos, während meine Gedanken kamen und gingen wie die Gezeiten des Meeres, mal mehr und mal weniger Sorgen an Land spülten. Die Angst hatte mich im Nacken gepackt, aber noch wehrte ich mich gegen ihren Griff.

Ira, der so konzentriert in seine Arbeit vertieft gewesen war, dass er erst jetzt daraus auftauchte und mir einen Blick zuwarf, wusste sofort, dass etwas nicht stimmte. »Was ist los? Wo warst du so lange?«

Meine Stimme bebte, als ich antwortete. »Hat Otis es dir noch nicht erzählt?«

Er verzog den Mund, und irgendetwas daran verriet mir, dass er genau wusste, wovon ich sprach. »Gott, wieso hast du mir nichts gesagt?«

Mein anklagender Tonfall ließ ihn seufzen. »Weil ich genau das vermeiden wollte.« Er schloss mich mit einer vagen Handgeste von Kopf bis Fuß ein, als wäre mein verspannter Körper Beweis genug. »Irgendwann hört das Gerede sowieso wieder auf. Glaub mir.«

Ich wollte lachen, doch blieb mir der Laut in meiner trockenen Kehle stecken. »Du meinst, wenn Natalie davon gehört und mich rausgeworfen hat? Oder wenn meine Familie eine Klage am Hals hat?«

»Nichts davon wird passieren«, versprach er und legte den Bleistiftstummel, der hinter seinem Ohr steckte, vor sich auf den Tisch. Es war bewundernswert, wie entschieden er klang. Ich hätte es ihm um ein Haar abgekauft.

Bis ich anfing, mein Gedankennetz weiterzuspinnen und mich zu fragen, ob der wahre Grund für sein Schweigen eigentlich ein anderer gewesen war.

Vielleicht hatte er es gar nicht von Otis gehört? Vielleicht hatte er davon gewusst, weil *er* derjenige gewesen war, der es herumerzählt hatte? Und nun ließ er es aussehen, als hätte er mich davor schützen wollen.

»Ira, ich stelle dir jetzt eine Frage, und ich will, dass du ehrlich zu mir bist.« Ich lehnte mich vor und hielt seinem Blick über meinen Tisch hinweg eisern stand. »Hast du irgendwem davon erzählt?«

Er fiel wie erstarrt gegen die Lehne seines Stuhls zurück. »Du denkst, *ich* war es?«

»Beantworte meine Frage.«

Ein finsterer Ausdruck zeichnete sich auf seinem Gesicht ab. »Ist das dein Ernst? Natürlich habe ich es niemandem erzählt. Was denkst du von mir?«

Ich denke zu viel, das ist das Problem. Deshalb weiß ich auch nicht, was ich tun soll. Auf der einen Seite war mir bewusst, wie lächerlich der Gedanke war. Hielt ich Ira wirklich für so hinterhältig? Auf der anderen Seite musste ich wieder daran denken, dass er mir schon einmal in den Rücken gefallen war. Und so winzig, wie der Vertrauensbruch im Vergleich zu diesem auch gewesen sein mochte, hatte er dennoch eine Kerbe in mir hinterlassen. Eine von vielen.

»Verdammt, du glaubst mir nicht, oder? Was ist mit Darling?

Er war auch dort, Gracie«, gab er zu bedenken, als ich eine halbe Minute später noch immer nichts darauf entgegnet hatte.

Ich biss mir zweifelnd auf die Unterlippe. »Mit Jude habe ich eben geredet.«

»Was soll das heißen?« Ira stieß ein ungläubiges Lachen aus. »Du willst mir doch wohl nicht weismachen, dass du ihm eher glaubst als mir, oder?«

Je länger ich ihn ansah, desto schwerer fiel es mir, den Knoten in meinem Hals zu ertragen. »Ich weiß nicht, was ich glauben soll.«

Und das war die Wahrheit, denn keiner von beiden, weder Jude noch Ira, konnte mir zu diesem Zeitpunkt beweisen, dass er nicht dafür verantwortlich war. In meinem Job hätte man in einem solchen Fall von der Unschuldsvermutung Gebrauch gemacht, laut der im Zweifel immer für den Angeklagten entschieden werden sollte. Das hätte allerdings bedeutet, dass *beide* unschuldig waren. Und das war in Anbetracht der Situation einfach nicht möglich. Einer von ihnen musste mich anlügen.

Seit meinem Abschluss war ich stets darum bemüht gewesen, diesen schwarzen Vergangenheitsfleck bedeckt zu halten. Vor der Gala hatte ich außer Cassidy niemandem davon erzählt, und nie war etwas passiert. Erst jetzt, wo Ira Bescheid wusste, war mein Lügengerüst dabei, in sich zusammenzufallen.

Wie sollte ich also rational denken, wenn ein kleiner Teil von mir sich ausgerechnet von der Person verraten fühlte, der ich am meisten vertrauen wollte, am meisten vertraut *hatte*? Denn so verhielt es sich doch mit Verrat, oder? Um ihm zum Opfer zu fallen, musste man jemand anderem sein Vertrauen in die Hände gelegt haben, und nichts anderes hatte ich getan. Ira wusste das genauso gut wie ich. Und das gab ihm plötzlich ziemlich viel Macht über mich.

Er stemmte sich von seinem Stuhl hoch, als fiele es ihm zunehmend schwer, still zu sitzen. »Welchen Grund hätte ich denn deiner Meinung nach, um dir so etwas anzutun?«

»Du hättest deine Konkurrenz erfolgreich aus dem Weg geräumt.« Die Worte lagen mir wie Blei auf der Zunge. Es war ein Verrat in Buchstabenform, und er schmerzte.

Ira starrte mich entgeistert an. »Meine *Konkurrenz*? Du denkst, ich sehe dich noch als Konkurrenz? Meinst du das ernst? Verdammt, ich dachte bis eben, wir wären ein Team.«

Der Unterton seiner Stimme wurde härter, ähnlich wie seine Gesichtszüge. Es sah aus, als hätte man ihm eine Maske aufgesetzt, die ihm nicht passen wollte, weil sie sein weiches Wesen verzerrte.

»Wir sind eine *strategische Allianz*«, erinnerte ich ihn mit Nachdruck und sprang auf. »Außerdem sagst du solche Dinge wie auf der Gala, von wegen dir würde der Gedanke nicht gefallen, dass Jude nie etwas für seinen Job hier tun musste. Oder das neulich im Auto. Die Aktion meines Vaters *nagt* an dir. Ich kann es sehen, wann immer wir uns darüber unterhalten. Wahrscheinlich kommt es dir sogar gelegen, dass es jetzt raus ist.«

Und vielleicht war mir das bis eben nicht bewusst gewesen: Ira empfand es als unfair, dass andere womöglich nur mit der Hilfe ihrer Verwandtschaft in der Kanzlei gelandet waren. Wer sagte, dass er dasselbe nicht insgeheim auch über mich dachte?

Iras Hände ballten sich zu Fäusten. »Du hast keine Ahnung, was du da redest, Gracie. Dein Kopf versucht nur, einen Schuldigen für das zu finden, was du gerade fühlst. Aber ich bin es nicht, der dir irgendwelche Lügen erzählt. Das habe ich nie.«

»Mein Kopf also, ja? Du hast doch gar keine Ahnung, wie es da drin aussieht!«, zischte ich und merkte, wie meine Sicht verschwamm.

Er schaltete mit einem Schnauben seinen Bildschirm aus und griff nach seinem Mantel. »Du hast recht, habe ich nicht. Und ganz ehrlich? Ich bin verdammt froh darüber. Weil ich im Gegensatz zu dir nicht jedem Menschen in meinem Leben mit Misstrauen begegne.«

»Du bist nur einfach noch nicht oft genug enttäuscht worden.«

Ira presste die Lippen zu einer schmalen Linie zusammen, und noch in derselben Sekunde bereute ich meine Worte.

Und ob er in seinem Leben enttäuscht worden war. Nicht nur einmal.

Ohne etwas zu erwidern, legte er sich den Riemen seiner Umhängetasche über die Schulter und wandte sich zur Tür.

Ich stellte mich ihm in den Weg. »Was hast du jetzt vor?«

»Ich fahre nach Hause. Entschuldige, dass ich zur Abwechslung auch mal nicht weiterweiß.« Er drängte sich an mir vorbei, verließ das Büro und zog die Tür leise hinter sich zu.

Im ersten Moment dachte ich: *Gott, das ist so typisch Ira.*

Im nächsten dachte ich: *Bist du dir wirklich sicher, ihn zu kennen?*

Und dann fing ich an, zu weinen. Mehr innerlich als äußerlich, weil ich Angst hatte, dass es jemand bemerken könnte.

Dabei stellte ich fest, dass man gar nicht zwingend Wasser brauchte, um darin zu ertrinken. Das konnte man auch wunderbar in sich selbst.

25

Gracie

Die rosa Blase, in der Ira und ich uns bewegt hatten, war mit einem lauten Knall geplatzt. Genau wie mein Herz beim schmerzhaften Aufprall. Seit vier Tagen sprachen wir kein Wort mehr miteinander. Die meiste Zeit davon verbrachten wir nicht mal zusammen im selben Büro, weil er darauf bedacht war, mich weitestgehend zu meiden, indem er einen Großteil seiner Arbeit im Archiv oder in der Bibliothek erledigte.

Und es brachte mich um. Jedes Mal ein kleines bisschen mehr, wenn er mir auf dem Gang begegnete und den Blick senkte, wenn er beim Mittagessen an einem anderen Tisch Platz nahm oder nicht mal mehr eine morgendliche Begrüßung mit mir teilte. Dabei hatten wir so vieles miteinander geteilt, das weitaus mehr Bedeutsamkeit besessen hatte als ein paar belanglose Floskeln oder Blicke.

Wir hatten *alles* geteilt.

Möglicherweise hatte ich deshalb angefangen, an meinen Zweifeln zu zweifeln. Verflucht, ich zweifelte inzwischen so viel, dass selbst meine Zweifel angefangen hatten, Zweifel zu entwickeln – wie absurd war das?

Mein Magen war zu einem einzigen schmerzhaften Klumpen mutiert, der mich nachts kaum noch schlafen ließ. Da half es auch nicht, dass meine Bettwäsche seit Iras letztem Besuch noch immer nach Lavendel roch. Nach *ihm*.

Eloise hatte früher mal erwähnt, dass jedes Parfüm eine Kopf- und eine Herznote besaß. Auf meine Nachfrage, warum man sie so nannte, hatte sie gelächelt und gesagt, dass unsere Erinnerungen an manche Gerüche eben nur von kurzer Dauer waren, wohingegen andere für immer im Herzen blieben. Heute wusste ich zwar, dass das so nicht ganz richtig war, aber ich glaubte trotzdem daran. Weil das Herz ein riesiger Erinnerungsmagnet war. Und weil ich ahnte, dass ich meine Bettwäsche noch so oft waschen könnte – es würde nichts ändern.

Vorhin, als Ira im Büro gewesen war, um etwas von seinem Schreibtisch zu holen, hatte ich ihn darum gebeten, kurz zu warten. Ich hatte keine Ahnung gehabt, worüber ich reden wollte.

Vielleicht darüber, dass er mir fehlte und mir aufgefallen war, dass er seine Vorhänge nicht mehr öffnete. Vielleicht hatte ich ihn auch darum bitten wollen, mir zu sagen, was ich tun sollte, weil Ira im Gegensatz zu mir *immer* wusste, was zu tun war, und ich mich ohne ihn als Fixpunkt ein bisschen verloren fühlte.

Aber er hatte nicht gewartet, sondern einfach nur *»Ich muss arbeiten, Gracie«* geantwortet und den Raum verlassen.

Mittlerweile wusste ich wieder, warum viele Menschen es vermieden, etwas mit jemandem von der Arbeit anzufangen; es war, als würde man jeden Tag eine frisch verheilte Wunde wieder aufreißen. Und ich ahnte schon jetzt, dass die Narbe, die ich davontragen würde, tiefer sein würde als jede andere, die ich mir in meinem Leben bisher zugezogen hatte.

Wenigstens schien von den Gerüchten bisher noch nichts zu Gold oder Bright durchgesickert zu sein. Und das, obwohl ich die Leute hinter meinem Rücken noch immer miteinander tuscheln hörte. Zwischenzeitlich hatte ich sogar überlegt, die ganze Wahrheit zu gestehen und mich den möglichen Konsequenzen zu stellen, auch wenn eine davon war, meinen Job und meine Zulassung zu verlieren. Cassidy hatte jedoch gesagt, ich dürfte deshalb jetzt nicht die Nerven verlieren und mir Vorwürfe machen.

Aber Schuld war vielschichtig, und das eigene Gewissen auch. Nur weil es einem gelungen war, eine Schicht abzulegen, bedeutete es nicht, dass unter ihr nicht noch weitere lagerten. Und allmählich bekam ich Angst, mich darunter aufzulösen.

Selbst Holden und Lillian hatten mich vorhin während unserer Arbeit am *Eúnoia*-Fall auf die Sache angesprochen. Natürlich konnte ich nicht abstreiten, dass Joseph Cabot mein Vater war, weil im Internet sämtliche Harvard-Einträge unter meinem richtigen Namen zu finden waren. Allerdings hatte ich die Sache mit der Prüfung als albernes Gerücht abgestempelt und hoffte, dass sie es früher oder später auch taten.

Das Gleiche galt für Otis, Samuel und Laurel, denen ich aus Selbstschutz dieselbe Lüge aufgetischt hatte. Sie schienen mir zwar zu glauben, dennoch beschlich mich die leise Sorge, dass sie mich seitdem mit anderen Augen sahen – vor allem Laurel.

Mein Vater hatte mir versichert, dass niemals irgendjemand dahinterkommen würde, da alle Beweise vernichtet worden waren. Aber Laurel war klug und scharfsinnig, und ein Teil von mir fürchtete sich davor, dass sie dazu in der Lage wäre, der Wahrheit auf den Grund zu gehen, wenn sie wollte.

Otis war da deutlich entspannter. Er hatte sogar vorgeschlagen, an diesem Dienstag nach Feierabend eine Art »Pre-Thanksgiving« in unserer Wohnung zu veranstalten, bevor manche von ihnen – im Gegensatz zu mir, obwohl mein Vater mich schon vor einer Weile per Kurznachricht zu ihnen eingeladen hatte – am Donnerstag über die Feiertage zu ihren Familien fahren würden. Um uns, wie er behauptete, einander wieder »anzunähern« und trotz der Umstände »dankbar« zu sein.

Bis auf Cassidy kannte keiner von ihnen den wahren Grund für Iras und meinen Streit, doch ich ahnte, dass Otis sich von seinem Vorschlag erhoffte, auch die Wogen zwischen uns wieder glätten zu können. Nur hatte er die Rechnung ohne Ira gemacht. Andernfalls hätte er in dieser Sekunde mit uns gemeinsam am Tisch gesessen.

Unsere Gruppe hatte sich selten unvollständiger angefühlt, denn jetzt fehlte nicht nur Jude, sondern auch Ira. Und bei dem

Gedanken daran, dass er in dieser Sekunde vielleicht allein in seiner Wohnung saß, wurde mir schlecht. Dabei hätte es mir nach allem, was passiert war, egal sein sollen. Ich hätte wütend auf ihn sein sollen, verletzt, enttäuscht, was auch immer.

Seinetwegen konnte ich nachts nicht mehr schlafen.

Seinetwegen war ich im Büro Gesprächsthema Nummer eins.

Seinetwegen musste ich Angst haben, meinen Job zu verlieren.

Aber ich konnte mir nicht helfen; jedes Mal, wenn ich daran dachte, fühlten sich die Gedanken falsch an, *schmerzhaft*. Als würden sie mit aller Kraft von meinem Verstand zurückgestoßen werden. Und langsam machte es mich müde.

Es machte mich müde, dass er trotzdem immer noch alles war, woran ich denken konnte.

»Seht ihr, genau aus diesem Grund würde ich niemals etwas mit jemandem von der Arbeit anfangen«, sagte Laurel irgendwo am Rande meines Bewusstseins und deutete mit einer vagen Handgeste auf mich, bevor sie einen Schluck aus ihrem Weinglas nahm. »Am Ende verarschen sie dich sowieso, und dann hast du das Problem.«

Da ich mich ertappt fühlte, straffte ich die Schultern und stellte das gedankenverlorene Ich-starre-auf-meinen-Teller-ohne-zu-essen ein, indem ich mir eine Gabel Kartoffelpüree in den Mund schob und mich zwang, meine Gedanken nicht andauernd auf die andere Straßenseite wandern zu lassen.

Cassidy warf Laurel auf ihre Bemerkung hin einen bedauernden Blick zu und seufzte. »Zu schade.«

»Versuchst du gerade, zu flirten?«, fragte Otis, der dabei war, eine neue Flasche zu entkorken. Sie wirkte in seinen Händen so winzig, dass ich kurzzeitig Sorge hatte, er könnte das Glas zwischen seinen Fingern zerdrücken.

Cassidy verkniff sich ein Prusten, um sich nicht an ihrem Wein zu verschlucken. »Das versuche ich seit Wochen. Schön, dass es endlich mal jemandem aufgefallen ist.«

»Tut mir leid.« Laurel lehnte sich vor und tätschelte ihr gespielt mitfühlend den Arm. »Manchmal ist es mir zwar ein Rätsel, warum, aber noch verkehre ich eingleisig.«

Cassidy schnalzte mit der Zunge. »Du meinst, noch bevorzugst du Schwänze. Nenn's ruhig beim Namen.«

Laurel prostete ihr grinsend zu, woraufhin Samuel das Gesicht verzog und sich mit einer Serviette über den Mund wischte. »Leute, wir *essen*.«

Cassidy zuckte unbekümmert mit den Schultern und griff nach der Schüssel mit dem Bohnenauflauf. »Ich mein ja nur. Wieso seid ihr alle so prüde?«

»Ich bin nicht prüde«, warf Otis hörbar empört ein, während er ihr und sich selbst nachschenkte.

Cassidys Blick tastete sich von dem dunkelblauen Langarmshirt, das seiner braunen Haut schmeichelte und seine Arme betonte, zu seinem Gesicht hinauf. »Stimmt. Was in deinem hübschen Köpfchen so vor sich geht, will ich gar nicht erst wissen.«

»War das jetzt ein Kompliment?«

Sie leckte sich glucksend etwas Cranberrysoße vom Finger, nachdem ein Klecks davon auf ihrer dunkelgrünen Bluse gelandet war. »Wo hast du da ein Kompliment rausgehört? Nur weil ich das Wort *hübsch* benutzt habe? Tu nicht so, als ob du dir deiner Wirkung nicht bewusst wärst, McCoy.«

Er befeuchtete seine Lippen und setzte ein vielsagendes Grinsen auf. »Ist immer nett, es zur Abwechslung auch mal von anderen zu hören.«

Ihre linke Augenbraue schoss in die Höhe. »Heißt das, dass du zu Hause vor deinem Spiegel stehst und es dir selbst sagst?«

»Ist kein Verbrechen.«

Samuel, dessen Haar in dem rotstichigen Licht der Kerzen auf dem Tisch wie feinster Kupferdraht schimmerte, schüttelte verständnislos den Kopf. »Wo war ich, als dieses Selbstbewusstsein verteilt wurde?«

»Ich glaube, das fragen wir uns alle«, murmelte ich in mein Glas hinein.

Im Gegensatz zu den anderen trank ich stilles Wasser. Der letzte Abend unter Alkoholeinfluss saß mir noch zu tief in den Knochen. Genau wie die Erinnerung an den Morgen danach.

»Ich hätte ja nicht gedacht, dass wir so kurzfristig noch etwas zu essen bekommen würden. Die Pilzpastete schmeckt sogar besser als die von meiner Grandma«, merkte Cassidy mit einem verschmitzten Grinsen an.

Tatsächlich hatten wir aus Zeitmangel keine der Speisen auf dem Tisch selbst zubereitet. Samuel hatte nach Otis' recht spontanem Einfall bei einem Lieferdienst angerufen, der über die Feiertage spezielle Thanksgiving-Menüs anbot. Während des Wartens hatten wir dann gemeinsam den Tisch gedeckt und den alten Holzofen im angrenzenden Wohnzimmer zum Laufen gebracht. Zusammen mit dem Kerzenständer auf dem Tisch hauchten die knisternden Flammen dem Raum eine heimelige Wärme ein, als würden wir von den goldenen Wänden in eine behagliche Umarmung geschlossen.

Laurel wollte gerade etwas auf Cassidys Lob entgegnen, da ließ das Geräusch der Türklingel uns alle verwundert innehalten.

»Habt ihr noch wen eingeladen?«, fragte Otis stirnrunzelnd.

Einstimmiges Kopfschütteln.

»Ich geh mal nachsehen.« Ich schob meinen Stuhl zurück und sprang auf, um in den Flur zu laufen. Keine Ahnung, warum ich es tat. Vielleicht weil ein naiver Teil von mir hoffte, dass es Ira sein könnte, der seine Meinung geändert hatte und hergekommen war, um mich um Verzeihung zu bitten?

Mein Herz klopfte bei jedem Schritt nervös. Nach einem kurzen Blick durch den Türspion schien es mir vor Schreck allerdings in die Kniekehlen zu rutschen.

»Was willst du denn hier?«, fragte ich, sowie ich die Tür geöffnet hatte und Jude vorfand, der sich gerade naserümpfend in unserem Treppenhaus umsah. Er trug zur Abwechslung keinen seiner teuren Anzüge. Nichtsdestotrotz wirkte er in seinen dunklen Jeans, dem eng anliegenden Strickpullover und dem schwarzen Mantel wie einem Modekatalog entsprungen. Ob das seine Art von Freizeitkleidung darstellen sollte?

»*Hier* wohnst du?« Sein Ton klang nahezu vorwurfsvoll, was mich automatisch die Augen verdrehen ließ.

»Hör auf, mir Gegenfragen zu stellen. Du warst nicht eingeladen.«

Er schnaubte. »Ist mir aufgefallen. Ich bin auch nur hier, um dir zu sagen, dass du deine Gästeliste beim nächsten Mal vielleicht etwas gründlicher zusammenstellen solltest.«

Mein Griff um die Türklinke verkrampfte sich. »Wovon sprichst du?«

»Lass es mich dir zeigen.« Jude schob mich sanft aus dem Weg und steuerte ohne Umschweife die offene Küche an, aus der das Gemurmel der anderen drang. Kaum hatte er einen Fuß über die Türschwelle gesetzt, war Otis' Stimme die erste, die ich hörte: »Heilige Scheiße! Kneift mich mal jemand?«

Ich folgte Jude und blieb unschlüssig im Türrahmen stehen, während ich die Reaktionen der anderen beobachtete, die ebenso überrascht aussahen wie ich.

»Was soll das denn werden? Bist du etwa beleidigt, weil dich niemand eingeladen hat?«, fragte Cassidy.

Jude lachte spöttisch. »Mach dich nicht lächerlich. Ich brauche keine Feiertage, um zu wissen, dass das Konzept von Familie für den Arsch ist.«

Samuel, der gerade offenbar einen zu großen Schluck von seinem Wein genommen hatte, klopfte sich mit einem Husten auf die Brust. »Bist du eigentlich durchgehend so negativ drauf?«

Judes finsterer Blick schnellte zu ihm, weshalb er sich prompt versteifte. »Ziemlich große Klappe für jemanden, der immer auf nett und freundlich macht, in Wahrheit aber jede Chance nutzt, anderen eins reinzuwürgen.«

Mit einem Mal wurde es im Raum so still, dass man meinen konnte, nicht nur das Feuer, sondern auch die Anspannung in der Luft knistern zu hören.

»Was soll das heißen?«, fragte ich beunruhigt und trat näher.

Jude verschränkte die Arme vor der Brust und lehnte sich gegen den Tresen der Kücheninsel, ohne seinen Blick von Samuel zu lösen. »Erzähl Gracie doch mal, wo du am Abend der Gala hin verschwunden bist. Oder soll ich das übernehmen?«

Otis, der eine Hand hob, als wollte er eine Auszeit einfordern, wirkte ähnlich irritiert wie wir anderen. »Okay, kann mir einer verraten, was hier abgeht?«

Das würde ich auch gern wissen. Denn wenn ich ehrlich war, beschlich mich bei Samuels immer blasser werdendem Gesicht ein ungutes Gefühl.

»Ich rede davon, dass Samuel derjenige war, der die Sache mit deinem Vater ausgeplaudert hat«, sagte Jude und warf mir einen kurzen Seitenblick zu, bei dem mir das Blut in den Adern gefror. »Gestern nach Feierabend habe ich mich noch kurz mit jemandem aus der Strafabteilung unterhalten. Er hat behauptet, dass Sam auf der Gala total bekifft und betrunken gewesen wäre und ihm davon erzählt hätte. Als ich auf dem Weg nach Hause darüber nachgedacht habe, ist mir eingefallen, dass ich seinen Rotschopf gesehen habe, als ich nach dem Telefonieren im Garten zurück ins Haus gegangen bin. Er muss unten an der Mauer gestanden und sich einen Joint reingezogen haben, während du und Briggs euch unterhalten habt. Wahrscheinlich hat er alles mitangehört und es anschließend fröhlich rumerzählt.«

Der süßliche Geruch auf der Terrasse. Mein Magen drehte sich um. Bedeutete das, Samuel hatte die ganze Zeit dort unten gestanden, ohne dass Ira oder ich etwas davon bemerkt hatten?

»Aber es war dunkel«, stammelte ich. Woher wollte Jude wissen, dass es wirklich Samuel gewesen war?

Jude legte den Kopf schief, ein Ausdruck von *Echt jetzt?* auf dem Gesicht. »Es war Vollmond. Und seine Haarfarbe ist nicht gerade unauffällig.«

Cassidy grunzte vergnügt in ihr Glas hinein. »Bist du deshalb im Garten verschwunden? Um den Vollmond anzuheulen?«

Jude tat ihre Bemerkung mit einem Augenrollen ab, als ich meine Aufmerksamkeit auf Samuel bündelte, der jetzt am Kragen seines Pullovers herumzupfte. »Ist das, was Jude behauptet, wahr?«

Er öffnete den Mund und schloss ihn wieder, weil keine brauchbaren Worte herauskamen. Erst als ihm tiefe Röte den Hals hinaufkroch und ich ihn ein zweites Mal aufforderte, geriet seine Fassade ins Bröckeln. »Gracie, ich … kann das erklären.«

Mehr brauchte es nicht, damit ich zurücktaumelte und meine Finger eisern um die Platte des Küchentresens krallte. Mein Blut rauschte mir in den Ohren. »Was davon?«

Samuel griff sich in seiner Verzweiflung ins Haar, sodass es ihm wild zu Berge stand. »Hör zu, ich hatte an dem Abend schon wieder Stress mit Bright, okay? Es ging mir echt mies. Außerdem bin ich seit Wochen Letzter im Ranking, falls es irgendjemandem von euch mal aufgefallen ist. Es erschien mir einfach wie die perfekte Möglichkeit, um, na ja … meine Konkurrenz loszuwerden. Aber ich war komplett dicht, Gracie. Ich habe nicht nachgedacht, und am nächsten Tag war es schon zu spät, um es rückgängig zu machen.«

»Ist das dein Ernst? Du bekiffst dich auf einem *Kanzlei-Event* und kommst dabei noch auf die Idee, die Geheimnisse anderer auszuplaudern?« Cassidy sah im Gegensatz zu Laurel und Otis, die einen verwirrten Blick austauschten, so wütend aus, dass ich mir sicher war, sie würde sich jede Sekunde auf Samuel stürzen.

Er legte seine Brille beiseite und verbarg das Gesicht in den Händen, als versuchte er, sich unserer Aufmerksamkeit zu entziehen. »Es tut mir *so* leid. Dieser ganze Erwartungsdruck, der macht mich einfach fertig. Dabei haben wir doch gerade erst angefangen. Neben euch fühle ich mich wie der größte Versager.«

Laurel, die auf seiner linken Seite saß, legte ihm mitfühlend eine Hand auf den Rücken und schaute uns der Reihe nach an.

»Können wir das Ganze vielleicht ein bisschen gesitteter klären?«

Cassidy blinzelte sie fassungslos an. »Willst du ihm etwa eine Sonderbehandlung geben? Wir stehen *alle* unter enormem Druck. Das ist doch keine Begründung dafür, hinter dem Rücken einer anderen so eine Aktion abzuziehen.«

Jude, der in den vergangenen Minuten schweigend neben mir gestanden und das Geschehen verfolgt hatte, gluckste amüsiert. »Ihr tut alle so, als hättet ihr in seiner Situation nicht auch nur einmal darüber nachgedacht, dasselbe zu tun.«

Cassidys grüne Augen funkelten im Dämmerlicht der Kerzen angriffslustig, als sie ihn über den Tisch hinweg anstierte. »War klar, dass das ausgerechnet von dir kommt.«

»Aber es stimmt«, nuschelte ich. Mehr zu mir als zu ihr, und trotzdem schien mich jeder zu hören.

Cassidy stand auf und umrundete den Tisch. Ein paar goldene Lichtflecken hüpften über ihr Gesicht. »Was meinst du damit?«

»Ich meine, dass wir nicht wissen, wie wir in Sams Situation gehandelt hätten … oder?«

Sie verstand sofort, was ich damit andeuten wollte, und stieß ein Stöhnen aus. »Jetzt geht das wieder los. Gray, das hier ist etwas völlig anderes als deine Situation.«

Ich biss mir auf die Unterlippe. *Ist es das?*

»Okay, stopp. Ich bin völlig verwirrt«, vermeldete Otis, der seinen Stuhl mit einem Quietschen zurückschob und sich erhob. »Kapiere ich das gerade richtig? Was Sam weitergeplaudert hat, stimmt wirklich? Das mit deinem Vater und der Prüfung ist kein Gerücht?«

Sämtliche Blicke legten sich auf mich, weshalb ich mir die Arme um den Oberkörper schlang. *Zu viele Augenpaare. Zu viel Mittelpunkt. Zu wenige Fluchtmöglichkeiten.*

»Spielt das eine Rolle?«, fragte Cassidy an meiner Stelle.

Laurel runzelte die Stirn. »Klar tut es das. Wenn es wahr ist, sind wir soeben zu Zeugen einer Straftat geworden.«

»Und wenn wir es nicht melden, macht uns das zu Mittätern, *bu-hu*«, murmelte Jude unbeeindruckt. »Krieg dich ein, Bennett. Niemand von uns wird dafür ins Gefängnis wandern.«

Sie schnitt eine Grimasse. »Darum geht's nicht.«

»Worum dann?«

»Ums *Prinzip*.«

Plötzlich regte sich etwas in mir, als wäre es angestoßen worden. »Gut, *ja*! Es stimmt, dass Geld geflossen ist. Aber ich hatte rein gar nichts damit zu tun. Mein Dad hat es hinter meinem Rücken getan, weil ich mir in meiner Panik sicher war, die Prüfung verhauen zu haben.«

Manchmal wünschte ich, ich hätte damals den Mut gefunden, Professor Ashford nach dem Ergebnis zu fragen. Dem Ergebnis, das ich erhalten hätte, *bevor* mein Vater dafür gesorgt hatte, dass ich so oder so die geforderte Punktzahl für eine Auszeichnung erhalten würde – egal wie die finale Bewertung ausfallen sollte. Egal ob ich bestanden hätte … oder eben nicht.

»Und warum bist du nicht zu deinem Professor gegangen und hast darum gebeten, es richtigzustellen?« Bis auf Laurel schienen alle im Raum vor Anspannung den Atem angehalten zu haben. Sie klang nicht geißelnd, und doch hatte ihr Unterton etwas Schneidendes an sich, das mich traf. Ich hasste die Vorstellung, dass sie und die anderen mich für das verurteilten, was ich getan hatte.

Kalter Schweiß brach mir im Nacken aus. »Na ja, ich –«

»Wieso hätte sie das tun sollen?«, grätschte Cassidy dazwischen. »Sie hat sich diesen Platz hier verdammt noch mal verdient, vielleicht sogar mehr als manch anderer von uns. Das Ranking beweist es, oder nicht? Und woher wollt ihr wissen, dass ihr nicht genauso gehandelt hättet, wenn es um eure Zukunft oder eure Familie gegangen wäre? Gracie hätte ihren Eltern immens geschadet, wenn sie jemandem davon erzählt hätte.« Ihr strenger Blick tastete sich der Reihe nach an den anderen entlang. »Außerdem hat ihr Ex auch seinen Teil dazu beigetragen, und ich bin sicher, niemand von uns wäre gern einen Tag vor der wichtigsten Prüfung des Studiums betrogen worden. Oder sehe ich das falsch?«

Lediglich das Klirren von Otis' Messer, das er auf seinem Teller ablegte, war zu hören. Offenbar wusste keiner von ihnen etwas darauf zu entgegnen, weshalb sich Schweigen am Tisch ausbreitete. Und obwohl ich gut darauf hätte verzichten können, dass Cassidy Marcus' Seitensprung erwähnte, warf ich ihr ein flüchtiges dankbares Lächeln zu, das sie erwiderte.

»Schön, und was jetzt? Verbuchen wir beide Aktionen als *Ausrutscher*? Nichts für ungut, aber Gracie könnte nicht nur ihren Job, sondern auch ihre Zulassung verlieren, wenn das rauskommt«, gab Otis zu bedenken. Er hatte die Arme vor der Brust verschränkt, und zum ersten Mal lächelte er nicht.

Samuel blinzelte mich mit glasigen Augen an. »Es tut mir wirklich leid, Gracie«, sagte er wieder. »Ich hätte das nicht tun sollen. Keine Ahnung, was mich geritten hat.«

Mein erster Impuls war gewohnheitsgemäß, seine Entschuldigung abzuwinken und mit »Alles gut« zu antworten. *Macht nichts.* So, wie ich es andauernd tat, egal ob man mir nur auf den Fuß trat, mir das Wort abschnitt oder eine Beleidigung an den Kopf warf. *Kann ja mal passieren. Kein Problem.*

Wir alle kannten schlechte Tage, deshalb machte uns das nicht automatisch zu schlechten Menschen. Dennoch schluckte ich die Worte dieses Mal eisern hinunter, weil mir bewusst war, dass Samuels Aktion meine gesamte Zukunft ruinieren könnte. Ich *durfte* wütend auf ihn sein. Und trotzdem war ich in erster Linie wieder wütend auf mich selbst, da nichts von alledem überhaupt passiert wäre, wenn ich von Anfang an ehrlich gewesen wäre.

Cassidy zuckte mit den Schultern. »Sollten Gold oder Bright Gracie damit konfrontieren, könntest du zu ihnen gehen und ihnen sagen, dass du dir das alles nur ausgedacht hast, um ihr zu schaden.«

Ein Ausdruck von Schock huschte über Samuels blasses Gesicht. »Damit sie *mich* rauswerfen?«

Ich bemerkte, dass Jude die Augen verdrehte. »Habt ihr schon mal darüber nachgedacht, dass ihr Vater dafür gesorgt haben wird, dass man keine Beweise findet? Der Mann gehört zu den mächtigsten Anwälten Bostons. Ich bin sicher, er wird wissen, wie man so etwas vertuscht.«

»Ich stimme Darling zur Abwechslung mal zu«, wandte Cassidy ein und rieb sich nachdenklich das Kinn. »Selbst wenn es jemand von ihnen überprüfen sollte, werden sie mit Sicherheit nichts nachweisen können. Das Ganze würde als albernes Gerücht abgestempelt werden, das ein bekiffter Samuel in die Welt gesetzt hat, und ein paar Wochen später hätten es alle wieder vergessen.«

Und wenn nicht?

»Heißt also, wir warten ab, was passiert, und einigen uns darauf, Stillschweigen zu bewahren?«, fragte Laurel, die mittlerweile gedankenverloren an einer Haarsträhne herumspielte.

»Wie beruhigend«, brummte Otis und sprach damit genau das aus, was ich dachte. Es war, als würde man mit verbundenen Augen auf einem Gleis stehen und darauf warten, dass der Zug kam.

Ich drehte nervös an meinen Ringen herum und gab ein Seufzen von mir. »Ich weiß, dass es viel verlangt ist, aber … bitte erzählt niemandem davon. Ich kann es mir nicht leisten, rauszufliegen. Und meine Familie kann sich ganz sicher keine Klage leisten. Es könnte meine Eltern ihren Ruf kosten.«

Die anderen tauschten einen langen Blick miteinander, und zu meiner Überraschung war Laurel die Erste von ihnen, die nickte.

»Okay.«

Okay. Das Wort war zu winzig dafür, dass plötzlich meine gesamte Zukunft davon abhängen sollte. Aber ich würde das Risiko eingehen, weil mir keine andere Wahl blieb, als diesen fünf

Menschen mein Geheimnis in die Hände zu legen und darauf zu hoffen, dass sie es mit Vorsicht behandeln würden.

»Gut, da das geklärt ist …« Jude stieß sich mit einem Räuspern von der Küchentheke ab. »Ich verschwinde. Viel Spaß noch bei eurer kleinen *Party*.« Er nickte uns knapp zu und steuerte daraufhin den Flur an.

Ich folgte ihm mit großen Schritten aus der Küche und bekam ihn gerade noch am Ärmel seines Mantels zu fassen. »Jude, warte. Wenn ich gewusst hätte, dass Sam …«

Er winkte ab, ohne stehen zu bleiben. »Lass stecken, müssen wir jetzt nicht ausdiskutieren.«

»Was genau? Dass ich dich zu Unrecht verdächtigt habe, oder dass du extra den ganzen Weg hierhergefahren bist, um mir zu sagen, wer es gewesen ist?«

Mit einem Mal blieb er doch stehen und drehte sich zu mir um. »Du denkst, ich hätte das für dich getan?« Sein Lachen sandte einen Schauer über meinen Rücken. »Oh, Gracie. Du musst wissen, dass ich in neunundneunzig Prozent der Fälle aus purem Eigennutz handele. Und ich hatte einfach kein Interesse daran, dass das in irgendeiner Form negativ auf mich zurückfällt. Das ist alles.«

Ist es das? Warum kaufe ich dir das nicht ab?

Jude legte seine Hand auf den Türgriff, hielt jedoch inne, als fiele ihm noch etwas ein. Er warf mir einen Blick über die Schulter zu. »Ich schätze, du schuldest deinem Freund auch noch eine Entschuldigung. Soweit ich das mitbekommen habe, herrscht seit der Sache Funkstille zwischen euch.«

Seine Worte ergossen sich wie ein Eimer kaltes Wasser über mich. Wie um Himmels willen hatte ich in den vergangenen Minuten nicht daran denken können, dass Samuels Geständnis nicht nur Judes, sondern auch Iras Unschuld bedeutete?

»Also dann, wir sehen uns.« Jude sprang die Stufen des Treppenhauses leichtfüßig hinunter und war wenige Sekunden später aus meinem Sichtfeld verschwunden.

Die Stimmen und Diskussionen, die aus der Küche drangen, wurden zu einem undeutlichen Hintergrundrauschen, als ich einen Entschluss fasste und mit zittrigen Fingern in Schuhe und Jacke schlüpfte. Im nächsten Moment huschte ich mit klopfendem Herzen hinaus in die Dunkelheit, in die ich hoffte, wieder Licht bringen zu können.

26
Ira

Meine Vorhänge waren zugezogen; die in meiner Wohnung ebenso wie die in *mir*. Ich fragte mich, ob ich die Welt aussperrte oder sie mich, denn seit ein paar Tagen fühlte es sich verdächtig nach Letzterem an. Und ich schaffte es nicht, dieses Gefühl zurückzudrängen, weil es mir immer wieder entglitt.

Wann hatte ich zuletzt so viel auf einmal empfunden?

Es war, als wäre die schützende Hülle meines Verstandes abgeblättert, und nun würde ich aus nichts anderem als Emotionen bestehen. Aus zu viel Fühlen, das mal mehr, mal weniger wehtat, je nachdem, wie stark ich mich auf den Schmerz konzentrierte.

Ich hatte mal gesagt, ich würde meine Stimme gern nutzen wollen, um für Menschen einzustehen, denen Unrecht getan wurde. Inzwischen fragte ich mich, wer eigentlich für *mich* einstand, wenn ich es selbst nicht tat. Denn Gracie war es offenbar nicht.

Naiv von mir, etwas anderes anzunehmen.

Es war wie ein Tritt in den Magen gewesen, zu hören, dass sie mich für das verantwortlich machte, was passiert war. Ein Verrat an allem, was wir miteinander geteilt hatten. Was *ich* mit ihr geteilt hatte, nämlich lauter Wahrheiten und Gedanken, die sie als alberne Lügen abgetan hatte. Dabei war die einzige Lüge, dass ich mir selbst einredete, dieses Gefühl würde früher oder später vergehen. So wie alles andere auf der Welt auch.

Seufzend rieb ich mir die Augen, die vom angestrengten Bildschirm-Starren brannten, und kämpfte gegen die leise Versuchung an, den Vorhang in meinem Schlafzimmer ein kleines Stück zur Seite zu schieben und einen Blick auf die andere Straßenseite zu riskieren. Dabei wusste ich, dass sie sowieso nicht in ihrem Zimmer sein würde, schließlich waren sie und die anderen heute Abend zum Essen verabredet.

Ich hatte Otis' Einladung aus offensichtlichen Gründen abgelehnt, aber das hieß nicht, dass es sich deshalb weniger beschissen anfühlte, hier allein herumzusitzen, während alle anderen dort drüben waren.

Um mich davon abzulenken, hatte ich meine Nase in die Arbeit gesteckt, die sich über die vergangenen Tage angehäuft hatte. Manche hätten es als Fleiß bezeichnet, andere als einen ungesunden Bewältigungsmechanismus – für mich war es eine Selbstverständlichkeit, immerhin hatte ich eigenhändig dafür gesorgt, dass mein Berg an zu erledigenden Aufgaben gewachsen war, indem ich langsamer gearbeitet hatte als üblich. Und ich hasste es, weil es unprofessionell war und mir nicht ähnlichsah, so unkonzentriert bei der Sache zu sein.

Wahrscheinlich rief ich mir deshalb andauernd die Worte einer meiner alten Dozierenden in Erinnerung. Schon im ersten Studienjahr hatte er versucht, uns einzubläuen, dass Gefühle in unserem Job fehl am Platz seien, weil sie nichts anderes als blinde Flecken in unserem Denken darstellen würden.

Eigentlich hatte ich genügend Paper gelesen, die das Gegenteil bewiesen, und doch kam es mir vor, als hätte ich die letzten Jahre über genau das immer getan: meine Gedanken rationalisiert und mich von meinen Gefühlen distanziert. Ich war emotional abgestumpft, ohne es zu merken. Und nun war mit Gracie auf einen Schlag alles zurückgekehrt, als hätte jemand den Regler der Lautstärke wieder aufgedreht.

Vielleicht sollte ich ihr dankbar dafür sein, endlich wieder mehr zu spüren. Viel lieber wollte ich sie jedoch dafür hassen.

Ich griff nach meinem Handy, auf dem mir noch immer die Nachricht von Benjamin entgegenleuchtete, deren Beantwortung ich seit mehreren Stunden vor mir herschob: *Kommst du am Donnerstag?*

Mein Bruder hoffte jedes Jahr darauf, dass ich über die Thanksgiving-Feiertage zu ihnen nach Hause kam, und jedes Jahr ließ ich mir eine Ausrede einfallen, um genau das nicht tun zu müssen. Die letzten zwei Male hatte ich mein fehlendes Geld vorgeschoben. Jetzt, wo ich meinen ersten Gehaltsscheck erhalten hatte, würde das wohl kaum funktionieren.

Es war nicht so, als würde ich ihn und die anderen nicht sehen wollen. Vielmehr wollte ich nicht sehen, was sich seit meiner Abwesenheit verändert hatte, weil mich bei jedem Besuch das leise Gefühl beschlich, sie im Stich gelassen zu haben.

Ich hatte nicht gemerkt, dass ich seine Nachricht versehentlich geöffnet hatte. Erst als er eine weitere in den Chat schickte, bemerkte ich meinen Fehler.

Benji: *Ich kann sehen, dass du online bist, du Genie.*

Also tippte ich: *Mich will doch sowieso keiner dabeihaben.*

Andernfalls wäre die Einladung nicht von ihm, sondern direkt von unseren Eltern gekommen.

Benji: *Doch, ich. Reicht das nicht?*

Ich schürzte die Lippen und dachte nach. Womöglich war die Situation zu Hause ja auch gar nicht *so* schlimm, wie ich befürchtete? Ein langes Wochenende in Vermont wäre sicher keine schlechte Idee, um ein wenig Abstand von den jüngsten Geschehnissen – und Gracie – zu bekommen. Und hatte ich mir am Freitag nicht aus diesem Grund überhaupt erst freigenommen?

Ich: *Okay, ich schaue nach einem Leihwagen.*
Benji: *Cool. Bringst du Gracie mit? Nur damit ich sichergehen kann, dass sie auch wirklich existiert, weißt du.*

Ich las ihren Namen wieder und wieder, bis die Buchstaben vor meinem inneren Auge tanzten und mich verhöhnten.

Bisher hatte ich meinem Bruder noch nichts von der ganzen Sache erzählt, deshalb spielte ich kurz mit dem Gedanken, ihn anzulügen und zu behaupten, dass Gracie die Feiertage bei ihrer Familie verbringen würde und ich ohnehin kein Interesse daran hätte, sie dem Farm-Chaos auszusetzen. Einfach nur, um nicht zugeben zu müssen, dass wir es schon verbockt hatten.

Stattdessen antwortete ich knapp: *Keine Gracie.*

Benjamin war noch dabei zu tippen, als das Klingeln an der Haustür mich aufblicken ließ. Verwundert legte ich das Handy beiseite und ging durchs Wohnzimmer in den Flur, um den Türöffner zu betätigen. Ich hörte, wie jemand mit großen Schritten die Stufen des Treppenhauses nach oben sprang. Auf der letzten angekommen, erkannte ich das vertraute Gesicht und erstarrte. »Gracie. Was machst du hier?«

Sie trat nervös von einem Fuß auf den anderen und schaute sich flüchtig im Treppenhaus um. Sie sah hübsch aus, das erdbeerblonde Haar leicht gewellt, dazu eine weinrot karierte Jeans und einen gelben Strickpullover mit weißem Kragen aus Spitze.

»Kann ich reinkommen?«

Mein erster Impuls war, Nein zu sagen, und ihr die Tür mit Schwung vor der Nase zuzuknallen, weil ich weder ihren Anblick noch das damit verknüpfte Gefühl ertrug. Aber ich brachte es nicht über mich, deshalb verschränkte ich die Arme vor der Brust und lehnte mich gegen den Türrahmen. »Wozu?«

»Ich muss mit dir reden. Bitte, Ira«, flüsterte sie. »Es ist wirklich wichtig.«

Wir sahen uns einige Sekunden lang in die Augen, während ich gedanklich meine Optionen abwägte, von denen mich keine zufriedenstellte. Schließlich machte ich einen Schritt beiseite und ließ sie eintreten.

Gracie ging nicht sofort ins Wohnzimmer, sondern blieb im Flur stehen und drehte sich zu mir um. Bis auf meine kleine

Tischleuchte, deren samtiges bunt gemustertes Licht über ihr Gesicht hüpfte, war es dunkel. Dunkel und mit einem Mal viel zu beengt für zwei Personen und all die unausgesprochenen Worte, die sich zu Türmen stapelten und über uns hereinzubrechen drohten.

»Ich dachte, du und die anderen wärt zum Essen verabredet.«

»Sind wir auch.«

»Und was willst du dann hier?« Meine Stimme klang rau und irgendwie schroff. Allerdings gab ich mir auch keine Mühe, etwas daran zu ändern. Es war, als wären wir binnen weniger Tage wieder an den Anfang zurückgesprungen und hätten all das, was zwischen uns passiert war, aus unserem Gedächtnis radiert.

Wie beim Türschwelleneffekt.

Sie schluckte schwer. »Es lief anders als erwartet. Jude ist vorbeigekommen und hat den Abend ein wenig … aufgemischt.«

Ich spürte, wie sich bei seiner Erwähnung mein Kiefer verspannte. Mir gefiel nicht, wie Gracie von ihm sprach. Immerhin war mir im Gegensatz zu ihr längst klar, dass er derjenige gewesen sein musste, der ihr den irrsinnigen Gedanken von meiner Schuld in den Kopf gepflanzt hatte. Und trotzdem klang sein Name aus ihrem Mund wie der eines Heiligen.

Ich hatte ihn gestern nach der Arbeit abgefangen und gefragt, was er sich von seiner Aktion erhoffte. Für einen gefährlich langen Moment hatte ich sogar in Erwägung gezogen, ihm eine zu verpassen, weil ich so wütend gewesen war. Allerdings hatte er die ganze Zeit eisern darauf beharrt, nichts mit alledem zu tun gehabt zu haben. Entweder der Typ war ein verdammt guter Lügner, oder er hatte die Wahrheit gesagt. Wobei ich mir in diesem Fall nicht hätte erklären können, wie Gracies Geheimnis dennoch die Runde gemacht haben sollte.

Weil ich nichts erwidert hatte, sprach sie weiter: »Er ist vorbeigekommen, um mir zu sagen, dass Sam derjenige war, der die Sache mit der Prüfung herumerzählt hat.«

Ich brauchte ein paar Sekunden, um ihre Worte zu verarbeiten und die Bedeutung dahinter zu erfassen. »*Samuel?* Wie kommt er denn auf *die* Idee?«

Gracie knetete ihre Hände, wie sie es ständig tat, wenn sie aufgewühlt war. »Er stand unten im Garten und hat Gras geraucht. Jude hat ihn gesehen, als er zurück ins Haus gegangen ist. Anscheinend hat er unser Gespräch mitangehört und anschließend ein paar anderen davon erzählt. Sam hat es zugegeben.«

Daher hatte der Geruch gestammt. Mir war nicht für eine Sekunde der Gedanke gekommen, dass er womöglich bedeuten könnte, dass dort unten jemand stand und uns zuhörte. Aber je länger ich darüber nachdachte, desto besser passte es zusammen; Samuel lag seit Wochen auf dem letzten Platz im Ranking und schien ständig Probleme mit seinem Mentor zu haben. Otis hatte recht gehabt, er hatte in letzter Zeit wirklich verbissen probiert, den Abstand zu uns wieder aufzuholen, obwohl er am Anfang noch behauptet hatte, dass er den Konkurrenzkampf unsinnig fand.

»Und jetzt lass mich raten«, sagte ich, »du bist hier, um dich bei mir zu entschuldigen?«

Ihre Augen begannen, glasig zu schimmern, als sich Tränen darin sammelten. »Es tut mir so leid, Ira. Du glaubst nicht, wie sehr.«

Ich musste lachen, aber die Hälfte davon blieb mir in der Kehle stecken. »Ja, klar. Weißt du was? Spar es dir einfach.«

Ich brauche deine leere Entschuldigung nicht.

Mit meiner Hand deutete ich auffordernd zur Haustür und drängte mich an ihr vorbei ins Wohnzimmer, weil es mir im Flur zu eng wurde. Gracie dachte jedoch nicht daran, zu gehen.

»Ira, bitte! Ich wusste nicht mehr, was ich denken soll. Ich wollte doch selbst nicht daran glauben, dass du es gewesen bist.«

»Und trotzdem hast du es getan«, erinnerte ich sie und wirbelte zu ihr herum. »Hast du eine Ahnung, wie sich das angefühlt hat? Als wäre ich dir verdammt noch mal nicht genug wert, um mir zu glauben.«

Ihre Unterlippe bebte. »Das stimmt nicht! Aber du musst doch zugeben, dass der Verdacht nahelag, dass …«

»Was? Dass ich es war?«, fragte ich mit hochgezogenen Augenbrauen. »Nach allem, was zwischen uns passiert ist? Hältst du mich wirklich für so ein Arschloch? Falls ja, dann hey, *mein Fehler.*«

Gracie schüttelte vehement den Kopf, während ihr erste Tränen über die Wangen kullerten. »Hör auf«, bat sie.

Aber ich konnte nicht aufhören. Stattdessen funkelte ich wütend auf sie hinunter. »Weißt du, ich mache dir nicht mal einen Vorwurf deshalb. Dein Ex-Freund hat dich betrogen, selbst dein Vater hat dich belogen, indem er die Nummer hinter deinem Rücken abgezogen hat. Aber ich werde dich nicht davon überzeugen, mich zu lieben, Gracie. Das habe ich jahrelang bei meiner Familie versucht, und ich bin's leid. Ich werde dich nicht mal davon überzeugen, dass *ich* mich in dich verliebt habe, denn wenn du es bis jetzt noch nicht gemerkt hast, weiß ich ehrlich gesagt nicht, wie ich es dir sonst beweisen soll. Oder wie ich es jemals schaffen soll, stärker als deine Zweifel zu sein.«

Gracie blinzelte mich durch ihre glasigen Rehkitzaugen an, als wäre ich plötzlich jemand anderes. Vielleicht war dem auch so. Ich hatte mir vor Jahren meinen Mund zugeklebt, hatte meine Zunge heruntergeschluckt, hatte meine Gefühle heruntergeschluckt, und nun hatte sie mich aufgerissen, und alles floss ungehindert aus mir heraus. Weil *ich* derjenige war, der auf dieser Anklagebank saß, und weil ich zum ersten Mal begriff, dass niemand kommen würde, um mir den Rücken zu stärken. Ich selbst musste das tun. Ich selbst musste für mich einstehen. Und ich wollte nichts mehr herunterschlucken. Nicht heute. Nicht jetzt. Nie mehr.

Ich war es so leid, Menschen darum anzubetteln, jemanden in mir zu sehen. *Mich* zu sehen. So, so leid.

Gracie hob den Arm und machte einen Schritt auf mich zu. Ich dagegen einen zurück, weil ich den Raum brauchte. »Du denkst wirklich, du müsstest mich davon *überzeugen*, dich zu lieben? Gott, Ira, ich habe nicht eine Sekunde lang daran gezweifelt, dass das, was ich für dich fühle, echt ist.«

Ich schnaubte. »Und deshalb ziehst du mit mir genau denselben Scheiß ab wie Othello mit Desdemona?«

Der Ausdruck auf ihrem Gesicht wurde von der Erinnerung an unsere Unterhaltung fortgespült. Ich konnte sehen, dass sie sich dafür schämte, als ihr Röte in die Wangen kroch. »Es tut mir so leid«, krächzte sie mit bebender Stimme. »Ich hasse mich dafür, dass ich an dir gezweifelt habe. Lass es mich besser machen, ich werde wirklich versuchen –«

»Ich will aber nicht, dass das zwischen uns nur ein Versuch für dich ist«, unterbrach ich sie. »Offenbar vertraust du mir nicht. Sag mir, worauf eine gesunde Beziehung aufbauen soll, wenn das nicht der Fall ist?«

Neue Tränen rannen ihr über die Wangen, und ich widerstand dem Impuls, sie mit dem Finger fortzuwischen. »Du tust es doch auch nicht, wenn du mir nicht glaubst, dass ich das hinbekomme.«

»Wie denn auch, wenn du dir nicht mal selbst glauben kannst? Das ist doch die Wurzel aller Probleme, oder nicht? Du vertraust weder dir noch anderen.«

Ihr Mund klappte auf und wieder zu, ohne dass etwas herauskam. Ich hatte ihren Schwachpunkt getroffen – der mein Ziel gewesen war. »Du solltest jetzt gehen.«

Ihre Brauen schoben sich zusammen, formten ihre Gesichtszüge zu einer Maske der Verärgerung. »Dann gibst du mir also nicht mal eine Chance, sondern wirfst mich einfach raus?«

Ich schüttelte den Kopf. »Ich bitte dich höflich, zu gehen.«

Und am besten gleich alles mitzunehmen, was ich in dieser Sekunde fühle, weil ich nicht weiß, wo ich das ganze Zeug lassen soll, wenn du weg bist.

Gracie schien mit sich zu hadern, ob sie Widerrede leisten sollte oder nicht. Doch was immer sie überlegt hatte, noch zu sagen, nahm sie mit sich, als sie das Wohnzimmer verließ. Sekunden später knallte sie die Haustür so heftig hinter sich zu, dass die Rahmen an meinen Wänden klirrten.

Das Geräusch wummerte in meinen Ohren und in meiner Brust, die sich mit einem Mal verdächtig leer anfühlte. Ich wusste, dass es daran lag, dass sie mein Herz mit sich trug. Und dass es vermutlich auch immer so bleiben würde.

27
Gracie

Es war schon spät, als ich mitbekam, wie die anderen sich im Flur voneinander verabschiedeten. Ich hörte Laurel, die fragte, ob sie noch mal nach mir sehen sollte. Ich hörte Otis, der ihr versicherte, dass Cassidy alles im Griff hätte. Ich hörte Samuel, der sich in einer Tour entschuldigte. Und nachdem die Haustür zugefallen war, hörte ich einige Sekunden lang nur noch meinen eigenen Atem. Er war zu schnell und kam nur stoßweise, da ich schon seit einiger Zeit das Gefühl hatte, dass die Luft meine Lunge nicht mehr erreichte, ohne von einem erstickten Hicksen zurückgestoßen zu werden.

Mein Kopf brummte, jeder Gedanke tat weh, und ich hatte sämtliches Zeitgefühl verloren. Wie lange lag ich hier schon?

Ich wischte mir über das nasse Gesicht und griff nach meinem Handy, stellte fest, dass es kurz nach elf war und außerdem keine neuen Nachrichten eingegangen waren. Keine Ahnung, warum ich überhaupt noch den Funken Hoffnung besessen hatte, es könnte anders sein.

Plötzlich klopfte es an meiner Zimmertür. »Gray?«

»Geh weg«, nuschelte ich und drückte das Gesicht in mein Kissen, weil ich sie nicht sehen wollte. Weil ich *niemanden* sehen wollte.

»Also willst du mir nicht erzählen, was er gesagt hat?« Cassidys Stimme klang näher als zuvor, als hätte sie entgegen meiner Aufforderung zwei Schritte in mein Zimmer gewagt.

»Nein.« Ich wollte nicht einmal daran denken, und trotzdem

tat ich es. Immer und immer wieder, weil mein Kopf keine Pausentaste besaß. Noch nie hatte ich Ira so aufgewühlt erlebt wie an diesem Abend. Er hatte geklungen, als wäre irgendetwas in ihm aufgerissen. Als hätte *ich* ihn aufgerissen.

Das ist doch die Wurzel aller Probleme, oder nicht?

Du vertraust weder dir noch anderen.

Er hatte recht, und ich verabscheute mich für das, was ich getan hatte. Dabei wäre es so einfach gewesen, Ira zu vertrauen, hätte Jude nicht diese Dinge gesagt. Warum hatte ich mich davon verunsichern lassen? Weil das Zweifeln in meiner Natur lag? In meiner Vergangenheit? Oder weil ich in meinem Beruf tagtäglich damit konfrontiert wurde, dass Menschen logen und betrogen?

»Es tut mir so leid, Gray. Wirklich«, murmelte Cassidy. »Wenn ich noch mal mit ihm reden soll …«

Ich schüttelte heftig den Kopf. »Bitte geh einfach.«

Sie gab ein schweres Seufzen von sich. »Na schön … Aber wenn du es dir anders überlegst, bin ich da, okay?«

Würde ich nicht. Wozu auch? Es hätte nichts geändert. Das Problem würde dasselbe bleiben, egal aus welcher Perspektive man es betrachtete. Und dieses Problem war ich.

Ira glaubte, nicht stärker sein zu können als meine Zweifel. Wer konnte es ihm verübeln? Selbst ich war an den meisten Tagen nicht stark genug. Die Sache war nur die, dass ich das bei ihm auch nie hatte sein müssen. Ira hatte mir immer das Gefühl gegeben, genug zu sein. Nicht *gut genug*, weil das klang, als gäbe es einen Minimalwert, den es zu erreichen galt, sondern einfach nur … genug. Und was hatte ich getan? Das absolute Gegenteil. Ich hatte ihm so sehr wehgetan, dass er mich von sich stieß, um sich selbst zu schützen.

Ich war eine Katastrophe. Ich war Chaos. Und allmählich machte es mich müde, selbst meine größte Gegnerin zu sein.

Am nächsten Morgen benötigte ich fünf Anläufe, um aufzustehen. Außerdem musste ich mehrere Male an Cassidys Kaffee nippen, bis ich das Gefühl hatte, es würde genügend Koffein durch meine Adern fließen, damit ich mich einer Begegnung mit Ira stellen konnte.

Allerdings hätte ich damit rechnen müssen, den gegenteiligen Effekt zu erzielen, denn meine Hände waren bei unserer Ankunft in der Kanzlei bereits so zittrig, dass ich sie in den Taschen meines Mantels vergraben musste, um sie still zu halten.

Die Türen des Fahrstuhls hatten sich schon fast geschlossen, da schob sich noch ein Arm durch den Schlitz und drückte sie geschmeidig wieder auf. Sowie Ira den Fahrstuhl betrat und meinen entsetzten Blick auffing, stand mein Körper binnen Sekunden unter Strom. Am liebsten hätte ich meine Finger in Cassidys Blazer gekrallt, um sie daran zu hindern, auf der ersten Etage auszusteigen. Doch kaum war sie fort, schichtete sich die Stille zwischen uns zu unsichtbaren Wänden auf, die einander immer näher kamen.

Bitte sieh mich an. Bitte tu's nicht.

Die Luft wurde dünner, als wäre sie plötzlich von Gas erfüllt. Und ich wusste, dass die kleinste Wortzündung meinerseits ausreichen würde, damit uns alles um die Ohren flog. Deshalb schürzte ich vorsorglich die Lippen und zwang mich, überallhin zu schauen, außer zu ihm. Was in Anbetracht der sich spiegelnden Wände nahezu unmöglich war: Ira und ich standen in einem Glashaus, das von allen Seiten durchsichtig war und jede unserer Emotionen offenlegte. Auch jene, die wir voreinander zu verbergen versuchten. Wir hätten nur aufmerksam hinsehen müssen.

Stattdessen starrten wir beide auf unsere Füße, bis sich die Türen auf der zweiten Etage mit einem Zischen öffneten und Ira mir den Vortritt ließ. Also lief ich – ohne mich zu ihm umzudrehen, weil ich seine Anwesenheit ohnehin spürte, wo immer er hinging – zu unserem Büro. Ich hatte gerade die Klinke heruntergedrückt, als Isabell mich durch ihre offen stehende Bürotür zu sich rief.

Zügig legte ich meine Tasche und meinen Mantel auf dem Schreibtisch ab und hastete an Ira vorbei nach nebenan. »Guten Morgen«, sagte ich und blieb unschlüssig in ihrem Türrahmen stehen. »Was gibt es?«

Wie jeden Morgen bedachte sie mich lediglich mit einem knappen Nicken. Und wie jeden Morgen fragte ich mich, ob ihr die Begrüßung im Hals stecken geblieben war. »Ich wollte Ihnen bloß mitteilen, dass Natalie gern mit Ihnen sprechen würde.«

Bei der Erwähnung von Natalie Gold schoss mein Puls in die Höhe. »Jetzt sofort? Hat sie gesagt, worum es geht?«

Isabell schien das Beben in meiner Stimme zu bemerken. Sie hob den Kopf und unterzog mich einer flüchtigen Musterung, wobei sie eine Sekunde zu lange an meinem weinroten Haarreif hängen blieb. Ich hatte ihn heute mit einem weißen Blazer, einem dunkelblauen Etuikleid und weinroten Lackschuhen kombiniert. Es waren drei Farben, aber immerhin *gedeckte* Farben.

Falls sie in Erwägung gezogen hatte, eine Bemerkung dazu fallen zu lassen, schob sie diese mit dem Umblättern ihrer Unterlagen beiseite. »Ich gehe davon aus, dass Sie die Antwort selbst kennen, Ms Hoffman.«

Mein Herz sackte in eine tiefe Grube und schlug dort weiter.

Sie wissen es. Natürlich taten sie das. Ich hatte damit gerechnet, dass es passieren würde. Eigentlich hatte ich das doch schon, bevor die Gala überhaupt stattgefunden hatte.

Auf wackeligen Beinen steuerte ich den Weg in die oberste Etage zu Natalie Golds Büro an, während ich gedanklich mehrere Hundert Optionen durchging, was ich tun sollte.

Ich könnte behaupten, dass es sich nur um Gerüchte handelte. Aber was, wenn ihr doch irgendwelche Beweise vorlagen, die meine Lüge aufdeckten? Hatte mein Vater wirklich so leichtsinnig sein können?

Nachdem ich mich bei Ms Hodge angemeldet hatte, klopfte ich nach mehrmaligem Luftholen an die schwere Eichentür und trat auf Natalies Erlaubnis hin ein. Da sie ein Eckbüro besaß, fiel deutlich mehr Licht in den Raum. Es hätte ihn wärmer wirken lassen müssen, doch sorgte das bläuliche Licht des schneebedeckten Morgens zusammen mit den leeren Wänden und der unpersönlichen Inneneinrichtung für den gegenteiligen Effekt. Neben ein paar Pflanzen war das einzig Persönliche in diesem Raum ein Foto, das auf ihrem Schreibtisch stand und sie mit ihrer Frau und ihrer Tochter zeigte.

Als ich die Tür hinter mir geschlossen hatte, legte sie eine Akte beiseite und deutete auf den Stuhl vor ihrem Schreibtisch. »Da sind Sie ja, Ms Hoffman. Setzen Sie sich.«

Ist Weglaufen auch eine Option? Ich tat, wie mir geheißen. Um mich davon abzuhalten, nervös an meinen Fingern herumzuspielen, ballte ich meine feuchten Hände zu Fäusten und legte sie in meinen Schoß. »Sie wollten mit mir sprechen?«

Natalie lehnte sich mit einem Seufzen auf ihrem Stuhl zurück. »Sie können sich sicher denken, warum ich Sie zu mir beordert habe. Mir ist da etwas zu Ohren gekommen, von dem ich hoffe, dass es sich dabei nur um ein albernes Gerücht handelt.«

Ein unsichtbares Band schnürte sich um meinen Brustkorb. Bedeutete das, sie hatte noch keine Nachforschungen angestellt, oder sie hatte bereits welche angestellt, war dabei jedoch auf nichts Auffälliges gestoßen?

Ich könnte auf Risiko gehen. Ich könnte sogar behaupten, noch nichts von alledem mitbekommen zu haben. Aber wollte ich dieses Geheimnis wirklich noch länger mit mir herumtragen, wenn sein Gewicht mich immer mehr runterzog?

Was, wenn sich Vorfälle dieser Art in Zukunft häufen sollten? Wenn einem von den anderen Associates in einem unbedachten Moment etwas herausrutschte?

Nur *eine* undichte Stelle könnte mich meinen Job kosten. Wollte ich für den Rest meiner Tage in dieser ständigen Angst leben? Ohne zu wissen, ob ich am nächsten Tag möglicherweise schon vor die Tür gesetzt werden würde?

Weil ich eine geschlagene halbe Minute später noch immer keine Antwort von mir gegeben hatte, räusperte Natalie sich erwartungsvoll. »Ms Hoffman?«

Am Ende des Tages müssen Sie mit sich selbst leben können. Und nur Sie können entscheiden, welcher Mensch Sie sein wollen.

Also … wer willst du *sein, Gracie Hoffman?*

Ich schloss für einen kurzen Moment die Augen. Mein Blut rauschte mir so laut in den Ohren, dass ich meine eigenen Worte kaum hörte. »Nein, es ist wahr. Aber bitte lassen Sie es mich erklären.«

Natalies Gesichtsausdruck gab zunächst rein gar nichts preis, als ich sie wieder ansah, was mich einerseits beruhigte, andererseits verunsicherte. Dann hob sie eine ihrer perfekt gezupften Brauen. »In Ordnung, lassen Sie hören.«

Also erzählte ich ihr von meiner schlechten Verfassung während meiner schriftlichen Abschlussprüfung, der verheulten Beichte von meinem Versagen an meinen Vater und dem Moment, in dem ich realisiert hatte, dass irgendetwas mit der guten Note nicht stimmen konnte. Wie ich gedacht hatte, dass es eine Verwechslung sein musste, es aber wortlos heruntergeschluckt und ein paar Wochen später mein Abschlusszeugnis entgegengenommen hatte. Wie ich es nicht angesprochen hatte aus Angst, all meine harte Arbeit der vergangenen Jahre wäre andernfalls umsonst gewesen. Aus Angst, eine Enttäuschung für meine Familie zu sein. Und schließlich von dem Streit mit meinem Vater, der einer der Gründe für meine Bewerbung bei *Gold, Bright & Partners* gewesen war.

Am Ende meiner Erzählung spürte ich, wie sich der Mehrfachknoten in meiner Brust ein Stück weit gelockert hatte. Wenn auch nur bis zu der Sekunde, in der Natalie sagte: »Ms Hoffman, da Sie Anwältin sind, nehme ich an, Ihnen ist bewusst, dass das Rechtsbruch ist und strafrechtlich verfolgt werden müsste?«

Ich schluckte den Kloß in meinem Hals hinunter. »Natürlich.« Um das zu wissen, hätte ich keine drei Jahre Jurastudium benötigt.

Sie stieß einen tiefen Atemzug aus und rieb sich nachdenklich über das spitze Kinn. »Nun, was soll ich dazu sagen? Ich kann keine Hochstaplerin in meinem Team gebrauchen. Stellen Sie sich vor, das kommt eines Tages raus, selbst wenn ich meinen Mund halte. Was glauben Sie, was das für ein Licht auf mich und meine Kanzlei wirft? Man wird denken, dass ich meine Leute nicht ausreichend überprüfe, bevor ich sie einstelle.«

»Tun Sie das denn?«

Sie riss die dunklen Augen so weit auf, dass ihre Brauen förmlich ihren Haaransatz kitzelten. »Entschuldigung?«

Ich wurde rot, als mir auffiel, wie das geklungen haben musste. »Verzeihung. Ich meine nur, weil das doch dafürsprechen würde, dass Sie nichts Belastendes bei mir gefunden haben. Richtig?«

»Das beweist mir an dieser Stelle trotzdem nicht, dass Sie die Prüfung auch ohne das Zutun Ihres Vaters bestanden hätten.«

»Ich weiß«, erwiderte ich und seufzte.

Natalie betrachtete mich einen Moment, der sich zu einer Ewigkeit auszudehnen schien. Währenddessen drückte sie in einer Tour auf ihrem Kugelschreiber herum, ohne zu realisieren, dass ich bei jedem *Klick* kaum merklich zusammenzuckte. Schließlich schüttelte sie bedauernd den Kopf. »Es tut mir leid, aber ich fürchte, unter den gegebenen Umständen bleibt mir nichts anderes übrig, als Sie zu entlassen.«

Was? Das aufwallende Adrenalin in meinem Blut durchfuhr mich wie ein Stromschlag. »Aber –«

Sie hob die Hand, um meine Widerworte abzupassen. »Das war keine Aufforderung, mir zu widersprechen, Ms Hoffman. Sie sollten sich glücklich darüber schätzen, dass es nur Ihr Job und nicht Ihre Zulassung ist. Vielleicht finden Sie bei Ihrem

Vater noch einen Platz. Sie dürfen gehen, ich lasse Ihnen die schriftliche Kündigung zukommen.«

Du fängst jetzt nicht an zu weinen. Nicht hier.

Wie betäubt erhob ich mich und steuerte auf die Tür zu, meine Gedanken ein einziges Knäuel ohne Anfang und Ende. Doch in dem Moment, in dem ich die Hand auf die Türklinke gelegt hatte, peitschte mit einem Mal eine solch ungeahnte Wut durch mich hindurch, dass ich mich wieder zu ihr umdrehte.

»Wissen Sie, dass ich, seit ich ein kleines Mädchen war, davon geträumt habe, eines Tages Anwältin zu werden?«, fragte ich. »Während andere sich nach der Highschool eine Auszeit genommen haben, bin ich gleich aufs College und von dort direkt auf die Law School gegangen. Ich habe jeden verdammten Tag so viel Arbeit in dieses Studium investiert, dass ich kaum noch aus dem Haus gekommen bin. Ich war dauerhaft in der Rechtsberatung tätig, habe haufenweise Bücher gewälzt und so viele Kurse belegt, dass ich mir kurzzeitig sicher war, unter dem ganzen Stress zusammenzubrechen. Trotzdem war ich immer pünktlich, habe all meine Aufgaben mit größter Sorgfalt bearbeitet und jede Klausur mit Bestnote bestanden. Ich habe mir das hier verdient, verstehen Sie? Ich *bin* gut. Ich arbeite gut. Ich arbeite gründlich. Vielleicht nicht immer fehlerfrei – aber besser als einige andere Anfängerinnen und Anfänger hier, wie das Ranking beweist. Und ich sage Ihnen ehrlich, dass Sie mit mir eine Mitarbeiterin verlieren, die sich voll reinhängt. Ja, ich habe einen Fehler gemacht, auf den ich nicht stolz bin. Aber auf alles andere bin ich verdammt stolz.« *Auch wenn ich das manchmal vergesse.* »Durchleuchten Sie mein Leben, meine akademische Laufbahn. Legen Sie mir die Prüfung meinetwegen noch mal vor. Oder geben Sie mir einen anderen Test, irgendwas. Ich würde ihn bestehen. Und das wissen Sie. Andernfalls hätten Sie mich nie eingestellt.«

Mein Wortschwall brachte nicht nur Atemnot, sondern auch eine beängstigende Stille mit sich. Natalie schien ähnlich überrascht von meinem plötzlichen Ausbruch wie ich. Sie blinzelte mehrere Male, bevor sie ihren Blick zurück auf die Dokumente auf ihrem Schreibtisch lenkte. Ich war mir nicht sicher, ob ich es mir nur einbildete oder ob ihr linker Mundwinkel tatsächlich nach oben zuckte. »Sie meinen das wirklich ernst, nicht wahr?«

Ich nickte fest. *Todernst.*

»Gut, wissen Sie was? Ich werde darüber nachdenken«, antwortete sie. »Das ändert aber nichts daran, dass Sie bis auf Weiteres suspendiert sind.«

Das war zwar nicht die Reaktion, die ich mir erhofft hätte, aber besser als eine fristlose Kündigung, weil es bedeutete, dass noch nichts verloren war. »Okay ... Danke, Ma'am.«

Kaum hatte ich Natalies Bürotür hinter mir geschlossen, ließ ich mich mit dem Rücken dagegen fallen und atmete scharf aus. Das Herz schlug mir bis zum Hals, und meine Handflächen waren nass. Doch trotz des Adrenalinschubs fühlte ich mich auf merkwürdige Weise gut. Ich empfand sogar einen Funken Stolz, weil es mir zum ersten Mal gelungen war, für mich einzustehen, obwohl ich normalerweise dazu neigte, mich kleinzureden.

Allerdings hielt dieses Gefühl nur so lange an, bis die Sorge um meinen Job ihre Schatten warf. Was, wenn Natalie mich wirklich rausschmeißen würde? Wie sollte ich mit einem Arbeitszeugnis wie diesem einen Job in einer anderen Kanzlei finden? Niemand würde mich einstellen. Ich würde tatsächlich auf die Unterstützung meines Vaters hoffen müssen. Und das, obwohl er derjenige war, der die Hauptschuld an allem trug.

Als ich darüber nachdachte, kehrte die Wut von eben zurück. Deswegen lief ich mit großen Schritten in die Lobby hinunter, zog mein Handy aus der Tasche meines Blazers und rief die Nummer von seinem Büro auf. Wie zu erwarten, landete ich zunächst bei seiner Assistentin, die mich abwimmeln wollte. Da ich es jedoch satthatte, mich von allen herumschubsen zu lassen, forderte ich sie dazu auf, mich auf der Stelle zu ihm durchzustellen.

Es dauerte keine Minute, da nahm er den Anruf an. »Gracie. Was für eine nette Überraschung, dass du dich meldest.«

Er klang tatsächlich erfreut. Womöglich hoffte er darauf, dass ich ihm mitteilte, dass Isabell sich doch dagegen entschieden hatte, im *Eúnoia*-Fall vor Gericht zu gehen. Oder aber darauf, dass ich sein Angebot annahm und Thanksgiving mit ihnen verbrachte.

»Nur um es vorab klarzustellen: Nein, ich werde morgen nicht nach Hause kommen. Ich rufe nur an, um dir zu sagen, dass Natalie Gold Bescheid weiß.« *Und um mich dafür zu bedanken, dass du mir meine Zukunft versaut hast.*

Ich hörte das Knarzen seines Stuhls, als er sich aufrichtete. »Was meinst du damit, sie weiß Bescheid? Hast du es ihr erzählt?«

»Jemand hat mitbekommen, wie ich meinem … *einem* Freund davon erzählt habe. Daraufhin hat es die Runde gemacht und ist bei ihr gelandet.«

»Du hast es jemandem erzählt?«, fragte er anklagend.

Ich wartete, bis zwei Männer an mir vorbeigegangen waren, ehe ich in gedämpfter Stimmlage weitersprach: »Du kannst mir so etwas nicht aufbürden und dann von mir verlangen, es allein mit mir herumzuschleppen.«

»Doch, genau das kann ich tun, wenn nicht nur meine Karriere davon abhängt, sondern auch die von Eloise. Begreifst du denn nicht, was auf dem Spiel steht?«

Ich hasste es, dass es aus seinem Mund immer klang, als hätte ich keine Ahnung davon, welche Auswirkungen eine solche Anschuldigung auf ihre Arbeit haben könnte.

»Und dass ich suspendiert wurde und meinen Job vermutlich verlieren werde, ist dir egal?«, mutmaßte ich.

Er schnaubte. »Ich bitte dich, Gracie. Natürlich ist mir das nicht egal. Aber an unserem Ruf hängt weitaus mehr als an deinem. Du bist eine *Anfängerin.*«

Mir glitt ein verächtliches Lachen über die Lippen. »Daran

sieht man mal wieder, dass es euch von Anfang an nur darum ging, euch selbst in ein gutes Licht zu rücken. Es ging nie darum, mir einen Gefallen zu tun, sondern immer nur um euch.«

»Können wir das nicht morgen Abend persönlich klären? Und nicht am Telefon?«, fragte er. »Du weißt, dass das nicht wahr ist.«

»Weiß ich das?«

Sein Seufzen klang erschöpft, dabei war ich diejenige, die zu viel fühlte, und nicht er. »Hör zu, wenn deine Chefin vorhat, es zu überprüfen, soll sie das tun. Sie wird nichts finden, dafür ist gesorgt. Also mach dir keine Sorgen.«

Versuchte er, mich zu überzeugen oder sich selbst?

»Tja, dann ist doch alles geklärt, oder nicht?« Ohne seine Antwort abzuwarten, würgte ich den Anruf ab. Und auch wenn mir jetzt viel eher danach zumute war, sofort in ein Taxi zu steigen und nach Hause zu fahren, wusste ich, dass ich nicht konnte. Nicht ohne vorher meine Sachen geholt zu haben. Daher sammelte ich all meine verbliebenen Kräfte zusammen, schluckte die aufkommenden Tränen herunter und ging zu Iras und meinem Büro zurück.

Es wäre eine Lüge gewesen, wenn ich behauptet hätte, dass ich nicht erleichtert war, Ira an seinem Schreibtisch sitzen zu sehen. Eigentlich hatte ich damit gerechnet, dass er bereits im Archiv oder der Bibliothek verschwunden wäre, um seinen Abstand zu mir zu wahren.

Er hob nicht einmal den Kopf, als ich den Raum betrat, was wehtat. Denn ich konnte und wollte nicht damit aufhören, ihn anzustarren. Ira war noch immer meine Sicherheitsboje, an der ich mich festklammerte, wenn ich in meinem Gedankenmeer zu ertrinken drohte. Und nichts anderes tat ich.

Ich stand hier, sah ihn und all das, was wir gewesen waren, und ertrank, während er dort saß und nichts fühlte.

Meine Hände zitterten, als ich nach meinem Mantel griff, und erinnerten mich daran, dass ich kein Koffein hätte trinken sollen. Aber das war nur ein weiterer Fehler in einer Reihe von vielen gewesen. Ich hätte es wissen müssen. *Hätte, hätte, hätte.*

»Gracie.«

Ich schloss beim Klang seiner Samtstimme die Lider. Gott, ich hatte es vermisst, sie zu hören, obwohl er mich erst gestern aus seiner Wohnung geworfen hatte. »Was?«, fragte ich und schaute ihn wieder an.

Seine blassgrünen Augen wanderten prüfend über mein Gesicht, und mir war klar, dass er verstand. Weil er immer verstand, egal ob ich etwas sagte oder nicht. »Was ist passiert?«

Nicht weinen, ermahnte ich mich wieder und biss mir eine Spur zu fest auf die Lippe. »Natalie hat mich suspendiert. Sie überlegt, mich rauszuwerfen.«

Seine Brauen schossen in die Höhe. »Hat sie das gesagt?«

»Ja. Aber ist schon okay.« *Ich komme klar.* Die Lüge blieb mir wie pelziger Belag auf der Zunge liegen.

Ich wusste nicht, welche Reaktion ich darauf erwartet hatte. Ob nur ein bloßes Nicken oder sein übliches »Es wird alles gut«, das ich ihm nie abgekauft hatte und in dieser Sekunde trotzdem lieber gehört hätte. Nur um mir einreden zu können, dass sich noch nicht alles zwischen uns verändert hatte.

Doch nichts davon kam. Alles, was Ira tat, war … nichts. Schlimmer noch, er stand auf und ging an mir vorbei zur Tür. Und dann ließ er mich einfach in meinem zweifelgrauen Gedankengefängnis allein, als hätte ich nie etwas gesagt.

Du hast es verdient, dachte ich. *Es ist deine Schuld.*

Schuldig.

Schuldig.

Schuldig.

28
Gracie

Was zur Hölle mache ich hier?

In meinem Kopf schrillten sämtliche Alarmglocken, die mich warnten, dass ich nicht hier sein sollte. Aber was hätte ich tun sollen? In meinem Zimmer hatte ich es keine Minute länger ausgehalten. Nicht wenn mein Blick andauernd auf die andere Straßenseite gewandert war, nur um festzustellen, dass Ira mich noch immer aussperrte, indem er mir nicht mal mehr Einblick in seine Wohnung gewährte. Dabei hätte ich nur zu gern gewusst, ob er heute zu Hause war oder sich doch dazu entschlossen hatte, über die Feiertage wegzufahren – so wie die anderen einschließlich Cassidy es getan hatten.

Ich hatte ihr gestern Abend tränenüberströmt von meiner Suspendierung erzählt, und sie hatte mir sofort angeboten, bei mir zu bleiben. Vermutlich aus Mitleid, was allein für sich schon Grund genug gewesen war, abzulehnen. Genau wie das alternative Angebot, sie zu ihrer Familie zu begleiten. Ich wollte nicht allein sein, aber noch weniger wollte ich in einer Gruppe fremder Menschen allein sein. Denn so ironisch es auch war, Ira hatte recht: In *gemeinsam* steckte immer noch ein bisschen zu viel *einsam*.

Erneut zog ich mit klammen Fingern mein Handy aus der Manteltasche und kontrollierte auf der Karte, ob ich auch in die richtige Richtung lief. Es war lange her, dass ich in Beacon Hill unterwegs gewesen war, und trotzdem fühlte ich mich gleichermaßen fasziniert und abgestoßen. Ich liebte die Gebäude im föderalistischen Stil, die so merkmalbehaftet für diesen Distrikt waren, genau wie die Atmosphäre, die über den regennassen Straßen schwebte. Dennoch wusste ich, dass ich in diesem gehobenen Stadtteil Bostons nichts mehr zu suchen hatte. Allein hier entlangzulaufen, gab mir aufs Neue das Gefühl, eine Hochstaplerin zu sein. Vielleicht war das mittlerweile ein Teil meines Charakters. Ein Brandmal, das ich nicht mehr loswerden würde.

Ich drückte den bitteren Gedanken mit aller Kraft von mir und zerrte an meinem bunt getupften Schal. Es war früher Nachmittag, doch aufgrund des Feiertages waren kaum Menschen unterwegs. Seit ich die Bahn verlassen hatte, hörte ich neben dem entfernten Verkehr nur noch meine eigenen Schritte und meinen Atem, der flacher wurde, je länger ich die leichte Steigung der Mount Vernon Street hinaufstapfte.

Die Bürgersteige aus Backstein verdichteten sich zu einem engen Geflecht aus Straßen, gesäumt von altmodischen Laternen und einzelnen Bäumen, die ihre kahlen Arme in den wintergrauen Himmel streckten.

Mein Blick wanderte über die unzähligen Fenster, die in die roten Häuserfassaden eingelassen waren. Es war absurd, dass ich bei jedem einzelnen wieder an Iras Fenster denken musste. An diesen ersten Blick, den ich damals auf ihn erhascht hatte, als er hinausgeklettert war. Und an diesen letzten Blick, den wir gestern miteinander geteilt hatten, der sich so sehr nach einem Ende angefühlt hatte, dass meine Kehle noch immer eng wurde, wenn ich daran dachte.

Genau wie das Wort *Suspendierung* noch immer schmerzhaft gegen meine Schläfen pochte, als verlangte es nach meiner Aufmerksamkeit. Es wollte mich daran erinnern, dass ich kein Recht dazu hatte, hier zu sein. Ebenso wenig wie ich das Recht gehabt hatte, heute Morgen in die Kanzlei zu fahren, um eine der *Eúnoia*-Akten zu holen, in der die Adresse stand.

Wegen Thanksgiving war kaum jemand dort gewesen, aber

ein paar Anwältinnen und Anwälte hatten den Morgen natürlich trotzdem noch nutzen wollen, um dringende Notfälle zu bearbeiten. Ich hatte die ganze Zeit damit gerechnet, dass mir jemand begegnen und mich rauswerfen würde, allerdings war nichts davon passiert.

Vermutlich wäre es besser gewesen, die Füße stillzuhalten, doch wie sollte das gehen, wenn alles in mir raste? Mein Herz. Meine Gedanken. Ich musste etwas tun – oder es zumindest versuchen. Es ging nicht darum, dass ich mir erhoffte, dadurch irgendetwas wiedergutzumachen. Wahrscheinlich machte ich es eher noch schlimmer. Aber es ging um die Wahrheit. Und Ira und ich hatten sehr viel Arbeit investiert, um genau diese ans Licht zu bringen. Nicht nur für die Kanzlei oder für unsere Punkte im Ranking, auch für uns. Für das, was ich Gerechtigkeit nennen wollte, selbst wenn mein Vater mir ständig gepredigt hatte, dass es in unserem Job nicht nur darum ging.

Für mich tat es das. Und nach der Ungerechtigkeit, die ich um meiner selbst willen verschwiegen hatte, wollte ich nun endlich einmal etwas richtig machen.

Ich tippte erneut auf den Bildschirm und merkte, dass sich das Ziel wenige Meter vor mir befand. Mit angehaltenem Atem betrachtete ich die Hausnummern, bis ich die Zahl fünf entdeckte. Der Eingang sah aus wie die anderen in der Straße; sechs Steinstufen, die mich zu einer Tür aus dunkelblauem Holz hinaufführten, an der ein Festkranz aus Stechginster hing.

Langsam hob ich den Arm. Ich klopfte. Mein Herz klopfte.

Sekundenlang tat sich nichts. Dann ging die Tür plötzlich auf und gab den Blick auf Lydia Mayfair frei, die ein knielanges braunes Strickkleid und darüber eine Kochschürze trug. Das erklärte den Geruch von gebratenen Kräutern, der aus dem Inneren an die feuchtkühle Luft drang.

Kaum hatte sie mich erkannt, weiteten sich ihre blauen Augen vor Schock. »Was machen Sie denn hier? Fangen Sie nun schon an, mich zu Hause zu belästigen?«

Meine Wangen glühten vor Scham, und ich war froh, dass es sich auf die Kälte schieben ließ. »Wieso haben Sie sich nicht bei uns gemeldet?« Ich sparte mir Begrüßungsfloskeln und lange Vorreden aus Angst, sie würde mir gleich die Tür wieder vor der Nase zuknallen.

Stattdessen verschränkte sie abwehrend die Arme vor der Brust, als bräuchte sie die zusätzliche Schicht, um mich auf Abstand zu halten. »Weil ich nichts zu sagen habe.«

»Sie haben eine Menge zu sagen, Lydia. Das wissen Sie besser als ich.« Ich sprach sie zum ersten Mal beim Vornamen an. Keine Ahnung, was ich mir davon erhoffte. Mehr … Nähe?

Sie stand mir einen Augenblick reglos gegenüber, unschlüssig, wie sie mit mir verfahren sollte. Bis sie einen Schritt zurück machte und die Flucht ergreifen wollte. »Tut mir leid, ich kann Ihnen nicht helfen.«

Meine Hand schnellte vor und legte sich auf das abgesplitterte Holz der Tür, bevor Lydia sie schließen konnte. »Bitte hören Sie sich an, was ich zu sagen habe.«

Wieder ein kurzes Zögern, das wie ein Licht hinter den Fenstern ihrer Augen aufblitzte. Schließlich trat sie mit einem Seufzen beiseite und bedeutete mir einzutreten.

Eine angenehme Wärme strich über mein kaltes Gesicht, und erneut zwickte mich ein Duft von Kräutern in die Nase. Er stammte aus der Küche, in die Lydia nun hetzte, um die Temperatur der Herdplatte, auf der eine brutzelnde Pfanne stand, herunterzudrehen. Ich folgte ihr und ließ meinen Blick flüchtig über die geräumige Landhausküche schweifen. Geschirr stapelte sich in der Spüle, ein paar Töpfe brodelten auf dem Herd. Sie war wohl gerade dabei, das Essen für den heutigen Abend vorzubereiten.

»Feiern Sie mit Ihrer Familie?«, fragte ich.

Sie warf mir einen kurzen Blick über die Schulter zu, bevor sie einen der dampfenden Töpfe zur Seite schob und den Deckel auf der Theke ablegte. »Ja. Sie nicht?«

Ich schluckte. »Nein.«

»Warum nicht? Setzen Sie sich doch bitte.«

Mit einem Seufzen nahm ich auf einem Küchenstuhl Platz und bedankte mich, als sie mir ein Glas Wasser reichte. »Hören Sie … Das, was mein Kollege neulich zu Ihnen gesagt hat, erinnern Sie sich daran?« Weil sie nickte, sprach ich unbeirrt weiter. »Nun, mich hat es auch getroffen. Wissen Sie, warum? Weil ich vor Kurzem in einer ähnlichen Situation gesteckt habe wie Sie jetzt.«

Lydia griff nach einem zweiten Glas und schenkte sich selbst Wasser ein. Mir entging nicht, dass ihre Hände bebten. »Inwiefern?«

»Ich musste mich zwischen meiner Familie und der Wahrheit entscheiden. Zwar habe ich die richtige Entscheidung zu spät getroffen, aber ich habe sie getroffen – und ich bereue es nicht, diesen Schritt gegangen zu sein«, erzählte ich, während ich mit meinen Fingern gegen das Wasserglas trommelte. Ich bereute nur die Art und Weise, *wie* ich ihn gegangen war.

Ein tonloses Lachen sprengte ihre Lippen, als sie sich auf den Stuhl zu meiner Rechten fallen ließ. »Du liebe Güte, Sie wollen wirklich händeringend, dass ich für Sie aussage, oder?«

Es fiel mir schwer, ihren flattrigen Blick einzufangen, weil sie sich alle Mühe gab, meinem zu entfliehen. Doch als es mir endlich gelungen war, ließ ich ihn nicht wieder los.

»Sie haben sich doch eigentlich schon entschieden, indem Sie uns die Bilder und Dokumente haben zukommen lassen, Lydia. Sie *wollen*, dass sich in dem Unternehmen etwas ändert. Lassen Sie uns Ihnen dabei helfen, das zu erreichen. Ich weiß, dass es schwer ist, sich gegen die eigene Familie zu stellen, aber wenn es das Richtige ist, sollten Sie sich nicht davon abhalten lassen – egal welche Konsequenzen es nach sich zieht.«

Lydia musterte mich einige Sekunden lang skeptisch. »Sie sagten, Sie würden Ihre Entscheidung nicht bereuen. Nur machen Sie auf mich keinen besonders glücklichen Eindruck.«

Dieses Mal war ich diejenige, die den Blick senken musste, damit sie den Schmerz darin nicht sah.

»Glauben Sie mir, ich bin erleichtert.« Und das war keine Lüge. Die Tatsache, dass das Gewicht dieses Geheimnisses von meinen Schultern gewichen war, bewies mir, dass ich richtig gehandelt hatte. »Aber ich habe dadurch etwas verloren, das mir sehr wichtig ist, und einem Menschen wehgetan, dem ich nie wehtun wollte.« *Und jetzt rede ich mir ein, dass es irgendwann schon wieder vorbeigehen wird. Es* muss *einfach.*

Ich trank einen Schluck Wasser, um die bitteren Worte herunterzuspülen.

»Sprechen Sie von Ihrem Kollegen?«, fragte Lydia freiheraus.

Ein Husten schüttelte meinen Körper. »Wie kommen Sie darauf?«

Sie hob die Schultern. »Sie wirkten in unserem ersten Meeting recht vertraut miteinander. Und ich habe bemerkt, wie Sie ihn angesehen haben, als er das mit meiner Familie sagte. Als wäre da … mehr. Außerdem sind Sie heute allein gekommen.«

Mit einem eisernen Kopfschütteln stellte ich das Wasser beiseite, weil sie das Gespräch in eine Richtung lenkte, in die ich eigentlich nicht gehen wollte. »Hierbei geht es nicht um mich, Lydia. Es geht darum, dass Sie mit Ihrem Wissen den grausamen Taten Ihrer Mutter ein Ende setzen und Tausenden Tieren, die für *Eúnoia* sterben, Leid ersparen könnten. Sie können mir nicht weismachen, dass Ihnen das egal ist.«

Nicht nach allem, was ich über Sie weiß.

»Natürlich ist mir das nicht egal.« Lydia schürzte die Lippen und fuhr mit einem Finger über den Rand ihres Glases. »Aber was soll ich tun? Glauben Sie wirklich, es wäre so einfach? Meine Mutter könnte meinetwegen ins Gefängnis wandern.«

Ich dachte einen Moment nach und versuchte, mich in ihre Lage zu versetzen. Was würde ich an ihrer Stelle tun? Ich mochte es geschafft haben, Natalie Gold von meinem Geheimnis zu erzählen, ohne zu wissen, welche Folgen es nach sich ziehen würde. Doch bisher war mein Vater mit einem blauen Auge davongekommen – und ich hoffte, dass es so bleiben würde. Was nicht bedeutete, dass ich mir von Lydia nicht trotzdem erhoffen konnte, dass sie es *besser* machte als ich. Dass sie stärker war als ich. Oder?

Ich seufzte schwer. »Es ist keine leichte Entscheidung, da haben Sie recht. Aber die Wahrscheinlichkeit, dass das passiert, ist gering. Wahrscheinlicher ist es, dass sie eine Geldstrafe erhält oder ihre Haftstrafe auf Bewährung ausgesetzt wird. Und wenn das passiert, wird sie wissen, dass Sie die beste Wahl sind, um das Unternehmen wieder hochzuziehen. Selbst wenn nicht und es am Ende anders kommen sollte: Wäre die Wahrheit deshalb weniger wert?«

Lydia schwieg eine Weile, in der das abklingende Brutzeln der Pfanne das einzige Geräusch war, das die Küche erfüllte. Dann fragte sie: »Wie viel wissen Sie?«

Ich ahnte sofort, worauf sie hinauswollte. »Wie wir neulich schon sagten, wir wissen von den Testberichten und den vertuschten Tierversuchen. Sie haben eine Kontaktperson in dem anderen Labor, die Berichte für Sie fälscht, stimmt's? Bisher haben wir allerdings nirgendwo in den Unterlagen Zahlungen gefunden, die einen Hinweis darauf geben, wer es sein könnte.«

»Sicher haben Sie etwas übersehen.« Es klang nicht wie eine Vermutung, eher wie eine Tatsache.

»Dann *helfen* Sie mir«, sagte ich nachdrücklich.

Lydia schüttelte den Kopf und stand auf. »Ich habe schon genug gesagt. Mr Ford würde mich steinigen, wenn er wüsste, dass ich Sie in mein Haus gelassen habe. Bitte gehen Sie jetzt, ich habe noch eine Menge zu tun bis heute Abend.«

Ich wusste, dass mir keine andere Wahl blieb, als ihrem Wunsch nachzukommen. Also schob ich widerwillig meinen Stuhl zurück. »In Ordnung, ich gehe. Trotzdem bitte ich Sie, Lydia: Treffen Sie eine Entscheidung. *Zügig.* Bis zu unserem ersten Gerichtstermin ist es nicht mehr lang. Die Wahrheit wird so oder so ans Licht kommen. Noch können Sie entscheiden, wie.«

Sie entgegnete nichts darauf. Ihre Lippen waren zu einer schmalen Linie zusammengepresst, als sie mich in den Flur begleitete und mit einer ausladenden Geste dazu aufforderte, ihr Haus zu verlassen. »Ich wünsche Ihnen ein schönes Thanksgiving.«

Kaum hatte ich einen Fuß auf die Hausmatte gesetzt, fiel die Tür mit einem Knall hinter mir zu. Und ich wünschte, es hätte sich nicht so endgültig angefühlt.

29
Ira

Etwas, das sich wohl nie ändern würde, war die Tatsache, dass ich nur einen Fuß auf das Farmgelände setzen musste, um das Gefühl zu bekommen, nie fort gewesen zu sein.

Ich hatte kaum meine Sachen in Benjamins Zimmer abgestellt – das ich mir übers Wochenende wohl oder übel mit ihm würde teilen müssen –, da bat meine Mutter mich bereits darum, mit anzupacken. Mein Vater und meine Zwillingsbrüder Paul und Adam waren noch dabei, die großen Weiden für die Rinder zu pflügen, damit sie unter der dicken Schneeschicht nicht zu matschig wurden. Das konnte bei starkem Schneefall im Winter gut und gern einen gesamten Arbeitstag in Anspruch nehmen.

Während meine Mutter also das Essen für heute Abend vorbereitete, kümmerten Benjamin, Sadie und ich uns um die Ställe, bevor wir die Tiere vor der aufkommenden Dämmerung von der Weide holten, die sich wie ein langes Tal hinter dem Haus erstreckte, und sie mit Futter versorgten. Dass die Handgriffe meiner Geschwister dabei deutlich geübter und schneller erfolgten als meine, hatte sich im Vergleich zu damals nicht geändert – im Gegenteil. Aber dieses Mal spielte es keine Rolle für mich, denn es half; die frische Luft, die Arbeit, die Gespräche. All das lenkte mich ab. Wenn auch nur eine Zeit lang.

Es kam mir vor, als würde ich immer und immer wieder einen Bumerang werfen, der mal schneller und mal langsamer zurückkam. Nur dass dieser Bumerang ein Gefühl war, das ich loszuwerden versuchte, weil es zu viel Platz in meiner Brust einnahm: Leere.

Dort wo mein Herz gesessen hatte, klaffte ein schwarzes Loch, dessen Schmerz so dumpf und einnehmend war, dass ich ihn überall spüren konnte. Erst hatte ich gedacht, dass das keinen Sinn ergab. Wie konnte man auf der einen Seite nichts und auf der anderen alles fühlen? Dann war es mir klar geworden: Meine Schale war zwar intakt, aber der Kern beschädigt. Ich war ein mit Porzellan gefüllter Karton, den man achtlos hatte fallen lassen. Und nun fehlte mir die Kraft, die Teile wieder zusammenzusetzen.

Am frühen Abend saß ich gemeinsam mit Benjamin in der Küche am langen Esstisch. Ich hatte versprochen, ihm vor dem Essen bei seinen Schulaufgaben zu helfen, wenn ich schon hier war.

Es war seltsam, in der flackernden Wärme des Kamins zu sitzen und beim Blick aus dem Fenster zur Abwechslung mal nicht auf ein rotes Backsteinhaus zu schauen, sondern einen richtigen Garten zu sehen, der von Schnee gepuderten Feldern und Bergen umsäumt wurde. Das meiste war geblieben, wie ich es in Erinnerung behalten hatte, selbst der Eigengeruch des Hauses war noch derselbe. Nur die Anzahl der Alkoholflaschen im Kühlschrank war gestiegen, genau wie die merkliche Anspannung meiner Mutter.

Ich konnte nur erahnen, wie schwer es für sie sein musste, die Farm- und Hausarbeit zu meistern und sowohl ihren Kindern als auch ihrem Mann eine Stütze zu sein. Ich wünschte, ich hätte ihr einen Teil ihrer Sorgen abnehmen können, aber noch reichte mein Verdienst nicht aus, um irgendetwas zu bewirken.

»Ich find den Fehler nicht«, murmelte Benjamin und lenkte meine Aufmerksamkeit damit wieder auf sich. Oder eher auf sein Matheheft, in das er in den vergangenen fünf Minuten gerade einmal zwei Gleichungen gekritzelt hatte.

»Sieh hin und konzentrier dich.«

Er schlug energisch mit der Faust auf den Tisch, sodass unsere Gläser klirrten. »Mach ich doch schon die ganze Zeit!«

»Nein, tust du nicht. Du denkst nicht mal darüber nach.«

Es wirkte viel eher, als würde er darauf warten, dass die Gleichungen sich von selbst lösten.

»Du hast doch gar keine Ahnung, worüber ich nachdenke. Wenn du es wüsstest, würdest du nicht mehr neben mir sitzen, weil ich dich längst mit meinem Geodreieck aufgespießt hätte«, zischte er.

Wenigstens hättest du es dann zur Abwechslung mal genutzt.

»Dass du noch nicht die Nerven verloren hast, wundert mich. Ich hätte schon längst das Mathebuch nach ihm geworfen«, bemerkte meine Schwester Sadie, die sich zu uns an den Tisch setzte, um unserer Mutter dabei zu helfen, Kartoffeln zu schälen.

Es war ungewohnt, sie mit kinnlangem Haar, Lidstrich und goldenem Ring in der Nase zu sehen, und nicht mehr mit geflochtenen Zöpfen und Sommerkleid. Wann war das passiert? Bei meinem letzten Besuch war sie in meinen Augen noch ein Kind gewesen. Definitiv zu jung für Make-up, Piercings oder … *Dates*.

»Als ob du so viel besser wärst als ich«, schoss Benjamin jetzt zurück und pustete sich ein paar aschblonde Strähnen aus dem Gesicht. Bei genauerer Betrachtung hätten sie dringend mal wieder einen Schnitt vertragen können.

Sadie hob eine ihrer schmalen Augenbrauen. »Im Gegensatz zu dir will ich auch nicht aufs College, weil das *utopisch* ist.«

»Was bedeutet das?« Unsere Schwester hielt beim Schälen inne und blinzelte ihn ungläubig an, was Benjamin ein Lachen entlockte. »Nur ein Witz. Ich bin vigilant, weißt du? Das bedeutet, ich bin mit einer schnellen Auffassungsgabe gesegnet.«

»Oh wow, ein Fremdwort!«, rief sie freudig.

Benjamin zeigte ihr den Mittelfinger, woraufhin sie ihm die Zunge rausstreckte.

»Er ist gar nicht so schlecht, wie er immer behauptet. Er hat einfach nur keinen Bock«, warf ich in ihr Geplänkel ein und nahm einen Schluck von meinem Cider, der etwas bitter schmeckte.

»Wer hat den beim Anblick von so 'nem Zeug auch schon?« Benjamin deutete mit anklagendem Tonfall auf sein Mathebuch, ehe er mich mit einem kurzen Seitenblick bedachte. »Außer dir natürlich, du Freak.«

Sadie schnalzte mit der Zunge. »Du bist nur neidisch, weil er mehr im Kopf hat als du.«

»Wer hat mehr im Kopf als Benji?«, fragte da plötzlich eine deutlich tiefere Stimme, die ich sofort zuzuordnen wusste, noch bevor Adam dicht gefolgt von Paul im Türrahmen auftauchte.

Schon seit ich denken konnte, gab es die beiden nur im Doppelpack – als wären sie die Schatten des jeweils anderen. Sie sahen nicht nur nahezu identisch aus – Adam war ein wenig größer, Pauls Nase etwas stärker gekrümmt –, sie hatten bis zu Pauls Auszug auch alles gemeinsam gemacht. Das war schon in der Schule so gewesen, und verstanden hatte ich es nie. Sollte man nicht meinen, wenn schon eine Version von einem existierte, würde man den Drang verspüren, eine andere sein zu wollen?

»Wahrscheinlich jeder von uns, aber ich rede hauptsächlich von Ira«, antwortete Sadie, die den ersten Teil ihrer hauchfein geschnittenen Kartoffelscheiben in eine Schale füllte.

Erst da schienen meine Brüder mich zu bemerken.

»Ach du Scheiße, seht euch das an!«, sagte Paul, während Adam bereits zu uns an den Tisch kam und mir durchs Haar wuschelte.

»Wenn das mal nicht unser verschollener kleiner Bruder ist.«

Ich schob Adams Arm, der von der Arbeit draußen eiskalt war, mit einem genervten Seufzen beiseite. »Dass ich in Boston lebe, nennst du verschollen?«

Ein Grinsen breitete sich auf seinem geröteten Gesicht aus und ließ seine grünen Augen leuchten. »Für mich ist alles verschollen, was nicht Pomfret ist.«

»Ziemlich kleines Weltbild, das du da hast.«

Ich hörte Paul lachen, als er sich an Adam vorbeidrängte und mir zur Begrüßung etwas zu kräftig auf die Schulter klopfte. »Spitzzüngig ist er geworden. Oh, und sein Modegeschmack hat sich verbessert. Immerhin.«

»Nicht zu vergessen sein Haarschnitt«, fügte Adam an und zwinkerte mir zu.

Ich hatte mir schon eine sarkastische Antwort zurechtgelegt, da betrat mein Vater das Wohnzimmer, das an die offene Küche grenzte. Meine Brüder und ich waren schon immer einen guten Kopf größer gewesen als er, doch erschien er mir durch seine leicht eingefallene Statur kleiner als gewöhnlich. Zudem war er dünner geworden. Das Alter hatte sich zwischen den kleinen Fältchen auf seinem Gesicht eingenistet, die Sucht in seinen aufgeschwemmten Wangen. Bei seinem Anblick zog sich mein Magen zusammen.

»Sieh an. Lässt du dich also auch mal wieder dazu herab, uns zu beehren, ja?«, sagte er im Vorbeigehen.

Es waren seine ersten Worte an mich. Ich fragte mich, warum ich überhaupt noch darauf gehofft hatte, dass es andere sein würden. Vermutlich würde er es mir sein ganzes Leben lang nachtragen, dass ich die Farm verlassen hatte. Dabei verstand ich nicht, warum. Er hatte nie etwas geäußert, das geklungen hatte, als würde er wollen, dass ich bleibe.

»Wenn ich mir einen eigenen Wagen leisten könnte, würde ich öfter kommen.« *Und wenn du mir das Gefühl vermitteln würdest, willkommen zu sein.*

Er ging direkt zum Kühlschrank und zog eine Flasche Bier heraus. »Ich dachte, die Motivation hinter deinem Studium war, besser verdienen zu wollen als wir alle zusammen. Und jetzt tust du nicht mal das?«

Ich hasste es, wenn er das tat. Ich hielt mich nicht für etwas Besseres, das hatte ich nie. Ebenso wenig hatte ich je behauptet, dass seine Arbeit weniger anspruchsvoll wäre. Trotzdem stellte er mich jedes Mal hin, als wäre mir unsere Familie nicht gut genug gewesen. Dabei war *ich* doch derjenige, der nie gut genug für *sie* gewesen war.

»Ich bin noch Anfänger. Und abgesehen davon geht es mir nicht nur um das Geld«, murmelte ich verbissen. »Ich bin glücklich in Boston.«

Er nahm einen Schluck Bier und wischte sich über den Mund, ohne seinen Blick von mir zu lösen. »So siehste aber nicht aus.«

»Das hat nichts mit meiner Arbeit zu tun.« Der Satz war mir über die Lippen gerutscht, bevor ich ihn zu Ende gedacht hatte, weil es nicht mein Verstand gewesen war, der ihn formuliert hatte. Augenblicklich richteten sich sämtliche Augenpaare auf mich, und mir brach der Schweiß aus. »Ich meine … ich bin einfach nur erledigt von der Fahrt hierher, das ist alles.«

Und es war nicht einmal gelogen. Ich hatte vergessen, wie zermürbend lange Autofahren sein konnten, wenn der eigene Gedankennebel alles überlagerte.

»Klingt mir fast nach Liebeskummer«, bemerkte Paul, der nun unserer Mutter am Herd Gesellschaft leistete und den Inhalt der brodelnden Töpfe überprüfte.

Adam stieß mich mit seinem Ellbogen an. »Paul hat recht. Raus damit, wer ist sie?«

Sie ist *gar nichts mehr*, dachte ich. *Aber sie* war *alles.* Und bei der Vorstellung, sie vielleicht nie wieder am Schreibtisch gegenüber sitzen zu sehen, nachdem wir wochenlang Tag für Tag in diesem winzigen Büro miteinander ausgeharrt hatten, ballte sich mein Magen zu einer schmerzhaften Faust.

Gracie war suspendiert worden. Und die Chance darauf, dass Natalie Gold ihr den Fehler durchgehen ließ, lag in einem solch niedrigen Wahrscheinlichkeitsbereich, dass ich ihn mir nicht einmal ausrechnen wollte. Vermutlich hatte ich deshalb versucht, zu retten, was noch zu retten war, wohlwissend, dass es wohl kaum etwas nützen würde.

Mein Blick huschte flüchtig zu Benjamin, der ihn auffing und festhielt. Er war der Einzige, der von Gracie wusste, dementsprechend legte er kaum merklich den Kopf schief: *Alter, was hast du mir nicht erzählt?*

Ich war geradezu erleichtert darüber, dass meine Mutter ausgerechnet diesen Moment wählte, um in unser Gespräch zu grätschen: »Jungs und Mädchen, genug herumgealbert. Helft mir lieber dabei, den Tisch einzudecken, damit wir demnächst mit dem Essen anfangen können. Der Truthahn ist bald fertig.«

Während die anderen begannen, aufzuräumen und Platz zu schaffen, packten Benjamin und ich sein Schulzeug zusammen und brachten es nach oben in sein Zimmer, das vor nicht allzu langer Zeit mal meines gewesen war. Es war das kleinste von allen, dafür hatte ich es mir im Gegensatz zu den anderen nie mit jemandem teilen müssen. Es bot gerade genug Platz für ein Doppelbett unter der Dachschräge sowie einen Kleiderschrank und Schreibtisch.

Letzterer wurde von Benjamin liebevoll als Mülldeponie und Wäscheablage genutzt. Er hatte nicht mal versucht, für mich aufzuräumen. Dafür hatte er immerhin die Bettwäsche gewechselt – behauptete er zumindest. Ich warf seine Bücher achtlos auf die Matratze und wollte mich schon zur Tür wenden, als er mich am Arm festhielt. »Ist das dein Ernst, Ira? Du kommst hierher und erwähnst mit keinem Wort, dass es dir scheiße geht? Was ist passiert? Hast du Stress mit Gracie?«

Ich verzog das Gesicht und befreite mich aus seinem Griff. »Ist nicht wichtig.«

Mein Bruder musterte mich aufmerksam. Im Gegensatz zum Rest der Familie hatte er die karamellbraunen Augen unseres Vaters geerbt. Es war lächerlich, dass ich selbst dabei an Gracies Treibsand denken musste.

»Ist es *dir* wichtig?«, fragte er überraschend ernst. »Wenn ja, ist es mir nämlich auch wichtig.«

Ich hätte so gern behauptet, dass dem nicht so war und ich früher oder später darüber hinwegkommen würde. Allerdings überkam mich allmählich die Angst, irgendwann von diesem schwarzen Loch in meiner Brust verschluckt zu werden.

Das, was Gracie und ich miteinander geteilt hatten, mochte es auch nur von kurzer Dauer gewesen sein, hatte sich wie etwas Besonderes angefühlt. Etwas so einzigartig Eigenartiges, dass ich mir sicher war, es kein zweites Mal zu finden. Nicht auf diese Weise. Nicht mit irgendjemand anderem.

In der Physik gab es das Phänomen der Quantenverschränkung, bei dem zwei Teilchen unabhängig von der räumlichen Entfernung zueinander miteinander wechselwirkten. So führte eine Veränderung des Zustands eines Teilchens unweigerlich auch zu einer sofortigen Veränderung des anderen. Diese winzigen Dinger konnten *Lichtjahre* voneinander entfernt sein und blieben trotzdem immer untrennbar miteinander verbunden, was als *spukhafte Fernwirkung* bezeichnet wurde.

Das mit Gracie und mir war ähnlich. Nicht weil wir die Komponenten einer komplizierten Wahrscheinlichkeitsfunktion bildeten – wobei wir das zweifelsohne auch taten –, sondern weil ich mich trotz der räumlichen und emotionalen Distanz, die uns trennte, auf seltsame Weise noch immer mit ihr verbunden fühlte.

Wahrscheinlich würde das auch immer so bleiben.

»Lass uns einfach später darüber reden, okay?«, antwortete ich etwas verzögert auf Benjamins Nachfrage. In Wahrheit hoffte ich nur darauf, dass er es bis dahin schon wieder vergessen hatte.

Das Thanksgiving-Essen mit meiner Familie verlief ähnlich chaotisch, wie ich es aus meiner Kindheit gewohnt war. Andauernd wurden irgendwelche Schüsseln herumgereicht und Gläser umgeworfen, während sich die Gespräche verdichtet hatten und zu einem wirren Geflecht geworden waren, das keiner mehr aufdröseln konnte. Benjamin unterhielt sich über den Teller unserer Mutter hinweg mit Sadie; meine Mutter quer über den Tisch mit Adam; und Paul hatte sich zu meinem Vater gelehnt, um bei einem Bier über die kommende Baseballsaison zu diskutieren.

Ich verspürte nicht das Bedürfnis, irgendwo mitzureden, da ich ohnehin nichts zu sagen hatte. Erst als Benjamin unseren Eltern erzählen wollte, was er vor Kurzem in der Schule aufgeschnappt hatte, wurde irgendetwas in mir angestoßen.

»Ihr kennt doch diese ganz gewöhnlichen Stiftkappen, oder? Ist euch mal aufgefallen, dass die meisten von denen ein Loch besitzen? Ich hab neulich erfahren, dass Unternehmen bei der Herstellung dazu *verpflichtet* sind, weil es so viele Menschen gibt, die diese Dinger verschlucken.«

Sadie schob sich eine Gabel Kartoffelgratin in den Mund und runzelte die Stirn. »Und wozu sollen die Löcher gut sein? Geschluckt werden sie ja trotzdem.«

»Ja, aber sie verringern die Gefahr, dass man daran erstickt«, antwortete Benjamin. »Ist es nicht krass, dass ein winziges Loch solche großen Auswirkungen darauf haben kann, ob du bessere Überlebenschancen hast oder nicht? Zum einen kannst du dadurch trotzdem bis zu einem gewissen Grad atmen, zum anderen können Ärzte dir das Ding im Notfall auch einfach mit einem Katheter, den sie durch das Loch in der Kappe führen, aus deinem Rachen ziehen. Meistens funktioniert es mit dem üblichen Werkzeug nämlich gar nicht.«

Sadie hob die Augenbrauen, dabei ein winziges Schmunzeln auf den Lippen. »So? Dann bist du jetzt Experte auf dem Gebiet?«

Benjamin grinste breit. »Wart's ab. In ein paar Jahren studiere ich Medizin, und wenn ich dann erst mal Arzt bin, erzähle ich dir jeden Abend vor dem Schlafengehen, was für krankes Zeug ich in der Notaufnahme gesehen habe.«

Mein Bruder Adam legte skeptisch den Kopf schief. »Du und Medizin? Bei deinen Noten?«

Auch ich hörte zum ersten Mal davon, obwohl Benjamin eigentlich andauernd von Dingen sprach, die ihn interessierten.

Und ich musste zugeben, dass ich Adams Zweifel teilte. Die schulischen Leistungen meines Bruders reichten nicht im Ansatz aus, um auch nur über ein solches Studium nachzudenken. Was nicht bedeutete, dass ich nicht daran glauben würde, dass er es schaffen könnte, wenn er das Ruder rechtzeitig herumriss.

Benjamin schluckte einen Bissen Truthahn hinunter und hob die Schultern. »Ich arbeite ja dran. Außerdem hab ich mich mal umgehört, und es gäbe auch andere Möglichkeiten, um –«

Mein Vater unterbrach ihn mit einem Räuspern und deutete mit seinem Messer auf Paul. »Apropos Werkzeug: Denkt ihr daran, dass die Zapfwelle am Traktor demnächst eine Wartung benötigt? Ich fürchte, dass einige Verschleißteile ausgetauscht werden müssen.«

Meine Gabel klirrte, als ich sie fallen ließ. »Würdest du ihn ausreden lassen?«

Der Blick meines Vaters glitt zu mir und wirkte dank seines erhöhten Alkoholpegels leicht vernebelt. »Was?«

»Benji hat uns gerade etwas erzählt, falls du es nicht bemerkt hast. Im Gegensatz zu dir würde ich es mir gern anhören.«

Mit einem Mal wurde es ruhig am Tisch. *Zu* ruhig, weshalb Benjamin sofort beschwichtigend die Hände hob. »Ist schon in Ordnung, Ira. Es war eh nicht so wichtig …«

»War es *dir* wichtig?«, fragte ich, ohne den Blick von meinem Vater zu lösen, der einen stillen Kampf mit mir auszutragen schien, den ich nicht verlieren wollte.

Benjamin schaute beschämt auf seinen Teller, als er seine eigenen Worte in meinen erkannte. Das genügte mir als Antwort.

Mein Vater stellte sein derweil fünftes Bier beiseite und lehnte sich ein wenig vor. »Was genau ist jetzt dein Problem, Ira?«

Ich spürte, wie sich meine Hände unter dem Tisch ohne mein Zutun zu Fäusten ballten. »Mein *Problem* ist, dass du ihm nicht zuhörst, wenn er dir etwas erzählt. Wenn es dich nicht interessiert, dann tu wenigstens so.« *Bevor er irgendwann genauso endet wie ich.*

»Willst du mir vorschreiben, wie ich mit meinen Kindern umzugehen habe? Du bist doch selbst noch eins!«, rief er aus. »Kommst hier rein, setzt dich an *unseren* Tisch und isst *unser* Essen! Was hast du dazu beigetragen? Glaubst du, nur weil du jetzt einer dieser aufgeblasenen Anzugträger bist, gibt dir das die Erlaubnis, dich hier so aufzuspielen?«

Meine Mutter legte ihm eine Hand auf den Arm. »John! Genug jetzt. Und Ira, du auch. Ich will keinen Streit an Thanksgiving. Davon haben wir an anderen Tagen schon genug.«

Ich konnte mir ein Schnauben nicht verkneifen. »Frag dich mal, warum.«

»Ira!« Er schlug mit geballter Faust auf die Tischplatte, sodass die Gläser klirrten und Sadie neben mir erschrocken zusammenzuckte. »Deine Mutter hat gesagt, es reicht!«

Mein Blick schweifte zu ihr, als ich mit einer vagen Geste auf meinen Vater deutete. »Willst du das einfach so hinnehmen und totschweigen? Dabei zusehen, wie er sich selbst und euch Tag für Tag ein Stück mehr aufgibt? Er braucht Hilfe, Mom. Lasst mich euch helfen. Ich kann versuchen, euch monatlich etwas zukommen zu lassen, oder –«

»Du sagst mir nicht, was ich brauche und was nicht. Hörst du? Nicht du!«, unterbrach er mich. Seine Gesichtszüge waren so wutverzerrt, dass es nicht mal dem warmen Kerzenlicht gelang, sie weichzuzeichnen.

»Also ist es dein Stolz, um den es hier geht? Du willst meine Hilfe nicht, nur weil sie von mir kommt? Das ist lächerlich.«

Er schüttelte den Kopf. »Ich will deine Hilfe nicht, weil du ein Verräter bist.«

Ein stechender Schmerz durchzuckte meinen Kiefer, als ich die Zähne aufeinanderbiss, um mich davon abzuhalten, meine nächsten Gedanken auszusprechen. Es hatte keinen Sinn, ihm Vorwürfe zu machen. Mein Vater war krank, und kein Wort würde irgendetwas daran ändern. Deshalb schüttelte ich lediglich den Kopf und schob meinen Stuhl zurück.

»Was wird das, Ira?«, fragte meine Mutter mit einem Seufzen.

»Ich gehe. Dann könnt ihr in Ruhe weiteressen.«

Ohne den Einwänden meiner Familie Beachtung zu schenken, lief ich in den Flur, griff nach Adams dicker Winterjacke und knallte die Haustür hinter mir zu.

Es hatte zwar aufgehört, zu schneien, doch war die Luft trotzdem so kühl, dass mein Atem kleine Wölkchen produzierte, die in den Abendhimmel emporstiegen. Unter jedem meiner Schritte knirschte der Schnee.

Ich hatte kein genaues Ziel im Kopf gehabt, als ich losgelaufen war. Aber eigentlich hätte ich damit rechnen müssen, dass meine Füße mich früher oder später zur Scheune tragen würden. Ich atmete den Geruch von Heu ein und zog an der kleinen Leine der Glühbirne, die daraufhin einen Teil des Inneren mit ihrem schwachen Licht flutete. Von den Tieren war lediglich Rascheln und Hufscharren zu hören, als ich an ihren Boxen vorbeiging und die Leiter zum Heuboden hinaufkletterte.

Auch hier gab es eine Glühbirne, die ich anknipste, bevor ich mich mit dem Rücken auf das Heu legte und aus dem kleinen Dachfenster in die endlose Schwärze des Himmels hinaufstarrte.

Es dauerte keine fünf Minuten, da vernahm ich das Knarren der Eingangstür gefolgt von dem Fauchen unserer Katze und einem Fluchen. »Pass doch auf ihren Schwanz auf!«, zischte Sadie.

»Sorry, dass es dunkel ist und ihr Fell schwarz!«, zischte Benjamin zurück.

Kurz darauf steckten sie ihre Köpfe durch die Öffnung im Boden, weshalb ich mich aufsetzte und mit dem Rücken an einen Heuballen rutschte, um ihnen Platz zu machen. »Was macht ihr denn hier?«

»Dir den Rücken freihalten, wonach sieht es aus?« Sadie ächzte, als sie sich auf den Boden hievte. Benjamin zog nach und ließ sich mit einer vollen Flasche Whisky neben mich ins Heu fallen.

»Ja, für gewöhnlich bin ich das Problemkind – nicht du.«

Ich deutete auf die Flasche und hob eine Augenbraue. »Ihr habt Whisky geklaut?«

Sadie zuckte mit den Schultern. »Besser *wir* vernichten ihn als Dad, oder? Der merkt sowieso nichts mehr. Abgesehen davon können wir nach diesem Essen alle einen Schluck gebrauchen, denke ich.«

Benjamin reichte mir die Flasche, die ich in meiner Hand wog und einen Moment zerknirscht betrachtete. Dann schraubte ich den Deckel auf, nahm einen großen Schluck und verzog das Gesicht, als mir die brennende Flüssigkeit die Speiseröhre heruntterglitt.

Benjamin grinste zufrieden. »Na also, geht doch.«

Als er danach greifen wollte, zog ich sie kopfschüttelnd zurück. »Vergiss es. Fünfzehn ist eindeutig zu weit von einundzwanzig entfernt.«

»Komm schon, Sadie ist auch nur drei Jahre älter als ich.«

»Aber deutlich weiser«, gab sie kokett zurück.

Er verschränkte die Arme vor der Brust und lehnte sich schmollend ins Heu zurück. »Schön. Dann will ich im Gegenzug wenigstens hören, was zwischen dir und Gracie passiert ist.«

Sadies Augen wurden groß. »Wer ist Gracie?«

»Seine Freundin«, meinte Benjamin.

»Eine Arbeitskollegin«, antwortete ich gleichzeitig.

Ich warf ihm einen finsteren Seitenblick zu, den er mit wackelnden Augenbrauen quittierte. Kurz erwog ich, ihm die Flasche doch wieder in die Hand zu drücken, einfach nur, damit er den Mund hielt.

»Sekunde, du hast eine *Freundin*? Und ich weiß nichts davon?« Sadies Stimme hatte eine anklagende Färbung angenommen.

Ich trank gleich noch einen Schluck und wischte mir mit dem Handrücken über den Mund. »Wir waren nie richtig zusammen.«

Benjamin verdrehte genervt die Augen. »Oh, bitte, Ira. Hör einmal auf, deine Gefühle runterzuspielen, okay? Und rück endlich mit der Sprache raus.«

Er hatte recht, ich würde es nicht ewig vor ihnen geheim halten können. Daher erzählte ich den beiden widerwillig von dem Abend der Gala und den Konsequenzen, die Gracies Geheimnis nach sich gezogen hatte. Auch dass sie mich beschuldigt hatte, etwas mit der Sache in der Kanzlei zu tun zu haben, und dass wir seitdem kaum noch ein Wort miteinander gewechselt hatten, bis sie am Dienstag vor meiner Tür gestanden hatte.

Einige Herzschläge lang blieb es so still zwischen uns, dass bis auf die Tiere, die sich im Heu bewegten, nichts zu hören war. Schließlich stieß Benjamin als Erster einen tiefen Atemzug aus. »Okay, soll ich ehrlich sein? Ich finde es gut, dass du ihr die Meinung gegeigt hast. Du bist für meinen Geschmack sowieso immer viel zu weich.«

Sadie, die an der Flasche nippte, strafte Benjamin mit einem finsteren Blick. »Seit wann gilt es als Schwäche, weich zu sein?«

Er versuchte, ihre Kritik abzuwenden, indem er abwehrend die Hände hob. »Ich will ja nur sagen, dass Ira sich nicht immer so herumschubsen lassen darf, weder von mir noch von anderen. Er muss auch mal seinen Mann stehen.«

Sadie legte den Kopf in den Nacken und lachte gellend auf. »Willst du damit sagen, dass Männer deiner Meinung nach nicht weich sein dürfen? Falls ja, frage ich mich, ob du in der Schule noch nie von problematischen Geschlechterklischees gehört hast.«

Benjamin gab ein Stöhnen von sich, das mir verriet, dass sie solche Diskussionen regelmäßig miteinander führten. »So hab ich das nicht gemeint. Aber seine Beziehung zu Dad wäre heute sicher eine andere, wenn er nicht immer einfach nur alles runtergeschluckt, sondern ab und zu auch mal ausgeteilt hätte.«

»Wie du vorhin?«, fragte sie mit unschuldigem Augenaufschlag.

»Benji hat recht«, murmelte ich mit einem Seufzen. Das, was ich heute getan hatte, hätte ich schon viel früher tun sollen. Nicht nur bei ihm. In sämtlichen Situationen, in denen ich für gewöhnlich lieber geschwiegen hatte.

»Okay, meinetwegen, es ist wichtig, für sich selbst einzustehen. Aber findest du nicht, dass du ein bisschen *zu* hart zu ihr warst?«, fragte Sadie vorsichtig. »Ich meine, genau das mochte ich eigentlich immer an dir, weißt du? Dass du nie lange böse auf mich sein konntest und dich immer zuerst bei mir entschuldigt hast, selbst wenn du im Recht warst. Und dass du keiner dieser Typen gewesen bist, die bei jeder Kleinigkeit ausrasten. Damit meine ich natürlich nicht, dass du alles in dich hineinfressen sollst. Nur dass nichts falsch daran ist, wie du zu sein. Weich sein bedeutet menschlich sein. Und ich denke, das ist eine Eigenschaft, auf die du sehr stolz sein kannst, besonders in einem Job wie deinem. Lass dir von niemandem vorschreiben, wie oder wer du zu sein hast, Ira. Auch nicht von deinem Stolz.«

Ein müdes Lächeln zupfte an meinem Mundwinkel, weil ich mich daran erinnerte, dass ich vor Jahren mal versucht hatte, ihr genau das einzutrichtern. »Bekomme ich gerade kostenlose Lebensweisheiten von meiner kleinen Schwester?«

Sadie lachte. »Irgendwann muss ich mich doch mal revanchieren, oder? Schließlich hatte ich den besten Lehrer.«

Ich legte ihr einen Arm um die Schulter, um sie an mich zu ziehen und ihr einen Kuss auf den Scheitel zu drücken.

Keine Ahnung, ob es am Alkohol lag, oder an ihrer Wärme, die zu mir herüberkroch und in das Loch in meiner Brust sickerte, aber in diesem Moment fühlte ich keinen Schmerz. Vielleicht fühlte ich mich nicht einmal allein.

Gegen halb zwei in der Nacht wurde ich wach, weil Benjamin schnarchte. So laut, dass es kaum möglich war, wieder einzuschlafen. Noch weniger, wenn das eigene Gedankenkino im Kopf einen Film ohne Unterbrechungen spielte. Außerdem knurrte mein Magen, weil ich beim Abendessen kaum etwas gegessen hatte.

Daher schlug ich die Bettdecke zurück und stand auf, um über die knarrende Holztreppe auf Zehenspitzen in die Küche zu schleichen, in der zu meiner Verwunderung Licht brannte. Ich spähte um den Türrahmen und entdeckte meine Mutter, die allein am Tisch saß, vor sich eine Tasse Tee, aus der Dampf aufstieg. Als sie mich bemerkte, hob sie den Kopf und zwang sich ein Lächeln auf die Lippen, das ihre Augen jedoch nicht erreichte. »Ira. Kannst du nicht schlafen?«

»Benji schnarcht«, murmelte ich, bevor ich zum Kühlschrank schlurfte und die Auflaufform mit den Bohnen und Süßkartoffeln herauszog, um die Reste davon in eine kleine Schüssel zu füllen.

Sie lachte und erhob sich. »Das wundert mich nicht. Möchtest du auch einen Tee?«

»Gern.«

Nachdem ich mir das Essen in der Mikrowelle aufgewärmt hatte, setzte ich mich an den Tisch und schob mir eine volle Gabel in den Mund, während meine Mutter darauf wartete, dass das Wasser heiß wurde. Wenige Minuten später stellte sie mir eine Tasse neben die Schüssel, und ein vertrauter Geruch von Lavendel stieg mir in die Nase. »Danke.«

Sie lächelte und strich mir flüchtig über den Hinterkopf. »Kein Problem. Tut mir übrigens leid, was dein Vater vorhin gesagt hat. Er meint das nicht so.«

Ich zuckte müde mit den Schultern. »Schon okay, du kannst nichts dafür. Es ist nur …«

Sie ließ sich mir gegenüber auf den Stuhl sinken und musterte mich, wobei sich eine kleine Sorgenfalte zwischen ihre Brauen grub. »Was? Raus damit.«

Sag es nicht, sag es nicht. Ich schürzte die Lippen und starrte angestrengt auf meine Gabel, die ich im schwachen Licht der Küchenleuchte hin und her drehte. Und dann sagte ich es doch. »Manchmal frage ich mich, warum du überhaupt noch hier bist.«

Ich bereute noch in der Sekunde, es ausgesprochen zu haben, in der ich sah, wie ein Ausdruck von Schmerz über ihr Gesicht huschte und sich in ihren blassgrünen Augen festsetzte.

Sie senkte den Blick auf ihre Tasse, in der sie herumrührte. »Man haut nicht gleich ab, nur weil es mal schwierig wird, Ira. Das habe ich deinem Vater vor dem Traualtar geschworen, und daran halte ich mich. Egal wie schwer die Phase auch sein mag, in der wir uns gerade befinden.«

Ich lauschte dem Klang ihrer Worte nach, die wie ein Echo in mir widerhallten. *Man haut nicht gleich ab.*

»Aber er tut dir weh«, sagte ich nachdrücklich.

Meine Mutter schüttelte den Kopf. »Nicht mehr als sich selbst.«

»Und das macht es besser? Wenn er nicht bald professionelle Hilfe bekommt, wird es nur noch schlimmer werden.«

Und ich mochte mir kaum ausmalen, was das für sie oder meine Geschwister bedeuten würde. Oder für die Farm.

»Das stimmt. Nur ist es schwer, einem Menschen zu helfen, der sich nicht helfen lassen will. Man kann ihm höchstens die Hand reichen und hoffen, dass er sie eines Tages annimmt und zu derselben Erkenntnis kommt.« Ihre Stimme klang so entschieden, dass mein Magen zwickte.

»Und wenn das nicht der Fall ist?«

Meine Mutter seufzte schwer. »Dann kann ich mir zumindest nicht vorwerfen, es nicht versucht zu haben.«

Ich aß die letzten lauwarmen Kartoffeln, während ich darüber nachdachte, wie verflucht glücklich mein Vater sich eigentlich schätzen konnte, jemanden wie sie an seiner Seite zu wissen – eine sichere Konstante, ohne die unsere Familiengleichung keinen Sinn ergeben hätte. Dabei hatte sie in meinen Augen etwas Besseres verdient. Und ich wünschte ihr, dass sie das eines Tages selbst erkennen würde.

»Bereust du es inzwischen manchmal, dich in ihn verliebt zu haben?«, fragte ich.

»Nein.« Ein kurzes Lachen schüttelte ihren Körper, ehe sie wieder ernst wurde und mich ansah. »Dein Vater ist kein schlechter Mensch, Ira. Er ist krank. Das ist ein großer Unterschied.«

»Ich weiß …« Seufzend nahm ich ein paar Schlucke von dem Tee, dessen Wärme sich in meinem Körper ausbreitete.

Meine Mutter griff über den Tisch hinweg nach meiner Hand und drückte sie. »Wir sind alle in irgendeiner Form vom Leben gezeichnet. Umso schöner ist es doch, wenn wir jemanden finden, der uns das Gefühl gibt, damit nicht allein zu sein, oder?«

Ich wusste nicht, warum, aber es kam mir vor, als hätte ich all diese Worte schon einmal gehört, nur … anders. Also grübelte ich und grübelte, bis es mir gelang, die losen Erinnerungsstücke zu einem Mosaik zusammenzusetzen: *Man sollte einen Menschen nicht nur lieben,* weil *er so ist, wie er ist, sondern eher,* obwohl *er so ist, wie er ist.*

Bei dem Gedanken an mein Gespräch mit Gracie schluckte ich schwer, weil ich mir eingestehen musste, dass ich genau das *nicht* getan hatte. Ich war nicht nur weggelaufen, ich hatte Gracie auch für etwas verurteilt, auf das sie keinen Einfluss besaß.

Sicher, es stand mir zu, wütend auf sie zu sein. Und verdammt, es stand mir sogar zu, sie für das hassen zu wollen, was sie mir angetan hatte. Doch es stand mir nicht zu, ihr vorzuwerfen, nicht stärker als ihre Zweifel zu sein.

Angst zu haben war keine bewusste Entscheidung, die man traf. Es war etwas, das einfach passierte; manchen öfter als anderen. Machte es die Dinge auf zwischenmenschlicher Ebene komplizierter? Auf jeden Fall. Aber vielleicht musste man einfach nur entscheiden, welcher Mensch es einem wert war, dieses Risiko einzugehen. Denn es stimmte, was Gracie gesagt hatte: Es war leicht, jemanden für seine guten Eigenschaften zu lieben. Die Herausforderung lag darin, es trotz seiner Fehler zu tun. Und vielleicht fing ich in dieser Sekunde auf absurde Weise doch an, zu verstehen, warum meine Mutter noch hier war.

Weil sie meinen Vater noch nicht aufgegeben hatte.

Ich trank meine Tasse aus, bevor ich mein benutztes Geschirr in die Spüle stellte und mich zur Tür wandte. »Danke für den Tee, Mom.« *Und das Gespräch.* Vor allem das.

»Gern geschehen. Gute Nacht. Oh, und Ira?«

Ich warf einen Blick über meine Schulter. »Hm?«

Wieder lächelte sie. »Es ist schön, dass du da bist.«

30
Gracie

Ich erinnerte mich noch an eine Geschichte aus meiner Kindheit, die mein Vater mir einmal erzählt hatte. Ich war etwa fünf Jahre alt gewesen und hatte auf meinem Fahrrad den kleinen steilen Hügel hinter dem Haus hinunterfahren wollen.

Meine Mutter hatte mir gesagt, dass ich besser warten solle, bis ich älter und erfahrener war, aber ich hatte eisern den Kopf geschüttelt und geantwortet: *»Ich kann das. Ich bin bereit.«*

Also war ich unter ihrem besorgten Blick den Hügel hinaufgestiegen, hatte mich mit entschlossener Miene auf mein Fahrrad geschwungen und keine Sekunde gezögert. Zunächst war es gut gegangen, doch dann war ich über eine aus der Erde herausragende Wurzel gefahren und hatte das Gleichgewicht verloren. Bei meinem Fall war ich so ungünstig auf dem Boden aufgekommen, dass der Ausflug mit einer Prellung und diversen blutigen Schrammen in der Notaufnahme geendet hatte. Doch anstatt zu weinen, hatte ich meiner Mutter im Wartezimmer versichert, dass ich es noch mal probieren würde, sobald mein Arm wieder in Ordnung war.

»Du warst ein starrköpfiges Kind mit starkem Willen«, hatte mein Vater daraufhin gesagt. *»Eines, das nie einfach nur zusehen konnte, sondern immer und überall mit dabei sein musste.«*

Wenn ich heute daran zurückdachte, konnte ich dieses Mädchen nicht mehr mit der jungen Frau in Übereinkunft bringen, die ich jeden Morgen im Spiegel sah; jemanden, der zu viel weinte, zu viel dachte, zu viel fühlte, und definitiv niemanden, der in Selbstsicherheit und Entschlossenheit schwamm und mögliche Konsequenzen in Kauf nahm.

Dennoch stand ich in diesem Moment vor dem Kanzleigebäude, in dem vereinzelte Lichter in den Fenstern brannten, und zögerte keine Sekunde, die Eingangstür aufzuziehen.

Ich wusste, dass ich schnell sein musste und bestenfalls nicht auffallen durfte, weshalb ich mich gegen bunte Kleidung entschieden und zu einem schwarzen Bleistiftrock und einer weißen Bluse gegriffen hatte.

Genau wie gestern war der Empfang an diesem Freitagabend wegen des Feiertages nicht besetzt, und auch in der Kanzlei selbst arbeitete kaum jemand. Nur aus vereinzelten Büros drang leises Gemurmel gepaart mit Tastaturklicken und Papierrascheln, das sich zu einem kleinteiligen Geräuschpuzzle zusammensetzte. Einige Türen waren nur angelehnt und gaben den Blick auf gehetzte Gesichter an Telefonen oder Laptops frei.

Ich huschte durch den Flur, vorbei am Schreibtisch von Isabells Assistenten, der genau wie ihr Büro leer war. Beide befanden sich im Urlaub, weshalb ich es überhaupt erst gewagt hatte, einen Schritt in die Kanzlei zu setzen.

Ich schlüpfte durch die Tür zu Iras und meinem Büro, und obwohl ich wusste, dass er nicht dort sein würde, war ein Teil von mir enttäuscht, seinen Schreibtisch leer vorzufinden.

Schon seltsam, wie schnell sich alles verändern konnte. Wie schnell Menschen von Fremden zu Vertrauten wurden und von Vertrauten wieder zu Fremden. Wie sie kamen und gingen und mal mehr und mal weniger Spuren hinterließen, je nachdem, wie weit sie schon zum Herzen vorgedrungen waren.

Mein Herz war zertrampelt, und es trug Iras Fußabdrücke.

Mit aller Kraft drängte ich den Gedanken an ihn beiseite und nahm mir stattdessen die Kartons vor, die sich an der Wand stapelten. Als ich den mit den Kopien sämtlicher Rechnungen hervorgezogen hatte, stellte ich ihn auf meinem Schreibtisch ab und nahm ein paar Mappen heraus.

Die meisten davon hatten wir bereits durchgearbeitet – ich erkannte es an den Textmarkierungen und Notizen an der Seite. Darunter auch welche, die mit Bleistift geschrieben worden waren, und die ich immer und überall an ihrem Schwung wiedererkannt hätte. A für *Ausstehend*, G für *Geprüft*, NA für *Noch anzufordern.* Aber bisher kein rotes Ausrufezeichen, das auf eine Unstimmigkeit hinwies.

Weil ich nicht glaubte, dass Ira unaufmerksam gewesen war, nahm ich mir eine Mappe vor, die jemand anderes aus unserem Team durchgegangen war, allerdings war auch darin das meiste abgehakt. Ich würde ewig brauchen, um alle Angaben zu überprüfen, doch hielt mich das nicht davon ab, es trotzdem zu versuchen.

Die ersten zwei Stunden zogen vorüber, die Abendbläue des Himmels begann, am Horizont wie Aquarell zu zerlaufen und in ein tiefes Schwarz überzugehen. Ich hatte gerade die dritte Akte aufgeschlagen, als mich das Knarren der sich öffnenden Bürotür aufschrecken ließ. Ich fuhr herum und erstarrte.

»Mrs Gold.«

Natalie wirkte nicht weniger überrascht darüber, mich hier anzutreffen. Vor Schreck fiel ihr das gelbe Post-it aus der Hand, das wie ein verwelktes Blatt vor meinen Füßen zu Boden segelte. »Ms Hoffman. Ich weiß nicht, ob Sie sich daran erinnern muss, dass ich Sie suspendiert habe?«

Das musste sie natürlich nicht. Es änderte jedoch nichts daran, dass alles in mir in Aufruhr geraten und an Stillsitzen nicht mehr zu denken war. Mein Chaos war zurückgekehrt, und ohne Ira fehlte mir jemand, der es ordnete. Was blieb mir also anderes übrig, als es dieses Mal selbst zu versuchen?

Ich schluckte, ehe ich mich vorbeugte, um den Zettel aufzuheben. Darauf stand ein Datum mitsamt einer Uhrzeit – vermutlich der Hinweis auf ein anstehendes Meeting.

»Es tut mir wirklich leid, ich wollte unbedingt noch dieser Sache im *Eúnoia*-Fall nachgehen, weil Lydia Mayfair gestern etwas erwähnt hat, das …« Ich verstummte, als mir klar wurde, dass ich soeben zu viel gesagt hatte. Immerhin hatte ich gleich mehrere Dinge missachtet. Meine Suspendierung. Den gestrigen Feiertag. *Lydias Privatsphäre.*

»Ja, dass Sie mit ihr gesprochen haben, ist mir nicht entgangen«, sagte Natalie mit einem Unterton, den ich nicht recht zu deuten wusste, während sie zu Iras Schreibtisch ging. Sie klebte den Notizzettel an den unteren Rand seines Computerbildschirms. »Mich hat erst vor wenigen Stunden ein Anruf von Ms Fraser erreicht, die wiederum von Mr Briggs angerufen wurde. Lydia Mayfair hat sich offenbar dazu bereit erklärt, auszusagen. Ms Fraser hat mich daraufhin gebeten, die Zeugenliste zu aktualisieren.«

Ich richtete mich auf meinem Stuhl auf und kippte dabei um ein Haar nach vorn. »Sie will aussagen? Wirklich?«

Natalie nickte, und ich kam nicht umhin, erleichtert aufzuatmen. Bedeutete das, sie hatte über meine Worte nachgedacht? Dass ich zur Abwechslung einmal etwas *richtig* gemacht hatte? Ich spürte, wie sich ein wenig Druck von dem doppelten Seemannsknoten löste, den die Zweifel und Sorgen in meinem Magen gebildet hatten.

Natalie setzte sich auf die schmale Fensterbank und neigte nachdenklich den Kopf, sodass das Licht meiner Schreibtischlampe einen Schatten auf ihr Gesicht warf. »Ms Fraser sagte, Lydia habe erwähnt, dass sie gestern sogar bei ihr zu Hause gewesen seien.«

Meine kurzzeitige Erleichterung verflog und wurde augenblicklich durch Anspannung ersetzt, als meine Muskeln sich versteiften. »Mrs Gold, es tut mir leid«, murmelte ich wieder. »Ich –«

Natalie dachte nicht daran, mich ausreden zu lassen. »Sie haben uns im Fall *Eúnoia* eine wichtige Stimme verschafft. Ich denke, das ist viel eher Anlass, Ihnen zu danken, als Sie zu bestrafen.«

Ich öffnete den Mund und schloss ihn wieder. Sie … dankte mir?

»Hören Sie, Ms Hoffman. Jetzt, wo Sie ohnehin schon hier sind, kann ich es mir auch sparen, bis nächste Woche zu warten.«

Mein Herz begann zu klopfen, als ahnte es bereits, was nun folgen würde. Was, wenn sie mich endgültig rauswarf? Wenn sie mir sagen würde, dass meine Bemühungen nichts an ihrer Entscheidung geändert hatten?

Dann ist es eben so.

Der Gedanke kam plötzlich und überraschte mich, aber ich hielt eisern daran fest. Zumindest konnte ich mir nicht vorwerfen, untätig herumgesessen zu haben. Und war das nicht das, worauf es ankam?

»Nach unserem Gespräch habe ich mir ein paar Gedanken bezüglich der Dinge gemacht, die Sie gesagt haben«, begann sie und kreuzte die Knöchel. »Außerdem habe ich heute Morgen Kontakt zu Ihrem ehemaligen Professor aufgenommen.«

Ich spürte, wie mir das Blut aus den Wangen wich. »Sie haben mit Professor Ashford gesprochen?«

Ein leichtes Lächeln umspielte ihre vollen Lippen. »Oh ja. Sie wissen ja vermutlich, dass wir eng mit der Harvard Law School zusammenarbeiten und eine Vielzahl von Aktivitäten und Workshops sponsoren, an denen auch Ihr Professor häufig beteiligt ist. Eigentlich hatten wir immer ein recht gutes Verhältnis zueinander, und doch war er alles andere als begeistert von meinem Anruf, sobald er gehört hat, dass ich gern über Sie sprechen würde. Er hat sich regelrecht geweigert.«

Mir wurde speiübel bei der Vorstellung, weshalb ich die Finger um den Sitz meines Stuhls krallte.

»Aber er ließ sich zügig umstimmen, als ich ihn freundlich darauf hingewiesen habe, dass ich seinen Betrug jederzeit auffliegen lassen könnte. Und so habe ich ihn darum gebeten, mir das ursprüngliche Ergebnis Ihrer schriftlichen Prüfung zu nennen. Ich muss zugeben, dass ich Schlimmeres als ein knappes

Pass erwartet hätte. Das Ergebnis ist für jemanden wie Sie, die *Honors* gewohnt ist, wahrscheinlich inakzeptabel. Aber für mich zumindest die Bestätigung, dass Sie die Prüfung und somit die Zulassung auch erhalten hätten, wenn Ihr Vater nicht nachgeholfen hätte.«

Ihre Worte sickerten wie zähflüssiger Honig in mein Bewusstsein. »Ich habe bestanden?«, fragte ich mit großen Augen.

Eigentlich hatte ich in der ständigen Sorge gelebt, es nicht getan zu haben. An manchen Tagen mehr, an anderen weniger. Nun zu erfahren, dass mein Ergebnis solide ausgefallen wäre, wenn auch nicht gut genug für eine renommierte Kanzlei wie *Gold, Bright & Partners* oder *Cabot & Cox*, ließ einen ungeahnten Groll in mir aufsteigen, der sich in meinen geballten Fäusten staute. Hätte mein Vater das ursprüngliche Ergebnis nicht abwarten können? Hatte er wirklich auf dieses alberne Sternchen bestehen und uns alle in diese Lage bringen müssen?

Natalie schien mein Zähneknirschen zu bemerken. »Ashfords Auftrag war, das Ergebnis zu korrigieren, egal wie es ausfallen sollte. Ihr Vater scheint also nichts davon zu wissen, dass Sie auch ohne seine Hilfe problemlos bestanden hätten. Aber *Sie* tun es jetzt. Und ich denke, das dürfte Ihnen ein wenig Seelenfrieden bescheren.«

Sie hatte ja keine Ahnung. Zu hören, dass ich es geschafft hatte, glich einem winzigen Lichtstrahl, der nach Jahren des Zweifelns in dieses graue Gedankenzimmer meines Kopfes fiel.

Wen interessierte schon, ob ein Ergebnis wie dieses meiner Familie genügt hätte oder nicht. War es nicht viel wichtiger, dass es mir genug war? Dass *ich* mir genug war?

Weil ich nichts darauf geantwortet hatte, sprach Natalie unbeirrt weiter: »Ich bin ehrlich, ich habe lange darüber nachgedacht, wie ich mit der Geschichte verfahren soll. Ich mag es nicht, wenn man mich anlügt. Geschweige denn, dass ich gern Risiken eingehe.«

»Selbstverständlich nicht«, murmelte ich. Das hatte ich auch nicht erwartet. Eigentlich hatte ich nicht einmal erwartet, dass sie sie es überhaupt in Erwägung ziehen würde, mir noch eine Chance zu geben.

Sie musterte mich einen Moment prüfend, ohne mir zu verraten, worüber sie nachdachte. Dann stieß sie sich von der Fensterbank ab und strich über die Falten in ihrem Rock. »Hat Mr Briggs Ihnen erzählt, dass er bei mir gewesen ist, nachdem ich Sie suspendiert habe?«

Ich blinzelte. Einmal. Zweimal. »Was?«

Er war bei ihr gewesen?

Natalie nickte. »Ja. Er hat mich gebeten, meine Entscheidung noch einmal zu überdenken und mir eine Handvoll Gründe aufgezählt, warum ich seiner Meinung nach einen Fehler machen würde, Sie gehen zu lassen. Der Junge hat sich regelrecht um Kopf um Kragen geredet. Und das, obwohl sie dem Ranking nach zu urteilen seine mit Abstand stärkste Konkurrentin sind.«

Mein Herz pochte und pochte, pumpte mit jedem Schlag mehr Blut in meine Wangen. *Der Junge hat sich regelrecht um Kopf um Kragen geredet.* Warum passte das nicht mit dem Ira zusammen, den ich kennengelernt hatte? Und was hatte er ihr erzählt?

»Jedenfalls hat all das letzten Endes dazu beigetragen, dass ich gewillt bin, Ihnen noch eine Chance zu geben, Ms Hoffman. Sie leisten gute Arbeit, wie das Ranking und die Sache mit Lydia Mayfair belegen. Es wäre eine Schande, Sie an Ihren Vater zu verlieren. Dafür sehe ich zu viel Potenzial, das wir noch ausschöpfen können.«

»Sie … wollen mich wieder einstellen?«, fragte ich ungläubig. »Aber was ist mit den Gerüchten?«

Natalie zuckte gleichgültig mit den Schultern. »Lassen Sie sie reden. Ich vertraue Ihrem Vater, auch wenn ich nicht gedacht hätte, das jemals zu sagen. Wenn ich nichts finde, wird es auch niemand anderes tun. Das geht vorüber. Sie glauben ja gar nicht, was mir in all den Jahren schon zu Ohren gekommen ist. Nur die wenigsten besitzen eine reinweiße Weste.«

Und wenn es nicht vorübergeht? Ich schlug die grauen Tentakelarme schnell fort.

»Ich weiß nicht, was ich sagen soll. Danke, Mrs Gold. Ich verspreche, ich werde Sie nicht enttäuschen.« Und das war mein Ernst. Ich war so erleichtert und dankbar dafür, dass sie mir diese zweite Chance geben wollte, dass ich alles dafür tun würde, dieser gerecht zu werden. Noch mehr als zuvor – aber dieses Mal vielleicht mit dem Vertrauen in mich, es auch zu schaffen.

Ihr Lächeln kehrte zurück und brachte die Fältchen um ihre Augen zum Vorschein. »Das hoffe ich. Und nun fahren Sie nach Hause. Ich bin sicher, der Fall hat noch bis Montag Zeit. Besonders jetzt, wo wir Ms Mayfair auf unserer Seite wissen. Nehmen Sie sich ein Beispiel an Mr Briggs und gönnen Sie sich eine Auszeit. Wie ich vorhin hörte, ist er nach Vermont gefahren.«

Ira war in Vermont? Er hatte mir gegenüber nicht ein einziges Mal erwähnt, dass er mit dem Gedanken spielte, Thanksgiving auf der Farm zu verbringen. Hatte er sich wegen der Sache mit meiner Familie schlecht gefühlt und deshalb nichts gesagt?

Nachdem Natalie sich von mir verabschiedet und das Büro verlassen hatte, packte ich meine Sachen zusammen und fuhr nach Hause. Eine der Akten unter den Arm geklemmt – falls mir doch etwas Nützliches auffiel. Während ich die Haustür aufschloss, wählte ich Iras Nummer und ließ es so lange klingeln, bis das Geräusch anfing, mich zu verspotten. Anrufe auf dem Firmenhandy konnte er beantworten, aber meine nicht?

Ich versuchte es noch ein zweites Mal, und wieder ging er nicht ran. Vielleicht würde er das nie mehr tun. Und als die Erkenntnis mich wie ein Schlag traf, zog sich alles in mir zusammen.

Ich öffnete unseren Chat und schrieb: *Danke.* Doch je länger ich auf das Wort starrte, desto leerer kam es mir vor. Diese fünf

Buchstaben konnten unmöglich all das enthalten, was ich in dieser Sekunde an Dankbarkeit fühlte.

Also nahm ich kurzerhand eine Sprachnachricht auf: »Hey … Wahrscheinlich hörst du dir die Nachricht gar nicht an, aber ich hatte eben ein Gespräch mit Natalie und muss jetzt einfach mit irgendjemandem darüber reden. Sie hat meinem alten Professor auf den Zahn gefühlt und ihm Druck gemacht – du weißt schon, Professor Ashford von der Gala? Jedenfalls hat sie herausgefunden, was mein ursprüngliches Prüfungsergebnis war und: Ich habe bestanden. Ist das zu glauben? Sie will mir wirklich noch eine Chance geben. Und wie ich hörte, hast auch du einen Teil dazu beigetragen, dass sie so entschieden hat. Im Ernst, Ira? Du hast sie darum gebeten, mich nicht rauszuwerfen? Das hättest du nicht tun müssen. Wenn wir mal ehrlich sind, hätte ich die Kündigung verdient. Aber ich wollte mich trotzdem bei dir bedanken. Also … danke. Wirklich. Ich hoffe, es geht dir gut. Du fehlst mir.«

Es wunderte mich nicht, dass mir die letzten Worte herausrutschten, weil ich wusste, dass sie so wahr waren, dass sie wehtaten. Und dann lachte ich, weil es absurd war, und schob eilig hinterher: »Tut mir leid, das wollte ich gar nicht sagen.«

Aber mein Herz wollte es.

Ich schickte die Sprachnachricht ab und sah dabei zu, wie sie in unserem Chat landete, spielte minutenlang mit dem Gedanken, sie doch wieder zu löschen. Bis ich mich daran erinnerte, dass er sie ohnehin nicht abhören würde. Und dann fing ich wieder an zu weinen.

31
Gracie

Ich hatte das halbe Thanksgiving-Wochenende in unserer Wohnung verbracht und dabei festgestellt, dass das Gefühl von Alleinsein zwischen diesen vier Wänden schneller zu einem vertrauten Gefühl von Einsamsein angeschwollen war, als mir lieb gewesen wäre.

Ich wünschte, ich wäre besser darin, allein zu sein. Aber manchmal glaubte ich, meine Vergangenheit hatte so tiefe Abdrücke in mir hinterlassen, dass nur jemand anderes sie füllen konnte.

Es gab Tage, da wusste ich, dass dieser Gedankenansatz der falsche war. Und dann gab es Tage, an denen ich mich fragte, ob es denn wirklich verwerflich war, sich zu wünschen, eben nicht allein zu sein.

Ira hatte nicht auf meine Nachricht von gestern geantwortet, und ich konnte mir nicht erklären, warum ich überhaupt darauf gehofft hatte, dass er es tun würde. Ich wollte nicht mehr hoffen. Hoffnung war ein listiges Biest, das sich in Gedanken und Herzen schlich, wenn man am verwundbarsten war. Nein, ich wollte endlich *akzeptieren*. Nur wie akzeptierte man etwas, wenn man bei jedem Blick auf die andere Straßenseite daran erinnert wurde, was man verloren hatte? Wenn man sich jedes Mal wünschte, zurück zu dem Punkt springen zu können, an dem man die falsche Entscheidung getroffen hatte? *Eine* falsche Entscheidung in einer *Reihe* von Fehlern.

Dass Natalie Gold mein wahres Testergebnis in Erfahrung

hatte bringen können und nun gewillt war, mir noch eine Chance zu geben, mochte Glück im Unglück gewesen sein. Und ich *war* glücklich darüber, doch brachte es mir Ira trotzdem nicht zurück.

Vielleicht hatte ich deshalb wenigstens zu dem Punkt zurückspringen wollen, an dem unsere Geschichte ihren offiziellen Anfang gefunden hatte. Vielleicht hatten meine Füße mich an diesem Samstagnachmittag deshalb zum *Epiphany* getragen. Weil ich die Hoffnung hatte, dieser Ort könnte mir in all dem aufwühlenden Chaos der vergangenen Tage ein Gefühl von Sicherheit und Geborgenheit geben, das ich sonst nur bei Ira gefunden hatte. Dass ich ihm hier ein bisschen näher sein konnte, wenn auch nur in Gedanken.

Ich wusste nicht, ob der Laden heute überhaupt geöffnet hatte, aber als ich das leuchtende Schild an der Tür und das schwache Licht hinter den Fenstern sah, trat ich ein, ohne zu zögern. Mich umhüllte eine angenehme Wärme, und genau wie bei den letzten Malen, die wir zusammen hier gewesen waren, roch es vertraut; nach Lavendel und Holz, Staub und *ihm*. Die Erinnerung an seinen Geruch traf mich so unvermittelt ins Herz, dass ich kräftig schlucken musste.

Kaum war die Türglocke erklungen, kam Harold mit einem freundlichen Lächeln auf den Lippen nach vorn an den Tresen. »Gracie. Wie schön, dich zu sehen. Wo hast du Ira gelassen?«

Mein Magen zwickte bei der Erwähnung seines Namens. »Er ist über das lange Wochenende nach Vermont gefahren.« Um ihm nicht die Möglichkeit zu bieten, nachzuhaken, fügte ich an: »Was ist mit Ihnen? Ehrlich gesagt hatte ich fast erwartet, dass Sie an diesem Wochenende geschlossen hätten.«

Er schüttelte schmunzelnd den Kopf. »Die Läden sind selten so voll wie vor und nach den Feiertagen. Das muss man ausnutzen.«

Ich blickte mich im Geschäft um und entdeckte ein paar Menschen, die sich durch die Sammlung von Schallplatten und

CDs wühlten. Andere standen am Bücherregal, um in den alten Ausgaben zu blättern, und wiederum andere hörte ich im Obergeschoss an Instrumenten herumzupfen.

»Macht es Ihnen etwas aus, wenn ich ein wenig spiele?« Ich deutete mit meinem Daumen auf den purpurfarbenen Vorhang, hinter dem sich die kleine Bühne mit dem Klavier befand.

Seine leicht getrübten Augen glänzten. »Im Gegenteil.«

Also schlüpfte ich auf seine Erlaubnis hin durch den Vorhang und legte Mantel und Handschuhe neben dem Flügel ab, bevor ich mit meiner Hand über das glatte Holz fuhr und mich setzte.

Es fühlte sich auf merkwürdige Weise intim an, hier zu sitzen und zu wissen, dass es für gewöhnlich Iras Platz war; dass er herkam, um seine Gedanken zu ordnen und seine Gefühle in Noten fließen zu lassen. Das hier war *sein* Rückzugsort. Und ich hatte keine Ahnung, ob es ihm recht war, dass ich ihn mir heute ausborgte.

Ich legte meine Finger auf die Tasten, strich über ihre kühle Oberfläche. Dann nahm ich einen tiefen Atemzug und spielte ein paar Töne, versuchte, mir die Melodie in Erinnerung zu rufen. Versuchte, mir *alles* in Erinnerung zu rufen. Aber egal, wie oft ich ansetzte und einen neuen Versuch wagte, es klang jedes Mal falsch. Als hätte ich alles verlernt. Als hätte ich *vergessen*.

Meine Handgriffe wurden energischer, weil ich wusste, dass das nicht sein konnte. Irgendwo musste es sein. Ich wollte doch nur –

»Du bewegst dich auf der falschen Tonhöhe.«

Ich erstarrte bei dem Klang der Stimme. Weich und dunkel, *samtig rau*. Ich musste mich nicht umdrehen, um zu wissen, dass *er* es war. Das verräterische Flattern meines Herzens hatte ihn längst erkannt. Was machte er hier? Sollte er nicht noch in Vermont sein? Immerhin war erst Samstag.

»Ah ja?« Meine eigene Stimme zitterte, als hätte meine plötzliche Gänsehaut auch meine Stimmbänder befallen.

»Hm-mhm. Darf ich?«

Sein Atem kitzelte an meiner Wange, als er sich vorbeugte und seine Hände auf meine legte, um sie zu den richtigen Tasten zu führen. Sein Geruch kletterte mir in die Nase. Gott, er war so nah und doch … unerreichbar.

»Probier's noch mal«, raunte er an meinem Ohr.

Ich schloss die Augen und spielte dieselbe Tonabfolge erneut. Dieses Mal auf der richtigen Höhe, deutlich entschiedener und sicherer. Nach und nach setzte sich die Melodie in meinem Kopf zusammen, als wäre sie tatsächlich die ganze Zeit dort gewesen, nur dass sie mir kurzzeitig aus den Fingern geglitten war. Und dann war mit einem Mal alles wieder da: die grünen Wände, die immergrünen Augen, die Wärme, das Kribbeln. Das alles war die ganze Zeit da gewesen.

»Du wirst besser«, bemerkte Ira und setzte sich neben mich. So dicht, dass sich unsere Schultern und Beine berührten.

Er trug einen grauen Kapuzenpullover und schlichte Jeans, das aschblonde Haar fiel ihm in die Stirn. Er sah aus wie immer und doch anders. Ich war mir nicht sicher, woran ich es festmachte, weil es – abgesehen von leichten Ringen unter seinen Augen – nichts war, das man erkennen konnte, sondern eher etwas, das man ihm anmerkte. Eine Art Ungleichgewicht.

»Woher wusstest du, dass ich hier bin?«, flüsterte ich.

Ira hob die Schultern. Mein Arm kribbelte. »Ich wusste es nicht. Es war mehr so eine Hoffnung, nachdem mir bei euch keiner die Tür aufgemacht hat.«

Er sprach von Hoffnung, obwohl es seiner Meinung nach keine mehr für uns gab. Ich fragte mich, ob er selbst merkte, wie ironisch das war. »Und wieso hast du mich gesucht?«

Ira strich mit seinen feingliedrigen Fingern über die Tasten des Klaviers. »Ich war über Thanksgiving bei meiner Familie. Eigentlich wollte ich erst morgen zurückkommen, aber ich bin schon gestern Abend wieder nach Hause gefahren. Deshalb habe ich auch nicht auf deine Nachricht geantwortet, tut mir leid. Natalie hat dich also wirklich wieder eingestellt?«

Ich nickte langsam, noch immer ein wenig verunsichert von seinem Auftauchen. »Das mit dem Ergebnis schien sie besänftigt zu haben. Und die Sache mit Lydia hat vermutlich auch ein bisschen mit reingespielt.« *Und du auch.*

Sein Mundwinkel zuckte, mein Herz hüpfte. Ich hasste es, dass mein Körper so stark auf ihn reagierte. »Siehst du. Ich wusste, dass du es auch ohne deinen Vater geschafft hättest.«

Natürlich wusstest du das. Weil du – anders als ich – nie an mir gezweifelt hast.

»Du hättest wirklich nicht mit ihr reden müssen.«

»Ich wollte nur, dass sie weiß, was sie verpasst, wenn sie dich gehen lässt.«

Und was wäre das? Ich verscheuchte den Gedanken schnell wieder, da er ohnehin nicht von Bedeutung sein sollte, und fragte: »Warum bist du schon früher wieder nach Hause gefahren?«

»Abgesehen davon, dass Benji so laut schnarcht, dass die Wände vibrieren? Keine Ahnung. Ich …« Er drehte die folgenden Worte mehrmals im Mund herum, bevor er sie aussprach. »Ich hab mich die meiste Zeit über eher wie ein Eindringling als ein vollwertiges Familienmitglied gefühlt.«

Meine Brust zog sich zusammen. Ich wollte nach seiner Hand greifen und sie drücken, traute mich jedoch nicht. »Ich bin sicher, dass keiner dich so gesehen hat.«

»Vielleicht nicht alle«, murmelte er. »Aber mein Vater schon.«

»Du weißt, dass er nicht mehr er selbst ist, Ira.«

Sein Schnauben klang müde und kraftlos. »Eigentlich ist es nur seine Wut, die anders ist. Sie geht tiefer, irgendwie. Als würde sie ihn Stück für Stück auffressen. Man kann ihm nicht mal einen richtigen Vorwurf machen.«

»Wieso bist du dann hingefahren? Weil du gehofft hast, dass es anders sein würde?«

Ira starrte einen Augenblick ins Nichts und schwieg. Nur zu gern hätte ich die Hand angehoben, um seine Gedanken greifen zu können.

»Nein«, sagte er schließlich mit einem Seufzen. »In erster Linie bin ich hingefahren, weil ich fliehen wollte.«

Ich runzelte die Stirn. »Wovor?«

»Meinen Gefühlen, schätze ich.« Er drehte seinen Kopf zu mir und sah mich an. Ohne Umwege. Ohne Mauern. Binnen Sekunden schien mein Gesicht in Flammen zu stehen. »Was ist mit dir? Warst du bei deiner Familie?«

Mein Lachen glich einem Grunzen. »Was denkst du wohl?«

Seine Augenbrauen zogen sich zusammen, weshalb die kleine Falte dazwischen hervorstach. »Dann hast du nicht mehr mit ihnen gesprochen?«

»Doch … mit meinem Vater. Direkt nachdem Natalie überlegt hatte, mich rauszuwerfen. Deshalb wollte ich auch nicht nach Hause«, erzählte ich und zupfte an meinem geblümten Stirnband. Allein die Vorstellung hatte mir Bauchschmerzen bereitet.

»War er sehr wütend?«, fragte er hörbar besorgt.

»Spielt keine Rolle. Ich wusste sowieso schon die ganze Zeit, dass es ihnen bei der Sache nie um mich ging, sondern immer nur um sich selbst.« Ich verschränkte die Arme vor der Brust und streckte die Beine von mir. »Schwer zu sagen, ob ich ihnen das jemals wirklich verzeihen kann.«

»Vergebung ist ein langer Prozess, der nicht von heute auf morgen passiert. Nicht immer jedenfalls. Es ist okay, wenn du Zeit brauchst. Und es ist auch okay, den Kontakt zu ihnen abzubrechen, solang du dich damit wohler fühlst«, erwiderte Ira und streckte ebenfalls die Beine von sich. »Es ist nur … meine Mom hat vorgestern ein paar Dinge gesagt, die ich nicht mehr aus dem Kopf bekomme. Unter anderem, dass man niemanden aufgeben sollte, nur weil es mal schwierig wird. Klar, das ist nicht ganz das, was sie damit gemeint hat, aber ich denke, jemandem eine zweite Chance zu geben gehört auch dazu.«

Mein Herz begann, eine Spur schneller zu klopfen. Was wollte er damit sagen? Sollte das bedeuten, dass er gewillt war, uns eine zweite Chance zu geben? *Mir?*

»Was ist mit Menschen, die keine zweite Chance verdient haben?«, fragte ich vorsichtig.

Er schüttelte eisern den Kopf. »Jeder hat eine zweite Chance verdient.«

Ich spürte, wie mir Tränen in die Augen stiegen. »Aber ich habe dich verletzt. Du hättest jedes Recht dazu, mich zu hassen.«

»Du hast mich verletzt, ja. Und du könntest es wieder tun, genauso wie ich dich eines Tages verletzen könnte. Das ist der natürliche Lauf des Lebens. Aber mir hat mal jemand gesagt, dass man einen Menschen nicht nur lieben sollte, *weil* er so ist, wie er ist, sondern vor allem, *obwohl* er so ist, wie er ist. Und genau das tue ich, Gracie. Ich habe mich in dich verliebt, *obwohl* du eine Chaosvariable bist, die mein Leben weiß Gott komplizierter macht.« Ein Schmunzeln umspielte seine Lippen, und ich hätte es so gern nachgemalt, um es mir einzuprägen. »Ich will uns nicht aufgeben und mir mein halbes Leben lang vorwerfen müssen, es nicht wenigstens versucht zu haben.«

»Ich dachte, du willst nicht, dass das zwischen uns nur ein Versuch ist?«

»Deshalb müssen wir ja auch hart dafür arbeiten.« Er stupste mich an. »Wie gut, dass wir beide so ehrgeizig sind.«

Es war lächerlich, aber ich zerrupfte den Satz gedanklich in seine Einzelteile, bis nur noch ein Wort übrig blieb: *wir.*

Mir rollte eine Träne über die Wange, als ich lachte und meine Nase kurz in seine Halsgrube drückte. »Das war schon immer das Schönste an dir, weißt du?«

»Was meinst du?«

»Dein Samtherz«, flüsterte ich. *Dein immergrünes Samtherz, das es einem so leicht macht, dich zu lieben.*

Ira wischte mit seinem Daumen über meine Wange, ehe er sich vorbeugte, um mich zu küssen. Seine Lippen waren warm, unser Kuss schmeckte nach Salz, und ich zerschmolz in seinen Händen.

Es fühlte sich nicht fremd an, nicht falsch, nicht überstürzt – es fühlte sich ganz natürlich an. So als hätten wir nie damit aufgehört. Und vielleicht hatten wir das in gewisser Weise auch nicht.

Sein leises Lachen kitzelte auf meiner Haut, als er sich ein kleines Stück von mir löste. »Schon komisch, oder? Wieder hier zu sitzen, wo alles seinen Lauf genommen hat.«

Nein, es war nicht komisch. Es war absolut logisch. Denn genau auf diesem Hocker, hier im *Epiphany*, hatte ich gelernt, dass es nicht schlimm war, nicht von Anfang an die richtigen Tasten zu treffen, solang ich darauf vertrauen konnte, dass ich es irgendwann tat. Ich hatte zum ersten Mal begriffen, dass Ira etwas in mir berührte, ohne mich berühren zu müssen. Einfach nur, indem er war, wie er war. Ich hatte mich zum zweiten Mal genau hier in ihn verliebt. Und ich fand alles daran ziemlich wundervoll.

»Erinnerst du dich noch, wie ich gesagt habe, dass ich mir nicht sicher bin, ob ich in dem Klavierstück ein gutes Ende sehe oder nicht?« Er küsste mich wieder, kurz und sanft. »Das hier fühlt sich an wie das Ende.«

Ich dachte einen Herzschlag lang über seine Worte nach. Dann musste ich lächeln. »Ich finde, es fühlt sich eher nach einem Anfang an.«

Unserem Anfang.

Epilog
Gracie

März

Der andauernde Regen war dabei, die Welt wieder reinzuwaschen, und das, was unter der weißen Schneedecke zum Vorschein kam, war ein grüner, nach Schneeglöckchen und Narzissen duftender Neubeginn.

Das offizielle Ende des Winters rückte näher, dabei fühlte es sich für mich schon seit Wochen nach Frühling an. Alles in mir war hell, warm und leuchtend. Das bedeutete nicht, dass es keine zweifelgrauen Tage mehr gab. Bloß dass sie seltener auftraten.

Ira trug nicht unwesentlich dazu bei, doch war er nicht der einzige Grund für diesen Zustand, denn zum ersten Mal seit Beginn meiner Arbeit bei *Gold, Bright & Partners* hatte ich das Gefühl, angekommen zu sein. Nicht nur in meiner Wohnung oder in meinem Job, vor allem bei *mir*. Ich war noch dabei, zu lernen, was das bedeutete. Ein paar Erkenntnisse hatte ich in den vergangenen Monaten jedoch schon sammeln können.

Erstens: Es gab Dinge, auf die ich einfach keinen Einfluss besaß, weshalb es sich nicht lohnte, sie zu zerdenken.

Zweitens: Fehler bedeuteten nicht das Ende der Welt und auch nicht, dass sie sich nicht mehr korrigieren ließen.

Drittens: Es war einfacher, sich selbst ein Stück weit mehr lieben zu lernen, wenn man sich durch die Augen des Menschen betrachtete, von dem man geliebt wurde.

Letzteres machte Ira mir ziemlich leicht. Einfach nur, indem er mich diejenige sein ließ, die ich war, egal ob bunt oder grau.

Und ja, ich hatte gewusst, wie es sich anfühlte, verliebt zu sein. Aber ich hatte nie gewusst, wie es sich anfühlte, bedingungslos zurückgeliebt zu werden. Bis jetzt.

Auch arbeitstechnisch ging es allmählich wieder bergauf, nachdem ich in besorgniserregendem Tempo in die Tiefe geschlittert war. So hatten wir in Sachen *Eúnoia* inzwischen einen Erfolg verzeichnen können, nachdem wir mit dem Fall vor Gericht gezogen waren. Und obwohl das Ende der Verhandlung bereits drei Wochen zurücklag, hatte ich Victor Fords verbissenen Gesichtsausdruck bei der Urteilsverkündung noch immer vor Augen.

Es war uns gelungen, den geforderten Schadensersatz für die Klägerinnen und Kläger der Sammelklage sowie einen Rückruf der an Tieren getesteten Kosmetikprodukte zu erwirken. Obendrein hatte die Staatsanwaltschaft Melinda Mayfair aufgrund diverser Verstöße, unter anderem gegen das Wettbewerbs-, Tier- und Verbraucherschutzgesetz, angeklagt. Der Strafprozess hatte vor wenigen Wochen begonnen und war noch in vollem Gange.

Auch der Laborangestellte, der die Produktberichte gegen Bezahlung gefälscht hatte, um sie bei der Behörde als *cruelty-free* durchzubringen, stand deswegen vor Gericht. Es hatte sich herausgestellt, dass es sich dabei um einen guten Bekannten von Melinda handelte, der vor einigen Jahren selbst noch in der Forschungsabteilung von *Eúnoia* tätig gewesen war und ihr Angebot aufgrund hoher Schulden angenommen hatte. Dank Lydias Aussage vor Gericht und der Dokumente, die sie uns hatte zukommen lassen, hatten wir mühelos bewirken können, dass die Staatsanwaltschaft auch auf ihn aufmerksam geworden war.

Da der Skandal öffentlich durch die Decke gegangen war, hatte das Unternehmen zusätzlich zu den finanziellen Verlusten einen zu erwartenden Imageschaden erlitten, der Melinda Mayfair letzten Endes dazu gezwungen hatte, als Geschäftsführerin zurückzutreten. Nach einigen Interessenskonflikten zwischen ihr und ihrer Tochter war das Amt tatsächlich an Lydia übergeben worden. Nun lag es an ihr, das Unternehmen, das kurz vor der Insolvenz stand, zu retten. Und ich war überzeugt, dass es ihr gelingen würde, weil sie die richtigen Werte vertrat und ihr wirklich etwas daran gelegen war, *Eúnoia* umweltfreundlicher zu gestalten.

Es war ein merkwürdig schönes und stolzerfülltes Gefühl gewesen, im Gerichtssaal zu sitzen und Ira dabei zuzusehen, wie er an der Seite von Isabell unseren Fall verhandelte. Sie hatte ihn als Assistenz ausgewählt, und ich hatte keine Sekunde daran gezweifelt, dass es die richtige Entscheidung gewesen war.

Zwar hatte ich gewusst, wie gut Ira darin war, einen Raum für sich einzunehmen, aber ich hatte nicht damit gerechnet, dass es auch für ganze Säle galt. Und doch hatte ich sehen können, was für eine Tragweite seine Stimme wirklich besaß und welches Gewicht seinen Worten anhaftete, wie bedachtsam er sie wählte und wie raffiniert er sie verpackte. Am meisten in Erinnerung geblieben war mir jedoch der Moment der Urteilsverkündung, weil es genau der gewesen war, in dem sich plötzlich alles gefügt hatte; sowohl die harte Arbeit als auch die langen Stunden der Vorbereitung hatten sich mit einem Mal zu einem bunten Mosaik aus kleineren und größeren Errungenschaften zusammengesetzt, dessen Anblick mich nicht nur stolz gemacht hatte, sondern mir auch verdeutlicht hatte, dass es in der Rechtswelt sehr wohl einen Platz für mich gab – ich musste ihn nur für mich beanspruchen.

Eigentlich hatte ich damit gerechnet, im Anschluss an den Prozess von meinem Vater zu hören, doch war bisher nichts passiert. Er hatte mich weder angerufen noch eine Nachricht geschickt, und ich war nicht sicher, ob ich das als gutes oder schlechtes Zeichen werten sollte.

Ähnlich verhielt es sich mit meiner unerwarteten Zitierung in Natalie Golds Büro, da mir partout kein Grund einfiel, warum sie mit mir sprechen wollen würde, jetzt wo die Sache mit der Prüfung vom Tisch war und auch die Gerüchte im Büro allmählich wieder abklangen. Es mochte noch ein paar böse Stimmen geben, die behaupteten, ich hätte meinen Erfolg nur meinem Vater zu verdanken, doch lernte ich langsam, wegzuhören.

Ira sagte, es käme nicht darauf an, was die anderen von mir hielten, sondern nur, was ich selbst von mir hielt. Und ich wusste, dass das, was sie erzählten, nicht der Wahrheit entsprach. *Nicht mehr.*

Nichtsdestotrotz schlug mir das Herz in dieser Sekunde bis zum Hals, als ich in den Gang abbog, an dessen Ende sich Natalies Büro befand. Ihre Assistentin hatte mich darum gebeten, noch einen Moment auf dem Stuhl vor der Tür zu warten, da Natalie sich gerade in einem Gespräch befand. Allerdings stand ich so unter Strom, dass an Sitzen nicht zu denken war, weshalb ich stehen blieb und ungeduldig auf meinen Fersen wippte. Dabei fiel mir auf, dass die vertäfelte Eichentür nur angelehnt war. Durch den schmalen Schlitz konnte ich den breitschultrigen Rücken und das braune Haar eines Mannes erspähen, mit dem sich Natalie unterhielt.

Obwohl mir bewusst war, dass es sich nicht gehörte, trat ich einen Schritt vor, um das Gemurmel, das aus dem Raum drang, besser verstehen zu können. Einerseits weil ich neugierig war, andererseits weil es mich von meiner Nervosität ablenkte.

»Sekunde. Du willst, dass ich Babysitter spiele? Vor Kurzem hast du noch gesagt, ich bräuchte selbst einen«, hörte ich ihn sagen. Er hatte eine angenehme Stimme, tief und klar, ein wenig rau im Unterton, als wäre sie durch etliche Reden vor Gericht abgenutzt.

»Der Meinung bin ich auch immer noch«, gab Natalie ungerührt zurück.

»Und trotzdem verdiene ich mehr als der Großteil deiner Leute. Sag, warum besitze ich noch mal keine Anteile?« Ich konnte sein Gesicht nicht sehen, trotzdem ließ mich irgendetwas an seinem amüsierten Tonfall erahnen, dass er grinste.

»Zum einen wegen deiner unfassbar großen Klappe. Zum anderen ist dir sicher bewusst, dass die anderen Partnerinnen und Partner auch noch ein Wörtchen mitzureden haben. Auch Alistair. Und der war über deine Abwesenheit alles andere als erfreut.«

Der Mann winkte ab und vergrub die Hände in den Taschen seiner dunkelblauen Anzughose. »Ach, der ist doch nur beleidigt, weil er zur Abwechslung mal etwas zu tun hatte, das er nicht seiner Assistentin oder einem Anfänger aufbrummen konnte. Willst du mir jetzt ernsthaft ein schlechtes Gewissen machen?«

Ich trat einen halben Schritt nach rechts, um an seinem Rücken vorbei einen Blick auf Natalie zu erhaschen, die an ihrem Schreibtisch saß. »Ich verstehe deine Beweggründe, Aaron. Aber darum geht es gerade nicht. Du willst nur ablenken.«

»Funktioniert es?« Wieder schwang in seinen Worten Belustigung mit, was Natalie die Augen verdrehen ließ. Sie richtete die Spitze ihres Kugelschreibers wie einen Pfeil auf seine Brust, als wollte sie darauf zielen.

»*Nein.* Such dir eine Assistenz für den Fall und lass dir helfen. Du wirst jede zusätzliche Unterstützung brauchen, die du bekommen kannst.«

Er gab ein affektiertes Seufzen von sich. »Nur nicht zu viel Vertrauen.«

»Du weißt, dass ich dir vertraue. Andernfalls würde ich dir den Fall nicht zuweisen. Also enttäusch mich nicht.«

»Würde ich nie.«

Der Mann drehte sich um und steuerte direkt auf die Tür zu, womit er mir erstmals einen Blick auf sein Gesicht gewährte. Es war markant mit hohen Wangenknochen; Nase und Kinn waren kräftig. Sein haselnussbraunes Haar, das er sich sorgsam aus der Stirn gestrichen hatte, besaß dieselbe Farbe wie seine Augen.

Ich benötigte keine drei Sekunden, um zu begreifen, dass es sich hierbei um Aaron Bates handelte, der offenbar zum ersten Mal seit Monaten zurück in der Kanzlei war. Sowie er die Tür aufzog und mich bemerkte, zwinkerte er mir verstohlen zu, als wüsste er genau, dass er mich soeben beim Lauschen erwischt hatte, und verschwand anschließend auf dem Gang.

Ich realisierte erst, dass ich ihm noch immer hinterherschaute, als Natalie mich zu sich rief. »Ms Hoffman?«

»Oh. Entschuldigung«, nuschelte ich mit warmen Wangen, ehe ich durch die Tür schlüpfte und sie hinter mir schloss. »Ms Fraser sagte, Sie wollen mit mir sprechen?«

Sie erhob sich und zog ihren Aktenschrank auf, um ein paar Ordner daraus hervorzuziehen. »Ja. Ich bin bisher noch gar nicht dazu gekommen, Sie zu Ihrem ersten erfolgreichen Fall zu beglückwünschen. Darüber hinaus wollte ich Sie eigentlich nur wissen lassen, dass Lydia Mayfair künftig nicht länger von *Cabot & Cox* vertreten wird, sondern von uns.«

Ich blinzelte überrascht. »Ach ja?«

Natalie nickte, ehe sie sich wieder setzte und einen der Ordner aufschlug. »Ms Mayfair hat den Mandatsvertrag vor wenigen Stunden unterzeichnet. Und sie hat durchblicken lassen, dass einer der Gründe für ihre Entscheidung *Sie* gewesen sind. Was immer Sie zu ihr gesagt haben, scheint also Eindruck hinterlassen zu haben. Damit hätten Sie erfolgreich die erste Mandantin Ihres Vaters für uns abgeworben. Nur weiter so, Ms Hoffman.«

Mein Gesicht wurde noch eine Spur heißer. Lobte sie mich gerade dafür, meinem Vater eins ausgewischt zu haben? Und wenn ja, warum hörte es sich aus ihrem Mund so falsch an, dass ich mich augenblicklich schlecht fühlte? War es nicht das, was ich gewollt hatte?

»Das war nicht allein mein … *Verdienst.*« Das Wort blieb mir schwer auf der Zunge liegen. »Ohne die Hilfe von Mr Briggs und den anderen aus dem Recherche-Team –«

Sie hob die Hand. »Keine Sorge, ich habe Mr Briggs natürlich ebenfalls berücksichtigt. Er führt das Ranking derzeit an, gefolgt von Ihnen und Ms Bennett. Aber ich bin sicher, Sie können den Abstand in den kommenden Wochen schnell wieder aufholen.«

Durch die Sache mit der Prüfung war ich einige Punkte hinter Ira zurückgefallen. Aber das machte mir nichts aus, weil ich ihn längst nicht mehr als Konkurrenz betrachtete. Im Gegenteil. Ira hätte es verdient, das Ranking am Ende des Jahres für sich zu entscheiden. Egal was er letztlich mit dem Geld plante.

Außerdem hatte ich mir vorgenommen, meinen Wert nicht länger von Punkten oder Prüfungen abhängig zu machen. Ich versuchte, mein Bestes zu geben, und nur darauf kam es an.

Da ich nichts auf Natalies Antwort zu entgegnen wusste, rang ich mir ein schmales Lächeln ab. »Danke. Gibt es sonst noch etwas, worüber Sie mit mir sprechen wollten?«

Natalie schob sich eine schwarze Haarsträhne hinter das Ohr und schüttelte den Kopf. »Nein, das war alles. Denken Sie an die *Networking Night* heute Abend. Vor allem für Sie als Berufsanfängerin sind solche Events immens wichtig.«

Das Event, von dem sie sprach, war eine Netzwerkveranstaltung für Fachleute aus verschiedenen Bereichen der Rechtsbranche, die nach Feierabend in Form eines Cocktailempfangs angedacht war. Gerade uns Associates bot eine Veranstaltung wie diese eine gute Gelegenheit, Informationen miteinander zu teilen, Einblicke in die Arbeit anderer zu gewinnen oder sich auszutauschen, egal ob mit Partnerinnen und Partnern oder potenziellen Mandantinnen und Mandanten.

Ira und ich hätten uns gern davor gedrückt, allerdings hatte Natalie recht: Jede Art von Kanzlei-Event war nützlich, um wichtige Kontakte zu knüpfen.

»Selbstverständlich«, antwortete ich deshalb.

Nachdem ich mich ein zweites Mal bei ihr bedankt und mich von ihr verabschiedet hatte, ging ich zu unserem Büro zurück.

Unter den Kolonnaden blieb ich stehen und zog mein Handy aus der Tasche meines Blazers, um den Kontakt meines Vaters aufzurufen. Nach kurzem Zögern tippte ich mit unruhigen Fingern: *Tut mir leid.*

Doch bevor ich die Nachricht abschickte, begann ich, darüber nachzudenken, ob es das wirklich tat. Und wenn ja, warum. Immerhin waren Ira und ich nur unserer Arbeit nachgegangen, und dass wir sie besser gemacht hatten als seine Leute, sollte mir nicht leidtun. Viel eher sollte ich stolz darauf sein. Schließlich hatte ich nicht nur ihm und Natalie, sondern vor allem mir selbst bewiesen, dass ich sehr wohl dazu in der Lage war, unabhängig der Privilegien einer Cabot etwas zu erreichen.

Also löschte ich den Satz wieder und lief weiter. Kaum hatte ich die Tür unseres Büros geöffnet, hob Ira den Kopf und unterzog mich einer schnellen Musterung. Vermutlich, um abzuschätzen, ob ich soeben gute oder schlechte Nachrichten erhalten hatte.

Erst dann fragte er: »Und?«

Ich ließ mich mit einem schweren Seufzen auf meinen Stuhl plumpsen und zuckte mit den Schultern. »Sie hat uns zu dem abgeschlossenen Fall gratuliert und erzählt, dass Lydia Mayfair künftig von uns vertreten werden möchte.«

Ira hob überrascht die Augenbrauen. »Im Ernst? Hey, das sind doch tolle Neuigkeiten.« Als er bemerkte, dass ich seine Euphorie nicht teilte, runzelte er die Stirn. »Oder nicht? Was ist los, Smartie?«

Ich kaute einen Augenblick lang auf meiner Unterlippe herum. »Ich muss mich nicht schlecht fühlen. Richtig?«

»Wieso solltest du dich schlecht fühlen? Wegen deines Vaters?«

Als ich nickte, schüttelte er entschieden den Kopf. »Du hast nur deinen Job gemacht. Einen *guten* Job. Vergiss das nicht.«

»Du meinst, *wir* haben einen guten Job gemacht«, korrigierte ich ihn schmunzelnd.

Auch sein Lächeln kehrte zurück, nur war es dieses Mal wesentlich bedeutungsschwerer, als teilten wir ein gemeinsames Geheimnis. »Stimmt. *Wir.*«

Die Netzwerkveranstaltung fand in einer Bar nicht weit entfernt von der Kanzlei statt, sodass Ira und ich gemeinsam mit den anderen zu Fuß hatten hingehen können.

Obwohl ich bereits das *off trial* als gehobenes Lokal empfunden hatte, war es rückblickend nichts im Vergleich zu diesem. Es befand sich auf der Dachterrasse eines Hochhauses und sah von außen aus wie ein Gewächshaus mit Kuppeldach. Die Wände bestanden vollständig aus Glas, als würde man sich im Innern einer Schneekugel befinden, und gaben dadurch einen uneingeschränkten Blick auf den funkelnden Nachthimmel und die darunter liegende Skyline Bostons frei. Den Mittelpunkt des Raumes bildete eine Cocktailrundbar, über der ein Meer aus leuchtenden Glühbirnen hing, deren goldener Dunst sich zusammen mit den flackernden Bodenwindlichtern in den Fensterscheiben spiegelte.

In jeder Ecke hatten sich kleine Grüppchen aus Leuten gebildet; manche von ihnen unterhielten sich an den Stehtischen aus schwerem Messing, andere hatten es sich auf den Ledersofas bequem gemacht. Ab und zu flammte der grelle Blitz einer Kamera auf, wenn der Fotograf ein Foto machte.

»Wir sollten auch ein Bild von uns machen lassen. Ihr wisst schon, wir alle zusammen: die unkaputtbaren Associates«, schlug Otis vor, ehe er mehrmals an seinem Cocktailglas nippte, in dem ein Schirmchen steckte.

Unkaputtbar. Mir gefiel das Wort. Vielleicht weil nicht alles, das einst zerbrochen war, sich nicht wieder zusammensetzen ließ. Gleiches galt für Vertrauen. Es mochte nie wieder dasselbe sein, aber je nachdem, welches Gefühl ihm als Kleber diente, hielt es vielleicht ein bisschen länger.

Mein Kleber war in den vergangenen Monaten stärker geworden. Und dieses Mal war ich mir sicher, dass er jedem Sturz trotzen würde.

Vielleicht sogar für immer.

»Wir sind nicht vollzählig«, bemerkte Laurel auf Otis' Vorschlag hin, den Blick dabei demonstrativ auf Jude geheftet, der wenige Meter von uns entfernt in einer kleinen Gruppe stand. Ich war mir nicht sicher, ob es sich dabei um Kollegschaft oder Klientel handelte. Da mir täglich Dutzende Menschen über den Weg liefen, erkannte ich noch immer kaum Gesichter, sofern es sich nicht um bekannte Partnerinnen oder Partner der Kanzlei handelte.

Cassidy musterte Otis skeptisch von der Seite. »Selbst wenn wir's wären. Glaubst du wirklich, du würdest *Everybody's Darling* auf ein Foto bekommen? Und dann auch noch mit uns?«

Otis gab ein schweres Seufzen von sich, in dem sämtliches Bedauern mitschwang. In derselben Sekunde spürte ich, wie mein Handy zu vibrieren begann. Als es mir gelungen war, es aus meiner Handtasche hervorzukramen, war es jedoch schon zu spät, weshalb mir nur ein verpasster Anruf von meinem Vater angezeigt wurde.

Mein Magen verkrampfte sich. War er das? Der Anruf, auf den ich insgeheim die ganze Zeit gewartet hatte?

Eine Nachricht tauchte auf dem Bildschirm auf.

Dad: *Ich gebe zu, ich habe dich unterschätzt. Guter Schachzug, Gracie.*

Es waren nur zwei kurze Sätze, weder eine Entschuldigung noch ein Friedensangebot, und doch konnte ich nicht anders als breit in mich hineinzugrinsen. *Kleine Schritte*, erinnerte ich mich. *Es ist auch okay, in kleinen Schritten zu verzeihen.*

»Hey Leute!« Samuel, der bis eben auf der Toilette verschwunden gewesen war, kam mit großen Augen auf uns zugestolpert. »Habt ihr schon gesehen, dass Aaron Bates wieder da ist?«

Unsere Blicke folgten der Richtung, in die seine Hand zeigte – und tatsächlich. Ich erkannte ihn nach unserem flüchtigen Treffen vor Natalies Büro sofort. Er stand mit ihr und Alistair Bright neben der kleinen Bühne und schüttelte ein paar Menschen die Hand. Anderen klopfte er mit einem breiten Lächeln auf die Schulter, als befänden wir uns in einer Sportsbar und nicht auf einem Kanzlei-Event.

»Meine Güte, Sam. Du klingst, als würdest du gleich einen Herzinfarkt erleiden«, bemerkte Cassidy, die seine sichtliche Euphorie mit einem besorgten Kopfschütteln quittierte.

Laurel, die bis eben gedankenverloren in ihrem Drink herumgestochert hatte, schien es nicht anders zu gehen. »Mein Reden. Er ist ein Typ wie jeder andere. Was findest du an ihm?«

Samuel schob seine Brille zurecht und schnaubte ungläubig. »Er ist nicht einfach ›ein Typ wie jeder andere‹. Er ist genau die Sorte Anwalt, die ich gern wäre. Ihr wisst schon. Gut aussehend, charismatisch, erfolgreich und …«

»Überheblich?«, fügte Laurel an, die roten Lippen zu einem bittersüßen Lächeln verzogen.

»Was ist mit seinem Anzug passiert?«, hörte ich Ira neben mir fragen. Wie immer hatte er sich größtenteils aus unserer Unterhaltung herausgehalten und doch aufmerksam zugehört.

Erst da fiel auch mir der riesige Fleck auf Aarons weißem Hemd und seiner dunkelblauen Weste auf. Es sah aus, als hätte man einen Cocktail darüber geschüttet.

Aus dem Augenwinkel registrierte ich, wie Laurel auf seine Bemerkung hin in einem Zug den verbliebenen Rest ihres Drinks hinunterstürzte. Ihre Wangen waren gerötet.

»Wieso bekomme ich das seltsame Gefühl, dass du etwas damit zu tun hast?«, fragte ich sie deshalb.

Sie verschränkte die Arme vor der Brust und vermied es, mich anzusehen. »Nur ein kleines Missverständnis. Nichts weiter.«

Cassidy, deren Aufmerksamkeit noch immer auf Aaron ruhte,

zuckte mit den Schultern. »Was immer es war, er lässt sich davon jedenfalls nicht aus der Ruhe bringen.«

Plötzlich fiel mir ein, dass ich den anderen noch gar nichts von meiner flüchtigen Begegnung mit ihm erzählt hatte. »Ich habe ihn vorhin mit Natalie in ihrem Büro reden hören.«

Otis beugte sich neugierig vor, bis sein Kopf auf einer Höhe mit meinem schwebte. »Und? Hat sie zufällig erwähnt, warum er so lange nicht da war?«

»Nein. Nur dass Bright wohl nicht so begeistert von seiner Abwesenheit war. Und dass sie ihm aufgetragen hat, sich für seinen nächsten Fall eine Assistenz zu suchen.«

Samuel klappte die Kinnlade herunter. *»Nicht. Dein. Ernst.«*

Laurel verdrehte genervt die Augen, ließ es zur Abwechslung aber mal unkommentiert stehen. Stattdessen hob sie ihr leeres Glas und sagte: »Ich hole mir noch was zu trinken. Kommt jemand mit?«

»Dazu würde ich nicht Nein sagen.« Cassidy schloss sich ihr an, sodass sie kurz darauf von der Menschentraube, die sich an der Rundbar gebildet hatte, verschluckt wurden.

Daraufhin legte Otis Samuel einen Arm um die Schultern. »Na komm, Kleiner. Wir gehen mal ein paar Kontakte knüpfen. Bevor du nachher wieder über der Kloschüssel hängst und dir die Seele aus dem Leib kotzt.«

»Du tust so, als würde das regelmäßig passieren. Streng genommen war es nur ein Mal«, entgegnete Samuel trocken.

Ich konnte nicht verhindern, dass ich bei ihrem Anblick lachen musste. Ein Teil von mir wäre gern länger wütend auf Samuel geblieben. Allerdings hatte ich festgestellt, dass sich absolut nichts änderte, wenn man an seiner Wut festhielt. Man verschwendete nur einen Haufen Energie, besonders wenn es, wie in unserem Fall, glimpflich ausgegangen war. Wir alle waren ein wenig überarbeitet und ein wenig überfordert. Und wir alle machten Fehler. Aber wenn ich wollte, dass man mir meine vergab, musste ich auch die anderer verzeihen können. Und genau das versuchte ich.

Als nach und nach alle aufbrachen, blieben Ira und ich allein zurück. »Lust, irgendwohin zu verschwinden, wo keine Menschen sind?«, fragte ich, als ich zu ihm aufblickte.

Sein Blick strich wie Samt über mein Gesicht, verweilte einen Herzschlag zu lange auf meinen Lippen. »Was schwebt dir vor?«

»Nicht das, was *dir* gerade vorschwebt«, erwiderte ich grinsend. »Lass uns einfach nach Hause gehen, okay? Es gibt da eine Sache, die ich schon immer machen wollte.«

»Das ist es?«, fragte Ira eine gute Dreiviertelstunde später, als ich sein Schlafzimmerfenster hochgeschoben hatte und mit meinen Stilettos über die Feuerleiter nach draußen geklettert war. Das Metall war kühl und aufgrund des vorangegangenen Regenschauers rutschig. Ich hatte Ira nie zuvor so oft fluchen hören.

»Ich gebe zu, ich habe es mir romantischer vorgestellt. Aber man sieht die Sterne kaum«, murmelte ich, den Blick starr auf den Himmel gerichtet.

»Was du nicht sagst, Smartie.« Mit einem Seufzen griff er nach der Stange und schwang sich ebenfalls nach oben. Anschließend legte er sich neben mich auf die feuchten Stufen und seinen Kopf zurück. »Benji hat recht. Du solltest mal mit nach Vermont kommen. Dann wüsstest du, was ein richtiger Sternenhimmel ist.«

Bei der Erwähnung seines Bruders musste ich lächeln. Ich hatte Benjamin und Sadie inzwischen kennengelernt, wenn bisher auch nur über Videocall. Erst vergangene Woche war ich dabei gewesen, als Benjamin Ira eröffnet hatte, seine letzte Klausur mit einer guten Note bestanden zu haben. Auch wenn ich nichts damit zu tun gehabt hatte, war selbst ich erleichtert gewesen, zu hören, dass ihre spätabendlichen Nachhilfestunden Früchte getragen hatten.

»Ich glaube, Benji und Sadie halten zu viel von mir.«

Er drehte seinen Kopf zu mir und sah mich an. Dank des weichen Lichts, das aus dem Schlafzimmerfenster auf unsere Gesichter fiel, konnte ich erkennen, dass er lächelte. »Und du zu wenig – gleicht sich doch perfekt aus.«

Ich spürte allmählich, wie sich das feuchte Metall dort, wo mein Wintermantel nicht hinreichte, langsam durch den Stoff meines Kleides fraß. Trotzdem stand ich nicht auf. Weil mir hier, neben Ira, nicht kalt war. Weil Ira selbst im Winter immergrün war.

»Als ich dich zum ersten Mal gesehen habe, dachte ich, du hättest vor, aus dem Fenster zu springen«, erzählte ich ihm nach einer Weile des Schweigens. »Ich saß an meinem Schreibtisch, habe dir beim Lesen zugesehen und mich gefragt, wie du dich bei all dem Lärm darauf konzentrieren kannst. Es war irgendwie faszinierend.«

»Reden wir hier von meiner geheimnisvollen Aura?«

Mir entwischte ein Lachen. »So in der Art. Ich habe dich gesehen und gedacht, dass du dein eigener Fixpunkt bist, um den die Welt sich dreht.«

Er hob eine Braue. »Klingt ein wenig egozentrisch, findest du nicht?«

»So meinte ich das nicht. Du hast einfach gewirkt, als würde dir nichts und niemand etwas ausmachen können. Als wärst du dein eigenes Ruhezentrum.«

Sein Blick schweifte zum Himmel zurück. »Wusstest du, dass die Existenz von Fixpunkten ein wichtiger Gegenstand sämtlicher mathematischer Sätze ist? Es gibt stabile und instabile. Die stabilen werden auch *anziehend* genannt. Wenn du *mich* also als Fixpunkt bezeichnest –«

Ich drückte ihm meinen Ellbogen in die Rippen. »*Jetzt* bist du wirklich egozentrisch!«

Auch Ira musste lachen, und ich fragte mich, ob ich je darüber hinwegkommen würde, wie schön es klang.

Er stützte sich auf seinen Unterarm und lehnte sich vor, um mich sanft zu küssen. »Keine Sorge. Es kann auch zwei stabile Fixpunkte in einem System von Differenzialgleichungen geben.«

Sein heißer Atem tanzte über meine Lippen. »Und?«

»Na ja, streng genommen sind beide anziehend, ohne einander anzuziehen. Aber wenn man es mit der Wissenschaft nicht allzu genau nimmt, dann könnte man sich einreden, dass sie es trotzdem tun.«

Ich gluckste. »Das ist die nerdigste Liebeserklärung, die ich jemals gehört habe.« Und gleichzeitig die beste.

»Hey, ich versuche hier nur, dich von mir zu überzeugen.«

Mir war bewusst, dass er es im Scherz sagte, und doch musste ich unweigerlich an den Abend kurz vor Thanksgiving zurückdenken.

Ich werde dich nicht davon überzeugen, mich zu lieben, Gracie.

Mein Hals wurde eng, als ich mit meinem Finger sein Lächeln nachfuhr. »Du musst mich nicht überzeugen. Musstest du nie.«

Sein Blick verankerte sich in meinem. Schließlich beugte er sich wieder vor, um mich zu küssen. Tiefer dieses Mal.

Mein Herz flatterte. Und obwohl keiner von uns sprach, hatte ich das Gefühl, nie mehr gesagt zu haben.

Wir kletterten zurück ins warme Innere, schlossen das Fenster und die Vorhänge. Mit jedem weiteren Kuss fiel ein Kleidungsstück mehr zu Boden, bis da kein Stoff mehr war; keiner zwischen unseren Körpern und auch keiner vor meinen Augen. Bis da nur noch *wir* waren. Er und ich, ich und er.

Und dann liebten wir uns.

Ohne Zögern.

Ohne Zeitgefühl.

Aber vor allem ohne Zweifel.

Danksagung

Während des Schreibens an diesem Buch habe ich überraschend viel gelernt; über Rechtliches (warum ich kein Jura studiere), über Menschliches und über mich selbst – zum Beispiel, dass ich zu viele Semikolons nutze (aber ich sehe das irgendwie symbolisch).

Hinter diesem Buch stehen so viele tolle Menschen, und ich lüge nicht, wenn ich sage, dass es ohne manch einen von ihnen vielleicht nie eins geworden wäre.

Zunächst möchte ich meiner lieben Agentur erzähl:perspektive danken. Micha und Klaus; danke, dass ihr damals etwas in mir gesehen habt und einer der Gründe dafür seid, warum wir alle dieses wunderschöne Buch in den Händen halten können. (Es sind jetzt nicht exakt vierhundert Seiten, aber der Wille war da.)

Danke an das gesamte Team des wunderbaren LYX-Verlags, allen voran Stephanie Bubley; für diese unglaubliche Chance, für euer Vertrauen in mich und diese Geschichten und eure Hingabe, mit der ihr Tag für Tag an diesen Büchern arbeitet. Ich könnte mir kein besseres Zuhause für meine Kopfwelten vorstellen.

Ein großes Danke an meine Lektorin Sarah Braun; für dein wachsames Auge, deinen unermüdlichen Einsatz und ganz besonders deine Geduld (🙂). Deine Anmerkungen haben mich so manches Mal ins Schwitzen gebracht, aber dieses Buch auch um so vieles bereichert (und ich rede nicht vom Umfang).

Auch meiner Sprachlektorin Bettina Hengesbach möchte ich danken; dafür, dass ich meine Texte bei dir immer in guten Händen weiß.

Mein größter Dank gilt Leif: Auch wenn ich so gut wie nie auf das höre, was du mir rätst, bist du mein bester Lebenslehrer. Ich glaube, wenn ich mal groß bin, möchte ich sein wie du.

Isi: Du und Isabell teilt euch zwar den Namen, aber keine Eigenschaften (ein Glück!). Danke, dass du verstehst, was ich nicht sage, und auf mich achtgibst, wenn ich es nicht tue.

Anna: Kein Witz, ohne dich wäre ich aufgeschmissen gewesen. Danke, danke, danke, dass du meine Memos erträgst und mir so wertvollen Input gibst.

Chanti: Glaub mir, ich sinniere mit niemandem lieber bei einem Teller magenschonender Gemüsesuppe über das Leben als mit dir.

Lena: Danke für deine Memos, die immer ein wenig Licht in mein Dunkel bringen. Und dafür, dass du dieses Buch lesen wolltest, noch bevor es richtig existiert hat. Ich freue mich so darüber, dass deine schönen Worte dieses Buchkleid schmücken dürfen.

Merit: Danke sowieso für alles; fürs Panikknoten-Lösen, fürs Immer-da-Sein, fürs Immer-du-Sein. Die Sache mit dem Bücherschreiben wäre nicht dieselbe ohne dich.

Danke auch an all meine nicht schreibenden Freund:innen, die entgegen meiner Bitte meine Bücher kaufen, sie lesen, mich nach ihnen fragen (immer noch unangenehm) und längst akzeptiert haben, dass meine Antworten manchmal tagelang auf sich warten lassen.

Zu guter Letzt ein riesiges Danke an alle, die das hier lesen und Teil dieses surrealen Traums sind. Ohne euch würde diese ganze Sache mit dem Schriftstellerinnendasein nicht funktionieren, also: danke, danke, danke.

Triggerwarnung:

Dieses Buch enthält Elemente,
die triggern können.

Diese sind:
Panikattacken und Angststörung, Alkoholismus, Tierversuche, Beschreibung von misshandelten Tieren, Erwähnungen von Drogenkonsum, Kindesentführung und -mord

Sie glaubt nicht an zweite Chancen – bis sie ihn wiedertrifft

Merit Niemeitz
NO LONGER YOURS -
MULBERRY MANSION

528 Seiten
ISBN 978-3-7363-1787-1

Avery kann ihr Glück kaum fassen: Sie hat tatsächlich eins der begehrten Zimmer der Mulberry Mansion ergattert! In einem Projekt der Universität sollen Studierende die alte englische Villa wieder instand setzen. Aber Averys Freude wird jäh gedämpft, als sie feststellen muss, dass einer ihrer Mitbewohner kein anderer ist als ihr Ex-Freund Eden. Aus dem Jungen von damals ist ein verschlossener junger Mann geworden. Doch während sie gemeinsam die Mulberry Mansion renovieren, kommen plötzlich wieder alte Gefühle hoch ...

»Die Geschichte von Avery und Eden tut auf die beste Weise weh und gleichzeitig so, so gut.« *LENA KIEFER, Spiegel-Bestseller-Autorin*

LYX

Lesejury